NAN

FANG

PI

PING

SAN

SHI

NIAN

南方批评30年

《南方文坛》广西文论选（1987—2017）

张燕玲　张　萍　主编

下

GUANGXI NORMAL UNIVERSITY PRESS
广西师范大学出版社
·桂林·

图书在版编目（CIP）数据

南方批评 30 年：《南方文坛》广西文论选：1987—2017：全 2 册 / 张燕玲，张萍主编．—桂林：广西师范大学出版社，2017.11

ISBN 978-7-5598-0004-6

Ⅰ．①南… Ⅱ．①张…②张… Ⅲ．①文艺评论—广西—当代—文集 Ⅳ．①I209.967-53

中国版本图书馆 CIP 数据核字（2017）第 271608 号

广西师范大学出版社出版发行

（广西桂林市五里店路 9 号 邮政编码：541004
网址：http://www.bbtpress.com）

出版人：张艺兵

全国新华书店经销

桂林日报印刷厂印刷

（广西桂林市八桂路 1 号 邮政编码：541001）

开本：787 mm × 1 092 mm 1/16

印张：57 字数：1500 千字

2017 年 11 月第 1 版 2017 年 11 月第 1 次印刷

定价：148.00 元（上、下册）

2007 年

生态美学视野中的仫佬族文学

□ 银建军　钟纪新

生态美学是产生于20世纪末并在21世纪初迅速引起关注探究的一门新兴美学门类，是生态学与美学在人类新文化层面上的更高层次的遇合。生态美学的产生，主要源于我们人类生存所面临的日益严峻的生态危机，源于人类长期以来推崇和奉行的“人类中心主义”所带来的严重社会生态恶果，源于现代文明中的技术发展所带来的负面影响。生态美学研究的目的是要更好地认清人类在自然界中的位置，最终达到与他物和谐地共生共荣、诗意地栖居在地球上。

文学即人学。文学关注和表现人类的生存状态，必然要和关注人类的生态相关联。历史上优秀的文学作品，总是启悟和引导人类突破物质的、社会的与自身精神的樊篱，向诗意的生态目标进发，使人成为真正的灵长。

仫佬族文学是中华民族文学之林中的一枝奇葩，它在表现人类生态状态尤其是带有浓郁民族文化特色的生存状态中显示了其独特的光彩。深入地探讨仫佬族文学中丰富的生态美学内涵，发掘仫佬族文学中所蕴藏的生态美，对于今天我们建设先进文化，尤其是打破长期以来以汉族“精英文化”为主流的、与我国多民族文化建设不相适应的民族美学建设格局，对于人类构建和谐社会、走向“诗意地栖居”将具有极其重要的意义。

从人类生存状态所涉的对象看，仫佬族文学的生态美表现主要可以从人与自然、人与社会、人与自身三个方面来看。

一 ‖ 仫佬族文学中的人与自然

仫佬族是一个崇尚自然、热爱自然的民族。从这个民族有文字记载的历史看，其对自然万物一直是抱着敬畏与尊崇的心态的。在延续至今的仫佬族民俗中，村民们对于草木的养护从来都是极为重视的，很多村寨的后龙山上的树木是不允许人上山随便砍的。河边种竹，坝上植柳，这些都是仫佬人的惯常行为；甚至小孩认契爷契娘，除了找村寨中慈善有福的长者，亦有相当多的人找河边的树木、坡上的石头的。到坡上采摘治“牛疔”病的药草，砍办丧事用的竹子，动手前都要先在药草或竹子的根部撒些白米，否则不仅药效不灵，草木也会枯萎凋零。至于对动物，仫佬人也是将其作为与人大致平等的生命体来看待。仫佬人中没有很盛的狩猎习俗，他们肉食的获得主要来源于家饲的畜禽。在这之中还有个例外，就是在一些汉餐中被视为“闻见狗肉香，神仙也跳墙”的美味佳肴狗肉，仫佬人是不食的；直接的原因是据传狗是仫佬人祖先的义犬，其在主人一次外出吃酒醉倒山坡，不幸遇到野火围烧时，到坡下的水沟中打滚濡湿身子，然后到火中打滚，最终以毛上的水扑灭了野火，救出了主人。这个传说的深层含意是非常深刻的，它充分表现了人与自然的互动关系：自然可以毁灭人，自然也可以保护人。仫佬族民间故事中还有许多人与自然相依相谐的故事，它们都反映了仫佬族的远古先民对自然的崇拜。从仫佬族的宗教信仰看，其接受的主要是道教信仰，其最盛大的民族节庆依饭节上祈神求福的是道公。如果借用荣格集体潜意识的心理学说来推证，一个民族作家即使其成长后离别家乡，融入他民族文化的生活中，他的深层潜意识中也还会留存其民族根植的观念，而这种观念又必然会对他的创作产生深刻影响，导致其在立意、选材、表达等方面有其鲜明的创作特色。

曾被誉为“部长作家”“书记作家”的潘琦在其散文中对表现这种人与自然的和谐关系可谓情有独钟，具有一种别样的深刻。在潘琦的笔下，大自然令人惊叹的不仅是其鬼斧神工、造化神奇，更在于它是人类的母亲、保姆和兄弟姐妹。他笔下不仅无山不美，无水不美，更在于它们大多美在其天赋的宁静、自然与和谐，美在其没有受到现代工业文明负面因素的干扰和影响。以一个游子归家般的真情对那些没有污染的青山绿水直接描绘，构成了潘琦散文美的一大特色。开卷放目，满纸皆是花香鸟语、山青水绿，令人仿佛置身天籁地籁人籁之境，欲不陶醉而不能。而这些自然的律动又总是和作者的生命呼吸灵犀相通，让人深深品味到生命之源的真纯、生存之本的可亲。为了让读者认识到笔者所言非谎，现随意从其游记散文集《绿色的山冈》中摘引数段作者为自然和谐之美深深陶醉后而忘情抒发胸臆、直接坦露心境、情思的文字，相信读者便可十分明了潘琦散文在生态美上的痴情追求与深刻表现。

在这里我真正懂得，古人尚且能把平凡、琐碎的生活，美丽的景色化为高雅的文化艺术，所以生活是应当讲究质量的，人与自然应当是和谐的。崇尚自然，贴近自然，美化生活，这是时代进步的象征，亦是人类社会的极顶。（《解读黄姚古镇》）

风景因人的创造而变得神奇，人因风景的陶冶而变得滋润。（《漓江诗情》）

人与自然，强调“天人合一”，人是大自然和谐整体的一部分，又是一个能动的主体，人要改造自然，又要顺应自然，更要保护大自然，与自然融至无间。（《龙角天池探奇》）

这些猴子经过多年与游人交往，能与人和谐相处了，其实人与自然本应是圆融无间，

共生共存。(《翡翠姑婆山》)

上面的文字,完全可以当作生态美学教科书的章节来读。

仫佬族青年散文家何述强的部分写景散文中亦同样充满对自然的敬畏与亲和之情。与潘琦散文稍有不同的,是其散文中的这种表征更多的是弥漫于作家表述的字里行间,体现在作家叙述或素材的取向上。他的散文,多取材于那些浸润着历史文明的古迹或遗物;在那些凝聚着人类智慧与自然精华的承载物上,一砖一瓦、一碑一刻,都让人窥见其中灵魂的漂流聚散,让人感到"万物有灵"的神秘天机。其散文中最让读者拍案称道之处正是那些敬物如灵、小心翼翼地摩挲的地方。如《荒野文字》中写人与墓碑的相遇状态:

> 我时常会注意到那些或新或旧的坟碑。在通常情况下,石头上面的文字总能唤起我那种发思古之幽情的想象和回忆。我喜欢阅读它们,咀嚼它们,揣摩它们,甚至伸出手去轻抚它们,那样子,就像是把手放在某人宽阔而冰冷的额头上。我知道,每一块坟碑都具有思想者深沉的魔力,我敬畏它们,尊重它们。……拜阅坟碑的姿势倒像是与一位故知亲切交谈。这种交谈有时候没有语言,只有一种十分默契的对视。……

这样惜物敬天、与自然默契的文字不是作者在刻意做作,而是内心深处将自身置于与自然平等的地位自然流露的性情对语。这种敬畏的轻抚与发于尊重的交流,从本质上体现的是人对自然的深刻认识,对自我生命存在的深刻透视;既然万物皆有生命,那么生命与生命之间就只有通过平等的交融释放才能各自获得和谐、圆满与浑一。

而最能证明笔者前面所述民族潜意识对作家创作影响的,恐怕还得数仫佬族另一位青年散文家包晓泉。这位仫佬族著名诗人包玉堂的长子,城市仫佬人,在文中是那样毫不避忌地以一种直面世界的姿态宣称:他是正宗的仫佬人,是远古以来就注定存在于今天的仫佬人,他对自然的热爱和真情的融入完完全全是出于仫佬人天然的本性。

正是这种"朦胧的民族启蒙意识",使包晓泉笔下的风物描写具有别样的美丽,带有更浓重的民族精神。这种民族精神是从大自然和民族文化传承中自然生长的,它虽然有痛苦、有悲哀、有苏醒、有骄傲,有更强烈的现代审视意味,但从骨子里而言,折射的是仫佬人回归自然怀抱的远古梦幻。

类似这样将自己笔墨与情愫诉诸自然、寄托自然的篇章在仫佬族文学中还有很多,如温远涛的《雾朦石马河》《玉洞秋云》《穿岩石路》《丹崖晚照》等,都以令人心醉的文笔,表现人类对自然美的喜爱之情;尤其是在那些留守河池、罗城的本土作家中,家乡的竹林蕉叶、古榕桃花,一草一木无不饱含深情,富于生趣,且常常与美好的人格情操联系在一起,有意无意地形成一定的象征意义。无论怎么看,他们对自然的尊崇以及欲从自然中获得身心解放与自由的创作旨归都是令人赞赏的。

二 ‖ 仫佬族文学中的人与社会

现代生态美的另一个追求目标是人与社会的和谐相融。应该说，人类自从度过他的幼年后，由于“人类中心主义”意识的恶性膨胀，就走入了一条互相角逐争斗、相互征战厮杀的长路，走入一个弱肉强食、以强凌弱的怪圈，并且还将继续下去。作为人学的文学不能不关注自身生存状态中人与社会的冲突，并以生态中的伦理道德尺度引导人们走向和平与真爱。实际上，那些优秀的文学作品一直就像镜子一样跟随着人类社会的脚步，照出人类踉踉跄跄的丑态，启悟人去寻找真善美之所在，仫佬族文学也大致如是。

仫佬族是一个善于与他民族和谐相处的民族。在漫长的历史岁月中，仫佬族人口很少(新中国之初统计时只有三万余人)，在她的周边，有壮、汉、苗、瑶、侗、毛南等多个民族。如此小的一个民族若是不能与其他民族和谐相处，肯定是很难生存下来的。这种和谐相处不是软弱或圆滑，而是理智地寻求对矛盾的解决，最终达到相通、相容与相生。就一般情况看，人口较少民族对于社会的和谐追求比人口较多民族总要更强烈一些，因为对于人口较少民族而言，剧烈的社会冲突对其民族存亡通常是至关重要的。因此，我们回到仫佬族文学来看，即使仫佬族作家对人与社会生存状态的表现有借鉴他民族作家的地方，但他们的骨子里对人与社会和谐状态的追寻与眷恋其实是远古以来就存在了的。

获得第二届鲁迅文学奖的鬼子的小说在这方面表现得尤为出色。获奖作品《被雨淋湿的河》中对当代人类生存异化的表现是极其震撼人心的。小说中的人物，无论是有钱的和没钱的、有地位的和没有地位的、有文化的和没有文化的、有职业的与无职业的，在生存的压力与邪恶的诱惑下，无不走入了令人痛心的异化生存状态。为了钱，重庆小子可以把人当作牲口或货物“卖”给采石场老板；为了钱，采石场老板和“日本”老板可以任意欺负弱者；为了钱，官员腐败，下属无耻；然而，这些都不是作者重点要表现的，作者将笔像刀子一样刻下文字的是那群表面上令人同情的“弱者”。那些本应令人同情的打工者，是什么让他们甘愿变成任人宰割的“牲口”，以至于晓雷想救而不可能？从那个孕妇女工到两个保安再到“那条畸形的队伍”，他们一个个都甘愿给老板跪下，就是晓雷想拉也拉不起来，——并且这种跪是有充足的当下生存的理由的。那个本来纯洁的、主人公陈村的女儿，是什么使她甘愿被人包养？令人诧异和感到深刻悖谬的还有这些老板的招聘，他们要招恶人，招杀过人的人。他们一方面喝令别人跪下，一方面又要招那些不肯下跪的人，以便用“强者”去管弱者。人与社会的生存状态主要体现为人与他人的关系、人与他人所构成的人际生态链，以及人与社会体制等的关系上。在《被雨淋湿的河》中，这个生态链已经变成了弱肉强食之链，变成异化之链，人物之间的关系可借用河池另一位鲁迅文学奖获得者——东西的作品标题来说，叫作“没有语言的生活”。而最令人诧异的莫过于作品的两位主人公——晓雷和陈村,在他们貌似正直、淳良的后面,其心灵深处也早已被严重地异化和扭曲了。晓雷的仗义确实有血性,但我们千万不要误会以为他是作者笔下理想化的英雄——现代社会不需要佐罗,晓雷的行动只是一个血性青年在异化社会中盲目地冲撞:当“我”不相信他对“我”说的——教育勤俭公司不会给老师分红而会贪污掉老师们的股金时,晓雷说“你说怎么不敢?是我我都敢!……”并且认定“这年月坏人已经越来越多而不是越来越少,你不能随便相信谁是好人”,这些都证明其是在表面上的正气、大义和内心中邪恶的萌动间挣扎着生存的。换句话说,他只是还没有作恶的机会而已,如果有一天他在城市走投无路,谁敢保证他不会变成那两个拿着铁铲在半路抢劫陈村的歹徒呢?而作品中最令人同情的应该是乡村教师陈村,其头脑中的观念早已形成了可怕的定势(如他认为自己是政府的人而晓雷们不是,所以两者是不同的),因而在新生活的冲击中就像水中溺者失去稻草一样一根一根地失去他对社会体制依赖的根据、对亲情依赖的根据,甚至还有对生存中虚幻真善美的依赖根据;当他最后一次突破心理矛盾的束缚,怀着余勇踏上告状的路时,突然发现最后能为他正义信念背书的晓雷竟是个“杀人犯”,他最后的一点生存依据终于被彻底击溃,一头栽倒在了那条“被雨淋湿的河”上。从生态美学的角度看,极为耐人寻味的是,作品最后一段巧妙地以自然生态的恶化来隐喻人类社会生存状态的恶化:

> 那是一条曾经在岁月里流水汹涌的河,可是这几年,河里的水渐小渐小,最后竟没有了。警察们都觉得很是奇怪。都以为陈村是脚下没有站好而滑倒的。因为河床上的卵石们,早被细碎的雨水淋得湿滋滋的。

就像河水的干涸是所有河流的事情一样,鬼子不想给作品中的任何一个人留下情面,他笔下那种锥心刺骨的幽默读来只能令人泣涕痛哭;就像鲁迅在《阿Q正传》中对其笔下的人物“哀其不幸,怒其不争”一样,鬼子对人类生存状态如此掘地三尺的展示,已足以让我们感到其对人类命运关怀的拳拳之心。在通往人类和谐、自由地“诗意栖居”的道路上,这部小说的创作指向和现代生态美学所追求的终极目标是完全一致的,尽管作者没有在小说的结尾像鲁迅的《药》一样放上一个美丽的“花环”。

而《被雨淋湿的河》只是我们论证中列举的一个典型个案,在鬼子的系列作品中,诸如《瓦城上空的麦田》《上午打瞌睡的女孩》《农村弟弟》《学生作文》《苏通之死》《幸福时光》等,这种对人类生态状况的展示与忧虑已成为其明显的创作特色和符号,也正是这种直面人生的态度使其无愧于以“鲁迅”命名的鲁迅文学奖。

获得“中国曹禺戏剧文学奖”“文华剧作奖”“文化新剧目奖”等多项国家级大奖的仫佬族剧作家常剑钧,在其剧作中亦以独特的舞台艺术展示了人类生存状态的一面。著名的《歌王》(与梅帅元、陈海萍合作)写的是中国古代北方朝廷派韩歧为帅率征南大军侵入南方壮乡,而壮人头领勒欢在大兵压境之际不是组织民众练武抗敌,而是以歌阵迎宾。被激怒的韩歧命人将勒欢绑赴刑场,听候问斩。在监斩场上,天性浪漫的皇室郡主丹霞出于好奇,准许勒欢死前唱歌,并情不自禁,按骆越风俗“若是女子,歌场输了山歌,是要嫁给得胜的后生哥的”,与勒欢斗歌为戏。勒欢慧眼识巾帼,歌场上败阵的丹霞亦暗暗心仪年轻英俊、风流无比的骆越王。丹霞之父刘鲁作为钦差大臣前来,将丹霞许配给韩歧。三角关系产生了。在韩歧与丹霞新婚之夜,勒欢依壮人“赔米认舅”的风俗抢亲;因悲愤而醉的韩歧却意外得到壮族姑娘姐美的爱情。一个战场在三转两转之后竟变成了情场。就这样,剧作家以童话般的笔调,写了山歌能化干戈为玉帛,十万大军最终铸剑为锄、共建岭南的奇事。对于略知史实的人来说,当然谁都不会相信这是“事实”,但面对舞台,却又没有谁愿意否认这虚构的成人“童话”,因为对于人类来说,歌,山歌,从来都是快乐骑乘的翅膀,心灵相通的桥梁;山歌化解战争,恰是剧作家深刻地表现人类渴望和谐幸福、共生共荣的美好愿望。

在常剑钧的另一部彩调剧《哪嗬咿嗬嗨》(与张仁胜合作)中,作者以一群彩调艺人作为戏剧主角,不仅写了他们经历的荒年战乱、遍地杀伐,也写了他们在情场上几十年的“鸡争鸭斗”。剧情时间跨度几十年,剧中人物死的死、残的残,尤其是主人公李阿三因逃兵役被上司残忍阉割之后,曾一度丧失了对生活的信念,想就此永不返乡,永别心上人桂姑,但血雨腥风的现实最终使他悟彻人生的真谛,明白“夫妻不成调子在,调子才是真风流”的至理。在剧中,“调子”,这种轻快活泼、充满真和爱的艺术形式是作为人类生命追求的和谐、自由、幸福的象征而出现的,它已远远超越了戏剧类型之一种的范畴。彩调是娱众的艺术,也是释放心灵的艺术,从彩调中找到人生的归宿其实就是获得艺术的纯美的“栖居”,也即是突破社会的樊篱去寻求、获得生命的最高解放与涅槃。故此,虽然国民党军在村口架起机枪,但一群艺人为着回家(其实就是被异化的生存状态的回归),为着能回家唱彩调,而轰然倒在太阳般升起的“哪嗬咿嗬嗨”声中。

除了如此以血色人生来表现人在生态社会中的挣扎与追求外,仫佬族文学在人与社会的生态美方面的表现还有相当多的篇章是从较传统、正面的角度来进行的。老诗人包玉堂的叙事长诗《虹》,一开首描绘的就是一幅民风淳朴、社会和谐的生态极乐图,然而美境中的皇帝却为了自己的一己之欲,竟强抢民女花姐入宫;为威逼她成为供其淫乐的玩物,频频施行毒计。最后,是花姐以智慧、勇敢和鲜血与皇帝抗争,并得仙龙之助,喷火烧毁了吃人的宫殿。诗人就是这样以丑衬美,寄托了对美好、和谐生活的深切愿景,表现了仫佬人那来自远古的美好理想。

仫佬剧的开山之作《潘曼小传》(作者赖锐民、江波)取材于仫佬族民间流传的潘曼的故事,剧中写潘曼因打死恣吃民秧的官马而被官府追捕。张知县、山蚂蟥、刁老五、古怪精、夜禁婆等,或疯狂愚蠢,或奸诈无赖,或刁野横蛮,或歹毒阴险,或助纣为虐,人人欲置潘曼于死地而后快。就在这样的“追捕”之网中,作家却让潘曼如得水之鱼,不仅没有被捕,反而以其智慧一次又一次的惩治了恶人。潘曼的机智和幽默,他的为民除害,同样承载了仫佬人对社会和谐、生活安宁的美好愿望。

另外,改革开放所带来的农村巨变,乡村俗尘中所蕴藏的淳朴纯真的人际关系等,都是不少仫佬族作家尤其是留守本土的仫佬族作家们常表现的对象。龙殿宝的诗集《走在秋的景深里》中的部分诗作,谢和光的《听壁脚》《黎明前的幻灭》,刘冠蓝的《布鞋的遗憾》《格佬洗泽》,温远涛的《深山月》,吴帮国的《诨名》《桃花嫂》等在这方面都有诸多出色的表现。

三 ‖ 仫佬族文学中的人与自身

现代生态美学强调人类精神的自我提升与超越,追求摆脱世事烦扰、突破红尘俗念后所获得的恬静、淡泊与安宁。应该说,这种理念和中国古代儒、道、佛的核心思想有诸多相通之处。中国古代儒、道、佛三大流派,惊人相似的一点就是强调个人内在的修为,强调要通过自省、自定、自谐,以深厚的内力抗拒外来邪恶对内心的侵害,从而获得生命的自我把握。例如儒家强调要"养气",孟子便说:"吾善养吾浩然之气。"而所谓"浩然之气"即是将对名利地位的贪念等妨碍内心纯真的东西清除后所凝聚修炼的自然真气,正如文天祥在《正气歌》中唱的:"天地有正气,杂然赋流形。下则为河岳,上则为日星。于人曰浩然,沛乎塞苍冥。"它来自天地,故与作为自然之人以外的繁杂是对立的。而道家则强调要"无为",要"少私寡欲"。"少私寡欲"就是要抑制人类天性中潜藏的贪欲的一面。因为这种膨胀的贪欲必然会给自然造成压力,同时给人自身带来异化。道家追求的"道"的理想状态是"物我两忘"。"物我两忘"是天地万物一体、万物平等的表现,也是人与他物各自获得圆满自足的终极。因而道家强调"知足知和""知足常止",就像老子说的:"祸莫大于不知足,咎莫大于欲得,故知足之足,常足矣。"而佛家则强调"无我"。"无我"可以说是和"人类中心主义"相对立的理念,就是把人置于与世界上的万事万物平等的位置上,让其自然、和睦地共生共荣。中国古代这种强调内心自适之圆满,已成为人们在生存状态中以内心之不变应外物之万变的法宝,以冲突最直接和明显的武林对抗和博弈为例,其广泛流传的谚语是:"你狂任你狂,清风拂山冈;你横任你横,明月照大江。"(出自金庸《倚天屠龙记》)近年来国内外不少专家学者在研究河池长寿之乡巴马老人的长寿现象时,都不约而同地得出一个结论:这些老人长寿的一大秘诀就是他们的人性之和、心灵之安。经调查,凡是长寿者,几乎都心胸豁达开朗,达观适时,惯于过一种恬淡、清净、知足常乐的生活,他们与自然同轨相谐,沐浴享受着大自然的恩赐与馈赠,时常沉浸在一种怡然自得的愉悦心境中。

在仫佬族文学中,这种表现人与自身和谐追求的篇章亦不为少。在潘琦的散文中,除了上面所说的对自然生态美的追慕、礼赞外,对人类从内心深处追求宁静和谐美进行歌颂的篇章亦频频见于文集中。在《漓江情思》中,作者不仅写宁静的美景,更写追求宁静的内心:"身临其境,你会感到自然界的永恒,时间的凝固,空气的清新,阳光的灿烂,心境的平和、舒展、欢畅。什么烦恼、忧愁、困惑、苦闷都荡然无存!”作者甚至想将这象征着宁静、圣洁的漓江水“抱在怀里”,“我想起李孙远‘山静竹生韵,池清兰自香’的诗句,一下子把自己的感情全融化在山水之中”。这里的“竹”“兰”,难道不可以看作是作者心灵的化身吗?在《大山之韵》中,作者在听了黑衣壮姑娘如山泉般淳朴、自然的歌声后,感觉到一种别样的畅达与沉醉,“有一种说不出的吸引力和震撼力从山中向我袭来,心中陡然涌起一股冲动,仿佛一个自由的灵魂在奔放跳跃”。“自由的灵魂在奔放跳跃”,多好,这难道不就是现代生态美学追求的“诗意栖居”的极致境界吗?而在《翡翠姑婆山》中,作者在尽情描绘了姑婆山的绿色后,写道:“此时此景,我忘乎所以,忘乎所在,忘乎所思,一切的迷惘、烦恼、失意、悲伤、痛苦、私念都荡然无存,尽情地体味着生命的美好和自由,享受大自然的生机与真纯。”这很自然地就令我们想到中国古人追求的“物我两忘”的人生境界、心灵境界。

因此,潘琦的散文对自然美的穷形尽相不是其文笔的旨归,其旨归是要由外物美回到内心美,回到内心的自由与和谐。在《走访坳背寨》中,作者是这样体味外物美和内心美的关系的:

> 景色何处没有?再好的景色也是过眼云烟,唯有如同坳背寨人淳朴的民风、良好的风范、清静的环境、平静的心态是值得我们细细品味的。

他境他心值得作者细细品味,作者的得道之语又何尝不值得我们细细品味?而类似这般文字在潘琦的游记散文中仿佛坡上之野花,俯拾即是,让人感到其在生态美层面上泼墨走笔的自由洒脱。

心境是生活的折射,而在文学作品中,生活亦是作家及其民族心境的折射。更多仫佬族作家的作品,虽然没有潘琦散文那样直接表露对生态美的启悟,但他们通过对作品的环境、人物的描绘、抒写,亦可让我们感到仫佬族文学中追求的人类内心宁静、和谐的美。著名老诗人包玉堂在其代表作《走坡组诗》中,怀着对本民族的深情挚爱描绘了故乡最美好动人的一幕——走坡。诗人通过对一位仫佬族少女走坡的经过及心路历程的细腻描写,表现了仫佬族家园生活的温馨与甜蜜。这种温馨与甜蜜表面上是一种生活情境,实则是仫佬人心境的幻象。一个没有山泉般清澈内心的民族是永远不能创造诗意生活的。“走坡”——这美丽动人的青年男女交游图景,正是仫佬人心胸放达乐观、洒脱开朗、自由和谐的外化。潘琦的不少叙事散文和小说亦乐于从正面歌颂人性的美,其写物写景,常将其与人的性格、品质联结起来,以物喻人之胸襟与精神,或拔卓,或坚毅,或洒脱,或劲健,或热烈蓬勃,或挚爱坚贞,或团结齐心……让人感到灵魂原生态的飞翔、生命提纯后的灵动。

仫佬族剧作家任君在《粤西初仕》中,以被康熙称为“天下清官第一”的于成龙为主人公,尽情展示了这个在仫佬族居住区经历过心灵生与死的挣扎、搏斗的书生形象。于成龙四十五岁步入仕途,到“山如剑排,水如汤沸”的罗城任知县。恶劣的自然环境,本地官僚、恶痞对其刁难、暗害和中伤,人情事务的纠缠,使其深深感到如陷入一张无形的巨网中难以自拔。正是在这样的剧情背景下,于成龙作为一个不懈追寻生命自由、和谐的形象出来了。他终于决定“破网”,要冲破世俗的罗网,作一个真正无牵无挂的自由主体。就像蝶之破茧,就像蛾之飞翔,作家笔下追寻的便是那自由的灵魂。

仫佬族年轻的剧作家杨衍瑶在仫佬剧《红背带》中亦巧妙地通过一个小故事象征性地表现了现代人心灵对回归和谐的强烈渴望。一个无名女人因为一个偶然的原因丢失了孩子,为此,她苦苦寻找了八年。当然,这里边有母爱的因素,但作家在孩子找到后,让这个女人倾诉如此行动的缘由是“我想有个家”。以剧中道具命名的“红背带”是仫佬族母亲背子的工具,它是血缘的纽带,亲情的纽带,亦是家的纽带。这个类似于法国著名影片《心火》的寻子行动,其实象征的是人类正在苦苦寻找自己的精神家园。“家”,象征着温馨,象征着自然,象征着心灵的沉静与梦的圆满。

要在这样一篇篇幅不能太长的文章中尽述生态视野中的仫佬族文学是非常艰难的,因而,遗珠之憾也将是必然,请允许笔者就此打住。总而言之,仫佬族文学因其民族优秀文化传统的浸润,对人类的生态状态给予了极不寻常的注视,达到了和现代生态美学相一致的追求,这是极其值得欣慰的。我们寄望于仫佬族作家,在今后,用自己的笔,为这个世界需要文学滋养的人们奉献更多的甘泉。

(原载《南方文坛》2007年第2期)

以精神穿越写作

关于广西的青年作家

□ 张燕玲

作为广西的文学评论工作者，我首先是一位读者，在对广西作家作品的大量阅读中，寻找那些让我心灵为之一热、一动或一亮的作品时，我发现了许多热爱文学的年轻作家的笔，从人出发，穿越心灵，又以人为归宿，以精神穿越写作，真切地书写着发自他们生命深处的感受和发现。在这个出生于20世纪70年代前后的年轻群体中，有两个文学现象令我感动和惊喜：一是青年小说家群体，包括映川、李约热、朱山坡、黄土路、纪尘、锦璐、潘莹宇、橙子等青年作家；二是活跃异常的“青年诗歌群”：“自行车”“扬子鳄”“漆”诗沙龙、“相思湖”诗歌群以及“南楼丹霞”诗群等，刘春、非亚、盘妙彬、谭延桐、黄芳、吉小吉、陈琦、琬琦、许雪萍、伍迁、罗池、谢夷珊、大雁、董常跑、侯珏、卜安、牛依河、乌丫、费城、李冰、斯如等人的诗作，凸显了中国诗歌现场多元共生的艺术风貌，既受到传统文学名刊的青睐，也散见于各类诗歌民刊和网站。尽管诗质不一，尽管还缺乏卓立于国内诗坛的大家，但他们对诗与现实、诗与艺术的理解，以及对汉语诗性的把握日渐自觉和成熟。广西青年诗人与诗歌群体精神上相互取暖，创作上莺飞草长、杂花生树，他们在多元共生中建构广西诗人的不可替代的立场与文化身份，并逐渐在全国诗歌语境中获得认同。更为可喜的是“广西80后诗歌创作群”已闪烁其中。对于诗歌，我无力做出更为精确、诗化的评论。本文企望从小说个案出发，完成对广西青年作家穿越现实的精神叙述。

新世纪以来，广西的青年小说家中涌现了以映川、纪尘、锦璐、凌洁、蓝薇薇、杨丽达、冷月、紫音、梁志玲等人为代表的一批青年女作家，她们以自己出类拔萃的创作改变了广西文学女作家稀少的格局，以个性化的女性写作丰富了中国的女性文学。中国当下的女性文学中，女权主义写作始终强调女性对男权社会的反抗，启蒙主义写作则强调两性的平等，而映川却以自己创造性的写作婉拒这两条惯常之路。在她的一批中短篇和长篇创作中，尤其是2004

年的三部小说《宋响的玫瑰》(《作家》第 11 期),以及《人民文学》第 6、8 期推出的两个中篇《我困了,我醒了》《不能掉头》,表述的是现代女性新的精神取向——拯救男性。从《宋响的玫瑰》中那个裸体而优雅的女人对宋响的拯救,到《我困了,我醒了》中宽厚美好的卢兰对以沉睡逃避责任的张钉的唤醒,再到《不能掉头》中宋春衣对黄羊的拯救皆有表现。只是《我困了,我醒了》把拯救男性的故事叙述得更为开阔生动,拯救的问题也少了些刻意,多了人性向善的感染力,因而在三部同题作品中更具文学力量。作品不仅以极大的热情抒写了上善若水的卢兰,也以犀利的笔触揭示了与张钉同样犯冬眠症以逃避责任的男性世界。而对女性自我的拯救,新作《三公里》(《上海文学》2007 年第 6 期)冷静迷人地告诉我们:它只能来自女性自身、来自女性间生死与共的友谊。这种悲观与理想同在、尖锐与温情共生的诗性叙述,凌厉而富于骨感,文字从容并直指内心,充满智性,尤其是反讽的大量使用以及精妙可感的细节、精警的开头和寓意凸现的精彩结尾,都给读者意外的惊喜,也体现了作者出色的文学表现力。

映川以生活的鲜活感融入心灵的抒写,呼唤着男性世界的血性和精神力量,体现了她对中国女性写作的独特发现、独特表现及其不懈的艺术追求,她为今天的女性主义文学注入新血液的努力,引起了国内文坛的关注,入围颇具盛名的华语文学传媒大奖——2005 年度"最具潜力新人"奖,作品被众多的选刊和年度选本转载,《不能掉头》荣获 2004 年度《人民文学》优秀中篇小说奖。著名评论家李建军认为,映川和葛水平、晓航是 2005 年度中国文坛最值得关注的文学新人。

如果说映川的女性书写因阔丽沉静、尖锐温暖而智性丰饶的话,纪尘笔下的两性世界则显得巫气十足,灵气逼人。她秉承林白"私人性写作"的风格,执着于追问两性关系的层层冲突,开掘女性的内心世界,反思女性的成长之路,探索女性潜意识的深处,包括身体的尖叫与撕裂,以及对温情哪怕是片刻温暖的渴望。其中中篇《九月》(《芙蓉》2004 年第 2 期)、《并蒂榴》(《钟山》2005 年第 6 期)和长篇《缺口》(《大家》2003 年第 3 期)、《美丽世界的孤儿》(《钟山》2005 年长篇 B 卷)最为典型。两性关系为她的想象轴心,纪尘着力思索男人和女人,尤其在女性的爱与恨、生与死间,看到女性创世与灭世的原初力量,生生不息却以暴易暴;看到原罪的源头,根于男性私欲,根于原始生命的欲望。纪尘的叙述质地纯粹清晰、妖娆苍凉,寓意却暧昧深长,那抹亦正亦邪亦喜亦忧的复杂,那源源不断的意象和精神感悟,那来自生命深处的女性书写,契合着纪尘永远独处的静默的生活状态。她把自己当作美丽世界的孤儿,总是把自己置于人群的远处,偶尔见面,一副不知油盐不知汉魏执迷不悟的懵懂样,常常令人捧腹大笑。她简单地独处,又不简单地独自流浪,身体与精神的不断流浪,新疆、西藏、内蒙古、云南乃至广西边地,转身便是一部部岁月的光影和生命的碎片,真切而疼痛,优雅而锐利。读着她的小说,我好像感觉到她在穿刺自己那颗滴血的心脏,感觉到内心的灼痛,自虐又自恋,历经沧桑又远离浊世。然而,纪尘毕竟在尘世生存,拔毛离地而飞,当然无力解决两性间的层层冲突,无力与个人经验保持更大的距离,也无力思辨个人岁月与社会与女性宿命的关联,进而开拓更广阔的书写视野，进入一个更为广大的人心世界。她的新中篇《花街七十号》(《作家》2006 第 7 期）就有所突破，也为此，纪尘的书写值得我们期待。

同样也执着于书写两性关系冲突的锦璐，以中篇《双人床》(《当代》2004 年第 2 期）、《漏水浴缸》(《钟山》2004 年第 1 期）和长篇《男人的尾巴》(百花文艺出版社 2004 年版）等作品，描述了迷幻城市里迷幻的心灵、以及迷失在欲望中的俗男雅女，描述了系列的准成功都市男人——身体与精神大多委琐困顿、失血苍白，道貌岸然的外表还时不时露出卑劣的尾巴。锦璐与笔下的现代都市新女性们极尽嘲讽之能事，并以各自的理想，挣扎于一地《城市困兽》(《上海文学》2002 年第 6 期）的物欲与性欲中，找寻着身心的突围之路。锦璐的故事机巧不断、细节精彩纷呈，时而还不免身陷情节而缺失主体。这些作品连连被转载，《双人床》还获《中篇小说选刊》年度奖。但随着生活阅历和对小说的理解加深，锦璐对自我有了一次重新发现，写作面越写越宽广，叙述也越发讲究、越见质地。她新近发表的中篇《美丽嘉年华》(《花城》2006 年第 1 期）、《弟弟》(《钟山》2006 年第 2 期）、《补丁》(《广西文学》2006 年第 5—6 期）一反最初对城市欲望和男性的简单化描述和嘲讽，而是沉潜入现实的内核，敏感捕捉和展现现代都市人的日常生活和精神流变，尤其是遮蔽在日常生活中的人物特别是普通女性的心灵之光、坚执之气。她的笔触绕开她惯常描绘的准成功的俗男雅女，从晦暗的身体和狂欢的欲望走出，走向民间，走向人群里的小人物、小故事，天地宽广，却贴近心灵，根植人性。《美丽嘉年华》以对女性的关怀述说了一位下岗离婚的家务钟点女工卑微的生活愿望——也想拥有女雇主一样的口红，一生朴实的女工毁于一念之差，在公车上把手伸向他人的坤包。小说的结局，止于派出所电视正播放的城市嘉年华会上，那份迷幻的拜物狂欢连同女工一直被物质挤压的无助，形成了鲜明的反差和辛辣的讽刺，于是，小说由此延伸它锐利而绵长的寓意。锦璐书写着自己对这些日常生活、人之常情、生命碎片的种种发现，书写着自己对人物理解和细节描述的真切，书写着自己对女性柔弱而坚执心灵的独特想象和同情。锦璐以一种朴素复杂的现实情怀不断挑战自我，实现了向新的写作领域的开拓，实现了以情感穿透故事的新突围，相信她还会以更为精妙独特的精神书写，寻求新的叙述可能性。

尽管广西青年作家两度与“华语文学传媒大奖 · 最具潜力新人奖”擦肩而过，但继映川 2004 年入围之后，2005 年李约热再次成为角逐该奖项的最后三位青年作家之一，而且，他们的师长东西还荣获该年年度小说家奖。近日，李约热的小说集《涂满油漆的村庄》入选中国作协、中华文学基金会启动于 1996 年，旨在扶持中国青年作家的“21 世纪文学之星丛书 · 2007 年卷”，成为广西进入此项目的第一位青年作家。从为李约热赢得最初文学声誉的《戈达尔活在我们中间》(《广西文学》2004 年第 1 期），到《李壮回家》(《上海文学》2004 年第 6 期）、《涂满油漆的村庄》(《作家》2005 年第 5 期），再到《巡逻记》(《广西文学》2006 年第 5—6 期）、《青牛》(《上海文学》2006 年第 8 期），从容写作的李约热完成了一个从以隐喻虚拟自己精神世界的聪明的写作者，到渗透着自己现实经验与生命体验思考的尖锐而朴素的精神叙事者。

这条成长之路,凸显在李约热对那些留在土地上的父老乡亲的人生的深切关注之中,凸显在他对这片正在凋敝的乡村故土中丰厚复杂的乡村伦理和人性的独特发现中,而其中最具人性深度和宽度的是短篇小说《青牛》。《青牛》入选多种 2006 年度小说选本,获 2003—2006 年度《小说选刊》优秀短篇小说奖。

作为乡村工作队队员的"我",为了拔掉蓝月娇,一雪几任工作队员之"耻",在几次夜袭抓蓝月娇未果之后,强行牵走了蓝家唯一的家产——一头青牛。蓝月娇为牵回青牛,满脸悲伤地主动去办手续。几天后,当看到蓝月娇的丈夫在菜场卖那头几经折腾而病死的青牛肉时,才醒悟到牵牛时同事借故离去的原因——谁也不忍牵走蓝家生存的命根子,才醒悟到"我不是一个好人","我"的少不更事把一个贫困家庭推到生存的悬崖,而这个家的主人——那个在乡卫生院抱着"我"痛哭的、正在卖牛肉的蓝月娇的丈夫,却只是对"我"笑笑。这便是乡村生存的忠厚伦理,这便是无奈中生命的宽度,悲凉而又乐生,尖锐而又宽厚。由此,我们真切触摸到一位渗透着自己现实经验与生命体验思考的尖锐而朴素的精神叙事者的疼痛,这是李约热的疼痛,更是现代乡村的疼痛。作者在深厚的乡村伦理中,发现和体验到生命的宽度和深度。故事始终没停留于表象的叙述,没有止于对乡村权力简单的质疑,也没有肤浅评判,作者着力于把笔触顽强地掘入人物的心灵,掘入乡村深厚的伦理,更掘入人性的自我反省,更为可贵的是,这种深度和宽度的叙述是以一种扎根泥土的乡俚俗语般的白描实现的,那一个个富于个性化的朴素而精致的细节,活泼泼展示的却是乡村最普通也是最怆然的生存图景,它们抽丝般拉长"我"对蓝月娇一家深深的歉意,那歉意已深植中国广袤的乡村,挥之不去。

挥之不去的还有深深根植的乡村伦理,以及乡村伦理得以维持的灵魂人物,如他笔下的覃乃贵(《巡逻记》)、李约热的都安同乡潘红日《说事》中(《广西文学》2006 年第 5—6 期)的刘叔等,他们不仅是乡村繁复关系的平衡者,更是寻找自我向善之心的鞭策者。《说事》的层层设悬、步步问心,尖锐而宽厚、淡定从容犹如刘叔,中和却绵里藏针,散发着丰富的民间文化气息风格和人性光辉。此外,都安人潘莹宇、吕成品、周龙等人的小说同样富有才情,他们正以各自的文学品性丰富着令人注目的都安作家群。

在全球化背景下,呼唤本土化叙述成为中国文坛 2006 年的热点话题,"漆"诗歌沙龙"五君子"之一的朱山坡却在两年间,一手写诗,一手通过在报刊发表十余部中短篇小说,书写着他的乡土经验,并引起文坛关注。朱山坡的精神原乡——米庄,是一个由农耕文明向工业文明过渡的城乡接合部,他置身这群与他血肉相连的质朴善良、浮躁功利而又充满活力的乡民内部,抚摸着他们残损的乡土世界、麻木而乐生的灵魂,疼痛难已。他以漫画般生动粗粝的叙述,书写着今日乡村的精神困境和希望。尽管他的创作还有不稳定因素,但他的"米庄"系列鲜明的粤桂地域的文化色彩,充满原乡况味和野性隐忍的小说气质,无疑显示了作者对本土化叙述的自觉。其中最具代表性的是《我的叔叔于力》(《花城》2005 年第 6 期)和《跟范宏大告别》(《天涯》2007 年第 3 期)。

娶不起媳妇的叔叔于力,天天勤于地头,梦想以满地的芭蕉换媳妇。在蕉贱伤农的绝望中,他领回一个巧遇的来自大城市的疯女人,他无比珍惜并竭尽心力呵护她,治疗女人,为筹集医疗费,甚至不惜为人抬棺材,到医院抬尸体,他只想有个家,这是乡村最基本的伦理。女人一天天好起来了,并恢复了记忆,城里的丈夫也终于找到失踪多年的女人并把她接走。然而,女人根本不记得自己与于力做过夫妻,并生了个孩子。于是,悲凉不期而至,这个怨天尤人的卑微蕉农,经历了用自己的血汗钱关爱疯女人并为其治病的生存挣扎,作为一个父亲,于力再也回不到起点。然而,在生活的挣扎中散发的人性光辉,衍生出的水土气息、人性之根和生命的温情,自然也温暖催化着年少的叙述者"我"的成长。可惜,朱山坡没能对由此小说而刚刚开始弥漫的悲惨绝望色调适度把握,他以惊人的速度,一年内又发了近十个中短篇。年轻的他对人性与世界充满怀疑和悲观,他期望站在乡民的内部,写出乡民灵魂的真实性,"写出他们像牲口一样活"的生存困境。然而,在戏谑与反讽中,有欠沉静的朱山坡没有把握好荒诞美学这一审美尺度,他"将正常的世界扭曲给人看"的自白,以及在变形中走向极致的愿望,却因变形用力过度,让扭曲变态和冷漠削弱了人性与情感的力量,削弱了此前"于力"的生命暖意和作者对由苦难带来的疼痛的感知。真正的现实主义是对现实的关注精神,是从人道主义的角度对现实的怀疑和批判。书写苦难并非目的,而在于人在苦难中的尊严,在绝望中对温暖的怀想和渴望。《山东马》(《青年文学》2006 年第 2 期)、《空中的眼睛》(《山花》2006 年第 3 期)等等,都不同程度地留下朱山坡技术削弱情感的遗憾。所幸的是,对文学始终怀抱虔敬的朱山坡终于放慢了过于急切的脚步,经历长期的读书思考与良师益友之间对话的打磨、沉淀,就在近日,他推出了《跟范宏大告别》这篇大作,同样的民风淳朴,同样的野性气质的"米庄",同样注重建构小说的寓言,一个面对死亡拷问人性与世事的寓言,但他以诚实的笔,向历史和现实的内核、向人物心灵的深处开掘,而且饱含感情,从容干净,细节精彩可感。阙天津、黑寡妇、范宏大尤其丰满动人,他们在阴差阳错的命运挣扎中,却始终维系着深厚的乡村伦理和人性的宽容,他们遮蔽在日常生活里的情义拯救了朱山坡此前小说对"善"的绝望。曲折前行的朱山坡终于在残损的乡土世界中,发现和表现了生命的温度、宽度和深度。至此,故事与人物择善而生,坚韧而长。至此,朱山坡在扎根精神原乡的探索中,不断超越并发出了自己日渐独特成熟的声音,实属相当不易。

如果说诗人出身没有给朱山坡的小说创作刻下明显标志,诗歌却赋予黄土路的小说一抹诗性。土路尽管写了很长时间的诗歌和小说,却属于那种追求极致的作家,因而作品都有所追求(尤其是形式的试验)而数量有限。他的创作大抵关注的是城市里不同角落的外乡人的境遇和心态,以及乡村生存和精神的荒芜。无论是流落在城里的乞丐,无从着落的《年夜饭》(《广西文学》2006 年第 5—6 期),还是从神话走出来的被颠覆了的田螺姑娘(《桂村的田螺姑娘》,见《长城》2007 年第 1 期),甚至城里人熟视无睹的《垃圾桶》(《天涯》2004 年第 4 期),渴望被二手《洗衣机》(《青年文学》2005 年第 4 期)不断洗脑的处于精神崩溃边缘的城里人,都在土路的笔下活出各自的焦虑、精神困境和出路。土路看到了现代人生存中的困难,困难到令人产生“信”与“不信”的危机,因为连神话中因美善而幸福的田螺姑娘,在现世也不幸沧桑。人类的福地何在?强烈的怀疑精神使他上下求索,因而他的小说里,人和环境充满张力,故事结构与语言不断陌生化,尽管有时生涩,但我个人认为这对他小说的丰富性是一种消解,甚至还想到土路对文本间性和实验的兴趣是否在损伤其精神维度。但土路对人性的处理宽容而节制,诗意的触丝尖锐却有温情,文笔从容沉静,字里行间充满着他对底层人群命运的悲悯和思考,颇为独特还见精神和诗性,难能可贵。

同样与黄土路长于写小人物的,还有橙子(陈大明)。近年橙子在《花城》《山花》《青年文学》等刊发了不少书写那些卑微的生命以及他们在城市与乡村间被挤压的生存状况。在生活的困境中,处于底层的小人物像热锅上的蚂蚁,不停地下岗寻求再就业,不停地进城做淘金梦,不停地找城里姑娘结婚以改变乡下人身份,不停地挣扎。表面上,这只是生活中最平凡普通的现实。然而,橙子的笔并不止于画出系列的小人物,并不止于写出小人物们的困境与追求、挣扎与梦想,我们从程齐(见《麻将》,《青年文学》2007 年第 5 期)想以赌博来改善下岗境遇的妄想中,从田鸡(见《田鸡的爱情》,同上)宁可牺牲自己的爱情委身城里悍妇的投机行为中,看到橙子是想描述出生存背后国民的劣根性,哀其不幸,怒其不争。相信橙子让他的人物走向心灵的努力,会使他的叙述也走向节制、从容和丰富。此外,写诗写散文写小说且时有佳作的庞白,出版了多部儿童文学作品的王勇英等等,都从各自的文学土壤出发,以精神穿越写作,艰难地以各自独特的声音对时代发言。

以年轻小说家看广西青年文学,不仅仅便于评论,更在于他们不断的自我发现和骄人的创作,使我真切感受到他们内心日益明晰的文学理想;感受到他们在接续来自陆地、韦其麟,来自东西、鬼子等人的广西文脉的努力;感受到广西文学新一代拔节生长的声音,这正是广西文学的活力和希望所在。

(原载《南方文坛》2007 年第 4 期)

“北部湾画风”的形态及审美特征

□谢　麟

广西的“海洋文化”主要指北部湾文化。对应广西的“山地文化”“少数民族文化”“边关文化”等,北部湾的“海洋文化”更代表了广西的开放、开拓精神。随着泛北部湾发展战略的实施,北部湾地区正成为中国-东盟经济圈和自由贸易区的交汇中心和桥梁。作为中国经济增长的一极,北部湾的经济发展将是广西获得飞速发展的重大历史机遇。充分挖掘、整合、激活北部湾的自然、人文资源,以综合的实力和开拓进取的姿态迎接这旦无前例的机遇和挑战,具有十分重大的现实和历史意义。文化是一个国家和地区综合实力的表现,是经济发展的动力。因此,打造“北部湾文化”势在必行,是时代的需要和历史的要求。

作为“北部湾文化”的一个重要内容——“北部湾画风”,其文化和艺术形态及审美特征的研究及确立,对“北部湾画风”的打造和形成有着重要的意义。

一 ‖ 深远的历史文化渊源

北部湾因其地理优势在中国历史上曾扮演重要角色:“海上丝绸之路”的始发港,天主教最早传入中国南方的地点;中国西部出海口;中国海岸线最南端,与东盟各国海、陆、空交通便捷;中国最大的一批天然深水港之一;等等。这些地理优势,使北部湾地区成为广西乃至中国对外开放、交流的一个重要门户。因此,北部湾地区历史文化的结构,形成了东西方文化碰撞、交融的格局。体现出一种开放、包容、多元、开拓的“海洋文化”的文化特征。在这种大的文化背景下,北部湾文化与广西的其他文化形态形成了鲜明的对比。同时,“北部湾文化”又兼备了“边关文化”“少数民族文化”“山地文化”的重要因素,因而相对比其他沿海地区的“海洋文化”,更增添了丰富性和多样性。

在东西方文化融汇的过程中,除了西方文化,南洋文化和东南亚文化对北部湾地区也产生了很大的影响。

通过"海上丝绸之路"带来的中国与西方的贸易往来和文化交流,北部湾地区较早地接触和受到西方文化的影响。一些到南洋谋生的华侨,在拥有了一定物质基础后回来投资建房,把已形成形态的、融汇东西方文化的"南洋文化"传了进来,这种文化再融合地方文化,产生了一种独特的北部湾地域的"南洋文化"现象;而因为毗邻东盟各国,特别是越南等国家,一些东南亚文化因素也在北部湾地区产生影响。诸多因素构成的"北部湾文化",已不是概念中的"海洋文化",而是一个多元文化的复合体。"北部湾文化"正是这种多样性,具有鲜明的特点并有着独特的文化意义和审美价值。"北部湾文化"在广西乃至中国文化史上有着不可取代的地位,并将对中国-东盟自由贸易区的建立和泛北部湾战略的实施起到积极的推动作用。

"北部湾文化"以上的历史渊源和特征,决定了"北部湾画风"的文化特征和审美特点。

二 ‖ "北部湾画风"的文化形态和艺术形态

由于历史和地域文化的渊源,"北部湾画风"的文化形态也鲜明地体现出多元的结构。"海洋文化"的东西方文化交融体现出来的开放性,"少数民族文化"呈现的地域特点,"边关文化"体现出来民族精神,还有因地域环境培育出来的人文情怀等。这种多元的海纳百川般的文化结构使其融汇东西方文化而自成体系。

东西方文化的交融从远古发展到现代。北部湾沿岸主要城市北海市作为我国进一步对外开放的十四个沿海城市之一,还有凭祥、东兴等边关城市和钦州、防城港等港口城市,在改革开放中形成的一种开拓进取的改革精神,使得"海洋文化"在新的历史条件下获得了新的生命力并更具有现代性。

"少数民族文化"在北部湾地区主要体现为京族、壮族和其他少数民族文化,还有特点鲜明的"疍家文化"。

"边关文化"除了体现出爱国主义和民族精神,还体现出开放、包容的国际主义精神。

北部湾地区优美的自然环境陶冶了这一地域特有的人文情怀,正所谓"一方水土养一方人"。海洋、山区、丘陵的地理要素相互交融影响,丰富了"北部湾文化"的多样性。

文化形态的多样结构,决定了"北部湾画风"艺术形态的多元化。

"北部湾画风"的艺术形态可划分为两个组成部分:一是产生于本土的美术形态;一是研究和表现北部湾题材的美术作品。

产生于北部湾本土的美术形态,目前已成形并在全国产生影响的有北海水彩画。为什么称为"形态"而不说是形式呢?因为北海水彩画已经不是一个画种问题,而是一个文化现象。北海水彩画群体形成于二十世纪九十年代,至今已有十多年历史,主要创作骨干有近二十人。他们的作品大部分表现北部湾题材,因特有的文化和地域背景,体现出"海洋文化"所具有的审美特征。很多优秀作品入选大型全国美展并获奖,被学术界誉为"北海现象"。在一个城市,有如此多的水彩画家并具有相当的艺术水平,组成一个群体,表现本地域题材,产生了那么多的优秀作品,这在全国都是少有的。他们十几年如一日地表现北部湾,并在艺术风格上各有追求,以鲜明的艺术个性形成整体面貌,表现出很强的文化指向和鲜明的艺术追求。他们还克服了巨大困难,自己掏钱买房子组成“北海画家村”,作为北海水彩画的创作基地,在市场大潮汹涌澎湃的北海,潜心研究创作,执着地追求自己的艺术,并取得很大的创作成果。现在,北海水彩画在全国产生了很大的影响,成为广西、北海美术创作的一个品牌。北海水彩画作为“北部湾文化”品牌的一个重要组成部分,作为“北部湾画风”的重要组成部分,政府应大力支持培育这一文化品牌。为了打造好“北部湾画风——北海水彩画”这一品牌,有关部门应支持、管理、建设好北海水彩画的创作基地——“北海画家村”,解决目前种种困难,使北海水彩画有一个良好的创作环境;同时总结、研讨“北海水彩画”的创作现状和发展方向;并在全国平台上大力推介“北海水彩画”,促进“北海水彩画”往更高层次上发展。

北部湾一直是广西美术家关注的一个地域,很多画家创作了大批以北部湾为主题的作品,广西美术家协会多次组织画家到北部湾采风创作。这些创作成果,作为“北部湾画风”的另一个组成部分,它的艺术形式是多样的,很好地补充了“北部湾文化”的地域局限,增加了它的丰富性。

三 ‖ “北部湾画风”的审美特征

“北部湾画风”因其独特的文化指向和地域特点,所体现出来的审美特征具有多元交汇、刚柔相济的特点。也就是“海洋文化”的审美特征。

以北海水彩画为例。北海水彩画在形成和发展过程中,没有趋同的形式,而是每位画家在自己对北部湾的感受中探索适合自己的艺术语言。同样是表现海港、渔船和大海,不同画家的感受和艺术语言都不一样,有着明显的差异性;但不管差异多大,在画面上呈现出来的审美精神和人文情怀,都涵盖了“海洋文化”的特点。比如在艺术语言上,北海水彩画与传统水彩画的表达形式不完全一样,它既保留了传统水彩的某些技法和特征,又根据画家不同的艺术感受创造出了适合自己的艺术语言,并吸取了其他绘画语言的因素,形成了自己的面貌。这就体现了多元融合、勇于开拓的“海洋文化”的精神,从而具有现代感和地域特征鲜明的审美特点。

北海水彩画既保留了水彩画润透、柔美的特点,又具有阳刚大度的气象,充分地凸显了大海的性格。

在表现语言上,北海水彩画多以写意表现为主,即便在部分写实画家的作品里,也能明显地感受到画家强烈的主观情感。主观构成,意象表现,用富有鲜明个性的水彩画语言去表达北部湾的地域特征,成为“北海水彩画”总体面貌的特点。

另外,我们从其他以北部湾为创作题材的画家作品中,也能明显地感受到以上所说的审美特征,这就是“海洋文化”的特点和魅力。与以桂林山水为代表的广西“山水文化”、以少数民族题材形成的“民族风情”、以表现亚热带田园风光为主的“风景情怀”相比,“北部湾画风”更显阳刚大气之美,更具现代气息。

“北部湾画风”的阳刚大气的审美特征,跟我国西北和东北的以荒漠大川为基调的阳刚美不同,它深沉而变化,刚柔相济,多元文化交融而体现出更多的丰富性和多样性。

文化背景决定审美形态的形成,审美形态形成艺术流派的审美特征。所以,“北部湾画风”的审美特征,是受“北部湾文化”影响而形成的。

(原载《南方文坛》2007 年第 6 期)

2008 年

失声的缺口：纪尘的女性写作

□ 肖　晶

当下，女性写作呈现出作家以个人生存体验来表达女性生命体验的自觉。许多女作家围绕社会中心价值诗性地表达女性个体生存的可能与局限，她们找到了自己独特的话语方式，并试图从男女两性的关系上凸显女性经验，放大女性感受。她们把文学引向了一个微观世界。纪尘的小说，便具有这种特质：她从生命本体的角度，完成了对爱情和性的悲剧透视，淘洗出人性深层的污垢和泥沙，在女性写作中“为自己寻找并调节一种最为舒适的姿势”[1]，内心深处却保持了一份对文学艰苦卓绝的坚持和对美学的坚守。

纪尘2000年开始文学创作，先后在《当代小说》《作家》《芙蓉》《大家》《钟山》上发表《风之花》《没有计划的背叛》《爱情故事》《205路无人售票车》《九月》《缺口》《美丽世界的孤儿》等长短篇小说。其中《九月》在2003全国首届“华夏作家网杯”《中华文学选刊》文学大赛上获得一等奖。2007年第7期《青年文学》又推出了力作《第三支牙刷》，这是一部“为了探询某种事物的本质与意义”[2]的转型期的重要之作。纪尘的女性写作，有着一种内在的力量和心灵的穿透力。她自觉选择人性、人文关怀的角度，关注女性自身，呈现出一种游离在城市边缘和主流意识之外的精神状态，这种现实与幻觉交错的特殊状态，显示出她的“理性自觉”[3]和美学素质。

一 ‖ 自我救赎的女性体验

不可否认，改革开放以来的二十年是女性作家的活跃期。女性，无论从世界史还是从中国历史的位置上看，都属于弱势群体。因此，纪尘的女性写作也呈现出一种矛盾的状态：一方面是对于现实生活中一切不公正与不平等的反抗与决绝；另一方面是自我乏力的无奈与虚弱。女性自我解放心灵与身体的声音在男权社会里总显得单薄而微弱。同时，女性本身绵延千年的心理积淀中传统因素的影响，也使得女性写作始终负载着历史与现实的压力。这就使得纪尘的小说写作在这种压力之后呈现出三种走向。

一是自我救赎的诗性叙事。纪尘以女性的敏感、阴郁和孤独,逼视着内心焦虑,表现出自我救赎的审美趋向。她注重意味与氛围的叙事风格,在内向地表现个人经验与想象的同时,回避了与强大的现实世界的短兵相接,用作茧自缚的自我封闭来保护自我不被外界侵犯。她的《缺口》,由一个盲人,一个有声世界的弃儿来叙述,"从黑暗开始,从河流开始,从一把无所不能、锐利的刀开始"[4]。诗性的语言和朦胧的意境缥缈无定,一再地沉浸于女性绵密的情感世界,以诗性的沉思来展示女性的灵魂诉求,力图建立一个自足的内省的女性世界。纪尘在《缺口》题记中写道:"阴影般的往日是由一些虚无缥缈、从未发生过的事情组成的。它是思念的精致灰骸。它于无形中将现实消融——就像已燃烧掉的香烟——灵魂被呼出,余留灰烬。"[5]这种近似于谵妄的自言自语建构了纪尘文本中的女性世界。它是故事的,又是内心的,它穿透了纪尘的内心世界。她的写作是从她个人的内心出发,带着淡然的旁观者态度,带着自省和自我救赎的诗性叙事风格,引领读者走进故事的深处。纪尘以《缺口》来命名自己的小说,或许正是对目前的写作环境和人生状态的一种自我救赎式的精神认知。

二是构建以女性为自觉写作主体的体验文本。纪尘的女性写作仍然保留着对男权话语优势地位的迷恋,这也是作家自甘于边缘状态的潜在心理因素之一。这就注定了纪尘的小说将更加努力鲜明地立足于女性视角,以阐释女性文本中的女性本真体验。尽管这种不遗余力的表达方式显示出一种天生的无力感,但仍然可以给这个世界添点亮色。

纪尘的《爱情故事》从一个声音开始,"故事的两端,分别是两条盘旋扭曲的电话线。这两条曲线就像她手心扭曲交错的掌纹,也像,这个不按年表出版的故事脚本"[6]。这恰到好处地把握了女性本真体验的思维度,有助于读者更深刻、更细致入微地体悟女性文学的时代脉搏和独特风韵。在纪尘的小说中,这种不自觉的男权意识,以一种异化的方式存在。而女性为了尽快地提升自己的社会地位,不惜全盘接受男性对世界的思维方式和行为把握,并试图借用男性的声音来完成自己间接权力与地位的获得。这其实"只不过是男权思想在另一种形式下的改头换面"[7]。这在当前也许是一种无奈的存在,但是如果女性文学的最终目的只是为了与男性抢夺话语空间的霸权地位,而不在于实现女性自身心灵与身体的解放,那么这本身就注定了悲剧的结局。

《爱情故事》从女性的视角对女性自身独特体验的自由言说,注定要质疑直至解构长期处于垄断地位的男权中心话语,带着女性书写的独特审美品格和精神禀赋,倾听女性自己心灵深处的生命呼喊,是女性对自身生命体验的捕捉。在小说中,"疯子"是一个象征,可以视作是女性书写从被迫"失语"向主动"言说"过渡的一种象征。"疯子"和"声音"是纪尘在性别意识觉醒后的女性面对并立足于险象环生的社会希望有所依托而寻求女性自身支持的一种探索,一种求证,一种女性认同。纪尘在《爱情故事》《缺口》《渡口》等文本中,都直接表达了这种女性认同的意识。在这些文本中,叙事者试图建构起一个女性天地,在这片天地里,女性借助自己可以暂时避开男性及男性社会所带来的压抑和苦闷,让疲惫的身心得到慰藉以重新振作或不再以男性给定的规范为标准。但“疯子”和“呶云”的失声,注定了这种女性认同在男权社会中仍处于弱势,它在实践中或可昙花一现,但经不起时间的销蚀,也经不起整个男性社会对它的瓦解。

三是呈现从寻找女性自我救赎到寻找整个世界的审美趋向。《缺口》文本随着女性从寻找男性世界到寻找自我救赎再到寻找整个世界的过程,交织着对自我的关注与确认、对男性的依赖与挑战、对整个世界的探讨与参与的复杂矛盾心路历程。对这种复杂矛盾的动态演变的探寻,则忠实地记录了当代女性人生历程的转变。这种寻找,就是由对自身命运的关注到对自我的确认。这是女性主义文学的一种进步。

寻找意味着曾经失落。几千年来,女性的生存空间是低矮狭窄的。家庭中妻子、母亲的角色,社会上供男人消遣的角色,是社会为女性规定的位置。女性以一种特定形态弥漫于自身的生活空间,束缚着她们的生命自由。《缺口》中的题记,暗示了女性由自我寻找再到寻找整个世界的人生历程。处于男权世界中的女性,总是敏感现实境遇对她们社会角色和人生理想的摧折,她们或处于几种角色冲突的艰难境地,或为实现女性社会价值、寻求爱不得而困惑,或遭遇重大变故而被苦难吞噬。小说《爱情故事》中的“疯子”和《缺口》中的“呶云”“失声”无不透露出女性力图探讨外部世界过程中面临的艰难抉择时内心的痛苦过程,揭示了女性在寻找整个世界时所付出的艰辛和代价,这种艰辛和代价的选择表现了社会意识的文明层次却是不容回避的。女性要彻底改变自己的命运,使女人的生命价值得以实现,社会价值得以承认,与男人一起得到同一个蓝天,还须摆脱社会的羁绊,走出自我筑就的心牢。

二 ‖ 建构女性寓言与女性化的世界观

纪尘的小说创作,是建立在一个“寓言”基础上的。她把女性的所有意识以及对于世界的观点,都引向她的中心意境,即女性化的世界观。作家以具体的生活场景清楚地表达了她要把作品的哲学意义延伸到女性生命意识中去的目的,而这种女性生命意识与生存状态相互交织并挤压出的生活的本质就是:社会生活难以区分的混乱不堪,照出了男人卑微的内心世界以及女性内敛的绝望情绪。在处处充满缺失的世界里,人只能自己跟自己说话,自己跟自己过日子,自己爱自己。纪尘的小说一再验证着作家无法用平静的眼睛坦然地看待错综复杂的世界,以及面对即将被改写或被改造的世界所产生的种种无力感和无奈感更痛更深地刺激着作家的内心的命运。

从纪尘的小说中,我们可以看到各式各样女人的状态。这些状态都是在焦虑的巨大作用下,被无限延伸着。这种延伸的结果,必然就引向了另一个远不能逃避的问题:性焦虑。实际上,小说中各种试图分解此种焦虑的方法最后被证明只能让人更焦躁和无力。从抽象回到具象,纪尘借助了女性天生的敏感和潜意识,把女性寓言放大到极致,伴随着一个个寓言的诞生,她借由“声音”“疯子”“猫”“荒凉的渡口”“第三支牙刷”等意象,一再书写了女性化的经验叙述文本。纪尘的小说创作,从内容上完全可以看作是女性化的产物。作家赋予小说的意境和内核完全是女性的、梦境的。女性在无声世界里挣扎,可看作女性自己为自己寻找出路,为自己搭建通往外部世界的平台。当一切尘埃落定之后,女性不论是走向成功,还是走向死亡,都昭示了生活可能提示的方向:一切要靠自己。把幸福完全寄托在男人的身上是不牢靠的也是不现实的。

似乎一切又回到了原点。时间是不露声色的沼泽地,而女人就像是沦陷于沼泽的蜉蝣。于是作家作为代言人向世人发出了一份女性宣言:“从探索宫床那粒最初的细胞结合体开始,到日渐成形的胚胎,再到成为一枚成熟的果实而被排挤出那个温暖潮湿、带着甜腥气息的黑色通道,我知道了世上一切事物,均起源于一个柔软而隐秘的洞穴。”[8]这是一个有关女性的寓言,它证实了你我的来处、男人女人的来处、母亲的来处,都出自一个缺口:生命本源。在这个“缺口”中,作家为自己找到了一个真理:“我的生命再不可能被存放在除沉默之外的任何一种语言中。我就像一棵树,只通过一种神秘的感应来体验这个世界,对现实却无动于衷。”[9]

在纪尘的小说中,我们看到一个女人面对对爱的渴求、男人的背叛和这个不负责的世界时,仍然忘我地付出母性的温暖,就像复活的呶拉说的:“上天宠爱不说话的生灵,上天宠爱妈妈……”[10]是啊,生命是那么富有灵性,我们怎么能视而不见?

纪尘的《缺口》《渡口》《爱情故事》等文本,让我们体悟到在男性话语占统治地位的情形下,女性不可避免地呈现失语状态。这是一种悲剧性的命运,也是作家对女性当下现状的不安和批判。作家复活了“呶拉”,也体现了作家内心深处最隐秘的愿望:寻找和回归母性的来处。因为那是我们每一个人都应该去守护的精神家园。纪尘在其创作过程中有意将女性和白日梦结合,使得文本中“疯子”的意象呈现出象征和寓言的氛围;作家借助真实和虚拟的杂糅处理,重建了一个当代女性寓言和女性化的世界观;其叙事总在拒绝男性,男性即使在文本中出现,也只是符号化的形象。如《爱情故事》里电话那端的“他”和《缺口》里的“羊大作家”,都有意无意被弱化,或者只是作为女性的点缀而存在。“苍穹”是女性苦苦追寻的自由漂泊目的所在和精神家园,而爱的缺失和神话的破灭很大程度上正是我们这个时代中女性命运的寓言式的写照。

纪尘对当下女性的命运观照是从感性层面对女性情绪、女性意识流动、生命冲动、欲望追求、人性异化、性心理变态等进行深入探索开始的,她以女性的敏感和对生活的独特体验,从女性化内视的角度,细心描摹了处于都市及都市边缘的各色人物的心态,并从人物的内心世界透视广阔的社会生活的变迁和女性成长史。而其中表露的女性的焦虑与困惑又是女性生命体验中的重要组成部分,表现了女性在人与人性问题上的特殊视点,而这些视点涵盖了女性社会地位、人格、性爱、生存价值、婚姻等诸多方面,为女性正确寻求自救的道路进行了有意义的探索。她的女性化世界观在形式方面有一定突破,特别是在借鉴西方象征主义、唯美主义小说方面,从有意改变叙事切入的角度入手,尝试心理的、象征的、虚实交错的表达方式,使其小说的女性语境和女性意识更为凸显,而女性文学在此语境下,又成为注意力转移的一个依托之地。

而《第三支牙刷》则为我们带来一次美妙奇异的阅读体验,是一篇很有质感的小说。在一个利益化原则日趋凸显的市场经济时代,纪尘仍然坚守着自己的内心生活,从不放弃灵魂深处的审美诉求,完成了一次创作上的转型。纪尘在挣脱"宏大叙事"的束缚中,获得了飞升的机会,开始去触摸一种崭新的自我领域。

当女性被代入男性为自身统治创造的神话谱系中时,在父权统治秩序下,女性也许只能被定义为一片混沌、一个缺位、否定抑或空白。而女性写作的林白、纪尘们,强烈意识到这种压抑和异化,开始粉碎男性设置于文学中的枷锁,纠正因历史原因形成的具有深刻文化烙印的性别歧视与女性的自我屏障,在文学上为女性重新命名和定义,真正实现"我是我自己的"女性化世界观。只有这样,这种女性寓言才能以一种从心灵到肉体都凸显女性欲望和女性意识的叛逆姿态,从容追求灵魂的无拘无束和情感的自由自在,在肉体的幻想中渴望致命的飞翔,在苦苦地追寻中建构女性理想的精神家园。

三 ‖ 回归理性自觉和美学素质

20 世纪 90 年代的话语现实给中国女性写作带来了机遇,此时的女性写作已迈向独立的女性诗学阶段,女性写作已形成自身独立美学风貌。90 年代女性意识的彰显与强化,女性意识的高扬使女性话语越来越不依附男性话语,也不再遮蔽或忽略自身独特的女性欲望,它把长期在男性中心文化中浸润、吸收的具有男性欲望特征的女性欲望,改写成了真正属于女性自身的、不同于男性欲望的女性欲望,为女性文学的创作带来了新的突破性叙述和表现形式。这对纪尘的创作取向的影响是深远的。

在男权中心的社会文化里,欲望对于女性来说,是永远不被认可、不能张扬,必须隐藏到无意识深处去的一种"无名的存在"。然而作为女人即人的一种自然天性,这种"存在"在女性生命成长过程中,却得不到发展和承认。当纪尘们不再局限于"欲望等于丑"的认识时,她不是从回避欲望转向简单的"欲望等于美"的判断,而是在欲望领域作客观冷静的体察,并且特别关注女性在欲望面前的心理与情感体验,于是就有了让呶云通过复活了的呶拉回归到女性的母性生命体验中。

在《缺口》中,纪尘塑造了呶云这一奇异女子:一个女人的欲、情与梦想,在当下生存状态的性别遭遇和心理历程的挑战中,先后经历了父爱缺失、失语到追寻真爱与失爱的过程。纪尘笔下的羊啾云，既是啾拉的化身，又是蓝甜甜的影子，她在历史价值规范之外，其女性的本能欲望被唤醒，而唤醒她的恰恰来自于女性。于是在这个充满对女性的诱捕、限制和排斥的世界里，啾云从女性欲望被压抑、扭曲和扼杀中左冲右突，最后有了一套自己的活法，有自己的生命认同、欲望体验和命运规则。纪尘以一种肯定女性的方式，彰显了女性理想、女性角色、女性欲望。她塑造的“疯子”形象暗含了女性自我对生存、安全、爱、自我实现的本能以及文化上的要求和强烈的女性欲望。“疯子”对女性欲望一生都在委婉争取，却最终没能逃脱命运的悲歌。

从纪尘的小说中，我们不难看出她带有一种自恋自虐的倾向，但仍具有鲜明的理性色彩和美学素质。她笔下的女性对男性社会的躲避和远离，对受伤心灵的自慰与安抚，构成了其理性意味的内核。她的创作有助于女性欲望叙事权力的建立，表达了对女性自我魅力的肯定。她在作品中真切大胆地裸露女性自然生命力、身体欲求及生存价值，并让女性意识成为她们情感的载体，尽情书写女性天然、合理的人性欲望，表现女性曾经被压制，如今已唤醒、燃烧着的蓬蓬勃勃的生命欲求，展现了女性本真的生命内质及对自我生命价值的无尽追求。纪尘的女性写作文本，把女性的生命体验作为含义丰富、富有质感的意义载体，预示了女性在压抑中的觉醒和女性游离在现实与幻觉的特殊状态中的理性自觉回归。正是在此意义上，女性写作表达了颠覆性的文化意味，从而显示出女性这一特别存在对象的生命文化价值。

纪尘的《缺口》以南方城市为背景，女主人公啾云是一个在“父权”缺席的空隙中成长起来的女性主体。小说以啾云的心理发展贯通全书，通过对她潜意识中人性本相的叙述和表达，表现出一个孤独女性的心灵守望。这其实就是作家反抗现实生存世界的一部女性成长史。纪尘的小说旨在说明，女性要寻找自己，就必须为自己的女性欲望找到突破口。而“缺口”所表达的哲学意义，让我们窥见了女性欲望的主体性，这已经不再是男性欲望的想象表达，而是女性内在的真实的女性欲望的主动流露和深刻表达，显示了女性理性的回归和美学素质的提升。

在《爱情故事》里，纪尘借女主人公的内心活动，让这种理性自觉的回归表现得更具体、更直观。她写道：“她决定到他的城市。她让欲望做出决定。让欲望把孤独从等待状态中拉出来，使它焚毁，使它摆脱那种神经质的发作危机。再没有比孤独更真实的事了，它比香烟走得更远，比叙述走得更远，虽然没人知道它会走向哪里。”[11] 此时，作家的女性叙事显现了具有女性视角和立场的美学特征，女性只有站在这一立场言说的才是属于自己的而不是“他的”真正欲望，不再是男性欲望的折射抑或想象性的表达。纪尘的小说对女性身体和内心体悟的大量描述，不是孤立和鉴赏性的，而是包含了女性对自身身体美的发现，对自身欲望的陈述，对女性的理性自觉回归。这就使得小说具有了鲜明的美学素质。在她的不同的文本中多次出现“疯子”的形象，更是把美学素质发展到了一个极致：用全新女性话语进行本真书写，表达一种无法被符号、形象和意义代表的女性概念，言说一直被遮蔽、扭曲和扼杀的女性生命体验和女性欲望。“疯子们”是女性生命体验的延续,是女主人公们在回归女性理性自觉、回归女性本真的路上不断地探寻,迷惘而独立、坚韧而执着地行走的真实写照。

在《第三支牙刷》中,充满了奇特的叙事智慧,以及对现实存在的深邃思考。小说写人,却用一个物品作为标题,暗喻物对人的统治。纪尘以十分特殊的荒谬感和矛盾性,对现实发出诘难,对存在的荒诞境遇进行了隐喻或表达,完成了一次悲喜剧审美的飞跃。

在纪尘的笔下,我们看到了女性对女性欲望的张扬使其得以正视自己的自然本性,重新发现和找回女性丢失和被湮灭的自我。在《缺口》中,女性开始有了自觉的女性意识,有了独立的女性视角与女性话语,能表达独特的女性经验。“牙刷”则折射了人性与哲学的内涵,而“一旦人格分裂,人的精神的完整性就会破裂”,所以“牙刷”使吕良变成了一只无处可逃的兔子,女性则“重新感到了自己的存在,感到肉体受到一种几乎是智慧的启迪”[12]。

作为一个受过良好教育,有绘画天分并对色彩极其敏感的女性作家,纪尘不仅拥有敏锐的艺术触角,对艺术有某种天赋的感应力,而且能将自我人生体验和美学素质融会贯通,借助象征、隐喻手法,表现了现代人那种飘忽不定、朦胧神秘、复杂微妙的现代情绪和生命体验。解读纪尘的女性书写过程,再次验证了女性书写是“呼应了我们民族文明要求创新发展的内在呼唤”[13]。《缺口》和《第三支牙刷》大量运用内心独白和意识流手法,表明城市给人造成的极度压抑和因此产生的创作冲动。她的语言充满了潜沉的触角意象,具有一种直接和感性相通的理性气息,蕴含着对生活的极度失落感、挫折感以及由此而来的饥渴感、失措感、无力感和无法言说的内在力量。

“这是一个‘无爱的激情’时代,在指向占有和交换的激情左右下,人们正经受着日益严重的虚无化,而中国当代文学则真切地展现并毫无反抗地接受和认可了这种情感状态。”[14]因此,纪尘的女性写作也正悄然融入这一席卷世纪之交的女性文学风潮,不管你接不接受这种女性化私人化的特殊情感状态,纪尘正在尝试颇具新意的探索,她的写作有着更加自觉的女性视点。在现实伦理中,在女人的情感现实里,在现存的社会条件下,“女性写作仍然只是刚上路,所有的人只是在路上,在尚没有尽头的路上前行罢了”[15]。而纪尘的女性写作也在“路上”,一切还“在路上”,在上升着的“路上”。

[注释]

[1][4][5][8][9][10] 纪尘:《缺口》,载《大家》2004 年第 3 期。

[2][12] 纪尘:《第三支牙刷》,载《青年文学》2007 年第 7 期。

[3] 张燕玲:《玫瑰花开》,载《中华文学选刊》2003 年第 6 期。

[6][11] 纪尘:《爱情故事》,载《中华文学选刊》2003 年第 6 期。

[7] 杨楠:《试论中国女性主义小说创作的特点》,载《新乡教育学院学报》2005 年第 2 期。

[13] 谭桂林:《论 20 世纪中国小说的性爱叙事》,载《文艺争鸣》1999 年第 1 期。

[14] 葛红兵:《中国思想的底线》,14 页,郑州大学出版社 2006 年版。

[15] 安静:《婚姻解构与原欲构建:当代女性写作中情感历程走向之一种》,载《烟台大学学报》2005 年第 3 期。

(原载《南方文坛》2008 年第 2 期)

论清代广西的文学家族

“清代广西文学家族研究”之一

□ 王德明

从明代开始，随着外来移民的大量增加以及广西自身文化水平的不断提高，广西文学的发展就开始不断走向繁荣，并在清代达到了高峰。清代广西文学走向发展和繁荣的标志之一就是家族性的作家群的大量涌现。

最早关注清代广西文学家族问题的是韦湘秋先生，他在《广西百代诗踪》这部著作中，多次提到了清代广西诗歌创作中的这一现象[1]。这充分说明了韦湘秋先生敏锐的学术眼光。可惜的是，由于各方面的原因，他只是指出了这一现象，但并未就这一问题展开具体的论述，也没有看到他在这部著作之后的相关论述，留给了我们不小的遗憾。本文在韦湘秋先生有关论述的基础上，拟作进一步的探讨。

一

清代广西的文学家族，我们可以举出许多。例如乾隆、嘉庆时桂平的潘家，就有潘鉅、潘鲲、潘鳙、潘鳎四位堂兄弟，还有一位侄子辈的潘兆萱。这五位都是比较有名的散文家或诗人。潘鉅“善古文辞，精举子业”，还擅长诗歌创作，代表作有《闲居行路难》。潘鳙“多缘情绮靡之作”。而潘兆萱，一生创作的诗歌达三千多首，有《三十三峰草堂诗集》。在桂平，差不多与潘家作家群同时，又有“陈氏昆季三举人”，即陈纯士、陈元士、陈良士兄弟。三人同为举人，又同为有一定造诣的诗人。在靖西，有童毓灵、童葆元兄弟。童毓灵曾著《岳庐集》《秋思集》《宾山集》，童葆元则有《皆玉集》，这些诗文集虽都已失传，但在《峤西诗钞》等书中还可以看到他们文学创作的一鳞半爪，可见他们在当时创作了不少优秀的作品。

在临桂，文学家族更是不胜枚举。著名的就有陈氏家族，即陈宏谋、陈兰森、陈元焘、陈继昌。从文学创作的角度来说,在临桂的陈氏家族中,成就最高的无疑是“三元及第”的陈继昌。陈继昌的文学成就,不仅在陈氏家族中最为突出,他的《如话斋诗稿》中的有些作品在当时的全国都有一定的地位。他的祖辈、父辈陈宏谋、陈兰森、陈元焘都担任高官,都有一定的诗文创作成就。如陈兰森,官至江西布政使,诗文创作有一定的成就。在临桂,可以与陈氏家族的文学成就媲美,甚至超乎其上的是况氏家族。在况氏家族,先是有况澄、况澍两位堂兄弟以诗文著称。况澍有《东斋诗偶存》,况澄有《西舍诗钞》《西舍文遗篇》《粤西胜迹诗钞》。况澍的诗,虽不能自成一家,但也有可取之处。况澄的诗文,尤其是诗歌创作,成就较高。而他对地方文献的整理,更是功不可没。况氏家族的下一辈中更有一位大名鼎鼎的况周颐,其词名列“晚清四大家”,其《蕙风词话》影响深远,名满天下,至今仍是古典文学研究者研究的对象。在清代后期,临桂还有一个影响深远的文学家族,即以王必达、王必蕃、王鹏运为代表的王氏家族。王必达、王必蕃为兄弟,是当时著名的诗人。王必达有《养拙斋集》,其诗有杜甫风致。王必蕃有《桂隐诗存》,诗风近于汉魏古诗。作为晚辈的王鹏运,更是后来居上,词的创作取得了很高成就,创立了“临桂词派”,成为“晚清四大家”之一。他对历代词集的整理,也是居功至伟,开了近代整理词集的风气。龙启瑞、龙继栋父子,也是临桂著名的文学家族。龙启瑞为“岭西五大家”之一,散文与诗歌在清代后期均可称为大家,其子龙继栋也是有一定影响的诗人,有《槐庐诗学》。同为“岭西五大家”之一的朱琦,其诗文成就在当时名闻全国,可以说是道光、咸丰时广西最有名的作家之一。其父朱凤森,也是当时著名的作家,诗歌、散文均有较高成就,尤其是诗,可谓自成一家,有《韫山诗稿》。临桂的文学家族中,以廖鼎馨、廖鼎声为代表的廖氏兄弟也值得注意。廖鼎馨的诗现存不多,但他在当时却是颇有名气的诗人。而廖鼎声无论在诗文创作还是文学理论上,都堪称广西的名家,有《冬荣堂集》《味斋轩诗话》等。其诗作数量丰富,题材广泛,感慨深沉。同时,他又是广西历史上较早具有广西诗史意识的人,用论诗绝句的形式对广西地方诗歌创作的发展作了全景式的鸟瞰。朱依真,被著名诗人袁枚称之为“粤西诗人之冠”,与其弟朱依程一起,为朱家在文学创作赢得了崇高荣誉。他们虽都是布衣,但或工于词,或工于诗,都精于文学创作,其《九芝草堂诗存》和《耐寒词》在广西文学史上占有重要地位。此外,周必超、周璜、周炳翰、周炳森、周为鼎祖孙三代在诗坛上也有一定的影响。

生活在桂林的李秉铨、李秉礼、李秉绶、李宗瀚、李宗瀛是颇有代表性的文学家族。李氏家族本居江西临川(今抚州),后移居桂林。李秉铨为著名画家,虽然我们今天已看不到他专门的诗文集了,但是他的《粤西先哲书画集序》《墨林今话》却无疑是很好的散文作品。按照古人往往集诗人、画家于一身的规律,李秉铨肯定是精于诗歌创作的。李秉礼与李秉铨、李秉绶为堂兄弟,李秉礼,袁枚称为“诗才清绝”,其诗以陶渊明、韦应物为宗,平淡自然,自有一家风味,有《韦庐诗内外集》。李秉绶,既是著名的画家,又是著名的诗人。李宗瀚和李宗瀛是李秉礼的儿子,两人都是有名的诗人。李宗瀚是著名画家,又有《静娱室偶存稿》,可见也是诗画兼通的名士。至于李宗瀛,虽是李秉礼的儿子,著名的“杉湖十子”之一,“能读父书,为诗乃不相袭”,能自创风格,有《小韦庐诗存》。不论从作家的数量还是成就来说,在广西的文学史上,桂林的这个李氏文学家族应当说是比较大的。

容县和藤县是清代广西文学创作的重镇,许多作家诞生于此,同时也产生了不少有影响的文学家族。例如在藤县,道光时就有著名的“坛津三苏”,即著名学者、作家苏时学与他的儿子苏念礼、女儿苏念淑。苏时学是著名学者,对墨子的研究具有全国性的影响,与此同时,他的诗文创作也自成一家,著述甚多,被人誉为“藤州才子”。有《宝墨楼诗册》《宝墨楼楹联》《墨子刊误》《游瑶日记》《羊城游记》《爻山笔话》《镡津考古录》等。从这个著作目录可见苏时学的才情。他的诗歌创作深受当时人们的称赞,在广西诗歌史上具有重要的地位。受父亲的影响,苏时学的儿子苏念礼、女儿苏念淑都热衷于诗歌创作,虽然都是英年早逝,但留下了一些脍炙人口的作品。苏念礼有《雌伏吟》,苏念淑有《绿窗吟草》。

在清代广西的文学创作中,武鸣和宁明具有重要的地位,之所以如此,也是与当地的文学家族分不开的。在武鸣的文学家族中,最著名的是韦天宝、韦丰华父子。韦天宝有《存恒堂遗集》,在壮族诗人中比较知名。其子韦丰华虽屡遭不幸,但热爱文学之心不改,诗、词、文各体皆擅长,创作了大量优秀作品,有《今是山房吟草》《吟余琐记》《耐园文稿》等,成就远超其父。宁明的黄体元、黄焕中父子也是值得关注的文学家族。黄体元生活于嘉庆、道光时期,死时二十多岁。在短暂的人生中,他创作了不少诗歌,有《冷香书屋诗草》。其子黄焕中虽然主要的兴趣在军事上,长期追随刘永福,戎马倥偬,但不废爱诗之心,有《天涯亭吟草》。

在桂北,除了临桂是文学家族的主要产生地之外,其他各地也有不少文学家族。例如清代后期,永福就有韦麟阁、韦绣孟父子。韦麟阁虽然主要的兴趣在史学,但也有不少文学创作,尤其是诗歌创作,有《小舟别墅遗集》。其子韦绣孟沉沦下僚,生活于同治、光绪至民国初,对诗歌创作情有独钟,创作了大量感叹时世的作品,有《茹芝山房吟草》。在全州,则有以蒋励常、蒋启敭、蒋琦龄为代表的蒋氏文学家族。蒋励常生活于乾隆、嘉庆时,主要的兴趣在散文创作,有《岳麓文集》。其子蒋启敭不仅精于诗,也精于文,有《问梅轩诗草偶存》《文草偶存》等著作。其孙蒋琦龄更是后来居上,有《空青水碧斋诗文集》。这样,就构成了一个祖父孙三代的文学家族,这在广西的文学家族中是比较少见的。在灌阳,有以唐懋功、唐景崧父子为代表的唐氏文学家族。唐懋功仕途不算得意,但于文学创作却有不少热情,有《得一山房诗集》。其子唐景崧曾为台湾巡抚,于诗文创作颇为当行,特别是戏曲创作,更是晚年心血所在。晚年退居桂林时,系统地总结和发展了桂剧,并且亲自创作了《看棋亭杂剧》四十出,使桂剧第一次有了自己的剧目,对桂剧的发展做出了重要的贡献。

在来宾(清代为迁江县)则有著名的凌氏三兄弟,即凌应枏,凌应梧、凌应柏。他们生活于同治、光绪间,在诗文创作上取得了较高的成就。凌应枏一生主要为学官,诗歌创作数量颇丰,有《依蒲吟草》《衔芦吟草》等。凌应梧是凌应枏的堂兄,仕途较顺,于文学创作颇有兴趣,有《劳薪集》。凌应柏是凌应梧的胞弟,诗歌创作有一定的特色,有《狎鸥集》。

就实际的情况来说,清代广西的文学家族数量应当是比较多的,以上我们只是作了一个简单的梳理,其实是挂一漏万,还有许多的文学家族有待我们去发掘研究。

二

清代广西的文学家族,主要有五种类型,即父子型、祖父孙型、兄弟型、叔伯兄弟侄子混合型和夫妻型。

父子型的文学家族,如上文说到的苏时学、苏念礼、苏念淑父子、父女,朱凤森、朱琦父子,龙启瑞、龙继栋父子,韦天宝、韦丰华父子,唐懋功、唐景崧父子等。在这一种类型的文学家族中,毫无疑问,父亲的文学爱好对儿子的影响是巨大的,但就文学成就而言,多数是儿子超过父亲。例如,朱琦的文学成就远超乃父朱凤森的成就,韦丰华、唐景崧也是如此。但是,如果父亲的成就很高,声名太响,儿子就很难超过父亲,例如龙继栋的文学成就就远不如乃父龙启瑞,苏念礼、苏念淑也远不如乃父苏时学。

兄弟型的文学家族,如上文我们说到的来宾的凌应枬、凌应梧、凌应柏"凌氏三兄弟",桂平的潘鉅、潘鲲、潘鱵、潘鳎"潘氏四兄弟",临桂的廖鼎馨、廖鼎声兄弟,朱依真、朱依程兄弟等。这种类型的文学家族,有的是亲兄弟,有的是堂兄弟,往往其中有一位是相对成就较高的。

一般情况下,文学家族往往是由两代人构成,因此,祖父孙三代甚至四代的文学家族在清代广西的文学家族中比较少见,比较著名的是临桂以陈宏谋、陈兰森、陈元焘、陈继昌为代表的陈氏家族。陈宏谋是陈继昌的曾祖,陈兰森是其祖父,陈元焘是其父亲,他们与陈继昌一道,构成了一个四代相传的文学家族。这种情况在广西的文学家族中极为少见。在全州,则有以蒋励常、蒋启敭、蒋琦龄为代表的蒋氏文学家族,蒋励常、蒋启敭、蒋琦龄这三人是祖父孙的关系,虽然每一位专攻的文体不同,但都取得了比较显著的成就,在整个广西都显得比较突出。

叔伯兄弟侄子混合型的文学家族在清代广西的文学家族中比较常见,例如上文说到的以王必达、王必蕃、王鹏运为代表的王氏家族,以况澄、况澍、况周颐为代表的况氏家族等。在临桂王氏家族中,王必达、王必若为兄弟,王鹏运是王必达的儿子,是王必蕃的侄子。在况氏家族中,况澄、况澍为堂兄弟,况周颐是他们的侄子。像这样的情况,在清代广西的文学家族中较为常见。

在清代广西的文学家族中,还有一种上文我们没有说到,实际上比较普遍的情况,即夫妻型。在清代,我们可以举出许多文学伉俪,例如桂平的潘兆萱夫妇。潘兆萱为桂平著名的诗人,他的妻子黄氏也是一位诗人,《三管英灵集》就收了她好几首作品。再如龙启瑞与其继室何慧生。龙启瑞是著名的古文家和诗人,其继室何慧生是长沙人,长于诗词创作,有《梅神吟馆诗词草》。汪运与他的夫人李学玉,也是一对典型的文学夫妻。汪运是“杉湖十子”之一,其夫人李学玉的诗歌颇有特色,而且有的诗逼近丈夫诗歌的风格,以致后人把她的几首诗当成了汪运的诗,有《桐花窗诗存》。在广西的文学伉俪中,晚清临桂的邹绍峄与萧玉姑也是比较有名的。邹绍峄有《飞仙馆诗集》,萧玉姑则有《愁春诗集》。后人把他们两人的诗集合刻为《痴仙吟草》。

如果从地域分布的情况来看,清代广西的文学家族往往集中在文学创作比较发达的地区,如桂北的临桂、全州、永福、灌阳等。临桂的情况最有代表性,从上面的描述可以看到,临桂的文学家族不仅数量最多,而且影响最大。大体而言,在广西全境,桂北远远多于桂中、桂南。在桂中、桂南,文学家族也主要集中在桂平、武鸣、宁明等文学创作相对发达的地区。这种情况与广西的整个文学创作的地域分布情况基本吻合。

从时间的分布来看,清代广西的文学家族比较多地出现在中后期,具体而言,主要出现在嘉庆、道光、咸丰、同治、光绪、宣统这一百余年的时间里。在此之前的顺治、康熙、雍正、乾隆时期,虽然也有一些文学家族,但数量远逊于嘉庆以后。这一特点与清代整个广西文学的发展也是相一致的。[2]

三

清代广西文学家族的广泛出现具有标志性的意义。在清代中期以前,由于广西文学始终处于不发达的状态,因此,相应地就很少出现文学家族,绝大多数作家都是以单个的形式出现在文坛上。我们所熟悉的曹邺、曹唐等,无不如此。直到明代和清代前期,基本上也还是这样。这说明广西的文学创作本身就是形单影只的现象,不能形成群体效应,得不到家族亲人们的广泛认同,同时也就不能在家族内进一步延续文学创作的传统,让文学创作发扬光大,形成代代相传的群体。这在“一个高僧两名士,二千年内见三人”[3]的情况下是极为正常的现象。而清代中后期广西大量的文学家族的出现,则至少说明了以下几个方面的问题:

第一,文学创作已得到家族内部成员的广泛认同,并视之为一种必要的修养。这一点也可以说是广西文学之所以能在清代中后期崛起的重要原因。观念往往是一种社会现象出现的前提,文学创作既然在广西人的思想意识中得到了认同,那么,它也就解决了发展过程中的关键问题。这既是文学自身发展的结果,同时也是当时文人们思想发展,乃至当时社会发展的结果。

第二,文学创作在清代中后期的广西已蔚然成风。文学家族的出现往往是以社会广泛的创作队伍为基础的,它的广泛出现,必然有更广大的作家队伍为依托,因此,它在很大程度上就是当时广西庞大的作家队伍的一个缩影。如此众多的文学家族,其背后的作家队伍也就可想而知,由此而知当时广西作家数量之多。

第三,标志着广西的文学创作走向了成熟和繁荣。如前所述,文学家族的众多,说明当时广西作家人数众多,作品丰富,这是广西文学走向繁荣的重要标志。同样,众多文学家族的出现,从作家队伍的形成或表现的方式来说,它改变了以前以单独个体为主的形成或出现方式,使之成为群体或团体式,这既是一种繁荣的标志,同时也是一种成熟的标志。另一方面,文学创作只有自身具有强大的吸引力,才能吸引家族内部不同类型的人参与其中。在清代中期以前,就单一的某位广西作家来说,其成就也许有令人称道之处,但由于势单力薄,不能形成吸引旁人的“引力场”,因此也就不能形成文学家族,由此也就可以看出当时广西文学整体上的幼稚。而当文学家族广泛出现时,说明文学创作的“引力场”已足够强大。

更为重要的是,清代广西文学家族的广泛出现,极大地促进了文学的发展,为广西文学的崛起做出了重要的贡献。这表现在几个方面:

首先,无论是子承父业还是兄弟、夫妻之间的相互影响,都在客观上培养了家族成员的文学兴趣,代代相传的家族作家构成了文学创作的链条,形成了文学创作的群体效应,促进了文学创作的繁荣。民国时,永福的赵友琴在谈到他的家族情况时说:“余家世耕读,高祖考廷桢公、曾祖考庆祥公均工诗,有《听松庐》及《蛙鼓诗集》传世,先叔祖考心笙公讳文粹,为先曾祖考庆祥公之次子,先祖考才石公之同怀兄弟也,生有风慧,器宇不凡,幼承庭训,致力于诗、古文学,前清同治丁卯科中式,辛未科进士……不特为一代循吏,而其诗名噪一时。”[4]这里说到的是晚清永福一个不太为人所知的文学家族的情况,可以看到,这是一个三代相传的文学家族。这个家族的三代构成了文学创作代代相传的链条,同时也形成了一个文学群体,为清代广西的文坛提供了几位作家。广西文学之所以能在晚清繁荣一时,也正是因为有着无数这样的家族。

其次,由于文学家族内部成员往往具有密切的亲属关系,因此,往往易于开诚布公地交流文学创作的心得体会,极大地提高了家族成员的文学素养和对文学创作的认识,促进了创作技巧的提高。梅曾亮《韫山诗序》谈到刚认识朱琦时:“怪其齿之壮而诗学之深。伯韩(朱琦)曰:‘昔先司马(指朱琦之父朱凤森)好诗,家居、出游、从宦、寝处、饮食,未尝去诗。与子弟言学,未尝不及诗。’”[5]正是因为有了朱凤森对诗歌创作的浓厚兴趣,才培养了朱琦对诗文创作的兴趣。同时,又由于他与“子弟言学,未尝不及诗”,跟儿子们常常讨论的是诗歌创作的心得体会,这必然加深儿子们对诗歌创作的认识,提高创作的水平。朱琦之所以成为清代广西文学创作成就最高,影响最大的作家,除了个人的资质禀赋较好及后天的努力之外,家庭内父子之间的文学交流也是非常重要的因素。贵县(今贵港)的李彬、李懋培父子是清代广西诗坛上的两位著名诗人。李懋培在《一通集·自序》中说:“培自习举业时,间亦学诗。故因事浪拈,随人应答,与足迹所及,乘兴记略约十年,纸页不无遗散。今岁无事,因检出令儿辈录之成帙呈家严,请定去取。家严曰:诗言志也,人各有志,遂各有言,两不相代。汝作未足言诗,但不外为通,通则可存也。培喜曰:物莫不恶乎其塞也,今夫水源通,性也,而下流一雍泛滥,莫可纪极,惟心亦然。虚灵不昧,本固在焉,气一拘,物一蔽,则暧昧多,而冲决横出之患,竟若狂澜之无由底止。今培言幸通,是志不塞而心之灵之可用也。”[6]这段话非常具体地记载了李彬、李懋培父子关于诗歌创作的对话以及李懋培从父亲的谈话中得到的启发和感悟。这是父子间亲密无间的谈话,李懋培从中得到的启发无疑是非常大的。这无疑大大提高了他创作的兴趣和认识。

再次,文学家族成员由于性格、思想的相似性,特别是由于特殊的亲情关系,很容易在创作风格上趋于相似,使一个家族的文学创作在风格上保持相对的稳定性,形成这一家族不同于其他家族的风格特点。众多这样的文学家族的存在,就形成了清代广西文学创作百花齐放、风格各异的局面,推动了广西文学的发展。如王必达是临桂的诗人,他的诗慷慨悲歌,颇多忧愤之作。集中的《春夜郰城遇雪早发时黑龙江归兵抵郰》《秣陵客舍感事二十二韵》《从大榕江到全州途中作》这样的作品,从诗题就可以看出其大致的内容。王必达这样的特点,对他的儿子王鹏运产生了重要的影响。虽然王鹏运一生的主要兴趣并不在诗而在词,但是,王必达的这种感时忧世的精神,深深地影响着王鹏运。王鹏运为人耿直敢言,关心时事。在京时,屡次上疏朝廷,希望兴利除弊;对慈禧有所规劝,对朝中大臣也多有弹劾,曾参加强学会等改革组织。况周颐《礼部掌印给事中王鹏运传》说:“鹏运直谏垣十年,疏数十上,大都关系政要。”“甫通朝籍,即不谐时论;置身言路,敢于抨击权强。”这样的特点,使他在仕途上饱受挫折,历尽坎坷。而在词的创作上,也颇多感叹时事之作,如《满江红》(送安晓峰侍御谪戍军台)等是最为典型的作品,其他的作品也许不像这首《满江红》那样直率,但低回抑郁之中,始终跳动着一颗忧国之心。我们如果将王必达的《养拙斋集》和王鹏运的《半塘定稿》合读,就会发现,他们父子两人的作品,尽管体裁有别,但风格神韵何其相似!类似这样的例子,在清代广西的文学家族中不胜枚举。

清代广西的文学家族数量众多,形成的原因比较复杂,而且表现的形态也千差万别。也正是因为这样的特点,才使清代广西文学表现出精彩纷呈,百花齐放的景象。

[注释]

[1] 韦湘秋:《广西百代诗踪》,广西人民出版社 1995 年版。

[2] 参见拙文《论广西文学在晚清的崛起》,载《南方文坛》2007 年第 4 期。

[3] 苏时学:《暇日偶翻两粤前辈诗集有所得戏作论诗绝句十五首》之三,《宝墨楼诗册》卷七,咸丰

十一年刊本。

[4]《兰香吟馆诗稿序》,稿本《兰香吟馆诗存》卷首。

[5]《韫山诗稿》卷首,咸丰七年。

[6]《一通集》卷首,民国十四年排印本。

(原载《南方文坛》2008 年第 3 期)

“八桂书风”初探

□潘　琦

书法是中华民族文化的瑰宝。几千年来，中国书法的各种字体都随着传统文化的传承与发展，各有其展，各有其用，各得其妙。广西至少在唐代就出现了书法家，随后越来越多的桂人喜爱书法，并以自己的才艺纵横驰骋，既沐浴在先哲们的光辉之中，又以自己的灵光为中国的书法艺术增色添彩。文化艺术本身就意味着提炼，光有世俗生活的取向显然还不足以震慑人心，还要有揭示世俗生活的勇气。缺乏新鲜的审美发现和价值判断，往往就会流于对生活表象的描摹。如果在认识层面上相互雷同或僵化，就难以表现宽容的、崭新的精神视野和人文境界。从这种视角去探讨八桂书法的风格，为中华书法艺术增添新色彩，有重要的文化价值和现实意义。

“八桂书风”提出的理由

2007年，中国书法家协会原主席、著名书法家沈鹏先生到广西，我在与沈老谈及广西书法发展状况时，提出探索“八桂书风”的构想，其目的是研讨书法与地域文化、民族文化的关系，提炼出一个地方书法的个性，对推动一个区域书法事业的健康发展会大有益处。沈老当即表示支持，并说：“这也是一种创新。”“八桂书风”是否可以立得起来呢？笔者认为是可以的，理由如下：

一是书法与民族文化有密切的联系。由汉字书写而生成的书法艺术，是中华民族的文化瑰宝，充分体现着中华民族的审美思维及精神特征。中华书法不仅是从点画局部乃至全幅整体上去表现汉字书写之美，让汉字展其美字、舒其美叶、花萼相承、枝叶敷畅，成为摇曳于艺林中的奇葩，而且在一代又一代书法艺术家丰盛创造的沉积中，将书法艺术境界拓展至宏深、高远、瑰丽，使书法成为中国艺术中最普遍，又极受尊崇的艺术，成为由民族文化造就的艺术巨擘。广西历史悠久，在四五万年前旧石器时代晚期，就有“柳江人”和“麒麟山人”在此劳作生息。秦统一岭南后,开凿灵渠,沟通长江水系与珠江水系,促进了广西与中原经济文化的交流。悠久的历史,形成了广西绚丽多彩、独具特色的民族文化。春秋战国时期广西先民在左江沿岸创作的崖壁画,汉代前创造的大铜鼓以及古朴典雅的干栏建筑,成为当时文化的代表。广西丰富多彩的民族文化成为中华文化的重要组成部分。广西书法家继承和弘扬优秀的民族文化,创造出有时代气息的书法作品,不仅在传统的书法层面去继承,而且进行了更广泛更深入的求索,为传承和发展书法艺术,做出了艰辛刻苦的努力,颇有成果,为我们今天探索"八桂书风"提供了丰富的人文资源。

二是书法体现人品道德。书法艺术构成这样的系统,即书心—人心—天地之心,从字迹可以看出书家之心,甚至一个字可以见心底,点画传情,可与灵台之波动相契,行间挺拔志气,也可以和灵府之磊落相合,书法有时可以表达一种无法用言语表达的情感,述不可述之思,抒不可明之情。书法被视为一种人生的游戏,可体现人品、书品。俗话说:"一方水土养一方人,一方人造就一方文化。"广西人生性忠厚老实,热情大方,待人真诚,或性格内向,不善言语,这种心理素质和性格特征反映在广西书法家的书法作品中,表现出谨严、率性、雅丽、透视、默会、深层,迹显心通,显示自我个性的特点。书法艺术要有强烈地表现自我意识的觉醒,个人灵性的激扬,把握自我,追求个性,这样才能汇合成新的时代风貌。今天我们打造"八桂书风"就是为了张扬书法个性,创造出有时代气息的书法。

三是书法艺术有极丰富的创造。书法艺术和其他艺术门类一样,需要创新,通过书法艺术的继承与创新,用书法显示自我的美感,又显示时代的美感。每个时代书法家美的创造集合,表现出一个时代书法的美感,每一地域的书法家对书法的感悟,创造了这一地域书法的美感。书法之美,是我们中华民族用笔墨对汉字美的发掘创造的结晶。中国是个多民族相聚的大家庭,各族人民在其共同发展文化的过程中,由于民族风俗、民族文化等不同的特点,因此各民族都具有独特的审美的心理和审美方式。广西各民族的书法家接受书法传统美育的教育与熏陶,但他们的审美心理、审美方式亦受民族、地域的影响,形成自己的风格,都具有自然气息,富韵律之美。

"八桂书风"的基本概念

先秦时期,广西属百越之地,公元前 214 年,秦统一岭南,设置桂林、南海、象郡,广西大部分地区属桂林郡。广西称"桂"由此而来。"八桂"是指"桂"的八个方位,即桂东、桂西、桂南、桂北、桂东南、桂东北、桂西南、桂西北。今天,我们提出"八桂书风",即研究探讨八桂书法家书法艺术的风格、风范、风度等方面,是一个地域性书法家群体的概念,不是规范书法家书写形式和字体的代名词。所谓"八桂书风"即生活和工作在广西的书法家,在从事书法艺术创作实践中,受广西自然环境、人文环境、生活环境的影响,受地域文化和民族文化的熏陶,形成了一种对书法艺术追求的目标一致、书法审美的心理相通、书法理念相似、价值观念相同的书法艺术风格,称之为“八桂书风”。“八桂书风”是广西书法界的名片和符号,是广西书法艺术家展示才华的平台,是培养广西中青年书法艺术家的阵地,是对外开展书法艺术交流的窗口,是团结广西书法艺术家的一面旗帜。打造“八桂书风”旨在动员和组织广西书法家继承和发展传统书法艺术,大胆进行书法艺术创新,使中华书法艺术得以发扬光大,为中华书法艺术增色添彩,推进和谐文化的建设!

“八桂书风”的基本特征

“八桂书风”和历代书法形式一样有其风格和特征,通常说的“字如其人,文如其人”就是这个道理,纵观八桂书坛,特别是近几十年来,经过广西老中青书法家的共同努力,积极探索,逐步形成了八桂书法艺术的特征。

特征之一,清秀中显灵气。广西是一片美丽神奇的土地,这里风景秀丽,山水锦绣,如诗如画。广西书法家置身于青山绿水之中,陶冶情操,激发创作热情。有道是“心由境造”,在这样的秀美环境里,丰富了书法的表现力,开辟了书法的意境,因此在用笔、结构、章法、气韵以及审美心理和艺术追求上都表现出一种秀美、透明的意境,字体显得清秀、富有灵气。

特征之二,洒脱中见精神。社会由封闭走向开放,传统由因循走向变革,精神由压抑走向自由,个性由束缚走向解放,广西书法家的思想观念逐步走向深层,大胆探索开辟出新的书法艺术意境,他们既寻觅创作的思想新模式,又追求创作手法的新形式和创作的新境界,既有传统内涵,又有时代风格的融合。洒脱自如,熔铸创新,即是他们焕发出的艺术精神。

特征之三,厚实中见禀性。我们在观摩书法家的墨迹时,犹如与才华横溢、人格高尚的学者心灵对话,从而感悟到他们的道德与情操,学识与修养。广西书法家禀性忠厚朴实,他们的书法极少虚张声势、草率粗陋、浮华藻饰。他们笔法沉厚、精气通畅、秉笔直书,将心灵的躁动、性格的朴实、情感的丰富形诸笔端。

特征之四,严谨中显旋律。书法艺术是一种类似音乐或舞蹈的节奏艺术,它具有形线之美,有情感与人格的表现,它不是摹绘实事,却又不完全抽象。广西素称“歌海”,山歌优美动听,人人能歌善舞。广西书法家生在歌海里,受民歌的熏陶,有的本身就是歌手,书法艺术有时可以代替音乐,成为一种表达最高意境与情操的民族艺术。“八桂书风”表现出当代的生命情调和民族文化精神,我们可以从“八桂书风”中看到山歌般悠扬、甜美的旋律。他们作品的字形结构、章法布局,很有节奏感、运动感、韵律感,仿佛天籁之音扑面而来。

党的十七大指出,在时代的高起点上推动文化内容形式,体制机制、传播手段创新。解放和发展文化生产力,是繁荣文化的必由之路,推进文化创新,增强文化发展活力,推动社会主义文化的大发展大繁荣,是摆在我们每个文化人面前的首要任务。书法艺术是中华文化的瑰宝。今天,书法艺术走到新的历史时期,推动书法艺术的发展,唯有在继承传统的基础上进行创新。我们标新立异地提出“八桂书风”,可能有不成熟的地方,但我相信,有全国书法理论家和理论批评家的大力支持和热忱帮助,经过一代代八桂书家的搏击、精进、求索、开拓,一定能使“八桂书风”得到书法界和社会的认同,为中华书法艺术增添色彩!

(原载《南方文坛》2008 年第 4 期)

“八桂书风”与书法传统重建论纲

□ 黎东明

“八桂书风”的构想与推出，并作为广西的一个文化品牌加以培育，是值得广西书法界庆幸的大事。探索与打造“八桂书风”，构建书法艺术与地域文化的密切关系，对于推动广西书法事业的健康发展会大有裨益。地域性书法文化品牌的建设，并非空中楼阁。在当今有着转型意义的社会文化背景之下，我认为，探讨书法传统的重建可以作为首要任务来抓，这才是扎扎实实的第一步，因为，当下所面对的现实告诉我们，传统书法经典在当代某些艺术实践者那种浮躁的阐释中被肢解为“破碎了的历史形象”，我们这些处于边缘地域的广大书法艺术实践者，无疑是被冲击得不知所措、无所适从。所以，重新认识中国书法的发展规律，才能使我们的艺术共同体成员能够在一种“价值的自觉”的基础之上追求未来的价值理想。

首先，书法艺术内部的支配性风格规范的演变是各种书法风格类型兴替的主要根源，这是数千年中国书法的发展规律。这是由于，中国书法艺术是由一个包含诸多艺术要素在内的复杂系统，其中各个要素在系统内发挥着与系统内其他要素不同的功能；同时，这一复杂的系统内部并非每一种要素的功能和作用都是平等的，而常常是某一组支配性因素在起着主导作用并被推到前台，这些支配性因素还常常被另一些因素进行变形使用——转化成为自己的一部分。这种发展规律，我们既可以在某一个书法家的作品中发现，也可以从历史上某一个流派、一个时期或者同一种风格类型的书法作品中寻觅到。当代书法理论家周俊杰先生在探讨当代中国书法发展问题时指出：“书法流派确是当今一个重要问题，只有流派、学派的兴起，相互竞争，相互启发，相互促进，书法艺术才有可能超常规的发展；同时，它也是一个时期书法迅速发展的重要标志。”[1]

其次，在“八桂书风”的建设中，如何构建具有自身特色的艺术范式是至关重要的一环。范式是共同体所共有的信念、价值和技术，是遵循的模式、方法等，是指导共同体成员在其经验中系统地观察某一事物的认知模式。对于一个艺术团体内部而言，它是一种共有的精神结构，这就不仅仅意味着共同体成员对艺术发展的观察角度的根本性变化，也同时意味着艺术样式在共同体成员经验中所呈现方式的根本性变化。关于“八桂书风”这一个特色概念，潘琦在《广西日报》上发表《八桂书风初探》一文指出，我们提出“八桂书风”，即研究探讨八桂书法家书法艺术的风格、风范、风度等方面，是一个地域性书法家群体的概念，不是规范书法家书写形式和字体的代名词。所谓“八桂书风”即生活和工作在广西的书法家，在从事书法艺术创作实践中，受广西自然环境、人文环境、生活环境的影响，受地域文化和民族文化的熏陶，形成了一种对书法艺术追求的目标一致、书法审美的心理相通、书法理念相似、价值观念相同的书法艺术风格，称之为“八桂书风”。也就是说，构建具有自身特色的艺术风格、范式是“八桂书风”至关重要的目标。

其实，十多年前我们就曾经遇到过一次构建具有自身特色的艺术范式的良好机会，只可惜我们未能很好地抓住它。想当年，“广西现象”亮相书坛，曾吸引不少惊奇的目光，以陈国斌、张羽翔为导师的广西“细柳营”在探索书法构成训练方式和取法对象中，将民间书法中的形式因素激活并进行现代审美转换，把艺术的形式、艺术话语表达与现实关系以及现实审美的要求结合起来，又突显了视觉文化时代的新材料、新技术“物化”的倾向与追求：“在书法被作为艺术门类而建立的时代，如何将书法这种民族的、独特的艺术方式，完成向现代文艺学科的转型至为重要。”[2]第五届全国中青年书法展于1993年底在北京举行，当时共评出十位一等奖获得者，而其中广西就占据了四位，空前的大面积丰收引起了全国书法界长时间的热烈讨论，所有书法报刊都不约而同地参与进来，由广西书法家所探索出来的艺术特色及其符号范式一时间被积聚成为一个响亮的名称——“广西现象”！这种认同表明，中国书法的艺术实践不仅仅是一种创作方法，也不仅仅是一种艺术现象，而更是某一历史阶段的艺术创作参与者体验、理解、阐释世界的一种有效方式。当代书法理论家周俊杰先生在讨论“广西现象”时指出：“他们有共同的艺术目的——形式至上，有统一的训练方法——从审美入手，而最为关键之处，在于他们所走的艺术道路——以回归传统为手段，以表达当代人的情绪为旨归……他们的领头人，有头脑，有识见、有修养，更有一种为着既定目标义无反顾的大无畏精神，这正是具有革新精神的艺术家最为可贵的素质。他们的作品，表面的仿古中充满了当代人审美的因素——尚情、尚趣。在人们习惯了的书坛各种面目之外，他们从传统中挖掘了现代意识的因素，所以他们在全国第五届中青展上取得的成功并不是意外的。他们的道路所呈现的意义也许比作品本身更有价值，这正是我们当代书坛由新古典向现代转换最富有成果的一个流派。”[3]

再者，壮大队伍以及对本地域书法传统资源的挖掘整理和借鉴利用，也是书法传统的重建过程中必须重视的工作。举地域之力来打造一种特色书风的成功范例莫过于河南书法的“中原书风”，这是值得我们认真借鉴的经验。自20世纪80年代起，河南书法家协会多次组织大规模的中原书法大赛、“墨海弄潮”展等大型活动，在全国产生了深远的影响。而更重要的举措是，河南书法界在书法传统资源的挖掘整理和借鉴利用方面投入了大量的精力，比如对河南本地传统书法资源中的甲骨文、魏碑、墓志以及王铎书风等的借鉴利用,由此打造出雄强、粗犷、霸悍的具有鲜明特色的“中原书风”,形成了自己独有的地域书法审美意义和价值,建构起了较为扎实的书法传统重建的工程体系,在当代中国书法界掀起了一股强劲的中原旋风,并得到了全国同行的认可。尽管在红火十多年之后“中原书风”略显底气不足,但它毕竟为河南书法界造就了一大批在全国具有影响力的书法家,现任中国书法家协会主席的张海先生就是当年打造“中原书风”的主干将。相比之下,广西书法界过去无论是在组织活动方面还是在本地传统资源的重视与借鉴方面都有所欠缺,当然这也为我们今天的崛起准备了后劲。广西有着极为丰富的传统文化资源,左江沿岸崖壁画,大铜鼓以及古朴典雅的干栏建筑,丰富多彩的少数民族文化等等;广西更有丰富的传统书法资源,自唐代以来,历代遗留下来的书法作品遍布广西各地,其中较为集中的是桂林,清代金石学家叶昌炽在其著作《语石》中曾高度评价桂林摩崖刻石:“唐宋题名之渊薮,以桂林为甲”;国内外碑刻界也对桂海碑林给予高度评价:“汉碑看山东,唐碑看西安,宋碑看桂林。”“北有西安碑林,南有桂海碑林。”

广西书法界不缺专业技术人才也不缺传统资源,关键在于如何做好组织、发掘、整理、借鉴、利用、转化等工作。

艺术发展史表明,改造旧的艺术生产技术,发展新的艺术生产力,是一个时代、一个艺术共同体的艺术实践是否具有进步意义的重要标志。美学家卡冈指出:“风格的结构直接取决于时代的处世态度,时代社会意识的深刻需求,从而成为该文化精神内容的符号。”[4]同时,艺术生产与物质生产一样受到同一规律的支配,它理论地规定了对象与主体、作品与欣赏者之间的相互依存又相互转化的辩证关系,这种循环往复的辩证关系推动着艺术生产的发展,推动着人的审美能力的不断提升与发展。那么,艺术生产的技术与方式作为生产力的因素,它的另一个重要任务还在于,如何有效地建立艺术生产者与接受者之间的新型关系。本雅明在这个问题上的主要贡献在于,他把马克思主义政治经济学的有关理论运用到艺术生产问题的探讨之中,并用以解决现代艺术和革命艺术发展中的一些问题,他在回答关于作品在其时代艺术生产关系范畴内所具有的功能时指出:“这又进一步要求作家有指导和革命的姿态。如今,这种要求比以前更为强烈。对作家毫无教益的作者,对任何人毫无教益。因此,重要的就是生产的示范性。这种示范性首先能够引导其他生产者进行生产,其次,能够在他们的建议下建立改良机构。这一机构愈完善,就能够把愈多的消费者转变为生产者,也就是,把愈多的读者和观众转变为合作者。”[5]也就是说,我们打造“八桂书风”并不仅仅是少数人的事情,它是一项本地域内动员相关领域通力合作的艺术工程,既要有组织得力的领导者,又要有其他部门的大力支持(比如传统资源管理部门、作品展示和交流场所的主管部门等),还要下大力气去培养和塑造一大批能够理解探索成果的受众,使之形成一种在艺术界具有影响力的共同声音。

另一方面,在书法传统重建的进程中我们还应该清醒地认识到,历史性的危机以新的结构规定着处于主体再生产阶段的艺术生产方式，作为艺术生产者的主体必须越过时间的多层次积极地融汇前张力和再张力，培养自身把历史经验和将来组成连贯一致经验的转型能力。否则，在新的艺术生产中就会导致一种任意异质的、支离破碎的、瞎碰运气的艺术和精神实践，就很难在生产中实现自身的目标。例如我们能否坚定不移地贯彻“八桂书风”的目标和宗旨，能否在某些掌握话语权的既得利益者的批判之后绝不动摇，能否具有把传统转化成为当代性进而重建书法传统的勇气和信心，能否预见性地观察和思考道路的曲折性、艰难性。在艺术生产中的“我”产生过程的动力方面，把实践活动的整个动机与活动的动力保证加以等同是错误的，弗洛伊德主义者在其关于欲望的心理动力的论述中正是犯了这样的错误。拉康在描述精神分裂时是用一种“示意链”的崩溃来加以分析说明，他的命题的意义在于，语言的意义不是能指与所指之间、语言的物质性之间、词或名称与指涉物或概念之间的一对一关系。詹姆逊在分析这一命题的时候指出：“从新的观点考察，意义产生于从能指到能指间的运动；我们通常所说的所指——一个词或一句话的意义或概念内容——现在倒该看成是一种意义效果，就像由能指互相间的关系投射和产生的意义的客体海市蜃楼。当那种关系崩溃时，当示意链的联系突然断裂时，我们就进入精神分裂，其形式是一堆清晰但毫无关联的能指组成的碎片。这种语言的失灵与精神分裂症之间的关联可以通过两重命题去把握：第一，个人身份本身就是某种过去、将来和眼前的现在在时间上统一的结果；第二，这种能动的时间上的统一，当其沿着阐释之圈穿过时间运动时，其本身就成为一种语言功能，或更确切地说，句（子）的功能。如果我们不能将句（子）的过去、现在、将来统一起来，那么同样，我们也不能将我们自己的生活经历或精神生活的过去、现在和将来统一起来。”[6]

最后，需要进一步认识的是，我们在打造“八桂书风”的进程中将书法传统的重建作为首要命题，其意义就在于艺术价值体系的承接性和延续性，强调一种“价值的自觉”意识，而不是推倒重来式的所谓“革命”行为。尽管我们在追求独创性艺术风格的进程中不可避免地发生某种程度上的反抗与叛逆行为，因为传统的强大，所以对于身处其中的当代艺术家而言，存在“影响的焦虑”情绪是不可避免的，但这种矛盾与张力也不能成为我们偏激的理由，而是应该在调适中实现一个“对接传统——新的艺术范式——重建书法传统”的历史使命。艾略特指出：“当一件新的艺术品被创作出来时，一切早于它的艺术品都同时受到了某种影响。现存的不朽作品联合起来形成一个完美的体系。由于新的（真正新的）艺术品加入到它们的行列中，这个完美体系就会发生一些修改。在新作品来临之前，现有的体系是完整的。但当新鲜事物介入之后，体系若还要存在下去，那么，整个的现有体系必须有所修改，尽管修改是微乎其微的。于是每一件艺术品和整个体系之间的关系、比例、价值便得到了重新的调整；这就意味着旧事物与新事物之间取得了一致。”[7]艺术风格，不仅仅是指艺术家的个性和作品风貌，它更包括艺术以各种方式反映传统文化模式。美学家鲍列夫更是把风格的结构层次看作作家、作品、流派、时代、元素、民族、文化等因素的聚合体，认为一个民族的特定历史发展阶段的共同性决定了该民族在生活方式、活动方式、艺术形式直至文化风格诸方面的相似性[8]。

书法艺术传统的承续与重建总是处于一种不断的冲突、不断的调整、不断的相似性的辩证运动之中,那么,如何能够更好地处理这种辩证关系?E.H.贡布里希的有关言论也许能给我们提供借鉴:“抛弃传统以及依赖‘单纯的眼光’是不够的,还需要更多的东西。艺术本身已成为艺术家探究现实的手段。他不能只是战胜使他依据图景来看主题的心向;他必须积极地尝试那种解释,但是这种尝试是带有批判性的,而且随时随地加以变化来看看能否获得更好的搭配。”[9]事实上,传统的延续甚至复活乃是一种创造性的转化,旧有的艺术语言在转化的过程中并不是消失了,而是融入了新的艺术语言之中。每一个历史时期的艺术传统重建都无不在艺术语言的探索中表现为现实的相应产物。

[注释]

[1][3] 周俊杰:《书法复兴的寻绎》,508、418页,河南美术出版社2004年版。

[2] 陈国斌、张羽翔:《我们的书法观及形式训练》,载《书法报》(湖北)1994年第13—15期。

[4] 卡冈:《文化系统中的艺术》,见《世界艺术与美学》第六辑,129页,文化艺术出版社1985年版。

[5] 瓦尔特·本雅明:《作者即生产者》,见《现代艺术和现代主义》,第345页,上海人民美术出版社1988年版。

[6] 詹姆逊:《快感:文化与政治》,180页,中国社会科学出版社1998年版。

[7] 艾略特:《艾略特文学论文集》,2页,百花洲文艺出版社1994年版。

[8] 鲍列夫:《美学》,287—291页,中国文联出版公司1986年版。

[9] E.H.贡布里希:《艺术与幻觉》,306页,工人出版社1988年版。

(原载《南方文坛》2008年第4期)

从地域出发的现代演进之路

新时期广西美术历时性述评(上)

□刘 新

复苏与渐进(1978—1985)

1978年,距"四人帮"倒台又两年,中共十一届三中全会召开,全国得以步入拨乱反正的改革轨道。巧得很,这一年尤开民创作了油画《龙舟竞渡》,邬永柳与余伟雄创作了油画《钢水映钢城》,似乎两幅画都在一定层面上暗示了广西美术在进入新时期后普遍的一种心情——激情奋进和只争朝夕。放大来看,实际上此种心情也是当时整个国家处于拨乱反正、百废待兴的一种图像写照。一方面新人辈出,干劲十足;另一方面艺术界的创作思想逐渐开放,虽然残留的"文革"时期的创作模式还未完全消除,但画家们已普遍地感到了"文艺的春天"所吹来的和煦春风。不仅画家如此,就连老艺术家、老科学家和老革命家都感到了焕发青春的喜悦和由此获得第二次生命的激动。当时,大家最耳熟能详又最有代表性的话语是"把失去的青春夺回来",再就是叶剑英元帅的名句"满目青山夕照明"了。于是画家们由衷地表现这种争分夺秒、老当益壮、桑榆未晚的心情,尤其是一些画坛名宿获得解放,顿时成为人们心目中的精神向往,也由此成为当时肖像画表现的一个重要的对象。《满目青山》(黎正国画)与《画家阳太阳》《书法家李骆公》(和铁龙画)和《画家刘鲁也》(郑捷克画)即是1978年画家们为老革命、老艺术家创作的几幅较有代表性的作品。和铁龙笔下的刘鲁也沧桑凝重,郑捷克笔下的刘鲁也飘逸大气。气质各异,但都饱含中年画家们对前辈的喜爱。和铁龙立足写生多年,擅长风景,也擅长肖像,画风粗枝大叶,色彩高妙。他在1977年和1978年分别为广西美术界的两位泰斗画家写生,均把李骆公和阳太阳二老的气质、个性表现得入木三分,形实神妙。李骆公先生的不善言辞和大智若愚;阳太阳先生的神采飞扬和外柔内刚,着实让熟悉二位老先生的人拍案叫绝。

这一年,广西艺术学院美术系 77 级的学生第一次到融水县的苗族寨子去体验生活,白天画速写,晚上勾草图,归来后,拿出了一个汇报展览。“帮”气刚过,新风渐显,一时间,引来广西画坛普遍的关注。后生可畏,这批尚未成熟却很有朝气的作品预示了一批新人即将崛起,为此,1979 年第 1 期《广西美术》以《新芽茁壮》为题作了热情洋溢的推介。周耀潮、黄箐、黄超成、冼小前、刘晨煌、邓学东很快成为画坛关注的名字。

当然,与刚恢复的科班绘画队伍相比,另自有一支创作力队伍不可忽视。那就是在“文革”期间,自学成才的一批创作型画家。由于年龄的关系,在全国恢复高考的时候,他们错过了进入学府再深造的机会。但这并不影响他们进行创作的热情。面对体制性创作,他们有自己的长处,即有丰富的基于劳动生活中积累起来的见识,有靠速写练就的广阔的造型天地。凭借这样的条件,他们的作品普遍有纪实性和典型性,画面也很生动,洋溢着浓郁的生活气息。

刚复苏的广西美术界,正好碰上了中国针对越南的自卫反击战,一时间画家关注的题材视线由此引到了对越反击战。这个过程一直延长到八十年代中期方告结束。在这种情境下,美术家就像六十年代用画笔来声援越南抗击美国的侵略一样,对南疆卫士的赞颂同样满怀真情。这是一个包括部队画家和一般社会画家在内的创作局面,他们在新的审美对象面前表现了新一轮的集体意志,一同专注于“自卫反击”及军民鱼水情的题材,不同程度地掀起了一个表现军队生活的创作热潮。

然而,战争题材对美术家而言,终究是一种创作任务,不可能推及广大的美术家,不少画家还是很珍惜刚刚到来的作画兴致,一心一意地按照自己的艺术情趣画自己向往的画面和意境。孙见光的名作《中秋节》就画于这一年。同是表现军民鱼水之情,孙见光就总是离不了他在五十年代赴朝五年作文化宣传的那段经历所给予的创作冲动和素材记忆。当然,他懂得“画自己熟悉的东西最有生命力”这一道理。所以他在自己成长着的创作历程中,很少应时酬作。在六十年代就创作了套色版画《蕉园》的版画家唐石生在沉寂多年之后,这一年创作了套色版画《瑶山牧歌》,其长于乡土牧歌意境,讲究形式构图的风采仍然如旧。杨照是典型的学院式的版画家,有过硬的造型能力和稳健细密的刻刀功夫,她的木刻总是一丝不苟,画风恬雅清秀。她自中央美术学院版画系毕业二十年来,只有在八十年代前后才释发出她自己从未有过的创作能量,八十年代中后期创作状态和艺术感觉趋于高峰。此时的杨启鸿,也处于一个前所未有的黄金时期。众所周知,铜版画在新中国成立后三十余年间,从事者屈指可数,有造诣者更是凤毛麟角。杨启鸿在广西从事铜版画的研究和创作,一直是单干户,苦撑二十年下来,技艺已入佳境,成果也渐成大观。当然,由于条件的简陋,也损坏了身体。得到的回报是此时居然成了全国铜版画界的“稀有动物”。在全国恢复高考后的第二年,即被母校中央美术学院专聘为第一届版画研究生铜版画专业的导师。在北京期间,他利用有利的设备条件,创作了很多精彩的作品,《北海之春》《峡江灯影》即是其中不可多得的精品。

刘绍昆的油画《出山》承接1978年《龙舟竞渡》《钢水映钢城》的激情,在这一年也给人留下难忘的印象。他的创作明显受俄国和苏联油画的影响,尤其是在创作思想和表现技巧上。事实上不独他如此,当时的油画大多离不开俄罗斯的影子,只不过刘绍昆更地道一些。刘绍昆画这幅画的时候,还仅是一个只具有附中毕业生学历的美协创作干部,所画的作品完全凭借在中央美术学院附中学习时所积累的知识与技巧,却画得如此老练、如此气派、如此完整。这种能力和童子功,在今天的附中毕业生中已很难见到。

1980年的"第二届全国青年美术展览"给积压了多年激情的青年画家尤其是知青画家提供了充分的表现机会。这批青年此时大多数仍是学院里的大学生。从这届画展中产生的传世名作《父亲》的作者罗中立就是当时美术学院二年级的学生。广西亦然。参加这届美展的广西画家除张达平、刘绍昆外,大多数也是来自学院二年级的学子。其中刘绍昆的《给妈妈写信》和沈铭存的《京族妇女》都获了三等奖。这是一个人才涌现和容易成功的年代,回眸这种机缘,让人感怀不已。

这些青年人的作品如果说与过去有什么不同,那就是具有科班的造型能力和锐意趋新的创作意识。黄箐的《瑶山春》显然是画家们在刚刚接触到形式美感的气氛下着意追求的一种样式,虽然在今天看来,这种手法尚有稚嫩之处,但恰是这种过程告诉人们:青春才情的可遇不可求。因为后来的成熟也伴随了很多的顾忌和束缚,甚至世故。《瑶山春》的可爱处正是它的单纯、清新和大胆。祁海平与张达平的文学性构思与造型情调的巧妙结合,始终贯穿了他们的创作过程,不同的是张达平的《未来从这里开始》比过去的《苗山新绣》《好闺女》更具有新时期的神采,更抒情、更贴近于现实生活。祁海平的《家在花丛中》很容易让人想起石鲁那幅脍炙人口的名作《家家都在花丛中》的画题。这种以生活诗意入画的乡土题材在祁海平的早期作品中占了很大的比重,事实上也可看作是"生活流"创作意识的一个分支,只不过祁海平寓于其中的诗意、情调更浓一些。

青年画家异军突起的同时,中老年画家也在新时期的起点上展露了新的才情。这一拨人有多年的画龄,但在"文革"时期一直没有机会触及艺术创作,即便有,心声也没有得到自由的流露。这时,这些中年的老年的画家们借着好时光都开始了"老兵新传"的故事。莫雨根的版画《叶挺同志在狱中》、陈伟勋的中国画《水清情深》、刘益之的中国画《响雷》、龙廷坝的版画《出诊》和中国画《江岸新貌》等即是这方面的佳作。

阳太阳、黄独峰、莫更原等老人携中青年画家分批前往名山大川旅行写生让该年度画坛热闹了一阵,其中新人新面孔很多,老当益壮老树新花的也不少。但集中创作成果广泛的却是"庆祝中国共产党成立60周年美术作品展",展览中,新人新作之多,令人目不暇接。阳太阳研究生班的郭北平、刘绍昆分别画了《五月》《翻身的日子》,以及画坛新秀阳山的画《红军楼》,老资格的孙见光的画《琳琅满目》《试新鞋》,邵伟尧的画《戊戌血日》及部队画家区焕章的《大地》,廖宗怡的《饮漓图》等都是这届美展中的为人称道的佳作。

当然,该展的主题基调决定了美术家们偏重革命历史题材或正面歌颂少数民族美好生活的创作方向,在不偏离这个方向的前提下,画家们也依据自己的素质,有选择地寻找题材的动情点,精心构思,画出了不少有分量的力作。部队画家区焕章的《大地》,廖宗怡的《饮漓图》,孙见光的《琳琅满目》《试新鞋》就非常有艺术感染力和视觉冲击力,今天重看,魅力依旧。孙见光是河北人,在广西工作、生活了半辈子,他塑造的广西农民形象,表现的广西乡村山寨的生活,远比一些广西本土画家要纯粹、感人和自觉,加上他那源自学院的过人技巧和功夫,至今仍是一座无人超越的高峰。至少,在用心用真诚用感觉画农民、乡村这一点上,他是高人,本地画家望尘莫及。

1982年广西艺术学院77级毕业展,莘莘学子正处于毕业创作的亢奋状态,推出了一大批新意与功夫俱佳的新锐作品,在画界引来关注。如李钊的《山居图》(国画)、王晓鹏的《开镰酒》(版画)、周跃潮的《海边的人们》(油画)、沈铭存的《天堂角的黄昏》(油画)、李伟光的《远山》(国画)、郑军里的《金秋》(国画)、潘爱清的《丰收图》(国画)、张鸣的《银手镯》(雕塑)、冼小前的《匹夫·1845年冯云山紫荆山创业》(油画)等相继脱颖而出。这其中,也许是广西艺术学院的工笔人物画一直有林令、刘锡永、黎正国等良好的师资传统,或许是写意人物所讲究的笔墨功力在四年科班时间里不易见效的原因,使工笔人物画在具有严格素描造型基础的青年学生的手上表现得相对早熟像模像样。相比起来,写意画无疑属于老画家的看家本领,尤其是写生。这一年阳太阳、黄独峰、莫更原、刘益之等一批中老年画家都远足名山,践行了行万里路,写尽壮美河山的壮志,带回了很多精彩之作。归来后分别举办了规模不等的画展,可谓轰动一时。他们师法造化所表现出的那种豪情气度和掌握笔墨的能力,着实非后生所及;在写意写生上,"姜是老的辣"一点不假。

不仅中国画是这般情景,其他画科也让中老年画家占尽风头。涂克的油画《高山牧场》和杨启鸿的套色铜版画《晨渡》、龙圣明的黑白木刻《锦上添花》和邓福觉的水印木刻《高高的山寨》均堪称形式语言新颖的创作,不可多得。风景或小品尤其讲究真情才气,甚至温文尔雅的平和纯粹,这些均是中老年画家普遍拥有的心态上的优势。杨启鸿在铜版画上营造的重庆朝天门雾霭蒙蒙的意境就真是让人一睹难忘。

1982年广西美术有两次在北京集中展示创作成果的机会:一是在北京民族文化宫举办的"全国少数民族美术作品展览";二是同样在民族文化宫展出的"广西少数民族生活美术作品展览"。这两次美展中少数民族的生活题材占了大多数,少数民族的作者也创作了很多成熟之作,汉族画家更是紧紧地拥抱着少数民族生活题材这一块富有地域特色的创作资源而热情创作。其中周氏兄弟的《源》入选"广西少数民族生活美术作品展览",由此开启了一种立足于现代视觉创造理念的寻根绘画之风,花山崖壁画这一古老的造型遗产,在当下有了新的视觉解读的可能性。

此次两个展览,我们也看到,少数民族题材几十年来几乎成了广西美术家创作意识中挥之不去的情结。这种情结到九十年代因题材的拓宽和创作思路的活跃才有所改变。美术家们不再唯题材是论,他们已经可以站在现代社会的高度去认识如何画,而不是画什么的创作问题。于是广西的画家们普遍开始真诚地去创作自己熟悉的少数民族生活,逐渐摈弃应时、随大流的创作态度。诚然,画少数民族的风情与生活并未错,有问题的只是大家都挤在少数民族题材的圈子里作茧自缚,因为,这样的题材对一些美术家如鱼得水,对另一些美术家则难免削足适履,对当代生活所折射出的新的审美状态也难免有所疏忽。这都是后来人们逐渐认识到的问题。因此,这一年为两个少数民族生活美展而创作的作品不可否认有一些是勉为其难或缺少艺术性的,但也有不少是很真诚、很有水准的。谢森的《苗山十月》(油画)就画得朴实、有乡土情调,也富于艺术表现力,展后中国美术馆收藏了这幅油画。邓军的《致富图》和罗兴华的《芦笙踩堂》也很有民间艺术的形式意味和生活气息。

值得提及的是侗族女画家杨培述,她没进过专业学校,完全是在自学的状态下,靠县文化馆创作人员的辅导,边创作边学习,凭借自己的聪颖和对侗族人民生活的熟悉而迅速走上创作之道并为人们所关注。1981 年还被评为全国农村文化艺术先进工作者。她创作的《木楼曲》和与刘克清合作的组画《侗家山歌曲》都很清新爽朗,洋溢着侗家生活的情趣。

与少数民族生活题材相一致的山水画,也多从地域风光取材。这种附丽于地域特色的一致性,在很大程度上反映了地域母题在广西画家的视野里是多么重要。这一年,覃绍殷仍然发挥了他擅长全景大山水的能力,画了《右江颂》;阳太阳画了《源远流长》。二者的传统功力与新生活的气象自然融合,画家的个人气质也很鲜明地表现于画中。

沈铭存在校期间即以画风细腻的肖像画见长,从广西艺术学院刚毕业不到一年,就画了《新娘》这幅有古典意味的瑶族少女的肖像作品,由此往后,沈铭存一直沿着这个方面执着地画开去,塑造了许多美丽纯朴又有劳动者气质的形象。不过,在他以后的创作中,《新娘》几乎成了他难以逾越的一个标杆。1983 年第 6 期《美术》杂志和后来的《中国新文艺大系 · 美术集》都以大版面发表了这幅佳作。

阳太阳教授指导的五个研究生的毕业展,给 1983 年的广西画坛带来过一阵兴奋。这五个研究生为毕业创作精心、艰苦地准备了一年多,还展出了三年中的不少课堂习作。五个人五种风格,代表了当时广西油画的最高水平。如郭北平的《陕北回忆》、尤开民的《月光曲》、刘绍昆的《知天有意启英雄》《木楼暖烘烘》和高潮的《乡间小路》等,放在今天看都是力作。美术系 78 级毕业生苏华聪在小幅油画创作上初露令人欣喜的新芽,毕业展上初学米勒,出校门后在乡土拙昧不改的同时,画面构成和笔触则糅合了很多表现派的风格。沈铭存继《新娘》后,又画了表现边民生活情节的《战后》,画面画的是战争后,军人复原回到渔村重享天伦之乐的情景。从整体效果来看,他似乎尝试以群体肖像表现主题情节。这一年,出身满族旗人的和铁龙到了北大荒寻根,徒步写生一个月,收获不少,回来后在广西艺术学院举办了一个小型画展。和铁龙是一个酷爱旅游、酷爱写生的风景画家,他的画有迷人的调子、感人的笔触和洋溢着个人情趣的概括力。

形式感的问题这时已在全国成为一个被普遍关注的问题,在广西也不例外。版画家吴烈民就是一个对画面形式构成很敏感的人。他擅长的黑白木刻本来就是一种很主观的画种,非常方便做形式方面的探索和处理。

如前所讲,工笔画是年轻人的事业。因为工笔画相对写意水墨来说,它需要的是眼力、精力、耐性,以及良好的造型能力。这些,青年学生都很容易具备。一旦出了校门,年轻人作画的条件和心态便会转向对写意水墨画有利的一面。这大概就是很多工笔画产生于年轻人之手的原因。郑军里、潘爱清、李伟光这一年仍有《新绣 · 佳节》《庆丰收》《归》等精彩的工笔画问世,再往后,郑军里、李伟光更多的是陶醉于畅快的水墨表现之中,无暇顾及工笔,潘爱清的工笔热情也逐渐减弱。

不用说,1984 在美术界最能调动美术家创作热情、最为美术家所重视的无疑是“全国第六届美术作品展览”。“文革”结束七年来第一次大型的全国美展,自然是忙坏了各省各自治区的美协组织者。美术家们更不用说,他们均投入了前所未有的创作热情和精力。涂克去了百色地区观摩草图,视察创作情况;盘桂兴到了广西艺术学院作动员大会;自治区美协还提前一年组织重点作者分赴乡下、边哨去体验生活,寻找创作素材,同时还两次组织了重点作者到南宁集中创作的学习班。总之,自上而下,安排得既井然有序,又紧张充实,美术家们的创作热情普遍高涨。后来的事实也证明,这一年,广西美术家创作的许多作品不论是对广西而言,还是对画家本人而言,都是呕心沥血、三易其稿的严肃之作,既有生活基础,又有真情实感;既重视了作品的分量,又不失个人的才气。总之,力作应具有的内涵显而易见。油画有刘绍昆的《法卡山一日》、封雄强的《南瓜赞》、刘晨煌的《一九二九 · 十二 · 百色》、郑万林的《新车》;中国画有梁耀的《小河水涨大河满》;连环画有雷德祖的《高山下的花环》和苏旅的《古老的岜地寨》;水彩画有蒋振立的《祭忠魂》等。其中梁耀的《小河水涨大河满》与雷德祖的《高山下的花环》在此展中获铜奖,封雄强的《南瓜赞》和梁耀的《小河水涨大河满》被中国美术馆收藏。

艺术创作是需要环境和激情的,而且这种环境和激情在同一个人或同一个区域的时空中,往往不可再复得。这就是为什么一些作品在登上经典的高峰之后即成为绝唱的主要原因。我们无法探究造成这种事实的理论依据和实践因素是什么。但有一点是肯定的,那就是消闲与浮躁改变了很多美术家的执着。这一年广西入选“全国第六届美术作品展览”的一些作品,绝对是广西美术创作的一个划时代的分水岭。因为由此往后,随着文化氛围和激情的改变,一些画家慢慢地与力作无缘了。

地域特色与本体语言的同步演进(1985—1989)

“全国第六届美术作品展览”之后,美术界尤其是青年美术家,对该次大展的保守和“千军万马过独木桥”的展览体制提出批评,于是,引发了后来被称为“85 美术运动”或“85 美术思潮”的大批新潮美术群体和在野性群体展览的出现。反传统、移植西方现代艺术,讲求自我表现,重视形式的探索,成为八十年代中期美术界的主流。此时的广西美术界偏安一隅,没有完全地融入其中,从大体上看,虽说不是静如止水,但却是没有呈现轰轰烈烈的激进态势。其中值得叙及的是 1985 年连续以花山崖画为主题巡展于北京、南京、上海、桂林、日本的周氏兄弟。这种根植于本土视觉文化的艺术创造,与 1985 年求变趋新的激进思潮恰成一统,因而也从大小环境上造就了周氏兄弟的成功和影响。而且自周氏兄弟以来,至今这种自觉、明确的本土视觉的现代转换及创造,在广西仍难有出其右者。显然,1985 年是周氏兄弟年。与“85 美术思潮”相呼应的广西现代艺术一直到 1986 年始有两拨青年画家群体组织了两个展览,大力呼喊现代艺术的口号,与全国如火如荼的新潮美术算是连在了一起。

在“85 美术思潮”期间,北海市四位青年画家组织的“以太画展”在南宁市朝阳广场露天展出,由于作品手法新奇,展出方式独特,引来很多过往群众的围观,四位作者还在现场解答了一些有关观众好奇、看不懂的现代艺术问题。展出四天,观众逾万。这大概就是广西第一个由青年艺术群体举办的现代艺术展览。当时的《中国美术报》对此做了报道。就在“以太画展”收展不过几天,一个名为“开始画展”的青年群体展览又在南宁市人民公园的陈列厅展出。这个群体中的作者除刘绍昆是自治区美协的创作干部外,其余四位均是广西艺术学院美术系的青年教师:谢森、高峻、黄箐、刘晨煌。这个画展相对“以太画展”来说,策划得更严谨一些,组织创作的时间也长得多,作品质量也高得多。在“85 美术思潮”期间,广西最激进最贴近现代艺术思考的画展就数这个“开始画展”。展出作品以油画为主,其次有水粉、水墨和装置等材料。由于这个画展的作者都是广西美术界创作的骨干,因而影响很大。展览一开,就引来一片争鸣,《广西日报》为此还专辟版面选登了数篇争鸣文章,各种媒体又竞相报道,成为当年广西的一件“艺术新闻”。

一方面是当年全国新潮狂飙造成的大环境使然,另一方面也是广西美术界自“全国第六届美术作品展览”之后普遍进入一个亢奋期;于是,这一年官办、民办与在野群体的各种画展层出不穷。以娴熟的传统手法和完美的构思、构图震撼画坛的《漓江百里图》画展在这一年首展成功。作者黄格胜是黄独峰 1978 年招进的首届研究生,毕业数年后即萌生用长卷展现百里漓江的想法。于是他多次携画具溯漓江而上,顺江而下,沿岸徒走,日观漓江山,夜枕漓江水,对漓江沿岸的山水村舍、榕林翠竹揣摸、掌握,完全做到了“师法造化,中得心源”的程度。身为黄独峰先生的高足,他继承了黄独峰擅长写生的传统,深谙“行万里路”中所包含着的速写能力的锻炼与积累之功,以及对山水画创作的正面意义。有了这种能力和积累,使他自如自然地逐段展开长卷的主题,在百里江岸上信手拈来,即成笔墨佳景。披览整个长卷,传统的笔精墨妙与现代的审美气象相得益彰,的确给人以流畅自然,言之有物,一气呵成之感。

在上海举办的"首届中国油画展"是新中国成立以来第一次最权威的油画单项展,黄箐的《南方》、祁海平的《秋声》、谢森的《远雷》、刘南一的《第一乐章》等六幅作品入选展出。谢森刚从中央美院"宾加斯油画材料学习班"结业回来,即采用传统的西方古典透明画法画了《远雷》,一改他过去惯用的表现性的直接画法,但画面的深沉情调依然如旧,而且还更浓了。思想、情调、表现在他的画里总是三足鼎立的。与这种古典的严谨作风相对应的是高峻的装饰性油画风格,他对传统油画的学习完全建立在自己熟悉、有用的基础上。在这个过程中,他更心仪现代绘画的魅力以及对当代人的价值追求的挖掘,因而,工具材料对他来说并不十分的重要,重要的是自己的艺术趣味能否真诚地得以流露,艺术创造能否反过来升华材料,也就是说,情感、情趣对一个职业艺术家来说永远是最重要的东西。在这一点,我想他们应该最能理解吴冠中"笔墨等于零"的个中三昧。从欣赏的角度看,高峻的画无论什么时候总有一副硬硬朗朗的风骨气派并透出机智象心。

在相当长的时间里,版画一直是一个从业人员很多的画种,其中就包括很多自学成才的木刻家。非科班出身的版画家吴烈民即是其中出色的一个。1971年他已捏刀向木,开始有木刻作品问世。《来自北京的声音》就是这时期的代表作。但他的成名还是从1978年的《侗乡遇救星》开始。这时的吴烈民明显地受到四川细腻木刻风格的影响,追求大场面和丰富的素描调子。八十年代以后,他的画风突变,变得强烈、简洁、有力。尤其在与杨照合作期间,刻出了一批改变风格后颇有影响的佳作。《风霜》即是最经典的一幅。其他如《称心如意》《侗乡情》和《担来满山春》等很有代表性。在这个阶段,吴烈民完成了他对版画语言的彻底转换,接下来的就是他在这种纯正的语言体系里再有所讲究和追求的问题。从1983年开始,他改用方口刀刻制,刀法组织、黑白处理均发生了根本的变化,最终形成了吴烈民的刚劲风格。这种刚劲更多的是指他惯用的刀法语言,画面内容倒是相当的乡土情调化。如刻于1983年的《侗乡风情组画》和1984的《喜茶》都是喜洋洋的乡土生活。1987后,吴烈民对形式美感的追求开始超越从前,在画面中把它强调到一个相对独立的程度,甚至图案化。

吴烈民是高产画家,在整个八十年代,他每年都有近十幅作品问世,他的才气和业绩在当时广西版画界是非常前卫的,他的性格与他的艺术风格是截然不同的两个方向。平日的他总是少言寡语,憨厚老实,但在艺术创作上却是绝顶聪明、大胆出奇,甚至有乡土幽默的表现,对素材的熟悉和对题材的捕捉、选择,他有得天独厚的条件。他长期在基层文化馆工作,有丰富的少数民族生活的积累,因而单从内容来讲,那种随手拈来皆成文章的画面比比皆是,加上他敏锐的现代意识和天才的黑白木刻的能力,使他在不到十年的时间里创作了许多精彩的木刻作品。

从八十年代中期起，曾宪高的水墨画开始形成自己的面貌。他六十年代初毕业于广西艺术学院油画专业，毕业作《新粮仓》曾在当时小有名气，发表于 1964 的《广西文艺》。七十年代，他参加“毛主席来广西”创作组，是主要创作者之一，画了几幅毛主席在广西工作情景的油画。之后还画了一些领袖题材的群像油画。

进入八十年代后，曾宪高逐渐改道水墨画。他的水墨画，与传统的不一样，用色用水用墨都有彩墨画的特点，略有做工的技巧。其笔墨效果仿佛水印木刻印出的水痕一样。这一年，他到了河西走廊，收集了大量塞外大漠的图像资料，回来后，不再画南国的绿树红叶、水田峻岭；相反，雪山荒漠、风沙驼队、寺庙古堡成了他最热衷表现的题材。

云南画派的主将之一刘绍荟更是重彩风格的佼佼者，他于八十年代中期到广西桂林定居，此时已慢慢扩大了他的艺术影响。事实上，他在云南期间，其名字就与“云南画派”或蒋铁峰、丁绍光连在一起，画风也有某种相似之处。1980 年他们共办“申社”，1982 年又建“中国云南现代重彩画会”，其代表作《召树屯》在八十年代初期名重一时。1987 美国波士顿美术学院的柯珠恩教授所著的《1949 年至 1986 年中国现代绘画》一书，对其就有专门的文字论述。这些都说明他在中国现代画坛的影响。1988 年画的《情探》即可看出他的装饰才气与大家气派。当然，体现他这种才气的作品太多了，《情探》还不是最典型的作品。他的白描和重彩作品中有很多堪称绝活的东西，尤其是那些装饰密体结构的画面，着实让人难步后尘。

上述说的是大家。其实，这一年“全国少数民族作者作品展”“广西艺术学院科研活动美术作品展”和“庆祝广西壮族自治区成立 30 周年美术作品展”都推出了不少的新人新作。陈继刚的雕塑《老么巢的苗女》、姚震西的中国画《红叶》等都是在画坛上崭露头角的新名字新作品。另外，张冬峰的油画《有幻觉的静物》在他迷醉于风景创作的历程中，实在是一幅少见的、有自己成熟的标志性风格的静物，他在一组小静物上画出一般静物少有的意思来，这就是张冬峰精于构思的不一般的地方。《红叶》也是这一年风光耀眼的作品。姚震西创作这幅画时，还是一个未出道的大学应届毕业生。但其纯净的创作心态和老练成熟的表现力已大大超越其年龄段。

这一年老画家涂克逐渐收拢视野，从侗乡苗岭和革命老区移到了漓江风景。他过去虽然也不停地画过桂林的山和水，但进入八十年代末，他对漓江的表现之情，已浓得化不开，专注得无暇旁顾其他。当然，此时涂克笔下的漓江风景已像诗像梦一般，主观的色彩以及对造型的提炼均已回复到天真平淡和单纯省净的意境。老画家的精神进入了纯美的卧游状态。

1989 年《广西日报》组织了为期两个月的“振兴广西美术文艺大讨论”，总基调是反思“十七年”、“文革”十年，及新时期广西文艺的地域问题和创新问题。广西美术经过“85 美术思潮”的沉淀后，也开始力求在本土意识与个人表现上寻找趋向现代创造的平衡点。故 1989 年对此加以展现的重要的作品大多产生在“全国第七届美术作品展览”上，油画《节日 · 古老的传说》（赵松柏）、《亚热带 · 北部湾》（刘绍昆）、《菠萝蜜》（张冬峰）和中国画《夏曲》（邓秀叶)、连环画《猴子充霸王》(叶芝)及上一年的《红叶》(姚震西)均是。其中刘绍昆的《亚热带·北部湾》还获了优秀奖。刘绍昆的风格由原来轻车熟路的苏派现实主义转向略带装饰手法的象征主义,似乎靠向了拉斐尔前派的路子。由此往后,他所表现的画面情境越来越有人生意味,内涵也越来越神秘。邓秀叶在这样的全国大展中算是初出茅庐,她的国画《夏曲》以清雅和利索见长,线墨勾染,疏密有致。学乐器演奏出身的阳光,转移兴趣后,很执着地画起水墨画,几年下来,成了道中好汉和行家里手,这一年基本形成了自己的密体装饰风格。虽说是密体,但他画中的物象并不繁杂,相反清恬雅致,造型简括明了,着重追求的是形式美感和人造意境。他的《大地有声系列》由此开始,坚持画了几年,遂成为他作品中很重要的一组意象。

(原载《南方文坛》2008 年第 6 期)

2009 年

从地域出发的现代演进之路

新时期广西美术历时性述评(下)

□刘 新

当代潮的区域解读(1990—1999)

1990 年有两件作品非常引人注目。一是石向东的雕塑《胜与败》,二是雷德祖的连环画《邓小平传奇》。石向东从这一件作品起,完成了对现代雕塑语言的创作转换,并由此走向成熟和辉煌。雷德祖在这件作品完成一年后病逝,于是,《邓小平传奇》成为他生命历程中的绝唱。

石向东的《胜与败》专为"第二届全国体育美术展览"而作,它引起人们注目的地方就是巧妙的构思、大胆新奇的材质运用和简洁强烈的造型力量。我们知道,"软雕塑"的概念在 20 世纪 80 年代中后期已为人们所熟知,但此时真正成功的作品除法国万曼教授带入的壁挂纤维材料外,尚未出现完整的让人为之一振的作品,广西尤其是空白。因而石向东采用人造革材料缝制的两个超大的拳击手套,在展场上一亮相,即刻得到美术界的普遍好评,而且是来自全国美展的肯定,从此,也标志着一种新型雕塑出现了。紧接着,他又另辟蹊径,用废钢铁材料焊接的《最后的防线》再次入选了"第三届全国体育美术展览"并走上了该展最高奖——特别奖的领奖台。他本人也犹如雕塑界闯入的一匹黑马,在以后的艺事动态中备受人们的关注。平时我们总认为"山高月小"是很美很和谐的意境,其实,小体格的人倘若总是能做出一些超乎寻常的力量型的大作品,也不失为一道难得的艺苑风景。石向东就是这样的风景线中的主角。他是有名的小体格,生性腼腆,属谦谦君子一类,但他内心里装着的志向却大得不得了,满身心充溢着一股强悍、新奇的创造力。

当然,"第二届全国体育美术展览"中,刘绍昆的油画《天地正气》、黄道鸿的版画《亚运之前》也是够水准的作品,以较强的形式美感和精神内涵打动着观众。

这一年应该说一说雷德祖。我理解的雷德祖，是少有的用生命画画和玩命画画的人。雷德祖在全国连环画界是有名的多产作家，在有限的五十余岁生命里，一共出版一百余种连环画，如果说从二十五岁开始发表连环画，那么平均一年也要出品三种。这种工作量绝非一般人所能承受，当然这也得益于其超常的绘画能力。但也正是这种工作量，使他的身体不堪重荷。面对这种惊人的业绩，人们没有理由不对他肃然起敬，他的《035 号图纸》《斯巴达克斯》《高山下的花环》《钢铁是怎样炼成的》《邓小平传奇》等永远是中国连环画史上不可磨灭的经典。中国现代连环画史上，票友太多，当然佳作也不少，但以职业终身的终究是少数，原因很简单，一是地位不高，二是这碗饭不好吃，它需要娴熟多变又深厚扎实的造型能力和构图能力；要画得快，还要有丰富的生活积累和博杂的知识；要加班加点，挑灯夜战……因此，如果说画界里有重点保护的“稀有动物”的话，雷德祖就是一个。可惜天不假年，他画完《邓小平传奇》后就撒手人寰。自他一走，这种扎实又可随心自如的造型功夫，几乎成了一个不可能再成为事实的神话。那种与连环画相随相伴，共度“银婚、金婚”的更是后无来者。

这一年版画的创作成绩也格外引人注目。黄道鸿、容洲合作的《夏日》和王剑创作的《晴带雨伞》分别获得了“全国青年版画大展”的创作奖和鼓励奖。黄道鸿与王剑也由此成了 90 年代广西版画界风头正健的新锐。几个月后“全国第十届版画作品展”在浙江、武汉举办，广西又有六件作品入选，其中除王剑、雷务武、傅俊山之外，老资格的版画家、水彩画家覃忠华、苏秀玲夫妇的水印木刻，集多年实践之功，也在这一年发出光耀。

严格讲，进入 90 年代，广西的版画相比自身和其他画种，在一定程度上是逐渐失去了从前的那般热闹的，持续从业者所剩无几。人各有志，大浪淘沙，这也是情理中的现象。然而这一年，雷务武创作的《红云》，开独版套色的先河。由于这种套色方式替代了过去一色一版的繁杂费版的程序，在效果上又有独特的厚实感，因而经雷务武率先在广西试验成功后，迅速传播开去，在版画作者圈子内被不少人效仿。一时间雷氏套版风格占据了广西的校园、展览，维持了几年的时间。这是版画意想不到的一个活跃期。同样是版画，老资格的版画家区焕章此时已从广州军区转业到地方工作，但军人情结早已注入血脉，因而此时虽然已脱离军旅生活，但仍然挥不去淡不化对军旅题材的激情。《晨曦初渡》是他作品中少有的一幅表现过去革命战争题材的套色木刻作品。他与雷务武一样，属于坚定的版画事业捍卫者，对时下不景气的版画可说是爱得没商量。他 60 年代毕业于广州美院版画系，有扎实的造型能力和多年的创作经验，所作版画往往是刻一张成一张，很少有拿不出手的作品，更少有废品。创作态度若非严谨，不会有这般成功率。

说来也巧，这一年中国美术家协会和中国版画家协会为纪念鲁迅先生诞辰一百一十周年和中国新兴版画运动六十周年，在中国美术馆隆重举办了“中国新兴版画六十周年回顾展”。在这个画展上有一个重要的内容，就是向七十四位尚健在的老版画家颁发突出贡献奖、贡献奖和纪念奖。广西的陆田、陈更新、龙廷坝、易琼四位老先生从 40 年代就开始木刻生涯，新中国成立后也一直在版画界辛勤耕耘。这次他们均在耄耋之年捧回了四个贡献奖。不久,韦智仁的丝网版画《在田野上》在日本获得中日艺术交流中心颁发的“女神金奖”,另外“中国当代版画精品邀请展”又在宁夏举行,广西有九件作品参展。90 年代一开头的这两年,真可说是广西的版画年。不管是回顾时,还是现在时的版画展事,都让版画人着实热闹了一阵。

这一年,恰逢毛泽东《在延安文艺座谈会上的讲话》发表五十周年,中国美协相应地又举办了专题美展。雷务武创作的版画《宫女》和张复兴创作的中国画《侗乡秋高》入选展出。雷务武的《宫女》是他继《红云》之后又一件单版套色的好作品,其中形式美感和技法运用,较前一件作品更上一层。画面内容则来自侗族的民俗节日的舞蹈,其中的巫文化色彩给作品添加了更强烈的视觉形式美感的因素。他的学生罗炜自 1989 年毕业后,一直坚持从事黑白木刻的创作,而且不改变风格方向,几年下来,便逐渐完善了他偏好的那种略带装饰味儿的硬派密体风格。从感染人的情调来讲,罗炜的黑白木刻属阴柔抒情的一路,像小夜曲一般让人安静,但其处理方式,却是强烈的黑白构成和干净利落的刀法,版味十足。由此罗炜也成为广西版画队伍中的一位重要作者。

那个在学生时代就画过《瑶山春》,后来又是“开始画展”重要成员的黄箐,这一年风格又变。他在去贵州苗族地区采风过程中受民族民间蜡染艺术图案的影响,别出心裁,画了一组与常人理解相去甚远的《桂林山水印象》,与谢森的《水中阳光系列》一同在 1992 年的首届广西国际民歌节期间展出,让人又一次领略了黄箐那种常变常新、对探索永远充满兴致的个性。黄箐的确是广西美术界的头号变色龙,稀有的鬼才之一和才气十足的多面手。如果有心者把他的作品做一个历时性排列,一定会被他那颗永不安定的心所震动。他对每种语言域的转换也都很自然地与他不同时期的想法连在一起来展开,而且很有把握的达到目的。不论形式或内容表现上,谢森都是一个着意于追光寻影的人。这一年他画的《水中阳光系列》,表明他的画风有了更进一步的转变。

1992 年的国画界也有不少新气象。阳山在山水画中苦耕多年,画出的作品不少,但就是没有脱颖而出的机会。这一年“全国首届山水画大展”开幕,他的《秋韵》入选展出,还获得了优秀奖。虽说获奖并不是评判一个画家良莠的标杆,但对阳山而言无疑是一个不可小视的里程碑。因为由此往后,他固守了这种饱满雄浑、依靠点皴、条皴密集烘染的样式,并深入发展。刘益之在山水画领域里,一直是执着的写生派,他尤其心仪黄独峰,追摹黄独峰先生的写生经验,讲求抒写性和腕下的笔力。但其风格相对黄独峰先生的简率而言,显得繁复一些。然而这一年画的《浪石》则出奇的简洁:寥寥数笔,稍加皴染,即神采毕现,有小画大手笔之感。这种神来之作,往往可遇不可求,若遇到兴致和感觉,便可一挥而就,画成一幅好画,若时过境迁,再回过头来画,那种好感觉也许再也找不回来。蒋振立的水彩画《村寨》也属这类不可复得的神品。他虽然在画中有刻意的成分,但却给人轻涂漫写之感,所表现的对象极普通,却像诗境一样迷人。

张复兴是广西90年代无法绕开的一个带有话题式的人物。他长期在桂林八桂斋工作，此时已因成就斐然，调入了桂林画院任专业画师。这一年他画的《侗乡秋高》是他受人注目的一个标志，那种生活气息加写生实录性的密体风格由此与张复兴的名字紧紧地连在一起，同时也增添了广西山水画在全国的神采。

进入90年代，中国有一股被称为新生代的创作思潮或现象。这批出生于60年代的画家，无论是思想、学画的年代及人生经历都不同于上一辈的知青画家，他们更关注自身的个性状态并着意于回避过去崇尚的集体意识，他们不理解有些绘画为什么能那么沉重，一些在上一辈画家看来很严肃的东西，到了他们那里却成了调侃对象。对此，广西也有新生代的画家群落，他们没有地域特色这样先入为主的创作概念，只管画自己的生存体验，也用绘画语言表达自己对社会现实的理解，画风普遍比较深沉，但在画什么这一点上，他们的精神也确实是自由自在地在画面呈现。陈毅刚、黄少鹏、雷波、张力绘等均是在这一年受到画坛关注的新生代画家，《海边独行》（雷波）、《灰烟》（陈毅刚）、《涠洲岛的精灵》（黄少鹏）在这一年入选“第二届中国油画展”，是比较有新生代思想的三件作品。陈毅刚的《灰烟》后来成为他持续了一年多的一个创作主题；黄少鹏则发展到更为苦涩的境地。

浑身充满创造力的石向东，这一年又成了人们关注的人物。他紧扣时下举国上下的足球热，用沉重的旧钢铁材质创作的《最后的防线》夺得了“第三届全国体育美术作品展览”的特等奖并被国际奥委会洛桑总部收藏。

祁海平1992年由中央美院油画研修班回来，逐渐放弃了他一直追求的德加风格，向另一个更形而上的语言体系转换。那就是后来标志着祁海平成熟风格的抽象黑色主题系列。他的气质和教养与德加相像，学德加对他而言可说是恰如其分。转入黑色主题后，虽然画面的抽象表现因素和形式意味明显加强，但仍然保持了从德加那里带来的对语言的讲究和高雅的追求，诗与音乐的成分像空气一样弥漫在他的每一幅画里，让观者在与画相对的过程中始终能感到这种情绪情调的存在，但又看不到具体言说的痕迹。

帅立功是广西极优秀的工笔画家，这几年转到水墨写意，同样表现了很强的本土关怀。这一年他将这批成果展出于中国美术馆，其中就有他费时数年的心血之作《榕颂》，要知道，这是巨幅长卷，集中了帅立功近期的思考和笔墨功力的最高水准，故无论如何，这一作品在他自己的绘画生涯中、在1993年都算是力作。

1994年的“全国第八届美术作品展览”，广西入选十五件，其中有余永健的《溢香图》、李明伟的《月夜》、张复兴的《一溪寒水出秋山》、刘绍昆的《一方水土》、张冬峰的《这里的山林静悄悄》、石向东的《行进》等。评选结果，张冬峰的油画《这里的山林静悄悄》、张复兴的中国画《一溪寒水出秋山》、李明伟的《月夜》和石向东的雕塑《行进》都获得了优秀作品奖。

同年，“首届中国静物展”在北京举办，张冬峰的一件小品《菜篮子》入选并获了奖。石向东在创作《最后的防线》后不到两年，又用钢铁焊接形式做了他最有艺术分量的名作《行进》。

他已非常有把握地自觉地在矛盾的对比手法中寻找到古今时空里蕴藏的文化问题,以此牵动人们对当代问题的一些思考。有的批评家用"新解构主义雕塑"来概括他的艺术风格。我们似乎也可以用"文化雕塑"、"理性雕塑"或"新文物主义雕塑"来概括石向东作品的文化命题,因为他的作品让人浮想联翩的地方太多了,即便作品中透出了过人的创造力和强烈的视觉冲击力,但这一切与人们的欣赏连在一起时已被悄悄地融化在人们对历史与现实的深思之中。

张复兴继 1992 年的《侗乡秋高》在"纪念毛泽东《在延安文艺座谈会上的讲话》发表五十周年全国美术作品展览"上获二等奖后,这一年画的《一溪寒水出秋山》又获"全国第八届美术作品展"优秀奖。当然,他的获奖作品远不止这些,这几年他已是地道的获奖专业户。只是令人佩服的是,他的每一幅作品都是反复推敲、三易其稿所得的结果,其过程可说是严肃到了家。桂北山乡是张复兴创作的素材基地,那里大山的一切在他眼里犹如"天上的街市",既美丽又遥远,他往返多次,也卧游神驰,最终将桂北山水于现实之中画出了几分神圣。正因为这种神圣,使他对画中的每一个局部每一个角落都不敢怠慢丝毫,整个画面构图在他笔下是那么的胸有成竹,慢条斯理地铺展开去,最终画出了密而有致、聚而有疏的大山水效果。

此外,用装饰手法画重彩国画的李明伟,这一年凭借一幅《月夜》也开始跻身全国青年山水画强手的行列。他过去虽然一直笔耕不辍,画风也大抵如此,但均未像这次获全国美展优秀奖那样给他带来那么大的荣誉和机遇。刘绍昆的《一方水土》明显是一种幸福生活的情绪化流露,他作画过程中始终拥有的良好精神状态保证了该画的成功。刘绍昆自从往象征性的含蓄风格发展后,《一方水土》是其中发挥最好的一幅。温文尔雅中既有暖意,也有一些苍凉。大概他是借"一方水土养一方人"的寓意,来言说或象征一方水土中也有另一方人的欢乐。

有了《最后的防线》和《行进》,石向东的激情直升巅峰状态,这一年他再用钢铁焊接的手法创作了《战争与居民》大型雕塑,作品构思的来源是备受世界关注的波黑战争。他塑造的一家三口人终日靠铠甲度日的战争世相,显然是一种当今世界呼唤的和平主题。你看,这一家三口在沉重的铠甲包裹下躲得连脖子也不敢伸出来的那副夸张或象征形象,不是让人一睹难忘、心灵震撼吗?石向东采用钢铁、铠甲这种材料和造型符号去表现战争气氛,既贴切又不失他惯有的风格,可谓妙矣。

说到雕塑,这几年好像在南宁市的街心公园或居民小区多了一些装饰环境的"大家伙",这就是广西城市环境雕塑发端的所在。石向东、黄月新、何镇海、朱光忠、朱连城等都投入了城雕的创作,在一定程度上改变了架上雕塑一统天下的局面,使雕塑获得了前所未有的社会价值和创作空间。就连石向东那件象征着由过去迈向现代、具有当下问题意识的《行进》,都被放大装置于公共环境之中,可见,艺术家们除了用纯视觉的形式感雕塑作环境装饰之外,具有冷峻气质或一定思想深度的创造性雕塑也在公众场合中为人们所认可。遗憾的是城雕的发展受限制的地方太多,不能完全具备艺术创作的条件,很多时候考虑市场或现实环境,不能够随心所欲进行创作。

从具象到抽象似乎已是许多成功的美术创作者最常走的一条发展之路。个中道理因人而异,说不清楚。但有一点是肯定的、共同的,那就是创作者的思想空间发展到一定阶段势必会感到具象空间的不足,进而产生向简洁甚至抽象转化的要求,事实上也是一种审美自律的结果。画史和现代画坛上这种例子太多了。广西的黄箐、谢森、祁海平、刘绍昆、刘南一等均是如此。刘南一的《海风》《海上风景》系列就是这一年在尝试抽象表现后形成较为成熟风格的作品。他以阳光、大海、船帆为主题,追求一种源自法国画家波纳尔但比其更主观更强烈的斑斓的油画美感。刘绍昆画《女人的歌》又在描绘一种世外桃源或是天堂般的境界,他的画面总是那样笼罩着一种暖洋洋又略带伤世感怀的情调。也许这是人过中年的一种精神向往。的确,当代中国画坛的不少人在中年之后都有一种由现实回归意境,由沸腾回归天籁的趋向。

相反,重视个性张扬,表现当下生存感觉并具有揭示现实问题倾向的是三十多岁的画家。陈毅刚的《斜坡之二》是他继《灰烟》系列后的又一个系列主题画。他顾及不到亲和自然或天人合一的老年境界,更多的是关注个人当下的生存体验,以此表达强烈的现实批判性。

新生代的这种狭小的自我题材的范围,与中年画家崇尚教化意义和注重时代主题的创作思想格格不入。黄宗湖、黄宗海和黄宗祥画的《决策者》不仅是重大历史题材,也是近期里美协倡导的主旋律力作。他们长于用素描手法塑造人物的中国画创作,在表现主题人物画中显示了明显的优势。当然,如此长期的艺术实践,使得他们塑造人物的笔墨技艺已入纯青之境,成了中国画人物创作的一座高峰。可惜,他们后来未再坚持这种慢工出细活的风格。

雕塑在 90 年代的发展令人振奋。这是几代人积累的结果,也是雕塑语言整体向现代转换后带动起来的繁荣景象。这一年"广西首届雕塑展"开幕,较全面地展示了广西雕塑界老中青三代艺术家在近期的创作成果。新语言、新形式在展场里风光耀眼,新人新作脱颖而出,引来广西美术界普遍的关注。似乎雕塑界的新人新作比绘画的新人新作还有些冲劲。也许是创作材质和创作空间更大更自由,也更容易张扬个性的缘故,广西艺术学院雕塑专业的学生作品在展览里着实令人刮目相看。譬如罗银烈用普通农家的锄头焊接而成的《一家子》,就有让人沉思良久,又忍俊不禁的效果。当然,教师的敬业也起了很大的表率作用。何镇海埋头苦干两年,在不声不响中忽然开了一个以民居门闩为主题的名为《临界点·门闩系列》的木质雕塑展,给当年的广西美术界带来很大的振奋。门和闩原本是一些地区民居里常见的门锁结构,很有传统的文化意味和造型美感。何镇海独具慧眼,突发奇想用它来做现代雕塑,化腐朽为神奇,给传统符号注入了新意。

雕塑的崛起令人振奋,油画的发展更是突飞猛进。进入 90 年代,广西油画已建立了可在全国排位的队伍,尤其是中青年的创作队伍。其作品在全国美展和单项油画中入选数直线上升,作品也受到中国油画艺委会和油画学会的好评,使得广西跻身油画强省的行列。在"第一届中国油画学会作品展"中,谢森的《影子》、张冬峰的《留住好时光》、黄箐的《自然的召唤》、雷波的《美院 95 一号》、黄少鹏的《手》、刘绍昆的《一个日子》等入选。张冬峰仍是那样的亲近自然,他陶醉于桂南的绿荫诗境里,在手法上贯于小巧中见大气象。黄箐则是童心未泯,他总是预设一扇大窗,然后由里及外地展现窗外葱茏的缤纷世界,这一视域里的红黄蓝绿,像童话世界一样富丽迷人,画面中的色块、造型都有一种成熟的形式美感的视觉架构。自打画了这张《自然的召唤》,那个有精灵出没的小窗后来就成了他创作时经常出现的一个借代物,也可以说是形成了一个以窗口为符号的个人系列创作方向。雷波是新生代画家群中不可回避的重要画家。1995年他在中央美术学院进修期间,恰逢美院搬家,迁出了多年经营的校尉胡同的地盘,师生员工的惜别之情朝夕可见。有感于此,他在这一年创作了《'95系列》作为结业作品,表达一种当下的个人情绪。

杨晓村的重彩国画颇有自家风貌,在90年代的国画创作中独具一格,在形制上还时有巨构。他从古代墓室壁画和书法残片的形式中看到了某种对自己有用的语言,于是细心揣摩,多年实践,融入了自己的想法,最终画出了一些有现代感和民间情调的作品。

90年代的广西版画逐渐新老交替,因为老画家队伍已慢慢放弃了画展舞台,代之而起的参展者是更多的在校学生和年轻教师。这一年的"全国第十三届版画展"再次证明了这种趋向。雷务武带领的版画新军占去了广西百分之九十五的入选份额。而且由此往后,版画的创作阵地也越来越学院化。

继"门闩"系列之后,何镇海转向陶艺创作。说是陶艺创作,其实他还是借陶艺做他的门闩木构雕塑。的确,随着创作的深入,他干脆用木质门闩与烧陶结合,创出了另一番光景。他原本在江西景德镇陶瓷学院学的就是陶艺,后来又进中央美术学院雕塑系学雕塑,故而他最终寻找制陶与雕塑结合的某一种方式应该说是顺理成章的结果。

这一年有"全国第四届体育美术作品展览",石向东自然又成为大家看好的夺牌主力。他果然不负众望,历时半年拿出了一件铸铜的《走向奥林匹克》,再次夺得该展的最高奖——特别奖,成为四届全国体育美展中连续两届特别奖的获得者。但我认为该件作品多少受"命题作文"的制约,作品并没有发挥出石向东应有的创作长处,视觉冲击力也略逊于《行进》和《最后一道防线》。尽管从制作水平来说《最后一道防线》尚显稚嫩。

张冬峰为这一年的"全国青年油画展"画了油画《父老乡亲》,其情调颇为贴近生活,把一个山乡小镇的民生状态表现得平实有味,表现性也很强。不过他在画题上过多动了一些文学性的脑子,倒有些画蛇添足之感。如他画静物,名曰《菜篮子》;画丘陵丛木,名曰《这里的山林静悄悄》,现在又题上一个《父老乡亲》,总觉得有些刻意的修饰。

90年代中国美术界的一个重要特质就是策展人及其学术展事的出现和盛行。过去广西美术创作一直疏于与策展人及其展览有互动。这一年由王林策展的《'97都市人格》邀请了广西艺术家谢森、王琦、石向东、黄少鹏参展,其中,谢森的油画为此有了一个不小的当下关怀的转变与尝试。

桂林在广西来说一直是中国画尤其是山水画创作的重镇。这一年在北京举办的大型学术性画展“中国山水画、风景油画展览”在美术界引发很大的参展兴趣。光参评作品就多达四千余件。最后经过严格的学术评选，参展数为三百一十四件。中国画部分广西入选的三件作品全部出自桂林，张复兴的《家在翠微》、徐家珏的《人家都在图画中》和肖舜之的《高秋》代表了桂林山水画当下最上乘的艺术实力，而且在这届大展中也是上乘之作。三位画家的风格虽然都取之密体，但却各有风貌，手法纯熟。肖舜之近年来一直是以藤蔓杂卉为符号、题材来表现桂北的华滋灵秀，形成了很独特的表现风格，他往往能在一幅反复皴点得密不透风的画面里，做到疏密有致，既文又新。此外，油画风景部分还有张冬峰的《知足者》入选。桂林的赵松柏转道风景，在这一年也尝试一些重色不重形的以南方花木为主题的油画，由此步入一种意象色彩的视觉世界。戴延兴早期在创作上也是一个游牧主义者，各种风格甚至画种均有涉及。这一年他囿于清宫旧影，慢慢体味，寻找其中的画意，逐渐凸现了他在清宫题材方面的风格和优势。他显然不是粗枝大叶的画家，个性中没有肖舜之那种逾矩的豪情，更多的是一种温文尔雅和理性缜密的个性。他多方涉猎一阵之后，最终选择了清宫题材作为一个时间段的定居地，在一定程度上打开了一个属于自己的创作方向。

广西中国画界的黄格胜和梁耀这一年各有不小的绘事动作。黄格胜在桂林有“黄格胜山水近作展”；梁耀东瀛归来，出了一本《梁耀画集》，开了一个“梁耀艺术研讨会”。黄格胜的山水近作再次展现了他崇尚写生、注意本土生活表现的作画理念，我们也由此看到一种在政务缠身的间隙仍能勤于创作的游艺爱艺的艺术精神。

创作最忌东一榔头西一棒子。何镇海这几年从“门闩”这一基本的母题出发，演绎出了很多有意味的构思和造型，可以说他围绕门闩，思路开阔，左右逢源。这一年他应邀参加了“’98国际长春雕塑节”。这是一个国际性的现场制作的大型雕塑盛会，参加的艺术家来自世界上不同的国家，而且作品方案都是经过半年的征集预选而确定的。广西独有何镇海一人入选。他到现场后费时数月，制作了一件三米多高的石雕巨构《友谊的纽带》。整个作品的造型理念就源自门闩原理，但却被作者赋予了新的造型意义，而且是非常切题的造型意义。

1999 年广西美术家的头等大事，恐怕就是备战“全国第九届美术作品展览”了。广西是边域地区，靠体制拉动展览和创作是其有效的推进美术发展的方式。功夫不负有心人，经过大半年的创作，美术家们拿出的精心之作，着实让画坛兴奋了一阵。因为画坛毕竟沉寂两年了。有了这种大展的驱动，画坛借此获得了一次巡礼的机会。唐玉玲的中国画《抗洪日记》就一改她过去留给人们的长于山村小调的印象，第一次向画坛展示了她驾驭大场面构图、气氛和熟练的塑造人物形象、动态的能力，这种极具张力的主旋律的巨构，出自一个弱女子之手，真有点不可思议。就像周思聪当年画《人民与总理》和《矿工图》一样，让人感佩不已。李明伟的《暮色渐去月明时》也在追求一种大气象，与他过去的小景色格调相比已略有提升。这也许就是全国大展带给画家们普遍的一种心态。

前面说过，刘绍昆在超越反映生活、表现生活气息这种创作风尚的层面之后，逐渐转向神秘化和理想化。这一年画的《赞美北部湾》就是个例子。进入 90 年代,美术家们因时尚的改变已不再像过去那样下乡体验生活和找创作素材,对眼前的生活也因为都市的匆忙节奏而变得熟视无睹。于是,关注情绪,偏于想象,着力于理念的表现,成为美术家们新的创作冲动或新的创作追求,于是,“生活气息”的失落自是在情理之中的事。

长于钢焊雕塑的石向东创作的《动力》,其形态仍旧是力量型的大家伙,寓意、造型及创意都非常切合当代的文化思想,构思也大胆、新奇、高明。不过,石向东这种钢焊雕塑一出,随即在雕塑界引来一片尾随的钢焊之风。可见,频频获奖的结果和宽广、自由的创造天地,对青年雕塑创作者来说,太有吸引力了。因而,人物雕塑逐渐被创作者疏远,由此,形成了广西雕塑的一种独特现象。黄月新的《国泰民安》、孔庆坚的《罪恶》和何镇海的《福·寿·门》都是钢焊雕塑中较有代表的作品。《国泰民安》用一件民间剪纸作主体,再用小桌、小剪刀作主体点缀,充满着喜庆祥和的民俗气氛,想法真是绝妙。何镇海的《福·寿·门》也有类似的民间色彩和象征性构思,只不过,何镇海的个人符号更鲜明一些。这一年,他应邀参加了“’99 中国青年雕塑邀请展”,携作品随渡轮从重庆漂流至武汉,整个展示过程和学术研讨会全在长江上完成,这大概是中国雕塑艺术展最惬意的一种方式。实际上,该展的成员大部分均是去年何镇海参加的“’98 平台雕塑展”的人马。何镇海为这两个展览都专门创作了不同的作品,加上这几年他举办过的个人展览和参加全国美展,给人们带来了一个忙碌的创作状态者的形象,如果用“拼命三郎”来形容他的敬业状态一点也不过分。如果说广西 90 年代最活跃、最外向型的雕塑家是谁?我以为首推何镇海。

谢麟也在这一年完成他在中央美术学院的研修学业,画了一批大块黑白构成、色层坚实的侗乡主题的组画,在中国美术馆办了个展,完成了他油画风格、语言的彻底转型,以侗族民居生活为结构性图式主体的这种油画,在广西凸显亮色。谢麟是继张冬峰之后第二个在中国美术馆举办油画个展的画家。谢麟这一步跨出的风格变化,无论是对其个人,还是广西油画来讲,都可谓是有意义的一大步。

(原载《南方文坛》2009 年第 1 期)

从“鬼门关”出发

玉林作家群的崛起

□ 张燕玲

在玉林市玉州区与北流市的交界处，千百年来赫然耸立着一道由泥盆纪灰岩嶂林对峙而成、高 170 余米、宽 10 余米的天然关谷，这就是名扬天下的历史遗址“鬼门关”，又称天门关。以“其南尤多瘴疠，去者罕得生还”（《太平寰宇记》）而著称。我不知道，当年落难而高贵的苏东坡在被赦免返乡途中，重渡“鬼门关”时，一句“养奋应知天理数，鬼门出后即为人”，在庆贺自己重生之外，是否隐喻那一轮轮奇冤大屈远比“鬼门关”严酷？是否还有跨越生命极限后知天命的澄明呢？这位伟大的文人早已感知到“鬼门关”是重生幻化之地了。于是，这片鬼魅出没、灵魂穿行、巫气十足的灵地，幻化出一代又一代独领风气的文人骚客。先不提东坡后涌现的一批明清文人、都峤诗社和三力父子，单单是近 30 年的作家队伍就够蔚然成林，尤其以北流籍女作家林白为标志的新一代作家群在中国文坛的崛起就是够显示“鬼门关”的文学活力了。

于是，“鬼门关”，这个桂东南民间巫文化的象征，也成为玉林作家群的文学原乡，他们被称为“鬼门关（或天门关）作家群”。在广西诗歌界享有很高声誉的“漆”诗歌沙龙，就发出如此宣言：“漆诗歌写作是构筑在‘鬼门关’之上的写作，是一种偏远的地方写作。在此偏远写作中，诗人从个人出发，最终达到无个人的目的，达到用来表现这个世界、最偏僻而又最富有生命力的独特路径和独特形式。”于是，这群立誓“为生活上漆”的诗人，始终以人生作文，以心性写诗，以文学立心。自 1999 年成立“漆沙龙”，先后牵头主办了广西第一、第二届青年诗会，中国华南青年诗歌研讨会；先后自费编印民间刊物《漆》诗刊 10 余期和《漆 · 诗人代表作》，编辑出版了《漆五人诗选》；建立了自己的诗歌创作阵地，创建了漆诗歌沙龙网站（http://www.7poem.com/bbs/）。他们常常以沙龙形式开诗会、创作会、朗诵会，以对诗歌的深切情感抒写人生，也常常为自己或诗友觅得一句好诗而喝酒、流泪。“漆沙龙”滚雪球般地不断壮大,终于,从"鬼门关"出发的青年诗人们,一批又一批通过诗歌走向远方。他们是:吉小吉(虫儿)、陈琦、朱山坡、谢夷珊、琬琦、陈前总、方为、伍迁、高作苦、刘军海、邱烜、七仙女、黄尚宁等。他们的诗作不断在《诗刊》《星星》《诗选刊》《绿风》等诗歌刊物和《人民文学》《青年文学》《广西文学》等综合性文学刊物上亮相,不少诗作被收入年度最佳诗歌等权威选本。"漆"诗沙龙也由此与"自行车""扬子鳄"齐名,成为广西三大诗歌社团,并引领着广西青年诗人的精神成长,这是玉林文艺创作中一个生动的文学关键词。玉林青年批评家梁冬华的《守着"鬼门关"的写作——论广西漆诗歌沙龙》对此有热情而富有学理的评述。

诗人们沙龙式的精神取暖很快延伸到长篇小说、中短篇小说和影视剧本创作领域。尽管,文学是个体的创造,但团队精神的鼓励与支撑是磁场、是良性生态,他们深知一荣俱荣,一衰俱衰之道。为此,他们也时常为一个灵感、一个故事,甚至一个细节、一个人物讨论,并相互丰富。他们在近年收获的长篇小说有《梦萦碎琴楼》(何每、李参天)、《爱你真的不容易》(李传亮)、《闯三关》(王荣华)、《绝代美女绿珠》(陈健)、《发现比熊猫更珍贵的东西》(陈荣裕、王耀前、叶浣溪)等。中短篇小说方面,朱山坡的《跟范宏大告别》《陪夜女人》等十余部作品已在《新华文摘》《小说选刊》《花城》《天涯》《山花》《青年文学》等刊物发表或选载,《最后的媚眼》(李芳新)、《把关》(韦延才)、《木头说话》(琬琦)、《冲动的惩罚》(陈予启)等也颇具文学品质,尤其是女诗人琬琦近年创作了不少与她平实诗风一脉相承的小说,那些有诗意的小说,令人回味。宾炜的《升旗,升旗》娓娓述说的是一个内涵凄婉却美善动人的故事,可惜叙述有些简单化了。此外,令人关注的还有韦延才的小小说创作,何每、李参天、吴翠琼、陈荣裕的《郁林廉石魂》被改编为 40 集古装电视连续剧《廉石传奇》并正式签约摄制等等。

中国语言学的一代宗师王力先生,早年从"鬼门关"出发,毅然以自己开创性的精深的研究,推动了中国传统语言学向现代语言学的拓展,他在开创中国语言学新的历史阶段的间隙留下的散文随笔,与他的儿子、著名杂文家秦似,给"鬼门关作家群"的散文写作刻留了深切的文人写作的印痕。自然,受惠于此的散文家群体如覃富鑫、李芳新、张向明、李洪波、梁晓阳、李一军、潘静新、李忠健、何浩深、梁智华、林波、李旭文、黎仲祛、钟坚、陈锦绵、黎宇航等也以各自的生活体验或承接这一文脉,或以点滴人生、细微万物为题,以心灵书写着各自的文学经验,也在不同程度上浸润着浓厚的桂东南文化气息。穿行于覃富鑫《谁在那边仰望星空》的感性文字,扑面而来的是游走其间的思想锋芒和浓郁的书斋气,其赤子之心、文人之思在李一军的《游泳问圭江》的三问中令人一一感知。而明静隽永,古意文心一如林波《水街写意》的,还有李芳新的《北京老胡同》,平实素淡却绵细温暖,尤其结尾的别出心裁,顿时开拓了这篇散文的情境。与潘大林、李芳新一样,小说散文两副笔的张向明的《萍踪丝语》,描述了自己游走大地入世入心的情思,还有李洪波《像鬼一样"迷人"》、梁晓阳的《清凉的台地》等也委曲生风,别有滋味。

值得一提的还有在文学桂军中颇具影响的潘大林的小说、何培嵩的报告文学、李建平的文学评论、黄祖松的文化批评、范浩鸣的散文、小说、张萍关于文学评论的编与著等等，都与他们的故乡玉林息息相通，犹如圭江、南流江之于林白，米庄及米河之于朱山坡。玉林是他们的家乡、是他们的精神家园、是他们创作的源泉，这些玉林籍作家的创作丰富和提升了“鬼门关作家群”的精神含量与文学高度。

作家的世界有多大，就决定他能够走多远，作为女性写作的佼佼者，出生于北流的著名作家林白，是“鬼门关作家群”的领军人物。她的长篇小说《一个人的战争》成为中国女性写作的经典作品，而2004年的《妇女闲聊录》摘取该年度“华语文学传媒大奖”，今天，林白业已成长为中国文坛最富个性最具创造力的作家之一。回望来路，林白近30年的文学探索，何尝不是一次次重生之路。从诗集《三月真年轻》到小说《北流往事》《一个人的战争》《守望空心岁月》《说吧，房间》《玻璃虫》等到《妇女闲聊录》《万物花开》《致一九七五》；从北流到武汉到南宁到北京，林白在飞翔与下坠的重生中完成了从幽闭的“一个人的战争”，到广阔的大千世界，并以《妇女闲聊录》《万物花开》最早关注现代文明冲击下中国人的内在精神困境，而新作《致一九七五》这部以狂想遍地、万物应答来直面现实的书，更令林白成功地打开了自己，打开作品的深度与宽度。顿时，沾着桂东南浓密而温湿的地气水雾，钟情浓烈而肥硕的亚热带作物，穿越了“鬼门关”的林白，拉开了当年与之齐名的女性写作代表人物陈染、海男们的距离，真正成为中国当代文学一位重要的作家。令人瞩目。我始终认为，像林白这样对文字与万物天生敏感、对文学坚执的虔敬者，在我们这个时代是稀少的，无论她在文学场历经多少次重生，她始终因其作品的文学品质而高贵。

近年来引起国内文坛关注的朱山坡，也是一位有清醒文学原乡意识的慧心者。本名龙琨的他，却以生他养他的村庄朱山坡为笔名，这个农耕文明向工业文明过渡的城乡接合部的家乡，在他笔下成了“米庄”，一个可以永远供养作者的精神原乡。于是，朱山坡在短短几年间发表了二十余部中短篇小说，以此书写着他的乡土经验，他的“米庄”系列有着浓郁鲜明的粤桂地域色彩，充满了原乡况味和野性隐忍的小说气质，其中最具代表性的是《我的叔叔于力》（《花城》2005年第6期）、《跟范宏大告别》（《天涯》2007年第3期）、《陪夜的女人》（《天涯》2008年第5期），三篇都入选各种选刊及优秀年度小说选本，尤其是《陪夜的女人》在《小说选刊》（2008年第10期）、《小说月报》（2008年第11期）、《新华文摘》（2009年第2期）转载后，还入选“2008年中国当代文学最新作品排行榜”，成为年度最受关注的短篇小说之一。

朱山坡的成长经历也说明：推动作家向前进步的，使其不断获得重生的，永远是作家个人的智慧与创造力。在从写诗转向写小说的探索阶段，朱山坡不仅发奋高产，两年间便发表近十篇中短篇小说，还深受当时暴力美学的影响，年轻的朱山坡对人性与世界充满怀疑和悲观，他期望站在乡民的内部，写出乡民灵魂的真实性，“写出他们像牲口一样活”的生存困境。无论《米河水面挂灯笼》（《小说界》2006年第2期），还是《山东马》（《青年文学》2006年第2期）、《空中的眼睛》（《山花》2006年第3期）都因剑走偏锋用力过猛，而让扭曲变态和冷漠削弱了人性与情感的力量,直至遭遇批评。智慧的朱山坡热爱文学也清醒批评的意义,为此他选择与他的文学同道、诗人吉小吉一起考进了南京大学中文系作家班,如同当年他们一起创办“漆”诗歌沙龙一样。放慢急切的脚步,甘于寂寞,勇于探索,读书思考以及与良师益友对话赋予了朱山坡沉潜的力量与文学的翅膀,使他有了重生之作:面对死亡而灵魂绝地重生,面对死亡拷问人性与世事的寓言《跟范宏大告别》,其中的临终自我救赎一直延续到《陪夜女人》,幻化成颇具人道主义的临终关怀。《陪夜女人》故事主要讲述一个专门陪伴临终者走完弥留之际的中年女人,来陪夜的女人身兼帮工和牧师,使老人迟迟不肯离去的撕裂的灵魂,在女人细心的陪护与倾听中得以安息。——它体现了作者以往欠缺的、对笔下人物的理解、同情与善意,尤其对给临终老人守夜并有过败德史的“陪夜女人”复杂人生的理解、同情与善意,而且通过表达人性,表达人的复杂性,表达乡村新的伦理,表达时代的存在,包括自己内心的感动,显示了作品里的智慧、力量和温暖。同样出色的还有他最新的短篇小说《鸟失踪》(《天涯》2009 年第 3 期),这个发生在中越边境丛林的寓言般的故事,以对生活细节异常的敏感、带着一股狠劲的野性而隐忍的叙述以及隐喻的复杂性,融汇而成小说对生活、与历史进行追寻的难以名指的丰富性,“鸟”的来路与去路,“鸟”的归属与父亲的生活、与乡村的现世相生相应,生命一步步回归丛林直至两两失踪的伤痛与自由,细节真切、背景苍茫与隐喻虚幻,颇为智性,余味绵长。至此,文学信徒朱山坡,穿越了“鬼门关”,终于拥有了自己的独特的对世界对艺术的审美习惯与审美态度。当然,“米庄”的水气不时也会迷蒙朱山坡的双眼,让他还有偶尔露一下小聪明的习惯,玩点叙述策略。比如《陪夜女人》的题目就是一把双刃剑,既满足了一些读者的好奇心,是否也在某种程度上损伤了作品的善意和温情?成长着的朱山坡,正在沉潜中不断精进,不断重生。

地处桂东南,以“鬼门关”为象征的巫文化,由于其草根性,天生与大众文化、通俗文学结缘。“鬼门关作家群”拥有林白、潘大林、朱山坡以及“漆”诗歌沙龙这样的纯雅文学群体,还有广西当代乡土文学标志性的代表黄飞卿、莫之棪、钟扬莆三位“农民作家”,还共生着《梦萦碎琴楼》《绝代美女绿珠》《郁林廉石魂》等等可读性较强的通俗文学,这种脚踏桂东南热土,背靠“鬼门关”的本土化写作,真正体现了桂东南原生态色彩的巫文化的包容性,真正体现了多元共生的文化现场感。

是的,文学故乡是每一个作家精神之河的发祥地,对它从不自觉到自觉的感悟,关系到一个作家艺术生命力的长短高低,林白、朱山坡等“鬼门关作家群”的写作,令我们感受到桂东南文化的力量,这种力量犹如大地之子安泰的力量,安泰离开了大地,就无法生存。这不仅是生他养他的故乡,更是心灵的故乡。今天,“鬼门关”已经被演绎为具有生死之险的中国文化一个沉重的象征,然而,只要穿越“鬼门关作家群”亦雅亦俗的写作,我们都能感受神秘荒幻、蓬勃飞扬的生命意识,感受到为生活而歌而获得的文学重生。“鬼门关”地处偏僻,是曾经的朝廷流放贬谪官员至南海、岭南的必经地,然而对于作为寂寞者事业的文学未必不是幸事,因为一种偏僻的眼光和偏僻的表达就是一种孤绝和个性,比如林白的独一无二。诚如著名评论家李敬泽在玉林所言:地狱都是通往天堂的后门。我们要想入天堂,恐怕还真的要经过“鬼门关”。能够守着“鬼门关”来写作的作家,在某种程度上抓住了当代中国文学的某些根本要害。

我不知道当年葛洪在玉林勾漏洞里是如何炼丹的,但我知道《西游记》里太上老君炼丹靠的是“煎”和“熬”。深信玉林作家会借着“鬼门关”的鬼魅和灵气,以艺术真功夫,假以时日的“煎”和“熬”练就我们自己的“文学真丹”,在不断的重生中成就“鬼门关作家群”。

(原载《南方文坛》2009 年第 5 期)

2010年

回首拾零

致友人

□ 韦其麟

新中国六十年了。是的，我也算是广西这六十年间的一个文学工作者，写过一些诗歌。你要我谈谈自己与诗歌创作，我感谢你的好意，也觉得为难，因为实在谈不出什么名堂。我不能强作很懂文学，亦无法强作深知诗歌创作应该怎样必须如何。考虑再三，我想向你说一说自己成为和作为一个文学工作者的某些经历，回顾一些有关的琐事，就像我们有时随意的闲谈。

成为一个文学工作者，大概与自己的兴趣有关。儿时就喜欢听大人们“讲古”，总感到那些民间传说故事很有趣很动人。上小学时，有一次放晚学回家，路经一处砖瓦窑，和几个同学到工棚里求打砖坯的四公讲古。听得入迷，天黑许久也不回家。十多年后写的长诗《百鸟衣》就是根据那晚听的一个故事所作。到镇上读中心校，爱读课外书，订阅《小朋友》和《儿童故事》。家中杂物间乱放有几箩筐父辈留下的旧书，有一些20世纪30年代上海出版的《中学生》杂志，有时也翻翻，爱看的是丰子恺的补白漫画，每期都有几幅。有三本书是记得的：蒋光慈的《鸭绿江上》，有的故事也能读懂，并很感动；吴祖光的《风雪夜归人》，也翻过，朦朦胧胧，似懂非懂；另一本之所以记得，是因为书名怪谲：《鬼恋》，作者徐訏的“訏”字，从未见过，好奇读读，文字很离奇，内容也不懂。到县城读初中，图书馆阅览室有很多书刊，自己还订阅了一份《开明少年》。也有几本书印象颇深，翻译自意大利的《爱的教育》，有些故事很感人，德国的《格林童话》很有趣，最叫我喜爱的是落华生的《空山灵雨》，那些短短的篇章，文字、意境、情调都觉得很美。也读一些能懂的新诗，最震撼我心灵并至今不忘的是艾青长诗《火把》中的两句：“当大家都痛苦的时候，个人的幸福是一种耻辱。”喜欢读，也学写，也想发表，于是向儿童报刊投稿，也发表过三五篇幼稚的短文。这并非立志于文学创作，更无名利观念，犹如小学时作文，写得好老师叫用稿纸抄好贴在教室后墙，叫“贴堂”，有时自己的作文得贴堂，很惬意。

请原谅我如此唠叨记忆中遥远的琐屑,我只想说明自己小时候的兴趣而已,就像我有的同学,年少时非常爱打球或唱歌或画画一样。

1951年高中一年级,三十二开本薄薄的《广西文艺》创刊,我就是热心的读者,也投稿。有一位编辑对我的关怀至今叫我感念难忘,每次寄稿,他都亲笔写信给我,指出稿子的不足和优点,给予具体指导。有时无稿可投,写信向他诉说生活或学习上的烦恼,他总回信谆谆教诲,还不时给我寄些学习资料。有次他出差横县,途中和我作了一次亲切的谈话,要我先学好功课,课余才学习写作。还说些学习写作要注意的事,先写些短小的习作,不要写很长的东西。我心中对他有一种对父辈般的敬重,那时写字也学他的字迹。他叫岳玲,也是一位作家,当时他和别人合作的长篇小说《落胆坡》正在《广西日报》连载。1959年我调到文联,才知道他早几年已逝世。我于1953年考上武汉大学中文系,课余学习写点诗歌,常向《长江文艺》投稿,并成为该刊的通讯员。编辑部对青年作者热情、关心,有一次我投稿,没有稿纸而抄在白纸上,不久便收到编辑部寄来的几刀稿纸。作协武汉分会(会员包括当时中南区六省的作家)有一次召开会员会议,讨论创作问题,编辑部也邀请部分通讯员列席,我亦参加了。能聆听作家们的讨论,多么兴奋。1955年春,中国作协召开第一次全国少数民族作家座谈会,编辑部和作协武汉分会也通知我参加,老舍先生主持这次会议,不久在内刊《作家通讯》看到他在这次会议的书面总结中称我为"壮族青年诗人",愧汗而感奋。那时我只是一个学习写作的青年学生,《长江文艺》编辑部让我参加这些会议,对我是很大的激励。后来在编辑部的帮助下,我在《长江文艺》发表了叙事诗《百鸟衣》。1956年我出席了全国青年创作会议,同年成为中国作协会员。年轻时,我对文学创作兴趣浓厚,执着,热诚。文学在我心中多么崇高,甚至圣洁,我默默地下决心,努力学习,期望能写出多些好些的作品。

——你厌烦了吧?我净说些年代已久的旧事。都说人应知道感恩,我正是怀着这样的心情说的,这都是我真真实实的经历,如果不是这样,可能我不会成为这六十年间广西文学队伍中的一员。

漫漫岁月,人生的道路也曲折。有些年月我对文学也曾失去兴趣,对诗歌写作冷却了热情。"文化大革命"时,1969年,广西文联大部分人员在农村劳动。一天,我和几位同仁推着独轮车,到几公里远的山上割柴草。途中不小心,独轮车差点翻落一座小桥,心中顿生莫名的郁悒。割草累了,和一位比我年高的作曲家一起休息,谈起当时盛传的"砸烂"文联,一时不知今后何去何从,很是惘然。还由于差点翻车引起的郁闷,面对山中颇为宜人的景色,我说:"如果无路可走,找一处这样的山坡,带一家人,搭间茅舍,开垦几块田地,日出而作,大概也可以过日子吧。"他认真地回应:"我也跟着,作个邻居,有空闲,你写些歌词,我来谱曲,夏夜乘凉,冬夜烤火,一起唱唱,不求发表。"我说:"不,我不写,今后不想再写东西了。"真的,这确是那时的心境。后来在五七干校养马,连长——一位擅长古典诗词、自治区某委的原领导——叫我写稿编墙报,我都谢绝了。在那史无前例的年月,远离了文艺工作,也丧失了对文学创作的热忱;同时深感自己不适宜从事那样的工作,不会写也不能写了,甚至把文学写作视为畏途。“文革”后相当长的时日,这种心态依然。这期间,我又得到多方的关怀。俗话说“一句好话暖三冬”,一些前辈师长的勉励和规劝一直铭记于心。1979 年初去北京开会,休息时碰见李季同志,向他问安,人多声喧,他举起左掌又举起右手作拿笔状朝左掌摇动,亲切地问:“还在写吗?”我摇头坦言:“不想写了,也写不出。”他热切地说:“写,要写,继续写!”1980 年初刚到广西师院,年高德劭的袁似瑶院长语重心长嘱咐我:“到学校来,教学科研外,你也要坚持写诗。”同年夏天,曾指导我毕业论文的大学老师程千帆教授到我们师院讲学,住了些日子,常嘱我不要放弃创作,说他带的古典文学研究生,也要他们写点散文诗歌,说有创作实践对研究和教学都有好处。那时莎红长期患癌症仍勤奋写作,每去他家谈心,我流露对写诗的冷淡,他总不高兴,眼睛直盯着我:“我身体都这样了,还拼命,你为什么这样啊?”我知道,这位兄长的责备蕴藏着热切的期望。一次有事从师院来广西作协,当时秘书长吴三才要我写篇文章在内刊发表,我推辞,他说“这是任务”。我答“我不接受”,他严肃地喊我的名字又压低声音说:“你就这样消极下去呀?你还是作协会员吧?难道没有一点作家的责任心了吗?”我也知道,这位老革命、历经坎坷的文学前辈的责问,有着父兄般的关爱。是缘分,更是党的政策阳光般普照的温暖,师长的劝勉,使我的人生终于没有彻底和文学工作绝缘。在后来的岁月,我还是写了一些诗歌,也是在文学工作的岗位上退休的。虽然我的能力和学养有所不足,没有值得称道的成绩,但对工作或写作,我自己认为是认真的,也尽心了。

儿时爱听讲古,读大学有“人民口头创作”的课,20 世纪 60 年代初从事了几年民间文学资料的搜集,80 年代在学校教书,讲授的主要课程是《民间文学概论》。由于从小就受到民间文学的熏陶和教育——许多故事都是叙述人间善恶的较量,在历史的实际中善很难甚至是不可能占上风的,而在故事里总在想象中浪漫地战胜恶,这是由于人类的良知和正义的愿望。那些古老神话传说中的英雄,为大众的生存和福祉,总是挺身而出无畏地战斗又勇于自我牺牲,这崇高伟大的精神何其感人!我对民间文学感到亲切,也觉得很有魅力,我的一些叙事诗大多取材于民间故事传说或神话。因而有的朋友不无遗憾地对我说,这些作品气息太原始,缺乏现代意识,对现实生活的感受显露出一种迟钝。这是很有可能的。或许由于自己的愚鲁和守旧,我尚缺乏这样的觉悟。不知你的感觉如何,我想告诉你:根据民间故事传说再创作,我志并不在多此一举地以诗歌形式原原本本复述原来的故事。在叙事诗集《寻找太阳的母亲》“后记”中我曾说:“我写这些故事,是感到其中有一种东西激动着我的情感,甚至使我的心灵战栗。我多么希望把这一切表现出来。”作家当然要关心现实生活,对社会、人生有深刻的观察和思考;文学作品也应有时代感,但毕竟不是报纸的社论时评,不应是一个口号或理念直白的传达。反映当代的重大题材当然重要,但题材也可以多样化,不在写什么,关键还是作者怎么写。我的叙事诗诚然有许多缺陷,这只是由于我的思想艺术水平不高所致,并不应得出这样的结论——根据民间传说故事再创作的作品就必然散发原始气息。中外有些诗人在以往的世纪也写过不少这类的叙事诗,如歌德和席勒的“叙事曲谣”,密茨凯维支的“歌谣与传奇”,泰戈尔的小叙事诗等,虽经翻译,如今读来依然感人。当代有的写古代历史题材的长篇小说,也有被称道的杰作。以民间文学为题材写叙事诗,仅是我个人的爱好,谁也不会主张大家都这样,我以上的述说未免怀有对自己作品的敝帚自珍之情,同时也觉得,作为少数民族的文学写作者,注意表现民族性格和地域特色,以及本民族的文化精神,并非一种愚陋的作为。在表现现实方面当然应该有多方面的努力,但也不必鄙弃民间文学。我们广西少数民族历史上的作家文学并不繁盛,民间文学比之更为根深叶茂,丰富多彩。我们也应重视自己民族的优秀文化传统,也可以从中吸取有益的养分。歌剧《刘三姐》的唱词,如果不是广西传统的七言四句体民歌,而换成自由体的唱词,写得再精美,演出效果恐怕也比现在逊色。上面所述,也许陈旧得迂腐了,请勿见笑,望给我帮助。下面我还想就一两篇作品作些说明,在有的介绍壮族文学的著作中,把长诗《百鸟衣》当作原本就在民间流传的作品,如说“壮族有民间长诗《百鸟衣》”。我认为这不符合实际,长诗《百鸟衣》是根据民间故事创作的,不是原有的世代口头流传于壮族民间的长诗。至今也没有发现壮族民间有以韵文体口头流传的“百鸟衣”故事,这首长诗并非经过整理的民间口头流传的作品。整理和创作并无高低之分,但不应混淆。还有的辞书介绍壮族民间故事“百鸟衣”时,把我写长诗时给两个主人公安的名字当作原来民间故事主人公的名字,把长诗的情节(对原故事已有不少改动)当作原来故事的情节,我以为这也是不科学的,这会给壮族民间文学的研究提供不确实的根据。另外,以七言四句体民歌为基础写的长诗《凤凰歌》,内容是反映新中国成立前共产党领导的壮族人民的革命斗争。有的介绍文章却把这篇长诗说成是“根据民间故事创作”的作品,我认为这也不恰当。我的说明不知你以为然否?

感谢民间文学的恩惠,作为一个诗歌作者,我多多少少从中获得灵感和激情,写过一些诗歌。这些作品,有愧于多方的关怀。如今老去,对自己已不敢有什么奢望,但今天广西文学事业欣欣向荣,令我感奋;与自己当年开始学习写作时的状况相比,是多么巨大的发展。祝福我们的祖国,祝福我们广西的文学事业,祝福一代又一代比我年轻的作家们。

(原载《南方文坛》2010年第1期)

论韦其麟的散文诗

□ 陈祖君

壮族诗人韦其麟在叙事长诗创作上的成就，早已为学界所关注。[1]其重要作品《百鸟衣》《凤凰歌》《寻找太阳的母亲》等，曾在20世纪下半叶的中国诗坛引起了较大的反响。早在1956年，就有国外论者因为长诗《百鸟衣》的面世而把他看作"壮族的代表人物""居住中国境内的少数民族中天才的代表人物"[2]，直到80年代前期，国内的批评家及学者也高度地评价这部作品"代表了我国当代少数民族诗歌的新的艺术水平"[3]，并认为从艺术典型的塑造方面来说，"作者在壮族文学的发展史上，是有其不容忽视的地位的"[4]。在1978年创作的《凤凰歌》和1984年创作的《寻找太阳的母亲》相继获得全国第一届、第二届少数民族文学创作奖之后，或许是因为中国社会及文学艺术的转型，读者觉得"根据古老的民间传说故事创作的东西，气息太原始了"[5]，或许是因为作者需要更加自由地传达自己的思想，不囿于诗、散文及故事的文体界限，作者暂时中断了对取材于壮族民间传说故事的叙事长诗的探索，而把主要精力转向散文诗和抒情短诗的创作。虽然1991年他曾以诗剧的形式创作了试验性质的、取材于壮族创世神话的长诗《普洛陀，昂起你的头!》，但在1985—1994这十年间，结集出版的是散文诗集《童心集》(1987)、《梦的森林》(1991)，诗集《含羞草》(1987)、《苦果》(1994)。90年代中期之后，他更是以散文诗为主要的载体，收获着他谦虚地比喻为"白线"(指瘪穗)和"草药"[6]的梦的篇章。在散文诗集《依然梦在人间》(2008)的《后记》中，他写道:"有朋友说，这些诗不像诗，散文不像散文，故事不像故事的东西，算什么呢？我也不知道，写时亦未考虑，只是随心所欲。不少篇章都是纪梦的，书名就用了其中一篇的题目。就是那些不是纪梦的篇什，恐怕也可以说是痴人的说梦。"[7]让我们从这里进入韦其麟的散文诗。

一

在青年时代，韦其麟就非常重视文学艺术对于人的心灵的净化作用，强调作家要从自身做起,以健康、美好的灵魂去改造人的思想。他说:“我们用自己的笔作武器,去使人们的思想、灵魂变得更美好;而自己,有什么理由不时刻地使自己的思想变得更光辉,使自己的灵魂变得更美丽呢?”[8]因为文学作品所具有的社会功用,他同时主张作者要有认真的写作态度和严肃的社会责任感:“一篇作品的好坏,它对社会所产生的影响是极大的。因此,我们必须严肃地负责地对待写作。”[9]从《童心集》《梦的森林》到《依然梦在人间》,不仅可以看出作者在叙事长诗中一贯的对于真、善、美的呼唤和歌唱,而且这种善与恶、美与丑的对立和冲突,在他的散文诗里已不再是表现少数民族民间传说故事中的“外部事件”,而是由外在的世界转入人的内心,强调的是自我“内在世界”的斗争与挣扎。换句话说,在叙事长诗中,作者通过叙述民间传说故事来歌唱真善美、批判虚伪与丑恶,在散文诗里,他则借助童真的呓语和迷蒙的梦境,把这种歌唱与辩驳熔铸于“灵魂的冲突”中。

在《童心集》里,那个与哥哥争辩着要唱“我自己的歌”(《歌》)、要把酸咪咪种在花圃里“让各种各样的花开得热热闹闹”(《野草》)的孩子,让人想起了诗人所经历过的特殊年代以及他对于那个年代的反应(我们可以联想到艾青的《养花人的梦》和顾城的《我唱我自己的歌》等作品)。《恻隐》则更是以一个孩子的口吻,通过盆栽松树与冬青矮墙的比喻谴责恣意戕害生命的行径,强烈地表达个体“自由地伸展自己的枝叶”的愿望,批判强权对于生命和个性的剪裁,并喊出“如果是这样,我宁愿不要你这个爸爸”的拒绝之声。值得注意的是,同样是对于时代的担当,作为一位少数民族作家,韦其麟身上所秉承的壮族民间文化传统,那种壮族创世史诗和山歌的朴素、真挚、自由以及对于自然和生命的敬畏,艺术上大胆的带有浪漫色彩的夸张以及富于地方特色的比喻、起兴、重复等,使得他的这些散文诗有别于同时代的同类诗作。

韦其麟说:“假如没有童年的生活,那些山村劳动生活气息和风土人情,我是写不出来的。……家乡的山歌我会唱,以前也背得很多。这给我很大的方便。”[10]他把写作少数民族叙事长诗的经验和手法带进了散文诗的创作。他认为,“为了加深地方色彩和民族的特色,当然是以本地区本民族的风俗习惯和自然环境去比、去夸张”[11],然而,“文学的民族特色并不仅仅依赖民族的传统形式和语言(当然是重要的)”[12],更重要的是,一个作家(他以壮族诗人莎红为例)要“熟悉各兄弟民族的生活。他知道他们的过去,也了解他们的现在。他熟知他们的思想、感情、意志、愿望;他了解他们的风俗、习惯、性格、品质。他和他们的心是相通的……”[13]写孩子问妈妈自己是否是从葫芦里钻出来的(《我是从哪里来的?》),写孩子种不用煮熟就可以吃的蚕豆送给妈妈(《三月的憧憬》),写月亮和星星躲避太阳(《星之泪》),写孩子所向往的金鱼的本领(《童话里的金鱼》)……这些篇章,都带有民间传说故事成分,作者以孩子天真、稚拙的幻想来解读民间传说故事,颇有一种“再阐释”的意味。而尤其突出的是,《童心集》里处处充满了孩子对于父母和哥哥的关爱,这种注重感恩、报答的人伦亲情,又往往落实到具体的生活场景及活生生的细节中,反映了壮族人“孝”“和”的家庭伦理观念和孩子

稚朴的童心,感人至深。如《祝福》一诗:

汽车穿进山脚那片竹林离开了。

妈妈,我也在祝福你的。虽然,刚才我没有和哥哥那样说:祝妈妈一路平安。

我的祝福是一朵洁白的白云。妈妈,你到很远很远的海南岛去采药,当太阳毒热毒热的时候,我的祝福是一朵洁白的白云,漂浮在山野的上空,给妈妈一片荫凉,妈妈的衣裳就不会湿透汗水了,妈妈的脖子就不会长起痱子了;晚上,妈妈的手臂也不会又痛又辣的了。

汽车穿过山脚那片竹林远去了。

妈妈,我也在祝福你的。虽然,刚才我的眼泪不听话,流出来叫妈妈难过了。

我的祝福是一张小小的竹排。妈妈,你到很远很远的海南岛去采药,在山野遇到小河——像我们药场山坡下那条小河——拦路的时候,我的祝福是一张小小的竹排,载着妈妈渡过小河的对岸。妈妈就不用蹚水过河了,妈妈的裤腿就不会湿透了;晚上,妈妈膝踝上的风湿病就不会隐隐地作痛了。

山野、竹林、小河、竹排……多么纯粹的南方山村自然风景,风景中孩子与妈妈之间渗透在具体的日常生活细节中的关爱,催人泪下。高尔基说得好:“不可忘记:除风景画之外,还有风俗画。”[14]痱子与风湿,不仅反映出南方特有的气候,而且写出了人物真实的生活经验与情感反应。孩子的这些生活常识,一方面来自自身的观察与体验,另一方面则来自成人(妈妈)日常的教导和嘱咐。作者在另一篇抒写同样题材的《离情》中写道:“妈妈,现在,你吃饭了吗?你不要用开水泡着饭吃,这会得胃病的——这是你常常对我说的呀。……妈妈,现在,你已经睡觉了吗?你不要把手臂伸出被窝外面来,这样会着凉的——这是你常常对我说的呀。”生活在炎热、潮湿的亚热带山区,自然条件较为恶劣,壮族人对生命的热爱常常与对大自然的敬畏合为一体,生命的欢愉常常伴随着生活的艰辛。这一点在壮族史诗、民间传说故事及山歌中常有体现(如史诗及民间传说故事中常见的“翻过了九十九座山,趟过了九十九条河”,刘三姐山歌中的“连就连,你我相约订百年,哪个九十七岁死,奈何桥上等三年”等,分别表达了成就伟业的艰苦和长久聚守的渴望)。作者对本民族的思想、感情、意志、愿望、性格、品质及风俗习惯有深深的了解,他的心与笔下人物的心是相通的,他以散文诗的形式,为我们描绘了一幅幅感人的风俗画,这种把童话诗与少数民族风俗画融为一体的探索,在20世纪中国文学史上并不多见。

二

在对于真、善、美的呼唤与歌唱中,如果说《童心集》作为一部试验性和过渡性的散文诗集,当中主要吸取了壮族民间文学传统的养分,那么作者的后两部以“梦”命名的散文诗集《梦的森林》和《依然梦在人间》,则主要受惠于鲁迅的《野草》及古今中外的寓言。这二百多首“纪梦”或“说梦”的篇章(其中《依然梦在人间》收新作187首,占绝大多数),标志了韦其麟在散文诗艺术探索上的新的高度。

韦其麟的这两部散文诗集,从表现主题上,大致可分为四类:一是直接纪录梦境及诗人梦中的追求、迷茫与恐怖,如《迷途》《异化》《旅程》《歧路》《在荒原的沼泽》等;二是抒写美丽的“梦中的森林”的逝去,如《梦的森林》《野火烧过的林子》《旅途中》《乡关何处》等;三是用寓言的形式对人的嫉妒、自大、虚伪等加以嘲讽和批判,如《林中见闻》《灌木的怨愤》《一株不开花结果的桃树》《一头不食肉的狮子》《鼠的抗议》《苍蝇的轻蔑》等;四是以戏剧独(对)白的方式或黑色幽默的小说笔法对现代人污浊的灵魂进行拷问和批判,前者如《良知》《耻的送别》《卑鄙对卑鄙者的诘问》《无脸的人》《依然梦在人间》等,后者如《美酒》《诗集》《权威》《人缘很好的人》《贪婪与贪梦》等。从创作风格及方法上看,我认为可简单地概括为“梦”与“寓言”。

从作品开头常用的“我梦见”“我梦入”句式,可明显地看出韦其麟的散文诗近作在创作旨趣及艺术手法上对于鲁迅散文诗集《野草》的继承与借鉴。譬如鲁迅的《失掉的好地狱》的开篇:“我梦见自己躺在床上,在荒寒的野外,地狱的旁边。”韦其麟的《快乐》的开头:“我好似在做梦,但我却意识到我并不躺在床上。”鲁迅的《死后》的开篇:“我梦见自己死在道路上/这是那里,我怎么到这里来,怎么死的,这些事我全不明白。……”韦其麟的《死后的一次游历》的开头:“我梦见我死了。/在溟溟濛濛中,我悠悠荡荡,飘飘摇摇,不知道来到了什么地方。”鲁迅写的是人之不能成为人(具有人的个性与尊严)的悲哀,韦其麟则写人之成为非人的羞耻。以下详举一例进行比较:

> 我梦见自己在隘巷中行走——一条狗在背后叫起来了——“呔!住口!你这势利的狗!”——“不敢,愧不如人呢。……我惭愧:我终于还不知道分别铜和银;还不知道分别布和绸;还不知道分别官和民;还不知道分别主和奴;还不知道……”——我逃走了——“且慢!我们再谈谈……”——我一径逃走,尽力地走,直到逃出梦境,躺在自己的床上。(鲁迅:《狗的驳诘》)

> 我梦见我来到一处粮仓——一只如猫一般大的老鼠,从容地向我走来——“你就是

'诗经'中那只'莫我肯顾'的'硕鼠'么？你就是唐诗中那只'大如斗'的'见人开仓亦不走'的'官仓鼠'么？"——"正是,……有何见教？你不就是写过一两篇分行韵文的所谓诗人么？"——"可憎可恶的东西！"——"可憎？可恶？可憎可恶的是你们这些混账的诗人。"——"大胆！"——"是大胆,我代表鼠们向你们诗人提出抗议。我鼠们明白,你们憎恨你们人间的那些赃官污吏。可是,凭什么把他们比作我们老鼠呢？这是对我们鼠类的污辱,这是对我们鼠类的贬损！……我们鼠类像他们这样贪婪么？我鼠们从没有豪华的筵席,我鼠们从不知道侵吞公款。我们鼠类有他们那样卑鄙么？我鼠们从没有像他们那样,干着不可见人的勾当,手脚那么肮脏,却高唱什么'清廉'、'廉洁'的高调。我们鼠类有他们那样无耻么？我鼠类从没有像他们那样,标榜自己是什么'公仆'。"——我无话可说——"我们鼠类有那么恶劣么？我鼠们什么时候有过权钱交易？有过以权谋私？"——我无言以对——"我们鼠间没有你们人间那些丑恶,为什么把你们人间的丑恶栽在我鼠们身上？玷污我鼠们的清白？……"——"你们传播鼠疫！"——"鼠疫？是的,也许是与我们鼠类有关的一种灾害。但是,病原体不是我们鼠类,是那种病疫的杆菌。鼠类也受到这种疫菌的感染和毒害,感染之后再由蚤传入人体的。……鼠疫,只残害人们的身躯。难道,人间的腐败,危害不比鼠疫更甚吗？它杀戮人们的良知,虐杀人们的灵魂;它杀戮人类社会的健康的道德精神,残杀人间美好的理想信念,腐败,是人间比瘟疫还要厉害的可怕的灾难……"——一种恐惧袭来,我转身跑了。跑出了那座粮仓,跑,跑,跑出了我的梦境。醒来,鼠的抗议仍萦绕耳际。(韦其麟:《鼠的抗议》)

《鼠的抗议》的立意、手法及篇章结构,与鲁迅的《狗的驳诘》极其相似。不同的是,"五四"时期的鲁迅作品强调的是思想启蒙和人的解放,关注的是"真的人"——从作品中的"官和民""主和奴",我们不难想起他在《灯下漫笔》里对旧中国历史的划分:"想做奴隶而不得的时代"和"暂时做稳了奴隶的时代"[15]而韦其麟的作品则写于新中国成立之后的世纪之交,批判"权钱交易"(官场文化与拜金主义狼狈为奸)的腐败现象,面对商业社会的道德滑坡及美与善的失落,呼唤的是人的良知、灵魂、道德、理想、信念。韦其麟写有不少这类"驳诘"式的作品,如《变色龙》《狗》《苍蝇的轻蔑》《脓包的愤慨》《蚊声》等。在《狗》中,韦其麟更是以狗的口吻说道:"我是狗,就做一只堂堂的狗。我有狗的品格,甚至有狗的尊严,当然,也有狗的气味。/诗人,我接受你的鄙夷,然而,我却十倍地鄙夷你的某些同类——他们号称为'人',却没有人的品格,人的尊严。我以我灵敏的嗅觉,我敢说,他们没有人的气味！"

另外,韦其麟的《悲哀》《荡妇》与鲁迅的《颓败线的颤动》也有着精神上的联系,在鲁迅笔下,那(以卖淫养活子女的)垂老的女人迈着艰困的步子在深夜中走出,遗弃了背后一切的冷骂和毒笑,于一刹那间照见过往的饥饿、羞辱、委屈,惨烈地面对非人间所有的痛苦。而韦其麟则写卖淫妇女斥责贞洁圣女的虚伪与无耻,强奸犯高谈尊重妇女的荒谬,流氓无赖指责美德的丑恶,正人君子们在公开场合鄙视妖艳的荡妇,私下里则梦想着与她同床共枕……即使是悲叹"梦中的森林"逝去的作品,作者也不仅仅是感喟生态遭到破坏的外部环境,还把焦点放在人充满恐惧与不安的内在心灵上,对人的自私、欺骗与贪婪进行冷峻的批判。在《旅途中》,他借狐狸的声音激愤地说道:"撒谎,欺骗,这是你们人的智慧!"而《乡关何处》中的大地之魂则严正地宣告:"人类虐杀了他们赖以生存生活的大地,自己也灭绝了。大地本可以满足人类的需要,但不能满足人类的自私与贪婪。"

由此可见,从呼吁具有尊严与个性的"人"("救救孩子"),到对无耻、自私、贪婪的"非人"的批判,韦其麟所继承的,是中国现代文学的"立人"传统。他批判现实社会中的虚伪与丑恶,呼唤真善美,其实是对于"真的人"和理想的"人国"的一种渴望。虽然曾经历过"文革"的恐惧,现又面临商业文化对于道德理想的侵蚀,但他说:"我醒来了……我依然是梦在人间。"(《依然梦在人间》)

三

梦与寓言,无疑都具有一种心灵独白的性质。虽然人们常常认为"教训是寓言的一个极其重要的和不可分割的方面",但"任何寓言说出的东西总是多于它的教训所包含的东西"。因为,"作为一种低级的诗歌,寓言包含有抒情诗、叙事诗和戏剧的种子。"寓言"可以具有叙事诗、抒情诗或讽刺诗等风格的特点"[16]。在韦其麟的散文诗中,常常以寓言的形式书写人的梦境,又在梦的场景中包容了寓言的成分,"梦的寓言"和"寓言中的梦"浑然一体,构成了一种繁复的艺术景观,发人深省。而从《童心集》中童话与少数民族民间传说故事的结合,到《梦的森林》《依然梦在人间》里成人的梦与中外寓言的结合,并不难看出韦其麟散文诗创作风格的延续和思想的拓展。

高尔基曾说:"民谣是与悲观主义完全绝缘的,虽然民谣的作者们生活得很艰苦,他们的苦痛的奴隶劳动曾经被剥削者夺去了意义,以及他们个人生活是无权利和无保障的。但是不管这一切,这个集体可以说是特别意识到自己的不朽并深信他们能战胜一切和他们敌对的力量的。"[17]在《童心集》里,儿童天真的憧憬与乐观的壮族山歌及民间传说的结合,闪耀着一种纯洁、明亮的色彩。如《船》中所唱:"爸爸和妈妈在河边洗衣裳,我坐在大木盘里……/我坐着这小小的船,一直漂到大海里去。/爸爸,你不是说过吗,这条小河是流到大海里去的,海岸上有捡不完的非常美丽的彩色的贝壳。/妈妈,你也告诉过我,这条小河是流到大海里去的,大海里有许多非常漂亮的珊瑚。/我要采回满船的贝壳,送给爸爸。你一定会高兴吧?爸爸。/我要载回满船的珊瑚,送给妈妈。你一定很喜欢吧?妈妈。"而寓言所包含的教训往往并不是乐观的,恰恰相反,教训本来就是一种道德评判,它甚至"取决于我们所做的评价而极不固定和多变。同一个情节很好地容纳了两种迥然不同的道德判断"[18]。如《旅程》一诗:

一个背着行囊的旅人，走在无际的荒原。
踏着无数的峭岩嶙峋的崎岖，走过无数的荆丛覆盖的坎坷。
来到一片小小的树林，鲜花盛开，清泉淙淙，小鸟欢歌，硕果挂满枝头。
整个树林都在欢迎。
留下吧，我们翠绿的枝头永远有摘不完的甜美的果子。——一棵棵树木都这样说。
留下吧，我们永远为你涌流不竭的甘露。——清清的泉水说。
留下吧，我们永远为你唱着欢乐的歌。——小鸟们说。
留下吧，我们永远为你散发清新的芬芳。——一朵朵鲜花都这样说。
他却匆匆而过，终于离开树林继续前行。
留下吧，免去旅途的艰辛。为什么要离开呢？——树林依然殷切地呼唤。
——我要走我的路，我的旅程很漫长。
——到哪里去呢？
——我不知道。
——难道没有终点么？
——没有。我的坟墓也不是我的终点。

这样的旅人，不禁让人想到鲁迅笔下的过客。鲁迅诗剧《过客》中的老翁和女孩，在这里被置换成了树木、泉水、小鸟、鲜花的形象，从而使全诗具有了寓言的性质。旅人在与树林的问答中，虽明白地表达了自己的意向，但“走我的路”这一情节，也隐含有两种不同道德判断：对永无终点的追求的肯定和对不领受他人奉献的批评。从这一点上说，虽然韦其麟采用的是寓言的形式（依托故事来教训），但同样具有了诗剧（凭借冲突来暗示）的功能。

韦其麟的一些散文诗，以寓言的方式来刻写都市世俗生活的画面和人物，并融入了现代幽默小说的因素，敏锐而严厉地批判日常生活中新养成的恶习与丑行，使这一类作品具有了戏剧和讽刺小说的色彩。如《夜的广场》中的一双情人本来要救在眼前倒下的伤者，最后却因担心被人说是凶手而匆匆走开，见死不（敢）救。再如《诗集》中以戏谑、夸张的手法揭露“钞票诗集”得到评选委员会的热烈赞美，《贪婪与贪梦》（简直就是一篇真正的小说）中的两位大学生故意跟着主任把“贪婪”念成“贪梦”……都是人间正在上演的一场场滑稽剧。作者时常写自己“从天堂跌落了凡尘”（《死后的一次游历》）、“不堪巨大的前所未有的恐惧，醒来了”（《旅途中》），但他又清醒地知道自己“还是人”（《在荒原的沼泽》），且“依然梦在人间”。应该说，这种不同于时下“游戏”“快乐”观的坚韧的批判精神，正是其作品的人间性的最好见证。

最后，应该指出的是，在韦其麟的散文诗近作中，地方性、民族性的成分越来越少了，这不免让喜欢他作品的人觉得遗憾。虽然作家的创作不应该也不可能只是单一的图景和模式，但若失去了某些元素和色调，多少会对其个性的延展造成损伤。《普洛陀在旅游胜地》（散文诗集《依然梦在人间》中唯一写到壮族民间神话传说人物的一篇)中,作者似乎向我们交代了其中的原因:在日益全球化、都市化、世俗化的现世,对于地方性、远古的智慧以及人的良心与灵魂的持守,是多么的尴尬和艰难。然而,“存在是存在于某一地点”[19],人间性本来就包含了地方性(及其变异),正是在地方性里,人间性才是具体的和真实的。

[注释]

[1] 重要的研究论文已收入《中国当代文学研究资料丛书·周民震 韦其麟 莎红研究合集》,周作秋编,漓江出版社 1984 年版。

[2] [苏联]奇施柯夫:《李准和韦其麟》,杨华译自 1956 年 3 月 31 日苏联《文学报》,载《长江文艺》1956 年 5 月号。

[3] 晓雪:《我国当代的少数民族诗歌》,载《当代文学研究参考资料》1981 年第 2 期。

[4] 叶橹:《韦其麟的叙事诗创作》,载《广西文学论丛》1982 年第 2 期。

[5]《广西当代少数民族作家丛书·韦其麟卷·后记》,266 页,漓江出版社 2001 年版。

[6][7] 韦其麟:《依然梦在人间·后记》,311 页,广西民族出版社 2008 年版。

[8] 韦其麟:《我们永远为祖国歌唱》,载《光明日报》1956 年 3 月 10 日。

[9] 韦其麟:《认真地严肃地学习写作》,载《长江文艺》1956 年 5 月号。

[10][11] 韦其麟:《写〈百鸟衣〉的一些感受和体会》,载《长江文艺》1955 年 12 月号。

[12][13] 韦其麟:《关于诗的民族特色的感想——致友人》,载《广西日报》1982 年 8 月 4 日。

[14] [苏联]高尔基:《给兹波夫斯基》,见《给青年作者》,33 页,以群等译,中国青年出版社 1955 年版。

[15] 鲁迅:《坟·灯下漫笔》,见《鲁迅全集》(第 1 卷),213 页,人民文学出版社 1998 年版。

[16] [苏联]列·谢·维戈茨基:《艺术心理学》,138—139 页、187—188 页,周新译,上海文艺出版社 1985 年版。

[17] [苏联]高尔基:《苏联的文学》,见《文学论文选》,327 页,孟昌等译,人民文学出版社 1958 年版。

[18] 古希腊哲学家阿基塔斯(Archytas)语。转引自安东尼·奥罗姆、陈向明合著《城市的世界——对地点的比较分析和历史分析》,5 页,曾茂娟、任远译,上海人民出版社 2005 年版。

(原载《南方文坛》2010 年第 1 期)

文坛来去

□陆　地

无论什么事，对我，即便是爱情，也未能如追求写人那样，一往情深，锲而不舍。

1919年五四运动的前一年，初冬，正当圆月初升的时辰，我，出生在了广西壮族地区一户虽不富有，也非贫寒的小康人家。被命名陈克惠。自然是壮人之子，却并未保守壮人的民族意识。

自幼嗜书如痴，文学成了初恋的情人。

1934年秋季，幸蒙在粤军任职的二哥供给，离家远赴广州，就读于一间仿陶行知晓庄师范模式的广东江村省立第一师范。

那年月，正值国难当头，"一二·九"学生救亡运动掀起时代怒潮，山雨欲来风满楼。时势催我接受马克思主义的新启蒙，观念思维获得初步飞跃。

初读高尔基的"写你最熟悉的"。尝试向报纸写稿，处女作《期考的前夜》，讽刺当局推行中学会考的弊端。

1938年，抗日战争进入最艰苦的阶段。

憧憬前程，向往光明、自由、真理和正义。

决然逃出"这里，只有石头才不会哭泣"(尼克拉索夫)的旧世界；

自觉投奔"黄河之滨，集合着一群中华民族优秀子孙"("抗大"校歌)的新天地。

1938年12月，在"抗大"加入中国共产党，易名陈寒梅。

1939年元月，为圆爱好文学的梦，考入专门培养青年作家和艺术家的鲁迅艺术学院的文学系。

投身延安大生产运动。

首次习练的作品小说《从春到秋》，歌唱一群青年从春天的开荒、播种，到秋天的收获，经历实际劳动锻炼，思想感情起了变化——由一个个自由散漫的个人，成长成为集体劳动英雄模范的典型。始料不及的是，这一习作居然得到了学院的前辈赏识。被其誉为当代文学创作圈里的脱颖之作。印证了真情实感是创作成功的箴言。终于取得毕业后留校做创作研究员的名分。

作为创作研究员,第一课,即下部队深入体验生活,临行,聆听茅盾《创作的准备》作赠言。随即参加闻名于世的"百团大战"。

然后,调进军委系统。先在部队艺术学校担当文学教员,后到《部队生活》报做特派记者、编辑。

1942 年 4 月,一篇"写兵"的小说《落伍者》,本是为独善其身者唱的挽歌,延安文协会刊《谷雨》给予发表,凭此一跃而为文坛认同的新秀。

不想,却因小说对落后人物流露过多的"哀其不幸,怜其不争"的"小资"的温情而被列入文艺座谈会几篇有争议的作品之一。我便不幸落成延安整风抢救运动中遭受抢救的分子。

经受一场惊心动魄、异常严峻的政治考验。深刻领悟:革命可不是天真烂漫的儿戏!

1945 年抗战胜利后,直到解放战争期间。

10 月初,从延安行军抵达沈阳。因有三年记者工作经历,而被调进中共中央东北局的《东北日报》副刊部,担任编辑组长(主编)。

从此开始,用笔名(陆地)作为日常称呼。

副刊部工作,每天照常负责编审、签发稿件之余,还得撰写"阅读与写作"的星期专栏文章,配合时事写短评,针对社会思想写杂感;不时还下工厂、到农村,及时写回速写、散文、报告文学和小说。

名字在各报刊频频出现,名声在广大读者中耳熟能详。

第一本收入曾经打动过不少读者的《叶红》《钱》和《在抚顺炭矿的日子》等短篇在内的小说集《好样的人》,以及中篇《钢铁的心》、理论专著《怎样学文学》等三本新书,相继问世。

这 1948 年,是标志我的文学耕耘获得丰盛的年成。

遗憾的是,"木秀于林,风必摧之"。正当读者广为小说《叶红》所倾倒,《钱》很快即为苏联的《旗》译载的时分,一股来自西伯利亚的日丹诺夫文学批判的旋风席卷哈尔滨。文坛上别有用心的某人乘机牵强附会,妄言《叶红》有中国的左琴科式小资产者的情调,而定作东北首届文代大会上的射击目标。

我为此而被夺去出席 1949 年全国第一次文艺界代表大会的资格。

这不免使我惊讶而且深受委屈。但也因此才明白:文艺与政治是一对难得同一的冤家。不过,并未因此泯灭得了我素所执着的文学童心。

新中国成立后,1949 年冬,回归广西。工作岗位,组织上考虑:比起文学,政治专职更为重要。个人只好无我服从,于是改行,离文从政。

50 年代的十年间,在政坛上可谓是官运亨通,步步高升:先后专任中共省辖市的市一级梧州市委宣传部长、省委宣传部秘书长、副部长;兼任全国政协和全国文联委员;同时,参与系列社会改革的政治运动，出席1957年号称“八百高级知识分子—社会名流”的中共全国宣传工作会议……

无疑，十年间在政治思想上是提高了，在文学创作上，却停滞下来，疏远了文坛。

1959年国庆十周年，为写成文艺作品献礼，奉命得假，写成第一部长篇《美丽的南方》，反映广西土改的现实，表现农民从奴隶翻身做主人，展示知识分子走与工农群众相结合的道路。

另外，还作短篇：其一，哀悼旧社会知识分子命运的悲歌——《故人》；其二，宣扬新社会翻身农民应走的路——《一对夫妻》。再结集论文，编成《写作杂谈》一书。作品先后发表、出版，燃起读者空前的热情。

睽违文苑多年，如今顿成“前度刘郎今又来”的迟归孤雁。当选全国文联第三届委员，广西作家协会首任主席。

1966年6月，“文革”骤起，小说《故人》首当其冲，我被指为“三反”分子、文艺黑线在广西的代理人。

日日夜夜，备受折磨，深深读懂“冤枉”二字的悲哀。

1979年，“文革”终告结束。

冤案得到昭雪，重新接受委派，主持恢复广西文联，获选主席、党组书记。

全国第四次文艺代表大会召开，获选全国文联第四届委员，中国作协理事。

到此，几十年形而上学的文艺教条失势，有利于创作之翼飞翔。乃贾起余勇，再作冯妇。得心应手，顺利写完革命历史的一代英雄传奇——凡一百余万言的四卷长篇《瀑布》，1980—1984年，全书先后出齐问世。其中，第一部两卷本的《长夜》，荣获全国首届少数民族文学创作一等奖。第二部《黎明》获广西最高文学奖——铜鼓奖。

1982年7月，按干部离休年龄规定，解除专任官职，保留社会职务：中国作协理事，广西文联、作协名誉主席。

离休后，除完成《瀑布》第二部两卷《黎明》外，仍在发挥余热，创作、编选的作品有：纪实文学《青春独白》，综合文集《劫后余灰》和《浪漫的诱惑》，理论文集《创作余谈》以及一册诗稿《落花集》，等等。

1987年，得到中国作家协会向全国八十六名作家颁给的一枚“以笔为枪、投身抗战”的荣誉牌。

1996年，中国作协第五次全国大会决定将我聘作顾问。

终了，在此说出几句感悟的闲话——

弄文学创作，如同谈恋爱，乃属感情用事范畴。只可凑合做游戏，不能当作正经职业。

文学——精神食粮，只能当茶喝，不可做饭食。

古今诗文，何比千万，谈到底，无非是“真情”二字。

文学艺术，人情世态的载体。世态人情，文艺品味的盐。

创作小说的要求,不止满足于写出合乎逻辑的伦理世故;最重要的:要求写出引人同感共鸣的真情。它必须是:未必曾有那样现成的实事;而一定会有这样可能的真情。换句话讲,就是,主观虚构或然的细节,必须合乎客观现实必然的逻辑。

创作的规律,只能是:必先拥有了真情实感,然后才能着手塑造典型的人物形象;切忌为了企图宣传什么善良的理想,而去凭空虚构离奇古怪不可信服的故事。

小说人物之所以成活,总也离不开三个要素:一,要能有体现时代精神的健全头脑、思想、灵魂;二,要有与众不同的鲜明、独特的个性;三,必有冷静、热烈、真挚的情感。

童心,诗人之舟的帆。

兴趣,登临事业殿堂的阶梯。

1999 年 9 月 9 日于南宁江滨医院

(原载《南方文坛》2010 年第 2 期)

精神升降的辩证法

从阿Q到福贵的“中国人”想象

□ 张柱林

根据余华自己的说法，他是在自己的写作已经定型之后，才发现鲁迅是一位非常伟大的作家的，鲁迅的作品并没有对他的写作构成实质性的影响。[1]在谈到文学导师的时候，他举的全部都是外国作家。这很容易理解，20世纪80年代之后的风气如此，当时登上文学舞台的年轻作家们，几乎全都否认中国现当代文学(遑论中国古典文学了)对自己的影响，而在作家的实际阅读中，可能大多数人也确实是以外国现代作家为主的，这可以从当年著名的“断裂”问卷调查中看出来。[2]对于一个不通外语且出名前从未真正到过外国(主要是西方国家)的作家而言，这又难以理解，所以当余华在意大利接受两位记者采访时，都被问到了中国自身传统对他的写作有何影响的问题。他的回答堪称巧妙，一则说“我是一位深受西方文学影响的作家，可是这并没有改变我是一名中国作家的身份，我在中国生活了近四十年，我的祖辈们长眠于此，这才是左右我写作的根本力量。可以这么说，中国的传统给了我生命和成长，而西方文学教会了我工作的方法”，这里所谓“工作的方法”显然包含了对中国的认识与理解。一则说“中国的文化就是全部的生存，我的形象，我的身体结构，我的语言，我的人生态度，我的饮食习惯和我的性格，等等，等等；中国文化对我不是影响，也不是榜样，而是生存，是供我可以活下去的血液”[3]，等于说“我”就是中国文化本身。作家的写作必然包含了对自身生活的认识与理解，这种认识与理解当然可以与外国作家对自身生活的认识与理解相对比，而且只有这样对比才能达到对自身生活的真正深刻的认识，鲁迅也是这样做的。问题在于，一个用现代汉语写作的中国作家，真的会只通过翻译过来的外国文学作品来学习写作吗？由于余华这样的作家活在中国的现实环境中，他的文学教育、周围的文化与语言对他施加了潜移默化的影响，而他可能习焉不察，就像不打开皮肤，就看不见皮下流动的血液一样。

余华曾经在多个地方谈过鲁迅，全部都是谈论鲁迅语言的力量和技巧的高明，而没有涉及更多的问题,即鲁迅关注的文学的使命、写作的目的等。这也与当时的风气有关,如果谈论“写什么”或“为什么写”而不是“怎么写”,仿佛就玷污了艺术的神圣。仔细分析余华的创作,会发现余华写作的主题与鲁迅其实非常接近,如 20 世纪 80 年代的“先锋”时期的作品,对中国传统文化和现实的批判几乎就是鲁迅杂文的小说版,而戏仿与颠覆传统文学体裁的《鲜血梅花》《古典爱情》等,又与《故事新编》的精神接近。余华“转型”之后写的《活着》《许三观卖血记》等,已被识者认为是与鲁迅的写作一脉相承,《活着》的主人公福贵“承继并凸现了阿 Q 的乐天精神”,同时认为这一形象与阿 Q 相比差距很大,主要是因为鲁迅着眼于批判,而余华则对自己的人物采取了赞颂的态度。[4] 虽说在文学创作中经常发生的情况是,要歌颂得好远比批判得好困难,但本文并不认为这可以拿来替《活着》说好话。至于批判是否一定比歌颂更有价值,不是本文要讨论的问题,倒是两个相似的人物之间存在的差异(不一定是同一标准下的差距),值得认真思索。

在余华本人可能没有清楚地认识到鲁迅的影响的情况下,《活着》与《阿 Q 正传》一样,都表达了对中国或中国人的生活——更重要的,是对中国人的生活态度和精神世界——的一种想象。阿 Q 和福贵,是两位作家所想象的“中国人”的代表。对这点,两位作家都有明确的认识。在《阿 Q 正传》中,鲁迅写道,阿 Q“是永远得意的:这或者也是中国精神文明冠于全球的一个证据了”,虽用的是嘲讽的语气,却清晰地表明了作家想通过阿 Q 来写出中国人的精神世界的意图。在给俄文译本作的序里,更是作了明白的表达:“写出一个现代的我们国人的魂灵。”[5] 余华在《活着》韩文本自述中也明确地说:“《活着》也讲述了我们中国人这几十年是如何熬过来的。”[6] 可是,在阅读中,我们能明显感到,无论是两位作家对这两个中国人的生活状态的描述,还是对其精神世界的认识,都存在显著的不同。

从两人的生存状况看,福贵除了在战场上碰到的特殊情况外,基本上有房住、有饭吃,而阿 Q 则既没有房住,也没有可靠的食物来源。阿 Q 没有父母,甚至不知道自己真正的姓氏,他不识字,“害”得叙述者也不知道他的名字该怎样写,只好无中生有用外来文字拼成 Quei,略作阿 Q。福贵则不但有名有姓,渊源有自,而且含义明确:“我爹指望我光耀祖宗。”福贵曾经有儿有女有外孙,而阿 Q 就悲惨多了,终身孤家寡人,对异性的最深的认识是曾经摸过小尼姑的脸。只有一点,两人最后殊途同归,福贵子孙死光,与阿 Q 一样没有后代。或许由于生存状况的这种不同,两人与现实的关系便有很大区别:一直到死,阿 Q 始终与现实处于一种紧张与冲突之中,他无力改变现实,便转而在内心里取得虚幻的胜利,这种“胜利”凸显了他的虚弱;而福贵的后半生虽然遭遇越来越沉重的打击,他却与现实和解了,心中非常坦然,显得坚强无比。

两位作家对自己笔下的人物有非常深刻的自觉,所以小说中人物的一系列行为,既是在现实中我们能观察到的日常生活事件,也是作家明确地带着象征色彩的叙事。余华在他的文学宣言《虚伪的作品》中说过:“一部真正的小说应该无处不洋溢着象征,即我们寓居世界方式的象征,我们理解世界并且与世界打交道的方式的象征。”[7]我们要找出象征或概括阿Q和福贵一生的叙事元素,那对前者来说就是自身的“挫折”,后者则是亲人的“死亡”。对阿Q来说,生活意味着一系列的挫折,对福贵则是不断的死亡。两者面对的灾祸和苦难都有加重的趋势,绝不是简单的重复。阿Q的挫折是先从失去社会地位开始,到恋爱失败,再到生计问题,最后是失去生命,几乎是将马斯洛所说的人的需要的层次颠倒了过来,说明他遇到的挫折一次比一次更接近人的生存底线。而福贵的命运则是历来人们所认定的人生三大悲剧——“幼年丧父,中年丧偶,老年丧子”的改写版,也可以认定其苦难也是越来越深的,因为这种丧失意味着他越来越无力弥补和改变。这些越来越深重的苦难,主人公无力加以解决,作家进行创作时必须寻找一种形式上的解决办法,否则无法推动叙事——当然,现在我们知道了,两位作家都找到了,《阿Q正传》里是“精神胜利法”,而《活着》则是“忍受”,当然作家有时候会使用其他字眼,如“忍耐”“熬”等,意思一样。

从“精神胜利法”这个词诞生的那一刻起,它就被打上了耻辱的标签,它是不自信不自强的弱者的符号,甚至有时成了中国人的专利。而“忍受”不一样,自从中国一些声名显赫的作家承认自己是福克纳的私淑弟子后,作为福克纳经常提及的人类最重要的品性之一——忍受[8],就俨然成了一种美德。在余华笔下,福贵的叙述越来越平静,这倒不是他忘记了自己的痛苦,他给“我”最深的印象,恰恰是他的惊人的回忆能力,他喜欢回想过去,喜欢讲述自己,“对自己的经历如此清楚,又能如此精彩地讲述自己。他是那种能看到自己过去模样的人,他可以准确地看到自己年轻时走路的姿态,甚至可以看自己是如何衰老的”。他爹死的时候,福贵丧魂落魄,龙二被枪毙时,他感到脖子上冒冷气,可到他叙述妻子家珍死的时候,“福贵微笑地看着我,西落的阳光照在他脸上,显得格外精神”,以至于福贵“用这样的语气谈论着十多年前死去的妻子,使我内心涌上一股难言的温情”。这究竟是越来越快的死亡节奏使福贵变得麻木了呢,还是作家认为主人公的态度转变了?于是,在接下来的一页,在提及苦根时,“福贵的眼睛里流出了奇妙的神色,我分不清是悲凉,还是欣慰”。细心的读者一定会在小说的开头,读到福贵曾经称呼自己的老牛为苦根,马上会意识到苦根自然也死了。所以“奇妙”这个词用来形容福贵面对最后一个亲人的死,还是显得很突兀的。作家当然不这样认为,当福贵回想往事的时候,“我是有时候想想伤心,有时候想想又很踏实”,为什么踏实呢,因为再“也不用担心谁了”。经历了这么多的苦难,亲人从老到小,一个接一个的死亡,这该是何等的漫长难熬的不平凡的生涯,福贵却能感到是“很快就过来了,过得平平常常”,自己越过越落魄,倒成了一件好事,周围那些风光的人,命运反不如自己:“做人还是平常点好,挣这个挣那个,挣来挣去赔了自己的命”,福贵因此庆幸,“说起来是越混越没出息,可寿命长”。

描写了这么多令人难受的死亡,原来只是为了得到一个中国人熟悉的人生哲学。这不能怪余华,他不过是加入到20世纪80年代末到90年代初的大合唱中:“‘活着’在我们中国的语言里充满了力量,它的力量不是来自于喊叫,也不是来自于进攻,而是忍受,去忍受生命赋予我们的责任,去忍受现实给予我们的幸福和苦难、无聊和平庸。”[9]这些看法与被归入“新写实”名下的部分作家的相似之处不言而喻,池莉就大约与余华同时写下了自己的名作《冷也好热也好活着就好》,其所宣告的人生哲学与余华如出一辙。余华反复宣称“活着是生命的唯一要求”:“福贵是属于承受了太多苦难之后,与苦难已经不可分离了,所以他不需要有其他的诸如反抗之类的想法,他仅仅是为了‘活着’而‘活着’。”[10]把活着本身当成活着的唯一目的和意义,也就是无条件地服从命运的安排,认命。这里我们可以得到一种精神升降的辩证法:福贵的精神和意志之所以如此坚强和坦然,那秘密就是把自己的需要降到最低,只以活着为目的。衡量人生价值的唯一标准就是生命的长短了,由于福贵有比别人多得多的死去的理由,可是他却活着,因此在余华看来,他就成了“这个世界上对生命最尊重的一个人”。余华喜欢引用美国作家艾萨克·辛格的哥哥对辛格说的一句话,即“看法总是要陈旧过时的,只有事实不会陈旧过时”,我们不得不说,人“仅仅是为了活着而活着”,也只是一种“看法”,即使这是大多数人的看法。对命运的压迫,不反抗,连喊叫也没有,忍受一切不公,就是最大限度地降低生命的精神和物质需求来达到延长生命的目的。

反观阿Q,虽然命运比福贵悲惨,作家也对其“精神胜利法”持严厉的批判态度,却似乎时时有种反抗命运安排的冲动。虽然阿Q时时陷入生存危机,可鲁迅却是从其精神要求入手的。阿Q宣称自己姓赵,与他说自己祖先比别人阔一样,不是因为这可以带来实际的物质利益,而是这样有光彩,可以满足自尊的需要。他甚至有一种道德感,虽然鲁迅对这种迂腐无据的道德感进行了嘲笑,却也显示出阿Q的某种超出活命这一目的的追求。他想跟吴妈睡觉,最初的动机也是小尼姑骂他断子绝孙,他想延续香火——鲁迅当然也带着同情的嘲讽来写这个段落,连自己的姓氏籍贯都不清楚的阿Q,还想死后有人供饭,本身是毫无意义的事——而不是纯粹满足性欲。为了生存下去,他做了小偷,然后还想“革命”,无论如何,他都不是被动地等待,而是有时出于本能,有时候出于自觉,想改变自己的境况,甚至在画押时还想把圈画圆。这个似乎浑浑噩噩健忘自欺的灵魂,奇怪地呈现出一种不甘心不屈服的姿态,“过了二十年又是一个”,鲁迅写下这个句子时想到的可能是中国历史的反复[11],但从整个文本来看,阿Q的精神有了这句话,不至于因为那句没有喊出的“救命”而磨灭。到这时,叙述者的语调已经从小说一开始时的那种嘲谑变成同情了。

为什么在鲁迅笔下作为被批判对象的阿Q竟显示了顽强抗争的一面,而被余华欣赏的坚强面对苦难的福贵到最后却表现的是一味屈从呢?要知道,鲁迅在描写阿Q这样的中国人时出发点还是“哀其不幸,怒其不争”啊。《活着》发表三年后,余华发表了《许三观卖血记》,全书也洋溢着象征色彩,也是对中国人生活状态的想象,许三观这个人物其实更接近阿Q,余华自己的理解是:“他是一个时时想出来与他命运作对的一个人,却总以失败告终,但他却从来不知道他失败,这又是他的优秀之处。”[12]对这个人物,张梦阳却作了几乎完全相反的论断:“作家是通过许三观这个典型形象,从与阿Q既同又不同的另一个更为具象、更为残酷的视角批判了中国人‘求诸内’的传统心理与精神机制。所谓‘求诸内’，就是拒斥对外界现实的追求与创造，一味向内心退缩，制造种种虚设的理由求得心理平衡和精神胜利”，“而余华笔下的许三观，则是血淋淋地展示了另一种更为残酷的‘求诸内’——抽卖身内的鲜血以求自己与亲人的生存与发展”[13]。这里说的与其说是作家实际上做的事，还不如说是评论家认为作家应该做的事。上引余华的话清楚地表明，他并不认为许三观“拒斥对外界现实的追求与创造”，反而是“时时想出来与他命运作对”，只是他经常失败，值得注意的是，作家认为这个人物优秀的地方并不是他的反抗，而是他“从来不知道他失败”。一个人物可能会说出自己的话，甚至会获得自己行动的自由，但这始终是在作家的控制下完成的，作家自己对生活的理解会投射到人物身上。余华对许三观这个人物的理解可能并不比评论家准确，但他的理解会影响作品的走向。同样，《活着》里对自己的命运采取忍耐态度的福贵，反映的也是作家对生活的理解。

福贵是不是生来就是逆来顺受呢？就像阿 Q 的“精神胜利法”被鲁迅认为是现代中国人的魂灵一样，福贵的忍耐其实也是作家理解的现代（当代）生活的组成部分，这种理解产生于特定的历史环境。《活着》全书的重点是“我们中国人这几十年是如何熬过来的”，对于福贵来说，这个关节就是他从一位少爷变成了穷光蛋，所以作家用了全书约三分之一的篇幅来描写福贵在土地改革前的生活，对《活着》这样只有十万字篇幅的小说来说，这样布局只能说是出于主题的考虑，否则结构就失衡了。在他的少爷时期，他胡闹，不听爹妈的话，嘲弄老丈人，一点不老实。就是赌博输光了家产，他成了一个只能亲自下田种地的农民，他的精神并没有受到太大打击，他还想着“勤劳致富”：“我想着我们徐家也算是有一只小鸡了，照我这么干下去，过不了几年小鸡变成鹅，徐家总有一天会重新发起来的。”这时，他的精神还是想往上走的。那么，他是什么时候改变对生活的认识的呢？是龙二被枪毙的时候。龙二通过赌博牟取了徐家的产业，可新政权一来，他就成了福贵的替死鬼。福贵庆幸自己失去了财产，捡回了生命。在中国的某些地区曾经流传过这样一个故事：有两兄弟家贫，以盗墓为生。一次，两人得到了一棺材银子，平分之后，都决定洗手不干，一人拿了这些钱置办田产，成了地主，越来越富。其兄弟则到城里花天酒地，最后一文不名。共产党一来，穷人成了革命者，地主则成了被镇压的对象，两人的命运奇迹般逆转。这个故事背后反映的民族心态耐人寻味，余华花如此多的篇幅要达到的也就是这个效果。福贵这时想要“好好活”，生活的目标变成“只要一家人天天在一起，也就不在乎什么福分了”。与鲁迅笔下的阿 Q 一点也不“贵”一样，福贵这时也否定了“福贵”是人生的目的。更致命的是，最后他那“只要一家人天天在一起”的微薄希望也破灭了，《活着》的后三分之二，主要力量就是用来叙述这希望一点一点破灭的过程。《活着》的整个叙述过程在这点上与《阿 Q 正传》类似，都是生命的需要一步步降低。

如前所述，对这种降低生命需求以克服挫折与苦难的精神，鲁迅的批判和余华的“赞颂”，导致的结果却相反，阿 Q 是与现实的持续冲突，福贵是不停地“和解”——忍受。我们可以理解为这是时代的差别，时代的精神渗透到作家的心灵中，表征为这两个“典型”的人物形象。

作为一个启蒙者,鲁迅的悲观主义源于对生命的伟大的期待,阿 Q 死后,留下的是一连串的不满;《活着》的结尾,“田野趋向了宁静”,那种祥和的描述,反映的是精神的“犬儒”:“做牛耕田,做狗看家,做和尚化缘,做鸡报晓,做女人织布”,甚至“皇帝招我做女婿,路远迢迢我不去”这样的自鸣得意也成了自我安慰。也许余华在写作《活着》的时候,真的没有意识到和《阿 Q 正传》的联系,写《许三观卖血记》时也一样,他后来谈论鲁迅,也从未说起过《阿 Q 正传》,他谈得最多的是《孔乙己》,谈的是鲁迅小说的技巧问题。他所描述的福贵和许三观,在精神上确实与阿 Q 有千丝万缕的联系,但又呈现出明显的不同。其中原因,可能在于余华的人物正好诞生于 20 世纪 80 年代末 90 年代初这一时期,所谓“新启蒙”被知识分子抛弃了。除了时代精神状态的变化,两位作家的文艺观的巨大不同可能也有作用,他们对自己的叙述与其人物的关系作了相当不同的理解。鲁迅曾在《我怎么做起小说来》中,特别强调自己翻译介绍外国文学作品主要搜求倾向“叫喊和反抗”的,自己做小说也因此是要“改良这人生”,“所以我的取材,多采自病态社会的不幸的人们中,意思是在揭出病苦,引起疗救的注意”[14]。作为启蒙者,他是高于生活和人物的,他是医生,而社会和人物是病人。而曾经作过牙医的余华不这样理解文学,在《永存的威廉·福克纳》中,他借纪念福克纳的机会表示,“他就是这样一位作家,写下的精彩篇章让我们着迷,让我们感叹,同时也让我们发现这些精彩的篇章并不比生活高明,因为它们就是生活。他是这个世界上为数不多的始终和生活平起平坐的作家,也是为数不多的能够证明文学不可能高于生活的作家”[15]。这里变化的,与其说是作家对于文学力量信心的下降,不如说是主体精神力量的下降。也许只有这样理解,我们才能找到作家对中国人的精神世界的想象差异的根源。

[注释]

[1] 在 1998 年的一次对话中,他说过这样的话:“如果我更早几年读鲁迅的话,我的写作可能会是另外一种状态,我读鲁迅读得太晚了。”并表示,“我认为我读鲁迅读得太晚了,因为那时候我的创作已经很难回头了,但是他仍然会对我今后的生活、阅读和写作产生影响,我觉得他时刻都会在情感上和思想上支持我”。很显然,余华强调鲁迅的影响主要是在“今后”。见余华《我能否相信自己》,253、254 页,人民日报出版社 1998 年版。

[2] 参见朱文《断裂:一份问卷和五十六份答卷》,载《北京文学》1998 年第 10 期。

[3] 余华:《我能否相信自己》,227—228 页、233—234 页,人民日报出版社 1998 年版。

[4][13] 张梦阳:《阿 Q 与中国当代文学的典型问题》,载《文学评论》2000 年第 3 期。

[5] 鲁迅:《俄文译本〈阿 Q 正传〉序及著者自叙传略》,《集外集》,69 页,人民文学出版社 1998 年版。

[6][9] 余华:《活着》,3 页,南海出版公司 1998 年版。

[7][15] 余华:《我能否相信自己》,172 页、97 页,人民日报出版社 1998 年版。

[8] 这是英语单词 endure 或其名词形式 endurance 的汉译,此词还兼有"挺过来"(to last)的意思。参见李文俊《"他们在苦熬"——关于〈我弥留之际〉》,载《世界文学》1998 年第 5 期。

[10][12] 余华:《我能否相信自己》,219 页,人民日报出版社 1998 年版。

[11] 在《〈阿 Q 正传〉的成因》中,鲁迅说:"民国元年已经过去,无可追踪了,但此后倘再有改革,我相信还会有阿 Q 似的革命党出现。我也很愿意如人们所说,我只写出了现在以前的或一时期,但我还恐怕我所看见的并非现代的前身,而是其后,或者竟是二三十年之后。"见《鲁迅全集》(第三卷),379 页,人民文学出版社 1982 年版。回头看中国革命的历史,我们必须佩服鲁迅的深刻而诡异的洞察力。

[14] 王世家、止庵编:《鲁迅著译编年全集》(拾伍),75、76 页,人民出版社 2009 年版。

(原载《南方文坛》2010 年第 4 期)

广西文艺理论与批评六十年回顾(上)

□ 容本镇　黄晓娟　张淑云

文艺理论与批评是文艺事业的重要一翼。新中国建立六十年来，广西文艺理论与批评的发展历程，是在马克思主义文艺理论指导下，不断借鉴、改造、吸收现代西方文艺理论并与中国文艺实践相结合的历程，是不断汲取、融合中国古代文艺理论资源并对之进行现代转换的历程，更是伴随着民族命运的沉浮而艰难探索、曲折前进的历程。

广西地处祖国南疆，是个多民族聚居的地区，地理上具有沿江、沿海、沿边和多山的特点。独特的地理环境和历史发展进程，造就了广西独具特色的山水文化、北部湾海洋文化和多姿多彩的民族文化。多元共存、五彩缤纷的文化生态，不仅深刻地影响了文学艺术的创作，也为文艺理论研究与文艺批评提供了广阔的空间。广西文艺理论与批评深深根植于博厚、包容而多元的文化土壤之中，其根本指向旨在促进广西文艺事业的繁荣与发展。

六十年来，广西的文艺理论与批评始终以弘扬社会主义旋律为主轴，关注民族的命运和时代的变化，关注文学艺术的创作实践和发展趋势，研究与批评的领域也逐步涵盖了文学、戏剧、民间文艺、音乐、舞蹈、美术、书法、摄影、曲艺、杂技、电影、电视等众多的艺术领域，并取得了丰硕的成果，产生了良好的社会效应和广泛的影响。“刘三姐现象”“文学桂军”“漓江画派”“八桂音乐”“八桂书风”等广西文艺品牌的打造与形成，离不开文艺理论与批评的参与和推动；广西文艺事业的繁荣与发展，凝聚了文艺理论与批评家们的心血与贡献！

为了更好地整合文艺理论与批评的力量，促进文艺理论队伍建设，推动文艺理论研究与文艺批评的开展，1995 年 12 月隶属于自治区文联的广西文艺理论家协会成立，这是全国成立较早的省级文艺理论家协会之一，现有会员 225 人。广西文艺理论家协会成立十多年来，参与策划、组织和开展了一系列重要的文艺研讨活动和学术交流活动。会员们积极从事文艺理论研究与批评，广泛参与各种学术活动，并持续不断地取得许多重要成果。文联所属各文艺家协会也组织各自的力量，开展了卓有成效的理论探讨和批评。广西文艺理论与批评队伍已成为推动广西文艺事业繁荣发展的一支活跃而重要的力量。

从 1949 年到 2009 年,广西文艺理论与批评的发展历程可分为三个时期:第一时期为起步、初兴和遭遇挫折时期(1949—1976);第二时期为复苏与发展时期(1977—1999);第三时期为转型与创新时期(2000—2009)。

马列主义文艺理论的传播与实践(1949—1976)

1949 年新中国的建立,开创了中华民族历史的新纪元,同时也极大地激发了作家、艺术家们的创作热情,尤其是少数民族作家的创作热情空前高涨。他们敞开心扉,纵情讴歌崭新的时代和沸腾的生活,真诚地抒发心中的感怀与憧憬,创作成就斐然,其中陆地、韦其麟、苗延秀、包玉堂等少数民族作家的作品曾在全国产生了重要影响。相对于创作实践及所取得的成果,新中国成立之初的十七年的文艺理论与批评基本上还处在起步阶段。这一时期,主要在宣传和普及马列主义文艺思想以及开展民族民间文艺调查、搜集和整理等方面取得显著成效。

新中国成立初期,广西文艺界十分重视宣传和普及马列主义和毛泽东文艺思想,坚定不移地以马列主义和毛泽东文艺思想作为文艺创作和文艺批评的指南。1952 年 5 月,广西文联筹备委员会召开纪念毛泽东《在延安文艺座谈会上的讲话》发表十周年大会,文艺界共 300 多人出席。全国著名作家艾青、田汉应邀在纪念大会上做报告;广西省委宣传部副部长、省文联筹备委员会主任周钢鸣在会上强调要深入学习《讲话》精神,进一步贯彻和实践毛泽东文艺思想,大力推动广西的文艺创作与发展。

1954 年 5 月,广西省第一次文代会隆重召开,省文联主席周钢鸣做了题为"为争取广西省的文学艺术繁荣而斗争"的工作报告。报告反复强调要认真学习毛泽东文艺思想,扎实地贯彻"文艺为工农兵服务"的方针;文艺作品要反映社会现实生活,塑造英雄人物形象,同时要开展文艺批评,推动和促进文艺创作健康发展。

建国初期广西比较活跃并有影响的批评家有林焕平、周钢鸣、胡树明、秦似等。他们早在抗战时期的桂林文化城就写过许多批评文章,新中国成立后又以高度的热情宣传马列主义文艺理论,积极分析和探讨各种文艺现象。欧阳若修、刘泰隆等也对一些作家作品进行了研究和评论。

林焕平是这一时期广西文艺理论界的代表人物,他始终坚定不移地研究和传播马克思主义文艺理论,发表了一批重要论文,如《漫谈一年来文艺上的问题》《革命诗人的先驱者——裴多菲》《从〈诗选〉谈诗歌创作道路》《试论典型》《我对社会主义现实主义的理解》等,1957 年出版了《文学概论(初稿)》《谈青年文艺创作问题》两本著作。林焕平的文艺研究活动和理论观点,对广西文艺理论与批评的发展产生了重要的影响和积极的推动作用。

1958 年,党中央号召组织和开展民间文艺采风活动。广西文艺界组织了大批专家、学者和作家深入山寨、乡村、城镇，寻访民间艺人，查阅地方志书，搜集民间文艺资料。这次大规模调查采风活动，取得了大量第一手资料和调查成果。整理出了《瑶族文学资料》《苗族文学资料》《嘹歌资料》《毛南族文学资料》《侗族文学资料》《南宁民间故事》《广西民间谚语资料》《广西民间文学》《广西新歌台》《刘三姐》等各民族文学资料集。1961 年 7 月广西师范学院(今广西师范大学)完成《广西壮族文学》初稿的编纂，由广西人民出版社出版。《广西壮族文学》是这一时期最重要的专著，全书 31 万多字，是中国探讨和论述壮族各个时代民间文学演变和发展历史的第一部著作，先后参加编写、修改、定稿工作的有苗延秀、刘介、贺祥麟、梁光选、陈白曙、肖甘牛、侬易天、黄立业、周作秋、曾德珪、吕日眸、覃建贞、杨焕典、杨士衡、刘泰隆、韦其麟、欧阳若修、秦似、蓝少成、何以刚、梁理森等人。在此基础上着手编写《壮族文学史》，标志着有组织有领导地对广西少数民族文学进行研究的工作正式开始。搜集整理少数民族文学成绩突出的是肖甘牛，他搜集整理的壮、瑶、苗、黎、侗、高山等少数民族的民间故事和歌谣集在 10 种以上，并发表了《我怎样搜集和整理少数民族文艺》《发掘整理少数民族文艺刻不容缓》等论文。这一时期，对民间音乐资料的收集、整理、翻译和研究工作也取得了重要进展。冯明洋曾率广西采风队普查民间音乐，撰写了《民间音乐普查报告》，并较早地对壮族民歌进行研究。1954 年 5 月中南人民文学艺术出版社出版了由张悦记录整理的《广西文场音乐》一书，书中搜集了文场的几乎全部曲调和关于文场的源流、发展过程等资料。这本书是新中国成立后有关广西文场的第一本著作。

对桂剧、壮剧、彩调等广西地方戏剧的研究全面展开。满谦子是这一时期戏剧研究的重要代表人物，也是广西戏剧艺术理论研究的先驱和开拓者。1961 年，广西人民出版社出版了他与朱锡华、程秀梅编著的《桂剧音乐》，这是他们历年来深入各地剧团，访问著名老艺人，搜集、整理、研究成果的集中展示。同年，发表论文《谈文场曲艺》，全面系统地阐述了广西文场艺术的历史沿革、演变、特色、队伍、曲本、唱词、唱腔、伴奏、演唱形式等，同时对传统唱本中存在的糟粕、音乐表现力方面的缺陷以及发展方向提出了自己独到的见解。他的论文《桂林渔鼓唱词写作的探讨》《中国语系发音特点在声乐发声中的运用》等，对广西地方戏剧和音乐作了深入的分析。[1]研究戏剧的还有李寅的《"推陈出新"与正确对待戏曲遗产》《怎样估价与对待戏曲传统剧目》《克服思想障碍，革新戏曲传统剧目》等论文。研究彩调的有丘振声、潘其旭、麦兆芳的论文《彩调沿革初探》，文中对流行在广西各地的彩调的起源、发展的历史作了较为全面和系统的论述；纪松龄的《桂北彩调初探》对桂北的彩调的历史情况及艺术特点进行了分析。研究壮剧的有丘振声、潘其旭的《壮剧的历史及其发展中几个问题的探讨》；韦苇的《试谈壮剧唱腔的源流和演变》。研究师公戏的有莎红的《壮族古老的戏曲——师公戏》等。[2]

在美术研究方面，著名画家阳太阳在 1962 年提出了"漓江画派"的学术主张，认为广西的美术创作应立足本土，以广西的自然和文化背景为依据，以画家对家乡的情感为基础进行创作，逐步形成自己的艺术面貌。这一学术主张数十年后已成为现实，由大批画家及其画作形成的“漓江画派”的影响已从岭南扩展到全国及海外。这一时期，广西美术界十分重视对民间美术的挖掘与整理，组织美术采风队深入到少数民族地区，进行民族民间美术的搜集、整理与研究工作。开展了对花山崖壁画的调查研究，主要是介绍发现花山崖壁画的情况，叙述壁画的规模、特点以及有关的民情风俗、神话传说。1956 年 10 月 7 日《广西日报》刊载的《宁明县发现珍贵的壮族古代崖壁画》和陈汉流发表的《广西宁明花山崖壁上的壮族史迹》，是 1956 年 8 月广西少数民族社会历史调查组对左江支流明江两岸的崖壁画进行第一次调查之后发表的最早的两篇文章。1962 年，自治区民委组织有关学科的专家学者再次对左江崖壁画进行调查，共发现 43 处崖壁画，编写成《花山崖壁画资料集》，由广西民族出版社出版。在这前后数年，在报纸杂志上发表了数十篇介绍性的文章。其中有黄增庆的《广西明江左江两岸的古代崖壁画》、刘介的《西瓯族的发展与宁明、崇左、龙津等处的壁画》、魏如的《初识花山》、周宗贤和李干芬的《壮族的古代画——花山壁画》、石钟健的《左江崖壁画的时代问题》等等，这些文章侧重介绍了崖壁画的整体特征。

在党的“百花齐放、百家争鸣”文艺方针指引下，文艺争鸣活动有了良好的开端。《广西文艺》1961 年一、二期合刊发表了蓝少成的《同时并行——谈批判与继承》一文，引起了长达半年的争论。这场争论主要围绕两个问题展开：一是如何正确理解列宁对托尔斯泰评语中的“同时并行”；二是作家的世界观是否也是进步与落后“同时发生”“同时并行”。1961 年 9 月《广西文艺》发表丘行的万字长文对这场争论作了总结，认为这场关于文艺遗产的批判与继承关系的争论，对广西文艺界今后进一步批判地继承文艺传统，将起到一定的推动作用。

1963 年 3 月 29 日，《广西日报》副刊发表了刘益之的短文《雅与俗——庆祝广西壮族自治区成立五周年美展点评之一》。5 月 14 日，陈烟桥在《广西日报》副刊发表了《从“雅与俗”想起的》，针对刘益之的文章提出了不同的看法，由此引起了广西美术界关于“雅与俗”的讨论。这场争鸣历时一年多，前后发表了 40 多篇文章，影响波及整个广西文艺界，极大地活跃了文艺批评的开展。《红旗》杂志、《光明日报》、《美术》杂志全文转载了《广西日报》的评论员文章，使这场发生在广西的争论产生了全国性的影响。[3]

从整体上看，1949—1965 年广西文艺理论与批评继承了桂林抗战文化城时期的文艺传统，同时又在新的历史条件下曲折发展。这一时期，广西文艺理论界主要是传播和普及马列主义和毛泽东的文艺思想，也开展了一些有影响的争鸣活动。但是由于文艺理论批评受“左”倾思潮的影响较为明显和直接，一些文艺理论批评家失去言说的权利。同时，对各个艺术门类的研究很不均衡，有的艺术领域的研究还几乎处于空白状态。尽管如此，新中国成立之初的十七年文艺理论与批评建设仍然取得了较大的成绩：马列主义文艺思想研究和普及有了新进展，批评家们能创造性地将马列主义文艺理论运用于文艺现象和文艺作品的研究与批评之中；民间文艺的整理与研究取得了较明显的成效，戏剧、音乐研究也取得了较好的成绩。这一时期,文艺理论与批评家们的活动,为广西文艺事业从新民主主义革命时期到社会主义革命和建设时期的转变做出了积极的努力,也为广西当代文艺理论的发展打下了坚实的基础。

"文革"十年,广西文艺界和文艺事业受到严重打击。1966 年 5 月,中共中央发布《五一六通知》,"文化大革命"全面展开,广西的文艺创作与批评活动随之全部停顿。文艺刊物一度停办,作家、艺术家被下放劳动锻炼。1966 年第 6 期《广西文艺》几乎全部是批判文章,第一篇就是姚文元的《评"三家村"》。而以"本刊评论员"名义发表的题为《向反党反社会主义的黑线开火》等文章,以明确的态度号召广西文艺界人士投入"文化大革命"中。"革命样板戏"在相当大的程度上取代了各地创作人员的创作,各类大批判文章充斥报纸杂志等媒体。

从 1966 年到 1967 年,广西文艺界掀起第一次"革命大批判"高潮。以陆地、苗延秀为代表的一大批作家相继被批斗,他们的作品如《故人》《美丽的南方》《大苗山交响曲》《元宵夜曲》等受到公开批判。作家秦兆阳、歌舞剧《刘三姐》等也成为重点批判对象。1972 年,出现了第二次批判文艺作品高潮,再次开展了对陆地、苗延秀等作家的批判。暴风骤雨般的运动,让广西文艺界备受煎熬。

新中国成立之初的十七年,广西已初步形成了一支热爱民间文艺工作的队伍,"文革"中这支队伍也受到严重打击。许多民间文艺作品受到批判。人民性和艺术性都极鲜明的音乐、舞蹈、戏剧作品,如彩调剧《刘三姐》、壮族长歌《嘹歌》等均受到冲击和批判。自治区民研会原已分类归档以及编印的各民族民间文艺资料集,被破坏得残缺不全,很多珍贵的原始记录被付之一炬。戏曲团体演出"革命样板戏"形成高潮。各级文化部门相继举办各种类型的"革命样板戏学习班",大演"革命样板戏",声势浩大,压倒一切。大批老艺术家受到冲击和迫害,不少文艺作品被毁。艺术创作规律被政治运动打乱。美术、书法的创作陷入低谷,在严酷的政治环境下,一些画家、书法家及书画爱好者不得不参与到绘制政治宣传画和抄录大字报的活动中。杂技、曲艺艺术也和其他民间艺术一样,被冠以"四旧"的帽子而加以批判。这使刚刚发展起来的广西文艺事业呈现出了一片凋敝、荒芜的景象。

"文革"期间,也有一些正直的知识分子尽量避开政治的干扰,在艰难的环境中做一些力所能及的学术研究。林焕平潜心攻读马克思、恩格斯、列宁、斯大林的著作,编选出了《马克思恩格斯论文学与艺术》《列宁论文学与艺术》《斯大林论文学与艺术》等书,由广西师范学院印成内部教材,成为"文革"后期在全国都不多见的重要的文艺理论成果。秦似在学术工作中,取得了较好的成绩,于 1975 年完成了辞书《现代诗韵》,当年由广西人民出版社出版,以后又多次再版,成为当时的畅销书,深受广大读者喜爱。黄绍清写的《〈潘虎〉的人物形象》《"将"得妙——读短篇小说〈将军〉的构思》等论文,虽然无法超越时代的局限,但完全不同于批判文章,还具有一些学术探讨的思维与观念。在文学艺术处于停滞的时期,这些学术性论文也充分显示出了批评家对于理论批评工作的坚守。

"文革"后期还有一项重要学术活动是组织力量参与修订大型工具书《辞源》。1976 年 5

月,根据国务院的部署,广西召开了修订《辞源》工作会议,由广西修订组负责人秦似传达中央领导同志关于修订《辞源》的指示。秦似、林焕平、冯振、李耿、梁其彦、李赞绪、顾绍柏等人参加修订工作,从 1976 年 6 月至 1979 年 5 月,广西的专家学者用三年时间完成了承担的修订任务,受到国务院的肯定和表彰。[4]

[注释]

[1] 何玉红、苏兆斌:《戏韵——桂林文场戏考》,漓江出版社 1999 年版。

[2] 张撒:《广西社会科学要览》,广西民族出版社 1986 年版。

[3] 广西壮族自治区地方志编纂委员会编:《广西通志·社会科学志》,广西人民出版社 1999 年版。

[4] 李建平:《浩劫中的沉浮:"文化大革命"时期的广西文学》,载《广西大学学报》(哲学社会科学版)2004 年第 1 期。

(原载《南方文坛》2010 年第 4 期)

将新文学引进广西

第一代独秀作家群论

□ 黄伟林

一 ‖ 独秀作家群释名

独秀作家群即广西师范大学作家群，它由曾经在广西师范大学求学、任教的作家所组成。

广西师范大学经历了一个漫长的发展演变历程。1932 年，广西省政府在桂林良丰雁山公园创办广西师专，今天，广西师专的奠基石碑还嵌在雁山公园水榭边的楼墙里。1936 年，广西师专并入广西大学，成为广西大学文法学院。1941 年，广西省政府创办省立桂林师范专科学校。1942 年，桂林师专与广西教育研究所合并，改称广西省立桂林师范学院。1943 年，广西省立桂林师范学院改为国立桂林师范学院。1944 年，因湘桂战役，桂林师范学院相继疏散至广西三江、贵州平越办学。1945 年抗日战争胜利后回迁桂林。1947 年桂林师范学院迁往南宁，改为南宁师范学院。1950 年，南宁师范学院由南宁迁回桂林并入广西大学，成为广西大学师范学院。1953 年，政务院撤销广西大学，组建广西师范学院。1983 年，广西师范学院改称广西师范大学。

从以上材料可以看出，广西师范大学在不同的历史时期曾以广西师专、广西大学文法学院、桂林师范专科学校、桂林师范学院、南宁师范学院、广西大学师范学院、广西师范学院、广西师范大学的名目出现。换言之，在特定历史时期，曾经在上述学校任职、任教的作家，都属于广西师大作家群即“独秀作家群”。

那么，广西师范大学作家群为什么称“独秀作家群”？

独秀峰是桂林的主峰，坐落于桂林市中心靖江王城内。南朝颜延之曾有诗“未若独秀者，峨峨郛邑间”描述这座山峰，从此，独秀成为其名。广西师范大学有相当长的时间在独秀峰脚下的桂林靖江王城办学。具体地说，1945 年抗日战争胜利后，国立桂林师范学院从贵州回迁桂林,因六合路校舍被毁,就是借靖江王城内广西省政府为临时校址。1954 年,广西师范学院从将军桥迁至靖江王城。迄今为止,广西师范大学在独秀峰脚下靖江王城的办学历史已经将近 60 年。独秀峰是桂林市的标志性景观,也是广西师范大学的标志性景观。更重要的是,独秀峰为 1500 年前南朝颜延之命名,当年颜延之在独秀峰南麓一岩洞内读书写作,后人因此将这个岩洞命名为读书岩。独秀峰因此具有读书写作的象征意蕴。颜延之是第一个到桂林担任地方行政长官的著名文学家,他给桂林带来了薪尽火传的文学传统。广西师范大学的师生,无不受到这种文学传统的熏陶。因此,称广西师范大学作家群为"独秀作家群",不仅因为广西师大拥有独秀峰这样一个物质意义上的标志性景观,而且因为独秀峰本身具有读书写作、文学传承的象征性内涵。

二 ‖ 纵跨三个时代的独秀作家群

我们可以把广西师范大学的历史分成三个时期,第一个时期为 1932 年至 1949 年,即民国时期;第二个时期为 1949 年至 1976 年,可称为社会主义革命时期;第三个时期为 1976 年至今,可称为改革开放时期。

三个时期跨了三个时代,时间长达近 80 年。独秀作家群纵跨上述三个时代。每一个时代的独秀作家群都由两部分成员组成,一部分是这个时期在广西师范大学任教的教师,可称为教师系列独秀作家群;另一部分这个时期在广西师范大学求学的学生,可称为学生系列独秀作家群。

第一个时期独秀作家群中,教师系列独秀作家群成员在民国时期已经成名,它主要由一批任教于民国时期的广西师专、广西大学、桂林师范学院、南宁师范学院的教授构成,代表人物有沈起予、陈望道、夏征农、沈西苓、祝秀侠、杨潮、欧阳予倩、焦菊隐、冯振、林焕平、谭丕模、吴世昌、穆木天、彭慧、王西彦、高天行、舒芜(方管)等人。学生系列独秀作家群成员主要有陈迩东、林志仪、蓝少成、吴天佑、谢敏等人。

第二个时期独秀作家群成员由社会主义革命时期广西师范学院的教师和毕业生构成。教师系列独秀作家群成员主要有冯振、林焕平、秦似、贺祥麟、林志仪、李耿、李超鸿、蓝少成、欧阳若修、刘泰隆、黄海澄、彭会资、黄绍清等人,学生系列独秀作家群成员主要有程贤章、韦一凡、农冠品、苏志伟(鲁西)、覃富鑫、杨军、何培嵩、黄钲、徐治平、凌渡、彭匈、潘荣才、冯志奇、陈学璞、黄继树、李建平、麦春芳等人。[1]

需要指出的是,第二时期教师系列独秀作家群的部分成员来自第一时期学生系列独秀作家群,如蓝少成 1950 年毕业于广西大学。此外,欧阳若修 1954 年毕业于广西师范学院,黄绍清 1958 年毕业于广西师范学院中文系,彭会资 1963 年毕业于广西师范学院中文系,先后留校任教,求学期间可以纳入学生独秀作家群,留校任教后应该归属教师系列独秀作家群。从这里也可以看出独秀作家群的传承关系。

第三个时期独秀作家群的成员由改革开放时期广西师范大学的教师和学生构成,教师系列独秀作家群成员主要有许敏歧、梁潮、荣光启、张民、施秀娟、丁来先等人,学生系列独秀作家群成员主要有刘频、张燕玲、龙子仲、秦立德、张东、陈琦、杨映川、黄咏梅、杨丽达、刘永娟、甘谷列、周昱麟、江风扬、刘春、莫蔚、常海军、林超峻、盘文波、黄土路、徐强(桂林)、徐强(贵港)、范浩鸣、路燕、施娟、师小玲、师晓娟、陈爱萍、黄芳、唐女、江传德、琬琦(女)、唐海燕、李颖、林克彬、杨辉、罗小凤(笔名罗雨)、韦香媛(笔名小原)等人。[2]

据不完全统计,1949年以后,教师系列独秀作家群的中国作家协会会员有林焕平、贺祥麟、蓝少成、欧阳若修、刘泰隆、黄海澄、许敏歧、林焕标、彭会资、黄绍清、黄伟林;1949年以后,学生系列独秀作家群的中国作家协会会员有程贤章、谢敏、韦一凡、农冠品、王一桃、梁超然、陈雨帆、黄继树、黄钲、潘荣才、何培嵩、徐治平、凌渡、彭匈、杨军、张燕玲、李建平、周昱麟、杨映川、黄咏梅、秦忠、刘春、盘文波、常海军、陈爱萍。

此外,从20世纪80年代到现在,广西师范大学还涌现出了一批对广西文学产生了较大影响的文艺理论家和文艺评论家。李建平主编的《广西文学50年》中设有专节的广西师范大学的文艺理论家有林焕平、黄海澄、梁超然、陈学璞、王杰、张利群、黄伟林、李建平、张燕玲、覃富鑫。蓝怀昌主编的《世纪的跨越——广西文学艺术十三年现象研究》以"重要文艺理论家"为名以专节介绍的重要文艺理论家共四人,他们是王杰、张燕玲、李建平、黄伟林,其中,王杰硕士研究生毕业于广西师范大学中文系,张燕玲本科毕业于广西师范大学中文系,李建平毕业于广西师范大学附中,黄伟林自1984年起到广西师范大学中文系任教至今。[3]

同时,广西师范大学还活跃着一批旧体诗词作家,主要有毛毓松、樊运宽、黄绍清、沈家庄、莫道才、王德明等人。[4]

三 ‖ 广西师专在广西为新文学开路

1917年发生的文学革命通常被认为是"古典文学的结束,现代文学的起始"[5],以现代文明为依托的新文学成为中国文学的主流。

然而,由于信息传播技术的局限,当时的信息传播技术显然不能与今天同日而语;也由于文化基础的差异,中国幅员辽阔,东西南北中文化差异明显;还由于政治形势的割据状态,"五四"时期的中国处于军阀割据的局面,这一切使得新文学的影响主要局限于中国东部沿海以及中部地区。

相对而言,广西地处祖国南疆,距离北京、上海等新文学中心遥远,文学革命的辐射到达广西已经类似强弩之末。

通常,人们将民国时期的中国现代文学分成三个“十年”,即“五四”十年、“左翼”十年和“抗战”十年。显而易见,在中国现代文学的第一个十年即“五四”十年里,广西在新文学领域几乎完全无所建树,个别广西青年因为到外省求学,如蒙山壮族青年韦杰三到清华大学求学,受新文学影响从事新文学创作,写了一批新诗、小说、散文和童话。但一方面由于他已经离开了广西本土,另一方面,单纯就文学审美质量而言,韦杰三的新文学创作无论在全国还是在广西,都没有产生很大的影响。

相反,在“五四”时期的广西,旧文学的写作仍属主流,主要代表人物有北流陈柱、冯振,兴业何诹等人。陈柱写了大量旧体诗歌和古文,收入《待焚诗稿》《待焚诗稿二集》和《待焚文稿》。冯振有诗集《山围精舍诗稿》《自然室诗稿》。何诹写了《碎琴楼》《小菩萨》多种文言小说,有“南方才子”之称。一些政界人物如马君武、吕一夔、陈树勋、封祝祁等人也写过大量旧体诗词。

1928 年,广西大学在梧州创办,原定开办文、理、农、工、矿五科,但由于当时广西政府另有独立创办师范大学的打算,遂废文科。[6]因此,早期的广西大学在文学教育方面没有什么影响,这种局面直到四年后广西师专创办才有所改观。

1932 年,广西师专在桂林创办。筹备人唐现之开设了文学课程,聘请了罗干青讲授国文和《文选》课程。罗干青长于旧文学,据说他当时带着 70 多箱线装书到师专来教国文和《文选》。[7]杨东莼任校长后,开设了文学概论课程,聘请了“左联”发起人之一的著名作家、文学翻译家沈起予(重庆巴县人)讲授这门课程。[8]据目前看到的材料,沈起予是广西师专第一位有新文学背景的文学教授,也是第一位在广西任教的新文学教授,他开设的文学课程也是典型的以西方文学理论为基础的新文学性质的文学概论。因此,可以这样说,是沈起予最早从大学文学教育这个层面为广西带来了新文学的理念。

1934 年,杨东莼辞去广西师专校长职务。在经历了两位过渡性质的校长之后,1935 年,陈此生担任广西师专教务长。这时候广西师专开设的文学课程有修辞学发凡、文学概论、西洋文学,陈此生聘请了陈望道、祝秀侠、杨潮、夏征农、沈西苓等左翼文学家到广西师专任教。

陈望道,浙江义乌人,1920 年加入上海共产主义小组,是著名教育家、修辞学家、语言学家。他在 1922 年出版的《作文法讲义》一书,是中国有系统地讲授作文法的第一部书,在社会上产生很大影响。他原来是复旦大学教授、中文系主任,还曾任《民国日报》副刊《觉悟》编辑。1935 年 8 月,陈望道接受了陈此生的聘请到广西师专任教,担任广西师专中文科主任,为学生开设文法学和修辞学课程。随同陈望道一起到桂林的还有他的弟弟陈致道、学生夏征农、祝秀侠和杨潮四人,这几人都是当时的左翼作家。到桂林后,他还邀请著名戏剧家沈西苓到广西师专担任教职。[9]可以说,陈望道给当时的广西师专、当时的广西带来了一个左翼作家团队。

陈望道在桂林主要做了这样几件事:一是在全校师生大会上做了题为《怎样负起文化运

动的责任》的演讲；二是针对当时省立桂林中学《南熏》校刊的序言展开了一场反对文言文的斗争；三是倡议中文科部分师生创办了广西师专《月牙》校刊，《月牙》出版过“反文言文专号”，发表过戏剧、诗歌、小说作品，还发表了一些文学评论与文艺理论的文章；四是亲自指导创办并命名“普罗米修士壁报”；五是倡议展开了“关于中国社会性质问题”的论战；六是积极扶植和倡导话剧，支持师生成立了“广西师专剧团”。

夏征农，江西丰城人，1926年就参加了中国共产党，1927年参加了南昌起义，1933年参加中国左翼作家联盟，是著名的文艺理论家。到广西师专任教后，讲授文学概论课程，主编了《月牙》校刊，并在《月牙》上发表了《为什么要研究文学》等重要文章。

祝秀侠，广东人，毕业于复旦大学中文系，曾在《小说月报》发表小说《祝老夫子》，毕业后留校任教。他多才多艺，在广西师专期间，他为广西师专剧团导演了日本菊池宽的《父归》和欧阳予倩的《屏风后》，他还亲自扮演了《父归》中的父亲角色。这两个独幕剧1936年1月在桂林第三高中礼堂公演，取得了很好的演出效果。

著名电影、戏剧艺术家沈西苓（浙江杭州人），也是左翼作家联盟的重要成员，受陈望道邀请到广西师专后，与陈望道、祝秀侠合作导演了苏联脱烈泰耶夫的《怒吼吧，中国！》和俄国果戈理的《巡按使》两个多幕剧，1936年4月在桂林中学礼堂公演。

上述两次话剧公演实际上是广西话剧运动的起点，在广西产生了深远的影响。不久，广西出现了中学生的演剧活动，南宁成立了“国防艺术社”。后来，在抗日战争期间，桂林出现了举世闻名的“西南剧展”。寻根溯源，陈望道、沈西苓、祝秀侠带领广西师专剧团开展的两次盛大的话剧公演，是广西最早的话剧活动，第一次在广西展示了现代戏剧的魅力，推动了桂林以及整个广西的戏剧运动。[10]

1936年，广西师专并入广西大学文法学院，陈望道仍然担任中文科主任。1937年“卢沟桥事变”爆发后，陈望道离开南宁的广西大学，回到了上海。

值得注意的是，在广西师专时期，独秀作家群主要以老师为主体，这是因为广西师专时期的广西，新文学基本是一片空白。陈望道等人受聘广西师专后，将新文学的理念带到了广西，将新文学的成果介绍到广西，对广西的学生起到了引导的作用。陈此生主持广西师专教务后，广西师专开始分专业，陈望道担任中国文学科主任。在陈望道的鼓励和祝秀侠的支持下，中国文学系的一些学生成立了文学研究会，成员有陈迩东、温致义、周甲铭、邓便茂、郑定一、岑立翔、李立民、林志仪等人，他们在《桂林日报》上开辟了一个栏目《文艺周刊》，由陈迩东担任主编，同学们在上面发表了一些文艺短评、短篇小说、新诗和散文，开始了新文学的创作。

四 ‖ 桂林师院收获一批新文学果实

1941年，西南联大桂林籍教授曾作忠到桂林讲学，建议广西利用众多文化人避居桂林的好时机恢复和独立设置师专。广西省政府筹设省立桂林师范专科学校。1942 年 4 月,桂林师专与广西教育研究所合并,改称广西省立桂林师范学院,曾作忠任院长,设教育、国文、史地、理化、英语五个系。1943 年 8 月 1 日,广西省立桂林师范学院改为国立桂林师范学院,直属教育部,负责培养西南各省中学师资。曾作忠聘请林砺儒任教务长。1944 年,因战火逼近桂林,桂林师范学院经柳州至三江丹州,再迁贵州榕江、平越,行程上千里。抗战胜利后,桂林师范学院回迁桂林,原六合路校舍被毁,借王城内旧省府为临时校址,设教育、国文、理化、史地、英语等系。1947 年 2 月教育部强令桂林师范学院迁往南宁,5 月,教育部改桂林师范学院为南宁师范学院。

桂林师院国文系先后三任系主任分别为张世禄、吴世昌、谭丕模,教授主要有欧阳予倩、王西彦、穆木天、彭慧、宋云彬、高天行、张毕来、方管(舒芜)等人。

如果说广西师专的独秀作家群更多是从文学理论和戏剧演出这两个方面在广西倡导了新文学,那么,桂林师院的独秀作家群则以自己的创作显示了新文学的魅力。

在上述桂林师院聘请的教授中,欧阳予倩、穆木天、彭慧、王西彦、高天行都是身体力行的新文学作品的创作者,既是教授,也是作家。他们不仅给广西带来了新文学的理念,而且,在广西创作了新文学的成果。

著名诗人穆木天在桂林师院讲授西洋文学史课程,除了翻译、讲课,他还创作了不少诗歌,如《赠耘夫》《真令人回答不出了》《谢谢你美国人》《我确信第三次世界大战不会再来》《二十七年了》《为死难文化战士静默》《我并不悲观》等。

彭慧是穆木天的夫人,从事小说写作,在桂林师院讲授文学概论、当代文选和写作课,她经常联系当时活跃于桂林文化城的作家的作品进行分析、讲解,在教学之余,她还创作了《还家》《四姑娘的喜事》《黑水岩》《母亲》等几篇描写农村妇女,称赞抗日民族精神的小说。其中,《黑水岩》《母亲》两篇小说的文末还专门注明"桂林独秀峰下"。

穆木天夫妇还亲自指导学生的文学创作。他们举办了文艺讲习班,并在课堂上举行"讲评会",挑选学生的好文章进行讲评,推荐优秀的作品到桂林的报刊发表。吴天佑在回忆文章中记录了这样一件事,当年他在做学生的时候,写了一篇小说《周排长的悲哀》,写抗日战争胜利后国军不愿打内战的情绪,穆木天夫妇给吴天佑做了很具体的指导,之后在桂林师院国文学会出版的墙报上发表。吴天佑还写了一首长诗《夜平越》,写当时平越人民贫困的生活和青年学生追求光明的愿望,穆木天夫妇读了后比较赞赏,后来发表在谭丕模、穆木天主编的文艺杂志《只有战斗》上。[11]

因为穆木天、彭慧夫妇精通多种外语,翻译了巴尔扎克、雨果、契诃夫、涅克拉索夫、托尔斯泰等外国作家的作品,在课堂上经常介绍西方文学,桂林师院的学生因此形成了阅读外国文学作品的风气。

小说家王西彦在桂林师院讲授文学概论和小说选读两门课程。除了分析外国著名作家如契诃夫的作品,他也介绍中国新文学作家的作品,当年的学生蓝少成记得王西彦开给他们的阅读书目中就有沈从文的作品。他既是教授,又是作家,特别得到学生的崇敬。教书之余,他发表了《寻梦者》《幸福之岛》等作品,桂林师院的学生争相阅读。[12]

高滔(又名高天行)1948年秋到桂林师院任教。1939年,他曾以"齐同"为笔名出版长篇小说《新生代》,在当时的文坛获得了很高的声誉。在桂林师院期间,他讲授大学国文和西洋文学史。他的西洋文学史课从《圣经》讲到19世纪西欧文学。他的课非常受学生喜欢,每次上课教室里都爆满。他曾经在桂林师院做过一次学术演讲,题目是《文学的可信与不可信》,听众也极为踊跃。[13]

当时的桂林师院国文系出版了两种文艺杂志。一种叫《只有战斗》,由谭丕模、穆木天和学生秦振武主编,除了刊登教师的作品,也刊登学生的作品,如吴天佑的诗《夜平越》、秦振武的诗《在小滨村》就是在《只有战斗》上发表的。另一种杂志叫《收获》,刊登了学生吴天佑的长诗《妈妈告诉我的》、谢敏的小说《秋收之后》。这两种杂志在桂林中山南路兴华教育用品社分开出售,受到读者的欢迎。

当时的桂林师院还有一个由文学爱好者组成的诗潮社,主要成员有黄启成、刘冬安、周乐和等人,从桂林到南宁,持续了三年时间。诗潮社出版了壁报《诗潮》,多刊登诗歌,也有少数散文和小说。诗潮社的成员多为当时的进步学生,他们建立了定期学习、讨论新文学作品的制度,为了探讨革命文学的源流,他们专门重读鲁迅的作品,《诗潮》壁报还出过一期"赵树理作品专号"。因为学校地处南方,诗潮社也有意识地研读一些南方作家的作品。他们第一次研讨的是陈残云的《风沙的城》,陈残云是广东作家,《风沙的城》是以桂林为背景反映知识分子苦闷心理的中篇小说。诗潮社还选读了广西作家黄谷柳的长篇小说《虾球传》。从这里可以看出,桂林师院的学生已经有了振兴南方或者广西的新文学的意愿,他们从单纯的学习新文学开始进入了开创自身的新文学的状态。

五 ‖ 第五代独秀作家群的意义

民国时期第一代独秀作家群成员主要来自广西之外的其他省份,对于广西而言,他们是外来者。他们多有新文学背景,多毕业于民国时期名牌大学,或有留学经历。他们应聘到广西师范大学(广西师专、广西大学、桂林师范学院、南宁师范学院)任教,以教师的身份扮演了将新文学向广西传播和推广的角色,他们以文学为媒介,使地处边疆的广西直接领略了新文学的风景,获得了文学现代性的启蒙。他们中的不少人精通外语,为广西引进了话剧,并向学生介绍了大量西方文学作品。第一代独秀作家群的成员往往兼学者、作家及社会活动家于一身,既有深厚的学术修养,又有灵动的创作才华,还有相当强的社会组织和担当的能力,其中部分成员堪称 20 世纪的文化大师。而在抗日战争时期,独秀作家群成为桂林文化城的有机组成部分,他们的文学创作表现了鲜明的民族、国家意识,使处于边疆的广西实现了与国家的深度认同。抗日战争时期广西民众顽强的抵抗意志和爱国情绪,确实与独秀作家群,与桂林文化城中大批知识分子创作的文学作品、营造的文化氛围有关。还值得指出的是,由于广西地处边陲,相对贫穷落后,第一代独秀作家群的成员之所以受聘广西的大学,很大程度上是因为这些人对那个时代的主流政权不能完全认同,因此才选择了相对独立于国民党主流的桂系领导下的广西。这个选择本身充分说明了第一代独秀作家群成员自身的价值取向。如果用那个时代的语言进行描述,不少第一代独秀作家群成员在意识形态取向上是左翼或者偏左的。

[注释]

[1] 需要说明的是,这个名单中的黄继树、李建平、麦春芳三人毕业于广西师范大学附中。其中,黄继树毕业于 1963 年,毕业时怀抱文学梦参军。李建平、麦春芳是广西师范大学教授的子女,从小生活在校园文化环境中,高中毕业于"文革"期间,之后上山下乡,成为"文革"期间有一定影响的知青作家。

[2] 作家本身是一个较为模糊的概念,它可以指从事文学创作的人,也可以指从事文艺批评的人,还可以指从事文学研究的人。本文三期独秀作家群的入选标准不同。第一个时期的独秀作家群取相对广义的内涵,即从事文学研究、文艺评论和文学创作的都算为独秀作家群。第二个时期独秀作家群的入选标准,以广西师范大学的教师是否为中国作家协会会员为原则。第三个时期独秀作家群的入选标准取相对狭义的内涵,主要指从事文学创作的作家。但是,由于从事过文学创作的人很多,尤其是文学院的教师,至少都有散文写作的经历,一些人还有旧体诗写作的才能。本文的取舍以出版过新文学意义上的诗集、散文集以及小说集或长篇小说为原则。

[3] 本文着重论述创作型作家,故文艺理论家不在本文论述范围。

[4] 本文着重论述新文学作家,故旧体诗词作家不在本文论述范围。

[5] 温儒敏编著:《中国现代文学课程学习指导》,北京大学出版社 2001 年版。

[6] 蒙荫昭、梁全进主编:《广西教育史》,广西人民出版社 1999 年版。

[7] 桂林市政协文史资料委员会编:《桂林文史资料——三十年代广西师专》,81 页,漓江出版社 1992 年版。

[8] 桂林市政协文史资料委员会编:《桂林文史资料——三十年代广西师专》,84 页,漓江出版社 1992 年版。

[9][10] 邓明以:《陈望道传》,160—174 页,复旦大学出版社 2005 年版。

[11] 以上穆木天夫妇在桂林师范学院的情况参见《国立桂林师范学院实录》,115—126 页,漓江出版社 1997 年版。

[12] 以上王西彦在桂林师范学院的情况参见《国立桂林师范学院实录》,142—147 页,漓江出版社 1997 年版。

[13] 以上高滔在桂林师范学院的情况参见《国立桂林师范学院实录》,182—185 页,漓江出版社 1997 年版。

(原载《南方文坛》2010 年第 5 期)

广西文艺理论与批评六十年回顾(下)

□ 容本镇　黄晓娟　张淑云

新时期的突破与发展(1977—1999)

以粉碎“四人帮”为标志,“文化大革命”结束后,中国历史发展进程重新回到正轨,全国各地拨乱反正工作全面展开。在广西文艺界,文艺组织迅速恢复和重建,大批冤假错案得到平反昭雪,被迫害和下放的作家、艺术家恢复了名誉并重返工作岗位,“四人帮”的反动文艺路线及其文艺思想被彻底清算和否定。

广西文艺理论界最早参与了思想战线的拨乱反正活动。一批思想敏锐的评论家率先发表了揭批“四人帮”反动文艺路线和为《刘三姐》《美丽的南方》《故人》《元宵夜曲》《苗家儿女》等作品平反的文章,如王一桃的《红太阳照耀广西文艺界——驳林彪、江青一伙炮制的“文艺黑线专政”论》《文艺批评要拨乱反正》,黄海澄的《“三突出”是禁锢文艺创作的枷锁》,梁超然的《拨乱反正话〈故人〉》,杨戈(陈运祐)的《把颠倒了的是非颠倒过来——为短篇小说〈故人〉平反》,谭绍鹏的《南方土改运动的生动描绘——重读长篇小说〈美丽的南方〉》,蓝少成的《南疆风物自青葱——为〈美丽的南方〉辩》等。王一桃还提出了“文艺与批评一同前进”的观点,引起了文艺界对文艺评论工作的重视。

从 1977 年到 1999 年,广西文艺理论界从拨乱反正开始,到广泛开展文艺批评和文艺研讨活动,显示出了其不可替代的重要作用,逐步形成了一支老中青相结合的文艺理论与批评队伍,出现了一大批重要的理论成果,为广西文艺事业的恢复、振兴和发展做出了积极的贡献。

一 ‖ 积极开展文学批评和文学研讨活动

从 1977 年至 1999 年的二十余年间,特别是 90 年代以后,广西的文学创作进入了快速发展时期,呈现出了朝气蓬勃的兴盛局面,并从边缘位置逐渐汇入全国文学创作的主流。伴随着文学创作的发展,广西的文学批评也日趋活跃,评论家们在关注全国创作动态的同时,十分注重对广西本土作家及其作品的评论与研究。无论是有成就的中老年作家还是崭露头角的青年作家的创作,几乎都进入了评论家的视野,有的作品因评论家的评介而在社会上产生了影响。对一些有争议的作品,评论家也积极写文章参与讨论和争鸣。80年代初颜新云的《奇怪的女厂长》,孙步康的《感情危机》《"非洲村"的野菊花》等短篇小说,都曾在广西文坛上引起过争论,陈学璞、王敏之、谢敏等许多评论家都积极写文章参加争鸣。《作品与争鸣》1981年第10期和1986年出版的中国作家协会选编的《感情危机》一书转载了关于《奇怪的女厂长》的争鸣文章。青年作家容本镇的长篇小说《古海角血祭》1990年由广西民族出版社出版后,也引发了一场观点针锋相对的争论,《南方文坛》"编者按"发表了李英敏、王克、林建华、覃伊平、黄秉生、廖振斌等人的评论文章;《广西党史通讯》《北海日报》等报刊也发表了相关评论文章。

这一时期的理论研讨活动受到高度重视。1980年至1983年,就相继在南宁召开了全国当代诗歌讨论会、文艺与政治的关系座谈会、文艺的民族特色问题座谈会、马克思美学思想讨论会、西方现代派文学和异化问题座谈会等。这一系列研讨活动对于拨乱反正、推动文学艺术健康发展起到了积极的作用,产生了重要的影响。

1983年至1985年初,受全国通俗文学创作热潮的影响,广西的通俗文学创作也风起云涌,方兴未艾,成为当时一股强大的潮流。这一现象引起了《文艺报》的关注和重视,很快,他们便派记者前来广西进行全面深入的调查采访,并于1985年第2期发表了题为"广西'通俗文学热'调查记"的文章。同年3月下旬,《广西日报》社、《广西文学》杂志社、广西社会科学院文学研究所等15家单位,在南宁联合举办了通俗文学研讨会,来自全国各地的专家学者和通俗文学作家共70多人出席了会议。"这次会议,对如何正确认识通俗文学、正确分析和评价广西的通俗文学现状,总结经验教训,进一步引导通俗文学的健康发展,起到了积极的作用。内中涉及的许多理论问题,是广西文学界重要的理论收获。"[1]

举办作家作品研讨会,是总结创作经验,推介作家作品,开展文学批评的重要方式。20多年来,先后举办了黄飞卿作品研讨会、聂震宁作品研讨会、长篇小说《第一个总统》研讨会、武剑青长篇小说讨论会、黄继树长篇小说《桂系演义》研讨会、丘行长篇小说《山城剑影》研讨会、陆地小说创作研讨会、李英敏文学创作研讨会、莫之棪作品研讨会、赵清学作品研讨会、何培嵩报告文学研讨会、柯天国小说创作研讨会、谢树强作品研讨会、刘峰作品研讨会、"广西三剑客"作品讨论会等一系列研讨会。通过研讨,总结创作得失,帮助作家认清自己的优势与特长,从而对作家创作水平的提高起到了积极的作用,也有利于推动文学创作的繁荣与发展。

这一时期,逐步形成了一支老中青相结合的颇具规模的批评家队伍,林焕平、贺祥麟、王敏之、丘振声、黄海澄、王一桃、梁超然、甘棠惠、江建文、谢敏、王弋丁、潘琦、陈学璞、杨炳忠、李超鸿、陈运祐、杨绍涛、林宝全、黄绍清、彭会资、巫育民、江业国、雷耀发、梁其彦、农学冠、朱慧珍、姚代亮、唐韧、覃伊平、林建华、雷猛发、徐治平、卢斯飞、胡树琨等,都是这一时期有代表性和影响的批评家。至 90 年代,一批中青年批评家开始成长起来并在文学批评活动中发出了自己的声音,他们是:王杰、李建平、张燕玲、黄伟林、杨长勋、彭洋、罗传洲、蒙海宽、陈实、黄伦生、张利群、唐正柱、容本镇、银建军、黄秉生、吴盛枝、黄神彪、韦家武、王志明、王建平、刘江等。这一代人都是在改革开放以后的社会转型期成长起来的,他们经受过文艺新思潮和新观念的熏陶,视野开阔,思想活跃,同时具有较强的历史使命感和社会责任感。在他们身上,既可以看到老一辈文艺评论家对他们的影响,又可以看到他们所具有的朝气与活力。

二 ‖ 文学新观念的冲击与影响

1985 年是中国当代文学发展进程中的一个重要年份,被称为“观念年”或“方法年”。西方的各种文学观念、文学方法、文学流派等被纷纷介绍和引进国内。“寻根文学”“现代派小说”等成为当时中国文学创作的主潮。与此相呼应,广西两位年轻作家梅帅元、杨克也提出了自己鲜明的创作主张。两人联名在《广西文学》1985 年 3 月号上发表了《百越境界——花山文化与我们的创作》一文,首次打出了“百越境界”的旗帜。文中指出:“当我们把目光投向荒莽险峻的大山,云遮雾掩的山寨,当我们沿着历史的遗迹,追踪巡山狩猎、刀耕火种的民族的过去,我们发现,生活在广西的十二个兄弟民族,有着比较共同的、与中原文化有所差异的文化渊源。”他们宣称:“离开百越文化传统以及由此产生的审美意识与心理结构(即把虚幻境界与真实生活作为一个整体来理解)来反映广西各少数民族的历史和现实生活是难以想象的。理解这一前提,对我们探索形成新的自成一种风格的文学现象有着重要意义。”

这是一篇有着理性思考而又充满激情的宣言。“百越境界”提出之后,两位青年作家又带头把这一理论主张贯穿到他们的创作实践中,梅帅元先后创作了《黑水河》《红水河》等小说,杨克发表了《红河图腾》等诗作。继而一批富于锐气与才情的青年作家也加入了探索的行列,发表了一批“百越境界”作品,如聂震宁的小说《长乐》,林白薇(林白)的小说《从河边到岸上》、诗歌《山之阿水之湄》,张仁胜的小说《热带》,李逊的小说《沼泽地的蛇》,张宗栻的小说《塔摩》《魔日》,黄堃的诗《南方的根》等。一种新的理论主张与创作实践被紧密结合在一起,相互印证与辉映,成为广西文坛上一道奇异的景观。

这一景观的出现,很快就受到文学界的特别关注与重视,评论家们纷纷发表文章,对“百越境界”提出了自己的看法,如雷猛发的《“百越境界”论的可取与不足》,杨绍涛的《鉴古为了知今》,谢福铭的《由“百越境界”引出的思考》,张兴劲的《“百越境界”与魔幻现实主义》,蒋述卓的《“百越境界”与现代意识》,陈实的《黑水河的启示》,黄伦生的《追求与创造》等。这些文章尽管观点不尽相同,但客观上都起到扩大“百越境界”影响的作用。

半年后,为了总结“百越境界”作品的创作问题,加深对“百越境界”的理解,《广西文艺评论》编辑部于 10 月 23 日举行了包括作家、评论家和文学编辑参与的“百越境界”研讨会,会议就“百越境界”的提法、民族文化传统的继承、“百越境界”作品的得失及具体创作方法和表现手法等问题进行了讨论。为了进一步阐明自己的观点,也算是对其他批评文章的一个答复,梅帅元、杨克又在 11 月 12 日的《广西日报》上发表了《再谈“百越境界”》。这篇文章,应该说在理论上比起上一篇要成熟许多,观点也明晰了许多。它既说明了提出“百越境界”的目的是“寻找创作新路”,又解释了“百越境界”的定义:“借助百越文化传统、审美形态和把握世界的方式来创造一种境界,即所谓‘百越境界’,‘百越境界’不是一种创作方法,而是一种共同的审美趋向。它可以借助各种创作方法来达到。”至此,“百越境界”有了较完整的面貌,也逐步得到文学界普遍接受。只是可惜,在创作实践的推进上后来没有达到预期的效果。[2]

80 年代中后期,广西文学平庸的现状使一些青年作家、评论家感到了忧虑与不满。1988 年 12 月,常弼宇、杨长勋、黄佩华、黄神彪、韦家武等发起“广西文坛 88 新反思”,对当时广西文学的现状进行了检讨,并相继发表了反思文章。对广西作家自卑、麻木、被动的心态进行了剖析,对广西文化自“五四”以来的断流和作家间的代际断裂现象进行了思考,对当时广西文坛游离于中国当代文学发展进程的现象进行反思,呼吁作家们早日抛掉文学的功利意识,突破沉寂的现状,结成代际的同盟。最初由广西人民广播电台播发了五位青年作家、评论家的《广西文坛 88 新反思》系列文章。《广西文学》迅速做出反应,1989 年元月号以“广西文坛三思录”为题编发了常弼宇的《别了,刘三姐》、杨长勋的《文学的断流》、黄佩华的《醒来吧,丘陵地》、黄神彪的《功利的诱惑》、韦家武的《我们的烙印很古老》等文章。在五位青年作家看来,广西文学要想发展就应突破“刘三姐文化”“百鸟衣圆圈”式的民间文学创作模式,广西作家应打破封闭意识,走向开放。“88 新反思”是新旧文学观念的冲撞,是一次影响深远的文学大讨论。应该说,“88 新反思”的批评家们是有勇气和胆识的,由“88 新反思”引发的大讨论,发出了呼唤广西文学转型和突破的先声,也为文学桂军的崛起打下了重要的理论基础。

进入 20 世纪 90 年代,受后现代文艺思潮的影响,广西文艺理论界以更广阔的胸襟接纳和审视外来的文艺思潮。广西文艺理论与批评的发展迈向新阶段,理论批评更加活跃,批评家队伍的视野更加开阔。《三月三》杂志 1990 年第 3 期推出“广西青年 30 人作品专号”,青年评论家彭洋、杨长勋、张燕玲、黄伟林分别以《选择与被选择》《原始的文本与变迁的批评》《你无法走出你》《独立自足的文学世界》四篇评论,展示了青年评论家的整体阵容。1991 年 8 月,以彭洋为会长的民间学术团体“广西青年文艺评论学会”成立,更加显示了广西文艺理论与批评的自觉。1994 年,《文艺报》第 15 期推出杨长勋、李建平、黄伟林、黄神彪、彭洋的五篇文学评论,在中国文坛主流报刊,广西青年评论家的集体亮相意味着广西青年评论群体的影响正走向全国。同年,文坛"新桂军"创作研讨会在南宁召开,《三月三》杂志和《广西广播电视报》又相继发起了"新桂军"作品的展示和"新桂军"创作研讨会,30 多名青年作家被集体推出,初步展示了青年作家群体的面貌和实力。评论家们力图从理论与创作方面寻找突破,为日后广西文学的崛起做了铺垫。

1996 年 7 月,自治区党委宣传部在左江宁明花山召开了"广西青年文艺家花山文艺座谈会",广西文学、戏剧、音乐、舞蹈、影视等领域近 30 名颇有成就的青年文艺家出席了座谈会,一同探讨传统文化与现代文化的结合点,探求当代文艺的建设思路,探寻广西文艺发展的路子以及如何振兴广西文艺的措施问题。自治区党委常委、宣传部部长潘琦出席会议并做了《理清思路,强化措施,振兴广西文艺事业》的重要讲话。潘琦在讲话中指出:这次会议,目的是组织广西有一定知名度的青年文艺家进一步学习和领会贯彻毛泽东同志的各种文艺方针政策,研究探讨文艺发展的新思路和新举措,使广西文艺与经济同步发展,加速精神文明的建设进程。"花山会议"分析了广西文艺界面临的形势和任务,进一步明确了广西培养优秀文艺人才的目标规划。这次会议制定了广西文艺发展的三大战略:实施人才战略,打造文坛新桂军;实施精品战略,提升作品质量;实施利用文化资源可持续发展战略,强化广西文艺的优势和特色。会上部署了"213"工程规划,即到 21 世纪初,培养出 20 名在全国有影响的作家艺术家,100 名在全区有影响的作家艺术家,3000 名在地市有影响的作家艺术家。此次会议还制定五大文艺发展战略:"培养作家艺术家队伍","实施戏剧强省工程","振兴广西歌海,繁荣音乐、舞蹈","加快影视业发展","打造漓江画派"。"花山会议"对于推进广西文艺的生存与发展,使其汇入全国生机勃勃的文艺发展大潮具有重要的现实意义和深远的历史意义。

1997 年 4 月,在自治区党委宣传部的主持下,"广西百名青年作者创作会"召开。大会总结了过去几年的创作成就和经验,提出广西要在文学艺术创作上赶上先进省区,必须采取超常规的办法,找到跨越式发展的支撑点,进一步明确了广西文艺发展的总思路,部署了一系列繁荣文艺、实施精品工程的重要举措,包括实行签约作家制度、"213"工程及设立"五个一工程"奖、广西文艺创作铜鼓奖、广西青年文学奖等一系列繁荣文艺、实施精品工程的重要举措。这次会议成为广西文学创作的又一次动员会和鼓劲会。同年 5 月,广西首批青年作家招聘签约仪式在桂林榕湖举行,东西、鬼子、李冯、凡一平、黄佩华、沈东子、海力洪、陈爱萍八位小说家成为首批签约作家,这批作家后来都成为广西文坛的中坚力量。

广西文艺理论刊物的发展在建构广西文艺理论与批评传统和推进理论批评发展方面发挥了重要作用。《南方文坛》于 1996 年成功改版后,提出了要站在时代和世界文艺理论的前沿,以"人文理想,前沿批评"为旨归的编辑理念与发展策略。《南方文坛》发展到今天,备受国内文学界的关注与赞誉,被称为"中国文坛最具影响力的文论园地之一""中国文坛的批评重镇",被评为"全国中文核心期刊"、《中文社会科学引文索引》(CSSCI)来源期刊。《南方文坛》迅速在中国文坛崛起,为广西文艺理论与批评的发展做出突出贡献。

三 ‖ 各艺术领域的批评与研究全面展开

“文革”前对广西民族艺术的研究,没有持续性,也缺乏理论批评的系统性。进入 20 世纪 80 年代后,这种局面开始发生改变,一些富有创作实践经验的民族艺术工作者加入到艺术理论研究的行列,各门类艺术批评及艺术应用理论研究的队伍逐渐扩大。改革开放,使广西民族艺术工作者能够打开视野,多方面地了解文学艺术的创作动向,打破封闭的治学方法。积极地参加全国乃至国际学术活动,扩大学术交流,有助于提高自己的理论研究水平。

在音乐理论批评与研究上,批评家们主要以丰厚的民族民间音乐传统资源为对象,对广西民间音乐进行挖掘和整理,既保持了民歌的原始风貌,又挖掘出民歌的美学特征。范西姆是一位对民族音乐有较深研究的学者,他的《壮族音乐》《论壮族民间歌曲的风格与特征》《弘扬民族民间音乐文化的重要措施》《广西侗族三声部民歌的新发现》《论壮侗语族诸民族音乐文化的关系与互渗》《论中国东南沿海地区民间音乐多声部现象及特征》等一系列论文,对壮侗等民族音乐的发展状况和东南沿海民间音乐的特征等进行了较深入的研究与探讨。晓影的《浅析壮族羽调式民歌的特点及羽徵调式的同音转换》,何红玉的《曲韵——广西文场音乐研究》,杨秀昭、何洪的《京族音乐调式论》,张梅的《毛南族民歌初探》等也对广西的地方音乐和民歌进行了研究与分析。对乐器的研究也有不少成果,杨秀昭、卢克刚等的《广西少数民族器乐考》,吉炳昌的《广西民族乐器纵横谈》对广西民族乐器进行整体的概括性的介绍;郑超雄的《壮族乐器发展源流综述》对壮族的乐器进行了历史的考察与分析;廖家修的《马骨胡的改革与演奏》,戴进权的《苗族芦笙起源浅谈》,黄其度的《漫谈古琴》,林坚的《谈筝的音质、音色和音量》等,则对各种不同的乐器进行了具体研究。1995 年 5 月,广西音乐家协会在南宁召开广西歌曲创作研讨会。研讨会围绕如何实现“五个一工程奖”零的突破问题展开了深入的讨论。这次研讨会对广西“五个一工程”音乐创作产生了重要影响。之后,张仁胜作词、傅磬作曲的《老王》首获中宣部第六届“五个一工程”奖。

舞蹈批评及舞蹈应用理论研究也有了重要进展。金涛、于欣、吴冠铭、岑云端、何玉竹、章英伦、陈金昆、温国鸣、覃国康等都是这一艺术领域的研究者。他们不仅对舞蹈作品进行批评研究,对广西的舞蹈创作所遇到的一系列问题也有涉猎。金涛的论文集《舞韵探踪》是这个时期的代表作。1988 年,由金涛、岑云端选编出版了《壮族舞蹈研究》文集,该书在普查广西民族民间舞蹈的基础上,收录了壮族舞蹈历史研究、壮族舞蹈本体研究的论文,是对壮族舞蹈系统性的研究。1992 年刘小春、丁战、苏斌主编的舞蹈论文集《桂东瑶族舞蹈探秘》,对地处广西东部的瑶族民间舞蹈的历史源流、文化内涵、本体形态等方面做理论的探讨和研究。1992 年《中国民族民间舞蹈集成 · 广西卷》出版,其以全区范围的民间舞蹈普查为基础,精选出广西各民族的具有代表性的民间舞蹈，详实地记述了这些舞蹈的基本形态、流布地域、文化背景、民族特色，具有很高的资料价值和学术研究价值，是一部凝聚了全广西舞蹈工作者心血的著作，也是一部广西舞蹈工作者必备的工具书。

在戏剧理论研究方面，广西戏剧界多次举办各类研讨会。通过理论研讨，总结剧作家们的创作道路、创作方法和创作风格，总结他们创作的经验得失，以此推动和促进广西戏剧的创作和繁荣。20 世纪 80 年代以来，广西戏剧研究逐渐深入和拓展，并取得了丰硕的成果，主要有：《广西地方戏曲史料汇编》《广西戏剧史料丛书》《广西戏剧史论稿》《广西地方剧种资料汇编》《中国戏曲志·广西卷》《中国戏曲音乐集成·广西卷》《桂剧表演艺术谈》《桂剧传统音乐资料》《壮剧艺术研究》《彩调艺术研究》《广西戏剧家丛书》《彩调剧词典》《广西戏曲音乐简论》《仫佬剧的诞生》《桂南采茶音乐》《师公戏音乐》《中国当代文学研究资料——〈刘三姐〉专集》《〈刘三姐〉丛书》等。对桂林文化城戏剧运动的研究也取得了重要进展，主要成果有《戏剧运动》(上下册)、《抗战时期大后方戏剧主潮论》、《纪念西南剧展四十周年座谈会资料集》、《西南第一届戏剧展览会文物史料选辑》、《欧阳予倩与桂剧改革》等。对话剧的研究，出版了《广西话剧志》，内部编印了《广西话剧志资料汇编》。20 世纪 80 年代后期，我国一些地区掀起“傩文化热”和“傩戏热”，广西是较早涉足这方面研究的地区，成果有《广西傩艺术论文集》《广西傩文化摭拾》等。20 世纪 90 年代以来，广西学者通过召开研讨会的方式展开对广西本土戏剧家的研究。如 1990 年的“周民震戏剧剧本研讨会”，出版了《周民震戏剧评论集》；1990 年的“尹羲表演艺术研讨会”，出版了《尹羲表演艺术谈》；1993 年的“韦壮凡戏剧创作研讨会”，出版了《得失寸心知——韦壮凡戏剧创作研究集》；1994 年的“王志梧剧作研讨会”，有《传统与革新的契合——漫谈王志梧同志的剧作》等论文；1994 年的“江波彩调艺术研讨会”，出版了《耕耘调子园——江波彩调艺术研讨会文选》；对话剧作家谢民的研究，有《追求、探索、创新——试论谢民的话剧创作》等论文。广西的戏剧家还针对戏剧出现危机的原因和如何走出低谷、戏剧革新之路等展开研讨，发表了一批颇有真知灼见的论文，如《风物长宜放眼量——谈戏剧的萧条与复苏》《居安思变——议论当前戏剧问题》《戏剧的繁荣离不开戏剧的评论》《戏剧还俗论——对广西戏剧现状的反思》《批判继承和反驳发现——戏剧发展的两条杠杆》《论戏剧的超越意识》《召唤失落的戏剧》《重建剧场》《戏剧改革的关键在于戏剧观念的更新》《形不离根神具新意——也谈戏曲的“老戏新演”》《略谈戏曲改革的三种途径》《着力塑造社会主义新人形象是戏剧当前的主要任务》等。

20 世纪 80 年代以来，广西的电影评论比较活跃，几乎每一部影片上映，都有影评发表。广西电影制片厂在相继拍摄了一系列广受欢迎和有影响的影片的同时，也组织开展了电影基础理论和应用理论研究。张万晨、方放、陈敦德、周民震、王敏之、毛正三、王建平、毛健等都是比较活跃的影视评论家。张万晨出版了理论专著《现代电影思潮》、论文集《新电影观》等。方放从 80 年代中期开始从事影视评论与研究工作，发表了《电影评论美学价值初探》《对群众影评现状的思考》《影视放论二题》等重要论文。他凭借深厚的理论基础和勤奋的耕耘成为影视评论界的带头人,是广西影视评论界影响较大、成果较多的影评家之一。周民震既是电影剧作家,又是电影评论家,他的《广西少数民族题材电影的探索》《中国电影少数民族题材探索片刍论》《喜剧电影笔谈》《探求人物形象的真实性——〈春晖〉创作的一点体会》和文章汇集《寸心篇》等,从把握电影艺术特性、深入生活、塑造人物形象,以及艺术构思等方面,谈了自己创作的心得体会,也是他对电影创作的理论主张和观点。王敏之、何丹、莫珍英、毛正三、杨长勋、李建平、柴立杨、赵宪庭、梁昭、巫育民、江建文、毛健、薛山明、唐正柱、王建平、孟国治等也撰写了较多的影视评论和论文。

广西美术创作成绩斐然,理论研究也十分活跃。《阳太阳艺术文集》是为著名画家阳太阳从艺 70 周年而编辑的文集,也是一项标志性成果。文集中收录了茅盾、刘海粟、艾青、王朝闻、李可染、蔡若虹、朱屺瞻的题词、题诗和 90 多篇评论文章,以及阳太阳的部分画作、诗文和创作年表,内容极为丰富而厚重。1986 年 12 月 15 日成立了以黄独峰为会长的"石涛艺术学会",开始以简讯等形式介绍石涛的画论以及研究石涛的各类学术成果。在此前后,发表了丘振声的《石涛论自然美与艺术美》、朱培钧的《杰出的画家石涛》等论文。刘益之出版了《桂林山水画法》,并先后发表了《论"气韵生动"与"神""形"关系》《六法论与中国绘画》《中国画笔墨谈》等论文,对中国传统画论所包含的丰富内涵、理论价值和现实意义,进行了深入系统的剖析和探讨。周楷的《绘画色彩学的一个新课题》《油画肌理的构成与处理》等专著,对绘画色彩和油画技法提出了新的论点。刘新是一位有成就的美术史研究专家,他的《远古的浪漫》《广西油画三十年之路》《广西美术 50 年》等是美术史研究的重要著作。周楷、帅民风在美术理论研究与批评上也取得了突出成果。进入 20 世纪 80 年代,对左江崖壁画又进行了多次大规模调查研究。1981 年,广西博物馆出版了《左江岩画》一书。1985 年,专著《广西左江流域崖壁画考察与研究》出版。随后,覃彩銮、喻如玉、覃圣敏合著的《左江崖画艺术寻踪》一书,对左江崖壁画作了较全面的研究。[3]这一时期美术界的研究视野较为开阔,研究队伍也具有了一定的规模。

广西书法理论研究日趋深入。广西书法家协会自 20 世纪 80 年代以来共举办了九届"广西书学研讨会",理论探讨的内容广泛涉及了书法艺术的本体特征、书法创作的艺术规律、书法欣赏的特性与差异、当代书法流派现象、书法教育改革、书法批评的理论规范与批评标准、广西书坛的现状、广西书法家协会的工作以及书法创作与市场经济发展的协调等学术课题,并编辑出版了两本《广西书学研讨会论文集》。1993 年出版了由陈丽梅、潘健、王敏之主编,广西民族出版社出版的书法论文集《广西当代艺术理论研究丛书 · 书法卷》。该论文集收入 20 世纪 80 年代至 90 年代初广西书法理论研究的论文 25 篇,较为集中地反映了改革开放初期广西书法理论研究的代表性成果。丁伯奎的《驼踪——李骆公书法篆刻集》,彭洋的《铸情 · 立品——论冼小前的书画艺术》,杨长勋的《文化的意义——潘立远和他的书法艺术》

等,则是研究书法家个人的专著。

20 世纪 90 年代,随着广西杂技艺术与时俱进、开拓创新的发展步伐加快,杂技艺术理论和评论工作也逐渐展开。王敏之、丘振声、罗征、丁岚、张国凡、邓如金、陆振辉、岑德光、肇涛、胡雄英、石榕、李少明等关心杂技艺术振兴的文艺理论家们和杂技界专家,纷纷发表文章,对杂技美学品格与特质、综合化创新道路、杂技艺术的民族化等方方面面的问题进行学术探讨。王敏之在河北吴桥全国杂技研讨会上,以《杂技:人的形体美的创造》一文对天津市杂技美学家唐莹的"杂技以技为主"提出异议,引发了广西文化评论家和杂技界人士的注目,从而促进了广西杂技艺术的研究与评论。王敏之多年来坚持不懈对杂技理论进行研究与探索,总结认为杂技艺术精品节目须经历不断修改、补充、丰富、淘汰等过程;同时肯定了杂技艺术创作上应该掌握的动静同一、物我为一、形神兼备的美学原则。罗征的《杂技人才培养的反思与变革》以"体育崛起对杂技育才的启迪""借鉴体育,呼唤杂技教育规范化"为主题,全面论述了杂技人才的培养要借鉴体育教育的必要性和重要性。《新世纪杂技资源市场化问题的探讨》则把关注的目光投向全国杂技艺术事业如何发展的重大课题。丁岚的《创新与提高》着重论述了杂技艺术的创新和怎样创新的问题,对杂技艺术创作者具有启示性价值,获得了中国杂技"金菊奖"理论作品二等奖。叶宁的《创造力是杂技创作的不竭源泉》获第五届中国杂技"金菊奖"理论作品奖。

王敏之、潘健、陈丽梅主编的《广西当代艺术理论研究丛书》,是这一时期重要的综合性成果,1993 年由广西民族出版社出版。全书约 120 万字,分为戏剧、音乐、美术、电影、电视、曲艺、书法、杂技、舞蹈、摄影等 10 卷,每卷单独成册。各卷收入了 1978 年至 1993 年间相关艺术门类的理论文章及对艺术家及其作品的评论,集中反映了广西艺术理论研究与发展的概貌,也显示了广西艺术理论研究与批评的水平。

70 年代末至 90 年代,是广西文艺理论与批评的复苏期和转型期。在广西文艺不断发展壮大的过程中,广西的文艺理论与批评也不断向审美价值立场回归。从最初单一的文艺的政治形态性追求,到对西方文艺思潮的关注;从对美的本质的深入探求,到多元理论的发展,广西理论批评走出了一条具有本土地域色彩的道路。批评家们研究挖掘民族文化美的特性,在丰富的民间艺术资源里获得滋养。在多元开放的时代背景下,作家、艺术家和批评家们共同开创了广西文艺欣欣向荣的新局面,使广西文艺活动空前活跃,也拓宽了广西文艺理论研究与批评的道路。

四 ‖ 文艺理论与批评的阵容与重要成果

1977 年至 1999 年的 20 余年间,广西文艺理论与批评一方面伴随着文艺创作的发展而发展,另一方面也开始以独立的姿态出现在文坛上,成为文艺事业的重要一翼。这一时期出现了许多重要的理论研究和批评成果,也涌现出了一批有影响的文艺理论家和评论家。

林焕平是一位在中国文坛享有盛誉的文艺理论家。他的著作主要收录在共 12 卷的《林焕平文集》中,文艺理论方面的论著有《抗战文艺评论集》《活的文学》《文艺的欣赏》《文学论教程》《文学概论初稿》《文学概论新编》等。作为文艺理论家,在长达 60 多年的学术生涯中,他持之以恒地致力于建设有中国特色的马克思主义文艺理论体系,并形成了自己较为系统的文艺思想。他的研究体现了理论与实际紧密结合的鲜明特征。林焕平是广西当代文艺理论建设的开拓者和奠基人之一。

黄海澄把研究哲学、美学、文艺学的方法有机结合起来,提出用以价值论为哲学基础的文艺理论来代替以认识论为基础的文艺理论,并运用信息论、控制论和系统论研究文艺问题。他以一系列富有创见的论文和《系统论、控制论、信息论美学原理》《艺术价值论》《艺术的哲学》三本重要论著,建构了自己的艺术理论体系——即系统论、控制论、信息论美学体系。他的理论研究成果在全国文艺界、学术界产生了重大影响,也为他赢得了全国性的声誉。

江建文对现实保持着敏锐的关注,在美学、文艺理论上注重难点、热点问题的研究。先后出版了《文艺理论问答》(合著)、《文艺美的拓展与超越》、《美的感悟》、《美的解读》、《诗笔写人生——徐志摩小说戏剧作品评析》等专著。其中《文艺美的拓展与超越》以独特的视角,对文艺学、美学的本质以及与人的关系做了新的阐述,揭示了各艺术门类的特点。无论从文艺学,还是从美学来看,都是一部具有开拓性意义的力作。

丘振声的研究领域比较宽泛,是一位有着多方面才华和建树的学者。他的成就主要体现在民族文化、古典文学和美学研究方面。主要著作有:《壮族图腾考》《文化 · 文学 · 民俗》《广西各族民间文艺研究丛书》《〈三国演义〉纵横谈》《〈水浒〉纵横谈》《中国古典文艺理论例释》《新竹集》《跋涉集》《山水美与山水诗》《桂林山水诗美学漫话》《艺术美》《艺术欣赏》《山水美学新论》(合著)等。

王敏之长期致力于当代文艺评论的写作,是八九十年代广西文坛最活跃最勤奋也最具影响力的评论家之一。他的评论有“三多”:涉及的艺术门类多,几乎每个艺术门类他都写过评论;涉及的作家、艺术家多,他评论过的作家、艺术家不下百人,其中对许多青年作家作品的第一篇评论都是出自他的手;评论文章多,达 500 余万字。1993 年 3 月,广西民族出版社将其文艺评论分别选编成《桂海文论集》《小说品鉴集》《民族文学研究集》《学艺集》等出版。他还主持编辑了《广西少数民族文学评论丛书》(共 10 卷)《广西当代艺术理论研究丛书》(共 10 卷)等。

梁超然敢于直视文坛,针砭流弊。他的目光始终关注着文坛兴衰。他的一些文艺评论从文艺现象入手,所论涉及道德、文化、社会生活诸多方面。他以敏锐的眼光观察文艺界出现的种种现象,对一些广有争议和反响较大的作品和论点进行深入细致的分析、品评和讨论。行文犀利泼辣,机智幽默,又充满学术气息。80 年代是梁超然文艺评论写作的高峰期,他对热点文艺现象敢于提出自己的观点。论文《鲁迅、柏杨异同论——评〈丑陋的中国人〉》在《文艺理论与批评》上发表后，引起了一场广受关注的争论。此后数年间，他用“迟樨”笔名发表了大量的杂文，由此成为在全国文坛有影响的评论家。他的文艺论文和评论主要收集在《文艺沉思录》和《三书斋漫笔》等书中。

陈学璞长期活跃在文坛上，在文学、写作学、秘书学等多个领域均取得显著成就，共发表论文和各类文章200多篇，独著和主编著作17部，代表作有论文集《玫瑰漫步——马克思主义文艺理论与实践》和论文《社会主义经济与写作生产》《广西文学的产业自觉》等。1992年在《文艺报》上发表的论文《论解放和发展文艺生产力》在全国率先提出了解放和发展文艺生产力问题，并做了深入的论述，引起文坛广泛关注。他的文学评论涉及广西和全国当代作家达70余人。他观察敏锐，敢于直言，热情关心和扶持文学新人。

杨炳忠自20世纪80年代以来，出版的著作有《邓小平文艺思想研究》（合著）、《同青年谈写作》《桂海文谭》《流金集》等20多种，发表论文100多篇。他热情关注广西文坛的创作与发展，对广西文学与文艺理论发展进行了较广泛深入的探讨。他的文艺理论研究与文学评论始终以马列主义的基本观点和方法为指导，力求从宏观上、整体上把握文学发展规律，具有较高的思想理论价值。他是这一时期重要的文艺理论家。

农冠品既是诗人又是民间文艺学家。他以大半生的精力投入到广西的民间文艺事业中，著有评论集《民族文化论集》另有评论作品被收入《广西当代作家丛书·农冠品卷》；主编民间文学专集《中国故事集成·广西卷》《中国歌谣集成·广西卷》；合作出版《岭南文化与百越民风》；参与《广西少数民族古籍丛书》的整理研究，完成了壮族史诗《布洛陀经诗译注》、壮族长歌《嘹歌》、瑶族史诗古籍版《密洛陀》《鹦哥王》等的翻译整理和出版工作。

过伟在民间文学研究中具有学术的敏锐感，不断开拓新领域，提出新观点，共出版著作50多部。主要有：专著《南方民间文化与民族文学》《岭南十二枝花》《讲古》；主编出版《中外民间诗律》《中国传说故事大辞典》《少数民族古代文论选释》《民间诗集》；论文《吴歌史上第三碑》《孟姜女传说在壮、侗、毛南、仫佬族中的流传与变异》等，引起学术界的重视和关注。

农学冠是一位诗人兼学者。他长期从事民间文学和中国少数民族文学研究，尤以岭南各民族神话研究成果最为厚重和富有创见。著有《槃瓠神话新探》《岭南神话解读》《瑶族文学史》（合著）等专著。

韦苏文致力于民间文学的挖掘、整理和研究，是一位有影响的民间文艺研究专家。曾参与《中国民间歌谣集成·广西卷》《中国民间故事集成·广西卷》《中国谚语集成·广西卷》三种丛书的编纂工作；出版了《壮族女性与文化》《壮族悲文化》《广西民间文学》《民间故事心理学》及《红水河文化与移民》等多部专著。

张泽忠是一位有成就的侗族小说家，同时执着于侗族文学与文化的研究，发表了《侗族古代部族王国的“哥德巴赫猜想”》《蛮荒美与栖居地的诗意选择——侗族古歌神灵思维模式的现代性追问》《侗族栖居法式的"人类学诗学"视角探析》等多篇有深度的论文;出版了理论专著《侗族歌谣研究》、《侗族民间文化审美论》(合著)、《侗族文学与文化》(法文版)等。

这一时期重要的理论研究成果还有:李衍柱、林宝全、潘必新主编的《马克思主义文艺思想的发展与传播》;王弋丁、陈仕金主编的《历史与美学的选择——毛泽东文艺思想新探》;王弋丁、陈运祐主编的《风展红旗如画——毛泽东文艺思想再学习》;颜运祯的《文艺理论思辨》;谢敏的《文艺理论简编》《文艺随笔》;刘盈亮的《文艺创作方法新论》;陈运祐的《为时集》;鲁西的《艺术意象论》;林建华的《中西文学比较研究》;雷耀发的《小说写作系统工程论》;刘泰隆、林志仪、雷锐的《鲁迅研究概要》;李耿的《鲁迅的艺术世界》;周鉴铭的《新时期文学》;黄绍清的《壮族当代文学引论》;刘江的《当代中国青春诗探秘》;胡树琨、姚代亮主编的《新中国文学四十年》;李超鸿的《边鼓集》;黄勇刹的《壮族歌谣概论》;韦其麟的《壮族民间文学概观》;潘其旭的《壮族歌圩研究》;黄桂秋、曹廷伟编著的《广西民间故事辞典》;覃桂清的《刘三姐纵横》《忻城土司史话》;黄革的《瑰丽的壮歌》;红波的《民族的精神寄托》;吴才珍的《仫佬族风情志》;王文光的《百越的源流与分布》;等等。

这一时期在少数民族文学研究与文学史编撰方面也取得了重大成就与突破。在中国社会科学院组织编写的《中国少数民族文学史丛书》中,广西担负壮、瑶、仫佬、毛南、京五个民族五部文学史的写作任务,分别出版了欧阳若修、周作秋、黄绍清、曾庆全等编著的《壮族文学史》,蒙国荣、王弋丁、过伟编著的《毛南族文学史》,龙殿宝、吴盛枝、过伟编著的《仫佬族文学史》,苏维光、过伟、韦坚平编著的《京族文学史》,农学冠、苏胜兴、黄日贵编著的《瑶族文学史》。王敏之与人主编出版了系列少数民族文学评论集:与雷猛发主编的《广西壮族文学评论集》,与朱慧珍、过竹主编的《广西苗族文学评论集》,与郑继馨、周东培主编的《广西侗族文学评论集》,与张萍主编的《广西瑶族文学评论集》《广西毛南族文学评论集》《广西京族文学评论集》《广西回族文学评论集》《广西彝族文学评论集》《广西水族文学评论集》《广西仡佬族文学评论集》等。

多元文化语境下的坚守与创新(2000—2009)

随着 21 世纪的到来和互联网技术的飞速发展,中国文化的多元化趋势发展迅速。对文学精神和艺术品格的捍卫成为批评家们重大的历史使命和自觉坚守的立场。广西文艺批评家勇于探索,敢于创新,视野开阔,才思敏捷,在重点关注文学的同时,也加强对各文艺门类的理性探讨,他们用自己智慧和敏锐的触角多角度全方位地展现广西文艺的成就与魅力。广西壮族自治区成立 50 周年之际,《文艺报》于 2008 年 12 月 4 日以两个整版篇幅推出系列评论文章,全方位扫描广西文艺 50 年的风雨历程,眺望新世纪广西文学艺术的发展前景。

一 ‖ 文艺研讨活动空前活跃

1995 年 12 月，为适应文艺事业发展的需要，在广西青年文艺理论学会的基础上成立了广西文艺理论家协会，这是广西文联下属的第十三个文艺家协会，也是全国成立较早的省级文艺理论家协会。该协会成立后，在优化整合文艺理论资源，进一步凝聚文艺评论家的力量，推动文艺理论与批评，弘扬主旋律等方面发挥出越来越重要的作用。进入新世纪以来，广西文艺理论家协会积极组织或参与组织各种文艺活动及学术研讨会，加大了文艺理论交流与研讨的力度，文艺理论与批评不断发展与创新。文学新桂军、相思湖作家群、桂西北作家群、北部湾作家群等群体的集体亮相，使广西文学创作与评论都迈进了空前繁盛的时期。除文学评论外，广西文艺理论研究的对象广泛涉及戏剧、音乐、舞蹈、美术、电影、电视、曲艺、杂技、民间文学、摄影、书法等众多的艺术领域，广西的文艺理论研究与批评出现了创新与发展的喜人局面。

广西文艺理论家协会一直十分关注广西本土文艺发展的新趋势、新现象和新成果，并对重要的作家作品及文艺现象进行及时的评介和研讨。先后策划、主持、参与组织或派代表参加了许多重要的研讨活动，如林焕平文艺思想研讨会，相思湖作家群现象研讨会，桂西北作家群研讨会，仫佬族文学研讨会，广西女作家作品研讨会，新世纪中国散文走向暨《广西散文百年》研讨会，杨映川、贺晓晴创作研讨会，林永格创作研讨会，班源泽长篇小说《市长秘书马若龙》研讨会，龙志小说作品研讨会，广西彩调艺术发展研讨会，21 世纪西部大开发—广西美术学术研讨会，黑衣壮文化保护与开发座谈会，广西文学艺术十三年现象座谈会，中国-东盟文化论坛，“新桂军”回顾与展望研讨会，全国刘三姐文化研讨会，全国第三届生态审美研讨会，第十五届海外华文文学国际研讨会，“理解 · 合作 · 共赢”——中泰友好 32 周年学术研讨会，全国古代文学研究方法创新专题研讨会，中国青年作家批评家论坛，多民族文学论坛，民族地区先进文化建设的格局和规律学术研讨会，广西文化产业发展研讨会，写作方法创新专题研讨会等等。还策划推动了南宁国际民歌艺术节暨中国-东盟博览会系列研究。这一系列学术研讨活动，对于营造宽松自由活跃的创作与批评氛围，推动广西文艺的发展起到了积极的作用。众多文艺大事件的发生，为广西文艺理论与批评的开展提供了重要契机与条件。

自 2000 年起，广西文艺理论家协会连续主持开展了七届“广西文联文艺评论奖”评奖活动，共评出三等奖以上的优秀评论文章 60 多篇，并推荐部分作品参评中国文联文艺评论奖，其中 8 篇分别获得二、三等奖。由于组织工作出色，2005 年广西文艺理论家协会被中国文联授予组织工作奖。

半个多世纪以来，从广西民族学院（现广西民族大学）走出了大批作家、诗人和评论家，形成了一个令文坛瞩目的人数众多的“相思湖作家群”，并成为南国文学天空的一道亮丽的风景线。2000 年 6 月,广西文艺理论家协会、广西民族学院联合主办的“相思湖作家群现象研讨会”在美丽的相思湖畔隆重举行。自治区党委常委、宣传部长潘琦,广西政协副主席梁超然,中国作家协会副主席韦其麟,上海《文学报》总编郦国义,《文艺报》编辑部主任石一宁,香港著名作家刘文勇及广西本土作家、评论家共一百多人和广西民族学院的一千多名各族师生参加了研讨会。潘琦在会上做了题为“造就二十一世纪文学新桂军”的重要讲话。这次研讨会对“相思湖作家群现象”形成的原因、背景、特点、意义和影响等,都做了深入的分析和探讨,给予了充分的肯定和鼓励,同时也对这个群体存在的不足提出了中肯的批评和忠告,对“相思湖作家群”今后的发展提出了很好的建议和思路,寄予殷切的期待和祝福。[4]

2001 年 12 月,由广西文艺理论家协会、广西作家协会和河池师专联合主办的“桂西北作家群研讨会”在龙江河畔风景秀丽的河池师专隆重召开。来自广西区内外的作家、评论家等共计 100 多人出席研讨会。会议就“桂西北作家群现象”进行了热烈的探讨。会议由广西文联主席蓝怀昌主持,潘琦做了《大石山里崛起的作家群》的长篇发言,就“桂西北作家群”形成的过程、基本特征、形成原因做了比较详尽的论述,最后对“桂西北作家群”提出了殷切的期望。《文艺报》代表石一宁,《花城》杂志社代表田瑛,均表示对“桂西北作家群”的热切关注与扶持。“桂西北作家群”研讨会是我区首次围绕地域性作家群体展开大规模研讨活动的大会。[5]

2007 年 9 月,自治区文联举办的广西文艺家北部湾座谈会在北海隆重举行,来自十三个艺术门类的百名文艺精英汇聚一堂。自治区党委常委、宣传部长沈北海出席开幕式并做重要讲话。潘琦、傅磬、黄德昌等文联领导、各文艺家协会负责人及部分代表在座谈会上发言。文艺理论家代表容本镇、石才夫、李建平、张燕玲、黄祖松、黄伟林、唐春烨、黄晓娟出席座谈会。容本镇代表文艺理论家协会在大会上发言。李建平、张燕玲、黄伟林等也在会上发言。北部湾座谈会首次提出了广西文艺“从山到海”的发展战略,强调要寻求广西文艺新的突破,要在新的历史时期再创辉煌!代表们普遍认为,这是继 1996 年“花山会议”后,广西文艺界又一次继往开来的、具有里程碑意义的重要会议,对今后广西的文艺创作与发展将产生重要而深远的影响。

2007 年 12 月,广西文艺理论家协会、广西民族大学和《广西日报》综合副刊部联合召开“2007 广西文艺论坛暨《文学桂军论》研讨会”。共 40 多位作家、评论家齐聚一堂,探讨“文学桂军”与广西文化建设问题。会上颁发了第七届广西文艺评论奖,并重点对 2004 年国家社会科学基金项目成果《文学桂军论——经济欠发达地区一个重要作家群的崛起及意义》(李建平、黄伟林等著)进行了深入研讨。与会者就“文学桂军”的形成与现状、《文学桂军论》的“文化学”意义、文学创作与文学批评的互动、理论自觉与呼唤“文学桂军”领军人物等几方面展开了热烈的讨论。在这次论坛上,潘琦首次对“文学桂军”提出了完整的定义:

所谓文学桂军，是生活和工作在广西的一批从事文学创作的当代作家，他们的创作思想、创作活动、创作理念、创作作品，具有鲜明的时代性、本土性、民族性、自强性、创新性和团队性，是新时期活跃在中国文坛的一支南方作家队伍。所谓时代性，就是我们作家的文化根底，是植根于中华民族文化五千年的文化根源，他们的创作体现了文化的时代精神、时代理念、时代风尚、时代境界，他们的作品没有离开文化传统，但又有明显的时代痕迹；本土性，就是他们的取材和选题、故事环境、人物的背景，都带有鲜明的本土性；民族性，他们的作品在语言、民族风俗、风土人情、文化娱乐、人物心理等方面都具有浓郁的民族的特征；自强性，文学桂军的绝大部分作家都是生活在艰苦的环境中，他们在最困难的条件下创作，在最艰难的地点起步，像东西、鬼子、凡一平、黄佩华、黄土路、潘红日等作家都是从山区里出来的，是吃着红薯、芋头、玉米或空着肚子写作的，起步都是在生活的最底层，自强性是文学桂军最显著的特征；创新性，就是作家们把理念创新、构思创新、语言创新、人物性格创新等结合起来，形成特有的创作理念和创作风格。就是这样一支志同道合、目标一致、风格各异、宽宏大量、团结和谐的广西作家队伍，他们为了文学事业共同努力着。这就是我们的文学桂军。

2008 年 12 月，由广西文联、河池学院、宜州市委市政府联合主办，广西文艺理论家协会等承办的“2008 广西文艺论坛”在刘三姐的故乡宜州市召开。论坛就广西民族文化的传承、融合与发展问题进行了热烈的讨论。期间还对长篇报告文学《走过硝烟的大学——浙江大学西迁纪事》进行了研讨。会后出版了论文集《广西文化的传承、融合与发展》一书。

广西文联文艺理论研究室、广西民间文艺研究室、《南方文坛》杂志社、《广西文学》杂志社以及《广西日报》综合副刊部等也组织或参与组织了大量的文艺研讨活动，有力推动了广西文艺事业的繁荣与发展。

二 ‖ 文学、美学理论研究与批评

新世纪以来，文学研究与批评仍然是评论家们最为关注并投入精力最多的领域，取得的成果也最为丰硕；美学研究则取得新的进展与突破。这一时期，涌现了一批有成就有影响的评论家和学者。

潘琦长期担任自治区主管文艺工作的领导，又是一位有成就的作家、评论家和书法家，是广西文艺界名副其实的领军人物。他的文艺评论高屋建瓴，善于从一个更高、更开阔的视野观察问题、发现问题，并重视如何解决问题。中国大百科全书出版社 2003 年 8 月出版了《潘琦文集》（共 9 卷），其中的《风格就是人品——文艺类论文集》《艺术就是情感——文艺类序言集》比较集中地选编了潘琦关于文艺理论和文艺政策的论述。潘琦关于文艺问题的一系列论述是新时期广西文艺发展过程的缩影。他始终如一地坚持文艺为人民服务、为社会主义服务的方向和“百家争鸣、百花齐放”的方针,并结合广西的实际,提出文艺要融入社会主义现代化建设的现实生活和伟大实践中,文艺工作者才会被社会所关注。他组织和主导制定和实施的许多新思路、新举措,为 20 世纪 90 年代以来广西文艺的跨越式发展起到了强有力的推动作用。

李建平的文学研究与批评成果丰富。20 世纪 90 年代,他就出版了《桂林抗战文艺概观》、《桂林抗战文学史》(合作)、《抗战时期桂林文学活动》、《抗战时期文化名人在桂林》(主编)、《新潮:中国文坛奇异景观》、《大地之子的眷恋身影——论端木蕻良的小说艺术》、《理性的艺术》等一系列著作。新世纪以来,他主持编辑和出版的《广西文学 50 年》《文学桂军论——经济欠发达地区一个重要作家群的崛起及意义》,从宏观上对广西文学的发展做了整体的描述、总结和分析,突破了以往文学批评与研究偏重对思潮流变的审视和作家作品的解读的思维模式,拓展了文学研究的视野,丰富了文学研究的内涵,把广西文学研究的水平推上了一个新的高度。

张燕玲在全国文坛有较高的知名度并卓具影响。作为中国文坛有影响力的批评家,曾被聘为茅盾文学奖第五、六、七届初评委,第六届评委,第四届鲁迅文学奖评委。她以女性批评家敏锐的目光和影响力成为当下广西青年作家积极的发现者和推荐人,并为推动广西文艺理论和批评的发展、把广西文艺整体推向全国做出了积极的努力和重要贡献。作为主编,她把《南方文坛》打造成为“中国文坛的批评重镇”。她的主要理论与批评著作有:《感觉与立论》《大草原——玛拉沁夫论》《广西当代作家丛书·张燕玲卷》《批评的本色》等;还主编了《南方批评书系》《南方论丛》等多种丛书。张燕玲的散文创作也取得了令人瞩目的成就,出版了散文集《此岸彼岸》等。

黄伟林是一位有着很强的当代意识和现场感的评论家。他长期关注和跟踪广西及全国当代文学的创作与发展,撰写了大量的作家作品评论和学术论文。他迄今出版了《桂海论列》《转型的解读》《文学三维》《中国小说家群论》《孔子的魅力》等评论集和专著。其中《转型的解读》获第六届全国少数民族文学“骏马奖”,是广西文学评论的一部重要著作,从书中可以看到新时期广西文坛的重要作家、文学现象与发展的大致脉络。《中国小说家群论》以与众不同的视角与构架,将贯穿中国当代文学史不同时期的小说创作群体进行分类评述,框架宏大而层次分明,并且在诸多方面均有新的突破,显示出鲜明的特色与亮点。

杨长勋是新时期以来活跃在广西文坛并在全国有影响的评论家。他思维敏锐,视野开阔,著述丰富。先后出版了《广西作家与民间文学》《骆越诗潮》《艺术的群落》《文艺新视野》《话语的边缘》《艺术学(第一卷)》《余秋雨的背影》等评论集和专著。杨长勋研究与批评的领域广泛,涉及文学、美术、戏剧、音乐、电影、电视、民间文艺等诸多方面。《余秋雨的背影》是他耗费多年的心血撰写的一部传记体的研究专著,出版后成为畅销书,并引起文学、文化界的关注和重视。

张利群致力于现代文艺批评学的构建，理论研究成果卓著。主要著作有《批评重构——现代批评学引论》《文学批评原理》《辨味批评论》《中国诗性文论与批评》《庄子美学》等。其中《批评重构——现代批评学引论》是一部对构建现代批评学具有重要意义的著作，体现出作者开放的学术态度和深厚的理论功底。

徐治平是一位多产而有影响的散文作家，在理论研究与批评方面也卓有成就。主要理论著作有：《散文美学论》《散文诗美学论》《中国当代散文史》等，其中《散文诗美学论》获“中国当代优秀散文诗理论集”奖。其主编的《广西散文百年》是第一部广西现当代散文发展史，具有填补空白的意义。

唐正柱重视弘扬主流文化，他的文艺评论也重视把握主流文化的脉搏，善于从文化的视角审视文艺问题，对广西的文化资源有较深入的了解与研究，视野开阔，看问题准确、敏锐。作为文学桂军阵容中一位重要的评论家，他的特点是以一个文艺部门的官员身份却拥有对文学较为超脱纯正的审美眼光。主要论著有《谈诗》《真与美的握手》等，主编《红水河文化研究》《广西城市传记丛书》等。

容本镇的研究与批评涉及多个领域，其中尤以中国少数民族文学和广西本土文学的创作与发展为关注重点，并在创作上倾注了较多的热情。著有论文集《文学的感悟与自觉》、长篇小说《古海角血祭》、长篇历史文化散文《岭外汉风》等；主编或合作出版了《悄然崛起的相思湖作家群》《名著趣典》《写作成语类典》《写作学教程》《时代足音》《多只眼睛看东盟》《书香花艳四月天——诗琳通公主访问广西民族大学纪实》《广西民族文化的融合、传承与发展》等。以《张承志小说论》为总题目的九篇系列论文，是对著名回族作家张承志的小说创作进行全面而系统论述的重要成果。作为第三届广西文艺理论家协会主席，为广西文艺理论研究与批评的活跃与发展发挥了重要的组织与推动作用。

黄祖松结合新闻传媒人的特点，从时代与现实的需要出发，着重从理论上对广西文化现象及方针政策进行研究与阐析，形成了其“大文化”研究的特色。他从“经济的落后与艺术的先进”理论出发研究广西的文艺现象，指出广西文艺发展完全有可能超越其经济发展速度；通过对“广西文化生态特点及利用策略”的研究，阐明了广西文化生态多样性、包容性、突发性的特点。他主要策划和主持的“文化九人谈”“文化十人谈”等在《广西日报》发表后产生了广泛影响。代表作有《文化思闻》等。

王建平在文学、影视研究方面均取得了突出的成绩。他的《重读〈寒夜〉》《〈呐喊〉中不应该被忽略的一声“呐喊”——〈头发的故事〉解读》被学术界认为是重读文学名著热潮中的代表性论文；《文学史不该缺漏的一章——论20世纪旧体诗词创作的历史地位》《论王礼锡的诗歌创作》等被《新华文摘》《人大复印资料》转载，在全国产生了影响。他同时发表了《广西电影故事片创作的历史轨迹》《光影世界活色生香——广西影视剧50年发展综述》《多姿多彩的广西抗战电影》等论文和大量影视评论。

周作秋、黄绍清、欧阳若修、覃德清在《壮族文学史》的基础上修订出版了《壮族文学发展史》,这是迄今为止最全面最系统的一部壮族文学史著作,体现了壮族文学研究的最新成果和总体水平。老一辈批评家雷锐主持出版了国家社会科学基金项目研究成果《壮族文学现代化的历程》,进一步推进了壮族文学的研究。

这一时期,广西还涌现出了一批有实力的中青年批评家,他们有着良好的教育背景,思想敏锐,视野开阔,善于思考,并积极参与文艺理论研究与批评活动。较有代表性的有刘春、冯艳冰、张萍、陆卓宁、李运抟、陈祖君、黄晓娟、张柱林、马树春、温存超、覃可霖、王绍辉、苗军、董迎春、唐春烨等。刘春的《一个人的诗歌史》,李运抟的《中国当代现实主义文学六十年》,陆卓宁的《海峡两岸文学——同构的视阈》,陈祖君的《两岸诗人论》,黄晓娟的《雪中芭蕉——萧红创作论》,张柱林的《一体化时代的文学想象》,马树春的《中国当代流行歌曲的文学阐释》,温存超的《秘密地带的解读——东西小说论》,覃可霖的《写作思维学》,王绍辉的《当代广西文学的审美文化研究》,苗军的《在混沌的边缘处涌现:中国现代小说喜剧策略研究》等专著,都是有分量的文艺理论研究与批评成果。

美学作为一个重要的学科门类,在学术研究与当代文化建设中有着独特而重要的地位。新时期以来,广西的美学研究取得重要进展和一批前沿性成果,并在全国产生了影响。王杰主要致力于马克思主义美学、审美人类学研究。20世纪90年代就出版了《审美幻象研究》《马克思主义与现代美学问题》两本学术专著,受到了学术界的好评。进入21世纪后,他转向审美人类学研究,发表了一系列重要论文,出版了《审美幻象与审美人类学》《审美人类学与马克思主义美学的当代发展》(与海力波合作)两本著作。王杰在建构审美幻象理论体系时,为当代美学研究开拓出一条思考艺术与意识形态关系问题的新思路,为建立现代马克思主义美学形态提供了新的可能性。王杰是新时期以来较早在全国产生重要影响的美学家。

袁鼎生在生态美学研究与建构上站到了全国的学术前沿。他于20世纪90年代开始转入生态美学研究领域,陆续出版了专著《西方美学主潮》《审美场论》《审美生态学》《生态视域中的比较美学》《民族生态审美学》《教育审美学》《生态艺术哲学》《生态审美学》(与黄秉生、黄理彪主编)等。在这一系列著作中,初步建立了生态美学新的话语系统,形成了独特而完整的研究体系,在此基础上力求从逻辑、历史、应用三个维度建构生态美学学科。

朱慧珍的《民族文化审美论》,朱慧珍、张泽忠等著的《诗意的生存——侗族生态文化审美论纲》,彭会资的《民族民间美学》,江业国的《生态技术美学》,罗坚的《先秦审美意识发展史》,朱寿兴的《美学的实践、生命与存在——中国当代美学存在问题研究》和《人的美感性存在研究》,黄秉生的《壮族文化生态美研究》,顾凤威的《美的解放——审美生活化散论》,李大西的《慧眼看世界——关于生态美感本质的思考》等都是这一时期美学研究的重要收获。

三 ‖ 音乐、舞蹈理论研究与批评

广西是海内外闻名的“歌海”，进入 21 世纪以来，音乐创作在全国乐坛上异军突起，初步形成了“八桂音乐”的特色和品牌。音乐理论研究与批评的自觉与深入开展，有力地推动了广西音乐的创作，在民族化与现代化相结合的道路上迈出了坚实的步伐，取得了重要的进展。

2001 年，广西民族音乐舞蹈研讨会在红七军的诞生地百色举行。来自全区各地的音乐、舞蹈艺术家与文艺理论家等 70 余人出席了研讨会。与会专家就如何构建壮族音乐舞蹈语言体系，提炼打造广西民族音乐舞蹈品牌；如何看待和强化创作新精神，推动精创作；如何加强民族音乐舞蹈人才培养等重大问题进行了热烈的讨论。研讨会收到了 20 多篇学术论文，其中麦展穗的《广西歌曲创作思考》，吴远雄的《谈音乐创作中的本土意识与现代意识》，黄朝瑞的《漫谈广西音乐的本土意识与时代性》等都提出了自己独到的思考与见解。

2002 年 12 月，广西音乐家协会在南宁召开了“怎样唱好一首歌”声乐研讨会。60 多位区内著名的歌唱家、声乐教育家、理论家、作曲家、青年歌手、音乐制作人等齐聚一堂，围绕着“怎样唱好一首歌”的主题以及由此引申出的问题，从各个不同的角度和层面进行了深入的分析和探讨。会议气氛热烈，各抒己见，有反思，有展望，有争议，有认同。潘琦、蓝怀昌、傅磬等文艺界领导及众多专家在会上发言，畅谈自己的思考和看法。

2003 年 6 月，广西音乐家协会又在北海市召开了“怎样写好一首歌”研讨会暨签约词曲作家座谈会，对音乐创作进行了专题研讨，这是继“怎样唱好一首歌”研讨会之后的又一次重要的理论研讨活动。与会的广西知名音乐家及第一、二届签约词曲作家们，以音乐人的责任感与使命感，以“怎样写好一首歌”为主题，就创作理念上的突破、创作实践及推广等话题展开了讨论。会议还邀请了广东著名音乐人陈小奇、陈洁明前来参与研讨。

广西那坡壮族“尼的呀”音乐被誉为天籁之音，打造壮族“尼的呀”音乐品牌，是广西音乐人着力追求的重要目标。“尼的呀”音乐具有鲜明的民族性、浓烈的生活性、生动的娱乐性、独特的艺术性和很强的可塑性。潘琦、傅磬、麦展穗、胡红一、唐春烨、黄桂秋、李娜等音乐艺术家和理论批评家都写过相关的文章进行分析探讨，呼吁人们关注和重视“尼的呀”的音乐创作。

在广西音乐界，徐月初对俄罗斯音乐理论的研究、翻译与介绍成就斐然。他的两部重要译著《普罗科菲耶夫》《俄苏复调音乐史》具有很高的学术价值和借鉴意义，是我国音乐理论翻译与研究的重大成果。2004 年《徐月初音乐文集》（上、下册）由漓江出版社出版。文集包括论文、译文和译著三个部分，共 60 多万字，是一部理论性、专业性、学术性很强的著作。徐月初被誉为八桂乐坛德高望重的一代宗师。

20 世纪末以来，舞蹈理论研究与批评的队伍不断壮大，黄小明、李江、张小春、韩德明等纷纷加入到舞蹈批评和舞蹈应用理论研究的行列。在这一研究队伍中,黄小明取得了比较突出的成绩,主编出版了《中外舞蹈鉴赏语言》《音乐教育理论与学科教学研究》《高师音乐舞蹈教学论》等著作。黄小明主要是从教学实践与理论相结合的方面进行研究,丰富了舞蹈应用理论研究的范围。2004年12月由上海学林出版社出版的金涛、韩德明等主编的《中华舞蹈志·广西卷》,从专业史志的角度对广西民族民间舞蹈做了全面的、史实性的、系统性的研究。韩德明、韦玺撰写的《世纪的跨越——广西文学艺术十三年现象研究》一书中的舞蹈部分,对广西舞蹈界在十三年中的作品创作(包括创作群体和创作理念)、理论研究、教育和普及、代表性作品的内涵、舞蹈家等方面进行了研究和归纳,对广西舞蹈从文化的层面做理性的扫描,具有较强的理论性和系统性。

四 ‖ 民间文艺、美术、书法理论研究与批评

进入21世纪,广西民间文学研究继续散发出学术魅力,并取得突出成果。过伟的《中国女神》是一部研究五十六个民族一千多位女神的专著,书中梳理和总结中国女神有三大传承方式:典籍传承、口头传承、民俗传承。从神话宏观理论贡献而言,它概括了中国女神的多元一体性、原始性等十六性;指出中国女神与希腊女神的三大差异性。就神话微观理论贡献而言,作者对一些神话的内涵、神灵的性质独出心裁地提出自己的看法。这部专著体现出过伟在民间文化研究方面的深厚功力和对民族民间文化的热爱。《中国女神》是过伟的第五十部著作,也是他进行民间文学理论研究的一座高峰。[6]

廖明君的《壮族自然崇拜文化》以马克思主义“两种生产”的理论为指导,运用人类学、神话学、民族学、考古学、民俗学等学科的理论和相关材料,全面,系统、深入地考察与研究了壮族自然崇拜文化,填补了壮族文化研究的一项空白,具有较高的理论意义和学术价值。

过竹在民族文化研究方面显示出了深厚的理论功力,并取得了丰硕的成果,出版了《苗族源流史》《南方民族文化探幽》《苗族神话研究》等有分量的著作。

新世纪的广西美术创作迎来了新的发展时期,“漓江画派”开始走向全国,走向世界。美术理论研究也取得了显著的成绩。2001年,中国美术家协会机关刊物《美术》和广西美术家协会召开的《西部大开发——广西美术发展理论研讨会》在南宁召开,大会全面研究了广西美术的现状和发展方向。2002年,自治区党委宣传部和广西美术家协会两次召开会议研究广西美术的发展问题,宣布把“漓江画派”作为广西文化发展战略第五战役实施。2003年,“漓江画派”理论研讨会在桂林召开,广西美术界正式在全国树立起自己的旗帜——漓江画派。

在美术理论研究与批评方面,刘新、苏旅、谢麟等成果突出。刘新是美术史专家,出版了《广西美术五十年》及多部中国近现代美术史专著,他在美术史研究和美术评论上颇有建树,他为促进广西美术理论的发展与创作研究水平的提高做出了积极的贡献。他的《风景,对广

西美术的当下和未来有多重要——略谈“漓江画派”的形成与前途》《从地域出发的现代演进之路——新时期广西美术历时性述评》等文章，对广西美术创作现状及漓江画派的形成与发展进行了研究。谢麟是一位有成就的油画家，同时也是一位有影响的美术理论批评家，发表了《中国当代美术的价值标准》《当代中国油画的现状与思考——从第 10 届全国美展看中国油画的价值取向》《中国当代美术“民族性”的确立》《“北部湾画风”的形态及审美特征》等许多重要论文和文章。苏旅对“漓江画派”有深入的思考与研究，发表了《延续文脉延续美丽——关于“画布上的漓江”》《现代南方的新田园诗画风——漓江画派的艺术风格和审美特征》《漓江画派：现代南方的新田园诗画风——浅论漓江画派的审美特征与艺术风格》等一系列论文，为打造漓江画派做出了理论上的贡献。李华的《漓江画派的发展历程》，张鸣的《关于漓江画派的新田园诗画风印象——谈漓江画派的继承和创新问题》，左剑虹的《漓江画派的“风”与“格”》，毛茂林的《试论漓江画派的文化定位》，梁耀的《论漓江画派的学术意义及生存价值》等论文，都为打造漓江画派提出自己的看法和见解。《美术界》是广西文艺界的一份有影响的重要期刊，一直伴随着广西当代美术创作的发展，为广西的美术理论研究与批评提供了重要的平台和助推力。

在书法界，书法理论研究与批评受到高度重视，打造“八桂书风”成为广西书法家共同追求的目标。广西书法家协会积极倡导和开展书学理论研究，坚持举办“广西书学研讨会”，并将学术研讨与书法展览结合起来，推动理论研究与创作实践齐头并进。书法理论与批评相当活跃，成效明显。黎东明发表了《当代中国书法现代性的艺术表达机制》《当代书法表意实践的困境及其策略》《“八桂书风”与书法传统重建论纲》《大众文化时代的书法艺术现代性问题》《当代中国书法现代性的艺术表达机制》等论文，对“八桂书风”与书法传统重建、书法艺术现代性等问题进行了深入的思考与阐述。危磊的论文《书法艺术的生命韵律与活力美》《书法艺术中的龙蛇意象探隐》《中国书法艺术的曲美之韵》《中国艺术的尚圆精神》等，从美学和艺术的角度对书法艺术进行了富有创见的探讨。

五 ‖ 戏剧、电影、电视艺术理论研究与批评

广西堪称戏剧大省（区），广西的精品戏剧在全国广受关注和好评。批评家们也越来越多地参与到戏剧理论研究之中，如顾乐真、林超俊、王建平、唐春烨等。顾乐真于 2002 年出版的专著《广西戏剧史论稿》，是一部具有重要史料价值和学术研究价值的著作，被戏剧学者章诒和称为“是一部难得的补阙之作”。[7] 壮剧是民间传统戏剧，于 2006 年入选第一批国家级非物质文化遗产名录。对广西壮剧艺术进行保护和研究，是广西文艺界面临的一项重要课题。对于壮剧的研究，文艺界发表了一系列有深度的论文，包括黄晓娟的《守护民族文化中的差异美：壮剧保护的思考》，陈丽琴的《传播学视野下壮剧的传承与发展》，黄怡鹏的《数字化时代

广西壮剧艺术的保护与传承》,黄幼霞的《浅析北路壮剧的民间性》,甘天龙的《北路壮剧——田林的文化品牌》等。另外,王建平的《简论广西粤剧的危机与生机》《壮族“芭蕾”的魅力——评大型壮族舞剧〈妈勒访天边〉》,陈学璞的《广西彩调如何面对挑战》《广西:戏剧艺术的沃土》,康忠慧的《民族主义视野下的桂林抗战文化运动:以戏剧运动为中心的考察》,廖明君的《广西民族民间戏剧调查研究》,危磊的《中国戏曲表演艺术的圆美观》,唐春烨的《经与纬的编织》等,从不同的侧面对戏剧艺术进行研究与探讨。林超俊的《让民族戏剧之花再次盛开》获第六届中国戏剧文学奖论文二等奖。

影视艺术是年轻而发展迅速的艺术门类。对电影、电视艺术研究与批评成绩最突出的是王建平。他发表了大量影视评论,主持或参与《广西电视剧现状与发展研究(1998—2008)》《广西影视剧产业现状与发展研究》等多项重大课题的研究,并形成了有影响的成果。他还直接参与电影《冰雪同行》的创作。2007 年他当选为第五届广西“十佳电视艺术工作者”,是获此称号的唯一评论家。何丹主编出版了国家广播电视总局规划的专业教材《电视文艺》,受到业界好评;还出版了专著《声屏导论》,发表了一批论文和评论。莫珍英长期关注广西电视剧的创作和发展,先后发表了《如何加快广西电视剧产业化进程》《一部讲述老百姓故事的艺术佳作——浅析电视剧〈响亮〉的艺术特色》等许多有见地的论文和评论。秦忠出版了《中国当代文艺论丛》之一《电视剧艺术论》。孟国治在《广西广播电视报》上开设“国治专栏”,发表了数十篇电视剧评论。一些评论家也开始了影视艺术研究与批评,陈学璞、刘攀、温存超分别发表了《对电影实施精品战略的思考》《文学影视化的审美价值分析——广西文学的产业化现象研究》《边缘的崛起——论广西文学与影视热现象》等。

电影《冰雪同行》是一部向广西壮族自治区成立 50 周年献礼的重大题材影片。2008 年 12 月,广西文艺理论家协会和广西电影制片厂联合举行了专家座谈会,对影片进行了全面深入的研讨。容本镇、李华荣、李建平、陈学璞、王建平、王绍辉、韦明刚、陈亦遇等参加了座谈会并发言。专家们充分肯定了影片取得的成功,认为是广西电影制片厂转制后走上新台阶的重要标志。《广西日报》《专家学者论坛》等报刊发表了专家们的发言。

六 ‖ 杂技、曲艺、摄影理论研究与批评

杂技艺术是广西的强项之一,在国内外都享有很高的声誉。在杂技理论的研究上广西也取得了许多重要成果。丁岚的《面对新世纪杂技艺术的走向》一文获 2001 年第三届中国杂技“金菊奖”理论作品三等奖,《创新与提高》一文获 2003 年第四届中国杂技“金菊奖”理论作品二等奖和 2005 年“广西文艺评论奖”优秀论文奖。刘华的《运用科学理论指导杂技教学》获中国中等艺术教育学会第 18 届年会论文二等奖,《浅析中等艺术学校杂技教学中存在的问题及对策》获中国中等艺术教育学会第 19 届年会论文三等奖。罗征的《新世纪杂技资源市场化

问题的探讨》获 2001 年第三届中国杂技“金菊奖”理论作品一等奖,《杂技人才培养的反思与变革》获 2003 年第四届中国杂技“金菊奖”理论作品一等奖,《现代体育理论对杂技教学的借鉴与作用》获第四届中国文联文艺评论奖三等奖。唐春烨的《试析杂技艺术创作的民族风格》获第七届中国杂技“金菊奖”理论作品优秀奖。

广西曲艺源远流长,品种繁多,具有很强的地方特色和浓郁的生活气息。对曲艺的研究,也逐渐受到理论界的关注和重视。2001 年 9 月 5 日,广西曲协在桂林荔浦县银子岩景区召开了“广西曲艺发展与先进文化的前进方向研讨会”,自治区党委宣传部、桂林市委宣传部、广西文联领导以及学者、专家共 50 余人与会。会议回顾了广西曲艺发展历程和近年来所取得的成就,以“三个代表”重要思想为指导,深入分析和总结了所取得的成功经验,并就在新世纪、新形势下如何代表先进文化的前进方向,如何在尊重曲艺特点和传统的基础上体现与时俱进和创新发展的时代精神,如何加强人才的培养和促进力作的推出,如何使曲艺走向市场与现代接轨等一系列热点、难点问题进行了深入的探讨。这次会议改变了曲艺家的思想观念,对广西曲艺创新发展起到了极大的推动作用。

1993 年出版的《广西当代文艺理论研究丛书·摄影卷》比较集中地展示了摄影艺术的理论研究与批评成果,该书共收入论文 30 篇。进入 21 世纪以来,在摄影理论批评方面主要体现在对作品的评论、赏析和对摄影家的评介上。重要的论文有《在零的突破中奋起——广西摄影艺术跃上新台阶》《风雨兼程光影路——广西摄影家协会历练 13 年》《施兴良:心贵于诚艺贵于新》《文绍军:情缘常在山水间》等。

随着多元文化和文化产业的蓬勃发展,评论家们也把目光投向了这一领域,并取得了许多重要成果。以广西文艺理论家协会会员为骨干编撰的《广西大百科全书·文化卷》《广西通志·文学艺术志》成为权威的工具书。广西文艺理论界还参与了自治区党委宣传部策划组织的《桂北文化研究》《红水河文化研究》《环北部湾文化研究》《西江文化研究》《刘三姐文化品牌研究》等重大项目研究。2005 起先后由黄健、李建平主持编撰的《广西蓝皮书·广西文化发展报告》,每年出版一本,至 2009 年已出版了 5 本。黄理彪的《图书出版美学》,黄健的《出版产业论》,黄筱娜的《文化转型与民族文化建设》,过竹的《南方民族文化论》,甘安顺的《中国文化创新论》等都是有创见有分量的论著。黄祖松、陈学璞、容本镇等先后于 2005 年 4 月、2006 年 8 月、2007 年 11 月策划组织了“文化建设八人谈”“文化建设九人谈”“文化建设十人谈”专家座谈会。《广西日报》各以两个整版的篇幅刊登了专家发言,海内外共有 50 多家网站予以全文转载。三次座谈会的思想成果在社会上产生了广泛的影响。

七 ‖ 对外交流与合作日趋活跃

进入 21 世纪以来,广西文艺理论界的对外交流与合作呈现出活跃的趋势。许多访问、展览、演出等活动,也同时伴随着学术上的探讨与交流。

2000—2007 年,广西杂技界艺术团先后赴越南、缅甸、柬埔寨、马来西亚、印尼、沙特阿拉伯、奥地利、新加坡、菲律宾、韩国、澳大利亚等国访问演出,与国外文化艺术界进行广泛的交流。广西杂技团还根据中越两国合作协议为越南培训杂技人才。

2002 年 4 月,张燕玲作为中国作家协会代表团成员出访美国,进行了系列文学交流与研讨。

2006 年 6 月,自治区党委、政府首次在北京举办阵容强大的“2006 北京·广西文化舟”活动,黄德昌、容本镇分别担任组委会办公室文学组正副组长,参与筹备和组织了“广西文化舟”的相关活动。东西、鬼子、凡一平、张燕玲等作为参加“广西文化舟”活动的广西文化名人,在北京大学等著名学府与首都高校师生进行了座谈对话,介绍和宣传了广西文学艺术所取得的成就以及丰富多彩的广西民族文化。在这次活动中,还在中华世纪坛举办了《魅力广西美术精品展》,受到美术界权威人士和媒体的高度评价。

2007 年,“漓江画派——彩色广西油画精品展”应邀在法国巴黎举办,首次走进欧洲的漓江画派受到法国美术界和媒体的关注和好评。同年,作为“2007 马来西亚·广西文化舟”活动的重要项目,漓江画派精品展在吉隆坡展出,同样受到马来西亚文化界和媒体的广泛关注,在社会上引起了强烈的反响。

2007 年 9 月,泰国诗琳通公主和中国著名摄影家赵丽塔女士的“两段旅程同一目标”摄影艺术展在南宁市隆重举行,容本镇和泰国驻南宁领事办公室主任拉蒂坤·詹素里亚共同负责筹办摄影艺术展。包括泰国驻中国大使馆大使、泰国驻广州总领事馆总领事在内的众多国内外嘉宾出席了开幕式并参观了展览。这次摄影艺术展的举办,增进了广西与泰国之间的相互了解和文化交流。

2007 年 12 月,由泰国外交部、泰国驻南宁领事办公室主办的“理解·合作·共赢——中泰友好 32 周年”国际学术研讨会在南宁隆重举行,容本镇应邀出席并在大会上做了发言。

2008 年 4 月 15 日,由泰国驻南宁领事办公室、广西民族大学、广西文联主办,广西民族大学文学院、文学影视创作中心、广西作家协会、广西文艺理论家协会、广西写作学会承办的“中泰文学交流座谈会”在南宁举行。泰国驻南宁领事办公室主任拉蒂坤·詹素里亚、泰国作家协会主席查梅潘·邦坤邦、广西文联主席潘琦及 30 多名中泰两国的著名作家、文学评论家出席了座谈会。座谈会由容本镇主持。潘琦对泰国作家代表团的到来表示热烈欢迎。他热情地指出,泰国文学界作家代表带来了泰国作家们的深情厚谊和丰富的文学创作经验,是广西文学界学习和了解泰国的好时机,让中泰作家结下了深厚的友谊。广西文联副主席黄德昌,广西文艺理论家协会副主席、《南方文坛》主编张燕玲分别介绍了广西文学的概况和中国最高文学奖设立情况。座谈会上,中泰两国的作家、评论家们各抒己见,就中泰文学方面感兴趣的问题进行深入探讨和广泛交流。这次座谈会对于中泰两国文学尤其是广西与泰国文学界开展更加务实有效的合作与交流，具有重要意义。

2009年3月，应台北市文化教育交流发展协会的邀请，以广西文联副主席、广西写作学会副会长赵如锋为团长的广西文艺界赴台考察团一行十三人，在台湾进行了交流考察活动。考察团成员先后拜会了中国国民党副主席蒋孝严先生、国民党中常委周守训先生、台湾“立法院”副院长曾永权先生、“中华民族文化艺术交流协会”秘书长蒙天祥先生等政界、文化界知名人士；与多个文化学术机构进行了座谈交流；还参观了台北“故宫博物院”、著名画家李梅树博物馆、莺歌陶瓷博物馆、奇美博物馆、朱铭美术馆等文化景点。这次访问，开拓了桂台文化交流的新途径，增进了桂台文化界的相互了解和友谊。

2009年5月，应泰国作家协会的邀请，以东西为团长，凡一平、黄晓娟、范浩鸣等为成员的广西作家代表团赴泰国访问，得到了泰国作家协会主席查梅潘·邦坤邦女士以及来自泰国各地作家、诗人、评论家的热情接待，先后在曼谷、大城和清迈等地与当地作家文人开展了广泛的文化交流活动。代表团受广西民族大学、广西作家协会的委托与泰国作家协会在曼谷签署了(广西)中-泰文学合作项目实施方案。根据双方商定的合作方案，将在泰国和中国同时出版发行《中泰当代文学作品选》(暂名，泰文版和中文版)，双方各选本国当代优秀短篇小说5篇，诗歌10篇，小说评论1篇，诗歌评论1篇汇编成书。这是广西与泰国文学界开展实质性合作的良好开端。

2009年5月，以黄德昌为团长，谢麟、郑军里、阳山、黄宗湖、戴延兴、王庆军、徐贵忠、邓军、韦艳芳为成员的广西美术代表团，随自治区主席马飚担任团长的广西经贸文化代表团赴台湾访问。在台北同时举办“2009·台湾——广西漓江画派精品展”和“两岸书画名家交流会”。广西美术代表团团长、广西文联副主席黄德昌和台湾“青年发展促进协会”理事长周守训先生签署了双方合作协议书，开启了广西文化界和台湾文化界合作的先河。这次两岸大型美术交流活动，被台湾媒体誉为两岸美术交流的“破冰之旅”。访台期间，歌舞剧《刘三姐》在台湾多个城市的演出也获得了巨大成功，其艺术魅力倾倒了台湾社会各阶层的无数观众。这次访台活动，充分展示和宣传了文化广西的良好形象。

结　语

新中国成立六十周年来，广西的文艺理论与批评事业走过了起步、挫折、复苏、发展的曲折历程。伴随着共和国前进的步伐，广西文艺理论与批评的发展既与中国当代文艺的发展相契合，同时又深深植根于民族本土文化环境。广西有悠久的历史文化传统、特殊的地域条件和多元的文化背景，形成了多元形态的广西文艺创作与理论批评的面貌。六十年的风雨历程，广西文艺理论与批评取得了令人鼓舞的成就,特别是改革开放以后,广西文艺理论与批评人才辈出、硕果累累。广西文艺理论与批评队伍已成为推动广西文艺事业向前发展的一支重要力量!

[注释]

[1][2] 李建平等:《广西文学50年》,150、154页,漓江出版社2005年版。

[3] 参见广西壮族自治区地方志编纂委员会编《广西通志·社会科学志》,广西人民出版社1999年版。

[4] 参见大禹、蒙胧《相思湖:少数民族作家的摇篮——相思湖作家群现象研讨会综述》,载《广西民族学院学报(哲学社会科学版)》2000年第5期。

[5] 参见银建军、廖学新、何述强、谭为宜《"桂西北作家群"研讨会综述》,载《河池师专学报》(社会科学版)2001年第3期。

[6] 参见蓝怀昌主编《世纪的跨越:广西文学艺术十三年现象研究(下)》,411—412页,广西人民出版社2007年版。

[7] 参见章诒和《守住民族的根——〈广西戏剧史论稿〉序》,载《南方文坛》2002年第5期。

[参考文献]

[1] 王敏之、潘健、陈丽梅主编:《广西当代艺术理论研究丛书》,广西民族出版社1993年版。
[2] 广西壮族自治区地方志编纂委员会编:《广西通志·社会科学志》,广西人民出版社1999年版。
[3] 马学良、梁庭望、张公瑾主编:《中国少数民族文学史》(上、中、下),中央民族出版社2001年版。
[4] 农学冠、黄日贵、苏胜兴:《瑶族文学史》(修订本),广西民族出版社2001年版。
[5] 广西壮族自治区地方志编纂委员会编:《广西通志·文学艺术志》,广西人民出版社2002年版。
[6] 广西文联编:《广西文学艺术界联合会第七次代表大会文件汇编》,1999年(内部版)。
[7] 广西文联编:《广西文学艺术界联合会第八次代表大会文件汇编》,2007年(内部版)。
[8] 广西文艺理论家协会编:《广西文艺理论家协会第三次代表大会文件汇编》,2007年(内部版)。
[9] 刘新:《广西美术50年》,广西美术出版社1999年版。
[10] 颜乐真:《广西戏剧史论稿》,中国戏剧出版社2002年版。
[11] 傅磬主编:《广西音乐文集》,漓江出版社2004年版。
[12] 张燕玲、张萍选编:《南方批评话语》,广西人民出版社2004年版。
[13] 李建平等:《广西文学50年》,漓江出版社2005年版。
[14] 李建平、黄伟林等:《文学桂军论——经济欠发达地区一个重要作家群的崛起及意义》,中国社

会科学出版社 2007 年版。

[15] 蓝怀昌主编:《世纪的跨越:广西文学艺术十三年现象研究》,广西人民出版社 2007 年版。

[16] 容本镇主编:《悄然崛起的相思湖作家群》,广西民族出版社 2002 年版。

(原载《南方文坛》2010 年第 6 期)

2011年

对民族精神和时代精神的不懈追求

蓝怀昌创作论

□ 李建平

蓝怀昌，当代瑶族文学的代表性作家。他自1971年开始文学创作，在近40年的文学道路上出版有长篇小说《波努河》《魂断孤岛》《一个死者的婚礼》《北海狂潮》《残月》5部，小说集《相思红》《广西当代作家丛书·蓝怀昌卷》2部，诗集《蓝怀昌诗选》1部，长篇报告文学《云山朗月》(与冯艺合作)、《杨再勇·生命大境界》(与潘荣生合作)2部，传记文学《一代战将李天佑》1部，散文集《珍藏的符号》《巴楼花的儿女》2部，论著《瑶族歌堂诗述论》(与李荣贞合作)1部，主编《世纪的跨越：广西文学艺术十三年现象研究：1989—2002》1部。此外，还创作了八集电视剧《虎将李明瑞》，电视剧《月香》、《血融》(上、下)，歌词《挑着好日子山过山》等，收集编选歌谣集《瑶族细话歌选》，与人合作收集、翻译、整理一万多行的布努瑶创世史诗《密洛陀》。其中，《珍藏的符号》获全国第六届少数民族文学"骏马奖"，《杨再勇·生命大境界》获中国报告文学学会"共和国脊梁"特等奖，歌词《挑着好日子山过山》获全国"五个一工程"奖，《密洛陀》获全国民间文学一等奖，《瑶族歌堂诗述论》获全国首届民族文学研究成果奖，《波努河》获首届广西文艺创作"铜鼓奖"。

瑶族，被称为是大山的民族。蓝怀昌，这个从广西都安大石山区走出来的瑶族子孙，载荷着瑶族人民的重托，在中国当代文坛上发出了自己民族的声音。

一 ‖ 为古老民族深情歌唱

瑶族的历史十分悠久。著名民间文艺理论家蓝鸿恩认为：瑶族的祖先，是"早在中国历史进入氏族社会时期，和华夏族群相并存的三苗族群"[1]。2000年人口普查数据显示，瑶族人口有二百六十三万，主要分布在南方云、贵、湘、粤、桂、赣、琼等省区，广西是瑶族的最大聚居区,有一百七十万人(2008 年数据),在东南亚、美洲也有不少的瑶族人居住。

蓝怀昌是在瑶族山寨里长大的,瑶山的草木是他儿时的玩伴,瑶族的山歌故事是他的精神食粮。他说:“我的母亲是一个有名的歌手,小时候,听她唱山歌,几乎忘记了饥饿的苦恼。我祖母最懂得故事,也最懂得寨俗。”蓝怀昌大学毕业后于 20 世纪 70 年代初到广州军区战士歌舞团工作,他是在那里任创作员时开始文艺创作的。在部队那几年他主要创作歌词和剧本。1976 年,蓝怀昌转业回到家乡,到广西河池地区文工团工作,几年后调任地区文化局局长。故乡的山山水水,山寨的民情风俗,如三月的雨,如五月的风,不时淘洗他的灵魂,激荡他的情怀。他渐渐明白:“瑶族是一个有创造性的民族,她以不断开拓来塑造自己的灵魂”,他表示:“我发誓决不离开自己民族的生活而去当一个不完整的人。”[2] 因此,在他回到故乡的头几年时间里,他以极大的热情和大量的精力投入到民族民间文学的搜集整理与研究工作之中,立志为传播民族优秀文化而奋斗,为自己的民族歌唱。

怀着对自己民族文化的崇敬之情,他一头埋进了收集整理民族歌谣和神话传说的田野调查活动中。此时期他最重要的收获是收集、翻译、整理了布努瑶创世史诗《密洛陀》。瑶族没有文字,所以过去没有文人,其诗歌是属于人民群众和歌手共同创作的,属于民间文学而不是文人文学。《密洛陀》只是经本民族的师公在举行“还愿”活动时的唱叙流传,外人无法得知。于是,在 1982—1983 年里,他与蓝书京、蒙通顺三人先后花了近一年时间深入都安、巴马两县布努瑶聚居区的东山乡等地,向七八十岁的老师公蒙风标、罗仁祥、蒙金贵、蒙玉开等采录对照,最后综合成初稿,再逐章逐句翻译出来,又经过整理加工和艺术修饰,终于完成了这部一万三千多行的《密洛陀》民间史诗,1988 年 8 月,由中国民间文艺出版社出版。蓝怀昌等人,通过瑶族文学经典《密洛陀》,向世界展示了自己民族的形象,发出了自己民族的心声。

密洛陀是布努瑶(瑶族中的一支)的崇拜神,是传说中的创世母性始祖。《密洛陀》史诗的内容十分丰富。它包括三部分内容:第一部分讲述布努瑶的密洛陀和她的儿子们创造天地万物的业绩;第二部分讲经过民族战争的失败之后被迫迁徙流浪的经历;第三部分写布努瑶繁衍分支的各个支系家谱。这部史诗歌颂了密洛陀创造宇宙万物、创造出山川平地湖海森林以及一切生物的功绩,如太阳、月亮高悬天空,对人们施展它们的淫威时,是密洛陀派她的儿子们把它们射杀,凶猪、妖猴、魔虎肆虐残暴时,是密洛陀派她的儿子们去斩除等英雄事迹。这充分表达了布努人征服、改造大自然的愿望以及顽强的战斗精神和压倒一切的气概,同时也鼓舞着这个民族战胜困难、战胜强暴、勇敢坚韧地生存和发展。

在蓝怀昌的另一个作品——长诗《撒旺》(即情歌)中,也可以看到对密洛陀的歌颂:

密洛陀给我们创造天空,
密洛陀给我们创造大地,
大地宽得我们走不完,

天空高得我们望不尽，
只要我俩打同年，
就会和天地一样稳定。
太阳是密洛陀用金子做的，
那是你的一颗心，
月亮是密洛陀用银子做的，
那是我的一颗心。

显然，密洛陀是这个民族的典型化身，代表着整个布努瑶的民族精神。蓝怀昌等收集、翻译、整理的《密洛陀》，汇集了布努瑶漫长的历史，包容着布努瑶深厚的文化，被称为“布努瑶创世史诗”。《密洛陀》为瑶族文化立起了一块丰碑。

与此同时，蓝怀昌还收集、整理、编选了本民族的歌谣集《瑶族细话歌选》，1988年8月由中国民间文艺出版社出版。他还和李荣贞合作写作论著《瑶族歌堂诗述论》，对民族歌谣作系统论说。该书获全国首届民族文学研究成果奖。

在努力继承瑶族民间文化传统和艺术精神的同时，蓝怀昌还努力学习兄弟民族的优秀文化和艺术，不断扩充自己的民族文化修养和艺术水平。1979年春，在河池举行的少数民族文艺会演中，由侗族老琵琶歌手演唱的一首侗族叙事琵琶歌吸引了他。他与覃承勤深入侗寨采集了七名歌手的唱词，加以综合和翻译，最终整理出了将近一千行的侗族叙事琵琶歌《梅娋》。《梅娋》述说了女英雄梅娋为民除害，有勇有谋，牺牲自我，斩杀恶蟒，最终被蟒毒所害但却换来了侗寨的吉祥和安康的故事，歌颂了侗族人民反抗邪恶，顽强斗争的勇敢精神。《梅娋》在1980年《广西文学》第10期发表，获得了民族文艺工作者的广泛赞誉。著名歌手、诗人黄勇刹发表评论说：“《梅娋》的问世，说明我们多民族的广西诗歌花园里，又开出一朵异彩奇香的鲜花——都勒山上的多耶花。”[3]《梅娋》后来获广西少数民族文学创作奖。

多年来收集整理民族歌谣、神话传说的实践，不仅进一步充实了蓝怀昌的民族文化素养，也不断激发了他的民族自豪感和为民族深情歌唱的愿望。他在20世纪70年代末到80年代初的几年里，创作了《试心石》、《撒旺》、《源远流长》（《广西文艺》1977年第5期）、《绿海流萤》（《民族文学》1981年第3期）、《红军锅》（《广西文艺》1978年第3期）、《达努节之夜》、《题给故乡的桃树》、《楼顶明镜》（《广西日报》1981年3月10日）、《望夫云》（《民族文学》1981年第3期）、《金殿紫薇》（《柳州文艺》1981年第2期）等几十首诗作。其中，《绿海流萤》写得尤好。这首写傣族割胶姑娘的诗作，以入夜胶林绿海里飘移的串串流萤，清晨渐渐升起的漫天红云，林间飘洒的“湿漉漉的歌”，凤冠竹楼上的“彩色筒裙”等，构造出生动奇妙的艺术形象，烘托出含蓄、优美的意境，是一首最能代表蓝怀昌诗歌创作特点且艺术性颇高的佳作，该诗在《民族文学》发表后，《新华文摘》1981年第9期转载。以后，蓝怀昌又创作了《神母诞生》《神秘的波努河》《燃烧的格鲁花》《致桃花少女》《套鸟》等诗作,并汇成一本《蓝怀昌诗选》(广西民族出版社 1990 年版)。《蓝怀昌诗选》分为“燃烧的格鲁花”“神秘的波努河”“雅典的早晨”“女神的故乡”四辑,共 78 首,诗作大抵延续了 80 年代初期的民族抒情风格,也增添了一些哲思,光从《探索》《然后沉思》《秋思》《幽思》《沉重的梦》等诗作的题名,就可看出诗作融有他对民族发展的深度思考。例如在《我那丑小屋》中,小屋成为古老民族的意象:“我的梦总向我倾诉/我那小屋夜间常啼哭/深陷的眼睛里/流出恨流出苦流出孤独”,于是,有了诗人的热血沸腾:“我的良心滴着血墨/让思想在烈火中成熟”,为了民族的振兴,他要把“唐代的马蹄/清朝的铜鼓/再把一个美/锁住——直到藏进坟墓”。可以看出,此时蓝怀昌的诗作,已不再是单纯的赞歌,而是在抒情中融入思考,表达深沉的情感,颇有思想深度,增加了诗的厚重。

蓝怀昌对民族民间神话传说和山歌所做的收集、整理、翻译和研究工作以及相关的诗歌创作,构成了他创作早期的一个重要收获,也为他后来的文学成长和创作迈上更高的台阶打下了坚实的基础。

二 ‖ 创作出瑶族文学的新章

正当蓝怀昌在诗歌创作领域放声歌唱的时候,一个信息刺激他转向了小说创作。80 年代初,他在读《瑶族文学史》初稿时发现,“我的民族到了 80 年代,在现代文学的创作上,几乎还是空白。尤其是小说创作,给执笔写文学史的同志带来过苦恼”。于是,他下了最大的决心,开始小说创作,“写我的民族,写我的父老,写我的山寨,写那些和我的民族共同开拓生活的兄弟民族”[4]。他决心为自己的民族开创小说艺术这一文学新篇章。

很快,蓝怀昌在《广西文学》1981 年第 11 期发表了短篇小说《双喜临门》,这个小说与莫义明的《瑶山一枝花》、蓝汉东的《卖猪广告》在同一年一道面世,成为瑶族文学史上的第一批小说作品。接着,他在 1982—1984 年的三年时间里,相继创作发表了短篇小说《画眉鸟叫了》《紫竹林里的琵琶声》《格鲁花枝上的小米鸟》《竹报平安》《达努节之夜的婚礼》《寄马》《在高高的木楼上》《娱乐节的烦恼》《九塘圩琐事》《画眉笼里的格鲁花》《钓蜂人》《五叔的微笑》《曼里寨新歌》《布鲁帕牛掉下了眼泪》《静悄悄的夏夜》《密密的甘蔗林》《苦菱花环》《寄马》和中篇小说《悠悠滴水曲》《哦,古老的巴地寨》《将军泪》《相思红》《瑶王出山》《绿色的火焰》《幽谷里的爱》等二十多部小说作品,一下子完成了由诗人到小说家的转变。他的一些小说,很快就由广西民族出版社在 1984 年里结集为小说集《相思红》出版,著名作家陆地为小说集写了序言。自此以后,小说创作成为蓝怀昌一生文学追求的主要着力点。他的这批小说,连同后来创作的长篇小说《波努河》《北海狂潮》等,为当代瑶族文学的成型和发展,添加了新的篇章,奠定了牢固的基石。蓝怀昌也因此成为瑶族文学最具代表性的作家。

蓝怀昌的小说在表现民族生活、追求民族精神方面具有较高的文学成就，具有浓郁的民族特色。蓝怀昌作品的民族特色首先表现在题材上，他在描述瑶民的生活图景、表现瑶族风情韵味方面写得很出色。他的作品，再现了少数民族尤其是瑶族人民的生活，写出了社会生活的历史与现实，似一幅幅民族风情画，更似民族发展的一部部史诗。他的代表作《广西当代作家丛书·蓝怀昌卷》中收入的《瑶王》《紫色的杜鹃花》《寨上有风有雨》《将军泪》《将军恨》《绿色的火焰》《那片红云》等各篇，都记录了瑶、壮、彝等少数民族的生活场景和历史故事。小说中有众多的瑶族民俗描写，如砍牛、打猎、男女青少年“玩表”、唱细语歌以及婚礼、葬仪，等等，写得十分生动又符合情节发展和主题表现的需要。蓝怀昌作品的民族特色也反映在主题上，他的作品有民族的发展和进步的内涵。他早期创作的一些小说如《钓蜂人》，选取瑶家钓蜂的习俗，在叙写古老的民族风习中融会了新的社会风尚，把个人报恩的凡人小事升华到民族关系和党群关系的高度来加以描绘，显示了作家在提炼主题上独特的审美眼光和能力。短篇小说《双喜临门》反映了瑶民在极度贫困和根深蒂固的封建迷信压抑下造成婚姻上的痛苦，并通过父女两辈人在斗争中取得胜利、各自获得美满姻缘的故事，表现了一个落后民族在新时期的觉醒与进步。《画眉笼里的格鲁花》在叙写瑶山“娱乐节”的活动中，触及了瑶族男女青年婚姻上尚存的一些陋习，反映了瑶族进步青年为破除旧习俗而进行斗争。蓝怀昌作品的民族特色还体现在民族人物的塑造上。他笔下的民族人物，刚健勇敢，勤劳善良，以其鲜明的性格特征打动着读者，像《瑶王》里的“瑶王”蒙光平，《将军泪》《将军恨》里的柳清、月秀、达花，等等。值得注意的是他 90 年代创作的一个儿童文学题材中篇小说《放飞的画眉鸟》，虽然仅有七万字，但它无论在题材、主题还是人物性格的塑造上，较之他 80 年代的小说都显得更为成熟，更有力量。小说反映了新一代瑶族青年对少数民族生存现状的反思和发展道路的探索，反映了他们的新追求、新奋斗。主人公月亮嫂，是一个有知识、有理想、眼界开阔的青年女子。她一心想改变瑶寨一代代穷困的境况，但她单薄的身躯在民族的陋习和生活的重压下倒下了，她将她的意愿和希望寄托在表妹娅昵的身上。她所体现出的新时代的民族精神，在娅昵身上得到了继承。娅昵在月亮嫂和表哥的帮助下，如放飞的画眉鸟一样，到广阔的天地自由地飞翔了。蓝怀昌为自己的民族，为瑶族文学史留下了一个动人的形象：“我的月亮嫂即使倒在追求的路上，流下的血，也还要变成一朵花，把清香留在人间……”民族生活的艰难，民族发展道路的曲折，民族精神的“清香”，通过蓝怀昌的小说和其中的人物形象，深深地震撼着读者的心灵。

长篇小说《波努河》是蓝怀昌 80 年代小说的代表作。它反映了瑶族人民在改革开放后摆脱贫困、解放思想的艰难历程。波努人（又称“布努人”）是瑶族的一个分支，祖祖辈辈居住在中国南方的西部山区。小说围绕开发波努山这一中心事件，描写了华夏、金龙、昌隆三个家庭的矛盾和青年男女之间的爱情生活，将改革时代的艰难、婚姻恋爱的悲喜、山寨生活的变迁，等等，汇成绚丽的民族风情画卷，反映了波努人在改革开放大潮的推动下，从神秘而蛮荒的古老山寨走出来,进入了繁华富裕的现代社会。小说对民族生活的展示和民族精神的追求有了更丰富的表现。

三 ‖ 时代精神的新追求

20世纪90年代后,广西的改革开放步伐加快,特别是1992年党中央制定构筑西南出海大通道规划,把广西推到改革开放的前沿,蓝怀昌敏锐地感应着时代的脉搏,真切地意识到文学家参与改革开放的重大责任,创作思维开始跳出一个民族的视点,很快转换到时代变革和社会变迁的焦点上,创作重心也较多地由农村、山寨转变到城市、企业里来,作品中的时代精神体现得更为充裕强烈。

他的这一创作转变在长篇小说《北海狂潮》(漓江出版社1997年版)里表现得最为强烈。《北海狂潮》贴近改革现实,写出了1992年至1994年北海由一个渔村小镇变成开放都市的改革历程,写出了现代化建设高度发展的历史变迁。小说视野开阔,磅礴大气,人物勾勒真实有力,是第一部也是迄今最有分量的一部反映北海开发建设的长篇小说,也成了蓝怀昌最具时代精神的创作收获。

《北海狂潮》塑造了一批意义深刻、形态各异的人物形象。珍娘一家,是北海建设者的缩影和代表。珍娘以坚韧的生活信念和博大的爱,养育了海珠、海琼、海猫三个儿女,还收养了孤儿卷毛狗、方舟,他们长大成人后,分别成为北海新一代的建设者——船长、企业家、工程师、政府官员。珍娘在晚年,又将一颗爱心和全部精力,投到福利工厂和福利院,投入到为残疾人谋求幸福的工作中。珍娘,是北海开发建设最根本的基石,是人性中最可贵的爱的化身。

大浪淘沙,鱼龙混杂。1992—1993年北海开发建设中骤然涨起的"狂潮",是在几十万来自海外、全国各地和北海本地的各类人物的共同汇涌下,为着实现自己的理想或目标而渐渐汇成巨浪狂潮的。其间,土地规划局贺九九副局长和他的外甥张科长,是建设狂潮中的腐败分子和污浊人物。他们"凡逢求人办事,都要到酒吧去首先联络感情一番,吃了,喝了,还要找那些漂亮的小姐陪他卡拉OK一番,跳他个贴面舞一回"。还有一个具有暴发户特征的人物柳宝鼎。他在北海掷酒斗富、沉溺女色、行骗投机。他们构成了"北海狂潮"中一股夹杂着污泥臭水的浊浪。小说中的这些人物,有着鲜明的时代特征和深刻的寓意。

《北海狂潮》里所追求所表现的,是物欲大潮之中,人的精神的高贵与永恒。珍娘身上的爱,表现的是一种母亲的爱。赞扬与歌颂伟大的母亲,这是蓝怀昌在创作初期整理翻译《密洛陀》时就涌起的炽热情感,奠定的创作信念。在蓝怀昌的心怀里,自己民族最古老的母亲是开创世界的人,她那开天辟地的作为和她的存在,"让人觉得巨人的灵魂和她的整个存在在扩展,广大到无穷无极。她可以把忧伤和贫困扑灭,也可以把抑郁的、冷酷无情的灵魂撕裂。让人挺起胸来做人,让人欢笑着去面对痛苦”[5]。在《北海狂潮》中,蓝怀昌塑造了被称为“北海之娘”的母亲形象。她不仅养育了真正的北海人——海珠、海琼、卷毛狗、海猫等等,还把爱的情怀,洒向更广阔的领地:建福利工厂、福利院、招待所。她是北海这片神奇的土地的母亲。为此,好多人称她为“北海之娘”。在其他建设者如李士白、方舟、海琼、海珠、卷毛狗等人身上,爱,主要表现为一种祖国之爱、乡土之爱。他们将对家乡的爱,投到北海的建设中,以智慧与辛劳、正直与坚毅,建造起了一座年轻而美丽的城市。

北海狂潮,是物欲泛滥之潮,也是精神拼搏之潮。大浪淘沙,邪恶丑陋被历史巨力卷走,高尚美善如伟岸礁石留存。小说写出了北海演进的历史,写出了现实中生活的各面、人性的丑恶种种,包罗万象,发人深省,耐人寻味。小说《北海狂潮》,以感人的艺术形象显示了深刻的思想内涵和高贵的艺术品质。

通过《密洛陀》《波努河》《北海狂潮》等作品可以看出,蓝怀昌既喜欢追思民族的历史,久远的年代,也积极追随时代奋进的潮头,叙写时代精神。蓝怀昌就如一棵大树,根扎在民族的沃土里,故乡的山峰、树林、野果、繁花、竹枝、青藤、玉米、南瓜、茅屋、猎枪、牛铃、唢呐、酒歌、神话等等,构成了他的枝干,而向上伸展的枝叶,在吸收着广袤蓝天的阳光雨露——世界文化的营养、时代风云的激荡。这种把民族性与时代魂纠结锻造的创作追求,成就了蓝怀昌的文学创作。

还可以对蓝怀昌追寻时代精神的创作表现再展开论述的是他的两部记录时代先进人物的长篇报告文学。一是他与冯艺合著的长篇报告文学《云山朗月》(广西民族出版社 1999 年版),记述的是无私奉献,忘我工作,率领大石山区群众脱贫致富的基层干部王任光。他们深入王任光的家乡,走访了与王任光一起生活和工作过的群众,掌握了许多感人的生活素材。他们为王任光的事迹和精神所感动,以强烈的亲身感受和富于艺术魅力的艺术表现手法,塑造了感人的艺术形象,写成了颇具艺术感染力并颇有时代精神的报告文学。另一部是与潘荣生合著的报告文学《杨再勇——生命大境界》(广西民族出版社 2001 年版)。这是一部艺术性很强、时代感很强、政治性很强的作品。作者在艺术上注重剪裁和构思,在情节上不是平铺直叙主人公的生平经历,而是选取了他退休后的创业波折和创业成功后的贡献等事例,以表现他的思想境界为主要写作内容。前一部分内容有波澜有故事,后一部分内容有色彩有激情。全书在勾画杨再勇形象时,突出了他的无私品格和高尚境界,为时代,为人民塑造了一个先进模范人物典型。

综观蓝怀昌近四十年的文学创作,他的作品形成了这样的品格:既是有民族特色的,又是有强烈的时代精神的;不离乡土,又超越乡土,追求世界性艺术品格。我们祝愿他在今后的创作道路上取得新的收获。

[注释]

[1] 蓝鸿恩:《密洛陀·序言》,见《密洛陀》,3 页,中国民间文艺出版社 1988 年版。

[2] 王敏之、张萍主编:《中国瑶族作家研究集》,1—2 页,广西文联文艺评论研究室,内部印行。

[3] 黄勇刹:《奇香异彩的多耶花》,载《广西文学》1980 年第 11 期。

[4] 蓝怀昌:《土地·阳光》,载《文学情况》1985 年第 18 期。

[5] 蓝怀昌:《爱恨情随》,载《广西文学》2010 年第 11 期。

(原载《南方文坛》2011 年第 2 期)

“弃医从文”和“弃文从医”问题简论

□ 罗瑞宁

引　子

最近看邱华栋著的《文坛高峰对话》一书，发现其中一段邱华栋与阎连科的对话，颇有耐人咀嚼的地方。当邱华栋发问：“你说你想弃文从医，这和鲁迅刚好相反，这是什么回事？”阎连科这样回答：

> 这是因为我切实地体会到，文学的力量是非常薄弱的。社会是一堵四面不透风的墙，而文学只是从这面墙下一掠而过的微风。鲁迅是看到我们这个民族有着巨大的悲哀，比如国民性问题，他认为这个问题是我们民族的疮疤，是万伤之源，他企图用文学作品来疗治这种创伤，来切除我们民族身上的这个瘤子。所以，他弃医从文，为根治国民性这个问题写作一生，也战斗了一生。其结果呢？就是如上所述，国民性问题不仅仍然存在，而且更为复杂，更为根深蒂固，这是我感觉到文学的力量不能超过文学自身的范围。我们不能希望文学像手术刀一样，能手到病除。在我十几次到艾滋病村之后，我深刻地体会到，那些农民需要的不是文学，而是医疗。我想我如果是个医生，我将给他们带去切实、具体的帮助，可是我是个作家，我不能给他们带去这些。老实说，我们写的那些小说，在乡村这个土地上生活的农民，他们是不需要的。他们决然不看我们的作品。这不是说他们看不懂的问题，而是说他们从根本上就不需要这些东西。这是一对矛盾，他们是我的写作对象，是我们写作的原型，是文学的原生活、原故事，可是他们却不看这些，不关心这些。所以，我有弃文从医的念头。当然，这也都是念头而已，我的年龄已经不允许我丢掉文学去做别的任何事情了。[1]

读完以上内容，笔者不禁产生一连串的疑问：第一，阎连科的回答透露出怎样的作家处世理念？又该怎样来认识阎连科回答中所涉及的鲁迅现象？它们是否同样是“时代作家”的偏颇？怎样来看待这样的偏颇？第二,作家该为(或能为)谁而创作？更具体地,新文化运动以来,那些纯粹以疗救别人(比如阎连科所说的“农民”)为宗旨的“精英文学”,在这个“文化多元”“杂声共处”“太平俗世”等特征越来越明显的当下时代,还能有多少回旋余地？第三,作为“时代作家”,怎样来认识自己的“生命本质”;或者,作家生命有没有一种本体性的规定,即所谓“本质”呢？如有,该怎样描述,等等。这些疑问可以进一步概括为——有关“时代作家”思维(处世理念)的“偏颇性”与“作家生命本体”关系这样的一个总的文论话题。这样的话题,在一定程度上说,已经成为横亘于整个现当代中国文学创作话语里诸多“现代性”问题其中之一,值得深入探讨。

一 ‖ “弃医从文”和“弃文从医”都是“时代作家”的偏颇

显然,从阎连科回答的文本看,这里边至少可以挖掘出两个方面总共三个层次的偏颇。

第一个方面,鲁迅“弃医从文”的偏颇。鲁迅因自己所处的时代及个人经验——中医“害死”他的父亲,以及自己留学过程中处处亲眼看到的“看客国人”形象——普遍麻木、糜烂的“国民性”。鲁迅清醒地认识到,在他的那个时代,对于国家和他个人而言,切除民族文化精神毒瘤的紧迫性甚于疗救国民躯体的各种病痛。于是,鲁迅毅然决然要更弦改辙、“弃医从文”,进行一辈子的文学创作;以绝对的逆子形象,甩笔泼墨当标枪匕首,与封建礼教文化展开殊死拼杀。鲁迅的拼杀成全了他作为“中国民族文化脊梁”的生命夙愿。同时,作为封建文化的决裂者,鲁迅对于传统文化的批判,显然是刺刀见血、招招致命;但也因此难免有时会存在着矫枉过正的地方,比如鲁迅对中医的否定,从今天的角度看,显然并非完全科学。何况作为人类生命体之一——“一个人”存在的鲁迅,因他特殊的、也是艰巨的人生选择,而要付出沉重代价。鲁迅确实没有办法周全地照顾好自己的生命,至少在对待自己的身体方面,作为文化斗士的鲁迅,终其一生,可谓殚精竭虑,一辈子只能是一副瘦硬的忧患模样。鲁迅终于不可避免地积劳成疾,以至早早离开人世。这不能不说是一种生命本体性的遗憾。这遗憾多少也证明了鲁迅处世理念的偏颇。但毋庸置疑,正是这样的偏颇成全了鲁迅作为一名现代作家的伟大。

另一个方面,阎连科“弃文从医”的偏颇。包含有两个互为因果关系的层次:其一,阎连科对于鲁迅看法的偏颇。从阎连科的言语来看,阎连科显然认为鲁迅所有的努力已经失败并且完全没有意义;相反,还导致了更坏的局面。因为,鲁迅“弃医从文”“写作一生”“战斗了一生”,但他欲解决的“国民性问题”“不仅仍然存在,而且更为复杂,更为根深蒂固”。这里,阎连科的话语中显然存在着逻辑问题。国民性问题仍然存在并且更为复杂和根深蒂固这样的“果”,绝非鲁迅当年弃医从文所种下的“因”！假使从一开始没有鲁迅以及众多像鲁迅一样的新文化运动先贤大师的出现,我们今天的中华大地且不说还有没有所谓“国民性问题”,恐怕就连中华民族这样的人种及其文化存在都成了问题。当然,阎连科并非仅仅针对鲁迅一个人,他无疑是从根本上对包括鲁迅作品在内的所有的现当代文学创作所具备的巨大历史文化意义提出了自己的质疑。这样的质疑,在国人文化界绝非仅仅阎连科一人;中国新老“文化保守主义者”对于包括“五四”在内的新文化运动从来就没有停止过质疑甚至是发难,可谓“至今已觉不新鲜”,没有什么值得大惊小怪的。阎连科当然没有完全地否定文学,但他是明确地表达:“文学的力量是非常薄弱的”“我感觉到文学的力量不能超过文学自身的范围”。按阎连科的说法,文学就只能是无足轻重的“自恋”把戏了。这显然是有些偏颇的,因为与历史事实不甚相符。历史一再告诉人们:社会的每一次巨大变革,其实都少不了文学力量因素的强烈参与。仅仅举个最近的实例,发生在 20 世纪 70 年代末 80 年代初的新时期中国社会,首先就是文学打开的局面,是由“文学的新时期”然后才带动出来的“整个社会现实生活的新时期”,这就是明证。其次,阎连科自己“弃文从医”念头的偏颇。阎连科目睹了“中国艾滋病村的灾难”,了解到病患对于医药的急需和作为一名作家对于这一切灾难的无能为力——阎连科还深深地了解到“中国农民决然不看我们的作品”“他们从根本上就不需要这些东西”这样的悲凉现状。于是,阎连科说出自己欲“弃文从医”的念头。当然,念头也仅仅是念头罢了,阎连科并没有付出行动,因为他认为自己“年龄已经不允许我丢掉文学去做别的任何事情了”,所以阎连科只能是无奈地继续把他的作家当下去了。这一点上,阎连科那样地“言行不一”,偏颇也就明摆着的了。简言之,阎连科是一名“文学创作的悲观主义者”无疑了。而所谓的“悲观主义者”,其大多是对事态的严峻性具备了清醒的认识,但其作出的反应却是无奈的,甚至是彻底的失望。毋庸置疑,阎连科的偏颇显示出了其作为一名当下作家身份的卑微和行为的尴尬。尽管阎连科也是睿智的,但他已经不太具备鲁迅式的决绝和勇气。

仅仅从对话的文本来看,不管是鲁迅的“弃医从文”还是阎连科“弃文从医”,二者显然都是偏颇的。医学与文学,从常理上说,它们都是人类生命的真正需要,但它们却基本是各管各的:一个管肉体,一个管精神。彼此之间并非不可调和的矛盾关系,万不可凭此一端来否定另外一端。这样做,只能说是“偏颇”无疑了。但以这样的目光来评判鲁迅和阎连科,显然都是没有任何意义的。因为,鲁迅也好,阎连科也好,他们都是真正的现代人;他们都具备了常人所无法比拟的理性素养。按理说,他们都绝对不至于要愚蠢到把医学和文学混为一谈的程度,但却偏偏出现了这样的怪现象。于是,鲁迅和阎连科的偏颇到底蕴含着怎样特殊的意味呢?这就成了问题的关键。

二 ‖ 转型期“时代作家”“有意味的偏颇”

鲁迅与阎连科分属不同时代社会的人,但他们所处的时代社会性质却又有着相同(或相近)的一面,这就是同属于“转型期”。确实,鲁迅和阎连科无疑都是偏颇的;但他们绝对不是一般人的偏颇,他们的偏颇其实是“时代作家”“有意味的偏颇”[2]——即“时代作家”思维(处世理念)上的一种有意(具备内在美学追求)的偏颇。有这样的偏颇,才使得鲁迅和阎连科们终于成了真正的“时代作家”。这个所谓“时代”,具体到鲁迅,就是他所处的“新文化运动时代”——即现在一般人所言的中国现代社会开端时段。在那样的时段,新旧文化你死我活殊死拼杀、社会结构崩塌断裂、人世沧桑巨变非常,是名副其实的“转型时期”。而这个所谓“时代”,具体到阎连科,那就是他所无法回避的当下中国社会时代——现在一般人所言的“改革开放”所引发的“转型时期”,其社会巨变及因此所引起的国人心理落差、精神激荡是时下人有目共睹的。但仅仅相对于作家本人而言,这个“时代”,可以进一步具体为“当代”。鲁迅的“弃医从文”和阎连科的“弃文从医”,从文学活动的角度看,它们都具备了鲜明的“当代性”。所谓“当代性”乃“当代文化思潮、思维方式、精神状态和现实人生取向的一个汇合的、深厚的文化结晶品”[3]。仅仅纠缠于鲁迅或者阎连科偏颇的语言语法层面是没有任何意义的,但如果能深入挖掘他们偏颇的话语意义层面,即深入挖掘鲁迅、阎连科这样具有代表性的“时代作家”的人生遭遇及其创作生命所蕴含的文化美学意味,这应该不失为有价值的文论探讨。

1.鲁迅“弃医从文”的偏颇——现代启蒙文学使命感和启蒙精神尖锐性

中国现代文学肇自新文化运动。内忧外患的国家、积贫积弱的国民,这些险恶的社会现实,使得新文化运动主将们从一开始即主动选择了启蒙的民族大任。尤其是鲁迅,他清楚地发现国人的肉体和精神全被捂在闷热的“铁屋子”(封建专制文化)里这样的惨境。所以,对于鲁迅而言,所谓启蒙,那就是掀开“铁屋子”,让国人可以“走出去”。鲁迅选择的方式是通过新文化(小说和杂文)的“呐喊”摇撼,唤醒民众,进行反抗。为了唤醒民众,新文化运动主将们人人似乎都变成“神”——东方的普罗米修斯,他们纷纷盗来西方的德先生和赛先生(科学和民主)涤荡千百年以来老祖宗的全部文化余孽——具体为皇权专制或官僚文化的毒害。他们欲通过文化的革新,为中华民族开辟出一条通向民主富强的现代文明之路;重塑国民精神,避免国家覆灭,重整社稷乾坤。启蒙文化的需要,精英分子出现了。鲁迅无疑成为精英里的精英。

所有“精英”的存在其实是必须有赖于“普遍的不平等”这样的社会现实基础。在文化上,鲁迅的那个时代,这“不平等”具体表现为:一方面是少数清醒过来的文化先哲,比如像鲁迅这样的接受西方文明洗礼的学者文人,他们焦急地呐喊着,甚至于不惜付出生命的代价;另一方面是那些为数众多的长期以来深受封建专制文化压抑的劳苦百姓(尤其是“农民”),他们普遍地愚昧懦弱、麻木不仁。没有精英者的催醒,国人大众将永远沉睡于漫漫的黑暗中直至僵死殆尽。可以说,这正是启蒙文化的预设。这样的预设,使得中国新文学——现(当)代文学从一开始就限定了它的格局——文学不可能是自由的,文学必须肩负使命重任。现代文学从一开始就是真正的使命文学,启蒙就是治病救人;这病不是一般的病,而是精神上的病,是整个民族的疾患,其病根潜藏于现实的专制文化之中。欲取得启蒙的成功,彻底根除民族的疾患,则必须像鲁迅所说的那样,得“听于将令”。于是,文学变成了精英们进行文化启蒙的尖锐武器。所以,与其说鲁迅“弃医从文”偏颇,不如说这是现代启蒙文学的使命感使然;鲁迅的偏颇,其本质上就是启蒙文化的尖锐,是一种义无反顾、毫不妥协的反抗精神力量。

2.阎连科“弃文从医”的偏颇——传统文化强大惯性和转型期作家的精神困惑

中国现当代文学肇自新文化运动,从一开始便以启蒙——文化评判与精神救赎的人文行动为己任,这是一种地地道道的精英文学。但由于众所周知的原因——民族救亡与图存的严峻现实使得这样的文学在开始后不久便被迫中断。新文化运动过后的中国文学很快被更激进的时代使命所驱使,成为绑缚在现实政治斗争甚至是战争机器上的特殊意识形态。历史的歧路使得“中国的文艺复兴”——新文化运动及其启蒙的精英文学的使命远远没有完成,因此封建专制文化的毒瘤也自然远远没能消除。当然,这事业未竟的责任绝对不能由其开创者——比如鲁迅等来承担。恰恰是鲁迅的尖锐和旗手作用,终于使得我们的国家在历经劫难后,还能寻找到前进的方向。新时期中国文学就是因为重新连接上了鲁迅所开创的文化启蒙精神血脉而很快重新拥有了自信、力量和骄傲。新时期中国文学所呼唤的“人性、民主”等这些正是国家拨乱反正后可以深入推行开展的文化基础;加上政治领袖的个人魄力,国家社会发展终于可以迅速回归本道;改革开放、以经济建设为中心的宏伟举措,很快迎来国势日趋强盛的市场经济时代。但文化的强大惯性——甚至是惰性并没有因新时代的到来而主动根除;相反,旧病还要再添新疾,“转型期”的困惑甚至是灾难又要层出不穷了,比如“物欲横流”“良心沦落”“贪污腐化”“生态危机”“人种退化”等负面术语一时间把时代的语域满满填充。这样,文化的渊源和时代的宿命注定阎连科们——“转型期作家”(即“当下作家”)面临巨大的精神尴尬。因此,他们中的一些人,比如像阎连科这样子的具备了极强烈的时代忧患意识的作家,其心情焦虑,心态失衡,语言偏颇,自在情理之中。毕竟,这也是作家忠诚于自己时代、敢于直面时代人性崭新遭遇,表现出来的众多复杂情绪(状态)的其中一种。

至少,阎连科必须面对这样的时代问题:市场经济导致普遍的世俗化、改革开放带来文化的多元化、作家角色由社会中心而迅速地转向边缘……身陷转型期社会变化种种复杂情况之中,作家何为?或作家还能何为?确实,尤其是对于像阎连科这样典型的忧患型作家而言,他作为精英者的身份是明确(固定)的,但阎连科却突然发现,自己要去启蒙的对象却全部没有(应该是全部隐藏起来找不到)了。这是精英文化在这个时代里最大的尴尬!传统农民出身和现代的文化修养使得阎连科的文学创作不太可能要去随流从众。阎连科应该不太可能去写那些时髦的所谓“欲望狂欢文本”或“下半身写作”之类的“都市新文学”;阎连科最在行的创作恐怕还是《受活》之类的“耙耧系列”(以写农民现代转型的尴尬为主)。尽管阎连科深知现如今依旧生活在耙耧山脉地区的农夫们是没有人会来翻阅他所写的这一切的,但阎连科也只能一味地往下写,因为作为精英者的阎连科其宿命是必须要他去履行自己的“救人职责”,不管这是多么困难的事。因为素养(没有医学的技术)和现实(时代大众缺少接受文学启蒙的热情)的原因,阎连科根本看不到自己“救人”的方向所在。因此焦急万分,你说他能不偏颇?所以说,阎连科“弃文从医”式的偏颇,其实是转型期作家找不到出路的精神困惑。阎连科的偏颇无疑是催人警醒的。阎连科切切实实地在提醒世人(包括作家自己)世道的艰辛和生命的苦难,让世人不敢因一时的得意而立刻忘乎所以;所谓的“路漫漫其修远兮”“革命尚未成功,同志仍需努力”。但阎连科的偏颇更大的意义是催人反思,尤其是对于“启蒙者”以及“精英文化”自身的反思。

是的,鉴于复杂的文化传承事实和驳乱,甚至于是糜烂的生活现状的普遍存在,有头脑的国人不会有谁天真地认为当下的中国社会已经不再需要“启蒙者”和“精英文化”了。但新的时代毕竟已然莅临,今天的“转型期”与鲁迅那个时代的“转型期”毕竟已是天壤之别。今天的启蒙者该怎样来构建自己新的精英文化呢?至少对于持精英立场不变的启蒙者而言,这是必须思考的时代问题。就这个问题,笔者欲发表自己的一点浅议:在新的时代语境里,启蒙的方向不应还只是过去的那样——只对别人不对自己、只对农民不对知识分子、只对大众不对精英者,这样的启蒙,肯定是不彻底的,是半拉子工程。启蒙,其实首先是要启蒙自己,精英者只有撩开罩在自己身上所有的蒙蔽,然后才有资格去启蒙别人——启蒙芸芸众生。当下作家,罩在他们自己身上的各种蒙蔽——比如金钱、名誉等这样那样的诱惑,像重重迷雾一般可谓太浓太厚,这是举世皆知的事实。所以,这个时代真正严肃的文学创作注定要更多地指向作家自己、指向启蒙的精英者自身,这是时代社会需要对于文学创作的客观要求。符合客观要求,事业才有好的发展;文学的事业也不能例外。

文学创作说到底是作家生命的需要,而作家生命又是必须存在于特定的民族、时代、社会环境之中。这就决定了,当下的文学创作,应该不仅仅是为了别人——比如阎连科所说的“农民”,同时也是为了创作者——作家自身。尤其在世俗而民主化日益突出的当下,作家为自己的生命需要而进行创作,这似乎更能本质地体现出时代创作的审美品性。

如果阎连科清楚或承认以上观点,也许其偏颇性就可以自然而然克服了。但与鲁迅一样,阎连科毕竟是一名有思想个性(“性情中人”)的作家;而只要是真正的作家,人们历来普遍可以报之以宽容态度。聪明的人谁也不会去苛求作家时时刻刻中规中矩。一名作家唯唯诺诺,其言行不敢越雷池半步,大概其创作生命也早已经结束了。事实屡屡证明,作家的偏颇,往往可以提高其作品个性的鲜明度和精神评判的尖锐度。所以,在一定的程度上说,偏颇是作家的特权。

结语：作家生命本质——对生命的真诚和悲悯情怀

概而言之，不管是“弃医从文”还是“弃文从医”，只要放到文学活动话域中进行探讨，那么，二者其实都是“时代作家”（具体为“现代作家”或“当代作家”）思维（处世理念）上的一种有意的偏颇，但这样的偏颇恰恰体现出“时代作家”的生命本质——对于人类（包括作家自身）生命的真诚和悲悯情怀。所以，这样的“时代作家”的偏颇，在一定程度上就成了一种具备普遍美学意蕴的偏颇，即“有意味的偏颇”。对尚不完善的人类及社会怀有赤诚之心、广博之爱，让还处在欠缺中的生命去观察、去体验、去想象，为人类（包括作家自己）不断地营造诗意栖居的心灵家园。如果作家的生命真的存在一个本体性的规定，即“生命本质”，也许可以大体这样概括：作家必须通过真诚的生命进行审美创作而不断地充盈人类的生命活力。

[注释]

[1] 邱华栋：《文坛高峰对话》，21 页，江苏文艺出版社 2009 年版。

[2] [英]克莱夫·贝尔于 1913 年出版的《艺术》（英文版）一书，第一次提出了艺术是“有意味的形式”这一著名的“美学假说”，这里借用其中副词——“有意味的”来限定所论问题，意欲指明所论问题具备了相应的“美学意蕴”价值。

[3] 杨匡汉：《共和国文学 60 年》，人民出版社 2009 年版。

（原载《南方文坛》2011 年第 3 期）

从文学反思走向文学自觉

广西文学发展的制度化建设的理论价值和意义

□ 张利群

广西文学跨越发展及文学桂军崛起充分说明了广西文学的自觉。文学的自觉不仅是相对于过去的不自觉或自发、自生状态而言的进步和跨越,而且也是文学可持续发展中自觉性不断增强、凸显和成熟的标志。也就是说,广西文学的自觉标志着广西文学还会继续走向新的自觉与更进一步的自觉。因而,走向自觉永远是一个过程和进程,指称其自觉,只不过是阶段性的,也就是进入自觉阶段而已。

从广西文学自觉的表现形态及其过程而言,主要是由作家—人的自觉、作品—创作的自觉、环境—制度的自觉来体现,构成三位一体、相互联系的表现形态;同时,三者也大体存在着由作家的自觉到创作的自觉,再到制度的自觉的递进提升过程和逻辑序列,但这并不意味着在作家与创作自觉时,制度的力量还未介入,其实在广西文学的自觉过程中始终都伴随制度的推动和保障,但似乎是当作家和创作自觉获得丰硕成果和明显成效时,人们才会自觉意识到制度的作用,才会获得制度化建设与长效机制确立的自觉性。

一 ‖ 广西文学桂军对存在问题反思的自觉性

文学的反思和自省就是文学自觉的表现形式之一,也是文学发展的起点和突破口。广西文学有这三次反思和自省的过程及其经验积累,其结果和效果都对广西文学发展有重大推进作用。第一次是 1989 年针对广西文学的自满自足、保守求稳的阿 Q 精神胜利法心态的反思和自省,从“百越境界”对民族文化精神所彰显的活力、生气和生命力的呼唤,到激励广西文学“88 新反思”提出“突破刘三姐创作模式”“走出百鸟衣怪圈”[1]的呼吁,推动广西文学改革创新、解放思想,不断反思和自省;第二次是 1996 年的“花山会议”,针对当时广西文学的疲软乏力、彷徨困惑提出“文学桂军崛起”的战略决策和思路,以“三大战略”“五大战役”“213工程”“作家签约制度”[2]及其系列制度、政策和措施的创新,推动广西文学跨越发展;第三次反思和自省是在文学桂军崛起之后以可持续发展为基点,反思创作的不足以及长篇小说相对薄弱的劣势,发出“决战长篇”的誓言和宣战[3],将广西文学发展推向一个新的起点。广西文学的三次反省所带来的三次飞跃,正是广西文学自觉性的突出标志,也都是伴随着文学制度、体制、机制的深化改革和不断完善的结果。

当然,获得广西文学发展制度化建设和长效机制建立的自觉性并非仅仅是回顾历史、总结经验的结果推动所致,还在于:一方面,广西文学的可持续发展确实需要建立制度化建设的长效机制的自觉性;另一方面,广西文学发展中存在的问题及其不足也需要建立制度化建设的自觉性。广西文学发展的不足也并不仅仅是指在与文学先进发达省区比较中存在的不足,而且是广西文学发展自身存在的不足,这些问题和不足主要表现在五个方面:

其一,广西在跨越发展与突破发展中还存在着后劲不足、潜力不强、竞争力不够的不利于可持续发展的因素,这既表现在文学桂军崛起之后何以持续和推进上,又表现在“广西三剑客”等领军人物和新锐军团冲锋之后,何以使队伍整体跟进,故而存在着领军人物培育、人才队伍建设以及梯队结构调整问题。尤其是在文学桂军崛起之后,文学理论批评桂军还缺乏持续跟进的实力和绩效,文学与批评还未能充分结成联盟和联军,批评的滞后在一定程度上也影响了文学桂军可持续推进的步伐,缺乏更有力的理论支撑和批评扶持的力度和分量。时任广西区党委副书记潘琦在广西民族大学“相思湖”作家群研讨会上指出:“希望相思湖作家群多‘相思’,加强团结、互相支持、互相帮助、互相关心、共同提高;要交流,广交朋友,交诤友、挚友,真正形成一个坚强有力、团结合作的作家群体。”[4]这固然是针对作家群以“相思”加强联系团结而言,但也含有高校人才培养在作家和批评家两支人才队伍汇集、民族作家与汉族作家在文学桂军旗下的汇集、承前启后老、中、青人才梯队汇集的含义,这样才能培育出广西文学可持续发展的潜力,为文学桂军提供后备军和理论批评的支撑。

其二,广西文学的区位优势和民族特色还不够鲜明、突出与个性化,也就是说地域文学、民族文学空间还有待拓展和深化。诸如广西地域文学的区位特色和优势还不够彰显:桂林本土文学的国际旅游名城与历史文化名城结合所显示出现代生态文化名城的区位优势,北部湾的西南出海大通道的区位优势,广西沿边沿海千里边境长廊的区位优势,百色左右江红色文化的区位优势均还未能在文学中充分发挥和利用;再如广西民族文学的民族特色和文化内蕴也不够鲜明:民族山歌文化传统的传承与发展的特色,南方少数民族稻作文化的特色,壮族的和谐生态文化与原生态文化的特色,各民族文化的丰富多彩与团结协作、和睦相处的特色等,均有待于民族文学对文化资源的深度开掘。曾任广西作协主席、现任广西文学院院长冯艺认为:“民族文化是一个民族存在的根本,是属于内核的东西。民族文学里如果没有民族文化,就不是民族文学。少数民族作家必须在创作中体悟和体现自己民族的特征,表现民族文化的内核,表现民族的精神。”[5]因而对民族特色的理解和认识不能仅仅停留在民族文化的外观形态和表现形式上,应更深层次地表现民族文化精神和内涵;也不仅仅是停留在民族文化传统的表现上,而应更深入地表现民族文化的现代性和时代性,表现民族文化现代发展的生命力和活力。对于广西文学的民族特色而言,其地域性与民族性的结合、传统性与现代性的结合、特殊性与普遍性的结合就是今后发展中应特别关注的问题。

其三,缺少史诗性的重大题材作品,尤其是缺乏历代广西对全国发生重大影响的历史叙述的精品力作。诸如秦始皇挥兵南下在兴安灵渠开凿运河,以联结长江、湘江水系与珠江、南海水系的壮举;明代靖江王城的藩王文化及其王室后裔石涛绘画艺术的成就;清末“粤西文化”“临桂词派”对词坛影响;桂林抗战文化城对抗战文化的贡献等重大历史事件及其重要历史人物题材,也有待广西文学在发掘、整理、整合文化资源基础上为创作寻找重大突破口。像刘三姐传说故事的资源开发虽然已取得文艺创作的重大成就,但也未能产生“刘三姐”长篇小说、长篇叙事诗的文学精品力作。杨义指出:“我在《中国古典文学图志》中,曾作过这样的判断:文学史写上刘三姐,比起喋喋不休地谈论二三流的汉语诗人更有价值,因为它沟通了汉族和少数民族文学、书面文学与口传文学,从而展开了创新性的文学史层面和境界。西部地区少数民族的民俗的文学资源云蒸霞蔚、绚丽多姿,一旦与现代审美意识相遇,它能爆发出如壮锦一般‘染丝织锦五彩烂然’(清代沈日霖《粤西琐记》中语)的文学奇观。”[6]可见,刘三姐题材也还有可持续利用和开发的价值,广西文学还有待于创作出“刘三姐”文学这样的经典之作。

其四,文学类型、形态、流派还不够丰富多彩,发展状态也不太平衡。从文学类型而言,诗歌创作一方面较之小说创作而言相对薄弱,另一方面相对于广西素有“歌海”之称的民歌大省而言也相对薄弱,这既说明广西民族民间文学的抒情性传统对当代文学发展的影响力不够,又说明广西诗歌创作在全国诗坛的影响力也不够。从文学形态而言,一些新兴的文学形态和文本形式发育不够完备和健全,网络文学、青春文学、校园文学以及女性文学、另类文学、亚文化文学、底层文学等还不够成熟和成形。从文学流派而言,基于行政划分的地域文学还未形成自身的风格个性,故而未能生长出文学流派,也未能形成跨地域而在观念、趣味、方法、风格上志同道合的流派自觉性和发展倾向。曾对广西文学发展作出重大贡献的漓江出版社原社长、现为中国出版集团总裁的聂震宁对文学桂军崛起说过一段自省的话:“要说文学实绩,新桂军尚不足以与大多数地域作家群全面抗衡。”[7]这确实是一针见血指出广西文学整体竞争力不强、发展不平衡的短处和问题。

其五,作为文学主力军的长篇小说创作还未能取得重大突破。茅盾文学奖至今未能与广西文学结缘,全国少数民族文学“骏马奖”中广西荣获长篇小说奖者也为数不多,这说明长篇小说创作是广西的弱项和软肋。尽管“决战长篇”的情结和誓言多少对长篇小说创作有所推动,但这绝非在短期内能有立竿见影的实用功利效果的,而是长期建设的成效;也绝非单凭数量就可以取胜的,而是要有精品力作的质量和水准;也不能仅仅靠鸿篇巨制的形式,而且要靠艺术功力和文化底气与涵养。李建平、黄伟林等《文学桂军论》的“结语”中提出“决战长篇”的宣战书和誓言,提出“拿出史诗性的长篇小说,这是文学桂军的主攻方向”[8],这无疑是文学桂军的反思和自省的结果。

二 ‖ 广西文学发展中制度化建设存在问题反省的自觉性

广西文学创作的问题与不足,从一个侧面说明广西文学发展制度化建设以及制度、体制、机制、政策中存在的问题与不足,这些问题导致文学发展的保障和推进力度不够,甚至在一定程度上影响和滞缓广西文学发展的步伐。这主要表现在三方面:

其一,文学制度、体制、机制还存在不适应或滞后于文学发展的不足和欠缺,有待进一步改革和完善。任何制度、体制、机制的建立都有一个不断改革、调整和完善的过程,这不仅是因为建立初始都会存在不尽完善之处的缘故,而且是因为与时俱进的发展也要根据时代和社会发展需求而不断改进。广西文学制度有许多创新点和首创之举,诸如作家签约制在当时是首创,其作用和效果显著;但从制度设计上,还有待加强和完善。倘若将“签约”仅仅视为市场经济的一种合同制的话,除规定双方的责任、义务和利益外,还应有监督制度、检查制度、评估制度以及风险承担制度;同时也需要有与之相关的配套制度的保障和支撑。作家签约制并非仅仅是独立的、单独的制度形式,应该建立起制度体系和联动机制。再如文学创作基地制度也是一种创新制度形式,但在实践操作中效果不太明显,作用和影响也不大,往往有名而无实,流于形式而不见内容。这就需要检查和反省制度上存在的不足和问题。制度化建设的长效机制的作用就在于将制度创新、体制改革、机制转换、政策调整都纳入到长期的制度化建设中,使之成为自觉行为和自觉的制度完善过程。

其二,文学制度、体制、机制的改革和建设是项长期的任务。广西文学发展中所建立起的一整套制度确实取得了行之有效的成绩和效果,但也不能忽视在实施与执行中,因为力度不够、失误和偏离等缘故而造成效果程度的差别,政策难以落实,也难以贯彻到底。这除了要在提高人的素质和执政水平之外,关键还在于制度与效果之间建立起执法、执政的制度和机制。广西文学发展所建立起的制度和机制,在执行和实施中存在的主要问题是缺少一些中介环节的建设。首先,制度和政策出台后对实施方案、操作细则的制定有所缺失,尽管有些重大政策和措施也会有实施方案和操作细则,但还是较宏观和原则性的,是否具有可操作性和对策性就要打问号了,在实践中操作就更打问号了。其次,政策和措施的实施者和操作者,主要指一些文化管理部门的具体工作人员,因素质和能力所限使实施程序、过程、方法打了折扣,从而影响实施效果,更不用说某些领导意志、行政干预、计划指令、主观臆断、独断专行等体制因素及其个人因素造成的适得其反的结果。再次,政策和措施的实施和操作缺少监督机制和检查制度,这既有体制不完善还有待改革的因素,也有制度不健全、机制不完备的因素,缺少文学制度体系及其系统结构关系建设的整体设计,也缺乏活动过程的全程规划和精心设计。最后,政策和措施的实施与操作除建立自上而下的运作机制外,还要建立由下而上的以及上下贯通的中介机制。由下而上的运作机制主要从反馈角度而有利于调整和协调由上而下的关系;上下贯通的中介机制是从联系角度而有利于上下的交流和沟通。但这一中介机制的缺失就意味着上下之间缺少一个中间环节,或者说这一中介机制不得力。

其三,文学制度及其制度化建设本身存在制度性、制度化的弊端,从而也会产生一些副作用和消极影响。从制度而言,不论制度性质还是形式,都会存在两面性。制度主要体现在保障和规范双重功能,保障的积极意义自不待说,而规范则会有两重性:一重为规范的积极性,表现为有利于发展和进步的规则、规矩、规定而使之中规合矩,遵循规律、原则、目标和方向发展;另一重是规范的消极性,表现为或会带来某种限制、限定、规训,阻碍而不利于发展与进步。从文学制度而言,也会存在文学的制度化与自主性的矛盾或悖论,其制度化既有保障自主性的一面,也有限制规训自主性的另一面。因而强调文学的自律、自主和特殊性,就会对制度化提出质疑;而强调文学的制度化建设,也有可能会对文学的自主性加以限制。新中国成立后的计划经济体制下,对新的制度、体制、机制建设过程中过度强调制度化、体制化而造成"制度化写作""体制化写作"以及制度文学、体制文学、政治文学模式,这并不利于文学发展和繁荣。社会主义市场经济建立,为文学创造了更为广阔的天地和更好的发展空间,文学制度以遵循文学规律和文学自主性作为前提起着保障和推动文学发展的作用;但不可否认,尽管文学制度是文学自身的制度形式而并非外在于文学的其他制度形式,但作为制度,与其他任何制度形式一样,都免不了存在某些制度性弊端。故而强调制度化建设以及长效机制的建立,其目的不仅是针对制度存在的问题及不足的改革与建设,而且也是对制度性和制度化弊端的抑制和克服。尽管"制度化"本身也会带来一些弊端和问题,甚至是不可避免的悖论,但关键在于我们如何以正面积极建设的态度去掌握和利用这一机制,如何使其积极的功用得到充分发挥,消极的作用得到有效的遏制。因此,我们提出制度的自觉应包括三层含义:一是提高我们对制度认识和运用的自觉性,也就是在人的自觉性基础上提高制度的自觉性;二是使制度建设遵循规律而更加健全和完善,制度的合规律性与合目的性的统一也就意味着制度的自觉;三是通过反思和反省加强制度化建设的长效机制,在充分发挥制度化建设的积极作用的同时也能有效遏制制度化带来的消极性及其制度性弊端,使制度建设良性健康发展。因而,我们提出文学制度以及制度化建设及其长效机制建立的思路是以文学自觉、人的自觉、制度的自觉作为基础和依据的。

三 ‖ 走向制度建设的自觉——文学制度的理论与实践

广西文学发展中存在的问题以及制度化建设存在的不足是需要进一步的理论探讨和实

践探索以寻找对策的,关于广西文学发展的制度化建设的话题讨论也是可以不断深入和拓展的。这就需要有解放思想、改革创新的自觉性,也需要有不断反思、自省的自觉性,更需要有科学发展观指导下的理论批评的自觉性。从总结经验、吸取教训、实践探索、理论升华的研究过程和逻辑序列来分析,广西文学发展的制度化建设的论题不可避免地进入到“文学制度”这一范畴的理论命题中,这可以说是这一论题的结论,也可以说是这一论题的深入拓展。

文学制度的话题,早已引起西方文论界的重视。史达尔《从文学与社会制度的关系论文学》认为:“考察宗教、风俗和法律对文学的影响,反过来,也考察后者对前者的影响。”[9]马克思、恩格斯也以文学作为一种意识形态与社会经济基础和上层建筑的关系,进一步明确经济制度、政治制度等上层建筑制度形式以及意识形态与文学的相互影响和作用。马克思指出:“在不同的所有制形式上,在生存的社会条件上,耸立着由各种不同情感、幻想、思想方式和世界观构成的整个上层建筑。整个阶级在它的物质条件和相应的社会关系的基础上创造和构成这一切。”[10]文学也是在所有制形式上的制度化产物,它作为意识形态既有观念意识的性质和特征,也具有作为上层建筑的体制化、制度化形式的性质和特征,也是构成社会制度的不可分割的重要因素,是社会制度下相对于政治制度、文化制度、法律制度、审美制度、道德制度、宗教制度、教育制度而言的文学制度。20世纪西方现代文论及其西方马克思主义文论也在讨论艺术生产理论及其文化研究、文化批评中大量涉及艺术生产制度、文化生产制度问题。斯蒂文·托托西在《文学研究合法化》指出:“为什么有必要考虑从事文学研究的合法化?毫不讳言地说,是由于人文学科在整体性地经历着严重的令其日渐衰落的制度化危机,并且由于文学研究的自身的问题,在总体社会话语中越来越边缘化。”[11]因此为抵制人文科学“边缘化”的“制度化危机”,他主张“文学、文学研究和比较文学中的整体化思维”,具体展开为“整体化和制度化文学与文化研究方法间的关系”“比较文学和文学整体化与制度化研究方法”[12]。为此,他专门界定“文学制度”这一术语:“这个术语要理解为一些被承认和已确立的机构,在决定文学生活和文学经典中起了一定作用,包括教育、大学师资、文学批评、学术圈、自内科学、核心刊物编辑、作家协会、重要文学奖。对这些机构的兴趣,伴随着近来将文学视作一个生产、传播、接受、发展起了重要作用的社会体系的观点。换句话说,从社会科学角度来研究上述现象,文学被看成一个意识形态组织。”[13]这一方面说明文学与意识形态的关联,支撑将文学视为一种特殊的审美意识形态的观点是无可非议的;但从“文学被看成是一个意识形态组织”角度分析,意识形态就不仅仅是观念形态和思想体系了,而且也正如阿尔都塞所言的意识形态国家机器,它以制度及其制度化的组织机构、行政单位、物态化设施而存在,因而文学也会以制度方式存在和生存。“将文学视作一个生产、传播、接受、发展起了重要作用的社会体系的观点”,使文学制度的范畴和命题具有了合法性和合理性,当然,也使对文学制度的理论研究和实践探讨具有合法性和合理性。

文学发展的制度化建设问题也是一个重要的现实问题和应用对策性极强的实践问题。法国学者布迪厄提出“文学场”理论,反复强调这是一个“相互矛盾的世界”,是“反制度化的制度形式","相对于制度的自由就体现在制度本身"[14],说明制度化与自主性的矛盾,并列出标题"对制度的超越"[15]以强调文学的自主性。这些立足于西方制度文化语境的文学制度理论研究有其合理性和适用性,对我们颇有启发和影响。

文学制度的话题,随着中国改革开放的深入和社会主义市场经济的发展,随着经济体制、政治体制和文化体制改革步伐的加快而逐渐浮出水面。中国不仅在文学方针、政策及其文学管理和文学队伍结构层面上迅速推进文学制度、文学体制、文学建制的改革和调整,而且在文学活动中,包括文学生产和消费;创作和欣赏;制作、策划、经纪、广告、营销、流通、传播、接受、评价等诸多活动形式、活动环节层面上极大地铺开和拓展了文学活动领域和范围,推进活动运行、发展机制的创新和改革,力图建立起适合社会主义市场经济发展的、具有中国特色的、带有现代气息和时代特征的中国现代文学制度、体制、建制、机制的同时,也建立起不断加强制度化建设的长效发展机制,使当前的文化体制改革取得了令人瞩目的改革和建设成果。

王本朝认为:"文学制度是文学生产的策略、规则和方式,是使社会的政治、经济和文化得以转化为文学内容的重要路径和通道,有了它的应允和许可才能使文学创作和意义评价具有社会的合法性。特定的文学制度既可强化也可能弱化文学的生产力量,所以,制度的力量取决于'转化'的形式。"[16]针对中国特定语境下的文学制度化,他认为:"中国社会主义文学是历史上前所未有的一种新型文学。为了确保文学的社会主义政治、经济建设,它逐步建立了与之相适应的文学组织、引导、评价的管理机制,我们把它称之为文学制度。"[17]文学实践也要求对文学制度的内涵和外延的界定及其理论研究的拓展。

文学制度指保障和规范文学及其文学活动的外部和内部、显性和隐性的制度、体制、机制形式,它既可以表现为意识形态化的观念形态,又可以表现为物态化的社会组织结构形式;既可表现为官方的制度形式,又可表现为民间约定俗成的民俗惯例;既可表现为推动文学发展的社会综合因素的合力,又可表现为文学自身发展的内在机制。文学制度在文学与制度的关系中作为一种中介因素起到了将社会"外因""他律"内化为文学"内因""自律"的转化作用,也起到了"文学场"的系统、结构、整体的功能作用。

文学制度研究相对于当前正在进行中的文化体制改革的社会重大实践课题而言无疑是具有极其重要的意义,相对于文学理论的创新和发展而言无疑也是极具学术前沿性和理论挑战性的。它不仅能有效解决目前急待解决的现实实践问题和理论问题,而且也能在理论与实践的结合上提供方法创新的意义。从这个角度而言,文学制度的研究是具有突出的理论价值和实用价值的,也是具有明显的学术意义的。文学制度研究不仅能推动文学理论和文学实践的创新发展,而且作为一个文学理论的基本命题、基本范畴、基本课题应该跻身于文学理论体系和理论构成中,进入文学活动的实践中,作为一条重要的文学规律来对待和研究。

制度是一个社会学、政治学、文化学范畴,制度文化是文化构成中重要因素,将其引入文艺学、美学领域,从而确立文学制度、审美制度这一范畴,也许会有许多争议,或有可能坚持纯文学观念或文学的自主性而排斥这一范畴;或有可能利用这一范畴而任意泛化和扩大其概念的外延，从而因社会学、政治学、文化学的视角而掩盖了文学的特殊性。因此，文艺学引入这一范畴的意义在于不仅能弥合和调节文学的内部和外部矛盾，从而以更为辩证和合理的态度与方法来看待文学的自律性与他律性的关系，而且更重要的是文学制度本身所具备的内涵和外延以及价值意义对文艺学、美学的发展和创新而言是不能缺席的。至于文学制度的实践和理论的发展，当然也需要在不断改革、调整、完善中建构，需要在进一步研究中加强建设，增强文学发展和文学理论创新的活力。

［注释］

［1］［2］李建平等：《广西文学 50 年》，155、299 页，漓江出版社 2005 年版。

［3］黄祖松：《决战“长篇”》，载《广西日报》2004 年 1 月 6 日第 11 版。

［4］潘琦：《造新世纪文学的新桂军》，见潘琦文集《风格就是人品》，350 页，中国大百科全书出版社 2003 年版。

［5］杨玉梅：《好的散文必须贴着地面飞行——壮族作家冯艺谈散文创作》，载《文艺报》2009 年 6 月 2 日。

［6］杨义：《序一：布洛陀家乡的现代吟唱》，见李建平、黄伟林等《文学桂军论》，5 页，中国社会科学出版社 2007 年版。

［7］聂震宁：《文学桂军论・序》，8 页，中国社会科学出版社 2007 年版。

［8］李建平、黄伟林等：《文学桂军论》，320 页，中国社会科学出版社 2007 年版。

［9］史达尔：《从文学与社会制度的关系论文学・序言》，见伍蠡甫主编《西方文论选》（下卷），121 页，上海译文出版社 1979 年版。

［10］马克思：《路易・波拿巴的雾月十八日》，见《马克思恩格斯选集》（第 1 卷），629 页，人民出版社 1972 年版。

［11］［12］［13］［匈］斯蒂文・托托西：《文学研究的合法化》，1、19—32、33—34 页，北京大学出版社 1997 年版。

［14］［15］［法］皮埃尔・布迪厄：《艺术的法则——文学场的生成和结构》，306、318 页，中央编译出版社 2001 年版。

［16］［17］王本朝：《中国当代文学制度研究》，268、1 页，新星出版社 2007 年版。

（原载《南方文坛》2011 年第 3 期）

新世纪诗坛的两次重要论争

□刘 春

诗坛历来就不是一个清静之地,新时期以来,“三个崛起”批判、“两报大展”、“海子卧轨”、“顾城袭妻”、“盘峰论争”、“沈(浩波)韩(东)网战”、“下半身”出笼、“梨花体”风波……几乎每隔一两年,都会有或大或小的事件发生。这些事件,有的推动了诗歌创作和研究的发展,有的纯属无聊,有的则颇令人无奈和深思。本文简要介绍近年来发生在几个著名诗人身上的故事,希望能给读者一些启发。

“后朦胧诗”与“朦胧诗”主将的交锋

王家新是新时期以来最有影响的诗人之一,虽然他在1980年“朦胧诗”如日中天时出道,但他获得更多关注则在80年代中期以后,人们普遍将其视作“后朦胧诗”最重要的代表人物之一。与一些诗人只专注于诗歌创作不同,王家新还兼有高校教授的身份,在诗歌研究领域有优异表现,出版过多部诗学专著。也许是因为其本人还是一个翻译家的缘故,王家新的许多随笔和诗论,一个重要主题是讨论外国诗人对中国诗人,特别是对他本人的影响,而他又希望自己对外国诗歌大师作品精髓的吸收与理解过程能给中国读者以启发。因此,王家新把写诗学随笔和翻译当作“为诗歌工作的另一种方式”。

王家新的译作、诗学随笔和评论中,最重要的那部分体现于对德语诗人保罗·策兰(Paul Celan,1920—1970)的阅读和翻译,以及就此与“朦胧诗”代表诗人北岛的争论。通过这些材料,我们从中可以看到中国诗人对外国诗歌的学习和理解进程,以及对诗歌大师及诗歌翻译的不同态度。

2002年7月,河北教育出版社出版了王家新和芮虎翻译的《保罗·策兰诗文选》,这本书收录了策兰的一百余首诗和部分散文、获奖演说辞、书信等。这是策兰第一部译成中文的作品集,深受读者关注和欢迎。

在翻译策兰诗歌的过程中，王家新一再感受到了策兰诗歌的翻译难度，并以此为基准，确定自己的工作态度。王家新认为，对策兰这样一位诗人，没有任何一个翻译家能说完全理解了他，或是有绝对的把握来翻译他，我们要求自己的，只能是忠诚和耐性，是对诗的敬重以及对翻译本身的局限性的觉悟。因此，对翻译来说，首先要求的是“诚实”。

也正是在这个问题上，王家新与北岛有了一次“交锋”。

2004 年 1 月至 2005 年 5 月，北岛在《收获》杂志上撰写 9 期专栏，讨论了洛尔迦、特拉克尔、里尔克、策兰等 9 位外国诗歌大师的生活和作品。虽然全书的主旨是诗人的创作与经历，但每一篇文章都用很大的篇幅来谈论诗歌翻译的问题。这一系列文章，有一个非常明显的笔法——将其他译者的译作与北岛自己的译作进行对比，并对同一首诗的各种译本的优劣“品头论足”。在当年《收获》第 4 期发表的《策兰：是石头要开花的时候了》一文中，北岛对王家新翻译的罗马尼亚诗人策兰的名作《死亡赋格》和钱春绮先生的译本《死亡赋格曲》提出了尖锐的批评，认为他们的译作“失去了原作那特有的节奏感”，甚至声称王家新的译文“把诗歌降到连散文都不如的地步”。同时，北岛还批评了王家新的《花冠》《数数杏仁》《用一把可变的钥匙》等译作，认为王家新和芮虎翻译的《花冠》有四个“问题”：题目译成“花冠”过于轻率；过度阐释；语序牵强，“洋泾浜”；缺乏语感与节奏感。《用一把可变的钥匙》的翻译则是“分段太任意”和“把两个关键处弄错”。最为严厉的批评针对《数数杏仁》的翻译，北岛将几个翻译家的“问题”上升到了“犯罪”的高度：“我们常说的所谓翻译文体，就是译者生造出来的。我并非想跟谁过不去，只是希望每个译者都应对文本负责。谁都难免会误译，但由于翻译难度而毁掉中文则是一种犯罪。”

读到北岛的文章后，王家新写下了长达万言的反批评《隐藏或保密了什么——对北岛的回答》，发表在 2004 年第 6 期《红岩》杂志上（该文后来收入北京大学出版的专著《为凤凰找寻栖所》时标题改为《隐藏或保密了什么——与北岛商榷》），阐述了自己的翻译立场和角度。王家新从北岛至为注重的“语感”和“节奏感”谈起，对北岛的指责逐条进行反驳。王家新认为，北岛的译本与此前的很多译本相比，并没有“正确”和“高明”到哪里去，因此，他对“真理在握”感到难以置信。不仅如此，在很多方面和很多关键性的地方，北岛都套用了别人的翻译，包括他所批评的王家新和芮虎的译本以及钱春绮的译本。这一点，正如北岛自己在另一篇文章所说，他对里尔克诗歌的翻译是在参照冯至、陈敬容和绿原等人的译本后，“扬长避短”而“攒”成的。对此，王家新不无讽刺地质疑道：“套用、参照或‘攒’用了别人的翻译，而又转过来以权威的姿态对别人进行评说乃至抹杀，这可以说是翻译史上的一个创举。我不知北岛是从哪里得到这种勇气和特权的。”

王家新还对北岛的翻译态度提出质疑。他指出，在介绍策兰和里尔克的长文中，北岛大量引用了别人的传记资料，但又一概不注明出处，而让人误以为这是北岛自己的成果，这种做法“同样使人难以置信”。

最后王家新含蓄地点破了他与北岛更深层的分歧:

可惜的是,像北岛这样一位我所尊重的诗人却没有给我带来更多的这样的教益,相反,他的做法和许多指责都已超出了正常的范围。在人们付出了艰辛的劳动之后,他出来"总结"了。总结一下也无妨,但其目的应是把人们导向对诗歌和诗人、对那些备受伤害和曲解的精神事物的更深入的理解,而不是别的。我想问题就出在这里。由此,我也愈加警觉到一种文化反思和自我反省的重要性。……多少年来,人们一直寄期望于北岛和其他一些中国诗人能在这些根本问题上对这个时代的人们讲话,能在诗的语言之间有一种更为纵深的撼动力,甚或能成为如鲁迅所说的那种"人的灵魂的伟大的拷问者",但现在看来,我们还能抱这样的期望吗?

对于王家新的"反击",北岛没有正面回应,但沉默并不等于认可。2005 年夏天,北岛在《收获》的专栏由中国文史出版社结集为《时间的玫瑰》一书出版,书中《策兰:是石头要开花的时候了》一文对王家新的批评词句没有丝毫改变。在该书的《后记》中,北岛这样写道:"在写作过程中,我发现近些年来在国内出版的大量译作粗制滥造,带来进一步误导,使本来在批评缺席、标准混乱的诗歌中转向的读者更糊涂。相比之下,老一代诗人兼翻译家倒在岁月尘封中脱颖而出,译作依然新鲜硬朗,让人叹服。至于我对某些译作的批评,并不意味着我有什么权威性,而是希望能引起警醒,取长补短,建立一种良性的批评机制。"这段话,既表达了对老一辈翻译家的尊敬,也表达了对当今翻译家的不满,以及自己对当前诗歌批评家不留情面地批评的初衷。

两人的交锋余音不绝,许多诗人和诗歌翻译家在各种场合都发表看法,对双方的翻译成果各有褒贬,并在更广阔范围内反思诗歌翻译的问题。其中最为引人注目的是著名诗人、翻译家黄灿然在《读书》2006 年第 7 期和第 8 期发表专文,批评北岛的诗歌翻译能力。这篇题为"粗率与精湛"的长文,虽然表面上没有涉及"北、王之争",但客观上构成了对王家新一方的有力支持。黄灿然通过对北岛翻译洛尔迦诗歌的分析和讨论,批评北岛的译笔。他认为北岛是在改译戴望舒的译作,而且"从小处看,北岛有些改动看似简洁,但从大处着眼,这些改动整体上使全诗变得平板。过分执着于简洁,往往使简洁变成简单","一再把原来译对的改错了"。就具体的某一首诗歌的翻译上,黄灿然还拿北岛与戴望舒相比,"就准确性而言,戴望舒是根据原文,并参考法译和英译,这比起北岛只懂英文却拿英译来纠正从西、德、俄、瑞典语原文翻译的中译本,要严谨好几倍。"

最后,黄灿然得出结论:北岛想翻译出新意,但因为种种局限,"恰恰使他一开始就与自己假定要达到的目标背道而驰";更为严重的是,"这样改译一位前辈的经典译作,是没有先例的;这样不提供改译的证据和不给出原译、英译和原文做参照,是前所未闻的;而改译者在提到他对原译'做了某些改动'时那轻描淡写的语气和提到原译实际上并不存在的缺点时那不容置疑的口吻,与他真正制造的众多瑕疵和严重错误之间构成的强烈反差,则不能不使人感到遗憾。"

黄灿然的文章发表之后,"译诗的艺术"再次成为诗歌界和诗歌翻译界热点话题,《读书》随即在当年第 10 期发表了杨立华的文章《批评中的自律》,替北岛回应了黄灿然的种种质疑。

杨立华认为,黄灿然对北岛的文章有误读成分,"轻描淡写地用北岛改动原译的理由,替代了北岛对戴译的真实态度";黄灿然的文章,有意构造一种"生硬"的态度,"选择的倾向性未免太过明显";而且,"有诸多武断得令人吃惊的地方"……

针对黄灿然文章中重点谈论的"北岛的翻译缺乏音乐性"的问题,杨立华也为北岛开解,"奢谈音乐性是《粗率与精湛》一文最触目的方面。而且,音乐性也是黄先生衡量戴译和北岛的改译之间品质差别的最主要的尺度和标准。但对于如此根本性的概念,黄先生除了一些空泛的讨论外,却并没有给出多少真正有分析性的见解。音乐性似乎完全取决于黄先生个人的汉语'口感'。"

最后,杨立华得出结论:"总的说来,黄灿然先生这篇文章虽然不无精彩之处,但实在应该更多一些诚恳,更注意作为批评者的自律。"

在这场笔战中,北岛和对待王家新的质疑一样,没有再写出相关文章正面回应,但却不时露面,看似轻描淡写地点拨一两句。比如 2008 年 2 月 28 日,北岛在接受《新京报》记者的采访时发表了如下意见:"你也不妨看看《读书》随后发表的杨立华的回应文字。我不想在这儿讨论争议的细节。"并坦承,"我在书中没有讳言,除了英文我不懂其他外语,这是我的批评的局限。"

对北岛长期"避而不战"的态度,王家新颇显无奈,2009 年 4 月 30 日,王家新在台北德国文化中心演讲时,或明或暗地论及此事:"有一位著名人物,明明是读了、参照了并受益于别人最初对策兰的翻译,到后来却以权威的姿态评判一切,并摆出一副'正好我手边有某某的译本'的姿态。这里且不谈他后来'攒'出来的译本中的错误及问题,他这种姿态和做法已远远超出了作为一个诚实译者的底线。我想,我们总不至于用自己放大的影子来挡住从死者那里递过来的灯吧?!"

说北岛"避而不战"也不甚准确,他其实是以另一种方式与他的论敌们"战斗"着。2009 年 10 月,《时间的玫瑰》一书改由江苏文艺出版社再次出版,人们注意到,时隔五年,经过多位著名诗人和翻译家的"商榷",该书对策兰诗歌的见解并没有因为多名诗人和批评家的"商榷"而发生丝毫改变,对王家新等人的批评——"失去了原作那特有的节奏感","把诗歌降到连散文都不如的地步","由于翻译难度而毁掉中文则是一种犯罪"——等词句仍然不改一字。"后记"中的"在写作过程中,我发现近些年来在国内出版的大量译作粗制滥造,带来进一步误导,使本来在批评缺席、标准混乱的诗歌中转向的读者更糊涂"等文字依然存在。这或可视为一种无声地强调和坚持。看来,想要一个固执的诗人收回自己的见解,并非易事。

文学翻译,是一项异常艰苦的工作,需要译者进行大量的前期准备工作,比如各种资料的积累,对外文的掌握程度等。但仅仅存积了各种资料还不够,还需要对原作内涵、背景、节奏进行深入了解。一首完美的译作,不仅需要译者具备高超的感受力和理解力,完美地体现原作的意韵,还不能擅自主张,对原作的内容进行增加或删减,因此,翻译也是"戴着镣铐跳舞",其困难程度不亚于一次再创作。与此同时,文学翻译工作也可以证明一个译者为人的诚实度,除了极少数的开创性工作,大部分翻译家的工作都是建立在众多前辈和同行的成果的基础上的。那么,即使这些前辈或同行的译作有所疏漏,只要给予了自己启发,作为后来者,就应该怀有感激之情。在王家新和黄灿然看来,北岛至少在对策兰的翻译上,缺乏诚实的品质。

其实,如果通读一遍《时间的玫瑰》收录的各篇文章,就会发现:也许是因为双方在国际诗界的影响有别,对待同一个诗歌大师,北岛与王家新之间除了对作品领悟能力和对翻译的态度诚实之间的区别,还有对自身的"江湖地位"认识上的区别。

面对大师的作品时,王家新表现出了一个读者和后来者的谦敬。他的许多文章中,频频出现这样的文字:"对于策兰和里尔克这样的诗人,我永远要求自己的是去读,是用自己的一生来读,哪怕他们的诗我并不是全部理解或喜欢,哪怕随着我们阅历的扩展我们看到了他们的某种局限性。""在词语的黑暗中,从策兰那里所传来的一声模糊而又痛苦的'永不',所陡然显现的诗的深度,经常使我这个'诗人'痛苦而羞愧。""从这些诗中体现的那种罕见的对苦难内心和语言内核的抵达,那种对一个诗人命运的承担,那种从词语间显现的'痛苦的精确性',都深深地激励着我。""的确,这是'最难理解'的一部诗集,迄今我仍不敢说我读懂了它的每一首诗,我想这对我或其他任何读者来说都是不可能的……我不敢说我就能胜任,更不敢说我译出的就是'德语中的策兰',我所能做的是尽力译出我心目中的策兰。"

北岛是一个长期获得诺贝尔文学奖提名的中文诗界最重量级的人物,因而在北岛的字里行间,则时常表露出与大师并肩而坐的自信。比如在《策兰:是石头要开花的时候了》中,分析完策兰《花冠》一诗之后,北岛首先赞美《花冠》"是最伟大的现代主义抒情诗之一",紧接着又说,这首诗"和特拉克尔的'给孩子埃利斯'和狄兰·托马斯'那绿色导火索催开花朵的力量'一起,作为任何时代任何语言最优秀的诗篇,由我推荐并选入2000年柏林国际文学节的纪念集中。"这种语气多少可以看出北岛的姿态。难怪王家新在谈到这一点的时候,不无讥讽地说了一句:"看来策兰有福了!"

而在《里尔克:我认出风暴而激动如大海》一文的开头,北岛写道:"里尔克一生写了2500首诗,在我看来多是平庸之作,甚至连他后期的两首长诗《杜伊诺哀歌》和《献给奥尔甫斯十四行》也被西方世界捧得太高了。"在分析了《秋日》一诗后,北岛说:"正是'秋日'这首诗,使里尔克成为二十世纪最伟大的诗人之一。"该文的结尾部分,北岛又收回了自己的意见:"行文至此,我对开篇时对两首长诗的偏激做出修正,这与我重新阅读时被其中的某些精辟诗句感动有关。”由此可见，北岛对一个诗人定位的严谨性——从另一角度而言，是“随意性”。既然在策兰和里尔克等大师面前都如此傲慢，我们也就不难理解北岛说出那句颇有些盛气凌人的“（王家新的译作）把诗歌降到连散文都不如的地步”的自得了。

对待名作的理解不同，对名家的态度有异，构成了两位优秀诗人的分歧，作为“后朦胧诗”代表人的王家新与“朦胧诗”主将北岛的“冲突”在所难免。

一个诗人的无奈辩白

如果说北岛与王家新的碰撞主要是因为对作品的不同看法，那么著名诗人于坚遭遇的一次“批评”，其影响则要长久和深刻得多。

事情要从 1998 年轰动文坛的“断裂”行为说起。

1998 年 5 月 1 日，南京作家韩东与朱文聊天，两人决定进行一次“大动作”，向全国数十个青年作家发出一份问卷，请他们回答一些非常具体的问题，然后根据作家们的回答进行统计并形成文件公布出来。

1998 年 10 月，《北京文学》以“断裂：一份问卷和五十六份答卷”为题发表了五十六个作家的答卷，以及作为附录的“问卷说明”“答卷数据统计”“工作手记”，还发表了韩东的《备忘：有关“断裂”行为的问题回答》等内容。答卷发表之后，引起轩然大波，成为当年文坛的最大事件。在当时的中国，互联网还远远称不上普及，但即使是在十多年后的今天，搜索一下“断裂问卷”这个关键词，仍然可以看到大量相关新闻。

当年，对“断裂问卷”的第七个问题——“你是否以鲁迅作为自己写作的楷模？你认为作为思想权威的鲁迅对当代中国文学有无指导意义？”于坚的回答是：“我年轻时，读过他的书，在为人上受他影响。但后来，我一想到这位导师说什么‘只读外国书，不读中国书’、‘五千年只看见吃人’，我就觉得他正是‘乌烟瘴气鸟导师’，误人子弟啊！”

起初，几乎所有人都以为，回答了就完事了，没有人找于坚的麻烦，孰料到了近十年之后的 2007 年底，于坚的诗集《只有大海苍茫如幕》获得了中国作家协会颁发的第四届鲁迅文学奖，这一回答的严重后果就显露出来了。一批诗人、作家频频发表文章批判于坚，并向有关部门甚至国家领导人写信，强烈要求于坚到鲁迅坟前磕头谢罪，并取消其鲁迅文学奖资格。

2009 年春天，我在整理自己的诗学专著《一个人的诗歌史》时，曾收到过朋友整理的一份材料，长达一万多字，内容为于坚在 2007 年底获得鲁迅文学奖后，国内一些老诗人撰写的批评和抗议文章。这些文章的内容从党性原则的立场和艺术角度分析的均不缺乏。比如一篇题为“获鲁迅诗奖的于坚是一个怎样的诗人？”的文章，一开头就写道：“听说于坚申请鲁迅文学奖，令我大吃一惊。因为此奖项直接关乎党对文学发展的导向问题，是一个非常严肃的大事。从于坚的人品与诗品表现，或文学艺术成就等方面，都远远够不上获得这一奖项，甚至是与这一奖项的精神是背道而驰的。"

还有一篇《于坚谩骂鲁迅已真相大白》的文章,作者在花了不少笔墨介绍"于坚骂鲁迅"的过程之后,得出了于坚"骗奖"的结论,强烈要求有关部门把于坚所得的鲁迅文学奖荣誉收回:"这些调查结果说明,于坚获鲁迅文学奖有骗奖之嫌,很可能是于坚向他的所在单位和上级主管部门讲了假话,很可能由此导致他的所在单位和上级主管部门向全国作协提供了不真实的情况,很可能由此造成全国作协错误发给他此奖项。为此,全国作协应认真调查并严肃处理此事。如果调查结果证实笔者所揭露的上述事实是真,建议取消于坚已得到的鲁迅文学诗歌奖,以此捍卫鲁迅文学奖的神圣性和公正性。"

作者意犹未尽,紧接着又进行了一些补充和强调:"鲁迅是我国新文化运动的伟大旗手。在言论自由的今天,颂鲁迅还是骂鲁迅,虽然有每个人的自由。但我认为,对骂鲁迅的人,全国作协是不应授予鲁迅文学诗歌奖给他。在事实查明后,如果让骂鲁迅的人头上继续戴着鲁迅文学奖的桂冠,此已经贻笑天下的红色幽默,莫非还要延伸下去?!"

前面列举的还算局限于摆事实讲道理的范围,也有一些文章是光有"骂"而不讲道理的。2008 年第 1 期《香港文学报》发表了一篇署名为"水火土"的短文《鲁迅是骂不倒的》,文章结尾说:"鲁迅是能够骂倒的吗？奉劝于坚先生,跳进澜沧江去,或北上投入黄河的怀抱,洗净你身上的污垢,再爬上岸来,看着今天的祖国,是个怎样的国度吧。"

类似的内容,主要发表于《文学自由谈》《华夏诗报》《文学报》(香港)等媒体,这里不再一一列举。

尽管前辈们表情严厉,但从一些青年诗人的反应看来,很多人并不完全同意他们对于此事的态度。比如有人说,于坚骂过鲁迅,所以不配获得这个以鲁迅命名的文学奖。但马上有人回应说,这个理由似乎不够充分,因为鲁迅文学奖评奖原则中没有"骂过鲁迅的人就不能获奖"的条款。另有一些诗人认为于坚不是骂,而是调侃,毕竟他没有骂鲁迅的动机。还有一种意见是,于坚即使"骂"过鲁迅,那也是十多年前的事了,我们不是提倡"浪子回头金不换"吗？一个人早年无心说出的一句话,不至于在十年后受到如此隆重的"追究"吧。

在一大群诗人气势汹汹地"围攻"之下,于坚也觉得挺委屈。在回答吴怀尧的提问中,于坚专门谈到了这一事件的来龙去脉:

> 批评鲁迅是十年前的事情了,韩东、朱文当时私下给一些朋友寄问卷,在当时的心境下我随便在问卷上写了几句,没想到他们拿去公开发表了,成了著名的"断裂"事件。后来鄢烈山将我这几句——"我年轻时,读过他的书,在为人上受他影响。但后来,我一想到这位导师说什么'只读外国书,不读中国书'、'五千年只看见吃人',我就觉得他正是'乌烟瘴气鸟导师',误人子弟啊!"——在《南方周末》上发表文章批评。

由此可见，于坚“骂”鲁迅，是有前提的，其实也说不上骂，只不过是对鲁迅先生“只读外国书，不读中国书”“五千年只看见吃人”的说法表示不同意见而已。在于坚看来，也许当年，鲁迅提倡“只读外国书，不读中国书”并看见“五千年只看见吃人”自有他的理由，那么在今天，我们应用发展的眼光看问题，如果仍把鲁迅先生那两句话奉为圭臬，就大可不必了。

而从下面这些文字，可以看到于坚对鲁迅的真实态度：

> “乌烟瘴气鸟导师”其实是鲁迅骂别人的话。我青年时代一直迷信他对中国传统的激烈批判，但后来我开始重新思考。他的作品值得从许多方面来思考，正说明他的丰富。我当然不会否定他，他是我文学上的启蒙老师之一。我少年时代有许多时间，是在阅读鲁迅作品中度过的。
>
> ……作为 1966 年开始的读者，我的幸运是，通过对鲁迅的阅读，我意识到何谓中国新文学的经典。我意识到，写作必须有直面人生的勇气。
>
> 鲁迅是我写作的指南之一。我从 1970 年的冬天开始写作诗歌，我一直试图继承的是“为人生而艺术”……

我想，看到于坚的这番表白，那些批评者的心情或许会缓和一些。毕竟，对伟人的尊敬有很多种方式，有的人喜欢无条件地服从和认可，容不得别人对自己的偶像说半句不满意的话，而另一些人，则继承了鲁迅的怀疑精神，他们对社会上的言论、包括伟人的言论也会很清醒地有选择地继承，因为他们知道，伟人如此说话肯定有一定的历史背景而不见得放之千年而皆准。现在时过境迁，政治环境和生活环境已大不相同，后人对伟人思想的继承也需要发展的眼光。

值得一提的是，还有一些诗人认为于坚不配获得鲁迅文学奖的理由并不是他“骂”了鲁迅，而是他的诗歌“很黄”“很低级下流”，并且列举了于坚的获奖诗集《只有大海苍茫如幕》中的《狼狗》《性欲》和《黄与白》等作品进行论证。一篇题为“是谁往鲁迅文学诗歌奖脸上抹黑”的文章举了一个例子：“我曾将于坚的此三首诗拿给一个爱好文学的老年医务工作者读，她读了《性欲》的一半不到，就真的发起呕来，说‘不看了！’过后还呶着嘴说了我一句：‘你怎么也会瞧这种脏东西！’”

并非每个读者都赞同这位批评者的态度，包括笔者在内的不少诗人认为，虽然于坚这几首诗有不雅的成分，但这仅仅是风格问题。再说，这三首诗在全书中所占的比例非常微小。于坚以及一大批口语诗人的作品，其值得注意的取向之一就是对个人生活的重视以及身体的介入，这种方式在以前的诗歌中是极少出现的，其中成败都可以讨论，但需要在学术范围内进行严肃地讨论。记得波德莱尔的《恶之花》刚出版时，也备受指责，说它“肮脏”，现在，它已经成为经典。

如果说王家新与北岛交锋的根底在于各自对诗歌的理解方式有所差别,那么于坚的"鲁迅文学奖事件"完全可以说是当前某种文化现象、思维现象和社会现象作用于一件具体事情时的反映。前者尽管火爆,但当事双方都自觉地将争论领域限定在诗艺之内,而后者则有逸出文坛的迹象。我们可以这样认为:于坚的"对手"不是那些"骂"他的诗人,而是一种根深蒂固的思维方式。这种思维方式可能仍然会长期地存在着,但愿随着视野的拓展和时间的流逝,类似"论争"能逐渐减少。

(原载《南方文坛》2011 年第 4 期)

2012年

真实："花非花"

一个问题、两部小说、三点启发

□ 李仰智

历史作为发生在过去的既往之物，孤独地伫立在时间的深处，奈何再温柔的呼唤，它也不会睁开眼睛与我们进行哪怕仅是片刻的对话，也没有谁能插上神奇的翅膀，穿越重重山水和似水流年的阻隔，去再现一段宏大历史的真实。历史只能靠文本化才能在书写和解读的双向交流之中死而复生。然而，传统史观对历史书写的兴趣仅仅停留在政治、革命、运动和事件等外在的层面，出于不同目的的需要和不同势力的干预，原本广泛出入于历史中的一个个无限丰富的无名个体被无情遮蔽、风干和改写。历史言说的这个缺失犹如一处疮疤，在人文知识分子出于现实焦虑而激活了阐释历史热情的大背景下隐隐作痒。历史本身动荡无际，本当自由猜想和多重阐释。新题材历史小说"在对那些漏洞百出、自相矛盾的历史文献丧失了信心之后"（李锐《银城故事》），开启了那尘封已久鲜为人知的"历史的后院"，打捞出沉落在历史的遗忘之谷中那生生不息的个体生命，对个人被历史言说的忘却进行了深刻的反思和深情的追忆。

在历史与个体生命之间，历史言说的"真实"问题尤其引人思考。

一个问题："真实"如何从"历史的本体"到"历史的叙述"

"文学位于人文学科之中，其一侧是历史，另一侧是哲学；由于文学本身不是一个系统的知识结构，批评家必须从历史学家的观念框架中去找事件，从哲学家的观念框架中去找思想。"[1]加拿大当代著名的文学理论家诺思罗普·弗莱在这里强调了文学与历史的复杂关联。这和中国古代文论中的"六经皆史""文史互通"可谓是有异曲同工之妙。无论古今中外，长期以来文学与历史都构成了一种特殊的想象关系。历史通过文学具备了更易感知和理解的审美形式;文学通过历史建立了历史的观念和表达历史生活的“历史性”。同时,文学创造历史的冲动也会进一步加剧对历史的介入,历史从来都是文学不可或缺的参照和资源。有人曾说:“创造历史的最好方法就是写历史。”[2]英雄所见略同。英国著名的历史学家卡尔也说过大体相似的话:“历史是历史学家的经验。历史不是别人而是历史学家‘制造出来’:写历史就是制造历史的惟一办法。”[3]听上去,这确是极富感染力和煽动性的言辞。究其实质,这种对待历史的态度,实际上是将关注历史的焦点,从历史的“实在”“本体”和“认识”倾斜到了对历史的“叙述”。

在这里,历史文本、历史话语、历史叙事凸现出了耐人寻味的意义。历史的文本化成为其最为核心的关键词。但实质上,历史本身并不具文本化的可操作性,而且恰恰相反,历史的动荡不羁很大程度上限制了历史标本的制作。有史以来,历史事实上就处在这样一种两难的境地。两害相权取其轻。面对要不要历史和如何在一定程度上挽留住历史的记忆的问题,对历史通过文本化的努力加以企及就成了历史学家和关注历史的文学家无可选择的选择。这一点,就像詹姆逊所说的:“历史并不是一个文本,因为从本质上说它是非叙事的、非再现性的;然而,还必须附加一个条件,历史只有以文本的形式才能接近我们,换言之,我们只有通过预先的(再)文本化才能接近历史。”[4]

历史文本化的过程使历史的叙事性提到了空前重要的位置。进而,历史的叙事性使历史的真实性成为历史言说不可逾越、难以回避的终极问题。

事实上,在当代文学史演进的历程中,“真实”一直是一个剪不断、理还乱,欲说还休、欲罢不能的问题。对当代文学“真实”命题的解读,其实可以从两个层面展开,一是“写真实”,二是“真实性”。二者作为一个问题的两面,其区别是显而易见的:“写真实”是方法论,是主流意识形态为文学特别是历史写作树立的一面旗帜,是要求,是方向,也是任务。其本身和理论问题似乎关系不大,但它事实上却充当了指导实践的并且具有强制性的“理论”和“政策”。“真实性”和方法论无关,严格来说,和意识形态的倡导是两个领域互不相干的问题。它是一个系统严密的理论范畴,其主要内涵是在价值论的意义上参与对文学艺术性的解读、判断和评估。这样两个显然是风马牛不相及的命题在中国当代文学史的特殊语境中却被戏剧性地合二为一,“经常重叠成一个一而二、二而一的理论存在,并长期纠缠不清,引发了无数次的争论甚至运动”。同时,新中国成立初期特殊的政治氛围往往以文学作为政治运动的前沿阵地,同样,文学探讨和理论争端也常常以政治的、运动的方式进行最终的了断。这就使得二者不再仅仅是一个文学概念和理论命题,“更多的时候它是被当作一个政治问题对待的,这就使事情显得更为复杂化了”[5]。

作纵向的梳理,这个复杂的“真实”命题其历时性的发展脉络可以在简要归纳的基础上概括为一个“一波三折”的过程。新题材历史小说对“真实”这种从“历史的本体”到“历史的叙述”的转型,很大程度上就是建立在这个线索的基础之上。

事实上,50年代初,新中国成立伊始,"真实"问题就被激情未消的中国文人提上了研究的日程。肖殷的《生活的真实与艺术的真实》[6]现在一般情况下被公认为是新中国成立后第一篇试图从理论上正面讨论"真实性"的论文。但这个时候关于"真实性"的论述的一个重要特征是,对"真实性"的定义和阐发都是紧紧围绕毛泽东1942年《在延安文艺座谈会上的讲话》进行的,两者是一脉相承的关系。虽然当时的研究者已经敏锐地发现了生活真实与艺术真实之间的关联和差异,但介于知识背景和政治氛围的双重作用,并未对解放区以来关于"真实性"的理论认知构成刷新。对"真实"的理解真正具备颠覆意义的人物是一贯强调"主观真实性"的胡风。胡风的所谓"三十万言书"[7]把这个理论命题升级为全国全党的一件大事。事实上,胡风的"写真实"是借用了斯大林的概念,他在"三十万言书"中引用了斯大林的《论党在文学和艺术方面的政策》中的一句话:"如果艺术家真实地表现了我们的生活,那么他在生活中就不能不看到,不能不表现使生活走向社会主义的东西。"[8]胡风对斯氏此言非常推崇,并以此作为他的理论支撑点。但实际情况却和表象有很大的偏差,斯大林的这句话是作为"党在文学和艺术方面的政策"出现的,其鲜明、强烈的意识形态属性不言自明,而且,斯氏此言是"醉翁之意不在酒",他的核心观点并不在意生活的"真实"与否,他的"山水之间"其实已经说得很明确了,就是最终指向"社会主义的东西"。同时,"党在文学和艺术方面的政策"本身的法定性和约束力还要求,这种指向"社会主义的东西"的"写真实"是"不能不看到,不能不表现"的。这实质上和毛泽东1942年的讲话如出一辙。在这个意义上,斯、毛才是一以贯之的。胡风虽说引用了斯大林的话,实质上仅仅是技术上的意义,只是从这里引申开来,更多地说了许多自己的话,赋予了"写真实"更多新的内容。并且,胡的意思已然和斯氏的原意大相径庭。胡风的"真实观"内涵十分丰富,在此不可能一一展开,就其对后续文学思潮特别是对新题材历史小说构成的影响来说,有两点是至关重要的:一是胡风的"写真实"是以人为本位的,着重强调了"写真实"的主体性、主观性。他不承认脱离了主体感受的"真实",他说:"任何内容只有深入了作者底感受以后才能成为生活的真实,只有深入了作者底感受以后才能进行一种考验,保证作者排除那些适合自己胃口的歪曲的东西,那些出于某种计算的人工的虚伪的东西(更不论那些生意眼的堕落的东西)而生发那些内在的真实的东西。"[9]二是胡风的"写真实"是以人为中心的,还着重强调了"真实"是写出"真实的人"和写出"人的真实"。胡风还特别提及历史和人的关系,他说:"一方面,历史是(人民)创造的,另一方面,文艺是人写的,如高尔基所说的是'人学'。脱离了精神,就不能在真实性上写出人来。"[10]从这里可以非常清楚地看出,胡风的这些观点带有浓郁的西方文艺复兴以来的人本主义哲学思潮的痕迹,究其原因,似乎可以追溯到"五四",和其时轰轰烈烈的个性解放的启蒙话语有着斩割不断的承传关系。

时至今日,从新题材历史小说的实践来看,胡风对"真实性"的看法依然意义非凡,在一定程度上,甚至和新题材历史小说构成了高度的契合。但这并不是说,胡风的"深谋远虑"足以看到世纪末小说潮流的演进，相反，胡风洋洋“三十万言书”的本意在于说明反对“社会主义现实主义”对“真实性”的机械理解，并非像批判者所言，要用“写真实”取代“走向社会主义的东西”。但毕竟不管历史如何荒谬，胡风就“真实性”为文学理论留下了一份难能可贵的遗产。

新时期之初，似乎随着思想解放运动和政治生态环境的日益宽松，“真实”的问题已经随着政治格局的剧变迎刃而解，“真实是文学的生命”已然成为不言自明的题中应有之意。事实上，这只能说是“真实性”问题在理论讲坛上的归位。当“伤痕”“反思”文学开始清算、抚慰“文革”的伤口时，学界开始了对“真实性”新的争鸣。和“十七年”相比，这一时期对“真实”的讨论已撇开外部的缠绕掘进到理论的内部。值得一提的是，在《人民日报》的“关于文艺真实性问题的讨论”中，王蒙的一番话引出了一个至关重要的命题，他说：“文学的真实性归根结底是一个艺术说服力的问题。一部作品要感人、吸引人、教育人，首先要使人信服……文学需要真实，又不仅需要真实。文学还需要崇高的信念，深层的思索，大胆的想象；文学还需要激情，需要是非心与同情心。”[11]现在看来，王蒙的这篇文章显然没有得到足够的重视。对新题材历史小说来说，王蒙在 1980 年的这番话有一种预见性，或许新题材历史小说并没有从这篇短文中直接汲取现实而有效的营养，但在一定程度上，他的的确确言中了若干年后新题材历史小说“真实观”的一些本体特征。我理解，王蒙这几句话把“真实”和“艺术说服力”“大胆的想象”“是非心和同情心”相提并论，可以从三个方面进行解读。一是指出了“真实”其实是一种艺术说服力，即能不能让人感到真实，让人“信服”这是真实的。从接受美学的观点看，实际上是把“真实”的重心侧重到了“真实感”。二是明确指出了文学的“真实”和大胆的想象并不矛盾，这事实上是对那种机械的真实观的反动，为“真实”的可虚构性打开了方便之门，为“真实性”的构成增添了丰富的弹性。三是强调了“真实”并不排斥价值论，所谓“是非心”和“同情心”，我理解其意是和意识形态同构的符合论相悖的立足于“人的解放”的人文主义的价值论。王蒙等人在新时期的思考实际上把对“真实性”的问题引向了更为深入的层面，是新题材历史小说处理历史真实的一个不可忽视的理论资源。

先锋作家的横空出世使包括了“真实性”在内的许多文学观念和美学原则受到了前所未有的挑战和质疑。先锋作家从哲学精神和形式探索两个方面对传统的真实观进行了颠覆，不再遵从生活中的真实的逻辑，而是重建了一套超验的观念的逻辑，对真实和虚构作出了全新的解释。

从哲学精神上看，先锋作家彻底抛弃了所谓对生活的“真实再现”，倡导“从正常中逃逸，到反常中舞蹈”[12]，不相信“真实”的逻辑性，不承认“真实”与生活的一一对应关系，不在乎“真实”是什么，而重视“真实”可能是什么。对此，先锋作家的代表人物余华有过形象的现身说法：“由于长久以来过于科学地理解真实，真实似乎只对早餐这类事物有意义，而对深夜月光下某个人叙述的死人复活故事，真实在翌日清晨对它的回避总是毫不犹豫。因此我们的文学只能在缺乏想象的茅屋里度日如年。在有人以要求新闻记者眼中的真实,来要求作家眼中的真实时,人们的广泛拥护也就理所当然了。而我们也因此无法期待文学会出现奇迹。”他进而指出:“当我发现以往那种就事论事的写作态度只能导致表面的真实以后,我就必须去寻找新的表达方式。寻找的结果使我不再忠诚所描绘事物的形态,我开始使用一种虚伪的形式。这种形式背离了现状世界提供给我的秩序和逻辑,然而却使我自由地接近了真实。”他还说:“人在文明秩序里的成长和生活是按照规定进行的,秩序对人们的规定显然是为了维护人的正常和安全,然而……秩序总是要遭受混乱的捉弄。因此,我们置身于文明秩序中的安全也就不再真实可信。”[13]他还在另一篇文章里以更刻薄的语气嘲笑了文学对真实的强求:“事物总是存在着两个以上的说法,不同的说法都标榜了自己掌握了世界的真实,而真实永远都是一位处女,所有的理论到头来只是自鸣得意的手淫。”[14]基于此,他毫不隐讳把自己的写作称作“虚伪的作品”。

从形式探索上看,先锋作家以“元叙事”的策略建构这种“虚伪的形式”,对“真实性”尝试处心积虑地破坏。比如孙甘露的《请女人猜谜》的开头一段是最上等的“元叙事”的自我表白:“这篇小说所涉及的人物都还活着。仿佛是由于一种我所遏制不住的激情的驱使,我贸然地在这篇题为“请女人猜谜”的小说中使用了她们的真实姓名,我不知道她们会怎样看待我的这一做法。如果我的叙述不小心在哪儿伤害了她们,那么,我恳切地请求她们原谅我,正如她们曾经所做的那样。”这种“元叙事”就是不断暴露叙事行为与写作活动本质的同时,在小说中谈论小说的技巧,自己揭开自己的底细,以此把读者的注意力引向创作过程本身。小说成了关于故事的故事,关于叙述的叙述,关于小说的小说,从而彻底混淆了现实与虚构的界限,表达出先锋作家们对“真实”的“似真幻觉”的理解。对此,马原曾自负地作过总结:“与利用逆反心理达到效果有关的,是每个写作者都密切关注着的多种技法。最常见的是博尔赫斯和我的方法,明确告诉读者,连我们(作者)自己也不能确切认定故事的真实性——这也就是在声称故事是假的,不可信,也就是在强调虚拟。”[15]

先锋作家对“真实性”的彻底放逐,以暴乱的姿态显示出他们否定神圣、否定权威和挑战终极的非凡意义,以及以语言的变化与浮浅的社会心理相抗衡的力量。其正面的非凡意义事实上是新题材历史小说最为直接的写作背景,为之提供了伸手可及的实践经验和理论资源,很大程度上可以称为是新题材历史小说面对历史进行言说时的一次激进的思想解放运动。

两部同名小说:人文关怀的在场与退场

新题材历史小说对历史“真实性”的理解深受先锋作家的影响,不再拘泥于对还原历史本体的讲述,而是尝试在掌握历史史料的基础上“叙述”构成历史的人和事。真实的历史人物、虚构或想象的个体事件、丰满且立体的个体体验构筑了一个可感可知的真实历史。面对虚构的真实,作者本身的人文立场、性别观念、创作意图等都对历史叙述有着重要的影响,不同的作家对同样的历史人物和历史资料会作出不同的阐释。

20 世纪 90 年代,文学写作到历史深处寻找言说资源一度成为一种时尚。在一位电影导演的组织下,文坛曾先后推出了好几部以“武则天”为名的同名新题材历史小说或电影,引起了广泛的讨论与关注。其中,赵玫和苏童的同名小说《武则天》对比鲜明,人文关怀的在场与退场给我们提供了迥异的历史场景和不同的真实感受。

本文希望通过对两部小说的对比分析,探讨不同人文立场和性别观念的作家对“历史真实”的不同理解。

对人物的处理,苏童和赵玫有本质主义与反本质主义的区别。随着女性的解放,对性别气质的传统本质主义观点已成为一种对女性的压制力量,即如波伏娃所言“女人不是天生的,是后天变成的”。性别分工并非源于生理功能,而是因文化而各异,是人为的,并不是什么与生俱来的“自然秩序”。赵玫与苏童的《武则天》的人文关怀特别是对女性的人文关怀的一个首要分野即在于此。苏童《武则天》中人文关怀的退场从宏观上看体现在言说这个历史人物之初,他似乎事先备妥一个先于存在的本质,即女人应是温柔的、母性的、依赖的、感情型的、非理性的,缺乏独立的智性。以此为基点,苏童下笔之初就已给武则天套上一副枷锁。这种对人的理解,和一味强调“凸现学术”而导致感觉麻木的学者并没有多少区别,其实还是以皇权为中心对“女人”本质的一次塑造,一次关于武则天的死气沉沉的资料收集而已,未能打开业已封闭多年的时间的效能,也未摆脱来自历史和文化因素的重负。对此,苏童自己的认识也相当清醒,他有这么一段话颇能说明问题:“《武则天》在我看来是个中规中矩的历史小说,尽管我绞尽脑汁让这篇小说具有现代小说的功能,但它最终还是人们所熟悉的一代女皇武则天的故事,不出人们之想象,不出史料典籍半步,我没有虚构一个则天大圣皇帝的欲望,因此这部小说这个著名的女人也只能落实窠臼之中。”[16]相反,对赵玫而言,女性意识十分清醒,当然她的人文关怀的在场并非造作强求,也并非刻意去追求女人与男人一般意义上的平等。在对武则天的历史书写中,她更愿意在保持与焕发女性自身特点与魅力的基础上显示一个“个人”的尊严与价值。赵玫之接近这个女人,主要是“接近她谜一般的美丽和她作为女人的毕生,接近她的每一寸肌肤和每一个心灵的角落”[17]。赵玫正是以“心灵的角落”为出发点建构了一个被历史的宏大叙事和男权主义所遮蔽压抑的女人的历史。历史不再是缺乏女性参与的叙事。赵玫在历史这个原本充满了人文性和开放性的范围里,狙击了游荡着行尸走肉的传统历史霸权话语,把一个历史人物当作一个“人”自由猜想与言说。历史因融入了女性视角成为一种更接近真实的表达。

对主体性的处理,苏童是“中规中矩”,赵玫则介入了生命体验。如苏童自己所言,他的“中规中矩”是对超验的、常识的、绝对的历史的依附,其实质是对历史的探索驻足在历史的表象停止不前,意味着对现实的、感性存在着的人的无视和否定。面对武则天,他着重于对一个陈旧的武则天在文学意义上的改写活动,反对触及灵魂的主观介入与想象。他的这种对人文关怀的主动放弃,不仅造成他再次在历史面前无功而返,把一个本来开放复杂多变的历史人物的一生归结为一种抽象、单一、封闭的存在,以排斥和漠视人的存在的价值立场而抽取了历史的丰富性和历史人物的现实性。同时,作为创作主体他也因对传统史观的怀疑与批判精神的匮乏,使自己失去了对人的灵魂的深入理解的热情,没有在历史面前实现自我的超越,使这次写作活动变成一次非人本化的历史漫步。苏童的《武则天》犹如一架蒸馏机,经过它的处理、过滤、蒸榨之后,剩下一堆历史的抽象之物,可知可亲可感的武则天却遗忘在历史的后院不被问津。与苏童不同的是,赵玫在小说中更多地介入了个人的生命体验。应该说,用今天的笔触去驾驭那尘封的往事确实是非常困难的事情。赵玫的方式是独特的,也是性别的必然。赵玫在小说中插叙了自己写作时的感受,讲述了她在故纸堆中感到的“惶惑”,以及“被异化得失去了天性”。她说:“直到有一天,我心里想,去他的历史吧。”赵玫之于武则天更多的是尽力从一个女人的角度去诠释,从她为才人、为帝妻、为人母、为女皇这几重角色来展开她心灵的挣扎。赵玫对此的一段独白表明了她的这种意识:“我应当设身处地地为她着想。我应当在她做出的每一个选择的后面看到她心里的真实轨迹。而我着手要写的,也该是这个伟大女人的令人震撼的心灵。于是我想到此刻如果是我被关进人间地狱般的感业寺中、被强迫着弃绝人世的一切欲念与愿望,我该怎样呢?”[18]赵玫正是以这种设身处地在言说一个她感受到的武则天,并理解了她为什么这样,又为什么不那样。武则天之于赵玫不再捉摸不透,不再遥不可及,而是像我们身边的每一个人一样,是一个真实存在的、有血有肉、有七情六欲、食人间烟火的普通人。

对历史资料的处理,苏童是“不出史料典籍半步”,赵玫则是合理虚构。言说武则天的历史,进入操作环节,苏童和赵玫不可避免都要考虑从哪里出发、从什么地方开始。电影导演的发令枪扣响后,他们二人从不同的出发点开始奔跑,起点的不同导致二人虽然面对同一个冲刺的红线,结果却南辕北辙。出发点的不同选择同我们思考问题的方式有关。人们考察一个对象,通常情况下总要通过一个中介去接近对象本身,这种中介或者是科学知识,或者是艺术想象,也可能是主观判断。同理,人们考察历史就不免要面对历史的既有资料。苏童在技术层面上描述武则天,其出发点即传统史观对武则天的“前理解”,他自称的写作过程中的“中规中矩”“不出史料典籍半步”,注定他难以摆脱“前见”的意识形态。这种“前理解”本已非常薄弱的人文关怀在刻画人物时深刻影响到他对武则天的判断、认知和塑造。以此为基础,苏童在描写武则天时,以他一如既往富有才情的文采印证了历史典籍的“前见”。他横溢的才华成了他在相反的方向上向历史真实冲刺的帮凶。相反的是,赵玫找到一条新的起跑线,借用现象学大师胡塞尔一句话,即“回到事物本身”。赵玫出于对男人们书写的武则天的“前理解”的不满,果断地将这些“前见”连同过季的时装一起“悬搁”起来,直接面对面地注视着一代女皇武则天。此时,在赵玫眼里,和她面面相觑四目相对的武则天不是什么女皇,也不是什么才人、贵妃、昭仪,她是一个和她一样的人,有悲有喜、有爱有恨、有情有欲。赵玫认为:她是她的朋友,当然她也是她的朋友。去蔽之后的武则天在赵玫那里获得了新的生命。在技术层面上,赵玫从此出发靠合理而有效的虚构建构了一个更合乎人性真实感受的女人的历史。应该说如今我们谈论的历史无不是文本化的历史。可以说,语言是历史存在的家。语言的诗性努力再现着历史,同时也虚构着历史。关于女性历史的建构,伍尔夫曾指出:在美国,直到19世纪,历史还是由男人写的,对那种由女人执笔、表现了女人观点的历史,“我们一无所知”。因此,关于女性的历史,她说:“我们所提出的问题,只有以更多的虚构来作为解答。”[19]至此,一个问题有必要提及,就是这种虚构一定是要合理而有效的。苏童的做法是:“不出史料典籍半步”,就谈不上合理有效的虚构。赵玫就显得更细腻、更智慧,她在借鉴学术研究成果,对史料进行鉴别、取舍、处理的基础上,更多地通过一个人心去体味、去辨识,去通过合乎人情事理的想象,探讨一种人性的可能性、心灵的可能性和历史人物生存选择的可能性。赵玫这样做,并非把女权主义作为一个预设的前提,而是在特定的历史情境中尽量还原历史人物的心理机制,并通过自己同为女人的心灵去感知去再现一个历史女性的心路历程。于是一个被“无字碑”概括的传奇女性还原成了鲜活的有个性有欲望的女人,一段历史图景也因一个有血有肉的女人的照亮折射出耀眼的光芒。赵玫对武则天早年生活的虚构其实正是对后来心路历程的艺术诠释,读来合乎情理又感人至深。这些无处不在的合理的有效虚构,使赵玫在历史提供的僵硬脉络中填充了鲜活的生命和真实可感的血肉。

还应该指出的是,上述观点并非以偏概全地说苏文不如赵文。我想,之所以这样,除去历史观的差异和价值观的不同,另一个主要原因是性别使然。赵玫和武则天同是女儿身,虽身在不同时空,面对的却是同样一个世界和同性别的男人,所以,在精神层面上更易于接近、理解、认可武则天。那种感觉息息相通,心有灵犀,水乳交融。显然,赵玫阐释武则天的性别优势是苏童所不具备的,也不能苛求苏童去刻意“体验”武则天。“子非鱼”,他很难懂得“鱼之乐”。同理,子要写出“鱼之乐”,就要设身处地用心灵去理解“鱼之乐”。

三点启发:历史的真实性·个体生命存在·小说书写历史的单位

在以当代文学的“真实性”为线索,对新题材历史小说真实观的理论背景和创作背景作出重新解读的基础上,对两部同名新题材历史小说进行了文本细读和对比分析后,有一些相关问题的启发渐次清晰。

一、历史的真实性:企及与悬搁。对新题材历史小说的研究,历史的“真实性”是一个绕不开的关键词。历史的真实性是记录、描述、阐释历史的最高准则和追逐对象。以不同历史观为出发点的历史言说都宣称他们“真实再现了历史”,都认定自己勘探出了历史的本真状况。那么究竟什么是历史的真实呢?历史是发生在过去的一个特定时间和空间的交叉点上的事情,它作为一个既成事实,是一个客观的存在。这是毋庸置疑的。不管后世的理论如何强调主体意识的能动性和创造性,都无法完全将历史的存在予以过滤、蒸发,使之就像从来没有发生过一样。在这个意义上,德里达的"文本之外,一无所有"值得商榷。

这样的论述并不是说一切历史的、文学的文本都可以毫无遗漏地将历史真实一网打尽。恰恰相反,似水年华的流逝远比山水的阻隔更无情,由于历史总处在相距现在更为遥远的往昔,事实上历史真实本身业已模糊不清。构成历史的重要维度"时间"呈线性发展,时间是不可复原的,一如覆水难收。可以断言,生活在当下的我们,谁也无法插上一双具备特异功能的翅膀,穿越漫长的时光隧道中那不同朝代重重叠叠的山川河流,回到虚无缥缈的过去,手捧历史的文本去一一对照历史的本体,追问历史的真实。或许是出于一种理论上的自觉,有的作家和理论家明确提出"历史诗学"的概念,直接介入对历史的阐释,使历史的言说抹上了重重的新历史主义的色彩。关于同一个历史人物的多个版本的同名小说《武则天》就是一个典型的例子,迥然不同、相互消解,又构成一种互动关系。从理论层面上看,赵玫和苏童的这种对历史的"叙述"方式,是并置了不同权力话语对历史真实共同实施渗透的结果。这是典型的新历史主义"历史的文本化"对历史的书写方式。这种历史观的登场和演绎在一瞬间就瓦解了穿越茫茫时空勘探历史本体真实存在的可能性。

换一种角度切入,不管是史学还是文学,对历史真实的追本溯源式的深层次思考,企图从最根本、最彻底的意义上把握历史、描述历史,都是对历史的终极追求。但是,从历史的构成和对历史的把握方式看,结合新历史主义"历史的文本性和文本的历史性"之说,这种对历史真实性的刻意追求有着深刻的内在矛盾。一是历史真实自身的"悖论"。如前所述,历史的本身状态在最终意义上具有确定性,但历史作为人类对自我的反思,只能是一定社会历史条件下的产物,事实上并不具备最终的确定性。也就是说,一定历史条件下的历史真实在另一个历史条件下被描述时,不可避免要经受书写历史的诸多时代因素的层层过滤和加工。二是对历史真实的把握方式的"悖论"。"历史的本真状态是不依人的主观意志为转移的客观存在,但人对历史存在的把握、理解和描述却注定要以人为起点。"[20]

到这里,我们会明白,为什么同一个题材会有不同的阐释。需要指出的是,即便历史有再多的版本,我们也不会相信,其中之一完全再现了历史真实。可以说,每一种历史言说都被一个视角照亮,都有一定的合理性和真实性。当然也可以说,每一种历史的书写都距真实的历史相去甚远。正所谓"花非花"。从这个意义上讲,对历史真实的刻意追求和实证是毫无意义的,只能无限企及。所以,参照阐释学的观点,我以为对这个问题的最好办法就是"悬搁"它。

二、个体生命的存在和感悟:联通历史的存在和历史的叙述。在历史真实和文学真实之间,一个联系上述两个层面的至关重要的环节必然要提及,就是"人"在历史中的存在及其同时对历史的叙述。传统历史观对历史的解码体系最大的弊端在于它造成一个巨大的遮蔽,即把历史的构成物——一个个的人放逐在了历史之外。宏大的历史其实是由一个个不同的个体共同构成,失去了人的依托历史就无从谈起。同样,对历史的书写和描述亦是个人的能动的活动,是人对人本身的记忆。文学,确切地说是历史题材的小说,是人对历史进行书写和描述的一种文学的改写。二者的共同点都是个人的直接介入并以记录和创作的主体出现。于是,一个有意思的现象就相当清晰了,即历史、历史言说和历史小说写作三者有一个共同的契合点——个人的存在特别是个人的生命体验和感受。在这个意义上,三者保持了空前的默契和高度的一致,形成一个可以自由往来互通有无的平台。这意味着对历史真实探求的重心不再是历史真实,而是我们以什么方式、从哪个角度对历史进行阐释。就是说,历史真实我们无法完全企及,但我们可以把生命体验和感受融入历史的文本中感受到真实,并以此逼近真实。

有意思的是,书写、记录、阐释历史不可避免要依托于文字,要借助于叙述、描写、隐喻、象征等文学手段。怀特指出:“人们只有通过历史话语才能把握历史,而作为一种叙述话语,历史文本的深层内容是语言学的,诗性的,带有一切语言构成物的虚构性。”[21]在这个层面上,历史和文学这两个不同学科之间的壁垒被打通。怀特的“元历史”即在话语层面上探讨历史形成的本质特征,他称之为“历史编纂学”。怀特为进一步凸现书写历史者的作用,进而指出“如何组合一个历史境遇取决于历史学家如何把具体的情节结构和他所希望赋予某种意义的历史事件相结合,这个做法从根本上说是文学操作,也就是说,是小说创造的运作”[22]。基于此,怀特认为“历史作为一种虚构形式,和小说作为历史真实的再现,可以说是半斤八两,不分轩轾”[23]。我之所以在这个问题上反复纠缠,不断引用,是想更清楚地说明,历史和文学被打通后,我们对新题材历史小说“真实性”问题的探求就变成了一种文学的审美活动。

至此,在这一点上,我们找到了进入历史追问真实的大门。个人的生命存在和感悟是打开这个大门的金钥匙。如前所述,既然历史是个人的历史,是人心中的历史,那么,可以说历史就是人性,历史是否真实就看是否对人性和精神作出了解释,而“精神的表达要置于真实的表达之上”(汤因比语)。可见,历史的真实最终要落实到人的精神领域。中国社会科学出版社在其出版的《余华作品集》的出版说明中转述了余华的话:“我觉得我所有的创作,都是在努力更加接近真实。我觉得生活实际上是不真实的,生活是一种真假参半、鱼目混珠的事物。我觉得真实是对个人而言的。”可见,阐释历史时个人的在场与退场,直接决定着阅读时的真实感受,决定着历史能否在后人的阅读中获得理解、同情和共鸣。以个人的名义介入历史的言说,轻轻转动这把富有人文精神的钥匙,长年紧闭锈迹斑驳的历史之门便轰然开启,一种对历史的真实感受会扑面而来。

这时,再回过头来看赵玫和苏童的《武则天》,我们对历史就会有新的感受和思索。赵玫的小说从女性个人视角出发给我们的真实感至少来自两个层面:一是对压抑女性的外部世界的抗争与批判,二是对女人存在的内部世界的审视与反思。以往女性对自我历史的思考往往从政治、社会的意义上着手,忽略了女性是一个作为个体的人的存在,未能对女性的生命状态及命运作出本体意义上的描述。赵玫之所以能让我们感受到真实,正在于她紧扣“个人”这条主线,以此为切入点去重新观照女性的历史。赵玫《武则天》的深刻之处,也是给人更多真实感受之处,在于把被历史遗忘多时的个体生命从“历史”中解放出来,并把水落石出后的另一种更能理解的历史真相公之于众。

可见,“真实性”最终还要落实到人文主义之上,确切说是人文关怀的理论支撑点上。人文主义是一个难以界定的概念。这个名词在含义上具有多变性,在不同的时代和不同的地方,不同的人会对它有不同的理解。有人把它称为人文主义,也有的叫作人本主义、人道主义、人性主义,更有主张仿唯物论、唯心论而称之为唯人论[24]。也有论者称:“‘人文主义’与‘人道主义’两词可以通用。”[25]这也正说明对这个概念没有一致的理解。或许正因为此,在那场热闹非凡的人文精神大讨论中,各路诸侯纷纷披挂上阵,只见一场混战,不同的兵刃对着虚空乱砍一气,最终不了了之。但无论如何,对人文主义大家都有一个共同的理解,即它提倡个性解放、肯定人的尊严,呼唤对个体生命的关注。我是在这个意义上引用这个概念的。为了更确切有效地阐释新题材历史小说,我更愿意把它称为“人文关怀”,即在言说历史时是否以人为本,以个人化的记忆、经验、智慧和信念的视角把一个个活生生的人和生生不息的人性作为描述历史的出发点和目的地。不可通约的个体存在犹如一道分水岭,把历史真实引入不同的流向。

三、小说书写历史的单位:集体、阶级——村落、家族——个人、女人。回顾新题材历史小说的历程,个人视角的由无到隐至显和我们对历史真实的感受有一条极其相似的轨迹。我在读书时,我的导师刘思谦先生在和我们几个博士生讨论时,共同梳理、提炼了一个概念:“小说书写历史的单位。”[26]用这个概念重新梳理当代历史小说,其脉络走向更为清晰。新题材历史小说之前,书写历史的单位是国家、民族、阶级,体现出的历史观、价值观是以集团为本位。在当代文学发展初期,对历史的书写主要集中在革命战争题材上。这些历史故事的最大缺失就是个人的存在。在意识形态的作用下,由于历史观的限定,这些主流历史的演义把一个个不同的人的生命歌哭排挤在历史和文学的言说之外,历史真实的无限丰富在一个单向度的层面上被无情取消。到了新题材历史小说,在新的历史观的烛照下,历史写作开始解构具有本质、规律的规定性的传统史观,书写历史的单位也逐渐转移到村落、家族,蕴涵其间的价值观也悄然变化,不再强调个人必须无条件服务于另一个庞大的存在。这个转变过程其实是对历史理性主义遮蔽的人的感性生命的去蔽与敞亮的过程,也是我们在阅读中一步一步走近真实感受的过程。遗憾的是,20 世纪 80 年代末 90 年代初,有人非常可惜地停滞了这种逼近历史真实的步伐,一头扎进历史的虚无深处游戏历史,陷于“戏说”的沼泽,乐不思蜀,难以自拔,反而与历史的真实感受擦肩而过并背道而驰。

一个可喜的有意思的现象是,世纪之交,一批女性新题材历史小说以个人的生命感悟为突破口使新题材历史小说在另一侧异军突起。她们把书写历史的单位聚焦到最小的单位——人,有的更确切地把“人”这个范畴具体到有性别特征的女人。历史书写单位的这种

“集体、阶级——村落、家族——个人、女人”的转换轨迹也是历史言说由虚幻一步步逼近真实的轨迹。这给后续小说潮流的历史言说提供了意义非凡的启示。

从生存论的意义上看，历史由两个层面构成：一是历史的表象，主要由政治、革命、运动和事件等构成，它是外在的、孤立的，呈现出纯粹的过去时态；二是历史的精神，即存在于历史中的人的精神和人心中的历史，它居于历史的深处，呈流动、弥漫状又富于凝聚力和感召力，它打通了各种时态可以在时空中随心所欲，任意往来。同时，有权对历史的表象进行整合，如同一根丝线穿起一条项链。这根丝线就是人文主义精神，它对不同的历史表象赋予新的意义并使之走出被关押已久的时间，让一个个历史人物从历史僵硬的牢笼中解放出来得以死而复生。历史言说也得以在人性上把历史的两个层面有机统一起来，由生存个体去感知个体生存，彰显历史的真实，并以此向历史的另一极——未来发出亲切的呼喊。

以人文关怀的名义进入历史言说，彰显历史真实之说，并不是说可以以此包打天下网罗历史全部真实。其关键一点在于这个“个人”以什么价值立场介入历史的叙事并关怀历史中的人物和事件。不同的价值论会书写出不同的历史真实。这就有必要在个人言说中引入价值论。可以断言，作为历史客观存在，历史本身并不具备一定的价值和意义，只有经过价值之光的鉴别和烛照才能符合人的需求。历史存在是一个已然之物，介入的价值观则是应然之物。历史作为一个庞大的存在，并非一树一石、一土一木都符合阐释者的需求。综合冯平在《评价论》中的论述，他认为必要的价值立场会按照人的目的、人的需要建构一个价值体系，它包含了人的主体需要、信念和理想，以及对生命的价值和潜力连同人的主观能动性、创造性的基本信赖。[27]在新题材历史小说中特别是女性新题材历史小说文本中，这种价值论体现了人文立场。以此为出发点阐释历史，是将有生命的个人的存在作为历史存在的首要前提，当作家把言说历史的凝聚点放在个人这个最小的不可通约的单位上时，人的无限丰富性和人的生存之真被敞亮与烛照，历史的真面目便逐渐凸现。

历史的重重迷雾作为一个庞大的存在是引发我们解读并思索人的存在的永恒的资源。新题材历史小说“真实性”对历史写作的最大的启示是：个人是描述历史真实存在的重要刻度。个人是永远不能忘记的。

［注释］

[1] [加]诺思罗普·弗莱：《批评的剖析》，陈慧等译，12 页，百花文艺出版社 1998 年版。

[2] 这是英国当代著名的政治家温斯顿·丘吉尔的一句名言。转引自刘昶《人心中的历史》，5 页，四川人民出版社 1987 年版。

[3] [英]爱德华·霍列特·卡尔：《历史是什么》，吴柱存译，19 页，商务印书馆 1981 年版。

[4] [美]弗雷德里克·詹姆逊:《政治无意识》,王逢振、陈永国译,70页,中国社会科学出版社1999年版。

[5] 吴义勤:《写真实·真实性》,见洪子诚、孟繁华主编《当代文学关键词》,260页,广西师范大学出版社2002年版。

[6] 肖殷:《生活的真实与艺术的真实》,载《文艺报》1953年第2期。

[7][9][10] 胡风:《关于解放以来的文艺实践情况的报告》,载《新文学史料》1988年第4期。

[8] [苏]斯大林:《论党在文学和艺术方面的政策》,转引自胡风《关于解放以来的文艺实践情况的报告》,载《新文学史料》1988年第4期。

[11] 王蒙:《是一个扯不清的问题吗?》,载《人民日报》1980年8月27日。

[12] 李仰智:《从正常中逃逸,到反常中舞蹈》,载《河南大学学报》2000年第1期。

[13] 余华:《虚伪的作品》,载《上海文论》1989年第5期。

[14] 余华:《艺术家与匠人》,见《灵魂饭》,245页,南海出版公司2002年版。

[15] 马原:《百窘》,见《马原文集》(第四卷),416页,作家出版社1997年版。

[16] 苏童:《武则天》,见《苏童文集·后宫》,1页,江苏文艺出版社1994年版。

[17][18] 赵玫:《武则天》,4、105页,上海古籍出版社1999年版。

[19] 董之林:《女性主义批评:并不奢侈的今日话题》,见《中国女性文化》第2期,85页,中国文联出版社2001年版。

[20] 李仰智:《真实性:另一种解读》,载《郑州大学学报》2003年第1期。

[21] 转引自陈厚诚、王宁《西方当代文学批评在中国》,464页,百花文艺出版社2000年版。

[22] 转引自张京媛主编《新历史主义与文学批评》,165页,北京大学出版社1993年版。

[23] 转引自盛宁《新历史主义·后现代主义·历史真实》,载《文艺理论与批评》1997年第1期。

[24] [英]阿伦·布洛克:《西方人文主义传统》,董乐山译,1页,三联书店1997年版。

[25] 全增嘏:《西方哲学史》上册,355页,上海人民出版社,1983年版。

[26] 刘思谦等:《以个人的名义进入历史书写》,载《作家》2002年第4期。

[27] 冯平:《评价论》,东方出版社1995年版。

(原载《南方文坛》2012年第2期)

林焕平学术精神和学术谱系探讨

□ 袁鼎生

林焕平先生的学术谱系，首先表现为他自身的学术思想的生发态势，其次显现为他的学术精神的传承格局。

林焕平先生的学术精神，是他的学术思想的升华和教育理念的凝聚，比他完整的、深刻的、系统的学术思想，更具谱系性。这是因为学术精神是学术文明的结晶，更有范式性，更有传承性。随着时代的更替，林焕平先生的学术精神，越来越成为他的学术谱系的核心，并实现了逐代传递，有薪火更旺之势。

一 ‖ 林焕平学术精神

林焕平学术精神是一个系统，主要由其哲学视野、辩证范式、使命意识、勤正学风、雅正气韵等方面有机组成。

哲学视野是林焕平学术精神的元点与基点，其他方面是其生长点与发展点。哲学视野是一种全视野，隐汇着高视角、长视线、深视点。具有哲学视野的人，仿佛站在宇宙之外，有着俯瞰全部时空的视角，有着穿透历史发展、现实格局和未来趋向的视线，有着透析历史生态位和逻辑生态位的视点。凭此，他可以进行最高品位的学术研究，发现宇宙、社会、文化、文明的深层规律与目的，形成原理性的学术体系。

林焕平是一个哲学家，建构了原理性的马克思主义文学理论体系。他还把哲学形态的理论与方法，贯穿到相关的历史研究、比较研究、应用研究中，形成了五位一体的马克思主义文艺学系统。林先生还谆谆告诫他的学生，一定要学好哲学。他的名言："要做文艺理论家，必须先做哲学家"，刻在一代又一代学生的心坎上，成为徒子徒孙的座右铭，成为林门的传家宝。

当年，林先生要学生打好哲学基础，尽可能地形成深厚的哲学素养，我们虽然不太明白其良苦用心，但凭着对他的景仰与敬重，均努力实施了。三十年过去了，回味林先生的教诲，深感受益匪浅。我曾感悟,完备的学术人生,大抵要经过三个螺旋发展的环节。年轻时候,选择一种理论与方法,进行递进环升的应用研究;尔后,中和出一种理论与方法,进行螺旋发展的历史研究;最后,推进或独创一种理论与方法,进行应用、历史、逻辑、比较、元学科五维圈走的超循环研究,形成自身的学术系统。这学术三旋,均离不开哲学的指导。选择一种理论与方法,需要哲学的敏锐与眼光;中和一种理论与方法,需要一种哲学的胸襟与态度;推进与独创一种理论与方法,更需要一种哲学的智慧与思维。

林焕平的辩证范式直接来自他的哲学视野。学术范式是最高的方法论,与世界观和价值观相通。可以说,没有哲学的底蕴,是不可能形成学术范式的。托马斯·库恩说:范式是科学的理论基础与实践规范,是科学家群体的世界观和行为方式,是他们认可的理论模型或模式,是他们赞同的假说、理论、准则、方法的总和。他明确指出:"范式既是科学家观察自然的向导,也是他们从事研究的依据。范式是一个成熟的科学共同体在某段时间内所接纳的研究方法、问题领域和解题标准的源头活水。"[1]学术范式是对科学范式的升华,形成了普适性意义,从而跟哲学的联系更为紧密。我认为:学术范式是学人生发学科质域、质构、质线的大法。学科质域基于学科本体与学科本源,决定于研究对象。学科质构是学科本体的生发样式,是学科质域的构造图式,显示出学术制式。学科质线是学科主潮的生发轨迹和演变历程,是学科理想的持续发展。这就见出,学术范式是对学科本质、结构、发展的根本性规范。尽管是同一学科,由于各个时代理论家的学术范式不同,其学科的质地、构造、运动会截然不同。像古代文艺学是一种客体论范式,形成了世界本体的质域,模仿对象的制式与质构,现实主义主潮的质线。近代文艺学是一种主体论范式,形成了人类本体的质域,表现自我的制式与质构,浪漫主义主潮的质线。林老师在马克思主义哲学的指导下,形成了辩证论的学术范式,或曰整体论的学术范式。这是一种将古代的客体论范式和近代的主体论范式加以辩证中和,所形成的现代文艺学范式。正是这种范式,使林先生的文艺学有了以天人合一为理论本体所构成的质域,有了以再现现实与表现理想统一所形成的再造审美世界的学术制式与学术质构,有了现实主义与浪漫主义结合所形成的革命现实主义的主潮与质线。林先生的辩证论学术范式,在新中国成立之前,就有了基本的框架,20 世纪中期逐步发展,20 世纪 70 年代后期到他辞世,逐渐完善。

将林焕平的辩证论学术范式,放到国际国内的学术背景中,更能见出他的先行性。20 世纪 70 年代兴起于欧美的生态批评,在主体间性的规约下,形成了共生批评的学术范式。他们主张人与自然、男性与女性、白色人种和有色人种互为主体,生态平等。[2]国内 20 世纪末提出了整体论文艺学的主张,出现了以生态中和为范式的生态文艺学。[3]林先生的辩证论学术范式,跟上述主张相通,然有着领先性。

使命意识是一种终极关怀和当下关怀的统一。终极关怀,是一种最高的哲学价值的关怀,当下关怀,是一种时代的关怀,两者结合,构成了一种人类、国家、民族、时代核心价值的追求。林焕平是一位党性、人民性、时代性结合很好的学术大师，他不是为学术而学术，其学术活动始终切合主流意识形态和国家意识形态的要求，始终未背离经世济时的民族文化传统，始终未离开学术前沿和学术主潮，始终关注时代的学术焦点、难点、关节点，形成了学术发展的引领性。

正是极强的使命意识，使林先生极为自律自觉，几十年如一日，坚守了勤正的学风。80岁前后，他的视力减弱，逐步接近失明，靠方条格定位，每日摸索着在框内写字，逐格逐条写文章，愈显端严；气定神凝地听秘书念书念报，更见沉实，周身上下，透出方正勤严的精气神，令人敬仰。

雅正者，宗也，端也，中也。林先生学术精神中的雅正气韵，根于哲学视野，是辩证范式、使命意识、勤正学风的凝聚。在林老师那里，深厚的哲学根基，为他的雅正气韵提供了前提与元气；辩证范式，使他的雅正气韵，有了中和的规约；使命意识，使其雅正气韵，走向自觉生发；勤正学风，是其雅正气韵的生长机制。林老师学术精神的方方面面，集大成于雅正气韵。他的学术精神，可以用雅正概括之。雅正的精义是中和，林老师的学术精神，是马克思主义的文艺观和中华民族传统文艺观的中和，是东西方学术文明的中和，是理论世界、艺术世界、现实世界的中和，是历史、现实、未来的中和。唯大中和，方能成其大雅。

林先生在独秀峰下住了几十年，我总觉得他离去后，精魂融进了独秀峰。以至于我每次回到桂林，都能从独秀峰读出林老师：

桂林独秀峰，
山环水绕中。
端直成大和，
雅正显太宗。

独秀峰成了林先生学术精神的象征，令人高山仰止。

二 ‖ 林焕平学术精神的传承

林先生通过言传身教，其学术精神深入弟子的灵魂，得以发扬光大和递次生发，形成了学术谱系。

林门学子，大都承接了先生学术精神的精髓。王杰、蒋述卓、李新风、王卫东、朱寿兴、张利群、冯仲平、莫其逊等学长，更是登堂入室，在哲思的深邃、理路的辩证、著述的勤勉性、严谨性、前沿性、主流性、博雅性方面都得林老师衣钵，在拓展林老师雅正的学术谱系方面，起到了主干性的承上启下作用。

我虽然没有在林老师那里拿学位,但作为他老人家的学术助手,从 1982 年起,跟随他 4 年,得其恩惠颇多,对林先生的学术精神,有了真切的体会。4 年里,林先生对我做了有计划地培养。第一年,是学习方法,林先生写出了学术方法论的提纲,我将其扩充为 5 万字的讲稿,并在他的指导下,不断修改,后成为一本研究生的参考教材。第二、第三年,是学习写论文,林先生出了一个研究现代派的课题,从搜集文献、列提纲、写作、修改,林先生对每个环节都做了精心的指导,最后成系列论文,共同署名发表。第四年,是学习写书,林先生指导我结合上课内容写书,要把讲稿当著作写。正是这一年,我写出了《简明审美学》的初稿,为本科生开出了美学课。4 年中,我受到了循序渐进的科学训练,一辈子受用不穷。因生性愚钝,我未能向学长们那样,全面弘扬林老师的学术精神,仅在方法与勤勉方面有些心得。林先生在手把手的科研训练中传授的辩证范式,奠定了我的方法论基础,其后,我向黄海澄老师学习系统方法,继而,向周来祥老师学习从抽象上升到具体、从历史走向逻辑的辩证法,然后,自学生态方法,中和出网络生态辩证法,写出了《超循环:生态方法论》,用以指导生态美学研究和研究生的学习,为传承林老师、黄老师、周老师的学术精神尽了一份努力。在勤勉方面,得林先生教诲之深,终生难忘。在跟随林先生的 4 年中,老人家规定:两个星期谈一次话,听取我的学习、研究、教学汇报,进而研讨与指导。有一次,他出差了,预定见面的头天下午,我打电话去他家,小保姆说:老爷爷未回来。第二天上午,我没有去见林先生。中午,他打电话到我家,改约下午面谈。原来,老先生坐夜班飞机回来了。一见面,他就批评我:要养成严谨的学风。并说:我已经 70 余岁,从 1957 年起,耽误了 20 年,现在每分每秒都十分珍贵,半个月跟你做一次学术交谈,已经很不容易,你应该守时。这一次批评,让我进一步看到了林老师的真诚、直率、严格,使我形成了严谨端直的学风目标。1994 年,我完成博士学业,第二年即到学校教务处工作,因管理事务繁忙,专业研究有所放松,连续两三年没有什么成果。1998 年的一天,林先生约我谈话,郑重告诫我:一定要做到教学、科研与管理三不误。并分析说:按你的情况,在管理发展方面,你最多能做到副校长,只有同时发展学业,才能在总体上为国家多做些事。林老师确有先见之明,就在 2000 年 12 月 28 日,他仙逝的那一天,自治区党委任命我为广西教育学院副院长。我牢记林老师的教诲,不敢因管理荒废学业。特别是 2003 年到广西民族学院工作后,我持续负责本科教学评估、更名大学、升博等费心、费力、费时的工作,搭上了很多业余时间。我不敢忘记林先生的嘱托,和团队成员一起,坚持生态美学研究。10 年来,陆续在中国大百科全书出版社、人民出版社、商务印书馆、科学出版社出版了 4 本生态美学独著,独自在文学评论等核心刊物发表了近三十篇生态美学论文。从 1995 年起,指导了 9 位博士生。广西民族大学文学院被誉为生态美学研究重镇。我在做教学管理者后,专业上虽然没有学长们有出息,但也在不断进步,这与我在林焕平老师、周来祥老师等先生们那里,学到的勤勉学风直接相关。同时,我的这些努力,也影响了我的学生。这就有意识地传承了林老师、周老师的学术精神。

我的一些学长把承传老师的学术精神与拓展新的学术空间结合起来，使林先生的学术谱系更有活力。王杰学长系统的马克思主义美学研究和审美人类学研究、朱寿兴学长的美感存在论研究、张利群学长的批评学研究，得林先生学术精神之神，开拓了当代新的学术疆域，见出了林先生学术精神的创造力，林门学术谱系的生发力。

三 ‖ 林焕平学术谱系的价值

以林先生学术精神的创立与传承为主线，形成了林焕平学术谱系，显示出多维的学术价值。

——可持续发展性。一般来说，一种学术观点和学术体系的传承，也可以生发学术谱系，但学术生发的空间与时间毕竟有限。林先生的学术谱系主要以学术精神的传承为主导、主体、主线，也就更有弹性空间，也就更有创新创造的潜力，也就更有可持续发展性。

在学术精神中，不少元素是具有永恒价值的。林先生的学术精神的整体与组成部分，就如此。可以说，他的学术精神，较之他独具贡献与特色的理论系统，更有生命力、创造力与超越力，更能通过他的学生生发于去。

——学派性。学术谱系在传承中自然形成学术流派。学术谱系的生命力与学派的衍生时空成正比。前段时间，我在《科技时报》上看到一篇谈科学谱系的文章，谈到一位日本的物理学家在 20 世纪上半叶，到波尔实验室工作，把波尔的创新精神与严谨学风带回日本帝国大学的物理实验室，改变了该大学以及整个日本科学界的风气。波尔学风在这一实验室经历六代科学家，传承至今，前后出现了六位诺贝尔物理学奖获得者，显示出强劲而又深长的科学谱系。林先生学术精神的传承，所显示的学术谱系的生发，形成了中国现代文艺学岭南学派的延展与扩大，有着深远的学术发展意义。

——普适性。林先生学术精神中的辩证范式，于他的学术谱系的生发，起到了中坚作用，形成了普适性价值。库恩讲的科学范式，有着特定时空的适应性，有着特定的历史和逻辑的生态位。林先生的辩证范式，从科学范式走向了哲学范式，于一切学科的研究有指导意义，于所有时代的学科探索，有方法论价值，有了历史和逻辑的普适性意义。

［注释］

［1］［美］托马斯·库恩：《科学革命的结构》，金吾伦、胡新和译，94—95 页，北京大学出版社 2003 年版。

［2］王晓华在《鄱阳湖学刊》2010 年第 4 期发表的《西方生态批评的三个维度》一文中，指出了西方

生态批评的“物种批评之维”,“性别批评之维”,“种族批评之维”。

[3] 鲁枢元教授指出:文艺的生态研究,就是探索“自然的法则、人的法则、艺术的法则三位一体”。参见其《生态文艺学》,73 页,陕西人民教育出版社 2000 年版。

(原载《南方文坛》2012 年第 3 期)

常剑钧的“越界写作”

□ 张柱林

汉语写壮剧:“杂糅”的风格

虽然人们常常由于职业习惯而对许多事物视而不见,但对文艺研究者和文艺欣赏者来说这却是致命的,因为和文艺创作者一样,这种职业要求一种敏感。即便如此,再迟钝的观众也终会发现,包括常剑钧和其创作伙伴们的作品在内的许多戏剧,主要是影响较大的《歌王》《瓦氏夫人》《壮锦》《天上的恋曲》等,这些常常自我标明为壮剧的作品,却并不以壮语写成,也很少用壮语演出。如果说这些作品在演出时,会采取较多的传统壮戏的元素,包括其惯用的唱腔和表演程式等,那还可以用来辩解的话,可就连这点在剧本中也无法反映出来。那么,假设有人质疑这些作品乃是“挂羊头卖狗肉”,剧作家将何以自解呢?

这当然不是创新就可以解释的。无论如何,壮剧必然有自身的规定性,不是说哪部戏称自己为壮剧就是壮剧,就像一个人说自己是好人那也未必就可以视其为好人一样。一般情形下,剧种的界定常以语言和唱腔为主要标准,前者尤其不可或缺。其实剧作家和导演、相关演出单位和投资人也未尝不知道这一点,《壮锦》一剧中每幕开始或结束时加入了女歌手用壮语演唱“壮锦是壮人的春种秋收,壮锦是壮家的天高地厚;壮锦是阿妈编织的心想事成,壮锦是儿女追寻的幸福源头”的合唱,明显就是出于壮语与壮剧的关系的考虑。同样,在《天上的恋曲》里每场戏结束时也会响起壮语演唱的山歌。剧作家之所以选择汉语作为壮剧的创作语言,原因无外乎可能是剧作家不懂壮文,但就是懂壮文的剧作家,也不太可能用壮语进行创作,这是因为现在的舞台剧演出基本上是针对城市观众的,而城里的多数观众或者不懂壮语,或者懂壮语但也是懂壮语中的方言,现在以武鸣双桥一带的口音为标准音的壮语(及壮文)并不是大多数壮族人能听(及看)得懂的,反而不如国家推广的官方语言汉语普通话流行。这种现实(市场)状况决定了在广西境内的舞台演出大多数情况下只能以汉语(普通话)或汉语方言(如桂柳话)的形式进行。作为补偿,就会尽量在舞台演出时设计加入壮族的民族象征符号,如壮乡的景物、民族传统服饰等等。对剧作家来说,他可以为这种补偿奠定更好的形式和内容基础,如取材于壮族历史名人、传说故事、风俗习惯、地域特征等等,从题材、人物、背景等方面入手,在汉语媒介中融入壮剧的构成元素。

常剑钧和他的创作伙伴,多数不是壮族,常剑钧本人还是仫佬族,这就使他(们)的汉语壮剧创作具有了一种复杂而有意味的视角,即剧种是壮剧,媒介语言是汉语,而剧作家的身份是其他民族,这种复杂的多重关系使得其创作成了名副其实的"越界写作"。壮剧在其初创阶段也是曾经用汉语创作和演出过的,显然受到了历史悠久的中国传统戏曲的影响。今天,文化交融的速度加快,有时很难分清哪些东西可以算作某个民族的本真文化,民族文化之间的界限已经不是那么明确了,很多情况下文化呈现出一种"杂糅"的状态。在这种意义上,有人设想的纯粹的"壮剧"并不存在。恰恰是这种不纯粹和混杂的形式,可以开启一种崭新的创作空间,从而获得新的生命力。《歌王》等作品在全国产生的反响就证明了这一点。剧作家从各族民间山歌、传统戏曲如彩调等中吸取营养,也从人类文化历史上的各种文艺作品中借鉴,不但丰富了自己的创作内容和形式,也使得传统的戏剧形式在更大的范围内引起关注、产生影响,所以这种越界写作所产生的意义是双向的、互动的,并不能以单一族性/剧种的界限来束缚它。

越界写作的结果,就是常剑钧的剧作具有一种明显的"杂糅"风格。这些剧作不仅包括那些标明为壮剧的作品,而几乎是他所有的作品都呈现出一种混杂的趣味。观众和读者可以从他的剧作中发现壮族或其他少数民族的题材、人物、历史、景观,也能意识到其语言中明显的汉语西南官话(桂柳话)的影响,更不用说那些隐微的文化内涵与形式了。

拼贴与互文:形式的意味

如果我们把常剑钧剧作中的文化混杂主要理解为一种横向的移植与族际挪用的话,同时我们也会发现他的作品常常在内容上纵向占有、转译、重新历史化和重新解读历史上曾经存在的文化产品,这使其作品形式具有鲜明的"拼贴"与"互文"色彩。

在彩调剧《哎呀,我的小冤家》中,由于写的是乡村彩调班业余演员们的生活,作家可以名正言顺地引用原先彩调剧的曲词,特别是剧中演员们正在演出的《王三打鸟》。这既是剧作对生活的自我指涉,戏中戏的形式还使这种自我指涉构成了一种彩调剧历史的镜像。同一匠心的作品还有《哪嗬咿嗬嗨》,写的同样是彩调班演员的生活,唯一的不同是这些人本以唱戏为生,却在战乱中失去了自己的生活来源。正巧戏中飞彩班演出的主要剧目也是《王三打鸟》,我们可以说《哎呀,我的小冤家》的指涉中还包含了已经成了"准经典"的彩调剧《哪嗬咿嗬嗨》,连那彩调的生存危机的情境设置都有类似的地方,只不过前者是农村青年受到城市生活的诱惑,要进城打工而已。对《哪嗬咿嗬嗨》和《哎呀,我的小冤家》而言,它们都是《王三打鸟》的“下一本”。《王三打鸟》内在于这两出戏,成了理解它们的“互文”。

这种互文的书写策略当然不会仅止于彩调剧内部,也被应用于不同文体之间。比如壮剧《天上的恋曲》改编自东西小说《没有语言的生活》,可在两者之间明显还有一个文本,即电影《天上的恋人》。小说的核心是人与人的沟通的艰难,而壮剧和电影一样,把重点移到了爱情上,这是不同媒介之间主题的转移,这种改编很大程度上与原作形成了一种既有连接又颠覆原作含义的双重关系。与电影一样,原作的结局被截去了,但其和电影不同,这次恋人没有上天,而是真实地存在于大地上。整体来说,这一系列改编的结果是作品越来越乐观,也离原著的精神内核越来越远,几乎是一个全新的作品。奇怪的是,人物的结构并没有太多改变,情节的改动也不太大,可作品结局的改动就使得作品呈现完全不同的精神面貌。

在目前的文化状况中,拼贴也就是一种创新的方法。常剑钧的剧作中,《壮锦》可说是一个拼贴结构的范本。在此剧中,剧作家试图将壮族的历史、传说、文化、器物、地域环境特征等等融入戏里,从而包罗万象地展现壮族的传统文化符号。其核心符号壮锦,既是壮族人民生活中实际存在的手工艺纺织品,同时又是壮族人民追求美好生活的愿望的象征。《壮锦》固然利用了传统故事的“寻找”原型[1],以寻找丢失的壮锦作为故事主要线索和叙事框架,但在剧中创造性地将各种壮族符号元素拼接在一起,如壮族人民生活地区的一条河流驮娘江、一种特产家畜(德保)矮马、一种特色乐器马骨胡、一种在壮族人民生活地域常见的树木及其花朵木棉/红棉,还有文化遗产铜鼓、自然地貌天坑等,甚至还让人联想到与壮族传统或壮剧有关的《百鸟衣》《羽人梦》《妈勒访天边》等文艺作品。我们必须佩服剧作家的想象力,他们将这些自然景物或文化符号的碎片拼贴成一个完整的作品,一个有机的统一体,并没有暴露明显的斧凿痕迹,这种艺术功底令人赞叹。驮娘江,据一种传说,是因为北宋侬智高背母过江而得名,而《壮锦》把其变为勒一为救即将渴死的母亲而化身为江;而背负母亲前行者则是勒二变成的矮马;红棉花则是为救勒三蹈火而死的阿妈化成。所以这个拼贴结构颇具匠心,并不是为了拼贴而拼贴,剧作家要将这些壮族地域和文化符号转变为生动曲折的情节,而又能使其逻辑合理可信,其难度可想而知。

不管是互文还是拼贴,都牵涉到模仿借鉴与创新的问题。从常剑钧的作品我们可以看出,他和自己的创作同伴在改编、挪用先前的作品时,既不是一味地照抄,也不是彻底地颠覆,而是尽量巧妙地改造,合理地化用,以己为主,吐故纳新。这种做法的效果当然也还必须等待时间的检验,但这种追求和努力本身会带给读者和观众新鲜和异样的感受。

化悲为喜:戏剧模式的解剖

许多年前,瑞士作家迪伦玛特就曾借剧中人之口说过,这是个只看得懂喜剧的时代。实际情形是,人们只喜欢看喜剧,或现实只允许舞台上出现喜剧。现在中国的舞台上,更是一片歌舞升平的景象——当然,这不是中国特色,而是一种世界的普遍现象,加拿大学者弗莱就指出过,欧洲的虚构文学一千五百多年来,一直处于一种从庄严悲剧到讽刺喜剧的文体下降过程中[2]。也许这是文化发展的必然性吧,太阳底下没有什么新鲜事,想生产原创性的作品常常是非常困难的,这可能也不是人类精神的承受力或赞助者的自信心的问题。但喜剧的价值却不容低估,据说人是世界上唯一会笑的动物,这样看来,喜剧带来笑声,并不是坏事,而是人之为人的一种本质表现呢。

常剑钧笔下没有严格意义上的悲剧因此很容易理解了。那些"曲终奏雅"、化悲为喜的结构设计,却不能一笑了之,常有深意存焉。就以《天上的恋曲》为例,东西的原作结局悲凉,健康的孩子带给王家更深的痛苦,原先几个残疾人渴望拥有的语言可以变成伤害他们的工具。电影《天上的恋人》舍弃了这一悲剧性的结尾,而将朱灵蹈水而死的凄惨结局改成乘巨大气球升空而去,这种虚化的处理淡化了悲伤,使全片具有一种空灵唯美的氛围,也使小说那往内收缩的空间扩大了。而在常剑钧的剧作中,饱受语言交流障碍痛苦的一家三口成功地互相利用各自的器官,互相配合,相得益彰,而在原作中经常借机欺负残疾人的邻居们,也都变成了怜贫恤残的好人,帮助起弱者来。更为甚者,这几个残疾人不再以残疾为苦,反而视聋哑瞎为"天作之合""世间绝配",可以"相帮相扶天地宽",村人则因此感到"羞愧"和"钦佩"。至于朱灵,则成功地去了外地,现在"衣着时尚"、带着"旅行带"回来,也加入帮助王家人的行列。结局是皆大欢喜,欢声笑语不断,剧作名为《天上的恋曲》,却仿佛是将天上的乐园搬到了人间。这种乐观主义精神,驱散生活的阴霾,成为对抗困难凶险邪恶的现实的有力武器。有一种统治策略是让人民生活在恐惧和悲哀之中,对付这种统治的唯一武器就是笑声。

常剑钧的剧作充满喜剧精神,而细论其题材,往往是应该写成悲剧的。像《哪嗬咿嗬嗨》,写彩调艺人在战乱年代的生活,背后的主题当然是战争摧毁人对美好生活的想象,可就在这一剧本中,剧作家仍然让主人公显示了一种英雄主义,这种英雄主义并不是悲剧的,它并非描述英雄如何忍受生活的痛苦,而是李阿三这样的艺人如何在现实的痛苦中坚持艺术的理想。《哪嗬咿嗬嗨》越过了悲剧和喜剧的界限,但并不像悲喜剧/正剧那样有较为圆满的结局,我们仍然可以想象李阿三未来的命运,并不只是战争才会给艺术家带来伤害。说到底,支撑主人公希望的并非别的,就是剧作家本人对戏剧艺术的信心。《漓江燕》同一机杼,戏班艺人艺术追求的破灭与国仇家恨,本已让人生的意义付诸东流,可在"巍巍魂魄铸山河"的"大地乌托邦"映照下,"精诚撒,情爱播",爱恨情仇都得到了升华。

《歌王》里的山歌打动铁血战士,《壮锦》里的不屈不挠感化报更石鸟,也在在显示了剧作家化干戈为玉帛、化争端战斗冲突为妥协谈判,建立和谐关系的期待。前者避免了流血,后者避免了无谓的牺牲,而都能达成一种共享同乐的局面。当然这都源于对人性的一种理想主义的理解,要让一个拥有予取予求的权力的人放弃自己的力量,而屈服于一种看来虚无缥缈的声音,没有这种理想主义的支持是很难设想的,而玉鸟自愿忍受剥毛裂肉之苦,放弃自己在天堂的美好未来,也只能是出于对人类情感力量的认可。为了缓解这一点,不约而同地,剧作对岭南侯和玉鸟都做出了某种补偿,即他们失去了原先的期望,却收获了浪漫的爱情和温暖的家庭生活,也算意外所得吧。

这些作品不妨看作一种独具特色的喜剧作品,都存在着对艺术本身力量的一种拔高和升华。一般喜剧作品致力维护社会和谐与一体化,使原先显得与社会格格不入的人物重新纳入社会秩序中。在常剑钧的作品中也存在这样的过程,只是这些人物常常并非主角,而是次要人物,如《歌王》里的韩岐、《壮锦》里的玉鸟。丹霞与勒欢、韩岐与姐美的结合,在将前者纳入岭南边疆生活的同时,也将边疆的僻远质朴生活理想化、浪漫化、牧歌化。进行虚化处理的玉鸟入住壮家生儿育女的场景具有同样的功能,这回是将人间比作天堂。《哎呀,我的小冤家》里二保的回乡、大南蛇的不再游手好闲,也就是回归生活的正常秩序。

演戏与游戏:穿越现实和想象

如果一个读者没有看过常剑钧的戏剧作品,而只是读了我上面的评论,可能会误以为其作品中只有灿烂的桃花、美丽的田园、小桥流水和赏心乐事,其实不然,他的作品中同样有刀光剑影,有激烈的冲突,只是作家没有将这作为作品中的决定性事件,特别是没有作为不可解决的结局来处理,从而导致他作品的整体格调为温暖、平衡、和谐。这样做的理由,我在上文已经分析过了,犹有可论的是,常剑钧剧作的戏剧冲突的解决总是诉诸人物自身的转变或真相的发现,而不是环境和现实状况的改变,也就是说,解决源于主观心理的变化,而非客观物质条件的发展演化。

剧作家热衷于自我指涉,有时候巧妙地解决了许多问题。除了《哪嗬咿嗬嗨》和《漓江燕》直接写戏曲艺人的生活外,许多作品也与戏剧或文艺有关,如《歌王》中的山歌,《哎呀,我的小冤家》中的业余调子演员,《老街》中的剧作家等,而《天上的恋曲》也把朱灵塑造成业余壮剧团的花旦,原作中勾引朱灵的张复宝本是兽医,剧中则改成了下乡辅导业余文艺创作的文化馆干部谢西烛。这样,常剑钧的剧作变成了对戏剧创作和演出本身的一种反思,多数时候当然是自我肯定,但也有自我嘲弄的成分。更重要的,这能够把戏剧创作和演出当成生活的一部分来表现,反过来,实际生活中的戏剧创作和演出又成为作品游戏的一部分,“戏中戏”“戏外戏”的嵌套构成了一种穿越,越过了实际生活和文艺虚构的界限,正如李阿三的唱词所言:“你走出洞房进戏里,我戏里与你共白头。”同样的道理,才使人的想象的生活成为可能,如哑巴蔡玉珍说出了话,聋子王家宽说“我听见了”,瞎子王老炳也说“我看见了”。

常剑钧带着一种游戏的姿态来进行严肃的思考,他的写作其实常常涉及重大的题材,如民族的矛盾与融合、战争与文艺、个人爱好与国家利益、现实与理想的冲突等,但在他的笔下,这一切都可以用某种游戏精神来加以解决。像《让我喊你一声哥》里涉及的是各种矛盾冲突复杂纠葛的计生工作和男女问题,而戏中却多以游戏笔墨巧妙对付。而新作《两江四湖》则涉及政府推动的城市改建与民众利益、传统保护的冲突,处理起来也颇费周章,可剧作家也设法解决了。这都得益于其中的游戏意识。

我们可以总结说,常剑钧和他的创作伙伴们常常在进行一种"越界写作",这不单是跨越民族的界限,也是穿越悲剧与喜剧、理想与现实、艺术与生活、原创与挪用、严肃与游戏的区隔。它的生命力如何,时间会给出答案。

[注释]

[1] 常剑钧:《"寻找"的烦恼与欢乐——〈壮锦〉创作后记》,载《剧本》2008 年第 11 期。

[2] [加]弗莱:《批评的解剖》,陈慧等译,47 页,百花文艺出版社 2006 年版。

(原载《南方文坛》2012 年第 4 期)

论焦菊隐桂林文化城时期的戏剧理论和导演艺术

□李 江

焦菊隐,原名焦承志,原籍浙江绍兴,1905年12月11日出生于天津。笔名居尹,艺名菊影,后又改作菊隐,遂以菊隐为人所知。1915年入直隶省立第一模范小学。1919年入直隶省立第一中学,不久转入教会汇文中学。1924年被保送入燕京大学欧洲语系。1928年毕业,曾任北平第二中学校长兼北平研究所出版部秘书。1930年任南京戏曲音乐研究院北平分院戏曲研究所附属学校北平戏曲专科学校(后易名为中华戏曲专科学校)第一任校长。1935年,赴法国巴黎大学文学院专攻戏剧,1938年以《今日之中国戏剧》(以及副论文《唐、宋、金的大曲》和《亨利·贝克戏剧中的社会问题》)荣获巴黎大学文学博士学位。1938年秋到广西桂林,1939年1月受聘为广西大学文法学院文史专修科主任、教授,兼广西大学青年剧社指导教师。1941年11月1日离开桂林,到四川江安国立戏剧专科学校任教。在桂林期间,焦菊隐曾任国防艺术社副社长,广西建设研究会研究员,中华全国文艺界抗敌协会常务理事。在桂林期间,他勤奋著述,留下了大量关于抗战戏剧运动和旧剧改革的研究成果,导演过很多产生过巨大影响的话剧作品,是桂林文化城时期著名的戏剧理论家和造诣深厚的导演艺术家。

一 ‖ 桂林文化城时期焦菊隐的戏剧理论

除了在广西大学的日常教学和辅导广西大学青年剧社,焦菊隐在广西期间积极致力于桂剧改革的理论探讨,先后在《广西教育研究》发表《艺术教育管窥》,在《救亡日报》发表《旧剧的构成论:利用、改良、创造的全面讨论》,在《建设研究》发表《桂剧之整理与改进》《桂剧演员之幼年教育》,在《扫荡报》上发表了《职业的话剧团》《我们向旧剧界学些什么:演剧纪律之建立》《神话·传说·民间戏剧》《旧时的科班》《旧剧新诂》等论文,系统地阐述了自己在戏剧教育、旧剧改革、桂剧改革等方面的见解,有效地策应和配合了“广西戏剧改进会”和欧阳予倩的桂剧改革。

《旧剧构成论》和《旧剧新诂》,表达的是焦菊隐对旧桂剧和旧剧的认识。很多命题和判断都是在中西戏剧的比较研究基础上做出的。如旧剧不属于歌剧,旧剧不是历史剧,旧剧没有地方戏,旧剧技巧来源于傀儡戏,旧剧之构成是"拼写体系",旧剧不是象征剧,旧剧舞台的超时间性和超空间性等,在很大程度上都属于中西戏剧比较研究时的理论感悟。《桂剧之整理与改进》则是对桂剧改革的系列认识。1940 年 1 月,发表在《建设研究》第 2 卷第 5 期的《桂剧之整理与改进》是焦菊隐开展桂剧改革研究的总纲。虽然作者申明"深确探讨,尚有待于异日",但文中对桂剧特性的思考和对桂剧改革的理论规划却已见雏形了。在论文中,焦菊隐分别讨论了"地方剧""桂剧沿革"以及"整理与改进"的具体方法等内容,观点明确、方法切实,体现了长时间的专题研究和系统思考。在抗日时期,如此成规模的理论研究成果,因为并不多见而更显得珍贵。在《论地方剧》一节里,焦菊隐分析了地方剧的构成和特点。由于中国戏剧只是故事的表演,又大多取材自神话、传说、传奇或通俗小说,拟现的又多是民众的想象或情感,所以旧剧并不是严格意义上的历史剧。由于旧剧舞台动作的程式化,连服装、配器等方面都不同程度地表现出大同小异,因此,可以做一个初步的结论:"中国戏剧,在本质上,没有地方戏;各个地方戏彼此不同之点,仅是他们的说白与歌唱微有不同。"[1]既然中国没有严格意义上的地方戏,只是因为各地的方言发音、声调表情以及民性风俗不同,演变成了许多地方调。这样一来,如果充分理解了中国旧剧的一致性,不可分化性,那么各剧种的旧剧改革,都可以用相同的改革策略或方式去推动。这也就是说,每一种旧剧的改革都具有某种典型性和示范性。在《桂剧一瞥》中,焦菊隐细致地考证和论述了桂剧的历史沿革,发现无论从剧本看,还是从声腔、表演、服装、脸谱看,桂剧都源于湘南。桂剧的剧本并没有地方色彩,桂戏的舞台动作、服装、脸谱的发展情况,在很大程度上保存的也是中国旧戏的传统。在《整理与改进》一节里,焦菊隐正面提出对桂剧改革的总体设想和具体方案。在他看来,无论是戏剧文学、表演作风,还是戏剧的组织形态,中国戏剧都形成过一些最基本的组成单位。要在旧剧改革中不失去传统的色彩、固有的神韵,就必须有步骤分阶段地去整理和改进。对剧本,要整理旧剧,创作新剧。整理旧桂剧,要从统计下手,搜集剧本,进行分类,分类以后再分别修订和改编。创作新剧时,"可以用现代的故事,旧剧的技巧和形式,向观众介绍时代思想、国家民族思想、科学思想"[2]。对桂剧的演技,需要改得更精细,更符合艺术规律。舞台动作要尽可能保持传统的韵味,也可以借鉴话剧的面部表情和内心表现方法,还可以借用昆曲演技中身段的表现力,或让桂剧的文戏动作更美观。为了加强桂戏剧团的组织协调和舞台演出的整体效果,桂剧改革中要重视具有艺术理论修养的"导演"的职位、职责和作用。此前的桂剧没有导演制度,焦菊隐建议引入导演体制。焦菊隐具体地论述了桂剧要向现代戏剧学习布景、道具、分幕分场、灯光的配备和光色的使用等技术问题,桂剧在音乐方面需要从各地民歌小调、古词古曲的牌令中去学习技巧,以制新谱,成新桂调。把大音量的国际公共乐器跟原有的效果乐器配合使用,来改变旧桂剧配器方面的不足。对演员的培养和训练,也是桂剧改革的重要任务。缺乏基本的演员队伍,没有经过培训的新演员,也很难使改革后的桂剧焕发出新的光彩。《桂剧之整理与改进》是一篇既有理论规划又有具体措施的桂剧改革论文,凝结了焦菊隐多年以来对中西方戏剧的观察和认识,因此,文化视野开阔,分析鞭辟入里,判断独特,见解高迈。论文涉及的方面很多,虽然有些部分处理简略,如演员的培养训练,但论述所及,都能给人以启发。即使是处理得比较简略的内容,他也会在其他论文中做更详细的展开,读者照样可以继续分享焦菊隐更周详的分析。

1940 年 9 月,焦菊隐在《扫荡报》发表了《旧时的科班》,1941 年 4 月,焦菊隐在《建设研究》发表《桂剧演员之幼年教育》。把这两组文章结合在一起,可以较全面地了解戏剧理论家焦菊隐对戏剧教育的主要看法。焦菊隐对戏剧科班教育做过细致的观察。在他看来,戏剧科班的教育制度存在许多落后的地方,但戏剧科班教育也有值得注意的好传统:严肃、认真、切实、不避烦琐,而且一丝不苟。在新的戏剧教育中,应该考虑既有普通教育的现代特色,又能继承中国戏剧科班教育的传统,把新的教育方法和旧科班教育的习惯,较好地结合起来,一定能够取得很好的教育效果。《桂剧演员之幼年教育》实际上是为广西戏剧改进会附设戏剧学校设计的一份课程建设和培养方法的蓝图。其中包含着焦菊隐 1930 年在北京创办"中华戏剧学校"时的许多经验和教训。实际上在那时,焦菊隐对旧科班拜师祖、按名角排队的旧俗已有改革措施,在如何进行科学的教学管理、加强现代文化学习方面已经形成过一套成功的做法。因此,如果不是因为国防艺术社的内讧,焦菊隐会为戏剧学校做出更大的贡献。当时广西绥靖公署政治部主任兼国防艺术社社长程思远本想加强国防艺术社的工作,委派焦菊隐出任国防艺术社副社长,协助社长设计规划,并负责编导。但有人抓住焦菊隐命令剧社总干事于东聘办理社务移交的把柄,制造事端,引起国防艺术社部分社员对他的反感,威逼焦菊隐辞职。焦菊隐于 1941 年 11 月 1 日离开桂林去重庆江安国立戏剧专科学校履职。广西戏剧改进会附设戏剧学校就只能由欧阳予倩校长亲力亲为了。

除了讨论桂剧改革的理论研究,焦菊隐在广西时还写过《抗战戏剧之创作》《两个建议:敬献给戏剧音乐界同志》《献给桂林剧人:1941 年敬礼》《戏剧节感言》等随笔或戏剧理论文章。《抗战戏剧之创作》一文强调了在抗战时期作家要关心民族的现状和遭遇,在思想和行动上跟民族融为一体,与民族共忧患,才能创作出具有精神和灵魂的作品,才能够深入人心,产生出鼓舞人、激励人的精神力量。针对那种认为只有在战争后期或战争结束以后才可能产生战争文艺的杰作的认识,焦菊隐肯定了这种认识在作家需要思考时间、创作需要积累的过程这一意义上的合理性,与此同时,他还辨证了一个不太妥当的观点,强调了好的宣传作品也可能是好作品。他指出:"很多人以为真正的文艺作品不是为宣传的。但,真正的文艺作品,写作的时候,也许不仅为了宣传而动笔,可是作家生活在现实的环境中,灵魂已经和民族的奋斗混为一片,受了不可抑制的热情的压迫而去写,这种作品,毫无疑义地就是宣传品。纯粹的宣传品同时也就是最好的文艺。所以,优越的抗战剧本,必是优越的文艺作品。因为抗战剧本的创作,其主动力不是作家的笔,而是作家的魂。"[3]对抗日时期宣传工作及其重要性的阐述,当时许多理论家都做过,但焦菊隐在做同样的理论工作时,既有理论认识或艺术原理的细致辨析,同时又深入浅出。他从抗战戏剧运动中去发现问题,这些问题在当年都曾经是非常真实的现实问题。把这些问题把握住、理解透,找出解决的办法,一定是具有积极的现实意义的。因此,从今天的眼光去看,不难注意到,戏剧理论家焦菊隐认真细致地处理着两种"针对性":一方面,他面对现实问题时,自觉而积极地寻找着理论上的应对之策,如前所述,焦菊隐对"文艺杰作与宣传中的杰作"这一难题的破解;另一方面,面对那些接受他的理论阐述的读者或受众时,他明白,谨严地铺排那些概念的方阵,神情刻板地书写那些高文典册,并不太切合抗日时期那些年轻文艺家的接受实际。在战争状态下的年轻文艺家,生活动荡,不仅用笔,很多人还要拿枪。更何况很多人并没有接受过系统而完整的理论思维训练。在这种情况下,焦菊隐的理论工作姿态几近于一种细心温和的劝说,一种通俗显豁的解释,一种涓涓细流似的以理服人。

不难发现,焦菊隐在到广西之前,就已经从戏剧运动实践和中西戏剧的比较研究实践中形成了自己对戏剧艺术或文学艺术的理论认识,这些理论认识是充分体系化的,具有理论完整性。从这样的基础来看,焦菊隐到广西之后的理论工作,无论是讨论桂剧改革,还是对抗战戏剧运动的观察和建设,其实都是有理论原点的。或者说,他在广西期间展开的调查报告和理论阐释,实际上都是原有理论积累的具体化,是原有理论见识跟实际的戏剧现实发展情况相触相碰相结合的结果。他曾经认为:"文艺的精神与优美,产生于它的整个表现的力量。思想的力量所发挥到什么程度,那篇作品的价值和美质,便会达到什么水准。"[4]也就是说,他在广西论述戏剧问题时,是有理论认识作为凭借的,或者说,在广西期间,他对桂剧改革或抗战戏剧运动进行分析和讨论时,在一定程度上是他原有理论认识在实践层面上的一种逻辑推演。

《两个建议:敬献给戏剧音乐界同志》一文针对他所了解的戏剧音乐界的情况,直面工作中的问题,提出了切实可行的积极建议。在他看来,戏剧创作中的主要问题在于把注意力过分集中在描写敌军的残暴、灭绝人性,忽视了对民众的爱国激情和反抗精神的激励。"其结果,不是令民众感到浑浑的恐惧,敌人未到已逃跑,就是不敢英勇地抵抗。"因此,他建议,抗战戏剧家在创作中必须表述三个最基本的内容:一是指明抗战的意义;二是向民众揭示出坚决抵抗的理由;三是激励民众英勇的精神,共同应对人类的灾难。在他看来,音乐创作中的主要问题是过多表现那种"悲哀的情调"。要解决这样的问题,他建议:"我们必须把《马赛歌》一样英勇奋壮的调子,《国际歌》一样充满希望和新生命的精神在剧本中及歌唱中表现出来,并且把这调子和精神,深深印在民众脑中,使民众忘了目前浮现的苦痛,怀着伟大未来的希望,咬紧了牙,举着拳头,唱着慷慨激昂的调子,打起乐观的精神,向敌人冲去。"[5]这些充满建设性的倡议,当年的抗战戏剧家和抗战音乐家一定会高度重视,并在自己的创作实践中变成具体的行动。因为焦菊隐的这些建议不仅准确把握住了戏剧和音乐创作中真实的问题,而且改进办法具体、实际,便于施行。

二 ‖ 桂林文化城时期焦菊隐的导演艺术

焦菊隐对戏剧导演理论和艺术方法认识独到,既有明确、系统的理论阐述,在桂林期间也积累过独具特色的导演工作的艺术经验。新中国成立以后北京人民艺术剧院以焦菊隐为总导演而形成的具有民族特色的导演学派,并不是突如其来的,必然跟导演艺术家焦菊隐长期的艺术探索密切相关。从这方面看,细致地观察抗日时期焦菊隐在桂林期间的导演理论阐述和导演工作,其意义就不仅在于充分理解和评价焦菊隐的导演工作和经历、经验,还在于可以进一步认识北京人民艺术剧院的中国导演学派的历史渊源或形成背景。

实际上,焦菊隐对戏剧艺术的基本认识还是以导演为本位的。他在阐述对戏剧的本体认识时看重的是戏剧艺术的独立生命,即戏剧不同于文学之所在。他指出:“戏剧是用动作,声音,线条,色彩,运动,姿态,节奏诸因素所组成的艺术。它不借文学的助力而存在,它是为看的。自古至今,观众集聚在剧场里,是看戏剧,不是听剧本。所以,仅限于阅读的剧本(closet drama)固不必论,即是具备上演条件的作品,倘不搬上舞台,永远是不完全的,永远是属于文学领域的,也永远不能获得艺术上的地位。早自英国的戈登克雷,近至美国的戏剧理论家贝克,以及苏联剧院诸导演,没有一个不持着这种见解。”[6]戏剧的独立生命不同于文学的存在形式,那么从文学形象到舞台形象这一过程中导演的职能与作用、表演的职能与作用就有必要得到充分的发挥。焦菊隐对“导演”职能的认识也是能够体现他对戏剧艺术基本认识中的舞台中心观的。“怎样通过各种因素,怎样综合色彩、线条、运动、声音等等,以阐明剧本的思想、境界,人物和意识,又怎样使戏剧由阅读的价值,变为舞台的价值。换言之,怎样给剧本一个舞台上的生命,那就是导演的任务了。”[7]能够把导演的职能准确地表述为“舞台戏剧的创造者”,可以表明焦菊隐在理解戏剧艺术的独立生命时是从舞台艺术的角度去看待的,而不是以戏剧文学文本为本位的。也正因为这样,他对斯坦尼斯拉夫斯基戏剧体系倍加赞誉。他认为:“舞台上的一切装置与配备,不能因各自独立的美而搬上舞台,也不能因为彼此间的调和美而和全剧的情绪与意识脱了关节。一切布景、道具、服装、化妆和灯光,都是为了戏剧情绪而存在,而考究其精当的处理,就是所谓表演中心制。导演中心制,是在剧本的文学价值论基础上而产生。导演中心制,又是为了赋予戏剧以舞台生命之统一性而产生,所以是互相关联的。这和排戏的程序及其理论,毫不相违。相反的,也正是斯坦尼斯拉夫斯基体系所以提出的动机。史氏体系,仅是一个排戏的最进步的方法,要通过这个方法,去给予舞台的戏剧一个更有灵魂的生命。”[8]从现在的眼光来看,导演的职责是赋予剧本以舞台生命。在从戏剧文学形象到舞台形象的过程中,导演的任务在于理解剧本、舞台构思、排戏,其中“排戏”或“说戏”

在这一过程中又是需要跟演员一起互动协作的关键环节。因此,不难明白,即使在涉及对斯坦尼斯拉夫斯基戏剧理论体系的理解时,焦菊隐也是从导演的角度出发去推崇或首肯的,他把斯坦尼斯拉夫斯基体系解读为一种排戏的好方法,而没有更多地触及斯坦尼斯拉夫斯基对表演的体验要求,即要求演员通过体验来达到跟角色合二而一的心理技艺。

在抗日时期,焦菊隐对戏剧艺术的理解在一定程度上是可以被指认为以导演为本位或者以导演的舞台工作为本位。他强调道:"凡是剧作家的疏略,或者在上演时有与主题矛盾的地方,删改都是当然的事。不仅如此,导演更应该根据'给予剧本以一另外生命'的立场,来给剧本以一新意识的解释。人物的性格,精神的发挥,空气的造成,导演都应有一个通盘的创造。因之,剧本中的说明与动作的指示,对于这样一个导演,是绝对无用的。他为实现所计划的演出效果,必须另外斟酌在适当的,合理的,与富有统一性的机会里,去规定演员的活动,姿态,与情绪发挥。甚至对上下场都有更动的全权。"[9]焦菊隐在对导演任务的理论设想中,更多地强化了导演工作的创造性,以及独立性。他强调导演工作的计划性、指导性和对演员的激发,也就是"联合制造"。在后来的总结中,他留下过这样的表述:"导演的创造,应当和演员的创造有机地联合在一起。导演的创造不是孤立的,它必须能启发、发挥、发展演员的创造性,而演员这被启发、发挥、发展了的创造性,翻转过来又更启发、发挥、发展了导演的创造性。这种导演与演员互相启发推动的关系,是我们在运用斯坦尼斯拉夫斯基体系的时候所应当特别重视的一个要诀。"[10]焦菊隐在当时正是一边在完成着对导演工作的理论阐述和理论总结,一边在进行着具体的导演工作。他对导演工作的贡献,不仅是那些系统的理论表述,也表现为实践中那些具体而有效的方法。

在桂林文化城,除了作为广西大学青年剧社导演或指导他们演出,焦菊隐还为当时桂林许多剧团的演出活动担任过导演。其中,产生过巨大影响并能见诸各种形式的资料记录的还是这几次重大的演出活动:一是导演夏衍剧作《一年间》;二是导演曹禺剧作《雷雨》;三是导演魏如晦(即阿英)编剧的《明末遗恨》。从这几次导演活动中,焦菊隐的导演方法和导演风格,给当年的戏剧家和观众都留下了深刻的印象。

1939 年 5 月,为了给在桂林复刊的《救亡日报》募集事业基金,桂林文化界决定公演夏衍剧作《一年间》。焦菊隐是公演活动筹备委员会委员。这次公演活动筹备委员会组织了导演团,由孙师毅和焦菊隐为执行导演。由于《一年间》演出规模很大,参加者达三百多人,所以在两次关于剧本、演出和舞台技术的工作会议之后,这些工作人员就分成四个排练组同时开展活动。据党明回忆,当时这四个小组分别为国语红组、国语蓝组、桂语组和粤语组。焦菊隐负责国语红组,这个小组的主要演员有蔡方、洪波、张家仪、龙继之、潘艳芝、陈迩冬、廖行健、周伟、李安妮、郭眉眉等。[11]焦菊隐严格要求国防艺术社的演员们,要求他们不仅在排练场不能做与排练工作无关的事,而且绝不能迟到早退。焦菊隐的导演工作,在"说戏"这一环节里,强调演员根据人物生活环境,角色的性格、思想、感情和愿望去体验、去创造、去在舞台画面中自由活动。他反复给每个演员说戏,用各种不同的方法说戏,如让演员按照自己的体验去修改角色,包括故事穿插、台词和对白,去体会把自己跟角色结合起来的门径;如让每个演员尽量放开来活动,慢慢地进入角色;如分阶段地让演员模拟角色的"心像",在修正、丰富中,去形成演员自己对角色的正确的"心像",以至最终生活于角色;等等。党明在《一年间》中饰那个老态龙钟的刘爱庐。他曾在焦菊隐指导下排戏,领会过导演意图,揣摸过角色的生活和心绪,因此,对焦菊隐的工作程序和导演方法印象很深:"他的这种导演方法,演员必须要有充分的准备,也能在自己的创作上,获得充分的自由。在排练的过程中,导演发现演员对角色思想、感情的体验不够真实,或表演有不够合理之处,便加以指正并提出要求。"[12]党明的回忆中强调了焦菊隐导演工作的艺术民主作风以及导演与演员之间的积极互动、充分沟通,或许这正是焦菊隐导演工作科学有序的特色的具体体现。工作态度的严肃认真、工作方法的科学有序,肯定有助于激发群体的创造性,有助于推动高效率的艺术工作。1939 年 10 月,《一年间》在桂林新华戏院从 10 月 6 日演到 10 月 12 日,连演七天,共计八场,观众万余,扩大了抗战戏剧的影响,取得了预期的效果。更重要的是,国防艺术社的演员们在焦菊隐的导演工作中发挥了自己的艺术潜力,提高了表演艺术水平。

1939 年 10 月,国防艺术社改组。广西绥靖总署政治部主任程思远兼国防艺术社社长,孟超任总干事,负责演出工作。《寄生草》和《古屋黄昏》正式公演后,反响平平。于是就准备公演曹禺名剧《雷雨》,用程思远的话说就是"我们也需要演出旧的有艺术的价值的剧本,以刺激新的进步"[13],并聘请焦菊隐来担任《雷雨》的导演。焦菊隐在 1940 年秋天应邀执导国防艺术社的《雷雨》剧组,他的工作被有心人以"参观记"的方式记录了下来:"焦先生导演这幕戏,剧本改了几次,台词也要背熟几番,这自然是一件繁难的工作,他(她)们却欣然地改读了几次,没有感到丝毫疲倦。因为他(她)们决心要演出一幕惊人的戏,要收到很好的效果,自然是非经过一番辛苦不可的。排练开始了,焦先生坐在靠椅上认真地指导着。排练场上,除了演员的活动而外,参观者静悄悄地注意着他(她)们的一举一动,一言一笑;由于导演的微妙,演员技巧的熟练,表现出剧中人的社会背景,思想,性格,传达他(她)们的感情;使参观者因迷于剧本中曲折离奇的情节和暴露中国封建社会、家庭关系的罪恶的故事的显示,而传染着演员的悲欢和爱憎。……焦先生对这幕戏的排练,我们已看出他正在用最大的心力,丝毫不苟地,孜孜不倦地认真指导着。我们也在这里学习了许多导演的手法。"[14]设身处地,可以体会得出焦菊隐这一次导演任务的艰巨性:一方面,国防艺术社重新改组之后急于在明星云集的桂林开拓局面,这种形势不可能不让焦菊隐感到压力;另一方面,曹禺《雷雨》已经由许多职业剧团演得红遍大江南北。怎样才能既发挥演员的优势,又能达到相关人士的预期?为此,焦菊隐更换了好几次演出脚本。这种更换可以说明导演的踌躇、焦虑还有追求。另外就是以更严格更认真的工作态度去要求剧组,以至于连参观者都能感觉到排练场里那种"热烈紧张"的气氛。好在国防艺术社确实是一支实力雄厚的艺术团队,训练有素的演职人员为了演出成功,愿意跟随导演含辛茹苦、勤奋工作。从 1941 年 1 月 21 日起,无论是在桂林,还是在柳州的演出,《雷雨》引发了四个多月的轰动。演出获得巨大成功,既是国防艺术社《雷雨》剧组的成功,也是导演焦菊隐在广西的导演工作最大的成功。成功的效果在于,有效地冲击了这一时期普遍存在的抗战八股现象,让戏剧和观众们都明白:即使是用于宣传,戏剧也需要思想和艺术的质量。当时的戏剧反响中出现过这样的评述:“抗战以来的戏剧发展,可以说一般地停留在狭窄的量方面。仿佛剧本的故事,都是充满了敌人的凶恶脸孔,汉奸的卑污行为,或是寇兵兽行之类的内容。我们并不否定上面这类内容的宣传作用,可是质的问题被忽略了,而造成了粗制滥造,如法炮制的抗战八股现象。对于质的提高与内容的充实,不能不说是目前戏剧艺术领域里值得商讨的问题了。这次《雷雨》的演出,可以说就是为了克服这个严重的缺点。”[15] 当然,一个剧的演出活动是否具有克服某种文艺运动中的积弊的效果,或许还需要做更细致的分析,但显而易见的是,这次《雷雨》的演出,会是一种契机或参照,可以让人们明白,戏剧艺术创作活动需要某种质量。导演焦菊隐和他的剧组通过自己高效率的劳动给人们提供了这种质量感或质量意识。

1941 年 6 月,焦菊隐又奉命执导国防艺术社排练阿英的历史剧《明末遗恨》。这是一个歌颂爱国主义和民族主义的四幕话剧,根据周信芳同名京剧改编,描写明末秦淮名妓葛嫩娘助桐城孙克咸抗清的故事,彰扬葛嫩娘的文韬武略和光耀千古的民族气节。跟处理其他现实题材的话剧不同,在导演《明末遗恨》时,除了有效突出原剧主题和人物形象,焦菊隐在节奏处理、气氛烘托、细节充实等方面下过很多功夫。该剧的公演又引发过一次轰动,不仅取得不俗的票房,新闻界和评论界也几乎一致肯定并推崇国防艺术社的这次演出。由于第四军铁血剧团和国防艺术社曾经争着排练《明末遗恨》,既造成社会同情心偏向铁血剧团,也有可能影响过焦菊隐的创作心绪。曾经有学者注意到这个细节:“由于出现了铁血剧团的误会,尽管演出是成功的,但心情是不愉快的。”[16] 如果心情不愉快,就不太可能充分发挥艺术天赋。没有全心全意,不可能有代表性的舞台艺术作品。因此,无论是在抗日时期桂林的戏剧演出史上,还是焦菊隐个人的职业生涯中,《明末遗恨》一剧也许可以作为重要作品,但不宜作为代表性舞台作品来看待。

美国戏剧理论家海伦·契诺伊曾经指出:“有些伟大的导演者可以由于他们丰富的想象力或重大的成就而变得非常杰出,但另一些则由于他们对理论和实践做出重大贡献而使现代戏剧成为导演者的戏剧。”[17] 相较而言,焦菊隐导演应该属于前者。因为中国话剧成为导演者的戏剧在 20 世纪 40 年代时,还是匪夷所思的,真正变成现实,还是 20 世纪 90 年代以后的事;而且中国话剧真正变成导演者的戏剧,反而令人啼笑皆非。

[注释]

[1][2] 焦菊隐:《桂剧的整理与改进》,载《建设研究》第 2 卷第 5 期,1940 年 1 月 15 日。

[3] 焦菊隐:《抗战戏剧之创作》,载《扫荡报》(桂林版)1939 年 3 月 28 日。

[4] 焦菊隐:《文艺·语言·文学》,载《广西日报》1941 年 2 月 11 日。

[5] 焦菊隐:《两个建议:敬献给戏剧音乐界同志》,载《扫荡报》(桂林版)1939 年 3 月 14 日。

[6][7][8][9] 焦菊隐:《〈刑〉及其演出》,载《大公报》1941 年 4 月 11 日。

[10] 焦菊隐:《焦菊隐戏剧论文集》,66 页,上海文艺出版社 1979 年版。

[11][12] 党明:《抗日战争时期著名戏剧艺术家焦菊隐在桂林的活动》,见《桂林文史资料》(第 13 辑),59、60 页,漓江出版社 1988 年版。

[13] 程思远:《〈雷雨〉演出的话》,载国防艺术社编《〈雷雨〉演出特刊》,1941 年 1 月。

[14] 卡文烈:《〈雷雨〉排演参观记》,载《广西日报》1941 年 1 月 22 日。

[15] 朱渔夫:《看〈雷雨〉演出后》,载《广西日报》1941 年 1 月 24 日。

[16] 顾乐真:《广西戏剧史论稿》,412 页,中国戏剧出版社 2002 年版。

[17] [美]海伦·契诺伊:《西方导演小史》,杜定宇译,见《西方名导演论导演与表演》,524 页,中国戏剧出版社 1992 年版。

(原载《南方文坛》2012 年第 4 期)

《玉梨魂》与《金锁记》的互文解读

□ 刘铁群

徐枕亚的《玉梨魂》和张爱玲的《金锁记》都是曾经产生轰动效应的重要作品。《玉梨魂》一发表就受到读者追捧，“再版三版至无数版，竟销三十万册左右”[1]，之后又改编成电影和新剧，影响广泛，成为民国初年声誉最著、销量最大的小说，被称作“鸳鸯蝴蝶派小说的祖师”。《金锁记》一问世就轰动孤岛，受到读者的喜爱和批评家的垂青，被视为张爱玲的代表作。这两部作品的差异是显而易见的，而差异背后的相似和互文性却不易被察觉。我看到的唯一一篇把《玉梨魂》和《金锁记》相提并论的文章是金克木先生二十三年前写的《玉梨魂不散　金锁记重来》[2]。但这篇文章的着重点既不是深入分析《玉梨魂》或《金锁记》，也不是寻找两部作品的联系，而是为了引出一个话题：“历史的荒诞”。不过，当金克木将重点引向“历史的荒诞”时，也给我们留下了一个很有意思的论题。

任何作品都不是孤立的存在，它存在于与其他文本的关系之中。罗兰·巴特说：“任何文本都是一种互文。在一个文本之中，不同程度地、以各种多少能辨认的形式存在着其他的文本”，“任何文本都是过去的引文的重新组织”。[3]从表面上看，《玉梨魂》和《金锁记》的确差异巨大，但如果用减法提取故事的核心，这两部作品讲述的都是怨女的故事，或怨女的悲剧。而且凑巧的是，两个故事发生的时间非常接近。《金锁记》开头这样写道：“三十年前的上海，一个有月亮的晚上……我们也许没赶上看三十年前的月亮。”曹七巧的故事就是在“三十年前”的月亮下开始的。“三十年前”既可以看作一个虚设的、颇有苍凉意味的叙事起点，也可以看作一个具体的故事背景。《金锁记》发表于 1943 年，小说开头就交代：“那两年正忙着改朝换代，姜公馆避兵到上海来”，姜公馆娶三奶奶，“偏赶上革命党造反”。另外，小说中还提到，七巧哥嫂来姜公馆，是因为“他家没过门的女婿在人家当账房，光复的时候恰在湖北，后来辗转跟主人到上海来了，因此大年亲自送女儿来完婚，顺便探望妹子”。这些细节足以说明，“三十年前”指的是民国初年。《玉梨魂》中何梦霞与白梨影的故事也是在月亮下开始的。梦霞第一次见到梨影是一个月明人静之夜，“时正月华如水，夜色澄然，腮花眼尾，了了可辨”。《玉梨魂》发表于民国元年即 1912 年，小说中明确提到梨影的小姑筠倩“戊申之秋，肄业于鹅湖女学”，死于“庚戌年之六月十七日”。戊申年是 1908 年。庚戌年是 1910 年。小说的结尾，男主人公梦霞死于 1911 年的武昌起义。这些信息可以确定《玉梨魂》所讲述的故事发生在民国成立的前夕。显然，白梨影的故事刚落幕，曹七巧就粉墨登场了。见证曹七巧悲剧的月亮应该刚刚见证过白梨影的悲剧。当张爱玲“隔着三十年的辛苦路往回看”的时候，她实际上是在重新讲述一个清末民初的怨女的故事。因此，白梨影和曹七巧这两个怨女形象之间必然形成对话，《玉梨魂》和《金锁记》也必然会成为有千丝万缕联系的互文性文本。

一 ‖ 怨恨：对话的起点

白梨影和曹七巧这两个人物形象所形成的反差非常明显，这在人物出场的描写上就能体现出来。梨影的出场像楚楚可怜的林黛玉：“缟裳练裙，亭亭玉立，不施脂粉，而风致娟秀，态度幽闲，凌波微步，飘飘欲仙”，“其黛娥双蹙，抚树而哭，泪丝界面，鬟低而纤腰欲折”。而七巧的出场则像锋芒毕露的王熙凤：“那曹七巧且不坐下，一只手撑着门，一只手撑着腰，窄窄的袖口里垂下一条雪青洋绉手帕，身上穿着银红衫子，葱白线镶滚，雪青闪蓝如意小脚裤子，瘦骨脸儿，朱口细牙，三角眼，小山眉，四下里一看，笑道：‘人都到齐了，今儿想必我又晚了。’”但不管是柔弱的梨影，还是强悍的七巧，她们生命中最重要的情绪体验就是怨恨。怨恨是一种有明确前因后果的心理情感，形成怨恨的直接原因是伤害感和压抑感。对于梨影和七巧来说，她们的伤害感和压抑感主要来自爱的权利被剥夺和情欲的无处安放。这些内在的共同与相似是接通梨影和七巧的纽带，是这两个人物形成对话的起点。

梨影貌美如花、年轻守寡、独守空闺、顾影自怜。她只能对着镜子述说深深的寂寞和深深的怨恨：“镜中人乎？镜中非梨娘之影乎？此中人影怎不双双？既未尝昏黑无光，胡不放团圞之彩，而唯剩有一个愁颜，独对于画眉窗下乎？呜呼梨娘，尔有貌，天不假尔以命；尔有才，天则偿尔以恨。貌丽于花，命轻若絮；才清比水，恨重如山。此后寂寂窗纱，已少展眉之日；悠悠岁月，长为饮泣之年矣！”梨影怨天恨命，愁绪满怀。在看到梦霞掩埋梨花的香冢时，她见景生情、感慨万千，觉得落花还有人怜惜，而自己却命薄于花：“此花遇多情之梦霞，开时有保护之人，落后免飘零之恨，以梨娘较之，幸不幸正悬殊矣！草草姻缘，往事空留影象；悠悠岁月，终身难展眉头。除却嫦娥相伴，已无知我之人；即令女娲复生，亦少补天之术。恨逐年添，愁催人老，未亡人其能久于人世也乎？”在封建伦理规范中，“未亡人”没有追求爱的权利，只能为死去的丈夫守节，默默地等待死亡的来临。但已成为“未亡人”的梨影不甘心，她怨恨没有“保护之人”“知我之人”，怨恨没有爱与被爱的痛苦生活。梦霞对梨影的爱就包含着对这种怨恨的理解，他在给梨影的信中说：“仆本恨人，又逢恨事；卿真怨女，应动怨思。”梨影的确是一个动了怨思的怨女。

七巧与梨影一样怨恨填膺,不同的是,梨影的怨恨是一种深藏的幽怨,而七巧的怨恨是直露的、控诉的。七巧本是一个充满朝气与活力的大姑娘,当年她"高高挽起了大镶大滚的蓝夏布衫袖,上街买菜去"的时候,曾是男人爱慕的对象。但嫁给姜家患有骨痨的二爷之后她就陷入情欲的极度压抑,这是她生命中最无法承受的残缺与疼痛。因此,她好恨!她一出场就带着满腔的怒气与怨恨。她向玳珍抱怨:"知道你们都是清门静户的小姐,你倒跟我换一换试试,只怕你一晚也过不惯。"这表面是嫌屋子光线不好,但实际上是暗示她与骨痨的丈夫共处一室感到压抑、窒息。面对自己爱慕的季泽,她更是毫不掩饰心中的怨恨:

> ……七巧直挺挺的站了起来,两手扶着桌子,垂着眼皮,脸庞的下半部抖得像嘴里含着滚烫的蜡烛油似的,用尖细的声音逼出两句话道:"你去挨着你二哥坐坐!你去挨着你二哥坐坐!"她试着在季泽身边坐下,只搭着他椅子的一角,她将手贴在他腿上,道:"你碰过他的肉没有?是软的、重的,就像人的脚有时发了麻,摸上去那感觉……"季泽脸上也变了色,然而他仍旧轻佻地笑了一声,俯下腰,伸手去摸她的脚道:"倒要瞧瞧你的脚现在麻不麻!"七巧道:"天哪,你没挨着他的肉,你不知道没病的身子是多好的……多好的……"她顺着椅子溜了下去,蹲在地上,脸枕着袖子,听不见她哭,只看见发髻上插着的风凉针,针头上的一粒钻石的光,闪闪掣动着。发髻的心子里扎着一小截粉红丝线,反映在金刚钻微红的光焰里。她的背影一挫一挫,俯伏了下去,她不像在哭,简直像在翻肠搅肚地呕吐。

抖动的脸部、尖细的声音、颤动的风凉针和一挫一挫的身影分明让我们看到七巧那颗被怨恨灼烧的心。

梨影和七巧都生活在怨恨中,怨恨一直伴随她们到生命的终点。梨影在重病垂危之时绝望地认为只有死能结束自己的怨恨:"命薄如侬,生何足恋?与其闷闷沉沉,生埋愁坑,不若干干净净,死返恨天。转念及斯,万恨皆空。"晚年的七巧在众人的怨恨中想起自己充满怨恨的一生,流下眼泪,一滴眼泪在荷叶边小洋枕上擦了,另一滴懒得去擦,"由它挂在腮上,渐渐自己干了"。无尽的怨恨啃噬着她们的生命,生活在怨恨中就是生活在被怨恨啃噬的疼痛中,这是没有尽头的身心折磨,是小火慢熬的生命酷刑。

怨恨是梨影和七巧面对伤害和压抑的情绪反应,而这一反应的前提是女性自我意识的觉醒和对爱的渴求。没有自我意识的觉醒和对爱的渴求就不会感到压抑和伤害,没有压抑感和伤害感就不会产生怨恨。父权制文化所赞美的贞女烈妇们是没有欲望的(很可能她们也有,但被遮蔽、改写了),她们抚养孩子、孝敬公婆、心如止水、无怨无欲。但她们在获得赞美与认可的同时也彻底失去了自我。哀莫大于心死,失去自我就无异于生活在死亡中,因为她们的心已经被抽空,只在尘世间留下一副躯壳。显然,梨影和七巧都没有资格做符合父权制文化标准的模范妇女。她们不仅有不满和不甘,还有渴望和挣扎,她们能感觉到自己的心在跳动在疼痛,她们在述说怨恨的同时也有对欲望的表达。而对怨恨的述说和对欲望的表达正是她们自我意识的体现和生命活力的所在。

二 ‖ 被遮蔽的对话

白梨影和曹七巧的相似不仅在于她们都有深深的怨恨,更在于她们在怨恨中对欲望的表达,这是她们共同的精神血脉。但这种相似在阅读和研究中却很大程度上被遮蔽了,而被遮蔽的主要原因是浮在作品表面的善恶判断拉开了两个人的距离,甚至把她们推向了冰火不相容的两个极端。

《玉梨魂》以极富抒情色彩的骈四俪六的文字展示了梨影的温婉贤淑、善解人意、重情守礼。小说开头渲染的“香雪缤纷,泪痕狼藉,玉容无主,万白狂飞,地上铺成一片雪衣”的梨花就是梨影的象征。梨影是梨花之影、梨花之魂,让人同情,惹人怜爱;而《金锁记》则以如月光般冷静的文字写出了七巧的恶毒与疯狂,“她有一个疯子的审慎与机智”,“她那扁平而尖利的喉咙四面割着人像剃刀片”,“她用那沉重的枷角劈杀了几个人,没死的也送了半条命”。梨影在作品中几乎受到所有人喜爱和尊重,她是崔父心中的好媳妇,是鹏郎心中的好母亲,是筠倩心中的好嫂子,是梦霞心中理想的情人;而七巧在作品中则遭到所有人的怨恨,“她儿子女儿恨毒了她,她婆家的人恨她,她娘家的人恨她”。这些浮在作品表层的信息似乎可以说明梨影是个天使,七巧是个恶魔。但如果我们这样把梨影和七巧划分为天使和恶魔未免太失之皮相。回到文本的细节,回到梨影和七巧对欲望的表达,我们就可以穿越表层的善恶,看到两个人物的复杂性和内在的联系。

细读《玉梨魂》,我们会发现,梨影的善良与美好之中隐藏着颇深的城府和心机。在梨影与梦霞的爱情关系中,梨影一直占主动地位。梨影虽然经常把礼教挂在嘴边,欲迎还拒地让梦霞收敛对自己的爱意,但实际上推动两人感情向前发展的正是梨影。是梨影引诱梦霞先表露心迹,并设法让他时时牵挂自己。小说第四章《诗媒》中,梨影趁梦霞不在,到他房间拿走诗稿,并把插在发簪上的花留在书桌上。梦霞“把玩之余,见花蒂已洞一穴,定是簪痕”,这让他浮想联翩:“其遗此花也,有意耶? 亦无意耶?”结果主动写信向梨影表白爱意。在“遗花”之后,梨影更暧昧的行为是把自己的照片放在梦霞的被子里,这使“梦霞喜生望外,私念梨娘今日必独自来馆,留小影于衾中,以慰我相思之苦,何其用情之深而寄意之远也!”显然,为了得到爱情,梨影不仅大胆,而且用尽心机,甚至不惜做出被封建礼教视为荡检逾闲的行为。梨影最后让小姑筠倩代替自己嫁给梦霞的行为表面看来是自我牺牲,是发乎情止乎礼,但实际上这是她为了私欲而精心设计的骗局。崔父虽然看好梦霞和筠倩的亲事,但也没有立即许诺,而是表示“容往商之”。当崔父对梨影提及此事时,梨影装作不知情,高兴地对崔父说:“筠姑得配梦霞,洵成佳偶,况有阿翁作主,儿亦深望此事之成就。得此佳婿,筠姑亦乌有不愿意者?儿当即以好消息报告,且将为筠姑贺喜也。”然而,梨影向筠倩转告此事时却将崔父“容往商之”的态度描述成了不得不接受的命令:“阿翁适诏余,谓‘筠儿今已有婿,温郎不日将下玉镜台矣,冰人来,直允之,不由儿不愿意也。’”而且她还把在崔父面前表现出的喜悦转换成对筠倩的同情和不平:“余闻言甚骇,乃婉语翁曰:‘此事翁勿孟浪,一时选择不慎,毕生之哀乐系之,容儿商诸姑,然后再定去取。’余窃为姑不平。”梨影的精心策划、巧言善辩、两面三刀使筠倩痛苦地接受了婚事而对促成这门婚事的梨影没有一丝怨恨。如果梨影仅仅追求“止乎礼”,没有必要如此机关算尽,没有必要毁掉筠倩的幸福。她的这些努力表明她在无望与梦霞长相守之后仍然为两人的爱情寻找归宿,她试图通过李代桃僵的办法把梦霞“名正言顺”地留在身边,以求将来还可以跟梦霞经常见面。这是一个渴望爱情的寡妇无路可走时的反抗和挣扎,当然这是一种扭曲的反抗和挣扎,它不仅以牺牲其他女人的幸福为代价,而且也使自己无法走出痛苦、自责和内疚,导致她最后选择了死亡。因此梨影不是一个“发乎情而止乎礼”的寡妇,而是一个在封建礼教逼压下积极反抗、苦苦挣扎的女子。在温婉平静的外表之下,梨影内心对爱情的渴望与追求可谓执着,而且不计后果、近乎疯狂。

七巧也同样在欲望中苦苦挣扎。与梨影相比,七巧对爱的渴求和对欲望的表达更大胆、泼辣。她当着三奶奶兰仙的面,就不避嫌疑地出言挑逗季泽。当季泽怕惹麻烦退却时,七巧把直勾勾的情欲抛向他:“你又是什么好人?趁早不用在我跟前假撇清!且不提你在外头怎样荒唐,单只在这屋里……老娘眼睛是揉不下沙子去!别说我是你嫂子,就是我是你奶奶,只怕你也不在乎。”“我就不懂,我有什么地方不如人?我有什么地方不好……”“难不成我跟了个残废的人,就过上了残废的气,沾都沾不得?”七巧几乎豁出去了。这一句接一句的逼问就像她内心翻滚喧嚣的情欲,一浪比一浪高,随时都能冲毁堤岸。十年后,季泽到七巧面前述说爱的时候,她体会到了在爱中陶醉的眩晕:“七巧低着头,沐浴在光辉里,细细的音乐,细细的喜悦……这些年了,她跟他捉迷藏似的,只是近不得身,原来还有今天!可不是,这半辈子已经完了——花一般的年纪已经过去了。人生就是这样的错综复杂,不讲理。当初她为什么要嫁到姜家来?为了钱么?不是的,为了要遇见季泽,为了命中注定她要和季泽相爱。”这一瞬间,七巧被爱之神光照亮。但这仅仅是一瞬间,她马上又溺陷在阴冷和黑暗中。因为她清醒地意识到季泽对她根本没有真心,只是想骗她的钱。赶走季泽后,七巧的痛苦到了极点:“就算是他骗她的,迟一点儿发现不好么?”“她要在楼上的窗户里再看他一眼。无论如何,她从前爱过他。她的爱给了她无穷的痛苦。单只这一点,就使她留恋。”“七巧眼前仿佛挂了冰冷的珍珠帘,一阵热风来了,把那帘紧紧贴在她脸上,风去了,又把帘子吸了回去,热气还没透过来,风又来了,没头没脸包住她——一阵凉,一阵热,她只是淌着眼泪。”这些文字绝望到了极点,也美到了极点。七巧的对爱的渴求成了幻影,七巧在欲望中的挣扎最后是一场空。如果能注意这些文字,我们给予七巧的不应该是憎恨,而应该是怜悯。七巧比梨影更让人怜悯,梨影的悲剧是她的爱情注定没有归宿，而七巧对爱的追求就像陷入了无物之阵，她拼尽所有的力气也触摸不到真实的感情，只能品味、留恋追求爱给她带来的痛苦。张爱玲写《金锁记》并不是为了展示或批判七巧的疯狂与恶毒，她说过："我写到的那些人，他们有什么不好我都能够原谅，有时候还有喜爱，就因为他们存在，他们是真的。"[4]张爱玲之所以会原谅他们，是因为她理解笔下的人物，是因为懂得，所以慈悲。与今天大量的以各种高深理论挖掘、分析七巧人性恶的论文相比，胡兰成在《论张爱玲》中的一段文字更令人心折："读她的作品的时候，有一种悲哀，同时是欢喜的，因为你和作者一同饶恕了她们，并且抚爱那受委屈的。饶恕，是因为恐怖，罪恶与残酷者其实是悲惨的失败者，如《金锁记》的曹七巧，上帝的天使将为她而流泪，把她的故事编成一支歌，使世人知道爱。"[5]

从上述分析可以看出，看似单纯善良的梨影并不是纯粹的天使，她的内心也隐藏着一个疯狂的七巧。同样，七巧也不是彻底的恶魔，她延续了梨影对爱的渴求，她在对欲望的表达中也流露出了女性内心的柔软和美好。对于梨影和七巧这两个清末民初的女性来说，对爱情的追求和对欲望的表达无疑是一件艰难的事情。在相对封闭的崔家大院，年轻守寡的梨影渴望抓住儿子的家庭教师梦霞；在相对封闭的姜公馆，嫁给骨痨丈夫的七巧希望能得到小叔季泽的爱。她们都是一边怨恨着，一边挣扎着、追求着，而且她们在爱情中都扮演了主动者的角色。在某种程度上，梨影就是七巧，七巧就是梨影。从《玉梨魂》到《金锁记》，女性在怨恨、压抑中挣扎的故事一直在月光下蔓延。就像《金锁记》的结尾："三十年前的月亮早已沉了下去，三十年前的人也死了，然而三十年前的故事还没完——完不了。"

三 ‖ 对话的偶然与必然

《玉梨魂》和《金锁记》的创作时间相隔了三十年。从辛亥革命到上海沦陷，中国的政治、经济、文化、文学都发生了很大的变化。但《玉梨魂》中的梨影和《金锁记》中的七巧在遥相对望的时候想必能够心有灵犀地会心一笑，因为她们在对望的时候，就如同看到了另一个自己。

然而，梨影和七巧的默契并不是由于两位作家在创作意图和价值观念上的趋同而产生的必然结果。《玉梨魂》表现出非常鲜明的创作意图，徐枕亚想塑造一个符合父权制文化规范的完美女性，想写一个既忠贞专一又"发乎情止乎礼"的爱情故事。在小说中，叙述人不断地发出声音，直接对故事和人物做出评价和判断："梨娘固非荡子妇，梦霞亦非轻薄儿。发乎情，不能不止乎礼义。""梨娘故非文君，梦霞亦非司马，两人之相感，出于至情，而非根于肉欲……不然，稗官野史，汗牛充栋；才子佳人，千篇一律。况梦霞以旅人而做寻芳之思，梨娘以嫠妇而动怀春之意，若果等于旷夫怨女采兰赠芍之为，不几成为笑柄？记者虽不文，决不敢写此秽亵之情，以污我宝贵之笔墨，而开罪于阅者诸君也。"类似的声音在作品中经常出现，这些声音表现出作者干预故事的企图，他希望通过某些方式的净化和过滤，使笔下的人物和爱情都达到他所渴望的那种美好。而《金锁记》并没有表现出明显的创作意图。张爱玲反对以主观意愿束缚故事的发展,她认为故事比主题更重要。她说:“我的情节向来是归它自己发展,只有处理方面是由我支配的。”[6]“写小说应当是个故事,让故事自身去说明,比拟定了主题去编故事要好些。”“让故事自身给它所能给的,而让读者取得他所能取得的。”[7]由于让故事本身去说话,张爱玲从不刻意美化笔下的人物或爱情,她“只求自己能够写得真实些”[8],而她看到的真实却是破碎与苍凉,“生命是一袭华美的袍,爬满了蚤子”[9],七巧身上没有梨影那种梦幻般的美好,七巧的爱情也千疮百孔。

徐枕亚和张爱玲在创作上似乎南辕北辙。那么,他们为什么能塑造出心灵相通的梨影和七巧呢?一个主要的原因是梨影的形象背离了徐枕亚的创作意图。如果徐枕亚能把梨影严格控制在创作意图之内,梨影和七巧将是两个截然不同的怨女形象。但徐枕亚虽然强烈地表现出操控人物的欲望,他的控制并不成功。在清末民初这一具体历史语境下生存的徐枕亚在很大程度上还保持着传统文人的心态,但同时他也是一个面向市民社会的卖文为生的职业作家。作为传统文人,他忘不了在小说中强调“发乎情止乎礼”,而作为以市民读者为衣食父母的职业作家,他必须努力写出贴近市民生活的故事,这两方面往往会发生矛盾,因此他的作品不可能成为纯粹的图解其传统观念的工具。《玉梨魂》的核心故事是爱情,作者也正是希望通过对真情、痴情的渲染感动读者,得到市场的回报。而在对真情、痴情的渲染中,女性对情感的言说必然处于至关重要的位置,这就使梨影得到了表达爱情、言说自我的机会。王安忆在谈小说创作时说:“人物一旦进入一定的轨道里,它便会根据自然合理的逻辑自己活动起来,好像它是一个有生命的人。”[10]梨影在进入表达爱情、言说自我的轨道之后就在一定程度上挣脱了作者的控制,按照自己的情感逻辑,发出了女性的声音。她的确是“发乎情”,但并没有按作者的想象“止乎礼”,更没有成为符合父权制文化规范的天使型女性。徐枕亚对梨影的控制显然是不彻底的,他的控制就像给梨影戴上了一副被父权制文化认可的面具而不是真正改变梨影的内心和灵魂。戴上面具之后的梨影反而可以在被父权制文化认可、接受的前提下以自己巧妙的方式在父权制文化内部捣乱,这是无法走出家庭和父权制文化控制的女性的反抗和言说的方式。当徐枕亚倾心于自己笔下的佳人的时候,也许梨影已经在面具后面露出了狡猾的微笑。梨影形象的复杂性提醒我们应该反思对《玉梨魂》的研究。关于对《玉梨魂》的评价,我们可以概括出一批关键词,例如过渡时代的投影、半新半旧、既传统又现代、发乎情止乎礼等等。显然,这些评价的依据主要是作者表现出的过于鲜明的创作意图和渗透了作者创作意图的文本表层信息。如果深入文本的细节,克服叙述人声音的干扰,客观分析梨影的形象,这些评价就会陷入尴尬。而且,所谓半新半旧或既传统又现代等说法可以用于概括清末民初的大部分作品所表现出的过渡时代的痕迹,但并不适合用于深入分析《玉梨魂》或其他某一部具体的作品。因为针对具体的作品,它无法抵达文本深处,也无法呈现作品的独特性,只能成为一句正确的废话。

除了梨影背离徐枕亚的创作意图,张爱玲对主流意识形态的疏离是梨影与七巧能心灵相通的另一个主要原因。在《玉梨魂》发表的三十年之后,张爱玲是以站在潮流之外的姿态讲述怨女的故事。在"五四"之后的新文学中,关于女性问题的探讨,给我们留下深刻印象的应该是被奴役的"祥林嫂"系列和出走的"子君"系列。其中更让人激动的是"子君"们出走的身影。子君骄傲地宣布:"我是我自己的,他们没有谁能干涉我的权利。"勇敢地和涓生同居;田亚梅给父母留下字条:"孩儿的终身大事,孩儿该自己决断。"砰的一声关上门,坐陈先生的汽车离开了。这是"五四"主流意识形态为女性解放照射出的一道光亮,但这道光能照多远?子君没多久就离开涓生,默默死去。田亚梅出走之后生活得怎样,胡适没写。张爱玲提起自己的出走这样说:"从父亲家里跑出来之前,我母亲秘密传话给我:'你仔细想一想。跟父亲,自然是有钱的,跟了我,可是一个钱都没有,你要吃得了这个苦,没有反悔的。'当时虽然被禁锢着,渴想着自由,这样的问题也还使我痛苦了许久。后来我想,在家里,尽管满眼看到的是银钱进出,也不是我的,将来也不一定轮得到我,最吃重的最后几年求学的年龄反倒被耽搁了。这样一想,立刻决定了。这样的出走没有一点慷慨激昂。我们这个时代本来就不是罗曼蒂克的。"[11]张爱玲解构了主流意识形态给女性解放赋予的浪漫神圣,也看透了女性生存的来龙去脉。她意识到"现实这样东西是没有系统的,像七八个话匣子同时开唱,各唱各的,打成一片混沌"[12]。被奴役的"祥林嫂"们和出走的"子君"们就像是其中一两个话匣子发出的声音,不能为所有的女性代言。她还强调:"事实的好处就是在'例外'之丰富,几乎没有一个例子没有个别分析的必要。"[13]张爱玲的多数小说关注的就是那些相对于主流意识形态的"例外"之丰富:"《倾城之恋》里,从腐旧的家庭里走出来的流苏,香港之战的洗礼并不曾将她感化为革命女性;香港之战影响范柳原,使他转向平实的生活,终于结婚了,但结婚并不使他变为圣人,完全放弃往日的生活习惯与作风。"[14]同样,在辛亥革命之后三十多年的历程中,七巧没有成为默默背负历史罪孽与苦难的祥林嫂,也没有成为出走的子君或田亚梅,她只是一个匍匐在家庭中的怨女,延续着梨影的挣扎。张爱玲说:"人生活于一个时代里,可是这时代却在影子似的沉没下去,人觉得自己是被抛弃了。为要证实自己的存在,抓住一点真实的,最基本的东西,不能不求助于古老的记忆,人类在一切时代之中生活过的记忆,这比瞭望未来更明晰、亲切。"[15]娜拉们将走到哪里,是张爱玲无法预言也没有兴趣预言的将来,而七巧在旧家庭中的怨恨与挣扎却是她从人类生活过的记忆中抓住的一点真实。这一点真实接通了梨影和七巧。从梨影到七巧,我们可以看到,旧家庭中被压制的女性也具有反抗的力量、主动的力量。梨影和七巧的挣扎与子君和田亚梅的反抗同样值得关注。在此层面上,以娜拉出走的反抗模式作为价值标准批判或否定梨影和七巧都是不合理的。张爱玲曾说:"如果必须把女作者特别分作一栏来评论的话,那么,把我同冰心、白薇她们来比较,我实在不能引以为荣,只有和苏青相提并论我是甘心情愿的。"我想,如果曹七巧能站出来说话,她也会说:"把我和祥林嫂、子君、田亚梅比较,我实在不能引以为荣,但和白梨影相提并论我是甘心情愿的。"不可否认,"五四"主流意识形态强调的反叛家庭和离家出走的确曾给女性带来鼓舞人心的光亮,但也不能忽视,从梨影到七巧的怨女形象的塑造揭开了被这道光亮所遮蔽的作为丰富的"例外"的女性生存的真实。

梨影对作者创作意图的背离和张爱玲对主流意识形态的疏离使梨影和七巧走到了一起。这可以说是一种偶然,是冥冥之中的缘分,但偶然中也有必然。因为梨影和七巧的默契其实就是女性声音的默契。女性的声音与女性的言说是女性主义批评最关注的问题之一。女性主义批评家们发现女性在漫长的历史中是沉默的大多数,她们无从言说、无以言说,她们在文学中是被书写的他者,是被言说的对象,是男权中心文化的产物,她们被男性作家根据自身的欲望和期待改写成天使或恶魔。这些深刻的洞见的确让我们看清了很多被遮蔽的历史真相,但我们必须承认,文学自身的规律注定女性的形象不可能被彻底改写,女性的声音也不可能被彻底淹没。因为形象可以大于思想,女性形象可以偏离作家的创作意图。徐枕亚想把梨影改写成天使,但梨影还是发出了与徐枕亚的期待不和谐的属于女性的声音。其实,我们不能把女性看作彻底的沉默者。虽然女性的言说是艰难的,但在文学发展的历程中,女性的声音一直存在,它们或显或隐、或明或暗,它们必然互相呼应,互相照亮。这种呼应和照亮必然可以接通很多作品,也可以帮我们找到那些被忽视的女性的声音以及声音背后的真实女人。

每一部作品都会成为其他作品的镜子,每一部作品都要跟自己的历史对话。张爱玲曾提到对《海上花列传》《歇浦潮》等清末民初小说的喜爱,却没提过更具有轰动效应的《玉梨魂》。但不管张爱玲是否读过《玉梨魂》,《玉梨魂》都是她创作《金锁记》的背景和传统,张爱玲版的怨女与徐枕亚版的怨女已经构成了对话。当《金锁记》中的曹七巧蓦然回首,看到灯火阑珊处的白梨影,她也许想轻轻地问一声:"噢,你也在这里吗?"

[注释]

[1] 郑逸梅:《我所知道的徐枕亚》,载《大成》第 154 期,1986 年 9 月。

[2] 金克木:《玉梨魂不散　金锁记重来》,载《读书》1989 年第 21 期。

[3] [法]罗兰・巴特:《文本理论》,张寅德译,载《上海文论》1987 年第 5 期。

[4][11] 张爱玲:《我看苏青》,见《张看》(上册),163、164 页,经济日报出版社 2002 年版。

[5] 胡兰成:《论张爱玲》,见陈子善主编《张爱玲的风气——1949 年前张爱玲评说》,21 页,山东画报出版社 2004 年版。

[6] 张爱玲:《写〈倾城之恋〉的老实话》,见《张看》(下册),373 页,经济日报出版社 2002 年版。

[7][8][14][15] 张爱玲:《自己的文章》,见《张看》(下册),369、368、367、367 页,经济日报出版社 2002 年版。

[9] 张爱玲:《天才梦》,见《张看》(上册),5 页,经济日报出版社 2002 年版。
[10] 王安忆:《心灵世界——王安忆小说讲稿》,251 页,复旦大学出版社 1997 年版。
[12] 张爱玲:《余烬录》,见《张看》(上册),32 页,经济日报出版社 2002 年版。
[13] 张爱玲:《走!走到楼上去》,见《张看》(下册),359 页,经济日报出版社 2002 年版。

(原载《南方文坛》2012 年第 6 期)

2013年

回眸背景:“独秀作家群”中的女作家

□ 刘铁群

由曾经在广西师范大学求学和任教的作家组成的“独秀作家群”已经伴随广西师范大学走过了八十年的历程。在这八十年的历程中,“独秀作家群”的性别构成发生了很大的变化。从 1932 年到 1976 年产生的第一代和第二代“独秀作家群”主要由男作家组成,女作家人数极少。而 1976 年之后产生的第三代“独秀作家群”中,女作家不仅在数量上和男作家旗鼓相当,在文学成就上也难分高下。

在 1949 年之前产生的第一代“独秀作家群”中,较有影响的女作家只有彭慧。彭慧是中国现代文学史上的作家、翻译家、外国文学研究专家。1927 年留学莫斯科逸仙劳动大学,1930 年加入左翼作家联盟。1942 年到 1947 年,彭慧在桂林师范学院(今广西师范大学)任教,主要讲授文学概论、当代文选和写作等课程。她在授课的过程中经常分析、讲解活跃于桂林文化城的作家创作的文学作品,还分析过自己的小说《巧凤家妈》,这种教学方式能使学生了解身边的作家,追踪当时文坛的最新动态和最新成果,拉近学生和文学之间的距离,激发起学生对文学的兴趣。彭慧倾心于创作,也热心于教学。1943 年,彭慧给谢冰莹主编的《女作家自传》写过一个《简单的自传》。她在自传中说:“我和木天(彭慧的丈夫穆木天先生)两人,虽然一向把教书视为第二职业,然而正当教着的时候,我们却不敷衍;每遇着几个优秀的学生时,我们会感到极大的快慰,而学生的进步,就等于是给我们的鞭策。”[1]有创作经验的彭慧特别关注学生们的创作能力,并给他们悉心的指导、热情的鼓励和切实的帮助。她在课堂上对学生的好文章进行讲评,并把学生的优秀作品推荐到学校的墙报和桂林的报刊上发表。在那个战火纷飞的年代,年轻的女作家彭慧以她的耐心和热情在广西的莘莘学子中播撒文学的种子,这是多么美好而又温馨的一幕。在 1949 年到 1976 年产生的第二代“独秀作家群”中,较有影响的女作家是冯志奇。冯志奇是广西师范学院中文系(今广西师范大学文学院)1963 级本科生,主要从事散文写作,著有散文集《梦魂的旋流》《独坐书斋》和理论专著《新闻写作与散文》。曾获广西人民政府首届“广西文艺创作铜鼓奖”优秀编辑奖和第三届“广西文艺创作铜鼓奖”创作奖,1997年获南宁市首届“德艺双馨”文艺家称号和南宁市首届“五象工程文艺奖”。被称为“广西多才多艺的女作家”。

在以男作家为主的第一代和第二代“独秀作家群”中,彭慧和冯志奇的确显得形单影只。但“文革”结束之后,这种情况发生了很大的改变。80年代以来,一批女作家相继登场,成为“独秀作家群”中一道亮丽的风景。而且冯志奇的创作也主要集中在八九十年代。第三代“独秀作家群”中的女作家主要有在广西师范大学任教的施秀娟和曾就读于广西师范大学的张燕玲、杨丽达、杨映川、黄咏梅、刘永娟、黄芳、唐女、琬琦、罗小凤等。其中不少女作家表现出良好的创作势头,特别是张燕玲、杨映川、黄咏梅等人的创作引起了国内不少著名文学批评家的关注和好评,在全国的文坛产生了一定的影响。张燕玲是广西师范学院中文系(今广西师范大学文学院)1980级本科生,主要从事文艺评论和散文创作。有一批散文发表于《大家》、《人民文学》、《散文》(海外版)等刊物。有十几篇散文被《散文选刊》、《2002年最具阅读价值散文随笔》(上海社科院)以及百花文艺出版社、人民文学出版社、花城出版社、山东画报出版社的年度优秀散文选等书刊选载。散文《此岸,彼岸》在2003年下半年中国当代文学最新排行榜散文类中名列第二。著有散文集《静默世界》《此岸彼岸》《广西当代作家丛书·张燕玲卷》和论著《大草原——玛拉沁夫论》《感觉与立论》《批评的本色》《广西当代文艺理论家丛书·张燕玲卷》。散文集《静默世界》《此岸,彼岸》分别获第二、第三届中国女性文学奖。另外,张燕玲还曾获广西第二届青年文学“独秀奖”,第三、第五届“广西文艺创作铜鼓奖”,以及广西“十佳出版工作者”“广西中青年德艺双馨文艺家”“广西有突出贡献科技人员”等称号。杨映川是广西师范大学中文系(今广西师范大学文学院)1990级本科生,1994级文艺学专业硕士研究生。是广西作协第三届和第六届签约作家。从2000年开始,杨映川相继在《上海文学》《人民文学》《十月》《花城》《钟山》《作家》《山花》等文学刊物发表小说。有多部作品被《小说选刊》、《中篇小说选刊》、《21世纪年度小说选(2004年中篇小说)》(人民文学出版社)、《2004年最具阅读价值中篇小说》(上海社科院)、《2004中国中篇小说年选》(花城出版社)、《2004年中国中篇小说经典》(山东文艺出版社)、《2004年文学精品》(敦煌文艺出版社)、《2005年中国中篇小说经典》(山东文艺出版社)等书刊选载。曾出版长篇小说《女的江湖》《魔术师》《淑女学堂》和中短篇小说集《我记仇》《为你而来》。中篇小说《不能掉头》获2004年度“人民文学奖”和第五届“广西文艺创作铜鼓奖”。中篇小说《我困了,我醒了》入选2004年度中国小说排行榜。因为杨映川2004年在创作上有突出的表现,著名评论家李建军把她和晓航、葛水平称为“2004年中国文坛的三匹黑马”。另外杨映川还曾获第六届广西青年文学“独秀奖”和第三届“华语文学传媒盛典‘2004最具潜力新人’”提名。黄咏梅是广西师范大学中文系(今广西师范大学文学院)1991级本科生,1995级现当代文学专业研究生。自2002年开始,相继在《人民文学》《收获》《花城》《天涯》《钟山》《作品》《文学界》《大家》等文学刊物发表小说,有多部作品被《小说月报》、《小说选刊》、《中华文学选刊》、《作品与争鸣》、《2003 年中国中篇小说年选》(花城出版社)、《2003 中国短篇小说年选》(花城出版社)等书刊选载。曾出版诗集《寻找青鸟》《少女的憧憬》和小说集《把梦想喂肥》《隐身登录》。小说《负一层》《单双》连续两年登上“中国小说学会年度小说排行榜”。除了上述三位女作家,杨丽达、刘永娟、黄芳等人在创作上也有不俗的表现。

从目前掌握的资料来看,除了民国时期的彭慧和 90 年代之后开始写作的施秀娟,“独秀作家群”中的女作家主要属于学生系列。她们大多在上大学之前就爱好文学,并在写作方面显示出特长。冯志奇从小就喜欢看文学书籍,读初中时作文在学校里是拔尖的,报考中文系也是出于对文学的爱好。杨丽达的文学才能很早就显示出来了,三四年级的时候,语文老师拿她的作文到教师食堂读给老师们听。高一的时候,语文老师拿她的作文到高二去念。黄咏梅从十岁开始写诗,发表诗,是少女诗人,在梧州一中读书时就搞全国文学社的交流会,在校园文学里有一定的知名度。她上大学之前已经出版了诗集《寻找青鸟》《少女的憧憬》。因为在文学上有突出的成绩,才被保送到广西师范大学继续读书。刘永娟在荔浦师范学校担任过“常青藤”文学社的副社长,发表过一些小作品。她也因为文学方面的优势取得被保送到广西师范大学读书的机会。杨映川上大学之前阅读量就比许多同龄人要大一些,因为父亲是做编辑的,家里面能看到当时几乎是所有的文学期刊、报纸。中学时期,她在当地的一些报纸上发表过一些散文和小小说。

虽然大学不是以培养作家为主要目的,但当她们带着对文学的爱好来到广西师范大学,她们的写作特长在相宜的温度和养分中得到了滋养和发展。因此在一定程度上可以说,在大学求学的经历为她们将来走上创作道路进一步奠定了基础。张燕玲曾说大学是她的来路和起点。黄咏梅认为是大学的经历进一步把自己推上了文学之路,她说:“我觉得大学对我写作的整个道路而言,起着非常巨大的作用的。我有时候会想,如果当年我没有上大学,我就从中师毕业了,就去当一个语文老师,可能一辈子就像我好多师范同学一样,当老师,最多当一个小学校的老师。要是那样,可能也不太会去想起文学。”[2]“我觉得在师大的教育,就更加让我坚定了去走文学这条路。可以说,我没进师大之前,写作对于我来说,也许就是一种完全凭兴趣或者天分来创作,上了师大后,我的写作应该是进入了一个自觉的阶段,是比较坚定的,而且是有方向性地进行创作。”[3]杨丽达也认为大学四年的文学熏陶对自己的写作非常重要,她说:“如果说没有这四年中文系的文学熏陶,我是不可能结出成果的,尽管你这颗文学种子早就种下了。”“我觉得大学中文系这四年就把我带入了文学的专业队集训……那么多优秀的老师把他们人生的经验和文学感觉全部告诉你,全部给予你,而且是碰到你最好吸收知识的青春年华时代,那种雨露你不断地吸收,才能不断地茁壮。如果没有这样一种文学氛围,我觉得我要写小说也就是业余水平……没有这四年,你那文学的种子就会烂在地下,肯定出不来的。”[4]如果说这几位女作家在读大学期间是文学的种子,那么吸收养分的重要方式就是阅读大量的书籍并接受系统的文学专业知识。冯志奇的阅读经历颇有传奇色彩,“文革”期间,她与外语系的女同学一起住在图书馆的阅览室,和图书馆的藏书室只隔着一扇门。她们悄悄地打开这扇门,看到书就像久旱逢甘露一样。她们偷偷把里面的书拿出来,读唐诗宋词,也读中外名著,看完了又悄悄放回原处(免得被管理员发现,发现了就不能再看了),连借阅的手续都省了。这种阅读的机会使她在“文革”这样的恶劣环境下找到一处心灵的净土和精神的港湾,安安稳稳地在书海里漫游,增长了不少知识。她认为这是不幸中的幸运。杨丽达泡在图书馆里有时候连饭都忘记吃。她经常拿一本自己喜欢的小说,找一个有山有水有草地的地方看书。她一直觉得这是最好、最舒服的休息方式。刘永娟到了广西师大以后如饥似渴地读书,业余时间基本上都是泡在图书馆里面。中国当代作家的作品几乎横扫,全部读完。如果不是读中文系,肯定不会有那么多的时间读那么多的作品。她说:“通过阅读,我对历史、对人、对文学有了一些自己的小小的思考,感觉通过文学这个通道,似乎能找到小时候困惑的一些问题的答案,比如人在这个世界上的位置……多年后,我甚至写了一些被称为小说的文字,有的还得以发表。回顾以往,我不得不承认,这是拜大学四年生活的积累所赐。”[5]杨映川也说她“上了大学以后才真正有系统地去读一些作品,才知道文学是一个什么方向”[6]。读研究生以后所学的文艺理论也从另外一个角度对自己以后写作有一定的帮助。

对文学的爱好再加上系统的专业学习和大量的阅读会激发起参加文学活动的热情和写作的欲望。杨丽达说:“人就是这个样子,读多了你就想创作了。就想这个文章我也能写,你就会试着去写,因为每个人都会有创造的能力,每个人也希望自己能创造。”[7]杨丽达在大学时期坚持写诗,参加了文学社。她的诗歌《山》获得学校征文二等奖第一名,诗歌《孤独者》获得“首届桂林新诗大奖赛”优胜奖。她还在《南国诗报》《河池日报》和中文系学生办的刊物《桂花》上发表过诗歌。张燕玲在大学期间对文学表现出执着的热爱,她牵头成立诗社和文学社,担任首任社长,并创办诗社刊物《芦笛》。在文学创作和各种文学活动中,她投入了自己的青春与激情,大学时期在《漓江》(现在的《南方文学》)上发表过作品。冯志奇也在大学期间开始写诗,参加了中文系的诗社,还喜欢参加诗歌朗诵活动。她在中文系办的《东风报》上发表过不少作品。黄咏梅上大学后曾担任文学社的秘书长,经常与高年级的学长交流创作经验,创作热情开始由诗歌转向散文,她在《散文》《人民日报》《文学报》等报刊发表了不少散文。杨映川和刘永娟在大学期间还没有强烈的创作欲望,但她们的创作同样是随着阅读积累和文学鉴赏、解读能力的提高而水到渠成的。杨映川毕业之后为一些广西的签约作家写过文学评论,看了他们的小说之后,她想自己是应该可以写小说的,应该可以写出这样的东西,这么想着后来就写了,2000年发表了第一个小说《爱情侏罗纪》。刘永娟在大学毕业前选择广西作家黄佩华的小说做毕业论文的选题,在阅读的过程中,就隐约激发了一些写作的愿望。她想,其实自己也可以写,说不定可以写得更好;同时又觉得这种愿望好像有点模糊,好像遥不可及。后来,她在一篇创作谈中说:“回想起来,引发我创作小说念头的应该就是这次毕业论文的写作,它让我觉得写小说并不像自己原来想的那么遥远。尽管在毕业后的很长的时间内我并没有真正地开始写小说,但我一直把之前对生活的观察、对人生的思考当成自己创作的准备,心底一直潜藏着一个写作的梦。”[8] 2003 年冬天,刘永娟在心底潜藏多年的“写作梦”实现了,她写了第一个小说《天边的星星》。

对于这些女作家来说,在大学里能找到适合阅读和写作的环境是一种幸运,能得到老师的指导和鼓励也是一种幸运。张燕玲成立诗社得到了王建周、冯振、蓝少成、黄绍清、姚代亮等老师的鼓励和帮助。她写作文学评论的潜力得到了黄绍清老师的肯定和鼓励。1984 年,刚毕业还未到单位报道的张燕玲因黄绍清老师的推荐得到参加广西文联首届青年文艺评论讲习班的机会,并发表评论,这个讲习班的目的就是培养青年文艺评论家。1984 年是张燕玲评论生涯的起点,是黄绍清老师给了她这个起点。黄咏梅回忆起大学的老师时说,在那里七年,很多老师都对她很好,都很看重她的写作特长。教古代文学的张明非老师送古典诗词赏析的专著给她看,教民间文学的黄绍清老师,教写作学的许敏歧老师,还有教现当代文学的雷锐老师、黄伟林老师都曾经给她直接的帮助和鼓励。她特别感激自己的研究生导师林焕标老师。林焕标老师也是一个创作型学者,林老师在做学问方面对她不苛求,在创作方面给她鼓励。他在黄咏梅毕业前语重心长地说:“你一定要坚持写作,会有成绩的。”[9] 冯志奇提起上写作课的赵盛德老师曾带同学们到农村去体验生活,回来后她写的作文有幸作为范文在课堂上朗读。老师的肯定让她很受鼓舞,增添了自信心,开始重视作文的写作。她觉得这与自己后来走上文学道路,有一定的关系。杨丽达也认为老师的鼓励很重要,大学一年级时,讲评作文的李咏梅老师念过三篇作文,有两篇是杨丽达的。上现代文学史的时候,她得到向丹老师的关注。写毕业论文的时候,她得到姚代亮老师的鼓励,姚代亮老师还曾经带着她们文学社的几个学生参加桂林市作协的一些会议,让她们有机会与一些当代作家直接接触。杨丽达非常感谢那些引领自己进入文学殿堂的默默无闻的老师,她说:“如果这些老师没有关注到我的作文写得好,这么鼓励我,可能我写作的力量、潜力不一定能激发出来。鼓励可能是最好的老师。”[10] 刘永娟在写毕业论文时得到黄绍清老师的悉心指导,而且黄老师还帮她把论文推荐到《民族文学研究》上去发表。当时整个年级只有她的论文写完之后马上能发表,这让她得到很大的鼓励。

对这几位女作家来说,大学时期的写作梦想就是青春年华中浪漫梦想的一部分,美好而又单纯。走出校园之后,她们并没有成为以文学谋生的职业作家,她们的职业身份主要是教师或编辑,但她们仍然保持着对文学的热爱,是非功利的热爱,是渗透进血液和生命的热爱。杨丽达说:“我一直爱好文学,没有任何功利的爱好”,“如果生命是条河,要从此岸到彼岸,那么我选择文学作我的渡船”。[11] 冯志奇认为自己对文学创作没有刻意追求什么目标,但文学却让她感到快乐和满足:“虽然我对文学创作没有太多的理想追求,也没有多大的成绩,我只是能够做自己比较喜欢的工作,也不管成绩的大小,都是快乐的!为此,我感到惬意,也很满足。"[12]文学成了她们生命的一部分,文学也是她们感悟生命、思考世界的方式。刘永娟说:"至今我从未敢妄称自己为作家,但我会说,我希望自己能一直走在写作的路上。""也许我还没有足够的能力把我对生命和世界的思考表达出来,但这一直是我的美好愿望。"[13]杨映川说:"这世上除了文学,还有什么东西能纵容我们最荒诞却又是最真实的想法,最悲痛却又可能是最快乐的感觉?很幸运,能以文学为伴。"她们庆幸能以文学为伴,并且以她们对文学的敏感享受着以文学为伴的奇妙感觉。黄咏梅用心脏"偷停"来形容她对写作过程的享受:"我乐此不疲地重复这种心脏偷停的运动,享受这种灵魂出窍的过程。我用偷停出来的时间,将自己当作不同的人,进入一个与自己的肉身没有任何关系的另外一个世界里,得以跟一些隐匿的东西团聚,与一些隐秘的内心活动私语。"[14]她们带着对文学的热爱,虔诚而又平静地行走在写作的道路上,乐在其中,无怨无悔。

由于独秀作家群是依托于一所大学形成的作家群,我们把几位独秀女作家放在一起谈论,并不是因为她们有相近的创作倾向或审美追求,而是因为她们有一段相似的成长背景——在广西师大任教或求学的经历。她们都饮过漓江水,沐过桂花香,浸润过广西师大的人文气息,呼吸过桂林文化城的空气。张燕玲在一篇为校庆写的文章中这样描写翻出自己大学期间主编的诗社创刊号《芦笛》时的心情:"没料到,久违的心竟一阵一阵'咚咚咚'地响,抚摸着伍纯道老师题写刊名的手也微颤了起来。如今主编着杂志,翻阅新刊已经像翻月份牌一样不经意了,然而,今天这本 32 开薄薄的《芦笛》却令我涨红了脸,我无法回避:这是我的来路,这是我的起点,我是受惠于她而展开自己那份人生的。这是我的背景。"[15]张燕玲在此表达的不仅仅是对一本《芦笛》的感情,更是对广西师大的感情。她珍惜自己曾拥有的这段背景,也感激这段让自己走上创作起点的背景。广西师大在迎接 80 华诞之际出版了《背景——独秀女作家作品集》一书,该书收录了彭慧、冯志奇、张燕玲、杨丽达、杨映川、黄咏梅、刘永娟等七位有代表性的独秀女作家的小说和散文。这七位女作家跨越了独秀作家群的三个发展阶段,也纵贯了广西师大八十年的发展历程。从雁山园到独秀峰,从良丰河到月牙池,她们带着对文学的梦想一路走来,成长成熟。如今遥望来路,回眸背景,虽然她们活跃在校园中的青涩身影已经随韶光的流逝而远去,但她们的成长与成熟将成为独秀作家群继续发展的背景,她们在文学上所取得的成绩也将成为广西师大历史的美好附丽。

[注释]

[1] 彭慧:《简单的自传》,见《彭慧先生诞辰纪念文集》,12 页,北京师范大学出版社 2009 年版。

[2][3][9] 黄咏梅:《访谈录:一个向善的文字王国》,见《大学里的作家梦——独秀作家群访谈录》,353、347、348 页,广西师范大学出版社 2011 年版。

[4][7][10] 杨丽达:《访谈录:驶向生命彼岸的渡船》,见《大学里的作家梦——独秀作家群访谈录》,376、375、264 页,广西师范大学出版社 2011 年版。

[5][8][13] 刘永娟:《是存在,还是仅仅活着》,见《背景——独秀女作家作品集》,342、343、344 页,广西师范大学出版社 2012 年版。

[6] 杨映川:《访谈录:七年师大一生情》,见《大学里的作家梦——独秀作家群访谈录》,304 页,广西师范大学出版社 2011 年版。

[11] 杨丽达:《我与文学》,见《背景——独秀女作家作品集》,149 页,广西师范大学出版社 2012 年版。

[12] 冯志奇:《我的创作路》,见《背景——独秀女作家作品集》,55 页,广西师范大学出版社 2012 年版。

[14] 黄咏梅:《偷停》,见《把梦想喂肥》,3 页,山东文艺出版社 2007 年版。

[15] 张燕玲:《背景》,见《背景——独秀女作家作品集》,83 页,广西师范大学出版社 2012 年版。

(原载《南方文坛》2013 年第 1 期)

走向虚无的旅程

残雪小说精神机制论略

□王　迅

残雪的小说创作很大程度上受到卡夫卡等西方现代派作家的潜在影响,残雪甚至因此被国内评论者称为中国的卡夫卡。但残雪的文本显然并非由单一基因构成,而是渗透着多种成分的艺术变体。比如,残雪小说那种压抑黑暗的情绪与鲁迅的《狂人日记》《野草》等作品的精神意蕴何其相似!与其暗中继承的因素相比,残雪小说的反叛精神更引人注目。由于对传统叙事常规的决然反叛,及其晦涩难懂的文本特征,残雪的小说一直存在争议,而且不要指望在短时期内这种争议就会停止。但从长远看,我还是认为,残雪必定会有更多的同谋。许多年后,我们会发现,残雪的世界之所以难以进入,不是她的作品本身存在问题,而是我们与她相遇的时机未到。残雪的写作不仅是作家本人寻求自我精神发展的必要前提,阅读残雪也将成为受众文化生活从消极文学消费转向提升灵魂境界的重要途径。

残雪无疑是当代中国文坛最"另类"的作家。这种"另类"不是作秀,也非故步自封,而是表现为一种敞开的精神结构。在这种结构中,残雪站在内部立场,要以此为基点,建构一个纯之又纯的寓言世界。而那个世界是一个全新的领地,一个类似于卡夫卡"城堡"的精神居所。残雪的写作就是要在古典的废墟上,重建属于她自己的精神城堡。因此,残雪要呈现的那个世界,并不是我们日常所看到的自然存在的现实,而是另一种不为人所注意、前景更为广阔的精神现实,而这种现实在残雪小说中是由意象单元组成的隐喻结构所暗示出来的。现实中的意象经过残雪的审美转换变得面目不清,甚至令人匪夷所思,我们很可能会因此而陷入迷宫般的眩晕。只有当我们越过文本的表层而转入复杂的精神层面,它才会如点点星火在暗夜里熠熠发光,变得意味无穷。因为阅读好的小说绝不是一蹴而就的事。某种意义上,阅读残雪就是主动接受精神酷刑,但在经历种种内心的磨难后,你的精神质量也会随之提升到新的等级。进入残雪的世界,我们不能急于辨认其中的图景,因为那是凝视的时刻,也是把感觉敞开的过程。由于每个句子都并非表层所指,而是隐藏着一个幽暗的精神王国,那是一个被遮蔽的处所,在其内部包含了谜语般的可能性。我们必须排空日常世俗,排空是为了更好地接收信息。当我们进入二次审美,也就是纯精神审美,残雪小说中那深渊般的艺术结构就会变得透明如水晶成像在大脑的底部。这是我在阅读残雪时所经历的精神旅程,在这种阅读的基础上,本文以残雪近两年发表和出版的作品为例,力图通过对残雪小说文本精神机制的揭示,发掘出残雪对当代中国文学创作的启示,以及我们阅读残雪和研究残雪的深远意义。

残雪小说最重要的叙事特征是,它突破了文学对外部现实的经验表述,转向内部精神层次的无限突进。对于这样的文本,任何外部的社会学阐释都是无效的,因为那种传统的社会历史批评无法切入这类小说的核心。比如曾有评论者把《黄泥街》看成"文革"社会现实的反映,这就是一种误读。在残雪看来,精神具有无限的层次。残雪小说结构体系由高低不同的精神层次构成,而精神层次的自我突进又构成其小说叙事推进的深层动力。其结构模式为:世俗实在——中转站——美的幻境。残雪说:"美是那永远达不到的、最后的透明境界,但通往美的跋涉却要步步踩在世俗实在的泥土上。人唾弃脚下的泥泞,人为了梦想那永恒的美,又不得不与这泥泞日夜相伴,这是上天为他安排的方式,否则美便不存在。"[1]若要抵达美的至境,生命个体就要不断地投入世俗,同时不忘从世俗中抽身出来。在这个意义上,生命个体类似于艺术创作主体,那个至美境界如同艺术家创作中所追求的终极境界。只要追求那"永恒的美"的心不死,人类就无法摆脱在两极间奔走的紧张状态。因为那种"永恒的美"脱胎于"世俗实在的泥土",人类无法不借助世俗体验而直接抵达。残雪所关注的是,人的内心如何摆脱世俗状态到达终极"透明境界"的问题。这个境界也许永远无法抵达,但经历那种短兵相接的精神跋涉后,灵魂必定会产生质的飞跃,最终接近那个"透明境界"。因此,"世俗之上,虚无之下"[2]是残雪小说的基本精神框架。那么,这种叙事框架中的主人公与传统的小说主角就有了某种内在的区分。主人公不再是典型环境中的典型人物,也不是那种外在指向的符号化的人物,而是具有自我意识的认识主体,也就是日本学者近藤直子所说的"深层的创造性的自我"[3]。在人物把握上,残雪把潜意识、生命冲动和创造性等人格要素推到首位,于是小说人物从作为表达作家思想的载体的审美功能中解放出来。这些人格要素赋予小说主人公非凡的冥想能力,事物在极具穿透力的冥想中发生变异,被置换为虚幻的精神符号。于是那种发生在潜意识中的冥想,就成为他们抗击虚无获得超拔的重要手段。为了逐步提升自我的精神层次,最终完成理想人格的塑造,那种发生在灵魂内部的搏斗注定是永无期限的,而维持这种搏斗的原动力则是"创造性的自我"的持续参与。

短篇小说《家园》讲述的是反抗虚无的故事。女儿死后,远志老师和老伴常云失去了原有的心理秩序,他们的生活有如坠入黑洞。黑洞就是虚无,他们滞留在虚无的深渊有待自救,于是进入反抗虚无的体验。常云反抗虚无的方式是介入小区"台球派"与"气功派"的斗争。"台球派"要求废除花园,在小区内建立体育活动室;"气功派"则拼死反抗,以维护自己的生存空间。两派之间的地盘之争风云变幻,但预想中的“热战”并未发生。因为对立双方更多的是在暗中较劲。从外部看,舞台上演的似乎是一场“自我”和“他者”的外部战争,然而这只是文本的表层世界。残雪的文字包蕴着很大的向心力,它往往能穿透世俗的经验表层,朝着灵魂深处掘进。接着,小说叙事的核心由外向内转移。以常云为首的“台球派”一直处于弱势,但这并不重要,因为常云们并不会真正动手建立体育活动室。那么,这其中隐藏着什么更深的动机呢？其实,“台球派”营造那种诡异氛围,不过是虚张声势罢了。对常云来说,重要的不是成败胜负的结果,而是精神重建的过程。这个过程中,她真正要对付的不是“气功派”,而是自我心中的异己“他者”。而与这个自身内部的“他者”周旋,也就是与虚无对阵。由此,常云要以灵魂主动出击的姿态激起生命的内在活力,以此抵制潜伏于内心的虚无感,为了摆脱虚无而不断制造危机,在无形的对弈格局中实现精神的跃进。

近期创作中,长篇小说《吕芳诗小姐》无疑是残雪最为厚重的力作。残雪首部长篇《五香街》所表现出的那种言说的冲动和亢奋,在这部小说中已经慢慢冷却,并转向一种精神的冒险与突进。从内在结构上看,主人公的灵魂历险与艺术家的创作过程极其相似。很大程度上,主人公的冒险之旅就是艺术创作者的精神探险。这就是残雪小说的内在生成机制。残雪的天职就是把艺术家在创作过程中的灵魂历程投射到小说人物身上,通过人性的表演揭示出艺术创作的规律。从这个意义上说,残雪的创作不仅是关于灵魂的叙事,也是关于创作的创作。如果把残雪小说纳入艺术创作的审美活动框架中考察,那个深藏内部而又精致无比的艺术结构就会凸现出来。从这个层面看,《吕芳诗小姐》所描述的就是残雪创作中艺术自我的精神历程。在对肉体与精神二元思考的意义上,这部小说所达到的深度超越了残雪此前的所有作品。在这部小说中,世俗生活与精神生活的辩证关系在那种极限叙述中获得奇妙的诗性传达。具体而言,肉体和精神之间的艺术张力主要表现在吕芳诗小姐的两极生活中。吕芳诗是肉体的符号,但更是精神的象征。透过她的情感生活,我们看到,浸淫在世俗中的心灵可能会产生某种超脱的冲动,随着叙事的推进,世俗之心在生命的狂欢纵欲中逐步达到诗意的反省,形而上的生命冲动也随之演变为一种抽象的生存常态。作者主要叙述了吕芳诗小姐与三个情人之间的情感纠缠,在多重关系中探入欲望主体深层的精神结构。追寻吕芳诗的内心历程,读者仿佛经历一次灵魂的涤荡。因为残雪关注的是人的内部世界,她要在物欲化土壤中培育出高雅的精神之花。“红楼”在小说中被描述为“原始森林”,在本质上是人的原始本能狂舞的欲望之所。尽管吕芳诗是“红楼”的顶梁柱,但灵魂飞升的渴求却是其更为重要的生命特质。为实现从肉体向精神的生命飞跃,在段小姐的指引下,吕芳诗搬进“公墓”小区,这成为她砥砺灵魂、展开自审的必要场所。为使灵魂获得更高层次的提升,吕芳诗来到新疆钻石城开辟新的生活。与“红楼”时期相比,吕芳诗的新疆生活变得更务虚了,她要转化体内的能量,将肉体变为精神。而钻石城正是将人的肉体属性精神化的重要场所,也是展开虚无表演的重要舞台。所以,吕芳诗的新疆之旅就成了对诗性精神寻找的象征。但这种寻找与三个旧情人仍然少不了瓜葛,因为这是她实现精神超越的必要途径。其中,T 老翁作为吕芳诗的隐形伴侣,如影随形地渗透在她的生命中。然而 T 老翁几乎时时在场,却又从不现身。换句话说,这个人物是一种不在之在。他只存在于小花等人的描述中,被言说的 T 老翁始终是个谜。而谜底就是“死”,他是终极之美的象征。在这种状态下,爱情(终极之美)必须借助物件去验证,而每次验证的结果都令她悲伤和绝望。小说中有这样的描述:“她又去参加了一次‘流亡者’的家庭舞会。她一共同三个戴假面具的人跳了舞。她感到这三个男人就是她在京城的三位情人,可是他们全都一声不吭。又因为屋里被窗帘遮去了所有的光线,她没法证实任何事,‘阿龙!阿龙!’她气喘吁吁,口中绝望地唤他。而他,既亲昵,又疏远,似乎永远不可捉摸。”这三个戴假面具的舞者作为镜子,映照出吕芳诗精神流浪中的自我。由于那炽烈的爱(对美的追寻)无处停靠,吕芳诗内心处于无法证实的困惑中。对她来说,生命只能依赖于一种虚妄的冥想维持,以便在某种精神抵达中暂时缓解内心的虚无。但这种缓解只是暂时的,虚无的逼迫才是永恒的。这是艺术家创作的心理机制。这种虚无感是艺术创作进入深层状态的表征,因为伟大的艺术家都能深刻感受到虚无的利齿对灵魂的啃噬。在创作中,艺术灵魂裂变轨迹表现为:从一个虚无走向另一个虚无,而这种虚无体验又是一个辩证的飞升运动:灵魂在无数次涅槃中重生,并在重生中达到新的升华。残雪认为:“从事艺术工作的人,一生都将与虚无感——自己生命的本质纠缠不休,这是不可摆脱的命运。”[4] 只有不断地在虚无中“纠缠”,在沮丧中硬挺,艺术家的创作才能向更深的领域旋入。

为了走进吕芳诗的世界,曾老六竭力摆脱自身的商人俗气。为此,冥想逐渐成为他生活的主要方式,也给他增添了生活的力量。但这种静止的冥想显然是不够的,他还需要一种心灵的激发和逼迫,以获取新的能量向更深层次冲刺。这种催魂角色主要由吕芳诗和王强充当。在后来的约会中吕芳诗并不露面,她要以无声胜有声的方式给曾老六发出信号。同样,作为曾老六的得力助手,王强也并未以卑微之态委身于他,而是以俯视之态和高傲之气让他时时感受到威胁。其实,吕芳诗对曾老六的疏离,以及王强对曾老六权威的挑战,只不过是为了更好地激发他的冒险精神。这种冒险是一种精神的冲刺,目的是脱离世俗的大地,进入纯精神的冥想王国。在他人的催逼下,曾老六对自我的认识发生了一次飞跃。起先曾老六认为最大的谜是吕芳诗小姐,后来才意识到最大的谜其实就是他自己。为了进一步提升自我,他必须经历一次次精神的炼狱。对他来说,要让灵魂突飞猛进,那种腥风血雨的精神磨炼必不可少。小说中的小花与曾老六有着类似的情感经验,正如她向吕芳诗所倾诉的,“我们只能苦熬。但是呢,这种苦熬也有它的乐趣,苦中作乐嘛”。这种“苦熬”并非无谓的煎熬,而是繁殖希望的机制。在情感向度上,“苦熬”表现为一种“有希望的压抑”。正如沙漠里的行走,太阳落山时分你会到达绿洲。灵魂在世俗的旋涡中挣扎,在无数次跌落和奋起中向着那片精神的绿洲冲刺。那个精神绿洲也许永远无法真正抵达,但它却是天堂,不断向精神跋涉者发出召唤。这种召唤引诱着力图摆脱世俗的人向理想的人性境界冲刺。为此,他们甘愿把自己的灵魂抛向荒野,让它在永远的流浪和折腾中,不断走向新一轮的虚无之境。在小说中,独眼龙对其弟弟所说的那句话,可谓一语道破天机:“想做一个幸福的人就意味着在生活中处处遇到险情,永远没有保障,永远悬着一颗心。”这种姿态表明,主人公在承担虚无感对自身折磨的同时,过着并不虚无的紧张的精神生活。这是艺术家进入创作后心路历程的写照,也是其攀登艺术高峰的必经之途。正如残雪评论卡尔维诺《假如一位旅行者在冬夜》所说的那样:“艺术家过着希望与绝望并存的狼狈生活,从一个陷阱走进另一个陷阱,永远是后悔莫及,永远是自取其辱。正是那数不清的屈辱和羞愧,提升着人作为‘类’的品格。”[5]而这种“狼狈生活”就是创作过程本身,在创作中,艺术家的内心在渴望中“苦熬”,在“苦熬”中获得升华。

残雪曾说:“我的写作是灵魂里面闹革命。”[6]残雪所谓“革命”是抽象意义上的,是发生在灵魂内部的隐形战争。这种战争发生在一个主体的内部,它是主体“内省过程的戏剧表演”[7],又是精神升华的必要环节。残雪的使命是细分深层自我的灵魂,通过自我分裂在灵魂内部发动革命风暴,不断制造危机,让各个灵魂层次的演员(作者的分身)之间发生势不两立的殊死搏斗。具体发生机制为:“审美一旦开始,主体中那个先验的矛盾机制就将已有的情感经验转化成深层自我,令其各个部分进行既分裂又统一的表演。”[8]而这种灵魂的分身术,从内在结构上,是指向人的艺术本质的。残雪把她对人的艺术本质的认识贯彻到叙事中,让人物充当作家创作中艺术灵魂的各种要素,于是,人物之间的冲突内化为艺术灵魂内在矛盾的展开。

短篇小说《鹿二的心事》讲述的是艺术创作中精神突围的故事。一阵不断逼近的爆炸声让少年鹿二惊恐万状,怀疑发生了山崩,于是反复问自己:“要不要跑?要不要跑?”但后来发现周围的一切安然无恙。其实,山崩发生在内心。鹿二的内心如蓄势待发的弓箭,一直处于紧绷状态。那种致命的精神重压在暗处折磨他,隐喻着艺术创作中原始冲动或者本能直觉受到精神理念的遏制。但只要创作活动继续下去,那股冲动的原始之力就无法阻挡。况且,理性意识的阻挡反过来又会促进原始本能更汹涌地高涨。因为“诗性精神诞生于人的生命的躁动,诞生于欲望和意识的交战之中”[9]。那么,如何反抗理性对直觉的那种无处不在的逼迫和压制呢?精神压抑到极点时,人总要寻找内心排泄的出口。鹿二对少年小齐佩服得五体投地,奉其为心中的英雄。为了释放压抑感,小齐在油菜地里用茅刺向空中的人影,但结果是茅断裂成两节。小说后面显示,原来油菜地上空巨大的黑影就是鹿二的爹爹(理性),茅的断裂暗示出精神突围宣告破产。要想成功突围,必须转入新一轮的探索。绣花女梅花也是鹿二崇拜的对象,她能夜晚倒立睡觉,在崖壁间弹跳自如,有着超人的意志和力量,成为鹿二寻求精神突围的最佳引路人。在梅花带领下,鹿二到了她叔叔家,那个地方犹如地狱,既令人费解又让人恐慌。但鹿二在经历一段荒谬的旅程后,最终在迷糊中摔倒在爹爹身上,暗示潜藏于内心深处的那种压抑永无摆脱之日。在艺术家的创作中,要想真正实现突围,困难重重,但每向前迈进一步,艺术之魂必然也会上升到一个新的台阶。

中篇小说《涌动》描述的是现代艺术家的创作心迹。在进入创作之前，艺术家内心处于神秘涌动的状态。涌动就是审美的积累和酝酿。艺术家一旦进入创作，灵感便如山泉自动地从笔端汩汩流出。从艺术生产过程来看，这也是现代艺术与传统艺术的分野。在残雪看来，作为艺术家的人"不能预先意识到自己的灵魂历程，因为这个历程要靠自己在半盲目半清醒中走出来"[10]。传统艺术是主题先行，先有思想再有作品。而现代艺术则与传统创作原则背道而驰，它往往是艺术家潜意识状态下生命意志冲动的结果，但不是彻底的无意识，也非直接由理性开路。这个过程似乎神秘莫测又怪诞不经，但却不是凭空的任意发挥，而是一种"有条不紊的玄想"，一种"用强力排除世俗向虚无的突进"[11]。小说中五妹不停地用蜡纸制作黑色的环、蚂蚁和蜈蚣的过程，就是现代艺术创作的隐喻。她行为怪异，不为常人所理解。为了超越自我，她一心想远走高飞，要去从来没去过的地方。而现代艺术的本质就是"无"中生"有"，它要抵达的正是那片人类前所未及的处女地。在小说中，云嫂之于女儿五妹，犹如一般读者之于现代艺术。云嫂对五妹的行为难以理解，为五妹前途忧心忡忡。因为难以窥破女儿的心事，她始终处于矛盾和疑惑中。云嫂是传统世俗的符号，只有不断改造自我，才能成为五妹的知音。对云嫂来说，更大的威胁来自停歇在家门口的那只神秘的猫头鹰，它就是自我灵魂的分身。云嫂不断遭遇这个深层自我的残酷审问，被逼至几近崩溃的心理边缘。面对异物入侵，丈夫云伯与五妹似乎在暗中达成某种默契，丝毫没有表现出受到死神威胁的乖张之态。因为他们沉迷在另一个世界，在那个世界他们享受着艺术之神所带来的精神愉悦。所以，当五妹"脑子坏掉，剪不出新的东西"，云伯便劝她放下活计，到山里去走走，越远越好，走丢了也不要紧。这显然是创作受阻后艺术家寻找心灵出路的暗示。让云嫂感到困惑的，不只是艺术活动中的自审历程，还有时间的断裂与错位。有林是云嫂曾经爱慕的男子，死神让他们在恍惚中重逢。他们在沼泽里交合，但云嫂并没有快感。这与其说是感觉的变异，不如说是两种时间的错位。这个画面反射出时间的形象，残雪把过去的那种情绪转化为时间。由此，与有林的相遇交合象征着云嫂走进历史，然而她对现实中的有林无法体认，意味着时间在记忆中断裂。而时间的断裂正是现代艺术的重要特征，也是云嫂的世俗眼光所难以洞悉的。有林属于神秘的沼泽地，那是一个超现实的处所，呈现出鬼蜮出没的末日景象。先前是似人非人的影子，后来是拖着犯人的车队，犯人表情冷静超然，在安详中表现出自愿受罚的渴望。这分明是艺术家创作过程中自愿受难自我挣扎的写照，这个画面的功能是对云嫂的实施精神启蒙。受到某种启迪，云嫂最终意识到原来自己与五妹之间"隔着几重山"，从另一个角度看，这也正是传统审美与现代审美之差异的隐喻。

残雪的小说创作，其意义是多方面的，也是极其深远的。第一，她本着虔诚的纯文学精神，在中国开辟了"潜意识写作"这种新型写作模式。在这种写作中，作品由作者灵魂内部分裂出的几股势力的合力所催生。它要求作者细分灵魂，在灵魂各部分的交战中直至死地而后生。这种把外在矛盾内化为自我灵魂冲突的创作模式，对当代某些作家平面化无深度的写作是一种有力的反拨。第二,残雪决心在她的小说中与读者建立一种新型的互动关系。残雪小说本身决定了其读者范围的精英化和小众化。对追求精神发展的读者来说,阅读残雪是一种生命张力与艺术张力之间不断交合的审美活动。这样的阅读不仅是深入文本的文学审美,也是调动生命活力的精神创造。残雪文本要求"你自己就要发动你里面的自我意识来超越你的旧我",每一次阅读都是"一次以逻各斯为手段的努斯的爆发成形,一次革命"[12],而这种审美介入又会激活读者的创造力,拓展自我灵魂的边界。第三,残雪小说是艺术家心灵的写真。残雪的写作是一种曲折幽深的文学想象,这种想象不同于元小说对叙事操作流程的外部阐释,而是通过灵魂演员的舞台表演,探入艺术家的深层自我,揭示出艺术创作过程及其根本结构的内在本质,而艺术创造的审美本质与人类生存的艺术本质在小说中达到了惊人的统一。第四,残雪小说独异的叙事模式、叙事结构以及那种原始混沌的语言,都在向理论界和批评界发出信号,它呼唤着文学理论的新变和批评空间的拓展,也推动着评论家理论知识的更新和阐释模式的探索。而寻求有效阐释残雪文本的过程,又有利于文艺美学新命题的发现。

[注释]

[1] 残雪:《黑暗灵魂的舞蹈》,4 页,人民文学出版社 2000 年版。

[2][4][11] 残雪:《为了报仇写小说》,261、92、131 页,湖南文艺出版社 2003 年版。

[3] 残雪:《残雪文学观》,91 页,广西师范大学出版社 2007 年版。

[5] 残雪:《辉煌的裂变》,203 页,上海文艺出版社 2009 年版。

[6] 刘炎迅:《残雪:写作的女巫》,载《中国新闻周刊》2012 年 5 月 4 日。

[7] 萧元:《倾圮的圣殿——残雪之谜》,349 页,贵州人民出版社 1993 年版。

[8][12] 残雪、邓晓芒:《于天上看见深渊》,3、25 页,上海文艺出版社 2011 年版。

[9][10] 残雪:《地狱中的独行者》,107、175 页,三联书店 2003 年版。

(原载《南方文坛》2013 年第 2 期)

西部少数民族曲艺的艺术学理论价值

以广西少数民族曲艺为例

□ 简圣宇

关于艺术起源与审美发生此类艺术学理论的基础性问题,古今中外的学者提出过诸多有代表性和影响力的见解,如模仿说、劳动说、巫术说等。这些学说从不同的角度和领域对人类艺术起源进行推测,各有千秋。我国学者对这些见解的阐述和分析历来多引用西方学者所举事例,殊不知我国相应的文艺实例其实非常丰富,在很多方面远比西方研究的生动、复杂。

非物质文化遗产是民族文化的精华,是民族智慧的象征,是民族精神的结晶。我国西部地区是少数民族聚居之地,多民族集体智慧结晶成就了西部品种繁多、特色鲜明,极具保护价值和开发潜力的少数民族曲艺资源。与此同时,它也是我们反观艺术起源诸学说得失的宝贵财富。

根据当下学界所掌握的资料,要想准确判断出艺术起源的具体形貌是不现实的,然而在整体上推测和把握艺术起源的渐次汇流则颇有可能。笔者通过对西部少数民族曲艺的深入考究,发现这些曲艺资源对建构有中国特色的本土艺术学理论具有重要的思想史参考价值,他们提供了我们反思人类艺术起源与审美发生的独特思想背景,启示我们与其倡导单一的起源论或者马尔库塞式的模棱两可的“多元决定论”,倒不如倡导能够集成劳动、巫术、模仿、游戏等说的“源流汇集论”,在保持各个具有合理性的学说异质共存的整体性的同时,也能较为合理地理出艺术各个时期渐次起源的框架。

一 ‖ “说”与“唱”:人类表达欲求的艺术升华

由于年代久远,目前能留存下来的原始时代的艺术遗存,主要是石器、玉器、陶器和壁画等物质文化遗产,过去研究艺术起源时,学者们的目光多聚焦于其上,即便是原始歌舞也只能通过陶绘和壁画来研究。其实可以换一个切入点,从我国少数民族目前留存下来的说唱艺术这种艺术形式来审视艺术起源问题,哪怕不能尽然解决问题,也可以为丰富该问题的研究提供新的视角。

作为当今依旧存在和流传发展着的说唱艺术,“末伦”和“蜂鼓说唱”等壮族民间曲艺既是壮家儿女代代相传的非物质文化遗产瑰宝,也可称得上是艺术起源理论可资参照的“文化活化石”,从它们身上可以看到艺术的起源和演化过程,对我们理解“巫术说”“劳动说”等学说具有较高的参考价值。

说唱艺术在艺术史上具有独特的地位,作为一种“说”与“唱”相结合的艺术形式,它的兴衰都与其独特形态有着密切联系。在艺术发展的最早期与初期,艺术是以巫术的形式存在着的,与神灵相沟通需要倾诉,“说”必不可少。而为了增加人神沟通的神秘感和感染力,在“说”的过程中离不开有节奏的腔调变化,即此时的“说”与“唱”是一体的。等到艺术逐渐从巫术中脱胎出来,逐渐世俗化,“说”与“唱”才渐渐分开。

音乐最能在人群之间架设文化沟通的桥梁,不同国家、民族、地域之间的民众可能完全听不懂对方的语言,却完全有可能被对方的音乐打动。因而“唱”在说唱艺术中不但能够在现场起着感染公众情绪的鼓动作用,而且起到了超越语言局限的沟通作用。《礼记·乐记》提出:“德者,性之端也,乐者,德之华也,金石丝竹,乐之器也。诗言其志也,歌咏其声也,舞动其容也。三者本于心,然后乐器从之。是故情深而文明,气盛而化神,和顺积中而英华发外,唯乐不可以为伪。”中国古代将“乐”提升到过度崇高的地位,客观上是由于其被与“礼”联系在一起,但同样因为音乐这种由心底而发,彼此同情的沟通作用。

但音乐的优越性与局限性是一体共生的。纯音乐在缓缓深入主体微妙心灵世界的同时,也出现了排除、脱离外部世界,陷入抽象和空洞的倾向。音乐要想获得稳定的观念形态和生活内容,从自省独悟的纯粹主体性走向交流对话的主体间性,就必须借助语言符号。相对应的是,单纯的言说也难以具备普适性的感染力,因为不是每个言说者都是具备演说天赋的雄辩家。

纯音乐恰如滔滔长河,能够翻涌起不竭的内心波澜,但它却无法容纳相对稳定的思想内容;而言说如同一艘航船,它稳定地驶向预定的彼岸,但没有激情来承载则无法扬帆。抑扬顿挫的言说能够与激动人心的音乐结合在一起,那么承载着丰富内容的思想就能在音乐营造的感情中起伏激荡,灵动而又稳当地到达目的地。由此可见,说唱艺术的出现是历史的必然。那么在远古时代,最需要以激情来引导听众接受宣导的是什么?估计要数巫术了。

二 ‖ 末伦和蜂鼓说唱:管窥壮族民间曲艺的巫术渊源

广西原生说唱艺术(如末伦和蜂鼓说唱等)直接源于巫术,兼残留着劳动的余影,然后在其发展过程中不断吸收新的艺术形式,逐渐脱离原始的巫术状态。在接下来的时间段内,中原新文化和先进文化开始对如末伦和蜂鼓说唱这样的原生说唱艺术进行强劲的渗透，使之或多或少地发生变化。这些原生说唱艺术因自身的“俚俗、粗糙”的形态而在与雅化了的说唱艺术（如“文场”）的竞争中处于不利地位，致使在一些地区雅化了的说唱艺术几乎完全取代了广西原生说唱艺术。只有在较为偏远的地方，比如广西靖西、德保、那坡、龙州、宁明、田阳、田林等地县，这些原生说唱艺术还有所保留。而进入新世纪，当更为新潮的艺术形式如电影、网络媒体以及手机传媒等新媒体艺术出现之后，曾经风光一时的“文场”等雅化了的说唱艺术也连同末伦和蜂鼓说唱等原生说唱艺术一起，成了需要被国家文化部门保护的对象。

说唱艺术有两大优势，一是对民众现实生活及其心声的反映，二是“说”与“唱”的有机结合，彼此照应。但在新世纪到来时，网络媒体反映现实生活的速度和精准度，已经远超传统说唱；而对白与配乐在电影、电视剧中的结合，实际上是说唱艺术中“说”与“唱”的升级版本，更何况与传统说唱相比，人们在日常生活中接触影视剧的频次和容易度更高，可见如果不对民间曲艺进行及时保护，而是任其消亡，日后我国的艺术之园必将少掉许多珍贵的不可重复的花朵，对艺术起源的追寻也将少了许多现实佐证。

目前广西的壮族曲艺包括末伦、蜂鼓说唱、唱天、卜牙、唐皇、谈涯等，其中末伦的历史最悠久，其余主要是在近二百至三百年里出现的，但其中蜂鼓说唱、唱天是以古老的乐器蜂鼓和天琴为基础形成的。

1.艺术起源的活化石：末伦和蜂鼓说唱

末伦是一种来源和脱胎于巫调的以说唱故事为主要内容，流传于广西靖西、德保、那坡、龙州等地县的壮族民间曲艺形式。在南部壮语“末”（moed）即指巫、巫调，“伦”（loen）则为“叙述故事”之意，末伦即为“用巫调叙事”。巫调分为三种：一为“坐巫调”（或称“末能”，moed naengh），巫婆坐场时的一套唱调，内容为驱鬼辟邪、超度亡灵、招魂奉祀、祈祷神灵保佑；二为“生巫调”（或称“末呢”，moed ndup），“生”意指非坐场的闲吟清唱，属散板式的巫调，多为叹苦情、思离别、诉情怀；三为“叙事巫调”，即用巫调叙事的末伦。[1]

这三种巫调很明显是巫调不同发展阶段的产物：第一种“坐巫调”是其最初的形态；而“生巫调”则展现出其脱胎于巫术而又开始超越巫术局限，渐次进入艺术领域的形态；到了末伦，已经是成形的艺术形态了。

据田野调查，巫婆做法场有时一做就是三天三夜，由于时间较长，到了半夜时唱者和听者都已产生倦意，这时巫婆则开始变换念唱的内容，用闲吟清唱的方式来“叹苦情”“思离别”“诉衷肠”。[2]此时的巫事活动就开始呈现出初步的艺术特质，转变为一种糅杂了巫与艺的艺术的原生形态。巫调由咏神变为叹世情，看似简单的内容转换，其实标志着该说唱艺术的真正萌发，且其视野为之一变，不再局限于对神的膜拜，而是把丰富复杂的社会生活纳入其表现的范围之中。

壮族说唱艺术通常由艺人手抱天琴、三弦,脚抖铁链伴奏。据靖西老艺人何圭山的说法,到了清末叶,靖西便有人利用叙事巫调并加以改造,沿用三弦为伴奏来专门说唱故事,发展成末伦的曲艺形式。[3]这一叙述颇有参考价值,因为"用三弦为伴奏"提供了一个线索,即古老的"巫术—艺术"形式(如末伦)会在其漫长的发展过程中,与后出现的艺术形式(如三弦)结合起来。

这里涉及壮族的另外一种著名的艺术形式:龙州天琴。其表演由以手弹拨天琴和以脚晃动铃链构成。与巫调一样,龙州天琴早先即为巫师所用祭祀和巫术乐器。《龙州纪略》有言:"泥墙竹户近溪边,风雨寒暄四月天。男女无声听咒病,白婆夷语拨三弦。"《岭表纪蛮》则载:"(鬼婆)以匏为乐器,状如胡琴,其名曰鼎。以铁或铜为链,手持而掷,使其有声,其名曰马。凡病患之家延其作法,则手弹其所谓鼎者,而口唱鄙俚之词,杂以安南之音。置中间则掷铁链,谓之行马。"而天琴是壮族说唱艺术唱天的关键乐器,唱天源于民间祭祀仪式和巫事活动,这再一次说明了艺术起源与巫术仪式密不可分的关系。

与末伦相似的有蜂鼓说唱,流行于来宾、河池地区东江一带,作为一种鼓词类说唱艺术,目前的表演形式主要为一人说唱,多为站唱、走唱,简便灵活,说唱相间,有连说带唱且舞、一人多角的特点。音乐含唱腔及器乐两部分。唱腔为曲牌连缀一联曲体式,结构短小,多为上下句一唱词对称整齐句式的七言句、五言句,少数用长短句以及不规则的散句。曲韵的分韵、归字除与汉族民歌常见的尾韵体例相同外,还掺进了方言尤其是壮语中特有的腰韵、脚韵。作为壮族说唱艺术的蜂鼓,源于壮族师公(巫师、道公)的"吟游唱"。[4]师公一般由成年男子担当,虽然师公教在其发展过程中大量吸收道教的宗教仪式内容,但就其本质而言,依旧是以本土民族的巫术作为核心。

从蜂鼓说唱的表演形态上看,其出现的时间应当比末伦要晚一些。据考证,蜂鼓与中原地区同类型鼓有着承袭关系,可上溯到周代的土鼓,乃是农事祭祀之乐器,是彩陶和黑陶文化时期的产物。《周礼·春官》即有"凡国祈年于田祖,献(吹)豳雅、击土鼓以乐田畯"之说。这种农事祭祀即为"傩"的一种。[5]1984 年广西博物馆文物队在广西永福宋代官窑发现一面完整的陶瓷蜂鼓,其鼓腔形制和现在的民间蜂鼓相近。[6]除了壮族,蜂鼓同时也是广西瑶族、毛南族的重要乐器。可见,蜂鼓实为中原文化传入壮乡的产物,但进入广西之后已经与本地文化融合。而且蜂鼓说唱除了用壮语还用桂柳方言。桂柳方言是西南官话的一种,也显为中原语系的传入。七言句、五言句的运用,则表明如今的蜂鼓说唱已经在很大程度上"雅化",与最初始的面貌有了很大的区别。

清代《归顺直隶州志》记载,此地民众"多信巫觋,遇有疾病,辄令祈禳,酣歌于室,此风牢不可破"。旧时壮族巫师主持求雨除虫、祛邪逐疫、超度亡灵、丰收酬神等祭祀活动时,就需要喃唱来沟通人神,此时的主导伴奏乐器即为蜂鼓,师公教仪素有"蜂鼓不响不开声""蜂鼓不响不开坛”“以鼓为戒行三罡”之说。这可看到巫术与艺术之间千丝万缕的联系，以及巫师向艺人的演变过程。师公最早的职能是纯粹的巫师，但随着时代的发展则变成了“一专多能”的艺人了。比如在广西田东县，当一个道公并非易事。他需要能写出漂亮的毛笔字，能打（鼓、锣、钹、镲）、吹（笛子），还会唱（经歌）、跳（道公舞），其难度并不亚于今日艺术院校的科班考试。[7]

就由巫术发展为“巫—艺”形态，再发展为艺术的演化过程而言，蜂鼓说唱这种曲艺形式与末伦非常相似。都是首先由敬神开始，逐渐过渡到以娱乐吸引众人，在此过程中不断渗入社会内容和自由精神，最后形成比较完整的审美形象。而众人对之的态度，也由功利性和实用性（避灾求福），逐渐升华到艺术享受和交流（娱乐、审美共鸣、自由表达）层面。这让人不禁想起了中华美学中的自然审美观从“致用”发展到“比德”再到“畅神”的发展历程。

2.从末伦表演形式的演化反观艺术起源学说

值得一提的是，作为壮族民间曲艺的末伦除了与三弦、天琴等乐器联姻，还进一步推动了壮族戏剧的发展。这方面代表性的例子为“靖西壮族提线木偶戏”（又称“靖西呀嗨木偶戏”，因其‘呀哈嗨’为衬腔而得名），该戏即以民间曲艺末伦为底本，结合中原的木偶艺术最后形成具有壮乡特色的戏剧，据称形成于宋景炎二年（1277），文天祥部将张天宗率部南下广西在那签（今靖西旧州）定赋建宫时期。在这个晚一些出现的艺术种类“呀嗨木偶戏”身上，可以看到几处非常有意思的地方：

首先，与民间曲艺末伦同三弦、天琴的联姻一样，曲艺末伦与中原的木偶艺术的结合，都极有说服力地证明：每一种艺术种类在形成过程中都会具有交互性，它会吸收邻近艺术种类的许多传统或者新生的技艺，从而融合它们的艺术特征，于是越往后发展，其自身原本的初始面目就愈加模糊。

其次，“呀嗨木偶戏”的形成，离不开末伦已营造好的“巫—艺”文化氛围，这为艺术起源“巫术说”作为艺术起源最直接的原因提供了一份文化证据。而与此同时，该戏的衬腔，如“下甲末伦调”的开头叹词“哎”和结尾叹词“唧呀业”，又让我们看到了劳动在艺术起源中的余影，因为曲艺衬词的渊源就是远古时代先民们为了协调动作、鼓舞人心而发出的有强烈节奏而缺乏旋律性的歌呼声。如《淮南子·道应训》就提到“今夫举大木者，前呼邪许，后亦应之，此举重劝力之歌也”。《岭表纪蛮》记载，“僮人（壮人）群体农作，尤喜合唱，谓之‘唱朗’。‘唱朗’乐及无穷，虽疲，弗觉也”，说的也是劳动与艺术的密切关系。

艺术的“巫术说”阶段，其实就是艺术创作从不自觉到逐渐自觉的过渡阶段。打个不太恰当的比喻，就如同生物界的鸭嘴兽，作为最原始的哺乳动物它恰好处于形成高等哺乳动物的进化环节，已属于哺乳纲，但又保留了能生蛋等爬行动物的重要特性，尚未进化到纯粹的哺乳动物。“巫术说”阶段的艺术保留着“劳动”这种更为根本的起源原因，但巫术已经呈现出了许多艺术逐渐开始自觉的迹象。或曰,劳动是艺术起源的准备期,而巫术已经进入了艺术起源的酝酿期。

"呀嗨木偶戏"的唱腔调高的控制,也是依据唱师嗓音条件而定的,调高范围在 D 至 G 宫系统内,好的唱师还能唱至升 F 至 G 宫系统内,各乐器也是跟随唱师唱腔而调高定调。[8]这显示出融巫师和艺术家为一身的唱师,在其表演的过程中逐渐展现出了自身的主体性,其不再只是执行和传达神意的工具,而是具有能动力量的主体。在此,艺术的重要特征逐渐显现出来:艺术家本身自由的创造性、主动的表现性。

三 ‖ 文场兴起之后:雅化艺术形式对壮族曲艺的影响

在此还不得不提到一个非壮族的曲艺形式:文场。

广西文场是流传于桂北、桂中、桂东北、桂西北等官话地区,尤以桂林、柳州、荔浦、平乐、鹿寨、宜山、融安最为盛行的一种民间曲艺形式。文场源于江浙的民间小调,市井俗曲,清乾隆年间,上述民间艺术,通过官吏升贬任迁及商贾贸易的频繁交往,逐渐传入桂林,经与桂林方言、民间音乐紧密结合后,衍变成了文场。其原为坐唱曲艺,后来才加入了演唱的表演形式,以唱为主,间有对白,在其中还可见到昆曲的影响。[9]演唱人数根据曲本的人物安排,多为一人一角,分生、旦、净、丑等行,伴奏乐器以扬琴为主,加上琵琶、三弦、二胡、笛子,即所谓"五架头"。后再加入了板鼓、木鱼、碟子、酒盅等打击乐器。文场虽为民间性质的曲艺,但其置身于广西的出现较早的原生曲艺(如末伦和蜂鼓说唱)之中时,仍然属于"雅化了"的艺术形式。相对于"土""俗"的原生曲艺,精致、细腻的文场更有在文化上的所谓优越感和竞争力。

文场曲牌分为大小调,大调四个,分别是"越调""滩簧""丝弦""南词",多用以演唱成套唱本,小调有"马头调""银纽丝""骂玉郎"等一百多种曲牌,多用以演唱抒情的传统唱段。以学者罗静收集到的一首《骂玉郎》为例,这首小调有着典型的江南雅致诗歌的韵味。文场的审美标准是"清晰的口齿,沉重的字;动人的声韵,醉人的音",这也与末伦和蜂鼓说唱等质朴的说唱艺术形式大相径庭。

骂玉郎

黄昏卸却残妆罢,窗外西风冷透纱。
听蕉声一阵一阵细雨下,何处与人闲磕牙?
望穿秋水,不见还家,潸潸泪似麻。
又是想他,又是恨他,手拿着红绣鞋儿占鬼卦。

相思恨

寄相思愁锁梨花院，粉墙儿高似青天。

难消遣，怎流连，翻来覆去忍不住意马心猿。

耳听得海棠花下一阵一阵秋风卷，寒夜孤灯有谁怜。

文场对广西原生曲艺产生的竞争压力是显著的，它有可能迫使其他本土曲艺为了应对竞争压力而开始“雅化”，至少开始变得趋向于学习中原传来的曲艺的精致形态。如，如今的蜂鼓说唱里有曲牌名，以及七言句、五言句，这都明显不属于原初那种粗糙质朴的巫术形式，完全是在后来的演化过程中被雅化了的结果。

四 ‖ 早期与晚近的壮族民间曲艺：艺术诸源头的合流和不断自我改写

与文场接近同时期出现的壮族曲艺“卜牙”，其流行地点与桂林相距颇远，主要吟唱于广西百色、田阳、田林、凌云、乐业一带。但即便如此，卜牙与之前的末伦等原初曲艺相比，也带有雅化了的表演特征。卜牙早期为情歌对唱，后发展为叙事与说唱相结合的说唱形式，表演多为一男一女扮成夫妻，其唱词句式多为五言体式，韵律严谨，腰脚韵到底。一男一女的世俗化表演形式，以及严谨的韵律都表明它已非末伦之类拥有久远发展历史故而能够容易寻觅根源的原生曲艺了，而更可能是一种外来艺术在本地的变形。这启示我们，越是原生的艺术形式就越能借此探寻艺术起源之根，而晚近形成的艺术形式则不然。

最早出现	所用乐器出现较早	晚近(清代以后)
末伦	蜂鼓说唱、唱天	卜牙、唐皇等
源于巫术，有劳动的残余	皆源于巫术，其中蜂鼓属于周代中原文化传入广西的，而天琴为本土乐器	已经难以看出其艺术的直接源头

从上表我们已经可以大致从宏观上把握艺术起源问题了。无论是模仿说还是游戏说，就算成立，模仿、游戏也应当是处于艺术发展史上相对靠后一些的阶段上的行为动因。因为模仿、游戏都属于具有较为明显的自觉意识的范畴了，而艺术起源不可能在一开始时就是自觉的。原始艺术是适应着劳动实践的需要并在劳动实践过程中产生的，它与生产劳动密切结合在一起，其作用就在于组织生产、减轻负担和提高效率，只是后来才逐步具有了相对独立性，在生产劳动中逐步独立出来，成为文艺最初的萌芽。

因此，“劳动—巫术—模仿—……”，实际上对应了艺术的“从无到有”的一个个发展阶段。以下表为例：

最早期	初期	后期
劳动	巫术	模仿、游戏等等
劳动是艺术起源最根本的原因,是艺术创作的不自觉的阶段	巫术是艺术起源最直接的原因,艺术创作从不自觉到逐渐自觉的过渡阶段	艺术创作逐渐自觉的阶段,此后艺术起源逐渐明朗化和自觉化

可见,虽然我们不可能回到远古,许多资料现也已不可考,但目前最接近艺术起源之根的,当数劳动说和巫术说。其中劳动说道出了艺术起源最根本的原因,但对于艺术起源最根本的问题,即"艺术是如何从不自觉的阶段(劳动),过渡到逐渐自觉的阶段(模仿、游戏)",这中间存在着未能细述的空白,而笔者认为,巫术正好回答了这一过渡阶段中的中介、桥梁是什么的问题,所以劳动和巫术应当是我们现在研究艺术起源时重点关注的部分。

综上所述,借助对壮族曲艺的考察我们可以看出,艺术与审美意识是人类文明发展历史进程中的必然产物,美与艺术的产生经历了一个以劳动为物质基础、以巫术为起源形式并从而得到高度发展,由实用到审美、由神秘到愉悦的漫长历史发展过程,其间渗透着人类模仿自然的需要、游戏的本能等等。艺术的发生是多元决定的,但必须明确艺术是在各个时期渐次源起的,并非只有一个单纯源头,也并非都处于同一个时期。从根本上讲,美与艺术的起源为人类实践活动,并在这种实用功利实践中产生自由和超越的意识,最终从各个方面汇聚成为美与艺术的现实生成。

[注释]

[1][3] 潘其旭:《也谈壮族"末伦"》,载《学术论坛》1983 年第 1 期。

[2] 李萍:《巫事活动 土司制度 歌舞天赋——新论壮族末伦文化的起源与发展》,载《广西师范学院学报》2007 年第 1 期。

[4] 蔡世贤:《采风学习与继承创新:对壮族蜂鼓的采风及创作蜂鼓新曲目札记》,载《艺术探索》1998 年第 1 期。

[5] 陈驹:《壮族蜂鼓和瑶族长鼓渊源考》,载《民族研究》1984 年第 6 期。

[6] 黄仲裕、张颖中:《广西系列定音蜂鼓的研究及改良》,载《乐器》1988 年第 6 期。

[7] 汐缘:《壮族道公》,http://www.gx12301.com/Public/Article/ShowArt.asp? Art_ID=41791。

[8] 陆洲:《靖西壮族提线木偶戏的音乐类型分析》,载《歌海》2010 年第 2 期。

[9] 张利群:《广西文场保护的意义、条件与对策》,载《沿海企业与科技》2011 年第 2 期。

(原载《南方文坛》2013 年第 3 期)

论洪深桂林文化城时期的戏剧理论和戏剧创作

□李　江

抗战爆发前，洪深已是国内著名的戏剧家和电影艺术家。

洪深抗日时期曾两度到桂林。1938年12月，作为国民政府军事委员会政治部第三厅第六处第一科即戏剧科科长，洪深随郭沫若率领的第三厅工作人员经湖南到桂林，第一次只是短暂停留，就很快随队转移到重庆。1942年春，洪深应新中国剧社之邀，从广东砰石辗转到桂林。这是抗战时期第二次到桂林。虽然在抗战时期，洪深曾经创作过大量的抗日宣传剧，如《米》《飞将军》《包得行》《黄白丹青》《樱花晚宴》《寄生草》《女人，女人》《鸡鸣早看天》等话剧，如《岳飞的母亲》《新天河配》等楚剧，以及大量戏剧理论文章。但在桂林期间，除了跟田汉、欧阳予倩、杜宣、许之乔等创办《戏剧春秋》杂志，洪深主要写作了《导演的任务》《导演的设计》《"对话节奏"试论》《我们是这样战斗过来的》等理论文章，为抗战戏剧运动保留了一些重要史料，也为戏剧理论知识的普及做出了独到的贡献。在戏剧创作方面，洪深跟田汉、夏衍合作，创编了四幕话剧《再会吧，香港！》。

《我们是这样战斗过来的》追忆的是上海救亡演剧队第二队的经历。从上海撤退后，历经苏州、南京、徐州、开封、洛阳、郑州、汉口，上海救亡演剧队第二队被编入抗敌演剧队。上海救亡演剧队第二队由洪深、金山、王莹负责组建，在从上海到武汉的救亡宣传活动中，他们坚持上海撤退前提出的把戏剧的阵地战与戏剧的游击战相结合的方法，有序而高效地展开工作。在南京，他们完成了《放下你的鞭子》《保卫卢沟桥》《"九一八"以来》的改编。在徐州的西乡和北乡，他们的乡村演剧和劳军演出都开展得有声有色。在开封河南大学礼堂的话剧演出以及在驻军和各中学组织的大合唱，激励了人们的爱国情绪，增强了部队的士气。在郑州，第二队协助伤兵工作也很有成效。在武汉，金山的《"九一八"以来》、王莹的《放下你的鞭子》，引发了武汉观众狂热的回应。洪深在文章中叙述周全，细节和场景俱现，有助于总结经验教训。这种以事实回应抗战爆发时那些否定戏剧阵地战和戏剧活动在抗战中的作用等言论，具有很强的说服力。在叙述和阐释中，洪深强调了上海救亡演剧队第二队在组织管理工作中的成功经验:一、出发时确定工作原则。他们要求队员在转移过程中自己管理行李;对外只有团体行动不能个人行动;拒绝一切宴会;演戏不卖票,生活费自筹等。虽然每个队员每天只有一角钱生活费,但因为物价低,大家情绪高涨,所以并不觉得生活艰苦。二、严格工作规程,充分发扬民主。每天必开早会,确定工作计划;以四十天为一个工作阶段,在此期间严禁离队;无论是艺术上的意见还是个人感情、人际关系上的问题,队员要随时提出来,不许隔夜。这两方面的工作方法在加强内部关系建设、增强团队凝聚力、提高艺术团体的工作效率方面,发挥出了积极有力的作用,表现了洪深、金山、王莹等在处理政务和事务方面的杰出才干。

在中国现代戏剧家中,洪深以戏剧理论知识的系统性和科学性著称于世。在表演和导演中力图让中国话剧迈向正规化的路途中,洪深的贡献更是功不可没。田汉在 1931 年 10 月为洪深的《电影戏剧表演术》一书所做的序言中曾经热情赞誉道:“假使周信芳先生是中国旧伶人中最懂得 Acting 的,那么我们洪深先生便是新戏剧家中学理地实际地最懂得‘表演术’的。这也是‘天下的公言’。”[1]周信芳(麒麟童)是中国旧戏表演艺术家中最精通表演术的,洪深则是话剧和电影表演艺术家中的翘楚,同时代的戏剧家做出这样的对比和评价,说明洪深的表演艺术和表演理论深得大家的认可。在田汉看来,洪深的表演理论并不是知识性的表演方法介绍,而是既富于学理,又很实际的,希望洪深的表演理论能够成为“最高的表演”:“人们常常说洪先生精于表演术,一举手一投足都有不知道若干的法子,但表演术的精义,应该是不仅罗列着许多不同的法子,而在于能极正确切当地择定在某一个条件下所必要的唯一个法子。”[2]从田汉的这种希望中,不难看出,田汉和洪深的理论素养大体相当,但侧重点有所不同。如果说田汉更多地关注戏剧与社会现实政治之间的密切关联,更侧重于戏剧艺术为中华民族的生存和解放而战,并在这样的过程中来争取戏剧艺术自由发展的条件,那么洪深的戏剧理论则更注重戏剧艺术的科学基础和现代科学构成。在桂林期间,洪深发表在《文学创作》1943 第 2 卷第 3 期上的《“戏剧节奏”试论》和发表在《戏剧春秋》1941 年第 1 卷第 5 期上的《导演的任务》和《戏剧春秋》1942 年第 2 卷第 1 期上的《导演设计(技术)》等论文,体现出来的理论旨趣,已经具备成熟或稳定的个性。跟他在 20 世纪 30 年代初期的《洪深戏剧论文集》《编剧二十八问》《电影戏剧表演术》《电影戏剧的编剧方法》,以及 20 世纪 40 年代的《戏剧导演的初步知识》《戏的念词与诗的朗诵》《抗战十年来中国的戏剧运动与教育》等著述一起,既相互呼应,又相互贯通,共同构成洪深戏剧电影表导演理论的知识体系。总体来看,洪深的表演理论非常尊重现代生理、心理研究的成果和结论,并将其作为戏剧表演理论的认识基础。在一定程度上,戏剧学是关心人、表现人、认识人的艺术科学,如果不善于从现有的对人的认识成果中吸取有益的思想结论或思考方式,无论是从延展戏剧学的思想触角或者吸收思想营养,还是从更新戏剧学的认识方式来看,就都会显出某种闭目塞听或类似于盲人摸象的特点来。从这一角度来看,虽然洪深的戏剧理论认识体系在某种程度上表现出了“表演中心”或“剧场中心”的特点,即从戏剧实践中得来的经验表现出了某种对中国传统戏剧观念的尊重

（演员中心或剧场中心观念），但并没有体现出中国传统戏剧观念那种以演员中心为核心的对“戏剧文学中心”的排拒，而是充分表现出了更大程度的开放性或兼容性。跟同一时代的如田汉等戏剧家那种着眼戏剧功能来趋近戏剧本体的理论路向不同，洪深戏剧理论的核心问题不是首先回答“戏剧有什么用”“戏剧为什么服务”，而是首先回答“戏剧是什么”，这种本体性追问，以及由此得出的结论在一定程度上可以弥补先追问功能后追问本体的理论路向有可能存在的不足。先追问功能后追问本体的理论路向形成于20世纪中国特殊的文化基础和特定的文化需求下，导因于20世纪中国那种后发的现代化道路及其文化国情，是特殊的时势即西方文化的强势影响和中国现代文化发展的某种弱势情境决定的。所以从这个角度看，受过西方戏剧文化巨大影响的洪深在战火纷飞的岁月中的理论思考具有某种前瞻性或奠基性。这种特点，只有当历史从“功能论”“工具论”“服务论”等理论见识逐渐被时代的发现、现实文化变化需求的强劲推动力量所制约的时候，人们才可能认识到这种提问方式的价值和影响。洪深认为，演出是第二次形象表达。第二次形象表达相对于第一次表达（即编剧），在戏剧中会显得更重要。“因为一部剧本，无论写作前如何佳妙，不经演出，便不能到达所预期的观众；而恶劣的演出，更能使一部很好的剧本减色，甚至把剧作者在初步创作中苦心孤诣的成就，一举而尽付东流的。……没有成功的演出，没有胜任的第二次传达，戏剧的社会目的始终只是社会目的，绝对不能成为社会效果，在目的和效果之间，事实上还存在着很长一段距离。”[3]从这种强调演出的认识出发，洪深很重视对演出的本体认识。在洪深看来，演出必须考虑三个最基本的构成要素，即剧本、演员和观众。剧本是戏剧创作的第一步，要实现演给人看的任务，必须以具体的情事去触及观众的视觉和听觉；而不能演给人看、只是让人阅读的不是戏剧，至多只是用戏剧格式写出来的诗。要触动观众的视觉和听觉，则需要让观众切实地感觉到真实：表面事物的真实（主观真实）、人格心理的真实（剧中人的行动必须符合常情常理）、形象感觉的真实（线、形、色、光、音、调等手段要达到让观众身临其境）。有意思的是，洪深的“真实”观并不是写真或留真，而是让观众感觉真实，这样观众才会承认或接受。即一切以观众的认可为前提，以保证戏剧效果。这就是说，洪深的戏剧理论跟田汉或其他同代人也许理论路径有别，但理论认识的着眼点却惊人的一致。即戏剧演出不是人生实事，是艺术，但要观众感觉跟人生同样真实。也就是说，洪深的戏剧本体论，在很大程度上还不是演出本体论，而是视听本体论或者说是类观众本体论。这种理论的现实依据，其真正的根源在于抗日时期的观众实际，或者说在于抗日时期繁重的社会动员任务，或者桂林文化城时期戏剧艺术的现实使命。

洪深要求演员根据剧本的要求去触动观众的视觉和听觉。在他看来，生活中有过的动作，演员必须有组织而富于变化地去完成，通过动作和声音去求得演出的预期效果。那么，演员必须通过形体训练和声音的训练，设想最符合人物心理和情感的动作、表情、声音，有计划有意义地刺激观众的视觉和听觉，才可能形成某种职业的习惯，创造性地完成表演任务。演员在动作训练方面，要注意两方面的积累：一是知识性的，努力了解各种人物的生活状况；二是熟练地灵敏地练习各种自然动作以应表演任务之需。为了表演的效果,演员必须要注意声音的修养。在洪深看来,演员必须熟练掌握发音的断句、重读、抑扬顿挫以及变音。要让声音表现演员自己的思想和情绪,要让声音真实动人,演员除了有效掌控节奏,还要把人物的思想和情绪转换成自己的思想和情绪。他希望演员经过训练,掌握戏剧的剧情节奏和表演节奏,有计划地激发和触动观众。郭沫若在 1943 年 1 月为洪深的《戏的念词和诗的朗诵》一书所写的序中热情地肯定了洪深为戏剧表演的科学化做出了贡献,他说:"洪浅哉(即洪深——引者注)兄是中国话剧运动的领导者,话剧运动之有今日,他的贡献很大。但他对于话剧之外的一般的文学和艺术都有广泛和深刻的了解。他费了两年多的功夫写出了这篇内容丰富而甚有价值的论文《戏的念词与诗的朗诵》,这正是这一方面的科学化的第一步,而且是极坚实的一步。……他是孜孜不息的人,继此一定还有更多的发掘和更远的检探使我们得所遵循,而我们也正该努力追随着他去作周密而精详的实验与检讨。"[4]郭沫若也认为,演员的表演固然离不开先天的条件,如朗诵和念词离不开声音的质和量,但后天训练中也是可以习得相关的技巧或方法的。洪深对这些技巧和方法的寻找和解释,旨在让大家有所遵行,提高表演的准确度和效果,这些科学化的工作是抗战戏剧运动迫切需要的。在长时间的战地演出和宣传中,各演剧队都在实践中积累了许多演出经验。但不容讳言的是,许多演剧队员具有强烈的宣传演出的热情,也主动向生活、向大众学习过,缺乏的还是系统的专门的表演理论和表演技能训练。从这方面看,洪深新旧兼容、中西共冶、条分缕析、精详周密的表演知识阐释和说明,具有非常重要的现实针对性和指导性。

洪深对导演的任务和导演工作的理解,也是客观而理性的,充分反映了这位理论素养深厚的戏剧家严谨周密的工作特色。直到今天,关于导演的职能仍然是言人人殊的。结合抗战时期戏剧运动的实际,洪深强调了导演者在戏剧艺术创造过程中的组织、指挥、衔接、监督等职能。他指出:"导演者的工作,是衔接着那剧作者的工作的!导演者的责任,从剧本完成时开始,至实际可以'演给人看'时为止;导演者的义务,是指挥一切工作,以充分实现剧本的要求。"[5]这就是说,要组织众多艺术家在一起共事,导演必须要在对剧本产生深切理解和真实同情的基础上形成自己对剧作主题的认识,这是工作的起点。然后导演要促进演员对剧本的理解以达到舞台形象的转化,导演必须熟悉舞台工具的功能并对剧内每种工具的效果发挥程度具有清晰的预知。导演设计的第一步是确定以怎样的风格才能最有效地发挥原剧的效果。为了让观众喜闻乐见、喜认易记,导演要设法把要表现的内容简单化和标准化。然后再设法丰富其细节,以向观众明确而积极地指示意义。导演设计的第二步是选择工具,即合适的表现手段。包括从音乐到演技的一切手段来帮助观众迅速地识别时间、地点、人物、事件、情境、状态,让观众在适当的心理准备的基础上更容易地完成对剧作主题和意义的认知。洪深要求人们在进行导演设计时务必充分注意两个方面:一是战略设计,二是战术设计。他认为,要完成从剧本到舞台形象这一流程的工作指导,创意定计是作战之根源,要实现导演战略,即运用一切舞台手段来发挥剧作的含义,则需要有效指导演员和舞台工作人员恰当地使用恰当的方法以求得预期的艺术效果。洪深具体地指明了导演设计的工作程序——在战略设计时要考虑七大内容:一、此时此地此剧有无演出价值。二、确定剧本含义和导演工作的基本出发点。是否可服从原作,或应从事批判性的演出?三、观众的情况。四、此时此地的演出应当采用何种风格;剧作原来的风格是什么?根据观众情况,如是否熟悉剧作题材,需不需要,或可不可能恪守原来剧作的风格。五、表演任务的分解。音乐、演技、服装、道具等分别担当什么任务,需要发挥出什么效果。六、观众方面的预期效果;是让观众关注整个演出的结论,还是让他们关注人物,还是激发观众对每节剧情的反应,导演者必须心中有数。七、导演者有必要清楚,这些艺术手段的使用,是否可以充分地恰当地强调出导演对剧本所做的那个基本命题,会不会引发预料之外的效果,能不能达到剧本的预期的社会目的。从战术设计方面,洪深建议,为了保证一出戏的整体感,让全剧贯穿统一,导演务必切实把握每一个有人物增加或退出的段落以及人物关系发生变化的段落,清楚地处理人物要面对的环境压迫、人物目的和动机的产生、人物为了实现目的而做出的行动、行动的成败、影响等五个步骤。艺术手段的使用,演员动作姿态的创造,台词风调的变化等,都宜围绕全剧整体效果的实现来确定取舍。[6]这些对表演工作和导演工作的具体细致的说明,都是充满实践经验的艺术心得,凝聚了洪深从事戏剧学习和戏剧电影工作二十余年的艺术体验。以严谨的知识体系的方式来说明和阐释,而不是以即兴而谈、随性而止的方式,一方面可以表明洪深那种经过严格训练的科学理论素养,另一方面也能很好地满足抗战时期正在实践中成长的戏剧家们系统地掌握戏剧艺术专业知识的学习需要。

杰出的戏剧家总是在理论认识指导下的艺术实践中和在实践经验基础上形成的理论认识的互相推动中迈上成熟而辉煌的艺术之路的。没有对艺术实践经验的总结,难以形成自觉的艺术智慧,没有艺术理论武装的头脑、没有艺术理论指导的实践,也不是自觉而有成效的艺术实践。洪深是一个成熟的而且个性鲜明的戏剧家,他没有忽略对人类已有的戏剧理论的学习和研究,他更注重对自己和他人戏剧艺术实践的归纳和总结。所以,当他以自己的表、导演理论训练更年轻一辈的戏剧家时,这些表、导演认识产生的积极而有效的影响,可以从一个方面表明洪深对抗战戏剧运动的意义和作用。赵丹曾经回忆洪深排练阳翰笙《塞上风云》时的工作步骤和方法,他这样记述:“洪深导演先自己关起门来研究剧本,设计排演,让演员休息,养精蓄锐。开排头一天,他来了,先讲了整个剧情,然后讲第一幕、二幕、三幕、四幕的内容,再讲高潮在几幕,次高潮在哪里,戏是什么风格,怎样处理,什么地方要逮住的,每一幕中分几个段落,画了线的,平的、曲的……什么样的调度,并分析角色性格特色等等。……排戏时,他就把剧本拿在手里,马上就拉大地位,下午就按词走地位,晚上这一幕中词和地位都有了,就排动作、交流,我们正感到这戏在这么短的时间里找不到重点,经他这么一点,一气呵成!这真像中国画,几条线,几笔一勾就行了!"[7]赵丹这一段记述,绘声绘色地描述了洪深在导演工作中的过程和方法,很实证地说明戏剧家洪深即使是在做导演时,也是既注重戏剧效果,又很有程序和章法;既抓情感、节奏、勇气、信心,又抓新鲜感和目标的一致。纲举目张,把握关键,更一丝不苟,高潮、节奏、动作、台位等环节,严谨细密,顺畅连贯,一气呵成。有了"一气呵成",全剧的舞台工作在演员心中就有了整体感。

人的思维习惯和工作习惯在很大程度上是由长期的工作练成的。理论工作和艺术创作对戏剧家的禀赋和素质具有不同的要求。所以,对洪深而言,他可能是一个出色的导演、杰出的戏剧理论家和戏剧教育家,但作为编剧的成就可能要远远不及他在表、导演理论和戏剧教育方面的造诣,这可能跟记忆、想象和思维品质有关,也可能跟长期以来接受的教育训练和表、导演工作习惯有关。在戏剧艺术内,洪深是一个接受过良好教育的表演、导演、编剧的全才,但从他本人能力的充分发挥来看,编剧能力的发挥不及表演理论、导演理论方面那样充分。

在桂林期间,洪深创作过两个剧本。一个是独幕剧《樱花晚宴》,一个是跟田汉、夏衍合作编剧的《再会吧,香港!》。前一个独幕话剧创作于 1940 年,曾在桂林隆重上演。剧作以剧中人汪精卫的一个噩梦为剧情,表现出汪精卫做了汉奸之后那种惶恐不安、胆战心惊的心理状态。在梦中,军人、商人、妇女这三个角色对汪精卫的叛国投敌非常愤怒,对着汪精卫大骂不止。汪精卫拔枪向他们射击,但这三个人不但没有倒下,痛骂之声更大,而且参与痛骂的人越来越多。原来这些人都是因为汉奸卖国而牺牲的人们的亡魂。梦中的汪精卫在亡魂的怒骂声中被惊吓而醒,然后去参加日军的"樱花晚宴"。该剧以闹剧的方式来完成对汉奸卖国者的有力讽刺,在抗日时期那种特殊的环境中,能够收到预期的宣传效果。《再会吧,香港!》一剧是洪深 1942 年初从广东砰石的中山大学到桂林为新中国剧社排练李健吾剧作《黄花》后,跟田汉、夏衍一起突击完成的。《黄花》彩排之夜,新中国剧社邀请桂林文艺界人士来观看,大家在讨论时提出了许多不同的看法。有人认为,《黄花》一剧跟当时的现实形势和气氛不太相符,没有能够表达出观众的诉求。有鉴于此,洪深就提议大家联手突击一下,赶写一个新剧本。事又凑巧,夏衍刚从香港到桂林,一路见闻、经历和体验讲述出来就是现成的题材。于是,夏衍写第一幕,洪深写第二幕和第三幕,田汉写第四幕,合起来就成了轰动桂林城的《再会吧,香港!》,既有现实的时代气息,又恰当地表达了那些历尽艰辛的进步文化人的感受。对桂林文化城的观众来说,也是一次了解形势、别开生面的观剧体验。虽然因涉及战时政界和商界的某些卖国行径,讽刺到某些人生活的糜烂而受到广西地方政府的干预并禁演,但这次演出带给桂林观众的震撼却是不可忽视的。剧作以香港为前线将士募捐活动为叙事线索,把香港社会中对国难的不同态度和反应作出了全面的反映。为了响应孙夫人倡议的为前线将士募集"一碗饭"运动,林谦、张志云、肖建安、陈毓芬、冯海伦等都积极参与,并取得了很大成绩,陈毓芬和冯海伦还因为推票成绩在总结颁奖大会上获了奖。但《华侨日报》主笔朱剑夫、《南华日报》的杨海清则千方百计破坏"一碗饭"运动。商人王少云还暗中通敌,把钨砂从香港偷运到上海,高价卖给日军制造炮弹,置成千上万的军民于不顾,赚昧心钱,发国难财。爱国青年跟船上的水手知道真相后,果敢行动,把船上五万吨钨砂全部倾倒于大海之中。参加过斗争行动的陈毓芬、冯海伦等人后来回到内地,投身轰轰烈烈的抗日救亡运动。从剧作的基本剧情安排和对人物形象的描写来看,三位剧作家的主要意图在于,通过人物的行动和思想成长,有力地突出国家和民族的生存高于一切的主题。以具体的事件以及人物在事件中的表现,事中见人,行动中见价值观,明确地表达出了剧作家的爱憎褒贬。《再会吧,香港!》是一个宣传意味浓厚的剧作,而且是三位剧作家合作的结晶,不太容易分辨出作为剧作家的洪深在剧本中的个人特点,但有一点还是可以看得很清楚,即洪深那种作为戏剧学者写长篇论文的思考习惯以及一丝不苟的工作习惯给第二幕第三幕留下了细致的印迹。原新中国剧社成员杨震在《昔日长缨在手》一文中回忆过洪深在排演《再会吧,香港!》时的情况。据他回忆,洪深先介绍自己的创作方法,然后再解释场景的处理、舞台提示的意义,指点人物上下场的顺序,甚至把剧中台词都轻声念出来。排练时不按剧情顺序,而是按场次分单元进行。一旦发现某些细节出不了效果,洪深就停下来跟演员反复推敲、字斟句酌,直到满意为止。把杨震的回忆和赵丹的回忆联系到一起来对比,不难判断,这的确是洪深的做事风格。如此严谨的职业风范,对自己对他人的严格要求,给抗日时期桂林文化城戏剧家的影响,一定是不可低估的。

(谨以本文纪念中国现代著名戏剧家洪深教授诞辰 118 周年)

[注释]

[1][2] 洪深:《洪深文集》(第三卷),174 页,中国戏剧出版社 1959 年版。

[3][5][6] 洪深:《洪深文集》(第三卷),407、395、456—457 页,中国戏剧出版社 1959 年版。

[4] 郭沫若:《戏的念词与诗的朗诵·序》,见《洪深文集》(第三卷),515 页,中国戏剧出版社 1959 年版。

[7] 赵丹:《地狱之门》,35 页,上海文艺出版社 1980 年版。

(原载《南方文坛》2013 年第 4 期)

现实主义的开放与原则

与阎连科商讨“神实主义”及其他

□ 李运抟

一 ‖ 从“神实主义”说起

新时期以来，恐怕没有哪种创作方法像现实主义这样变得难以言说。当我们不再盲目推崇苏联社会主义现实主义文学模式时（对此早有质疑。秦兆阳发表于1956年第9期《人民文学》上的长文《现实主义——广阔的道路》最有代表性。这篇著名文章不仅批评了我们的教条主义搬弄，对社会主义现实主义定义本身也提出了疑问），西方现代主义文艺思潮就裹挟着令人眼花缭乱的创作方法涌入中国文坛。也正是在中国作家纷纷模仿和借鉴西方现代主义方法时，关于现实主义的研究也出现了一些令人困惑的问题：传统现实主义理论似乎完全失效；现实主义与现代主义的界限开始混淆；而评判何谓“现实主义”也成为一个难题，起先还争论不休，后来干脆不想多言。这些困惑今天依然，而且变得越发模糊。

阎连科有篇文章《当代文学中的“神实主义”写作》[1]就颇能说明这种情况。文章意在重新解释现实主义，或者是想重新构建一种现实主义理论，但立论基点并不牢靠。

该文开篇就对何谓“神实主义”作了说明：“神实主义，即在创作中摒弃固有真实生活的表面逻辑关系，去探求一种‘不存在’的真实、看不见的真实、被真实掩盖的真实。神实主义疏远于通行的现实主义。它与现实的联系不是生活的直接因果，而更多地仰仗于灵神（包括民间文化和巫文化）、精神（现实内部关系与人的灵魂）和创作者在现实基础上的特殊臆思。有一说一，不是它抵达真实和现实的桥梁。在现实土壤上的想象、寓言、神话、传说、梦境、幻想、魔变、移植等等，是神实主义通向真实和现实的手法与渠道。”接着作者结合阅读鲁迅、莫言、余华等作家部分作品的体会以及自己的创作经验，作了很多解释。

谈论读者对自己作品的看法时，阎连科有段话很有意思，体现了对“神实主义”的偏爱，不妨还是照录:“在《受活》那部小说中,我曾经说过:‘现实主义——我的兄弟姐妹哦,请你离我再近些;现实主义——我的墓地哦,请你离我再远些!’自此以后,我成了‘中国最受争议的作家’。这种被争议,表面是你写作中的‘某些问题’,比如《为人民服务》《丁庄梦》《风雅颂》等小说中的‘那些问题’。而实质上,是你的写作超越了现实主义能够接纳的范围过多。有人把你归为‘荒诞派’,有人把你归为‘后现代’和‘超现实’,还有黑色幽默、狂想现实主义、寓言现实主义、梦魇现实主义等,让你莫衷一是、啼笑皆非。现在我想,你们还是把我归为神实主义好。因为神实主义,更能清理我的小说。”

我一直欣赏阎连科的小说创作,也从现实主义角度评论过他的作品。然而其“神实主义”的说法则让我有些云里雾里。据其阐述,“神实主义”既可以说是与传统现实主义不同的“开放性”现实主义,也完全可以说是种现代主义。也许不必过于纠缠“主义”,很多作品无法以某种主义来规范,是不同创作方法的“混合物”。问题在于“神实主义”恰恰涉及我前面说的那些困惑,所以很有讨论的必要。这里先谈两个前提问题。

首先,“神实主义”称谓虽新,理论提供却不新。

应该承认作者的阅读体会与创作经验都有个人思考,但理论则谈不上新颖。相当程度上是以自己的方式“复述”了一些“明日黄花”的话题。这类现实主义开放性话题,当年国内谈论魔幻现实主义文学时就讨论过。特别是在翻译与研究现代西马美学的“拿来”潮流中,更能知道西马现实主义文论于此早有深入探讨。

20 世纪 30 年代,卢卡契、布莱希特就探讨过现实主义与现代主义的关系问题,但未能摆脱传统束缚。卢卡契现实主义理论基础仍是恩格斯典型论,对现代主义艺术也予以否定。布莱希特则在工具意义上认可现代主义形式,认为可以拿来为社会主义艺术服务。但 60 年代后的西马现实主义文论就不同了。不仅强调了现实主义的开放与多元,对现代主义艺术也很宽容。在现实主义开放性问题上,奥地利理论家费舍的“新现实主义”和法国美学家加洛蒂的“无边的现实主义”,更是提出了富有探索意义的观点。

罗杰 · 加洛蒂《论无边的现实主义》主要论述了毕加索、佩斯和卡夫卡的创作。这三人通常被认为是现代主义艺术家,加洛蒂却认为他们是现实主义艺术家,因为“作为现实主义者,不是模仿现实的形象,而是模仿它的能动性,不是提供事物、事件、人物的仿制品或复制品,而是参加一个正在形成的世界的行动,发现它的内在节奏”[2]。加洛蒂关于卡夫卡的认识最值得注意。传统现实主义提倡“再现”,如现实时空形式、情节清晰、细节逼真等,这些传统要素在卡夫卡那里很难看到甚至是被反叛。而加洛蒂认为卡夫卡就是“伟大的现实主义作家”,依据是“卡夫卡的伟大在于已经懂得创造一个与现实世界统一的神话世界”,“他生活过的世界和他创造的世界是统一的”。加洛蒂的看法虽是一家之言,但不无道理。卡夫卡“变形艺术”虽然与现实世界缺乏“形似”,却“神似”地揭示了现实本相。《城堡》中土地测量员 K 与“城堡”的关系,由于其多义而让后来批评家有多种解释,成为一个“说不尽的《城堡》”[3]。但无论是生存荒诞的象征,世界虚无的寓言、对父权的反抗,还是让人刻骨铭心的迷惘,都与现实世界有着种种“神似”的关联。

阎连科的“神实主义”解释,理论上显然没有超越加洛蒂们的看法。

其次,理解一种创作方法,不能仅靠名称的标新立异。这些年国内出现了各种现实主义番号。如有人将新时期现实主义分为七种模式:心理现实主义、纪实现实主义、象征现实主义、文化现实主义、生命现实主义、新写实主义和传统现实主义[4]。加上阎连科说的别人将他归为狂想现实主义、寓言现实主义、梦魇现实主义等,真是番号众多。但提出一种新概念,却需要充分依据。如将新时期现实主义分为七种模式,这种划分就有突出一点不及其余的割裂问题。一部作品,可能既运用象征手法,又关注生命本能,同时也有文化思考。如“心理现实主义”很可能包含象征、文化或生命等综合特征。而“生命现实主义”未必没有纪实特征或文化意义。换言之,很多作品根本无法归于某种类型,难以成为单一书写模式。

阎连科提倡“神实主义”,归根结底是强调它不是传统意义的现实主义。既然如此,有些问题就有必要加以解释,否则难以证明“神实主义”的特殊性。如“神实主义疏远于通行的现实主义”,那什么是“通行的现实主义”?通行的现实主义是否就是“有一说一”?即使“有一说一”,是否就没有探求“被真实掩盖的真实”?索尔仁尼琴《古拉格群岛》应属于“有一说一”,马尔克斯《百年孤独》则充满魔幻,但都是现实主义经典。其实传统现实主义也是风格多样。如斯丹达尔特别关注人性的复杂和变化;托尔斯泰则兼具史诗的宏大与刻画的细微。巴赫金《陀思妥耶夫斯基诗学问题》认为陀思妥耶夫斯基开创了“复调小说”,小说叙事经由小说主人公内心斗争展开,矛盾冲突和看待世界的立场又有多种独立意识,从而构成“多声部”的“对话式的现实主义”。“复调小说”当然更是传统现实主义的创新。

总之,提出一种新名称应该尽可能解释清楚。阎连科说有人将他的小说归为“狂想现实主义、寓言现实主义、梦魇现实主义等”,使他“啼笑皆非”,那么“归为神实主义”就“更能清理”他的创作?我觉得未必。因为概念内涵本身就不那么清晰。

二 ‖ 不可动摇的基本原则

相对传统现实主义,现代现实主义确实进入了更自由的审美世界。那么当现实主义与现代主义界限变得模糊时,该如何评判“现实主义”?这显然不能靠番号翻新来解决问题。相反,正是由于出现了太多现实主义番号,更需要回到正本清源的基本问题。

讨论基本问题时,首先必须将现实主义现象和创作方法区分开。

朱光潜《西方美学史》谈论世界现实主义文学发展时就特别强调了这点。这本作为教学讲义编写的著作(1963 年由人民文学出版社出版)虽然受到现实语境影响,但作者毕竟受过

“西方资产阶级美学思想”的学术训练,很多分析还是较客观。如在肯定恩格斯从无产阶级运动谈论典型问题的意义时,又指出现实主义文学与现实环境有密切关系,必须将文学现象和创作方法区分开。即作为创作方法的现实主义是有稳定特征的。这完全可以用来看待今天的现实主义变化。不管打出多少旗号和怎么开放,从创作方法看,现实主义所以为现实主义,必然有其稳定的甚至不可改变的原则。至少有两个基本原则必须坚持:

一是客观性审美原则。

现实主义创作方法的成型有个漫长过程,基本原则也逐渐明晰。审美客观性就是首要原则。朱光潜总结法国批判现实主义时指出:“它所显现出的一些特征大体上也适用于其他各国现实主义文艺。它的一个带有普遍性的基本特征就在于它的客观性。”[5]作为主体审美,文学创作必然存在主观性。如契诃夫提倡“按照生活的本来面目描写生活”,但布斯在分析创作中立性和作者意识时就以契诃夫为例:“契诃夫勇敢地从捍卫中立性开始,但他写不了三个句子就得自我表态……他一再背叛他最狂热信奉的、时常被他称为客观性的东西。”[6]这种批评不无道理。但需要说明的是:创作难以保证纯客观的中立性,并不等于放弃现实主义客观立场。基本原则与具体创作是两个问题。

现代西马现实主义理论虽然突破甚至“颠覆”了某些传统观点,但它们对现实主义客观原则却非常强调。加洛蒂一再强调卡夫卡“已经懂得创造一个与现实世界统一的神话世界”,“他生活过的世界和他创造的世界是统一的”,就是在强调现实主义的客观性。加洛蒂也正是从这种意义上认为卡夫卡是“伟大的现实主义作家”。

费舍“新现实主义”同样重视客观立场。朱立元归纳费舍新现实主义美学思想时,特别谈到费舍认为“现实主义的广义包括一切承认客观现实存在,并且企图运用各种不同的方法和风格去再现它的艺术”[7]。由此费舍有个重要观点:一切为真理服务的艺术都是现实主义的,一切歪曲现实或把现实淹没在迷雾和奇谈怪论中的艺术都是反现实主义的。费舍的“真理”指的现实本真,是相对“一切歪由现实或把现实淹没在迷雾和奇谈怪论”而言,实际就是客观原则。费舍认为现实主义创作必须自觉坚持“为真理服务”,我认为这不仅是费舍新现实主义的核心立场,也应该成为当今检测现实主义与否的关键。“为真理服务”从源头上划清了现实主义与非现实主义的界限,它提醒我们:现实主义不能因为此时彼时的意识形态而随波逐流、朝秦暮楚。我们很长时间的“社会主义现实主义”文学,紧跟极左思潮和一味歌功颂德,显然与“为真理服务”格格不入。“文革”后一批诗人重新归来时,第一声呐喊就是“让人说真话”,“诗人必须说真话”[8]。这种朴实表达也是强调现实主义客观性。

有些作家面对评论家提出新颖名称时,宣称自己就是单纯的现实主义作家,这种现象也能说明现实主义客观原则的重要性。如陀思妥耶夫斯基曾说:“人们称我为心理学家,这不正确,我只是最高意义上的现实主义者,也就是说,我描绘的是人的全部内心深处。”[9]陀氏还属较早的批判现实主义的作家,马尔克斯更接近我们(众所周知马尔克斯对中国新时期作家的影响很大)。1992 年初,马尔克斯在墨西哥城的住所与秘鲁作家奥索里奥的一次会见中,当奥索里奥认为充满神奇想象的创作使得马尔克斯成为一个“幻想”作家和“巴洛克”作家时,马尔克斯如此回答:“在加勒比地区,在拉丁美洲,人们在以不同的方式学习生活。我们认为,魔幻情境和‘超自然的’情境是日常生活的一部分,和平常的、普通的现实没有什么不同。对预兆和迷信的信仰和不计其数的‘神奇的’说法,存在于每天的生活中。在我的作品中,我从来也没有寻求对那一切事件的任何解释,任何玄奥的解释。它不过是生活的一部分。所以,当人们认为我的小说是‘魔幻现实主义’的表现时,这说明我们仍然受着笛卡尔哲学的影响,把拉丁美洲的日常世界和我们的文学之间的亲密联系抛在了一边。不管怎样,加勒比的现实,拉丁美洲的现实,一切的现实,实际上都比我们想象的神奇得多。我认为我是一个现实主义作家,仅此而已。”[10]从上述话语可以清楚看到马尔克斯声称自己是现实主义作家,就是在强调现实主义文学的客观性。

二是现实批判意识。

批判意识是现实主义的重要品格,甚至可以说正宗的现实主义就是批判现实主义。欧美批判现实主义经典,如司汤达《红与黑》、巴尔扎克《人间喜剧》、福楼拜《包法利夫人》、托尔斯泰《安娜·卡列妮娜》、陀思妥耶夫斯基《罪与罚》、莫泊桑《羊脂球》、契诃夫《小公务员之死》、欧·亨利《警察与赞美诗》、马克·吐温《竞选州长》和德莱塞《美国的悲剧》等,都有强烈的批判意识,而且成为衡量世界现实主义文学水平的标志。中国的现实主义经典,同样都有突出的批判性。如杜甫《兵车行》、“三吏”和“三别”,关汉卿《窦娥冤》,曹雪芹《红楼梦》,鲁迅《阿 Q 正传》等。不说传统现实主义,现代现实主义同样如此。

有几位诺贝尔文学奖获得者的创作情况,我觉得特别能说明这个问题。

如作为 1968 年度的诺贝尔文学奖得主,马尔克斯不仅始终坚守社会良知,而且一直以特立独行的创作来张扬现实批判精神。瑞典文学院给马尔克斯的“颁奖辞”这样说道:“在拉美,激烈的政治斗争使知识界始终处于一种白热化的气氛之中,和其他重要作家一样,加西亚·马尔克斯在政治上坚定地活在贫苦大众和弱者一边,反对压迫和剥削。”[11]这种坚定的平民政治立场和坚决反抗“压迫和剥削”,可以说是马尔克斯创作的巨大精神动力。

1970 年度诺贝尔文学奖获得者索尔仁尼琴的创作,同样体现了批判性对现实主义的不可或缺。无论《第一圈》还是《癌症楼》都是尖锐的现实批判。《古拉格群岛》更不用说。“古拉格”即苏联“劳动改造营管理总局”;“群岛”是对苏联劳改制度普遍性的比喻,小说的描述与披露让人看到了斯大林时代的思想状况。在自传《牛犊顶橡树》中,索尔仁尼琴这样谈论作为“地下作家”的感受:“对于为真理而忧心如焚的作家们来说,过去和现在生活都从来没有轻松过(将来也不会!):有的人被诽谤困扰,有的人死于决斗,有的人家庭生活破裂,有的人破产落魄处于难以摆脱的贫困之中,还有的人被关进疯人院,老死狱中。如列夫·托尔斯泰这样生活条件非常优越的作家良心受到谴责，内心也十分痛苦。”[12]

相对马尔克斯，索尔仁尼琴“牛犊顶橡树”的创作状况还更能说明坚持现实主义批判性的不易。1945 年他因“批评斯大林”而从军中被捕，接着是八年监禁和流放寒冷地。尽管赫鲁晓夫时代得到平反，但好景不长，最终被驱逐出境。历经磨难的索尔仁尼琴最终还是回到了祖国，并且得到彻底平反。2007 年 6 月俄罗斯总统普京签署了俄联邦 2007 年国家奖的总统令，宣布索尔仁尼琴获得 2007 年人文领域杰出成就奖。也可谓苍天有眼。

2003 年度诺贝尔文学奖得主、南非作家库切的创作，不仅体现了现实批判意识，其耐人寻味的遭遇也说明了当今社会的复杂。库切 1999 年出版的长篇小说《耻》（当年就获得英国最高文学奖布克奖），描写的是黑人统治下新南非的混乱和迷惘。白人统治时代的种族歧视不仅为黑人“报复”的仇恨所替代，而且导致触目惊心的杀戮。库切以此警告：备受指责的白人统治时代虽已过去，但新南非并不令人乐观。如果不正视新问题，苦难将不断发生。但《耻》不仅引起政府不满，自由知识分子也跟着指责。库切成为众矢之的，被迫移民澳大利亚。库切获得诺贝尔文学奖后，南非政府和自由知识分子又向他抛出橄榄枝。《耻》不仅对新南非有警示意义，对当今世界也是如此。有学者发出感慨：“许多评论家认为库切是当代的卡夫卡，其实我要说，读库切，最让我想到的是中国的鲁迅，一样勇敢地直面人生，一样地不向任何人妥协，一样地不会讨好任何一个当权政府。”[13]不论鲁迅、库切还是卡夫卡，都是敢于正视社会矛盾和现实苦难的具有强烈批判精神的伟大作家。

三 ‖ 还是要“辞能达意”

我欣赏阎连科的小说，除认为其批判意识也彻底，还因为它们的想象、寓言、神话、传说、梦境等，恰恰强化了这种现实批判的穿透性。我以为：阎连科解释“神实主义”时，其实没有很好地说明自己最重要的创作特征。作家理论与创作实际错位的情况其实不少。如韩少功《文学的“根”》（1985 年 4 月号《作家》）被认为是寻根文学的宣言，内中表达了诸如“寻找我们民族的思维优势和审美优势”，“我们的责任是释放现代观念的热能，来重铸和镀亮这种自我”等观点，但其《爸爸爸》《女女女》等却完全是对传统文化的激烈批判。而这恰恰成为韩少功寻根小说最为深刻也最有思想价值的所在。其他“寻根”作家如汪曾祺、钟阿城、李杭育等对传统文化态度倒是温和得多。在这些作家对传统文化的美好描述与温馨怀念中，倒是表现了“寻找我们民族的思维优势和审美优势”。作家的理论与自己的创作有所错位，这是个人感觉问题。评判作家，我们主要看其作品而非声称。但“神实主义”有些说法还涉及一个容易引起误解的问题，即现实主义表现方式、思维方式与创作目的关系。如阎连科说“有一说一”不是“抵达真实和现实的桥梁”，而“更多地仰仗于灵神（包括民间文化和巫文化）、精神（现实内部关系与人的灵魂）和创作者在现实基础上的特殊臆思”的“神实主义”，才是“通向真实和现实的手法与渠道”。这里有两个问题就需要进一步讨论：

其一，对表达方式不必厚此薄彼，关键在于形式与思想结合融洽。

现实主义开放中，表达方式多样是个重要标志。其中有各种“变形艺术”，同时仍然存在“有一说一”的传统表达。阎连科不喜欢“有一说一”，但表达方式的选择很难说孰优孰劣，关键在于形式运用与思想传达融为一体。如宗璞的《蜗居》《鬼域》和《泥沼中的头颅》，不求“形似”而求“神似”，曾被人称为“现代现实主义”。不管怎么评判，其融合了现代手法而逼近现实真相的探索，形式与思想的结合就较融洽。李国文采用再现描述加怪诞笔墨的《危楼记事》和《没意思的故事》两组系列，同样如此。又如新写实小说的“新”，并非给现实主义提供了新要素，主要相对新时期初期往往伴随廉价理想的现实主义创作而言。它们对各等“小人物”原生状况的描述，冷峻审视平民在社会权力游戏中的多重表现，这种日常叙事与思想结合也较融洽。方方《风景》以亡灵小八子的视角展开叙述，因为运用自然和深化了主题，艺术效果也很好。至于《白鹿原》《尘埃落定》《檀香刑》《黑山堡纲鉴》和《日光流年》等兼用多种艺术手法的探索性作品，形式变革与思考深入更是相得益彰。

其二，必须出于“辞能达意”。

不管使用怎样的艺术手法，目的都应该是“辞能达意”。上述那些形式变革与相关思考相得益彰的作品，我认为都是出于“辞能达意”的自觉结果。这方面例子很多。如曾是先锋小说作家的苏童也有不少现实主义创作，《妻妾成群》和《米》可谓代表作，它们就非常注重“辞能达意”。《妻妾成群》关于“紫藤架”和“死人井”的意象设置，以及颂莲面对它们的心理感觉，既渲染了悲剧氛围，也预示了颂莲的命运。陈应松神农架系列如《松鸦为什么鸣叫》《望粮山》和《马嘶岭血案》等，充满奇特想象又渗透大量经验，既有现实时空形式的叙事又有象征意味的描述，但“辞能达意”的效果都非常明显。此外“辞能达意”的状况与作家创作风格也有关。如果说陈应松的“辞能达意”体现的是神奇飞扬，毕飞宇《玉米》《玉秀》和《玉秧》则是“春风润物”。这组农村题材的现实主义作品，叙事视角、叙事时间、叙事节奏都有特别表现，但阅读时却感受不到这种变异，我们接受起来非常自然。

就阎连科的小说创作看，其实也证明了他非常重视“辞能达意”，艺术效果也相当不错。他声称要更多地仰仗“灵神”“特殊臆思”之类，我想也是他觉得如此才能“辞能达意”。不过作家情况不同，有些作家可能更适宜“有一说一”。总之现实主义的表现方式可以不拘一格。但如果表现方式只是为新而新，甚至成为“形式游戏”，就难免本末倒置。

对一篇作家讲演稿，要求不必过于严格。只是“神实主义”不仅触及当今人们关于现实主义的困惑，也涉及现实主义文学的基本原则。有些看似文学常识，其实非常关键。

[注释]

[1] 该文是阎连科在常熟理工学院“东吴讲堂”的讲演稿，载《东吴学术》2011 年第 2 期。

[2] [法]罗杰・加洛蒂:《论无边的现实主义》，吴岳添译，168 页，上海文艺出版社 1986 年版。

[3] 韩耀成:《说不尽的〈城堡〉》，见卡夫卡《城堡变形记》，韩耀成、李文俊译，浙江文艺出版社 1995 年版。

[4] 张学正:《现实主义文学在当代中国》，86—149 页，南开大学出版社 1997 年版。

[5] 朱光潜:《西方美学史》(下卷)，738 页，人民文学出版社 1979 年版。

[6] [美]布斯:《小说修辞学》，华明等译，78 页，北京大学出版社 1987 年版。

[7] 朱立元:《费舍的新现实主义美学》，载《社会科学》1999 年第 4 期。

[8] 艾青:《诗人必须说真话》，见《归来的歌・代序》，四川人民出版社 1980 年版。

[9] 转引自钱中文《现实主义和现代主义》，264 页，人民文学出版社 1987 年版。

[10] [哥]加西亚・马尔克斯:《两百年的孤独》，朱景冬等译，305 页，云南人民出版社 1997 年版。

[11]《诺贝尔文学奖颁奖获奖演说全集》，683 页，中国广播电视出版社 1993 年版。

[12] [俄]索尔仁尼琴:《牛犊顶橡树》，陈淑贤等译，3 页，时代文艺出版社 1998 年版。

[13] 恺蒂:《和库切一起沉默》，载《万象》2003 年第 12 期。

(原载《南方文坛》2013 年第 4 期)

贺祥麟先生的学术思想与教育特色

□ 麦永雄

贺祥麟先生是杰出的学者、教育家与社会活动家，长期在广西工作，贡献卓著，在外国文学界、高等教育界及政界享有盛誉。[1]无论是在“桂学研究”领域，还是在高等教育领域的外国文学与诗学的中国化、本土化维度，他都是值得深入研究的标志性人物。贺先生于2012年5月以九十二岁高龄驾鹤西去，给神州外国文学界、南疆八桂大地带来了无法估量的损失。

贺师祥麟年轻时毕业于著名的西南联大外文系，1949年毕业于美国艾莫黎大学英语专业，获文学硕士，1950年回国。先生具有非凡的国际文化交流视野和卓越的学术造诣，多次出国访问与讲学，兼任美国维克森林大学客座教授，新英格兰学院客座教授。我们虽然习惯于尊称先生为贺老，但是深知他在我们的心目中是永远年轻而充满活力的。2001年贺老与北京大学季羡林教授、南京师范大学许汝祉教授一同获得“全国高校外国文学教学研究会荣誉奖”。贺老晚年仍然活跃于学术界、翻译界。据《南方文坛》主编张燕玲女士说，贺老耄耋之年仍然不肯放弃《南方文坛》目录的英译工作，并以之为学习新知，令人敬佩。我最后一次见到贺老，是2012年初在广西医科大学病房。我告诉他，北戴河会议遇到师弟郭英剑教授（中央民族大学），他提议我们几位在国内的弟子到邕专程看望他，我已联系了师兄陆扬教授（复旦大学）。贺老很是高兴。闲聊中，贺老跟我提起，燕玲主编有意约写一篇关于他学术思想的文章，贺老嘱托我试试。我作为弟子自当义不容辞，只是唯恐自己才疏学浅，无法胜任，加上诸事繁杂，便一直拖延至今。斯人已逝，记忆永存。此文的撰写，一直萦绕于心。借此感谢《南方文坛》，让我能够完成恩师嘱托，达成自己小小的心愿。只是雪泥鸿爪，唯恐多有遗珠之憾。

一 ‖ 外语之魂与文史哲之海

我有幸于1982年师从贺祥麟先生攻读世界文学硕士，1985—1989年追随贺老到广西师范大学外语系(他时任外语系主任)工作,此后又曾经多次因参加外国文学专业委员会会议而一再领略他谈笑风生中流溢出来的激情与睿智,2005 年广州会议甚至有幸与贺老同住一室。能够在不同时段的很多场合聆听恩师的教诲,感悟他的为人为学,我深感外文是贺老学术思想与教育特色之魂,而文史哲的会通则汇成了他的学问之海。

当年贺老虽然是在中文系招研究生,但是他非常注重英语。1981 年秋高气爽时节恰逢全国 77 级本科生应届毕业,我和来自安徽大学滁州分校的陆扬、广西民族学院的王毅一块成为广西师范大学贺祥麟教授的开门弟子。研究生入学考试是我们与贺老结下师生缘的重要开端,从贺老的命题内容、考试方式等能够一窥恩师的学术个性与教育特色。陆扬发给我的回忆贺老的电子版小文中有这么一段:“狄更斯的自传体小说《大卫·科波菲尔》开篇就说,他要从他半夜 12 点呱呱坠地的那一刻‘从头说起’。所以跟贺老师的师生之缘,我也想从头说起。这个开头是 1981 年的初冬,广西师范大学中文系研究生招生笔试复试的教室里,林焕平、贺祥麟和古代文学的教授们相继现身。林老黑边眼镜,戴一顶蓝色呢子鸭舌帽,一身蓝色的中山装棉袄,笑眯眯地望着我们。贺老师也是蓝色的中山装棉袄,可是棉袄旧得颜色已经褪白,而且不苟言笑,只是大大咧咧在黑板上写字。”在他命题的“世界文学专业”硕士生入学考试题中,记得三十分的论析题是二选一,其中一题是关于 Hamlet(哈姆雷特)形象与性格的阐述,另一题则是分析一首关于 Golf(高尔夫)的英诗。必须用英文答题,用中文答题则判为零分。这两题皆有一定难度:“哈姆雷特”的形象与性格问题一直众说纷纭,“高尔夫”英诗分析的关键题旨在于强调贫富对比与反讽,因为高尔夫是贵族运动,球场占地颇大,与诗中贫苦百姓的生活构成矛盾与反差。但是 1980 年代的考生大多不知道高尔夫运动的这种性质,遑论该诗的语境分析。我们中文院系背景的考生当时英文表达能力普遍很烂,但凭借文史哲知识稍强,好歹能够获得几分,而据说外语院系有青年老师虽然语言没问题,但是因为完全没有相关学术概念,只得到了一分。

侥幸通过笔试后,我们迎来了贺老师别开生面的一对一口试。在中文系办公楼的一个小房间内,他拿出一大盒卡片,每一张卡片上全是外文术语或英诗,随机抽来让考生作答。我抽中的卡片记得有英国小说中的“Lilliput”,文化政治方面的“Zionism”,以及美国诗人惠特曼悼念林肯总统的名诗 *O Captain! My Captain!*(《船长哟,我的船长!》)和 *When Lilacs in the Dooryard Bloom' d*(《当紫丁香最近在庭院中开放的时候!》)。考题中有些乍一看难以回答,贺老见到考生难堪的样子有时会善意地提示,比如他会哈哈大笑,告诉你“Lilliput”就是斯威夫特《格列佛游记》中的“小人国”,而“Zionism”则是“犹太复国主义”。陆扬抽中的则有“Mr. Rochester”(《简爱》中的罗切斯特先生)、“L' Allegro”和“Il Penseroso”。陆扬回忆说:“这下我傻眼了。也许看我之前战绩不错,贺老师谆谆诱导了好一阵子,终于不无失望地告诉我,那是拉丁文,是弥尔顿的两首诗:《快乐的人》和《幽思的人》。”

记得本科时听贺老给我们上外国文学史并无特别出彩的感觉,甚至觉得他有点儿天马行空的韵味,条理性不如一些以严谨著称的有中文背景的老师。然而在研究生阶段再听他用英语给我们上专业课,顿觉其学问渊博如海,精气神俱佳,颇有仰之弥高之感。贺老极其蔑视某些不懂外文的外国文学教授,对我们这些中文学习背景的研究生的外语要求也颇为严格。

当年我们是广西师范大学世界文学专业第一批研究生,如何教学与培养尚无一定之规。贺老是坚持要给研究生上课的导师,而且主张用英文上课。而当时文艺学林焕平导师则好像是主张研究生不必上课,师生抽空见面聊天即可。我们欧美文学课程选用美国大学著名的全英文教材《诺顿世界文学名著选》(*The Norton Anthology of World Masterpieces*)厚厚的两大本,篇幅达一千八百余页。贺老对我们学生要求颇为严格,如研习《荷马史诗》时,课堂点名研究生一一站起来作英译中翻译与梳理,老师不满意则不能坐下,让第二位同学尝试,三位同学均无法完成理想的结果,就都站着听完贺老的讲解后才能坐下。英国文学课程选用英文原版文本,其中有哈代的名著《德伯家的苔丝》等文本,未经删节,难度超过当时高校外语系通用的许国璋、俞大絪英语教材(高年级的)第八册。最要命的是,贺老的考试方式是突然袭击:他从一百多页学过的英文课文中任意抽出一段,以慢速念三遍,要求我们听写下来。结果是一人稍好,勉强过关,另外两人因平时根本不默写单词,所以一败涂地。第二周再考,一人侥幸通过,一人仍未过关。贺老恨铁不成钢,对我们说,他新中国成立前在美国大学攻读文学硕士时,每周要精读大量英文文献,完成作业,并练成了一门课堂笔记的硬功夫,甚至笔录速度超过美国同学!1989年我考上国家教委公派西德的高级访问学者名额,想请贺老写一份英文推荐信以便对外联系,因为知道贺老极忙,事先请了一位北外的毕业生拟稿,面呈贺老时,他让我稍等片刻,另外写了一份英文推荐书,可谓"立等可取"。出门一加比较,我顿感两封推荐信的水平相差甚远:前者有如小学生习作,比较稚嫩拘泥,而贺老的信函规范、老辣、典雅、地道,令人十分佩服。贺老曾经为《不列颠大百科全书》中文版校译过词条,指出了不少名家译文之错舛。曾经有一次他跟我提起想申报博士点,拟招外国文学与中国现当代文学方向的博士,可惜因为种种原因未能如愿。贺老社会阅历丰赡,中英文水平皆佳,加之文化视野开阔,富于洞察力,经常有些惊人之语、精彩之见。1995年时值美国影片《廊桥遗梦》(*The Bridges of Madison County*)在中国热映,不知哪位不求甚解之徒译为《廊桥梦遗》。一字之差,顿成"荤段子"笑话!此事被目光敏锐的贺老发现,成为他关于翻译题旨演讲的佳例。作为长期工作在高等教育科研与教学第一线的外国文学资深教授,贺老不仅把自身特棒的英语能力应用于科学研究中,从而成为国内著名的莎士比亚研究专家,而且还把对研究生的英语水平与文史哲会通的要求贯彻于高等教育的各个环节中。

贺老没有门户之见,非常注重与同行的学术联系,体现出开放多元的研究生教育思想特色。我们攻读硕士期间,贺老曾经出国讲学,为了让我们不虚度年华,丰富我们的学缘,1984年特地安排我们三位研究生到华中师范大学做一年的"代培研究生",师从著名的外国文学专家、《外国文学研究》主编王忠祥教授。我们由此得以有缘听到王先生精彩而风格迥异的专业课程,其中关于《小癞子》与流浪汉小说、莎翁四大悲剧的专题仍然让我记忆犹新。桂林地处南疆,远离北京等文化中心与学术重镇,因此当时学校出台政策,鼓励我们外出访学、查资料。我在武汉期间,受贺老之托,带着一坛"桂林豆腐乳"去看望当时以报告文学《哥德巴赫猜想》闻名全国的徐迟先生,获赠徐先生的新作散文集《法国,一个春天的旅行》珍贵的签名本,真是有点喜出望外。我做硕士学位论文时选择了当时被视为"消极浪漫主义者"的英国湖畔派诗人柯尔律治。因为比较冷门,资料很少,难度较大,所以需要到北京、南京、上海等地查资料。贺老专门写了亲笔信,让我得以拜访著名的"九叶派"女诗人、北京师范大学欧美文学专家郑敏教授,使我获益匪浅。2000 年我到北京师范大学读博士,旧地重游,心头油然涌起一股暖流。

二 ‖ 莎评无限见功夫

贺老不仅让我们得以转益多师,惠及后学,而且自己的学问也很棒。贺师祥麟是著名的莎士比亚研究专家,曾经主编了中国第一部《莎士比亚研究文集》。对于我们这些中文专业背景的研究生的培养,没有少花心血。在我们读世界文学硕士期间,贺老曾让陆扬和我(我们同住一个宿舍)共同翻译了一部他刚从国外带回的英文评传著作《莎士比亚》(Anthony Burgess, *Shakespeare*),我们两位男生废寝忘食地用一个多月译完此书,尽管因为种种原因未能出版,但是其中不少内容后来对我讲授"英国戏剧与莎士比亚"选修课大有裨益。贺老当时还邀请他的老师、南京大学外文系著名教授陈嘉到桂林讲学,地点是王城校区旦教楼二楼,我们三位研究生负责擦黑板与接待杂务。来自全国各地的青年教师和研究生济济一堂,聆听陈嘉先生英文讲授的欧美文学专题。贺老十分高兴,也兴致勃勃地在会议上把他当时的新成果《赞赏、质疑和希望——评朱译莎剧的若干剧本》与大家分享。

贺祥麟教授著名莎评《赞赏、质疑和希望——评朱译莎剧的若干剧本》原载《外国文学》1981 年第 7 期,收入他主编的《莎士比亚研究文集》(陕西人民出版社 1982 年版)和《贺祥麟文集·外国文学卷》(漓江出版社 1999 年版)。贺老在繁重的工作之余,对作家出版社《莎士比亚戏剧集》(1954 年)和人民文学出版社《莎士比亚全集》(1978 年修订本)中朱生豪翻译的一些莎剧(莎翁三十七部戏剧中朱译三十一部)进行批判性和建设性的细读,将中译本与英文原文加以对照,进行了非常出色的学术探讨。就算是今天来看,这篇一万五千余字的论文所耗费的时间与精力,相关问题讨论所体现的专业知识、中英双语能力、文史哲广度与学术深度,皆非同凡响,堪称贺老学术研究的代表作。我们可以从中窥见贺老做学问的一些富于启迪性的学术思想、路数与特征。该文共分六个部分,逻辑性与学理性俱佳:开场白说明背景与缘由;前面两个部分属于"赞赏":第一部分充分肯定朱生豪为"我国难能可贵的一位优秀翻译家"和翻译莎剧的先行者,第二部分评骘人民文学出版社新版《莎士比亚全集》(1978 年修订本)纠正朱译本的误译与漏译之功;核心的三个部分属于“质疑”:指出新版《莎士比亚全集》仍然存在的一些突出的翻译问题,分别讨论了朱译本遗留而未纠正的误译,英语古今词义差异或多义所致的误译,莎剧注解所牵涉的历史、文化、政治、民俗、时尚诸问题;最后一个部分则是“希望”:期待莎剧翻译百尺竿头更进一步,有更多更好的译本面世,促进中国的外国文学研究事业!

我认为这篇论文比较重要的特质至少有如下三点:首先是褒贬有度,诚恳宽容;其次是条分缕析,言之有据;再次是厚积薄发,深中肯綮。贺老既对同行的工作成绩加以充分肯定,又有理、有力、有节地提出质疑。他高度赞扬朱生豪在新中国成立前贫病交加、工具书极其有限的恶劣的情况下坚持译出大部分莎剧,新版《莎士比亚全集》修订者“辛勤的劳动和卓越的成绩”,表扬他们严肃认真的态度,优秀的文学素养、令人敬佩的中英文造诣,“对莎士比亚戏剧的翻译作出了杰出的贡献”。从这篇论文中还可以窥见贺老的翻译观,他认为:“翻译,尤其是文学名著的翻译,是创造性的劳动。译者既要忠于原作,又不能处处死板地拘泥于原作的每一个词语。”[2]贺老赞赏朱生豪的译笔优秀,吻合于我国清代著名翻译家严复著名的“信、达、雅”的翻译理论,称道“朱译本最大的特点是文句典雅,译笔流畅,好像是高山飞瀑,一泻千里,读之朗朗上口……善于以典雅的、富于中国气派的适当语句传神地表达莎剧原文精神”。[3]最能够体现贺先生学术造诣、双语功力和思想穿透力的是该文的中英对照的“质疑”,其条分缕析,典型个案论析达三十五处。字里行间,新见迭出,披沙拣金,精彩纷呈,令人感佩。可谓厚积薄发,既非急就之言,亦非一日之功!

从贺老那里,我们感受了“莎士比亚的大千世界”,领略了外国文学的深度、广度和独特魅力。我们知道了英国伊丽莎白黄金时代花一个便士进剧场站着看戏的“Groundlings”(站客),感悟了德·昆西论《麦克白》的“敲门声”贯通人魔两界的戏剧美学的奥妙。我们还从双语维度熟稔了莎翁不少名句妙文,例如哈姆雷特的“To be or not to be…”(关于这段话的理解可谓众说纷纭、难以定论);朱丽叶关于姓名与爱情的妙论:“啊,换一个名字吧! ……”(O, be some other name! …);奥赛罗扼死爱妻前那段著名独白“融融的灯光啊……”;李尔王哀恸爱女考狄利亚的“我可怜的傻孩子给他们缢死了……”;以及莎翁“诗的遗嘱”《暴风雨》中“勇敢的新世界……”(O brave new world……)与人文主义及赫胥黎反乌托邦小说的关系。贺老那一辈学者是典型的英语背景与传统的文学研究者,他们或许没有我们今天接触的理论那么多,没有那么多体制化、科研量化的要求,不会运用过多复杂深涩的学术话语,不会一年之内快餐式地出两本书,发表二三十篇粗制滥造的学术论文,但是他们学问是扎实厚重的,骨子里满溢着对文学的喜爱与悟性。美国比较文学学会《苏源熙报告》(2003)曾经质疑和反思“最近几十年来”脱离具体语言的语言学研究和不读具体文学作品而从事文学理论研究的现象。贺老的教诲和学术路数能够不断地警醒我们在当代各种诗学理论的杂语共生中不要忘记文学之魂,需要将文本(text)研究与语境(context)研究结合,重视外文与理论两翼,践行文化诗学的观念——立足文学本体,倡导文学与文化双向互动,在文化哲学语境中注重文学的审美特性。

三 ‖ 雪泥鸿爪忆“英诗”

贺老学识渊博,热情洋溢,青春永驻。他古稀之年可以跳上红色自行车骑得飞快,九十岁高龄时开玩笑自称“90 后”,耄耋之年仍然有忘年交的小友。贺师祥麟既是德高望重的外国文学学者,同时骨子里面也是充盈着罗曼蒂克韵味与气质的诗人。记得当年我一门心思要报考“外国文学”专业,因此本科最后一个学期还选修了贺老的“英诗选”。那时有七八个同学正式听课,应该还有少数人旁听。贺老每次来上课,都把所选的英语诗歌分发给我们。当时没有电脑,复印机也很难找,于是贺老选用极薄且几近透明的纸张在打字机上套叠复写纸打出这些诗歌,一次可以打出数页这种有蔚蓝色文字的讲义,因为用复写纸的缘故,各页之间,文字皆浓淡不一。贺老英语特棒,上课激情洋溢,面对中文系的本科生讲授他熟稔于心的英诗选,可谓游刃有余。

在国际文化交流方面,贺老具有良好的意识与超强的能力,很值得我们后辈学习。1980 年贺老应邀参加在南斯拉夫首都贝尔格莱德举办的“十月国际作家会议”,结识了美国当代著名诗人艾伦·金斯堡。这位以杰作《嚎叫》震惊诗坛的西方“垮掉的一代”的代表人物在贝尔格莱德大学诗歌朗诵会高声“唱”诗,配以各种打击乐器,令观众如痴如狂地应和其节奏,轰动了当地文化界,各大媒体争相报道。当时金斯堡向贺老提出想访问中国,贺老回国后即在北京向文化部与作家协会反映,希望促成此事。无奈当时美国“垮掉的一代”在中国几乎就是西方现代“颓废派”的代名词,此事因此受阻。直至 1984 年金斯堡随美国作家代表团访华,贺老才有机会陪诗人游览秀甲天下的桂林山水,请他到广西师范大学外语系作了一场“建校以来国际友人最精彩的学术报告”[4]。1997 年金斯堡溘然长逝,贺老感到震骇,以中国古话“哲人其萎,薄海同悲”以表痛悼之情。

记得中国外国文学学会 1984 年在桂林漓江酒店召开常务理事会,贺老借机邀请北京大学西语系教授杨周翰先生(曾任国际比较文学学会副会长)到我校讲学。杨先生偶然起兴与贺老比赛背诵英诗,两人皆功力非凡,令我辈后学顿生仰慕之心。我们每一次听课,都会有一种灵魂的欣悦,首先是因为所选皆英诗名作,思想内涵和艺术表达非同寻常,充盈着新鲜感,其次是因为这些诗歌当时大多都没有中译,需要查阅英汉词典仔细琢磨,继而用文采斐然的中文迻译,再在课堂上听贺老讲解,验证中译是否确切。我们那时英语只是选修课,不少同学畏难,有始无终,开始时几乎全班皆选修,到最后只剩下寥寥数人,因此贺老新开的“英诗鉴赏”是一门富于挑战性的课程,有点儿令人激动。就这样,在贺老的引导下,我们学习了英诗规律,知道了什么是“头韵”“英雄双行体”“无韵体”,什么是“抑扬格五音步”,精读与欣赏了一首首英诗,包括英国著名诗人威廉·布莱克的《猛虎》(*The Tyger*),湖畔派诗人华兹华斯的《孤独的刈麦女》(*The Solitary Reaper*)、柯尔律治的《忽必烈汗》(*Kubla Khan*),英国维多利亚时代著名诗人丁尼生的《激荡,激荡,激荡》(*Break, Break, Break*)和《鹰》(*The Eagle:A Fragment*)、苏格兰农民大诗人彭斯的《往昔的时光》(*Auld Lang Syne*),等等。我后来写硕士学位论文时选择英国著名浪漫派诗人柯尔律治为研究对象,无疑受到了贺老英诗选课程与旨趣的影响。贺老曾经于20世纪80年代获邀参加首届鹿特丹国际诗歌节并且在大会上朗诵诗歌。2006年8月中国高等教育学会外国文学专业委员会年会在乌鲁木齐召开,贺老致开幕词盛赞充满诗意的新疆和美丽非凡的维吾尔族姑娘,还在小组讨论会上大声疾呼:诗歌教学一定要满怀激情地高声朗诵!他示范性地朗诵了 *The Solitary Reaper*,令人振奋!当时江西师范大学文学院的杨正和教授意犹未尽,会后拿摄像机找到贺老,请他再表演一次,以便珍藏。贺老开创的英诗研究传统至今仍然贯穿于我们的研究生"欧美文学专题"的教学中。

谈起诗歌,贺老会眉飞色舞,丰神飘逸。广西素有歌海之誉,中国是诗歌的泱泱大国,在世界诗坛占有一席之地。诗歌曾经在中国重大的历史时期发生过极其特殊的功用。仿佛是美国著名女诗人狄金森说过:令我颤抖者乃诗!诗歌是多维度语言与文化的结晶,能够引发字面的、隐喻的、象征的、神秘的、哲理的、玄奥的等多重联想。在康德哲学的意义上,诗歌最符合美学标准,具有审美无功利性、无目的的合目的性!虽然在今天商品化时代有人发出"诗神远游,诗歌阳痿,诗人何为?"的疑问,但是,以真善美为精髓的优秀诗歌总是会给人带来高远明净的星空,让我们体味表里俱澄澈的人生境界。

富于诗人气质的贺老,给我们留下了令人难忘的"英诗选"课程。

今年5月是贺师祥麟仙逝周年祭,谨以此文缅怀先生。

作者与贺祥麟(右)

[注释]

[1] 贺老曾任中国高等教育学会外国文学专业委员会副会长、中国翻译工作者协会副会长、全国高校外国文学教学研究会(即高等教育学会外国文学专业委员会)副会长、中国外国文学学会常务理事、广西外国文学学会会长、广西师范大学出版社总编辑,兼广西壮族自治区政协副主席、全国人大代表等重要职务。中央领导曾发来唁电。

[2][3] 贺祥麟:《赞赏、质疑和希望——评朱译莎剧的若干剧本》,载《外国文学》1981 年第 7 期。

[4] 贺祥麟:《难忘金斯堡》,见《贺祥麟文集・外国文学卷》,187—197 页,漓江出版社 1999 年版。

(原载《南方文坛》2013 年第 5 期)

近年海外华文女性文学研究观察与思考

□ 陆卓宁

进入21世纪,海外华文文学创作表现极其活跃,尤其是海外华文女作家的创作,整体上呈现出一个积极的上升期,而海外华文女作家群体本身,也表现出极为自许的兴奋状态,这自然极大地吸引了国内学界的眼光,顺理成章的,对海外华文女性文学的研究更是应声而出,也日渐受到国内高校相关专业硕、博士学位论文选题的广泛关注。由其所呈现出来的研究态势、问题域的纷繁及其阐释出发,我们以为,女性创作主体的嬗变与海外华文文学历史、女性叙事批评与海外华文文学研究范式、女性文学的审美阐释与海外华文文学的诗学建构等,无疑构成当下海外华文女性文学研究的突出问题。本文拟分别展开讨论。

一 ‖ 女性创作主体的嬗变与海外华文文学历史

比较本土的女性文学研究于20世纪80年代艰难"浮出历史地表",并在很长时间内仍然为自身的"正名"而无法回避来自主流话语与男权政治结盟质疑的情形,某种意义上,对海外华文女性文学的关注,从一开始似乎就是海外华文文学研究的题中应有之意,特别是进入新世纪以来,凡讨论海外华文文学必谈及海外华文女性作家的创作。以2000年以来中国期刊网提供的相关研究成果,包括大量的硕、博士论文看,一是在题名中直接标示关涉海外华文女性文学研究,或直接表明为海外某一华文女作家创作之研究的,在数量上就呈现出逐年上升的趋势;二是,在大量的海外华文文学研究的篇什中,虽然观察的是海外华文文学创作的整体状况,但几乎没有不涉及其女性作家的创作的。

我们以为,这一研究情形并不难理解。首先,正是一大批游走在地球经纬线上的海外华文女作家擎起了海外华文文学创作之大纛,仅以20世纪80年代后大陆背景的海外华文女作家计,我们就可以列出严歌苓、虹影、张翎、林湄、查建英、周励、王瑞芸、陈瑞琳、陈谦、融融、施雨、吕红、刘慧琴、华纯、蒋濮、胡仄佳、毕熙燕等一长串响亮的名字;其次,女作家本就在感受并把握自己生命律动的特质上有着与生俱来的先天优势,而如果具备了丰富的跨文化生存的经验、足够的时空距离,并以此用来审视异质文化的差异,思索和探照超越种族、地域和文化的人类共性,则她们在情感和理智上就更为丰富、细腻和独特,这恐怕也可以解释近年严歌苓、虹影、张翎、林湄、陈谦等人的创作比其他海外华文男性作家在国内更受关注的原因;再次,也是最为重要的,经过20世纪80年代以来国内学界对西方女性主义理论的译介、扬弃和研究的不断扩展和深入,对女性主义分析批评本土实践的不断历练、积累和调整,女性文学研究已经完全构成了当下人文学术不可或缺的重要组成部分,这就为学界进入海外华文女性文学研究提供了相对成熟的理论基础和丰富的批评经验。

我们还注意到,近年海外华文女性文学研究其研究者队伍,大多是20世纪80年代后随着"新移民文学"的发生便开始从事该领域研究的学者,或者是受过完备学术训练而在近年相继进入海外华文文学研究领域的青年学人。因此,这些研究大多表现出鲜明的现代批评意识、深入的问题开掘意识,或者独到的学术发现,我们仅从一些论文的话题上便可看出其思考与"问题"的向度。譬如,从论域的范畴看,既有对海外华文女性文学发展历史断面的整合研究,如《近三十年中国大陆背景女作家的跨文化写作》[1];也有对作家个案的研析,如《严歌苓小说:多元文化视域下的人性思考》[2]《论虹影小说的本土经验与国际视野》[3];亦有对海外华文女性文学区域发展及其比较的关注,如《边缘境遇下的女性书写——论日本华人女性文学的身份认同》[4]《文化语境下的女性书写——当代大陆/马华女性小说比较研究》[5]。从研究的问题意识与理论维度看,既有着重于"问题"开掘的专题研究,也有从海外华文文学的跨文化特质出发,突出其后现代后殖民视域的文化阐释及其诗学建构的自觉,如《论北美华文女作家创作中"离散"内涵的演变》[6]《从自我殖民到后殖民解构——论新移民文学的女性叙事》[7]等等,不一而足。整体观察近年来这些海外华文女性文学研究的成果,应该说,正是因为近年海外华文女性文学研究别开一层的话语,从而在错综复杂的全球多元文化线索中呈现出了中国当代文学及海外华文文学的现代性意义。

然而,如何在海外华文文学的历史发展中去观察其女性创作作为海外华文文学不可分割的重要构成的演进态势,如何在海外华文文学发展的历史动态中去把握其女性创作主体"中国经验"的精神特质与嬗变形态,从而为构建海外华文文学的学科构架及其理论范式提供实践与理论资源?显然,在这些研究中,还少有将其作为一个重要话题予以深入关注与思考者。

笔者注意到,早于20世纪90年代末,饶芃子与陈丽红两位学者在讨论"海外华文女作家及其文本的理论透视"[8]中已初步关涉到这一问题。该讨论着重于海外华文女性作家及其文本的研究,但因将其置于自"五四"以来海外汉语写作发生了近百年的历史背景下来展开,就很好地回答了海外华文女性书写何以虽具有多重性、流动性以及边缘性的文化身份,但始终蕴藉相间着"中国""民族"的烙印这一特质的问题。而毫无疑问,"中国经验"从根本上构成了世界范围内的移民文学中汉语文学的"标识"。该讨论或可看作海外华文女性文学发展历史思考的“雏形”,但是,就 2000 年以来的相关讨论而言,海外华文女性文学的历史意识及其精神特质思考还是引而未发。我们以为,这一话题的提出不仅具有对于一个新兴学科架构的必要性,亦具有对于审视中国文学精神及其跨文化“对话”的重要性。

在海外华文文学发展的百年历史中,比之在单一文化系统下所发生与发展起来的中国本土女性文学实践,海外华文文学的女性书写基本上也是由“知识者”自“五四”以来,尤以 20 世纪五六十年代和 80 年代最为突出的“离散”经验而形成的。如果以冰心、陈衡哲、林徽因、苏雪林等中国现代史上这些杰出的女作家海外求学时期的书写为海外华文女性文学的滥觞,既已透露出中国现代女性在中西文化碰撞下自我价值的“浮现”,也刻下了中国现代女性参与中国传统文化现代性转型过程中艰难寻索的最初的印记;20 世纪中叶中国政治历史格局的大转捩,成为中国“知识者”从肉体到精神放逐与被放逐的深重期,其间由大陆去台而再“流落”海外的以女性创作为重要构成的留学生文学,不啻以个体生命背负民族罹难、家国分裂、精神失重这一历史的、民族的沦肌浃髓的巨大伤痛,由此构成了海外华文女性文学的一个审美高度及其精神传统;进入 20 世纪 80 年代,改革开放引发了中国“知识者”谋求从肉体到精神都获得“涅槃”的渴望,也受西方中心主义在 20 世纪末逐渐受到质疑及多元化语境的影响,大陆背景的“新移民文学”女性书写异军突起,虽然她们所展现出来的精神状态已然不再可能是上述台湾留学生“无根的一代”的漂泊感与无助感,但是“民族”“故土”“女性”依然是她们始终关注的焦点。所不同的是,大陆新移民女性书写开始将“民族”“女性”“文化”的思考置于全球化的背景之下,致使其文学叙事呈现出了多重关系:故土的历史记忆、异质文化语境下个体的生存境遇与自我确证、海外华人的生命迁徙与终极思考,以及在传统与现代、个体与民族、自我确证与性别意识的对话中的主体维护,等等。比较前者,她们在记忆、展示、反抗及女性主体意识的建构中,某种意义上,诗化的“中国意识”和文化特征更为明显。

不错,冷战背景与全球化语境的不同社会历史生态,使得近百年海外华文女性文学发展过程中最为突出的上述两拨女性创作,于本土文化和异质文化及性别自觉多个方面在理性与感情的认知上形成了距离,但是,她们所共同拥有的同一的血统和文化基因,相似的异域境遇,相同的身处双重或多重边缘的地位,无疑都成为她们主体精神传承与价值理性的根本基础。

因此,开展海外华文女性文学研究,就其某一历史断面、某一文化板块或某一个案的女性叙事进行阐发和研析,固然可以抽象出汉语文学的海外传播和发展的某些规律与特质,这对于一个因政治的、文化的原因而发生“裂变”的民族的文学的整合当然不无意义。但是,如果以忽略近百年的中国知识者的“离散”经验,特别是 20 世纪中叶以后中国政治格局剧变对民族历史、社会文化取向、世界文化格局及其彼此的历史关联所带来的深刻影响等诸多方面的因素为代价,仅满足于对看似相对独立的海外华文文学的某一问题面向的阐析,不免会使海外华文女性文学这一始终拒绝一种固定的、孤立的、特殊的妇女本质,乃至近百年的海外华文女性文学其“民族”“家国”诉求几近一种“集体无意识”的主体精神现象与传承,陷入无源之水、无本之木的尴尬处境,更难以经受全球态势下错综复杂的多元文化的质疑。换言之,在海外华文女性文学研究进入谋求学科建制与发展的当下,倘若试图通过以跨文化的全球性的女性主义批评的视域展开海外华文女性文学的生命本体、精神气质及其生态变迁的阐发,那么,近代以来的百年海外华文文学历史意识作为一个必由的维度,已经遇到了一个“水到渠成”的话语契机,应该引起重视,反之不能不是一个严重的缺憾。

二 ‖ 女性叙事批评与海外华文文学研究范式

某种意义上,近年本土海外华文女性文学研究多集中于某一历史断面,特别是集中于20世纪80年代后大陆背景的女性创作,似乎也有其可以成立的理由,或者说是由其创作与研究主体彼此多重的“共时”关系所决定的。不言而喻,以进入20世纪40年代末以后为一个历史节点和话语背景,其间,研究主体与研究对象曾经同处于一个时代的政治历史空间,这就决定了他(她)们的文化品格和意识形态感知方式有着不可抗拒的“政治血统”关系,致使彼此所衍生的思维方式、生命体验和情感共鸣等形态,具有一种深沉的亲和与默契;进而,除去文学本体的审美阐释,研究对象的异质文化生存境遇及其必然发生的价值调整与重构,显然也能够从另一向度成为研究主体本身重新透视自我、反思本土文化与政治的“镜像”,从而为其自我人格重塑与思想安顿的价值选择获得多重依据与参照。因此,从这个意义上看,近年大陆本土海外华文女性文学研究的不断深入和丰富,拓展了当下女性主义话语的学术空间,为如何在跨文化的全球性的视域下审视中国现代女性及至海外华文女性的生命历程及中国文化的现代性进程,提供了鲜活的话语资源,开辟了新的理论路向。我们大体可以从以下几个方面来观察。

首先是以作家个案为“问题”场域,深入开掘海外华文女性作家异质文化语境下的叙事形态及其精神脉络,呈现其共通的“中国情结”。这类研究,一是几乎关注了当今所有活跃的海外华文女作家,如严歌苓、虹影、张翎、林湄、陈谦、於梨华、聂华苓、陈若曦、周励、查建英、朵拉、尤金、蒋濮、毕熙燕……其中尤以对严歌苓的研究最为突出,粗略统计,关于严歌苓的研究成果数量甚至是对其他所有海外华文女作家个案研究总和的数倍。二是“问题”域可谓极为丰繁,仅对严歌苓的研究,几乎“穷尽”了所有的方法和视角,如历史书写、身份书写、人性书写、主题研究、性别研究、形象研究,以及严歌苓的悲悯情怀、严歌苓的精神家园、严歌苓的终极思考……不一而足。可以预见,以严歌苓为重要代表的海外华文女性创作整体上正处于一个活跃的上升期,其个案研究无疑将继续成为追索和开掘海外华文女性文学价值理性的话语场。三是最为突显的,“众语喧哗”的海外华文女性个案研究在根本上共同呈示出大体一致的思想路径,即海外华文女作家的创作实质上无异于异域“中国言说”。如《“自塑形象”——严歌苓小说的异域中国言说》[9]一文认为,“中国形象,是严歌苓建构的主体形象”,其笔下被安置于中西文化总体比较框架中的每一类形象都潜伏着作者关于异质文化间碰撞与互相观照的良苦用心,在“红色中国”与“海外中国”这看似无法互证互通的两类形象中更加清晰和深入地透入了中国本质。《论虹影小说的本土经验与国际视野》[10]一文认为,虹影的小说以深切的本土体验和宽广的国际视野互渗融合,以其乡土记忆、城市边缘人的苦难书写、下层女性欲望书写等,给中国当代文学提供了新鲜的经验。《有容乃大　和而不同——论张翎创作中的“文学世界性”》[11]一文提出,张翎在凸显那些具有真、善、美普世意味价值观的追求中,在流溢着自身民族文化品格的魅力中,以具有“文学世界性”的中国叙事展示了海外华文文学及其“参与”世界文学对话的新走向,等等。显然,在这些研究看来,海外华文女作家的异域书写往往构成了审视民族历史、架构当下中国文化(文学)格局、融入世界、呼应全球化态势的“文化示意图”。

其次是将海外华文女性文学的区域发展置于跨文化视野中进行整合观察,以世界文化版图中某一区域的华文女性创作的诉求、特质与规律为旨归。这类研究在一定的意义上突破了囿于单一的作家个案研究有可能带来的“问题”发现的有限性。其中尤以对北美区域的华文女性创作关注最为突出。如《论欧美新移民女作家书写的“自我东方主义”现象》[12]一文,以后殖民视角和性别视角切入欧美华人女作家的“新移民创作”,指出具有“中国”与“女性”双重边缘身份的华文女性叙事因掺杂着经西方思想内化后的价值观,于无意间“中国”(尤其是已成过去时的历史中国)成为她们自身参照的“他者”,甚至俨然成了“他者”的代言人。该文作者既看到华文女性没有因为“逃离”而产生那种撇清历史的自由感,反而负上了与祖国千丝万缕的联系,有一种移民后的失重感;也明确地指出她们对于东方女性的论述,竟也存在一种“他者”的视野,并用以作为确认自身的镜像,这和“东方主义”话语的初衷已别无二致。文章表现出了鲜明的反思及批判性的思辨色彩。

相对而言,海外华文女性文学区域发展研究没有作家个案研究来得活跃和丰富,但是,海外华文女性区域创作往往也同样构成了研究主体反观自我和民族的镜像。所不同的是,从这类研究中我们看到,海外华文女性区域创作虽然同样涵化着中国传统文化的品质及“中国想象”,却因为在世界文化版图中分属于不同的文化板块,其彼此的“跨文化性”反映出与不同区域或曰文化板块的文化交织而形成不同文化内涵的特点。譬如,自冷战结束以来,全球范围内身份认同政治的渐次崛起,西方中心主义逐渐受到质疑,一个既是现代性现象,又具有强烈的后现代特征的“身份认同”问题,自然成为少数族裔面对强权政治和主流文化的“理论工具”,这当然也成为透视海外华文女性文学的重要论域。值得肯定的是,同是讨论海外华文女性文学的身份认同问题,这类研究则注意到,基于不同的“异”文化主体之间“对话”策略的不同,存在着其身份认同内涵上的某些文化差异。如《女性身份的书写与重构——试论当代海外华人女作家的身份书写》[13]，将采用母语与非母语写作的华人女性文学作为共同观察的对象，强调的是全球化背景下东西方文化碰撞过程中，华人女性身份内涵的变异性与流动性。《边缘境遇下的女性书写——论日本华人女性文学的身份认同》[14]一文，注意到中日之间在人种、历史、文化、文字甚至战争等方面的“纠缠”形态，特别是日本源于地缘政治所形成的既扩张又保守、既尊重外来文化又自大自强的民族性格，由此突显日本华人女性在一个“熟悉的陌生国度”里，对异质文化既拥抱又排斥，自我意识既自尊又“屈辱”，乃至在情感与理智的挣扎中寻求精神出路的艰难。《双重边缘的女性书写——论 20 世纪 90 年代新马华文女性文学的身份认同》[15]一文认为，新马华人身上流淌着中华民族的血液，但作为新马地区三大族群之一的华族，普遍形成了“落地生根”心理积淀，因此新马华人女性身份认同因族裔性、地域性和本土性相交织而更显复杂，也更具特色，等等。这类话题的研究通过对不同区域的华文女性身份认同的讨论，在错综复杂的全球多元文化语境中不期而然地共同呈现出了海外华文女性文学“和而不同”的精神特质。

再次是兼及多重理论视域的女性主义批评，通过对海外华文女性创作及其发展的审美解读或文化阐释，致力海外华文女性文学的整体研究。这类研究着力点在于海外华文女性文学的精神传统与理性定位，因此思路相对比较开阔，也往往能凭借独特的视角、新颖的立论，在别开一层的阐析中衍化出独到的“发现”。如《女性文学——浮出历史地表的另一含义》[16]一文，以 90 年代前后的中国大陆、港台、海外女作家创作作为观察对象，认为女性文学“浮出历史地表”的含义不仅是指对传统性别秩序的抗衡，以取得跟男性平等的话语权力，还在于通过以“杀夫”[17]一类的惊世骇俗的“暴力美学”，惊心动魄地“指向自身和自己的亲人”及其对“自身的绝望”，释放出久被拘囿、遮蔽的艺术潜质。作者认为她们这些对自身人性极致体验的清醒自审和不懈的开掘，更构成了女性文学发展的真正基础，也多少反映出女作家对性别人性的认识，并以此出发去寻找跟世界对话的路径。该文以批评者犀利的理论触点，在传统文化与当下多元文化的对话中“破解”了中国女性传统精神的潜能。《从自我殖民到后殖民解构——论新移民文学的女性叙事》[18]一文，运用后殖民主义批评理论，将新移民文学的女性书写提示为一种文化的和意识形态的话语形态来给予观照，认为移徙异域的女性因其性别的“缩命”而更加边缘、更加敏感、更加易碎的特殊情境，“更渴望获得并展示自身的话语权力，由此留下更多地为抗争多重压迫所做的挣扎和努力的踪迹”。作者以海外华人女性命运的沉浮为话语入口，透视在文化错置或重置下的海外华文女性文学及海外华文文学的特殊品格。而《论儒文化辐射下的世界华文女性创作》[19]一文则摒弃时下通用的现代或后现代批评方法，从传统文化的视角介入，一方面着力于将世界华文女性创作作为一个整体，挖掘其相对于西方女性文学和男性创作的独特性；另一方面从内部剖析各文化板块华文女性创作在长期分流状态下形成的各自特殊的形态，但“发现”深厚的儒家文化的影响力一直在深刻地联系着世界华文女性文学创作，由此勾勒出海外华文女性文学创作同根相承和异质变奏的流脉。其他如《近三十年中国大陆背景女作家的跨文化写作》[20]《东西方文化差异的女性体验与书写——论“新移民”女作家的创作》[21]《台湾及海外华文女性文学中的知性世界》[22]等等,这类研究从多重学术视野出发,不谋而合地致力探照海外华文女性文学发展的精神品质与整体形象,极大地丰富和拓展了海外华文文学研究的话语空间。

由此看来,应该说,进入 2000 年以来海外华文女性文学研究其“属己”的范式,相对而言已逐渐清晰,早年局限于一元主宰二元对立的思维定式,对海外华文文学批评同样沿用单一的“社会-历史”分析模式的现象已基本得以破除,如上述几类不同结构的研究范式以及所采用的从研究对象出发的文化符码,将女性华人文化群落及其文学创作既散居于世界各地,又同属华文“文学共同体”的文学地理有效地进行了“整理”,这无疑为海外华文文学的学科建构提供了丰富的学术支持。

但是,对于一个既区别于单一中国文化语境的汉语叙事又同属汉语“文学共同体”的异域华文文学现象,是否还有进一步构建更“属己”的研究范式的必要和可能?推而广之,海外华文文学研究是否也存在同样的问题?托马斯·库恩在其《科学革命的结构》[23]一书中,将从事某一科学的研究群体所共同遵从的世界观和行为方式称为“范式”,以此理念观之,作为追索海外华文(女性)文学审美价值理性的特定的学术群体,在研究中应遵循相应的学术信念、原则体系和实践路线,无疑在基本认同上还有着进一步理清和拓展的必要思考。

如前述,如何看待近年关于严歌苓的研究成果数量几乎是对所有海外华文女作家个案研究总和的数倍?如何看待区域研究尤以对北美华文女性创作的关注最为突出,并因此造成了区域华文女性文学研究的某种失衡等问题?当然,作家生命体验及其想象越是丰富,它所能提供的审美的文化的话语空间就越广阔;而实事求是地看,人们追慕和趋向现代科技与现代文明最发达的欧美地区也实属“从善若流”,并因此带来欧美华文女性文学创作及其研究的活跃也有其完全可以成立的理由。但是,我们以为,这些都还不足以构成学界研究择其一点,不及其余的充分条件。譬如,佳作不断的北美女作家陈谦,因其近年的长篇小说《爱在无爱的硅谷》及中篇小说《望断南飞雁》《特蕾莎的流氓犯》《覆水》《残雪》《何以言爱》等多部创作,可以说,已经跻身海外华文女作家的重要位置。但是,目前我们所能看到的关于陈谦的研究,与陈谦创作中所表现出来的,以鲜明的跨文化意识对历史、人性以及异文化下女性主体精神错位现象的审视和批判已达到的深广度、已具备的审美高度相比则完全不匹配;澳洲华文文学、东南亚华文文学、东北亚华文文学等区域,固然存在作家队伍相对单薄等困境,但这些区域的创作近年还是表现出了相应的活跃局面,也在根本意义上改写了世界华文文学的版图,但这些现象都未能引起世界华文(女性)文学研究的足够重视和应有的思考。

其实,海外华文(女性)文学作为一种独特的世界性的跨文化文学现象,所能给出的关涉中华文明、世界历史文化以及人类终级思考的命题无疑是无限广阔和丰繁的,也应有其所属的独特的文化符码体系,诸如如何在跨域跨文化的新视野中,突破原乡/异乡、离散/怀旧、文化身份/国族认同、性别、宗教、种族叙事/主流话语、族群/属地文化等的精神缠绕，直至在中国/世界、东方/西方的关系中建立一种认同、交融、超越的新的精神归属等多重的现代性问题。但是，我们从研究范式角度看近年来海外华文女性文学研究，其明显存在研究路径的趋同、区域研究与比较的失衡、性别批评与所属板块文化关系的"隔膜"，甚至"华裔文学"与"华文文学"基本概念的混淆等突出问题。很显然，这些问题的形成，在很大程度上是囿于研究范式的某种"缺位"，即如忽略了海外华文（女性）文学这一精神文化现象具有跨域跨文化以及"和而不同"的特质，从而造成承载学术思考的研究范式重复与单一；不能根据特定的论域做出思想路径的调整以区别于本土文学的研究；研究范式创新的缺失，甚至套用一般意义上本土文学研究的基本理念和方法等。就此，依据海外华文（女性）文学日益凸显的"属己"的精神文化内涵与特质来不断调整和创新研究范式，显然需要引起足够的重视与思考。

三 ‖ 女性文学的审美阐释与海外华文文学的诗学建构

"女性文学的审美阐释与海外华文文学的诗学建构"问题的提出，与上述问题存在着直接的学理逻辑联系，实际上也已经是一个"老生常谈"的话题。

比较而言，近年海外华文女性文学研究确也表现出了审美阐释与诗学建构的相对自觉。大体上看来有这么几个方面的表现：

一是适应全球化态势和多元文化语境，突出探讨身份认同与海外华文女性文学的关系，为回应海外华文文学诗学建构提供了理论与实践的重要积累。整体观察近十来年的海外华文女性文学研究的每一文本，其几乎都把身份认同问题作为必要问题或核心问题来展开讨论；或者，借由身份认同问题进入特定的研究对象以"钩沉"其精神文化特质，如上述相关论述所涉略。因此，身份认同问题甚至被认为是 21 世纪以来海外华文文学研究相对深入和成功的理论利器。[24]

二是批评方法与研究对象的互通和契合，相对有效地担当起了海外华文女性文学研究的话语表达，为其诗学建构提供了实践支持。如《北美新移民女作家作品的叙述声音建构》[25]，运用美国学者苏珊·S. 兰瑟女性主义叙事学的"声音"理论，以新移民作家中有代表性的女作家为研究对象，分别从作者型叙述声音、个人型叙述声音以及集体型叙述声音三个方面，探讨她们为寻求一个更适合自己的叙事策略而发出了具有性别特征的独特"声音"。该文由于较好地运用了适宜的理论方法，在研析海外华文女性文学的性格化"声音"与主导文化对话的过程中，也完成了对这些有代表性的女作家个人化叙事风格的呈现。《论北美华文女作家创作中"离散"内涵的演变》[26]一文，以 20 世纪北美华文两代女作家的创作为研究对象，通过阐析在这些创作文本中所呈现出来的"离散"经验的具体内涵及其演变，深入地探讨了华人移民女性的性别身份与族裔身份的双重"身份问题"。该文为丰富学界近年来关于"离散"概念的思考,以及女性主义话语在"离散"论述中所可能具有的理论能动性的讨论,不失为一次有意义的话语实验。《印尼华人女作家的写作选择与叙述风格》[27]一文,则通过历史、政治、文化和女性意识相交织的视野来观察印尼华人女作家的独特书写,认为印华女性文学就是印华女作家的边缘身份、儒家文化精神和印尼社会传统观念之沉积,以及她们的生存境遇交织作用下的想象的产物。笔者以为,该文这一契合印华女性文学特质的结论,"不经意"地回应了印华女性文学及东南亚华文女性文学的区域文化特质与北美华文女性文学以及其他区域华文女性文学的区域文化特质"和而不同"的关系。这应该是得益于适宜的理论方法的有效运用。

三是以文本解读为主要方式,致力海外华文女性文学的审美阐释。如《以细腻的笔触轻抚爱情留下的伤痕——印度尼西亚华人女性文学初探》[28]一文,主要探讨的是印尼华人女作家有关爱情、婚姻题材的作品。作者没有并着力于无可无不可的"方法论"意识,而是从意象、细腻笔触、情感等这些构成文本的美学元素来对讨论的每一部作品进行体味和"轻抚",由此还原了文学"想象"的初衷。特别值得指出的是,《名作欣赏》2008年第3期以"世界女性文学专刊"的形式,专门约请了陈思和、王列耀等十多位学者,一人一篇,对海外华文女作家的经典之作进行"赏典"。这些赏析之文大多规避了纯粹的理论或构建某种宏大阐释话语的企图,而是也融入了自己的生命体验和会心,从语言、意象、细节、情感、起承转合的细微处去把握、去感悟海外华文女作家的一篇篇经典之作生命本质的生发和张扬。可以说,这里的每一篇"赏典"之文本身也成了"美文"。当然,不讳言,其他对海外华文女性文学文本的审美阐释大多穿插在"宏大视野"下的夹缝之中,因此,这类致力文本审美阐释的研究,相对来说还比较薄弱,但也聊胜于无。

事实上,自海外华文文学的诗学建构问题生成以来,学界在广泛的思考、讨论和争鸣中已基本达成共识。其间,饶芃子、刘登翰、杨匡汉等一批海外华文文学学科的重要奠基者都作出了突出建树[29],刘小新、朱文斌、钱超英、朱崇科等一批中生代学者也贡献了不少思考与独到之见[30]。而就近年海外华文(女性)文学的研究来看,作为一门具有跨文化特质的新兴而独立的学科,其基本的话语资源、理论体系与实践路线,在一定的意义上,已获得有效整合、调适与架构,这本身也就是其诗学意识形成与诗学建构的过程。"特别是中国传统文论的'元范畴'在各地区、国家文学创作中的'演变过程与方式'、'融合与分离方式'、'死亡与再生方式',同时也重视异域汉语写作中中外'文学相关性'、'文化相关性'和'话语模式'等问题,还涉及诗学范围的'边缘性'、'本土性'、'世界性',以及正在进行的'后现代性'的渗透与尚未终结的'现代性'等问题"[31],都在一定的程度上获得了有效的开掘。进而,一方面,在全球化快速发展的当下,理论的"发现"与创新,学术流派的纷争与共生,学科间的交叉与融合,事实上已经成为一种常态,而经过思想解放与"新启蒙"运动而发生了思想裂变与重新聚合的中国知识者,某种意义上已基本具备了应对和吞吐现代人文学术的涌现、变异与移置的能力;另一方面,现代人文学术体系的诗学建构作为一种形而上的哲思行为,本质上应该是一个开放的、永无完结的过程,刻意地去“找寻”和架构,企图一劳永逸地终结显然不现实也并不可能。因此,笔者以为,海外华文文学的诗学建构,基于近十年以来海外华文女性文学研究所表现出来的问题,需要着重思考如下的两个方面:

一是如何继续在充实与提升海外华文文学诗学建构的同时,着力思考与解决话语的大而无当与理论悬空的问题。这一问题的解决当然有着现实层面的困扰。一方面,传统的单一的批评方法,某种意义上难以更好地承担海外华文文学的跨文化与“离散”特质的学术表达;另一方面,资料、文学文本的获取相对其他学科也更多地受到时间和空间的阻隔。但是,这并不能成为我们沉迷于那种形式主义的“学术性诉求”的理由。因此,强调我们现实生存问题的关怀意识,努力摆脱对西方模式的理论依附与因袭,着力开掘与汇通本土古今话语资源,直至理论素养与融会贯通能力的会心,都确实需要我们做出有效的思考和实践。二是尊重文学研究所独有的生命体验与理性思维并重的审美阐释模式,提倡回到“文本现场”,在感性/理性、想象/抽象、体验/思辨等多重人文经验系统的相互融汇与激活的过程中,着力提升文本解读能力。其实我们并不缺乏这方面的积淀与训练,只是在矫枉过正的现代、后现代批评氛围中被钝化了,乃至少有能够在借用西方现代批评理论的同时仍然能够沿用中国传统诗学的运思方式,从而往往在面对“美文”时现出某种程度上失语的尴尬,或如前述,对海外华文女性文学文本的审美阐释大多只能穿插在“宏大视野”下的夹缝之中。

不错,这些问题带有人文学科研究现状的普遍性,但是,我们不能不看到,海外华文文学学科因其跨文化特质,在一定的意义上其所蕴含的人文终极思考的命题更为多重与复杂。那么,作为以海外华文(女性)文学研究为业的特定的学术群体,应该以怎样的审美表达方式将个人的也是历史的观察、思考和创造力带入学术研究中来,以一己之思参与全球视野下的文化价值重构?因此,这些问题的提出与思考也就有着更为突出的必要性和重要性。

以近年海外华文女性文学创作与研究的丰繁态势,其势必将继续带来丰繁的话语,因此,其发展与运转无疑仍然值得我们继续观察与思考。

[注释]

[1][20] 周颖菁:《近三十年中国大陆背景女作家的跨文化写作》,武汉大学博士学位论文,2010 年 4 月。

[2] 黄梅:《严歌苓小说:多元文化视域下的人性思考》,青岛大学硕士学位论文,2012 年 6 月。

[3][10] 谢冬梅:《论虹影小说的本土经验与国际视野》,重庆师范大学硕士学位论文,2011 年 4 月。

[4][14] 李思默:《边缘境遇下的女性书写——论日本华人女性文学的身份认同》,东北师范大学硕

士学位论文,2011年5月。

[5] 杨启平:《文化语境下的女性书写——当代大陆/马华女性小说比较研究》,南京师范大学博士学位论文,2008年5月。

[6][26] 乔以钢、刘堃:《论北美华文女作家创作中"离散"内涵的演变》,载《南京师范大学文学院学报》2007年第1期。

[7][18] 吴奕锜、陈涵平:《从自我殖民到后殖民解构——论新移民文学的女性叙事》,载《华南师范大学学报》2009年第1期。

[8] 饶芃子、陈丽红:《海外华文女作家及其文本的理论透视》,载《文学评论》,1997年第6期。

[9] 曹素霞:《"自塑形象"——严歌苓小说的异域中国言说》,苏州大学硕士学位论文,2005年4月。

[11] 蒋文娟:《有容乃大 和而不同——论张翎创作中的"文学世界性"》,广西民族大学硕士学位论文,2011年6月。

[12] 黄静怡:《论欧美新移民女作家书写的"自我东方主义"现象》,厦门大学硕士学位论文,2011年5月。

[13] 黄华:《女性身份的书写与重构——试论当代海外华人女作家的身份书写》,载《中华女子学院学报》2005年第2期。

[15] 吴晓芬:《双重边缘的女性书写——论20世纪90年代新马华文女性文学的身份认同》,广西民族大学硕士学位论文,2008年6月。

[16] 黄万华:《女性文学——浮出历史地表的另一含义》,载《学习与探索》2002年第4期。

[17] 指台湾李昂的《杀夫》、严歌苓《谁家有女初养成》的"杀夫"一类的创作。

[19] 张岚:《论儒文化辐射下的世界华文女性创作》,载《贵州社会科学》2006年第4期。

[21] 陈思:《东西方文化差异的女性体验与书写——论"新移民"女作家的创作》,湖南师范大学硕士学位论文,2007年4月。

[22] 李正琴、陈学祖:《台湾及海外华文女性文学中的知性世界》,载《华文文学》2009年第3期。

[23] [美]托马斯·库恩著:《科学革命的结构》,金吾伦、胡新和译,北京大学出版社2004年版。

[24] 朱崇科:《从问题意识中提升的诗学建构——评〈〈寻找身份——全球视野中的新移民文学研究〉〉,载《暨南学报(哲学社会科学版)》2013年第2期。

[25] 王烨:《北美新移民女作家作品的叙述声音建构》,载《学术园地》2009年第3期(下半月)。

[27] 吴新桐:《印尼华人女作家的写作选择与叙述风格》,暨南大学硕士学位论文,2003年4月。

[28] 吴新桐:《以细腻的笔触轻抚爱情留下的伤痕——印度尼西亚华人女性文学初探》,载《华文文学》2002年第4期。

[29] 限于篇幅以及这些学者著术甚丰,此处不一一列出,分别参见饶芃子《比较文学与海外华文文学》(复旦大学出版社2011年版)、刘登翰《华文文学:跨域的建构》(福建人民出版社2007年版)、杨匡汉《海外华文文学知识谱系的诗学考辩》(中国社会科学出版社2012年版)等著作。

[30] 分别参见刘小新《大同诗学想象与地方知识的建构》,载《东南学术》2004第3期;朱文斌《海

外华文文学研究方法转换论》，载《绍兴文理学院学报》2005 年第 5 期；钱超英《流散文学与身份研究——兼论海外华人华文文学阐释空间的拓展》，载《中国比较文学》2006 年第 2 期；朱崇科《从问题意识中提升的诗学建构》，载《暨南学报（哲学社会科学版）》2013 年第 2 期。

[31] 饶芃子：《流散与回望》，4 页，暨南大学出版社 2007 年版。

（原载《南方文坛》2013 年第 6 期）

2014年

论白先勇短篇小说的孤独主题

□ 李咏梅

白先勇亲自编定的小说集《纽约客》卷首有一首唐诗，即陈子昂的《登幽州台歌》："前不见古人，后不见来者。念天地之悠悠，独怆然而涕下。"

这首唐诗透露了白先勇小说的一个重要主题信息：孤独。

在本源的意义上，孤，指幼年时父母双亡且无兄弟姐妹；独，指年老无子女且单身。孤独合起来，是一种与人群分离的状态。人本来是群体动物，而孤独者从群体中脱离。亚里士多德认为，人或恶劣而不适于社会，或大智大勇而无需乎社会，前者有似野兽，后者则类似神灵。所谓"喜欢孤独的人不是野兽便是神灵"[1]。显然，绝大多数孤独者被作为兽类对待，遭到人类的放逐；极少数孤独者，可能超越人性的弱点，升华为神，领袖群伦。

深受中国传统文化影响的白先勇，显然不会轻易将他小说中人物的孤独视为神灵的本质，但他同样也不会将这些人物视为兽类，因为，他笔下人物的孤独，首先来自他本人的感同身受。

孤独是白先勇人生经历中极其重要的生命体验。

在回忆散文《蓦然回首》中他写道：

> 在抗日期间愁云惨雾的重庆，才七八岁，我便染上了二期肺病，躺在床上，跟死神搏斗。医生在灯下举着我的爱克斯光片指给父亲看，父亲脸色一沉，因为我的右边肺尖上照出一个大洞来。这个时候没有肺病特效药，大家谈痨色变，提到肺病两个字便乱使眼色，好像是件极不吉祥的事。家里的亲戚佣人，一走过我房间的窗子便倏地矮了半截弯下身去，不让我看见，一溜烟逃掉，因为怕给我抓进房子里讲"故仔"，我得的是"童子痨"，染上了还了得。一病四年多，我的童年就那样与世隔绝虚度过去，然而我很着急，因为我知道外面世界有许许多多好玩的事情发生，我没份参加。

白先勇童年时代就陷入过孤独的情境中,而且,他也经历过他的至亲的孤独体验。还在台北上中学的时候,他的三姊白先明因为精神分裂症从美国回到台北,或许是因为自己曾经有过与世隔绝的经历,白先勇特别能体会明姐的孤独。此外,白先勇的同性恋取向,白先勇辗转于大陆、台湾和美国的人生经历,以及其显赫家族逐渐沦落的历史,也是他的孤独感的重要来源。

分析白先勇小说人物的孤独感,大致有三种类型。

第一种是生命孤独。生命的孤独来自人物与生俱来的个体差异。人的生命历程是一个求大同存小异的过程,然而,设若一个人在成长过程中发现自身与他人存在着大异,成为与主流人群不同的异类,孤独感自然就油然而生。

《我们看菊花去》的故事情节与明姐有关。姊姊患了精神分裂症,需要住院治疗。在姊姊不知情的情况下,"我"以陪姊姊去看菊花展览为借口,将姊姊骗进了精神病院。这是白先勇早期发表的第二篇小说,在艺术表现上还相对稚嫩,反复通过"我"的眼睛去看出姊姊内心的恐惧。即便如此,小说仍然具有感染力,因为它确实生动地写出了姊姊对孤独的恐惧感:"弟——我怕,一个人在漆黑的宿舍里头,我溜了出来,后来跌到沟里去,又给他们抓了回去,他们把我关到一个小房间里,说我是疯子,我说我不是疯子,他们不信,他们要关我,我怕极了,弟,我想你们得很,我没有办法,我只会哭——我天天要吵着回来,回家——我说家里不会关我的——"这是姊姊对"我"的诉说。可就是在姊姊如此诉说的时候,作为弟弟的"我"正在将姊姊送进精神病院。姊姊的孤独是因为她的精神疾病,是她生命本身的基因差异。生命差异使她与"众"不同,她希望生活在"众"中而不得。白先勇努力通过叙述者"我"的目光和心理体验去呈现姊姊对孤独的恐惧。

明姐的精神分裂症是白先勇"全家一个无可弥补的遗憾,一个共同的隐痛,一个集体的内疚"[2]。这个隐痛成为白先勇反复书写的内容。在收入《台北人》的《思旧赋》中,小说借顺恩嫂的眼睛,看到这样一番情景:

> 蒿草丛后面的一张纹石圆凳上,竟端坐着一个胖大的男人,蒿草的茎叶冒过了他的头,把他遮住了。他的头顶上空,一群密密匝匝的蚊蚋正在绕着圈子飞。胖男人的身上,裹缠着一件臃肿灰旧的呢大衣,大衣的纽扣脱得只剩下了一粒。他的肚子像只塞满了泥沙的麻包袋,胀凸到了大衣的外面来,他那条裤子的拉链,掉下了一半,露出了里面一束底裤的带子。他脱了鞋袜,一双胖秃秃的大脚,齐齐地合并着,搁在泥地上,冻得红通通的。他的头颅也十分胖大,一头焦黄干枯的短发,差不多脱落尽了,露出了粉红的嫩头皮来。脸上两团痴肥的腮帮子,松弛下垂,把他一径半张着的大嘴,扯成了一把弯弓。胖男人的手中,正抓着一把发了花的野草在逗玩,野草的白絮子洒得他一身。

经过十多年的写作训练，白先勇已经学会了叙述的控制。旧屋、荒院、废园，昔日的少爷就这样日复一日地孤坐其中，精神分裂造成的生命孤独在客观的呈现中自有一种令人震惊的审美效果。

生命的孤独不仅来自精神的障碍，其缘由各有不同。《寂寞的十七岁》是白先勇早期小说之一。在白先勇早期小说中其篇幅仅次于《玉卿嫂》。白先勇经常用“寂寞的十七岁”为其早期小说集命名，由此可以看出白先勇对这篇小说的特殊情怀。

《寂寞的十七岁》写的是青年杨云峰十七岁那一年的往事。小说采取的是第一人称的叙述角度。“我”脾气“孤怪”，从小就爱“躲人”，“找不到人做伴”，“孤鬼一个”，“不大敢跟我同年龄的女孩子打交道”，在家里“没有一个谈得来的”，“在学校里我也是独来独往的”，“不讨人喜欢”，这些人物的自我陈述，呈现了一个孤独少年的形象。当这个孤独少年被放逐到社会群体之外的时候，他只好经常自己给自己打电话，装扮成没有被社会遗弃的样子。

探究杨云峰孤独的缘由，大约有这样几个方面的原因。一是他学习能力不如兄弟，在家里受到父母的误会和责备；二是他身高、肤白、发育早，汗毛明显，在学校被同学称为“小白脸”“大姑娘”，同学笑他是猴子变的。显然，导致杨云峰孤独的缘由，基本都是先天造就的身体差异。因为异而受到父母的责备、同学的作弄，这些责备和作弄，使之逐渐形成对群体的离心力。

小说结尾写到杨云峰在新公园遭遇同性恋者的引诱，受到同性恋的启蒙。作者似乎在暗示，与“众”不同的性取向，也是孤独感的重要缘由。

白先勇小说人物孤独感的第二种类型，是文化孤独。

人是文化的动物，人出生以后受到所在文化圈文化的熏陶，逐渐形成对自身文化圈的文化认同。一旦脱离其特定的文化圈，进入异质文化圈，就会产生文化震惊，出现思想上的混乱和心理上的压力。这种文化震惊长时间得不到缓解和释放，就可能产生文化孤独，成为在异质文化圈中的离群索居者。

1963 年 1 月，白先勇到美国留学。1964 年 1 月，他在《现代文学》发表了到美国后的第一篇小说《芝加哥之死》。

中国人吴汉魂在芝加哥大学经过六年刻苦攻读，终于获得文学博士学位。按照常理，吴汉魂应该是一种快乐、庆贺、理想实现的心情。然而，情形正好相反，参加完毕业典礼的吴汉魂，在为申请工作撰写自传的时候，回顾自己的求学经历，陷入虚无的精神深渊。

小说通过吴汉魂的心理活动，回溯了吴汉魂六年的求学生活。小说重点写了吴汉魂两个层面的困境。一是极度贫困的物质生活。他长年累月住地下室，地下室光线阴暗，空气潮湿，此为物质困境。二是极度孤寂的情感生活。在求学过程中，他的母亲病逝，恋人嫁给了他人，他从来不与他人交往,与世隔离,此为情感困境。

小说暗示读者,吴汉魂最后选择告别人世,完成了他的“芝加哥之死”。吴汉魂为什么选择死亡?许多人或许会更多关注吴汉魂的物质贫困和情感匮乏。然而,按照常理,随着学业的完成,吴汉魂即将摆脱物质困境,搬出地下室,也会告别与世隔离的情感困境。那么,他为什么反而选择了在这个时刻告别人世,这究竟是为什么?

答案应该是吴汉魂面对文化震惊导致的文化孤独。

严格地说,文化震惊是一个人最初进入异质文化圈的心理反应,何以六年之后,其文化震惊才爆发成为文化孤独?

这就牵涉到吴汉魂的文化心理结构。

吴汉魂的名字颇有意味。吴汉魂,汉可以理解为中国人,魂即灵魂,吴即无。也就是说,白先勇这篇小说,讲述的是一个中国人丢失了灵魂的故事。

东方与西方有一个重大文化差异,东方是群体本位,西方是个体本位。在西方文化观念中,人本来就是孤独的,如柏拉图所说,人是被劈开的不完整的个体,终生都在寻找另一半,并且大多找不到。这种文化观念使得西方人具有对孤独的免疫力。东方儒家文化观念中,人是在群体中实现价值的,脱离了群体,个人是没有意义的存在,换言之,以东方文化观念看,孤独是可耻的。吴汉魂求学六年,经过许多物质的艰辛和情感的打击,他可以走过来,这是因为他有一个东方的文化信念,他求学的最终目标是为了实现他的东方文化理想,所有过程中的艰难都可以忍受。然而,当学业的重压解脱,他终于可以反思他的生命意义时,他才意识到他原来传承的东方文化观念与他置身其间的西方文化环境有着难以协调的矛盾,并且,现实又断绝了他重返东方文化母体的途径,取消了他的东方文化理想,他因此灵魂丧失,陷入了文化孤独,又由于他没有孤独的免疫力,因而,死亡成为他最大的可能。

值得注意的是,《芝加哥之死》是白先勇赴美后的第一篇小说,发表小说的时候他在美国生活刚好一年,自身正在经历异域的文化震荡,《芝加哥之死》可以说是文化震惊导致的文化孤独的典型范本。

1979年,白先勇在《中国时报》发表的短篇小说《夜曲》也表现了文化孤独这一主题。

小说的主人公吴振铎已经是纽约著名的心脏科医生,年过半百。物质方面,他生活优裕,住的是枫丹白露这样的高尚单纯社区,还在长岛购置了一幢海滨别墅,周末经常带着妻儿在那里度假。儿子已经长大,准备上哈佛大学。精神方面,他不仅是心脏科名医,而且,已经进入了纽约上流社会的圈子,多个大亨名流都来找他看病,并且承传了岳父在耶西华大学的亚伯·爱因斯坦讲座,事业达到了巅峰。显然,吴振铎与《芝加哥之死》中吴汉魂的生活有天壤之别。他在美国生活了数十年,交了无数美国朋友,完全适应了美国文化,早已不存在什么文化震惊。然而，认真读过小说，在体会作者对大陆“文革”的深刻批判之外，我们仍然能够感受到主人公吴振铎数十年未曾缓释的孤独情结。

仔细推敲，吴振铎的孤独根源仍然来自他的东方文化背景。吴振铎的父亲早年从德国海德堡大学学成归国，一直在中国落后偏僻的内地行医，救济了无数贫病的中国人。抗战胜利后，父亲送他留美学医，临别之际，郑重嘱咐他两件事：一是要把医术学精，二是要回国医治自己的同胞。显然，吴老先生是一个彻底的中国人，在他那里，医术只有与祖国相关才有意义。吴振铎离开祖国数十年，虽然娶了美国太太，甚至也接受了西方的科学理念，在美国行医数十年，似乎已经完全认同了美国文化，然而，从小说的字里行间体会人物的内心世界，仍然可以感受到吴振铎的文化孤独。

吴振铎文化孤独的一个重要表现就是他和珮琪结婚数十年，却从来没有真正爱过珮琪。原因何在？表面上看是因为吴振铎一直苦恋着吕芳，但深入分析，却能发现其中深刻的文化缘由。

吴振铎为什么爱吕芳？

这个问题听起来似乎很简单，因为男欢女爱本是一种说不清的情感，但在《夜曲》中，吴振铎对吕芳的爱除了通常的男欢女爱的共性外，确实有文化认同的基础。小说里有这样一段文字：

> 吕芳有才，但那还不是吴振铎敬爱她的主要原因。跟她接近以后，他发现，吕芳原是一个胸怀大志，有见解，有胆识的女子。开始他也并没有料到他对吕芳，会那样一往情深。只觉得两人谈得很投契，常常在一起，谈理想，谈抱负。吕芳出身音乐世家，父亲是上海音乐学院的名教授。她要追随父志，学成后，回国去推广音乐教育，“用音乐安慰中国人的心灵”。他自己那里也有许多崇高的理想和计划：到苏北乡下去办贫民医院。他记得抗战后，曾经跟着他父亲到盐城一带去义诊，苏北地瘠人穷，他看到当地的人，水肿疥癞，烂手烂脚，真是满目疮痍。

这段极其理性的文字，说明了吴振铎对吕芳的爱，不仅是因为吕芳有才华，而且是因为吕芳与他有共同的文化理想。这种文化理想可以说是东方儒家文化与现代人道主义的结合，但其根底，则是主人公无法离弃的家国情怀。

小说明确写到，吴振铎真正快乐而丰富的时候，恰恰是他的求学时期，当时，他与吕芳、高宗汉、刘伟等几个中国留学生在一起，他们有共同的家国理想，吕芳希望推广音乐教育，“用音乐安慰中国人的心灵”；吴振铎希望到苏北乡下去办贫民医院，医治自己的同胞；高宗汉希望他设计的铁路能够从东北横跨大溪直达新疆的伊犁;刘伟则希望为中国研制优质的化学肥料。他们全心所系,是国家兴亡。正是因为有这样的文化认同,他们才能够经常在一起高谈阔论,虽然身处异乡,却完全没有孤独感。

这种家国情怀深植吴振铎的内心深处,以至于他对高宗汉的嫉恨,表面看,是因为高宗汉可能成为他的情敌,但更深的原因却是,“他有勇气回国去了,而我却没有。这是我多年的一个心病,总好像自己是个临阵逃脱的逃兵一般”。他对吕芳、高宗汉、刘伟始终怀抱佩服,因为他们“到底都回去了,无论怎么说,还是替国家尽了一份力”。

正是这种强烈的家国情怀,导致吴振铎虽然功成名就,养尊处优,成了家生了子,妻子成为贤内助,儿子有了好前途,但他本人仍然愧疚于自己“一个中国人也没有医过”,深感有家无国,陷入了长久的孤独。

铎是中国古代的一种乐器,盛行于春秋至汉代,用以宣布政教法令,召集人士。吴振铎,暗喻小说主人公从来没有击振铎乐,为国效力。白先勇的这支《夜曲》,将主人公的文化孤独演绎得如泣如诉,不绝如缕。

白先勇小说人物孤独感的第三种类型,是历史孤独。

在这里,历史孤独指的是人物经历过的历史与现实格格不入,几无相关,被现实完全否定,彻底成为被现实遗弃的无人问津的过去,人物又无法与时俱进,只是生活在历史之中,而与时代完全脱节,所造成的那种被历史淘汰的荒寂感和被弃感。

别具慧眼的夏志清早就指出“《台北人》可以说是部民国史”[3],是为的论。要理解白先勇的小说,首先必须理解白先勇小说文字后面的那段历史。白先勇小说人物所有的行为心理,无论多么悖谬,都与白先勇小说中隐含的历史有关。相比之下,1967 年发表于《现代文学》的短篇小说《梁父吟》则对历史有一个较为明晰的书写,这篇小说,可以成为我们开解白先勇所有小说中所隐含的历史的钥匙。

参加了王孟养的公祭典礼之后,王孟养的幕僚雷委员送王孟养的同学及结拜兄弟朴公回家。到家后,朴公给雷委员讲述了当年他与王孟养、仲默如何歃血为盟,发动武昌起义的往事。

小说明确告诉读者,这段往事几乎无人所知,甚至连王孟养的学生兼幕僚、对其知之甚深的雷委员也完全不知道,就如朴公所说:“那段过往,确实是我们三个人的秘密。”

从整个小说的叙述,我们可以推知,王孟养是一个功勋卓著的历史人物,“讲到才略机智,我要首推你们老师”,其成就在朴公、仲默等人之上。然而,整个小说的叙述动机,却显然不是为了展示王孟养的卓越功勋,为其树碑立传,而是要传达这些缔造了民国的历史人物在现实中的孤独和寂寞。

这种历史的孤寂感从小说一开始就深深地流露出来。刚参加完王孟养公祭典礼的朴公，已经七旬上下，他的侍从，也已经是一个六十开外的苍老的人物。小说刻意写人物的苍老，恰恰是为后面叙述历史作铺垫。因为，朴公给雷委员叙述的，已经是半个多世纪以前的往事。虽然雷委员也已经五十左右，是王孟养的学生，又做过王孟养多年的幕僚，但是，推算起来，朴公所讲述的往事发生之时，雷委员或未出生。由此可见这段历史往事的苍老。

历史苍老无可非议。关键在于，苍老的历史几乎已经被现实完全遗弃。按说王孟养、朴公、仲默那段武昌起义、开创民国的往事那么轰轰烈烈，应该被后代反复书写，反复言说，成为众所周知的事迹，可事实是，这段往事却鲜为人知，已然成为三位历史人物心中的秘密。

小说写出这种情形，并非想要为历史人物讨还公道，而是要传达历史人物深刻的孤寂感。

这种孤寂感贯穿整个小说的字里行间。

首先，王孟养这个人物，被朴公和雷委员言说的对象，根据朴公的描述，“他晚年也是十分孤独的”。为什么孤独？按照朴公的说法：“他的性子太烈了。做了一辈子的事，却把世人都得罪了。”作为开国元勋，王孟养虽然功勋卓著，却因为性格的原因，得罪世人并被世人遗弃，陷入孤独的状态。临终时留下遗言：“日后打回大陆，无论如何要把他的灵柩移回家乡去。”

那么，“一生谨慎，吃亏的地方少”的朴公，又是怎样一种精神状态呢？

答案仍然是孤独。

小说一开始，当雷委员送朴公到家之后，准备告辞，却被朴公留住。聊了一会儿，雷委员看见朴公面上已有倦容，再次告辞，却被朴公留住对弈。对弈过程中，朴公已经蒙然睡着，雷委员第三次请辞，终于得到批准。

雷委员的三次告辞和朴公的两次挽留，透露的正是朴公孤独的信息。小说还有一个细节，在雷委员将要离开的时候，朴公要求雷委员将未下完的谱子记住，希望雷委员改日再来收拾这盘残局。

武昌起义，龙潭战役，这些历史的辉煌，与现实渐行渐远。雷委员三番五次的请辞，朴公对收拾残局的愿望，恰好暗喻了王孟养、朴公等历史参与者虽然执着于历史，但哪怕与他们最亲近的中年一代，也倾向于淡出他们的历史。往事，业已成为过眼烟云。

其实，年老一代留恋过去，年轻一代一往无前，这是自然规律，可以理解。关键在于，即便是朴公这样的年老一代，在留恋历史的同时，也对历史产生了怀疑。他的书房壁上书有孙中山的遗嘱：“革命尚未成功，同志仍须努力。”这是对历史的铭记。然而，书房几案上，却搁着一部《大藏金刚经》。小说暗示读者，在历尽沧桑之后，王孟养和朴公这些历史的创造者，也对自己的历史产生了怀疑。王孟养病重的时候，常常感到心神不宁。朴公对此的理解是，王孟养打了一辈子的仗，杀孽重，朴公因此替王孟养许了愿，代他手抄一卷《金刚经》，准备拜大悲忏的时候,替他还愿。

年轻一代淡忘历史自然会让年老一代感到孤独,然而,如果年老一代对自身的历史也产生怀疑,便是一种更深刻的孤独。《梁父吟》恰恰写出了这种更深刻的孤独。

如果说《梁父吟》中这种对历史的怀疑还比较隐蔽,那么,1986 年发表于《联合文学》(台北)的短篇小说《骨灰》则把这种对历史的怀疑表达得更为明了。小说主要写了两个民国期间颇具影响的老人。其中,罗任重抗战期间在上海"剪除日寇,制裁汉奸",被捕后宁死不屈,救了不少人的性命;龙鼎立则是国共内战时著名的民主人士,带领学生闹学潮,搞"和平运动"。然而,曾经风云一时的人物,后来却被历史遗弃。罗任重到台湾之后因为个性耿直固执,不合时宜,遭到排挤,坐了两年牢;龙鼎立留在大陆,1957 年被打成"右派",从此噤若寒蝉。两位当年政见不同,一去台湾、一留大陆的表兄弟晚年都到了美国,过着内心孤独的生活,堪称殊途同归。

与《梁父吟》中的王孟养相似,罗任重到了老年,也常常感到"心神不宁"。这些曾经在历史上建功立业的人物,如果仅仅是不被他人理解,倒也还好,关键是这些当年信仰坚定、宁死不屈的英雄,反省历史,竟产生了"我们大家辛苦了一场,都白费了——"的人生感喟。他们这种被生活愚弄、被历史遗弃的孤独感,甚至传染给了下一代。小说的叙述人,罗任重的侄儿齐生想到自己当年参与"保钓"的经历,庆幸自己抽身得早,而全身投入的李永新,不仅牺牲了学位,而且一直事业坎坷。

生命孤独缘于个体先天性的身体差异,与"众"不同的身体体验使个体无法与主流群体认同,成为茫茫时空中孤零零的"那一个";历史孤独缘于历史中某个辉煌时间的中断,它无法传承而成为时间长河中孤独的片断;文化孤独缘于不同文化圈相互之间的隔膜,空间的迁移使深受某个文化圈影响的个体难以实现新空间的文化认同。白先勇的小说从时间、空间以及先天的个体生命三个视角写尽了人物的孤独体验。

林兴宅曾经对陈子昂的《登幽州台歌》做过相当精彩的点评,他认为:"《登幽州台歌》在集中地表达这种人生感受时采取了时间的对比和空间的对比。'前不见古人,后不见来者',这就是把人生从人类历史的长河中切断、抽离,使人生显示出瞬间性,把人们引入刹那与永恒的沉思,从而产生人生短暂的悲感。'念天地之悠悠,独怆然而涕下',则是把个人的存在放到广漠无边的宇宙背景下来表现,使个人显出渺小孤单,把人们引入有限与无限的思考,从而产生深刻的孤独感。"[4]

的确,在无始无终的时间、无边无际的空间面前,个体不可避免地会产生"深刻的孤独感",白先勇通过他的短篇小说,为这种"深刻的孤独感"赋予了具体的生命、文化和历史的内容。当他把陈子昂的《登幽州台歌》置于他的小说集的卷首时,他似乎在暗示我们,他小说所传达的孤独感,正是陈子昂登高临远时"深刻的孤独感"的千年回响。

[注释]

[1] 培根:《培根论说文集》,水天同译,94 页,商务印书馆 1983 年版。

[2] 白先勇:《第六只手指——纪念三姊先明以及我们的童年》,收入白先勇《树犹如此》,广西师范大学出版社 2011 年版。

[3] 夏志清:《白先勇早期的短篇小说》,收入白先勇《寂寞的十七岁》,台北允晨文化实业股份有限公司 1990 年增订一版。

[4] 林兴宅:《古诗探秘三题》,载《读书》1985 年第 2 期。

(原载《南方文坛》2014 年第 2 期)

大道自然

黄海澄教授的学术生态

□ 袁鼎生

黄海澄教授从事美学与文艺学的研究，已达六十五周年，观其学术规程，满眼碧桃红李，一派与众不同的学术生态。他的学问之道、思维之道、育人之道，构成了整体的治学之道，显现了学术发展的核心规律，包蕴了学术大家和学术大师的形成机理，值得很好地总结与弘扬。

一 ‖ 国学—科学—哲学的学问之道

黄老师20世纪50年代毕业于北京大学中文系，五年的本科修读，打下了中国古代文学和古代文化的深厚基础，为其后的美学和文艺学研究准备了条件。在此基础上，他强调从科学走向哲学，特别是从自然科学与社会科学的对应提升中走向哲学，形成了系统科学与价值哲学相结合的理论与方法，并化入其美学与文艺学的理论结构，创新了学术品质。

美学与文艺学是审美规律的总结与升华。这些规律主要存于文学、艺术、文化的创造中。中国古代文学与文化，是中华民族审美文化意识的结晶，是中华民族审美创造经验的积淀，个中含有深刻的系统的美学与文艺学规律。黄老师在中国古代文学与文化方面的涵养，十分丰厚深邃，也就深切地把握了美学与文艺学的活态对象，形成了实事求是的前提。

中国古代文学与文化的深厚修为，还使黄老师的美学与文艺学理论有了深浓的民族底色与深牢的民族根性。中国传统的文艺学与美学，重审美情感，重社会担当，正是有了这份遗产，黄老师怀疑与摒弃了来自苏联的认识论美学与文艺学，形成了情感价值论文艺学与系统调控论美学。

黄老师的情感价值论文艺学与系统调控论美学，有着内在的统一性，或者说，情感价值论文艺学，是出于系统调控论美学的。这一理论系统，下接民族审美理想的地气，中联系统科学的精神，上承价值哲学的灵魂，实现了民族审美文化、美学与文艺学理论、科学法则、哲学观念的四位一体。

在黄老师的美学与文艺学结构中，审美规律是在系统论、信息论、控制论的视野中发现的，是一种系统科学化的美学理论，真理性突出。这些美学规律，还实现了价值哲学的提升，有了美学原理的意味，有了基础美学的品质。正是这种学术层次的递进发展，使黄老师的著作，形成了多学科梯级融会的系统结构。

自 20 世纪中后期以来，学科交叉与学科整合蔚然成风，推进了学科的综合性发展，提高了学科规律的关联性与普适性。然也出现了不同学科之间简单拼凑与互贴标签的情形，显得做作、呆板与僵硬。黄老师的著作，跨学科的特性十分突出，人文科学、社会科学、自然科学的结合非常明显，然美学文艺学与系统科学、价值哲学水乳交融，浑然一体，有如天造地设一般自然。究其原因，主要有三个方面：一是在学养层面上，他实现了审美文化、系统原则与价值原理的内在同一。中国传统的审美文化，强调系统整体性、情感性、济世性，与系统科学揭示的有机系统自组织、自控制、自调节原则有着对应性，与价值哲学凸显的系统目的性有着契合性，这就达成了三者内在的同构与统一，整体结构是那样的妙合无痕。二是在理论与方法结合的层面上，实现了方法规程与理论逻辑的内在同一。方法，可以解释为桥梁、工具、媒介，即解决问题的手段。更深层地看，它是行与思的逻辑。行与思的逻辑，因源于世界的道与理，可成为思维的规约与实践的指南。方法作为思维的规约，化入思维的路线，进而成为思维的规程与思维的模型，也就成了理论结构的本身，实现了方法与理论的同一。黄老师的系统调控模式与价值目的范式，作为科学方法与哲学方法，内化为他的系统调控论美学与情感价值论文艺学的逻辑，实现了方法与理论的妙不可分。三是人文形态的美学与文艺学、科学形态的美学与文艺学、哲学形态的美学与文艺学的递进，形成了有机的系统结构。黄老师十分重视美学与文艺学研究的哲学高度，在跟随他学习美学与文艺学时，多次听他谈及：从社会科学与自然科学共同升华而出的哲学，才有真理性与普适性。在黄老师的理论体系中，价值哲学是灵魂，它体现系统调控之目的；系统科学是骨架，它体现系统调控之模式；审美文化是血肉，它体现系统调控之机理。在系统信息调控的总体框架里，黄老师实现了美学与文艺学的人文调控信源、科学调控模型、哲学调控目标的递进，实现了系统信息调控论美学与文艺学逻辑的序进，形成了理论域格的三位一体。这再次见出，黄老师的学术研究有着逐级生发的有序增长的理论生态。

二 ‖ 诗性—理性—艺术哲性的思维之道

黄老师有很好的艺术天资，乐器、京剧均属行家，有诗性思维的创新潜质；他的理性思维系统而严谨，有建构理论结构的才能；二者耦合并进，抵达艺术哲性的学术思维至境，生发了学术范式与元范畴,创造了自己的理论体系,产生了久远的影响。

一个学人有诗性思维,方会形成学术观点、学术命题、学术范畴的创造性,方能实现学术研究最可宝贵的原始创新。中国是一个崇尚诗歌的国度,古代学者的诗性思维相应发达,画论、书论、文论、诗论、戏剧理论和小说理论无不闪烁着思想的灵光、原创的睿智。黄老师凭借古代文学与文化的深厚积累,强化了诗性思维的素养,形成了学术创新的思维基础。

黄老师继而在学术实践中发展了理性思维,将诗性思维形成的理论创新点,特别是理论原创点,进行概括提炼升华,在理论的抽象中,形成公理、定义、规律,提高了普适性。然后展开这些公理、定义、规律的关联性分形,在理论抽象走向理论具体中,生发范畴运动,形成理论结构,这就实现了诗性思维与理性思维的统一。一些做中西比较研究的学者,说中国古代学者长于直觉、灵感、顿悟,其理论著述,含珠蕴贝,有不少深刻的观点,有诸多独特的感悟,然较为分散,较少形成体系严谨的大著。西方学者长于分析、判断、推理,形成理论系统者较为多见。黄老师兼有中西学者的长处,诗性创新力很强,理性思辨力尤佳。读他的著作,你会感到一种强劲的逻辑力量,牵引着理论网络缜密展开。每一个理论网结,每一个逻辑位格都在相互联系中,相互支撑,相互推进,有一种自然天成的意味。就像托尔斯泰所说:"在真正的艺术——诗、戏剧、图画、歌曲、交响乐中,我们不能从一个位置上抽出一句话,一场戏,一个图形,一小节音乐,把它放在另一个位置上,而不至损害整个作品的意义,正像我们不可能从生物的某一部位取出一个器官来,放在另一部位,而不至毁灭该生物的生命一样。"[1]正是凭借诗性思维与理性思维的耦合,黄老师美学与文艺学的理论结构实现了原创独创性与系统严谨性的统一。

学人最高的思维境界,是艺术哲性的思维。辩证性是这种思维的特质。它有多维的形成。一是思维个性与思维通性的统一,成就了学术风格独特的理论大家与大师。二是诗性思维与理性思维的高端统一,成就了理论大家与学术大师的学术范式与理论元范畴。三是高度具体与高度抽象的统一,成就理论大家与学术大师既高度宏阔又十分缜密的理论系统。黄老师的艺术哲性思维,达到了上述学术境界,形成了上述学术效应。

近六十年来,黄老师的诗性思维与理性思维耦合并进,持续发展了艺术哲性思维的整体特质。正是这种辩证提升的艺术哲性思维,使黄老师的直觉、灵感、顿悟,于诗性之外,有了丰厚的理性化内涵,有了直接显现学术范式与元范畴的机理与功能。他的学术范式与元范畴是同一的,即两者均为系统调控。凭此,他形成了人类社会系统审美信息调控的理论与方法。这种理论与方法,贯穿于他的一系列美学与文艺学研究中,构成了相应的学术体系,形成了美学与文艺学的系统创新与独特创造。

系统调控这一元范畴,在黄老师的论述中,从理论抽象走向了理论具体,形成了社会系统调控、社会系统信息调控、社会系统审美信息调控、社会系统审美情感信息调控、社会系统审美情感信息调控的价值本质、价值功能与价值目的等丰富深刻的理论内容,形成了独创的理论系统。

翻开美学史和文论史，卓然而成大家、大师、巨匠、泰斗者，无不通过创新和创造学术范式与元范畴，而开山立派引领学术文明发展。柏拉图形成了理式—模仿范式，通过元范畴理式的分形，构成了神的人化的美学体系。普罗丁构建了流溢—回归范式，在元范畴太一的具体化中，生发了人的神化的美学系统。中世纪的神学美学家，诸如圣奥古斯丁、托马斯·阿奎那、但丁等，建构和创新了创世—救赎范式，在元范畴上帝的三位一体中，完善了神人同一的美学体系。他们因此而成为西方美学史上里程碑式的人物。

学术大师不是一蹴而就的，有着学术历史的积淀性。然在学术浮躁的时期，往往一夜之间，冒出许多大师。这当中不乏真大师者，然仔细盘点一下，不少人不合大师的本质要求，应归位于学术阐释者和学术明星者。他们的阐释与表演，或无根无据，随心所欲，糟蹋经典；或有根有据，但不是己根己据，而是他根他据，一辈子帮别人做学问，做别人的学问。在这样的背景下，黄老师学术生态的意义尤为重要。他不仅显示了学术大师的尺度：从创新创造的学术范式与元范畴中，生发出独特的理论系统；而且标识了成为学术大师的思维机理与思维规程：诗性思维—理性思维—诗性思维与理性思维的耦合并进—艺术哲性思维，在学术标准和学术评价方面有着正本清源的价值。

我的导师周来祥先生曾经说过：在人文学科领域，要成为大师，须有八十年的功力。这里面包含有学术积累与学术递进的道理，更不乏学术选择与学术认同的规律。我曾经在《超循环：生态方法论》一书中，标划过学术大师的生发规程——从学者经由专家和大家，走向大师。有的学人，成了专家后，几十年原地踏步，除了思维素质方面的局限外，另一个重要的原因是学养跟不上，做学者没有持续发展。做专家须有专家的学养，做大家须有大家的学养，做大师须有大师的学养，只有学养和学人耦合发展，逐级递进，方能成就大师。如前所述，黄老师集审美文化、系统科学、价值哲学的学养于一身，有了能够支撑学术大师的跨学科学问。再有，黄老师的学术发展，是稳健递进的。他在做系统论信息论控制论美学时，成为大家，继而做价值论文艺学和价值论哲学研究，自然而然地成为大师。黄老师年届八十，其学术影响不断生发不断深化，其学术价值不断被发现不断被确证，也就从各条路径走上大师，并显示了学术大师系统生成的规律。

大师的学术引领性，大都是通过学术范式实现的。科学范式的创立者库恩说：“范式是一个成熟的科学共同体在某段时间内所接纳的研究方法、问题领域和解题标准的源头活水。”[2]也就是说，一个新范式创立后，就像竖起了一面大旗，常常会集结起一批年轻的学者，形成学术新潮流，直至成为学术主潮。这样，创立新范式的学术大师，也就发挥了引领学术前沿与促进学术文明的功能。20 世纪的 80 和 90 年代，黄老师系统调控的学术范式，影响了一大批年轻学者，形成了一个新的美学流派，推进了中国当代美学与文艺学的发展，他自己也就自然而然地成了中国当代美学史与文论史的一个不可或缺、不可代替的环节。

三 ‖ 授人以鱼—授人以渔—授人以范的育人之道

黄老师在新的理论系统的传授中,传授系统方法,以自身的学术风范影响学生,熏陶学生,塑造学生,形成了授人以鱼、授人以渔、授人以范紧密结合的育人之道,培养出了诸多学术精英。

授人以鱼,不如授人以渔,道理上说得过去,然操作起来,则有理论与方法的脱节之嫌。把方法仅仅理解为工具、桥梁、媒介、手段,对学生单独加以教授,似乎行得通;然作为思维规约的方法,是内在于学术体系当中的,仅授人以鱼,或仅授人以渔,均为不妥。方法与理论的不可分性,决定了授人以渔必须与授人以鱼结合起来,不然,授人以鱼成了纸上谈兵,终会落空。黄老师非常重视向学生传授治学方法,但他从不单独地抽象地谈方法,而总是在知识的传授中谈方法,总是在讲述知识的生成中引出方法机理,学生由于看到了方法与理论结合的过程,知道了方法促进理论发展的实际,也就听得明白,理解得实在,且能举一反三,灵活运用。我虽然没有在黄老师那里拿硕士学位,但在理论与方法的结合上得到他真切的教诲,没齿难忘。20世纪80年代初,我从头到尾听了他分别给本科生、硕士生讲的美学课,修读了他专门给我们青年教师进修班开的文学理论课,同步地学习了精湛的理论与方法。1982年,我开始给本科生上文学概论课,事先写了十余万字的讲稿,黄老师在审阅时,差不多每页都用红笔做了批改。对批改处,我都从理论与方法的结合上做了理解。随着时间的推移,我愈发感到黄老师理论与方法同步传授之道的可贵。我研究现代派,用的是林焕平先生传授的唯物辩证法。我研究桂林山水,用的是黄老师传授的系统方法与周来祥先生的和谐理论。做西方古代美学的博士论文时,综合各种方法形成系统辩证法,核心成分是林先生的唯物辩证法、周先生的历史辩证法与黄老师的系统方法。做生态美学研究,用的是网络生态辩证法,其基座仍然是系统辩证法,底盘仍然是林先生、周先生、黄老师共同为我配置的。随着研究对象的变化,我运用的学术方法也逐步发展,然黄老师传授的系统方法和林先生、周先生传授的辩证方法一起,始终生发其中。现在回过头来看,我的系统辩证法运用得比较自如,并能够发展为网络生态辩证法,是因为结合三位先生的理论学来了基础的方法,是因为三位先生在传授知识中传授了雅正的方法,是他们在授人以鱼中授人以渔,使我从未偏离理论与方法同一的学术大道。我曾经自省,如果不是连续两次系统地聆听黄老师的美学课,我不可能较为全面地理解内化其中的系统方法,也不可能自觉地将其运用于学术研究之中去。在授人以鱼中授人以渔,让学生学到知识时,自然而然地学到了创造这些知识的方法,开启了学生继续创新的诀窍,是黄老师的育人之道。这是教育规律与学术规律统一的大道,有着自然而然的质地。

黄老师为人为文,均为学生作了示范,进而实现了授人以鱼、授人以渔、授人以范的统一,形成了更为系统的育人之道。黄老师以自己的学风熏染学生,实现授人以范。他实事求是,坚守真理,形成了哲学层次的学风;他创新创造,绝不苟同,显现了科学层次的学风;他严谨规范,一丝不苟,养就了技术层次的学风。这就构成了一个优良的学风系统,产生了一个高雅的学范场,对学生形成了潜移默化的影响,生发了持久的学术范塑力。可以说,学风纯正,是黄老师学生群体的共性,折射了黄老师授人以范的重要意义。

从授人以鱼到授人以渔再到授人以范,黄老师以其完整的育人之道,培养了一大批品学兼优的学生。像李新风的艺术学研究、王杰的审美人类学研究、蒋述卓的古代文论研究、张利群的批评学研究、王建疆的美学研究、王卫东的文艺学研究均形成了良好的影响,且发展的势头正盛,成为当下中国美学与文艺学研究重要的正能量。

老子说:"人法地,地法天,天法道,道法自然。"可见道的本体是自然。黄老师集学问之道、思维之道、育人之道而成的治学之道,是其学术本质的真切标识,有自然本道的根基。它在现代人文化、科学化、文明化的过程中,发展了自然本道,提升了自然本道,成为法天贵新的学术大道、雅道与正道,显示了一个学术大师既坚守自然本真又追求文明超越的学术生态。

[注释]

[1] 托尔斯泰:《艺术论》,128 页,人民文学出版社 1958 年版。

[2] 托马斯·库恩:《科学革命的结构》,金吾伦、胡新和译,94—95 页,北京大学出版社 2003 年版。

[3]《老子·25 章》,饶尚宽译注,63 页,中华书局 2006 年版。

(原载《南方文坛》2014 年第 2 期)

“他塑”与“自塑”的互文性建构

新世纪初诗歌中“广西形象”的建构方式

□ 罗小凤

新世纪以来，尤其是北部湾经济区发展规划启动后，广西的发展呈“风生水起”之势，诗人们笔下呈现了一个美丽的、生态的、人文的、闲适的和现代化的“广西形象”。这是诗人们根据自己的审美情趣、所摄取的广西信息、对广西的认知程度、主体的体验、情感等对广西的诗意想象与言说。那么，诗人们是如何对“广西形象”进行建构的？

新世纪初诗歌中诗人们对“广西形象”的建构主要通过“他塑”“自塑”“他塑”与“自塑”相结合三种范式展开。所谓“他塑”，是指广西以外的其他地区的诗人带着“他者”的眼光对广西的想象与言说；“自塑”是广西诗人对广西形象的勾勒与塑造；“他塑”与“自塑”相结合则是指“移民诗人”对广西形象的多维度审视与建构。这三种范式在“广西形象”的建构过程中常常相互辉映或相互补充地进行互文性建构，于多维度多视角多重眼光中建构出一个丰富的“广西形象”。

一 ‖ “他塑”：外省诗人的想象

“他塑”是他者对广西的想象与言说，而“他者”是相对于广西诗人而言的，主要指一些来过广西的纯粹的外地诗人，他们在诗中记录、书写他们对广西的印象与想象。

对于纯粹的外地诗人，他们主要以游客的身份游览广西。游客对于地域文化和地方形象的“他塑”起着至关重要的作用，法国学者基亚曾指出，“旅游故事是激情的产物”，也是“一再被重复的故事”，对其进行研究，“能帮助我们懂得一些民族的声望是怎样被树立起来或被毁灭掉的了”。[1]基亚所关涉的是小说、散文中的“旅游故事”对于了解一个民族或地方的声望、形象塑造的作用，其实不唯“旅游故事”，旅游中的情感、感觉、见闻等都对所旅游之地的形象极为重要。旅行是一种穿越时空的文化遭遇,在旅行中,游客所携带的外来文化同被游览之地的本土文化纠葛、冲撞、互动,而诗人们在这种冲撞的文化之旅中以诗书写自己的见闻、内心的感觉、情绪等,从而形成对被游览之地的印象,完成“他塑”。因而,基亚认为要“依靠旅游者设法了解在某个时期,某个民族是怎样理解另一民族的”,就应该同时“研究某个旅行者,他的成见、他的单纯幼稚和他的一些发现”。[2]游客来自不同文化背景,并拥有不同的年龄、心智、知识、审美情趣、经验、情感、想象力等个人背景,当他们携带“他者”的眼光观看被旅游之地时,都采取一种“选择性聚焦”的方式。“选择性聚焦”是新加坡学者南治国在分析中国作家笔下的“南洋”图像时使用的一个概念,他借用了摄影或电影中的术语“聚焦”,突出的是作家们在凝视异域文化时的“聚焦”对象是有选择性的,因为“聚焦”主体不可能面面俱到,全盘纳入眼底,都只能是有选择性地择取自己感兴趣的或是具有震撼力、新鲜性的对象进行“聚焦”性地近距离观察、感受,在这个过程中,游客的文化背景与个人背景决定了他所摄取的信息。作家们如此摄取的信息显然是被游览之地的某个或某些部分、片断,他们根据这些信息在文字中所塑造的“形象”也显然是“部分”“片断”。游览广西的诗人们显然也是如此,他们所游历的只是广西的部分地段、风景、名胜,因而只能“选择性聚焦”广西。

游客“选择性聚焦”最多的显然是桂林。桂林作为文化名城和山水甲天下的风景胜地,一直是文人骚客向往的地方,不少国内外著名诗人如洛夫、痖弦、贺敬之、舒婷、西川、叶延滨、犁青、野蔓、梁平、林染等都曾造访桂林,一些诗人留下了咏叹桂林山水和文化的诗篇。而近年来,随着人们对现代化带来的生态危机的自觉与清醒,以及旅游业的发展,广西原生态的山水风光和亚热带风情吸引了人们,不仅桂林每年接纳成千上万的游客,北海的亚热带气候也吸引不少人到海边过冬。旅游狂潮掀起了“三亚热”,但三亚度假消费高,北海则相对比较实惠,因而近年来许多人选择了北海。同时,北部湾经济区的变化也吸引了不少人。在这种情况下,越来越多的人发现北海、南宁及其他北部湾地区的美,许多诗人亦造访北部湾。这些造访广西的诗人们展开了他们对广西的想象。

外省诗人对广西的“选择性聚焦”主要不是广西的现代建筑或人工景观,而是甲天下的自然山水、历史久远的文化空间、原生态的田园风光、亚热带的滨海情调、悠闲宁静的城市氛围、琳琅满目的小吃、颇有广西少数民族特色的独弦琴及天琴等。而“选择性聚焦”的结果是诗人们纷纷为广西美丽的自然山水而震撼,为山在城中、城在山中的城市风光迷醉,为广西所保持的生态原味而感叹,为历史文化而感怀,羡慕、向往广西人的生活状态。洪烛为漓江的美而沉醉,他将漓江奉为“唯一的女神”,他在《漓江女神》中反复地深情呼唤“美啊请为我停留”,在美中“忘掉了哪一边是上游/哪一边是下游”。娜仁琪琪格、潇潇、颜艾琳等诗人则陶醉于北海如画如童话的美景中,娜仁琪琪格的《海边落日》《鳄鱼岛,水与火的缠绵》《涠洲岛之夜》《在金海湾》、潇潇的《在涠洲岛》、颜艾琳的《另一种放浪》等诗都书写了诗人们对北海的美丽想象。朦胧诗人严力和美国诗人梅丹理则对广西北海的生态美进行了赞叹与反观,如严力的

《火山》,抒发了他对北海涠洲岛注重生态保护而存留一种原生态之美的感叹,并由此对其他“人文地貌”因为“修改”而“面目全非”的状况进行深刻反思,发出痛心的呼吁;梅丹理的《跟环保卫士在银滩上走》《花语的召唤》都书写了诗人对拥有生态美的世界的渴望与想象。马萧萧的《但是兴安》、杨炳麟的《站在烈士纪念碑下》等诗在广西桂林兴安对历史、文化进行了回顾、追忆与感叹。

总体而言,在外省诗人笔下,广西形象透出一股阴柔之气,因为广西的山与其他地域的山不一样,以阴柔见长,尤其是桂林的山,是由石灰岩层受到水的溶蚀切割而形成的石峰,千姿百态,不如华山、峨眉雄深,同时,水亦没有长江黄河的浩浩荡荡,而以柔美为长。整个广西的美丽图景以这类山和水构成,因而在诗人笔下透着浓郁的女性气质。诗人们常将其想象成一位女性,如马萧萧《桂林粉丝》:“广东也就是个/在外忙着挣大钱的/不修边幅的/汉子,而广西/是那梳梳洗洗/盼着他归来的/妻!”“相比而言,这广西的西/是西子的西!”在《桂林山水》中马萧萧则看到了“漓江性感的花边”;颜艾琳《另一种放浪》中“绵长的海岸线,/比夏日少女的肩膀/诱人;/比贵妇裸露的脖子/性感”则呈现了北海的阴柔之美。这些诗都呈现了广西山水阴柔、清纯的自然魅影,是外省诗人们对广西的独特想象与书写。

二 ‖ “自塑”:本土经验与普世诉求的叠合

“自塑”主要指一直生活在广西本土的诗人对广西形象的塑造。新世纪以来广西本土诗人不像 20 世纪 80 年代中期杨克等诗人那样倡导“百越境界”“走向花山”,进行文化寻根,挖掘本土文化,从而创作出一批本土色彩鲜明的诗歌。随着多元化、全球化时代的到来,诗人们大多隐匿了本土身份,广西本土诗人的诗歌其实大多并没有地域性、本土性或民族性,即使偶有少数诗歌涉笔“广西”,书写对广西山水之美的感受或追溯历史,也大多为应景之作,都不是广西本土诗人的代表作品。对此,陈代云曾在一篇文章中追问:“‘民族的’到底在哪里?”“诗歌是不是真的就不需要地域性特色了呢?”[3]安石榴也指出:“广西现代诗歌从崛起、沉寂到复苏,这漫长的十年多时间,都没有出现过真正明确的广西特色写作。”[4]对于广西诗歌的这种状貌,张清华曾细致分析道:“传统的地域性在今天的广西诗人身上似乎并不明显,他们试图要呈现给世人的,恰恰不是其地域文化标记,相反而是他们在时代文化格局中的‘现代’身份,或者至少,是共融其间的‘时代’特征与气息。”“这也许反证了今天广西诗人的一种集体性的心态、一种立场,或另一意义上的‘文化地理’特点,它呈现为一种‘身份焦虑的反向呈现’:它必须与地域传统之间保持审慎的界限,以确立其‘现代性’特质,传统意义上的地理属性恰恰是他们所不愿意看到的,他们必须要通过时间意义上的先锋性来呈现其地域意义上的合法性,否则这种地域性就没有意义。”[5]他犀利地洞见了广西诗人对传统的地域性的“审慎”和普遍的“身份焦虑”,但他将其归结为“现代性”与“时间意义上的先锋性”诉求,则是有失准确的，广西诗人身上地域性的隐退，恰恰是张清华提及的“另一意义上的‘文化地理’特点”，即“中国的”“世界的”指向。笔者在搜集有关“广西形象”的诗歌资料时不少广西本土诗人略带嘲笑而又自豪地回答：“我可没有写广西的，我的诗都是中国的，世界的！”这是广西诗人“集体性的心态”、立场，所指向的是“中国的”“世界的”，而非“广西的”“本土的”“民族的”，这便是“另一意义上的‘文化地理’特点”，显然是一种普世诉求。然而，广西本土诗人由于生活在广西这片土地上，他们无论如何追求“中国的”“世界的”诗歌指向，其文化、情感、经验的本土印记却永远无可逃脱。

于是，诗人们将本土经验与“中国性”“世界性”的普世诉求相叠合，他们大多并不将地域文化作为书写的主要对象或素材，而是将本土经验作为一个基点或底座，所托起的是诗人“中国的”“世界的”诗歌理想与实践。

本土诗人们不露声色地将本土经验与普世诉求糅进诗歌，最明显的表现一方面是对“慢”和“细”的广西生活状态的呈现。而这种“慢”和“细”的生活状态的主要承载体便是日常生活，他们在诗中将任何细碎、微小的日常生活细节、情感、体验都呈现于诗中，有些诗人笔下或许出现“广西”字样或广西区域中的一些河流、院落、街道等广西信息，但这都只是“慢”和“细”的生活状态的依托与支点，并非“聚焦对象”，焦点在于“慢”和“细”的生活节奏与生活状态。这其实是一种地域气质，但诗人们大多隐匿地域信息，而将其指向“中国的”“世界的”，是本土经验与普世诉求的叠合。

在地理意义上，广西偏居西南边地，长期以来其各方面的发展都滞后于其他地域，生活在这里的人们习惯一种缓慢、悠闲的生活节奏，诗人们在诗中呈现了这种“慢”。黄芳的《慢》《如果要说别离》《某一个秋天》、盘妙彬的《日不落》《他的慢，约等于空或者白》《小镇慢》、刘春的《草坪乡的油菜花》、庞白的《我愿意走路去涠洲岛》《别和我说幸福》、陆辉艳的《麻村的时光》、朱山坡的《粤桂边城》、江玉郎的《早晨，打江滨公园经过》、琬琦的《十月，在山中》、黄土路的《慢了零点一秒的春天》等诗中都淋漓尽致地描画了“慢”、悠闲的广西生活状态。这种生活节奏、状态与当下紧张、仓促的时代节奏显然迥然相异，以至于外省诗人们感觉到了广西就像到了另外一个世界，这是一种让外地诗人艳羡的生活状态，姚江平便对这种悠闲、宁静、慢条斯理、平和、从容的状态表示了向往，他写道：“找一个有山有水的地方/放下尘世的喧嚣/做一回自在的神仙。”（《乐满地》）同样，正如黄晓娟指出的，广西的边地环境与氛围铸就了广西诗人“纤细敏感的气质”，因而“诗人们关注更多的是那些日常的、零碎的、细小的场景与事物，这些场景与事物与诗人们的个人生活经验息息相关”[6]。虽然她敏锐地抓住了地域性特征与广西诗人对“细”的日常生活书写之间的关联。由于广西地处边远，生活节奏“慢”，诗人们有更多的时间、精力与心情细致观察与体验生活，关注各种生活细节和细微的感觉，体现在诗中则为大量地铺陈日常生活场景与细节。黄芳、琬琦、非亚等诗人都是典型代表。黄芳可以“从早到晚”地“坐在窗前”，发现“对面的矮墙上，/青苔暗暗地又厚了一层”，而“院子里,花椒树暗黄的叶片铺满了一地。/被沙沙的风翻卷、打转、抛起再落下”(《某一个秋天》)由此可窥见其生活的细腻、细致与细碎。她的《如果幸福是一种沉下来的哀伤》《今晚,这瓶中的花开得正好》《3月5日中午,蓝》等诗都是如此。琬琦则在理发店听到老板娘的皮肤“劈啪作响”,同时在“反反复复的解释里”听到里面“藏着一种可怕的风暴”(《理发店》),观察与体验都细入毫发,她《家里的女子》《暗河中的睡莲》《玉米》等诗都将“细”书写到了极致。非亚的诗则大多有明确的时间、地点,但这只是他呈现其日常生活状态的“现场”,主角是生活的细碎常态本身,他的《2月24日,在民族大道园湖路口》《江南路,我看见一个长发青年在单杠上抽烟》《你实在也没必要》等都极尽铺陈、细碎之能事,将生活的细碎本貌呈现出来。颇有意思的是北流的“漆”诗群在《漆》诗刊创刊词中写道:“我们无法为生活镀金,但可以给生活上漆!”以一种“给生活上漆”的姿态贴近日常生活,以诗本身的诗意给日常生活增加色彩,陈琦、方为、吉小吉等“漆”成员的诗都在细致地呈现日常生活中的各种细碎片段、场景、语言、情感、细节。此外,盘妙彬的《问一问未开桃花之私生活》、铂斯的《珍珠米》以及黄土路、林虹、高瞻、韦佐、牛依河、丘清泉、侯珏、黄尚宁等诗人笔下基于广西生活经验与生存状态而书写日常生活细节、体现的诗都呈现出广西生活之“细”。需要注意的是,广西诗人笔下所呈现的“慢”与“细”的生活状态,已不仅仅是“广西的”生活,而已成为一种本真生活的标本形态。这种生存状态与气质在20世纪90年代经济大潮刚刚开始涌动之时或许被视为落后,但新世纪以来,人们对经济发展所裹挟的弊病、现代化建设所携带的危机愈益清醒与自觉之时,面对当下这个繁忙、急躁的时代,就越来越向往、追求这种“慢”和“细”的生活状态。因而,从这种意义上,广西诗人对“慢”与“细”的日常生活的书写与呈现,已经不能停留于简单的日常生活书写层面加以理解,而带有“普世价值”趋向。当下许多人的生活急躁、匆忙、“粗糙”,每天“奔命”式地为工作与生活奔忙,而广西生活如此“慢”如此“细”,与紧张、眩晕、喧哗、纷扰的现代或后现代生活相比是一种更人性的生存状态,因而具有“普世价值”。

诗人将本土经验与普世诉求相叠合的另一重要表现是本土诗人们对广西本土发展状况的反思。这种反思有对城市文明的反思,有对生态的反思,有乌托邦建构形成的反思。刘春是对城市文明进行反思的代表诗人,他有些诗中出现了广西地理的“标记”,如《歧路》《中山路》《榕湖北路一号》等,有些则没有任何地理痕迹,如《风尘》《城里的月光》《盗版之累》《吸烟的女人》等,但其实性质都一样,地名不过是其所要呈现的诗歌内容的支点,他批判、反思现代城市文明中的各种现象、弊病。刘频的《眩晕的郊外春天》《橘子园,在规划红线里睡熟》《最后的渔民》《有多少东西在一条繁华大街上遗落》《土豆,土豆》、非亚的《暮色中的城市》《在南宁航空港……》、庞白的《进入》、牛依河的《乡间描述》、钟世华的《我的诗歌里流着村民的眼泪》、大朵的《家园的碎片划过他们的眼》等诗都是对城市文明的反思。吉小吉则展开了对广西生态的反思,他的《刀痕》《鬼门关》《歌声即将被人枪杀》《触摸疼痛》《一只小鸟是不是在路边安睡?》等都是对人类破坏生态所带来的危机的反思。水古则反思北海的海洋现代化建设，如《北海的空气》等诗。盘妙彬在诗中建构了一个富有乌托邦色彩的田园世界，其实也是对现实的一种反思，以一种已经不存在的生态乌托邦警示世人，如《至此》《福中之人》《半日之有》《远在远方》《乡村晚》《乌云过不了河》《最后一个孩子在消失》《它有它的钟》《不在诗经的时候》《其中一棵白桉树在小镇》《一直在闪现，那白，那黄金》《山楂树开花》《木叶落》《推窗见江头》等诗都构筑了一个风景美丽、怡人、安宁、闲适的"世外桃源"。诗人们所反思的问题不仅仅是"广西的"，而是全国、全世界、全人类的，因而诗人们其实是以广西本土经验为支点，呈现具有"普世价值"的问题。

无论诗中是否出现广西及其下属相关地域的地理标记，诗人们都将本土经验与普世诉求叠合，将广西经验、广西情感、广西地域扩大为国家、世界、人类的普世层面，呈现了广西诗歌开阔的诗歌视野和普世的诗歌诉求，同时呈现了"广西形象"更深远广阔的内涵。

三 ‖ "他塑"与"自塑"相结合："移民"诗人的发现

在"广西形象"的建构中，还有一批诗人是比较特殊的，一部分是从广西本地去外地的诗人，一部分是从外地来广西长期工作与生活的诗人，都是"跨区域"的诗人，笔者暂且将其称为"移民"诗人。他们既不像纯粹的外省诗人那样被广西的山水、文化吸引而来，亦不像本土诗人对本土的山水、文化已经熟视无睹，他们都拥有广西和异地的双重文化背景与经验，因而他们常将"他塑"与"自塑"相结合，参与进"广西形象"的建构中。安石榴对这种"移民"状态进行了深刻的思考与发现，他指出："诗写者在经过彼此游历之后的会聚，在很大程度上都打破了原生的惯有模式，焕发出另一重写作的魅力。""一个诗人可以在某个地方因为某种聚集而获得写作的超越，同样还可以在另一个地方的另一场聚集获得再次超越。"[7]在他看来，诗人只有在经过"游历"之后将本土经验与异域文化"会聚"或"聚集"才能获得"写作的超越"，因为这种"会聚"能"打破原生的惯有模式"，而"焕发出另一重写作的魅力"，他认为这才是"诗歌传统中的区域特性"。安石榴敏锐地意识到诗人只有在不同文化的冲撞下才更能意识到区域特性，确实，文化冲撞下的诗人们在写作中常常使用比较视野，如此更容易厘清"区域特性"，塑造更清晰的"广西形象"。

从本地出去的诗人，由于在外已被其他地域文化、观念浸润"异化"而混杂"他者"的眼光回望广西，在他们笔下，广西常常以"故乡"的面目出现，他们受异域文化的冲击而更易发现故乡的美，更意识到本土文化的重要。杨克、安石榴等诗人便是代表。曾在20世纪80年代中期倡导"百越境界""走向花山"的诗人杨克后来"移民"广州，广西便成为其漂泊异乡时的"故乡"，他在比较中呈现了对广西生活之"慢"的体验与把握，他发觉"几乎全世界的海都是快节奏的"，而"只有北部湾是个典型的老农/日出而作，日入而息/慢吞吞按时出工、收工"（《北海》）。安石榴移居过上十座城市，但"故乡""石榴村"一直是他心里最美的，他的组诗《献给石榴村的歌谣》中将故乡与异乡进行对比:“狼藉的异乡。我所到之处/在石榴村的对比之下/像最大的石榴树被钝器砍倒。”他抓住了故乡最典型的两种意象:“榴花”和“雨水”。他反复写到“榴花”,《五月榴花》便是直接写榴花的,诗人在榴花开之前便离开了家乡,并非他不喜欢榴花,而是过于喜欢榴花而担心自己禁不住榴花之美的诱惑,“我不能面对榴花/我不能守着美丽过活”,想见而不敢见、欲留而不敢留的矛盾心情都出于他对榴花的深情,呈现了石榴花的美。或许是因诗人对于石榴花的钟爱,他为自己取名“安石榴”。在《我为什么叫做石榴》中他明知故问地反问自己:“花儿为什么这样红/我为什么叫石榴”,对石榴的情有独钟使他“把榴花开放的时节定为节日”,可见其对石榴花的至情。《一截树桩》中“年年败落的榴花”、《村庄》中“榴花覆盖的村庄”等诗句都呈现了他对石榴花的深情,也呈现了广西形象中美丽的石榴花形象。美丽的榴花成为安石榴对故乡形象的鲜活塑造。安石榴也反复写到“雨水”,“石榴村的雨水像泪水一样多”(《我为什么叫做石榴》)、“雨水下了多年”(《车辙(或成长)》)、“把果实归还雨水富足的村庄”(《五月榴花》)、“石榴村雨水未歇”(《祈祷(或心愿之乡)》)、“雨水把谣言赶出村庄”(《二月(或出生)》)等诗句都写出了广西的“雨水”之多,这是对广西地域风貌的呈现。安石榴还在《还乡》组诗中通过《西江水道》《梧州》《藤县(兼致戈鱼)》《石榴村(致父亲)》等诗对故乡的河流(西江)、特产(龟苓膏和凉茶)、文化(龙母、巨藤)等进行了呈现。此外,他还通过对桂林与深圳的比较呈现了桂林生活节奏的慢、悠闲,如《桂林与深圳:两张椅子》中将桂林生活节奏之慢与深圳之快进行对比:“桂林是一张竹制的躺椅/深圳是一张带轮子的转椅/躺椅躺着桂林/转椅转着深圳”,呈现了桂林“睡躺椅”的悠闲状态与心情,是对广西形象的内在气质的把捉与发掘。

从外地移居广西的诗人,本身携带“他者”的目光,而后渐渐被“归化”,因而他们对“广西形象”的构建也是“他塑”与“自塑”的结合。谭延桐、汤松波、田湘、黄跃平、罗雨、斯如、董迎春等诗人都来自外地而定居广西,他们对广西的山水、环境、文化、风俗、习性、特色风物等都比较敏感,因而他们的诗常涉笔一些广西本土诗人不大愿意书写的素材,并对广西的地域气质进行追寻与发现。曾自称为“新移民”、从山东“移民”来广西的谭延桐曾提出一种“诗歌地理”,安石榴概括为:“由广西植物繁多、四季常青而及诗歌的绿色元素;由广西山的独立而及诗歌的独立意识;由广西水的秀澈而及诗歌的禅性与意境;由广西是歌海而及诗歌的语感、节奏、音乐性;由广西是壮乡而及诗歌的风物、风俗、风格、风情、风韵;由广西的边陲地理而及诗歌的边缘性。”[8]这是谭延桐对广西地域特性的个人发现,虽然实践的诗人并不多,却是谭延桐对“广西特色”的独特思考与发现。

“移民”诗人们对广西形象的塑造一方面是发现广西的山水美、生态美,一方面是对广西文化的发掘。汤松波的《南宁,南宁》抓住“绿”“朱槿花”“木棉花”“棕榈树”等特点呈现了南宁的美丽;《国画漓江》中他将漓江与国画相比:“比国画还典雅的漓江/每夜都生出点亮繁星的渔火”,突出了漓江的典雅之美。罗雨的《夕阳下的北海》《北海月夜》呈现了北海在夕阳与月夜中的美；黄跃平在《假使桂花不在桂林落下》中抓住了桂林的“桂花清香”所形成的独特情韵。田湘、董迎春、斯如等“移灵”诗人也都书写了广西的山水美。在发掘广西文化与风俗风情方面的主要代表是汤松波。广西是一个多民族地区，聚居着十二个世居民族，汤松波《东方星座》中对五十六个民族的历史文化与民俗风情进行了呈现，其中便包含了广西聚居的这十多个民族，在每一首诗前他都对这些民族的居住地、环境、语种、信仰、风俗等特点进行简单介绍，在诗中再展开诗意的想象与言说，如《壮》中对壮族的“壮乡美”“壮人甜”“壮歌美”以及壮戏、壮锦等风俗、特色进行了呈现；《仫佬》中对仫佬族的历史、风俗、风情等进行了追忆与展露；《京》中呈现了居住于海岛上的京族所拥有的海洋特产如珍珠、珊瑚与京族独具魅力的民族音乐独弦琴等民族风情；《瑶》《毛南》《苗》《侗》《回》《彝》《水》《仡佬》等诗都展现了散居于广西的其他民族的民族风情、人文地理、历史文化等，呈现了独特的民族文化图景。

在“他塑”“自塑”“‘他塑’与‘自塑’结合”三种方式的多维建构中的“广西形象”彼此形成“互文性”，互相补充，混杂交叠在一起，呈现了“广西形象”丰富多样的多重镜像。

［注释］

［1］［2］［法］马・法・基亚：《比较文学》，颜保译，22—23 页，北京大学出版社 1983 年版。

［3］陈代云：《桂西北诗歌，或对诗歌的 N 种看法》，见《本土文学的解读与阐释：河池学院教师广西新时期文学评论集》，390 页，广西人民出版社 2009 年版。

［4］［7］［8］安石榴：《广西诗歌：地域影响下的可能生长》，载《漆》2002 年第 6 期。

［5］张清华：《汉语在葳蕤宁静的南方——关于〈第二届广西诗歌双年展〉阅读的一点感想》，载《广西文学》2008 年第 9 期。

［6］黄晓娟：《多元共生齐头并进——新世纪广西诗歌述评》，载《南宁师范高等专科学校学报》2009 年第 3 期。

（原载《南方文坛》2014 年第 3 期）

反讽时代的孤寂诗写

再论海子诗歌精神

□ 董迎春

一 ‖ 反讽时代

如果用诗体意识考察当下诗歌写作，即可发现有两个流派：一类是以口语、现世、及物、反讽为特征的"非诗"写作，它充满着怀疑与虚无的情绪；另一类是以语言、审美、精英、可能作为话语的"诗"的书写。前者强调易懂、批判的写作，接近大众文化；后者是语言本体的、思想可能探索的建构性写作。用这两条粗疏的线索归纳当下的诗歌话语，的确有着某种理论褊狭的嫌疑，但是，这两条写作倾向却也有力"标出"当下诗歌的精神性诉求及相异的文化意识。

新历史主义者海登·怀特在传承诺·弗莱《批评的剖析》的主要思想下，将诗歌研究看作"话语的转义"，从而区分为四种类型：隐喻、转喻、提喻、反讽。"这四种转义不但是诗歌和语言的基础，也是任何一种历史思维方式的基础，因此是洞察某一特定时期历史想象之深层结构的有效工具。"[1]当代诗歌无疑有一种走向反讽叙事中心化、秩序化的写作倾向。[2]的确，带有否定意味的"反讽"对前三种比喻特征的诗写不失为一种革新与推进，但是"反讽"之后的诗歌何为呢？"反讽由于是自觉的，已经成为一种成熟的世界观"[3]，这种"成熟性"，也暗示了话语转义的轮回的必然性。反讽之后，是否走向重新带有神话寓言性质的"隐喻"与"象征"呢？这是否构成一个新的"转义轮回"？海子、昌耀等人倡导带有建构性的"大诗写作"是否变成书写"神话"担起拯救当代诗歌的光荣使命呢？的确有许多问题值得反思。

20世纪80年代走向反讽叙事的诗歌话语背后渗透着"虚无主义"[4]。西方现代文学、艺术本身一直执着于形式与技巧的探索，执着于生命意识在新的历史时空压缩之后形成的一种现代意识，不自觉地形成一种虚无主义思潮。"审美现代性"也与这种精神性危机有着密切关联。自中国改革开放以来，文学也同样吁求"现代性"，西方理论与思想成为当代文学写作的重要资源。一方面,现代性以一种秩序化的面目出现,推动文学、文化的进程;另一方面,现代性中虚无情结也一并带来,文学走向了批判与反思的否定性的写作。现代意识觉醒之后仍旧无法远离不可完成的否定性、创伤性的文化事实,这让反讽在当代诗写中占有绝对的话语位置。反讽,带来了机智、诙谐,也走向了悖论,这种表现话语则无法逃离文化上的“虚无感”、飘零感。如果诗歌话语要突破,它必然要轮回到“重复阶段”(维柯语)[5]。80 年代走向反讽话语背后的“虚无主义”思潮,指向了“现代性”的文化悖论:一方面积极推动现代诗学的成熟,一方面又给当下文学留下了文化阴影。

面对虚无的时代状况、杂乱的精神背景,有一批诗人迎难而上,冲破虚无情绪,坚守语言为本体的诗意探询,坚持审美化、艺术化的诗写态度,他们与以反讽为特征的“口语写作”保持距离,在否定、解构、颠覆一切的话语实践上,坚持隐喻化、审美化的艺术主张与认知观念,探讨当代诗写可能。“后朦胧诗”中许多诗人自觉地坚守语言与思的关联,以建构态度走向诗意创造。在众多诗人中,海子是最具话语实践性、可供研究的时代个案,通过他的建构性写作,我们领略到了他多年来所执着坚守的精神家园带给当代读者的重要意义。以他为代表的“大诗”写作与拒绝隐喻、着重日常口语的时代叙事、抒情(包括 80 年代前后的“颂歌”)相分离。在海子看来,“诗歌的全部意思是什么?做一个热爱‘人类秘密’的诗人。这秘密既包括人兽之间的秘密,也包括人神、天地之间的秘密。你必须答应热爱时间的秘密。做一个诗人,你必须热爱人类的全部秘密。在神圣的黑夜中走遍大地,热爱人类的痛苦和幸福,忍受那些必须忍受的,歌唱那些应该歌唱的”[6]。这种写作的肯定性、建构性的追求与认同,让当代反讽携带的虚无主义思潮找到了另一种文化与精神突围之可能。

二 ‖ 洞悉虚无

海子洞悉虚无、冲破虚无的建构写作,对光明、肯定的精神结构进行质询与重构。这也构成海子晚期长诗“太阳七部书”大诗书写的精神实质。他与时代主流、集体歌唱保持疏离,直逼黑暗,深究内心声音,在为人类、人性的光辉写着赞歌。迎面而来的黑暗笼罩时代,变成某种民族情绪直逼精神深处的创伤,海子所书写的正是站在这个时代制高点上对民族、人性的观照与俯瞰。

海子着重于语言的修辞与意识深处的双重探寻。以诗性语言为依托,语言汇聚成思想,形成海子诗歌语言的重要特色。这个隐喻化、思想化的写作倾向贯穿海子一生。海子的写作正如海子所言,一部分是“小诗”(抒情诗),一部分是“大诗”(长诗、史诗,以《土地》《河流》“太阳七部书”为代表)。这两者是一个精神整体,不可分割。一些“小诗”练习为后来“大诗”打下基础,有的也变成后者的写作素材。“大诗”中许多语气、笔锋、观念、激情也在“小诗”练习中有所准备,并不断孕育、深化。小诗、大诗交相辉映,共同组成海子诗歌独特的价值。“海子在其短暂的生涯中,是如此紧密地将诗与生命联系在一起,并通过蓬勃的生命来呈现诗的本质。这是'五四'新文学运动以来一直在中国诗界潜滋暗长的生命诗学的典型表征。"[7]他的诗歌始终洋溢着理想主义、浪漫主义的激情与信念,强烈地践行审美性、精神性写作,播撒艺术光晕。海子灵魂可贵也在于其坚持艺术化、站在人类文明的高处的写作,而形成大诗精神。正如海子生前好友骆一禾说:"中国的有志者,仍于 80 年代的今日,寻找自己的根,寻找新思想以冲刷陈腐的朽根,显露大树的精髓,构成新生。"[8]海子的一生变成果决而热忱的诗歌信念、热烈而真切的生命行动。他本身也成为时代的文化符号,推动了当代诗歌精神的自我建构。

《亚洲铜》是西川主编《海子诗全编》的第一首诗,时间署于"1984 年 10 月",这首诗的精神仿佛成为海子一生洞悉虚无命运的文化预言。这个时代也许不再是"黄金",也不是"白银",而是"青铜",这是否暗示着文化式微、衰退?还是诗人对当下中国文化进入了一定的文明阶段后的自我觉醒与突围努力呢?他写道:"祖父死在这里,父亲死在这里,我也将死在这里/你是唯一的一块埋人的地方",诗人天生敏感以及对"大地"迷恋,使得这块"埋人的地方"也催生了诗意与眷恋。诗的第一节突出了"死",在诗人内心,"死"便意味着"生"的吁求,通过对死亡的洞悉与沉思,诗人获得了自我反思与建构。下面三节则由这种"死"衍生出来相关意象:"海水"("淹没一切")、"屈原"("遗落在沙滩上的白鞋子")、"黑暗"("跳舞的心脏"),使得全诗对"死亡"有了彻底省察。而诗人"你"此时所处位置便是对"虚无"(死亡)的穿越与洞见地带,在"唯一的一块埋人的地方","你的主人"(或许就是诗人"自我")仿佛"青草/住在自己细小的腰上,守住野花的手掌与秘密",诗句极具张力、诗性,轻盈而又松软,如走在绳索上的"人生"状态,必须向前又不得不遭遇危险,而"秘密"一下子把直观的、诗性的意象导入了对"秘密"自身的思考。生命充满矛盾、悖论,她又推动着自我探索与探险的生命可能。"屈原"这个意象也使诗获得文化所指与精神意蕴,导引了读者对诗人深刻的文化体验的再沉思。"白鸽子""沙滩"与"海水"相关联,我们在文化的"此岸"上产生了"屈原"这一诗人偶像。海子直指这种偶像之价值:"白鞋子/让我们——我们和河流一起,穿上它吧",屈原的精神构成了中国文化的地标与精神血脉之一,成为一面文化"铜镜",为当代诗人提供了一种建构性的诗人自我形象。沉思犹如点点鼓声,在"黑暗中跳舞","击鼓之后",这些被称为美好心灵("黑暗中跳舞的心脏"),"叫做月亮",照耀黑色夜晚,而"这月亮主要由你构成","你"走向了诗人的自我身份认同,"光芒"也变成一生企求的热度。那"黑暗"之光,呈现了"诗人"的价值与意义,也启示了时间秘密——一种对文化虚无审视后的积极建构。

诗人的世界常常处于"撕裂"状态。透过表面上的温暖文字,我们也会领悟诗人内心深处的绝望与无助。海子在即将消逝的生命晚期给我们留下《面朝大海 春暖花开》一诗,似乎验证了诗人这种窘迫与疼痛。我们不无感到诗人在温情文字背后的那种荒凉和"高处不胜寒冷"。海子的第一次爱情是与小 B 的相爱。她照顾过缺少生活气息的海子,像许多恋爱中的人一样，海子享受着精神欢娱，享受着离别与思念之痛。她是诗人心灵和精神的“知音”，他们可以在一起谈文学，她的崇拜也促成了诗人写作上的自信和创作热情。在与她短暂相处的经历中，海子写下了大量情诗：《你的手》《写给脖子上的菩萨》。幸福总是短暂的，在爱情因对方父母干涉而走向破灭时，海子疼痛地写下了：“我感到魅惑/小人儿，既然我们相爱/我们为什么还在河畔拔柳哭泣”（《我感到魅惑》）。如燎原《海子评传》里所写，尽管他们后来升华了彼此的感情，接受了分手的现实，还彼此通信；可是，“至真至诚”的绝对永恒的“爱”在诗人心底已经枯死，他不得不接受这种生活事实。在《折梅》中他深情写道：“太平洋上海水茫茫/上帝带给我一封信/我坐在茫茫太平洋上折梅，写信”，“我们谈到但丁和他永远的贝亚德丽丝/以及天国、通往那儿永恒的天路历程”，可是“贝亚德丽丝”是多么的难以寻找，爱情在现实中破灭。爱情成为海子孕育诗篇的力量与源泉，这种“经历”如果不能走出就会变成灾难影响他后来的生活，事实上海子晚期的“太阳七部书”的写作多少也与爱情打击相关，其加速了诗人的精神分裂。生活“在昌平的孤独”，“大诗”创作过程中的孤寂感、失落感，让他感到生命的脆弱与无助。1987 年的“北京西山批判”之后，海子在他的这个“俱乐部”再次受到指责——“他写长诗犯了一个时代的错误，并且把他的诗贬得一无是处。”[9] 他被其他诗人“冷嘲热讽”甚至恶意“攻击”。

这种种经历，加深了他对时代、生命的再次沉思与发现。但海子骨子深处的写作自信使得他继续喷薄、燃烧，他追求“王”的风范，自觉地沉迷“大诗”的孤寂书写，将自己与生活割裂，直逼生命否定性的体验与探询。学者崔卫平在《海子神话》中分析海子诗中的“睡”“埋”“沉”这类动词语象：“孤独是泉水中睡着的鹿王”（《孤独》），“两座村庄隔河而睡/海子的村庄睡得更沉”（《两座村庄》）；“埋着猎人的山岗/是猎人生前唯一的粮食”“我把包袱埋在果树下/我是在马厩里歌唱”（《粮食》）；“那是我最后一次想到中午/那是我沉下海水的尸体”（《我的窗户里埋着一只为你祝福的杯子》），“王啊/他们昏昏沉沉地走着/（肉体和诗下沉洞窟）；我/如蜂巢/全身已下沉；我在太阳中。不断沉沦不断沉溺/我在酒精中下沉”（《土地》），“在一个特殊的时期内，海子的诗给人们提供了一个与现实断绝联系的原型”。[10]

海子诗中的“暴力美学”也逐步形成，他在混沌、杂乱的世界秩序中建构“融合民族与人类、诗与真理合一”的大诗，他的暴力用于诗中，着重自我经验的彻底否定。“这种暴力不是针对他的，而是针对他自身的：自我分裂也是一种自我撕裂，他在这种给予自身的暴力中——自我撕裂——成长着”[11]，海子从肉身的自我向审美的自我塑造、转变。用一种近似人格分裂、精神错位的呓语，直逼存在之思。此时的身体不再是现世的肉身，而是艺术反思的动力。诗人以他直觉与超验的体验，以“诗篇”为刀，对“自我”展开解剖，在长诗“太阳七部书”中，轻易就见到这种身体景象：“尸体”“胃”“头颅”“断头”“爪子”“肝脏”“人皮”等等。他反复使用“斧子”“刀”等一类暴力工具。“在黎明/在蜂鸟时光/在众神的沉默中/你像草原断裂”（《土地》），“那时候我已被时间错开/两端流着血/锯成了碎片”（《太阳·诗剧》），这些冰冷、孤寂的意象展现面前,呈现出诗人内心深处的悲沉与绝望。海子不仅突破了诗歌话语,还要关注时代精神的突围。这是语言与思的联合与互渗。在他一次次诗歌实验与形式突围中,他的“大诗写作”成为当代诗写重要的精神遗产。80 年代末,诗歌的反讽叙事逐渐盛行,与消费化、物质化的大众生活紧密纠结在一起,时代角落充满着欲望、功利的符号。海子逆流而上、迎难而上,在思想与艺术上的突围精神,显出一个时代中独特的诗人的艺术清醒与思想力量。走进海子诗歌文本,从中吸取营养,回到诗性,建构经典,成为今天众多诗歌写作者与研究者的精神资源。

海子早期的抒情“小诗”,以及《但是水,水》《河流》《传说》三部长诗的写作,与中国传统文化紧密关联,“粮食”“村庄”“土地”这一类意象在海子诗歌里一直象征着希望、收获、孕育、诞生。海子写道:“秋天丰收的篮子/天堂的篮子/盛放——‘果实’”(《秋天》),这饱含着诗人积极肯定的生命憧憬。但是,在海子晚期“太阳七部书”中,相同意象呈现出的却是反思、否定的情绪,海子自觉转向对“死亡”的形而上学的思考,从牧歌走向献歌,他自觉面对虚无、绝望、孤独、迷茫,这种“黑夜意识”的体验与认同,让海子对生命有了更为深入的发现与洞悉。“太阳映红的旷原/垂下衰老的乳房/一如黑夜的火把//人是八月的田野上血肉模糊的火把/怀抱夜晚的五谷/遁入黑暗之中//温暖的五谷/霉烂的五谷/坐在火把上”(《八月黑色的火把》,“黑夜”,是客观时间,也是反思对象,诗人通过这种客观现实的心里质询,去体验主观、超验感受,触摸内心与慰藉孤独。黑夜,像一张大网,罩住现实沉闷的大地,同时也支配惯常的理性思维,诗人在隐秘地带体验存在、反思自我、质询现实、观照内心,从而在以存在之真、超验之美抚慰焦虑、迷茫的现代心灵。心灵之真的可能性探索,建构了语言的信心、力量。

诗人对真、善、美投入较多热情与向往,不知疲倦,困其一生,孜孜以求——“不在显赫之处强求,而在隐微处锲而不舍”(荷尔德林语),他们以存在之真、发现之美去探索生命,寻找真谛,觅寻内心共鸣、精神栖息的时刻,通过审美化、艺术化的途径去暂时消解、克服生命焦虑与时代创伤。现实焦虑、困境,催化生命、艺术之诗的诞生。这些关于时代的表现主题也变成海子诗歌的重要内容。

三 ‖ 向死而生

诗人,是探险于人类精神的职业之一。这类探险是对被语言遮蔽的精神世界的探索。通过语言,探索自我真实的心灵秘密。“从抒情出发,经过叙事,到达史诗,他殷切渴望建立起一个庞大的诗歌帝国:东起尼罗河,西达太平洋,北至蒙古高原,南抵印度次大陆。”[12]海子坐在诗篇打造的“木头中”,甚至连“走路的声音”也已忘却,他成为被现实、时代所遮蔽的黑暗道路上的夜行者,简单而孤独,执着而清醒。

海子《死亡之诗》便指向了对焦虑、虚无、困乏、无力、孤寂、迷茫的存在思考。“漆黑的夜里有一种笑声笑断我坟墓的木板/你可知道,这是一片埋葬老虎的土地//正当水面上渡过一只火红的老虎/你的笑声使河流漂浮/的老虎/断了两根骨头/正在这条河流开始在存有笑声的黑夜里结冰/断腿的老虎顺河而下,来到我的/窗前//一块埋葬老虎的木板/被一种笑声笑断两截”(《死亡之诗(之一)》),黑夜,成为海子形而上学思考的文化语境与心灵在场,“笑声”从现世传来,在“这是一片埋葬考虑的土地”里,“笑声笑断我坟墓的木板”,老虎“在水面上渡过”“漂浮”,最终断了“两根骨头”,笑声四起的黑夜是何等寒冷.这是现世的隐喻,“河流”因而“结冰”,由此联想“死亡”是如此僵冷与真实,这只“断腿的老虎顺河而下”,在冰冻的河面上行走,以生命在场抵达我的“窗前”?“老虎”不过是诗人沉思的客体,他最终要走向实现“诗人”这一身份的建构。这个“坟墓”埋葬了“老虎”,“这一片埋葬老虎的土地”,这片“土地”的主人是“谁”呢?也许是“命运”自身。而诗人成为诗人很大程度上是对苦难所持有的同情态度,积极审视存在真相毗邻的虚无状态,通过对虚无的友爱与亲切聆听,触摸自身无法逃避的孤寂与创伤。这也许是“死亡之诗”不断激起读者情感共鸣的真正原因。

从《早祷与枭》这首诗开始透露出海子晚期写作“大诗”的精神倾向。他反复提到“太阳”,并对其精神实质与生命意味进行了沉思。“他要以‘太阳王’这个火辣辣的形象来笼罩光明与黑暗的力量,使它们同等地呈现,他要建设的史诗结构因此有神魔合一的实质。”[13]他以“枭”的形象来对话,这与后来晚期大诗“太阳七部书”精神气场相似。从此诗开始,他自觉摆脱了青春写作时的抒情话语,将抒情与哲理紧密地联系在一起,赋予生命更高的精神内涵与意指。直指“黑暗”,与“死亡”对话,在形而上学的精神维度,进行本体反思与自我建构。此诗不断出现“死”“死后”“沉落”“绝壁”“坟墓”“哭声”“埋下”等“字眼”,显出诗人混沌黑暗的创作状态,也呈现了诗人在沉思精神突围的途径,诚如“早祷”,面对的是“死亡”,但是吁求的是内心安宁、时代突围;远离现实世界中的焦虑、艰辛、创伤、虚无,在诗中探寻可能。海子《诗集》署时间为“1986·12”的诗,也第一次出现了“王”,而这个“王”又是与“村庄”相联系的,这无疑构成了海子晚期长诗“太阳七部书”创作上两大精神来源:一是母体文化(村庄、麦地、华夏文化、农耕文明),另一个是他者文化(王、太阳、基督、弥塞亚)。“诗集/珠宝的粪筐”,“诗集,穷人的丁当作响的村庄”,诗人遭遇世故、误解、漠视、艰辛、苦难,但在诗人这儿这一切经历变成了艺术创作动力。这种苦难的生命体验把诗人从现实维度拉开,与现世保持距离,从而创造黑暗孤独、焦虑心灵的精神之诗、生命之诗。在一个日益丧失诗意的时代,伟大诗篇通过语言创造提供了精神运思的可能,维系了生命的诗意通道。“诗集,我嘴唇吹响的村庄/王的嘴唇做成的村庄”,海子看重他的诗歌写作,这些“诗集”是“我”(“王”)用“嘴唇吹响”、用“嘴唇做成”的“村庄”,“村庄”,意味着收成、精神的归依,“诗人的天职是返乡,惟通过返乡,故乡才能作为达乎本源的国度而得到准备。守护那达乎极乐的有所隐匿的切近之神秘,并且在守护之际把这个神秘展示出来,这乃是返乡的忧心。”[14]海子通过“诗篇”孕育、创造他的精神故乡,他的“王者”心态再次确证了诗人的艺术信心与思想抱负。

《莫扎特在〈安魂曲〉中说》写道:“请在麦地之中/清理好我的骨头/如一束芦花的骨头/把它装在琴箱里带回”,“当我没有希望/坐在一束麦子回家/请整理好我那零乱的骨头/放入那暗红色的小木柜,带回它/像带回你们富裕的嫁妆”,《安魂曲》,是莫扎特写给时代的挽歌,呈现了命运不可逃避自身的哀伤与痛楚,这亦是诗人海子“我”的命运。像莫扎特、海子这类具有时代洞察力的天才,必然敏感而清醒地看到人类自身的局限(虚无),他们试图通过艺术书写来消解、克服负面性、否定性的生命情绪,他们以书写者的文化立场与思想身份慰藉、抚摸时代困倦、疲惫的现代心灵。诗人在1986年这一期间还写了大量赠诗。借赠诗的义,海子与受赠者对话,表现诗人的思想发现与生命体悟。比如,萨福、安徒生、梭罗、托尔斯泰、卡夫卡、莫扎特,他们同属于一个精神家园,他们对人类思想的精神冒险、对爱的执着、对人类绵绵苦难的深刻同情,与这个家族中诗人、哲学家、音乐家的对话,折射出海子的审美趣味、思想境界。“有境界则自成高格”(王国维语),海子独特的思想抒情与抒情思想,走出了“第三代诗”中“口语写作”一脉“非诗”写作的误区,实现了“诗人”自我身份的积极建构。

海子生命结束前,也写了不少“献诗”,其中多次出现“黑夜”这个意象。黑夜意味着人类精神的困境,他像荷尔德林、里尔克、特拉克尔等伟大诗人一样,积极转化黑暗生命消极的、否定性的情感体验,敢于直逼黑暗。“在分析了以往作家、艺术家的工作方式与其寿限的神秘关系后,海子得出这一结论;他尊称那些‘短命天才’为光洁的‘王子’。或许海子与那些‘王子’有着某种心理和写作风格上的认同,于是‘短命’对他的生命和写作方式形成了巨大的压力。”[15]从黑暗出发,勘探人类遮蔽意识中的精神可能。黑夜,既是实指的黑暗状态,也可归结成某种否定情绪——一种“向死而生”的存在意识,通过否定之否定来呈现人类精神世界的某种可能。“海子用生命的痛苦、浑浊的境界取缔了玄学的、形而上的境界作独自挺进……‘冲击极限’。”面对时代与现实,诗人必须远离客观现实与时代,精神遨游与超验想象的艺术书写,释放、缓解客观现实的焦虑、苍茫。“黑夜”,是自然的能指,也是生命的所指,“黑夜降临,火回到一万年前的火/来自秘密传递的火,他又是在白白地燃烧”,火,来自黑暗,照亮黑暗。只有充满胆量地对其质询、沉思,才能深刻目视到这“秘密传递的火”。这种精神之火照亮光明道路,让“火回到火黑夜回到黑夜永恒回到永恒”,精神之火不灭,铸就“永恒”,“黑夜从大地上升起遮住了天空”,黑暗的“天空”因为有了内部“黑夜”的升腾,从精神高处继续导引、上升,变成“大地”光明与憧憬。

海子一生虽短暂却留下了许多重要的经典作品,为当代文学、文化留下了重要精神遗产。海子与其作品均成为文学、文化符号,播撒文学的经典化、思想化的写作传统,也在人类遭遇精神危机之际不断启示人们诗性的生存。约翰·多恩写道:“无论谁死了,/我都觉得是我自己的一部分在死亡。/因为我包含在人类这个概念里。因此我从不问丧钟为谁而鸣,/它为我,也为你。”海子的创作,是对人性与时代最具有感染力量的精神回声,为我们认识当下时代精神、生命意识提供了一条精神通道。

海子为当代建构了自我认同与写作伦理，让我们重新让诗人回到“诗人”这一身份，洞悉生命的局限与忧伤，其“向死而生”的“黑夜意识”成为生命的另一种可能，这些正是海子与所有执着诗意书写的伟大诗人最具价值、意义之所在。

[注释]

[1][3] [美]海登·怀特：《后现代历史叙事学》，陈永国、张万娟译，8 页，中国社会科学出版社 2003 年版。

[2][4] 董迎春：《走向反讽叙事——20 世纪 80 年代诗歌的符号学研究》，19、158 页，苏州大学出版社 2013 年版。

[5] 董迎春：《当代诗歌：走向反讽中心主义》，载《社会科学研究》2012 年第 3 期。

[6] 海子：《我热爱的诗人——荷尔德林》，见《海子诗全编》，916 页，上海三联书店 1997 年版。

[7] 金松林：《悲剧与超载——海子诗学新论》，引言，2 页，广西师范大学出版社 2010 年版。

[8] 骆一禾：《骆一禾诗全编》，829 页，上海三联书店 1997 年版。

[9] 燎原：《扑向太阳之豹：海子评传》，206 页，时代文艺出版社 2006 年版。

[10][11] 金肽频主编：《海子纪念文集》（评论卷），6、9 页，合肥工业大学出版社 2009 年版。

[12][13][16] 海子：《海子诗全编》，序，西川编，9、3、4 页，上海三联书店 1997 年版。

[14] [德]海德格尔：《荷尔德林诗的阐释》，孙周兴译，31 页，商务印书馆 2000 年版。

[15] 海子：《海子诗全编》，西川编，923 页，上海三联书店 1997 年版。

（原载《南方文坛》2014 年第 3 期）

广西布努瑶民歌艺术初探

以民歌体“分讲”“呼咿”“离贯”为例

□ 黄海云

瑶族是一个善歌的民族，其民间歌谣体裁形式多样，有着鲜明的民族特点。“瑶族是一个不同支系的几部分人构成的民族共同体。按语言和习俗信仰，瑶族可划成三大支系：一、操勉语的盘瑶支系（包括讲勉语金门方言的山子瑶）。……二、操苗瑶语族苗语支的布努瑶支系（包括布努、白裤瑶、花蓝瑶和部分红瑶）。……三、操壮侗语族侗水语支的茶山瑶支系。”[1]

由于瑶族各个地区的生活特点各异，语言不同，因而艺术风格呈现丰富多彩的状况。广西都安、巴马、东兰、金秀等县是布努瑶支系的主要分布地。同是瑶族，语言有别，同是布努瑶民歌，腔调各异。由此形成了布努瑶支系丰富的民歌艺术形式，以下以三种布努瑶民歌体“分讲”“呼咿”“离贯”进行分析。

隽永的五言四句歌体：“分讲”

在广西都安瑶族自治县的中部及东部地区，那里绝大多数布努瑶群众都爱唱“分讲”。由于当地瑶族与他族群众长期杂居，相互影响，“分讲”这种新的民歌体应运而生，可谓是一种瑶、壮、汉民族文化交流的产物。

民歌体“分讲”的歌词用壮语，曲子是瑶调，歌词有固定的字句，形式为五言四句。韵脚不甚讲究，一般多押脚韵，少数押腰韵。形式与壮族的民歌“欢”相似。在今天，“分讲”成了布努瑶许多地方情歌的主流。

（一）“分讲”产生的原因

“分讲”是伴随民族间的交流而产生的。在布努瑶的发展历史中，由于民族间的杂居、迁徙、贸易等情况，布努瑶人与壮族群众在生产、生活、斗争、婚丧、节庆等社会习俗中，产生了必不可少的交往活动。当地布努瑶人大都会两种以上语言。布努瑶人好客大方、勤劳、重情、淳朴，深得壮族同胞的敬佩。一些瑶、壮群众结为“布荡”（壮语，即“打老同”）。节庆时，瑶、壮群众相互探望，喜酒同饮，共分劳动重担，情同手足。这种亲密的跨民族“布荡”关系代代相传。一些开明的父母，还允许子女们跨民族谈恋爱，民族间的通婚现象日渐增多。此外，壮族有“歌圩”，瑶族有“达努节”，这些民族节日往往就是大型的赛歌会，参加的群众有时成千上万，场面热烈，参加者不限于本民族的歌手。由于语言相通，壮、瑶族歌手在赛歌、对歌过程中，双方交流了思想感情，促进了民歌艺术的普及与发展。

布努瑶民歌在发展历程中，借鉴其他民族的文化因素，不断丰富与发展民族的艺术形式，这是“分讲”产生的主要原因。在传入瑶族地区的民间文学作品中，往往又按照本民族的风俗、愿望、情感来进行改造，使外来的民歌具有本民族的特色。

（二）“分讲”融合了汉、壮文化因素

分讲受汉族文学的影响。“分讲”中的一首《唱梁祝》可作旁证。汉族的梁祝故事在都安布努瑶民歌中，增加了许多民间的风趣细节。如梁山伯策马去追英台时，追到红水河畔的达墨（地名），梁山伯向山雀鸟打听祝英台的去向，山雀鸟“久久吉”地叫，意思是告诉梁山伯，祝英台已到了板九板吉（都安的一个地名），梁山伯不胜感激，脱下头上戴的帽子给山雀鸟。所以现在山雀鸟头上都戴有帽子。山伯继续上路，到板吉坳后碰到岔路，他又问了路旁的小草。因为不慎，他先撒尿淋湿了小草，小草恼火骗他说：“英台上板吉坳去了。”山伯追上坳顶，面向山崖，无路可走，只好打马回头。由于山路陡滑，山伯不幸摔下马身亡。人们把山伯安葬在板吉坳畔。祝英台知道此事，很是伤心，她转回来在山伯的墓前大哭。不料墓门大开，英台投身进入后，人们发现他俩变成一对蝴蝶飞上了蓝天。瑶族人民为了纪念这对情人，在板吉坳立了一座庙。行人路过时，总要到庙门石碑前缅怀一番。从梁祝故事进入瑶族民歌“分讲”的歌唱内容，可看出汉族文学对瑶族歌谣的影响，亦可推断“分讲”歌体产生的年代至晚应于近现代。

“分讲”受壮族民歌的影响。“据说，‘分讲’是‘欢壮’的变音，‘欢壮’则是‘壮欢’的倒装词，‘欢’是壮族民歌的一种。由此可以看出，瑶族的‘分讲’与壮族的‘欢’有着某种‘血缘’关系，但它们又各自具有本民族的情调和风味。”[2]

“分讲”配的是瑶调，但歌词不仅用壮语唱，在内容和形式上也受到了壮欢的影响。从下面这首歌谣中亦可看出：“想起吃果嘴巴甜，爱挖果根种心间；想起当初唱杂旺，愿剥老皮当少年。”[3]杂旺是瑶语，又译为“撒旺”，谈情说爱的意思。本来是一首壮“欢”，作者稍改了第三句末尾三个字（原来是“抛绣球”），加了瑶族特有的文化因素“唱杂旺”，形象地刻画了一个老

歌手的形象。就像想起吃果嘴巴会甜那样,想起年轻时唱杂旺的情景,许多幸福美好回忆又涌上心头,"愿剥老皮当少年",直白的表述,反映老歌手怀念青春的情怀。这首瑶歌巧妙地借用了壮族民歌,表达布努瑶人的情感。

(三)"分讲"的内容特点

布努瑶新民歌体"分讲"以男女间恋爱情歌为主。如:

烧烟坐在山坳口,/想起情妹泪水流。/一筒草烟烧一半,/一半留等妹来抽。

因意思及旋律的需要,汉译瑶歌打破了原来的五言格式。歌中由抽烟引起对情人的无限眷恋。抽烟曾是布努瑶人的日常民俗,人们腰间常挂烟斗,劳动时带在身边。青年男女烧烟烧到一半,心中想起情人时,往往要灭掉烟火,留下一半烟叶,用树叶包起来,留作下一次见面时的赠礼。当对方接到这些特殊礼物时,感慨之情自是难以言表。短短四句情歌逼真地写出了布努瑶男女青年的恋爱生活,展现了布努瑶地区的民族风采。

历史上瑶族人生活艰苦,经历许多天灾人祸,瑶民亦习惯以"分讲"歌体演唱苦歌,长篇《孤儿歌》属于这一类。歌中唱出孤儿没有爹娘的苦楚,令人同情。"分讲"苦歌中还有吟唱寡妇悲惨命运的内容,如《寡妇歌》中唱:

四月日头热炎炎,/晒枯苞谷在秆间。/阿妹我年纪轻轻就守寡,/心事重重左思右想魂欲断。

年轻女性守寡,就如被日头晒死在玉米秆中间的未成熟的苞谷。守寡生活路还长,膝下无依无靠;若是改嫁,花已谢,爱情难再来。歌词把她悲痛的心情描写得淋漓尽致。

"分讲"作为布努瑶近代新兴的民歌体,留传至今,与它独特的艺术构思密切相关。这种诗歌形式短小精悍,四句意思自成一节,易诵易记,回环往复,节节递进,有一种余音绕梁的节奏美。"分讲"成为布努瑶人抒情言志的方式,其内容具有鲜明的地方色彩与民族特色。

"分讲"多采用比兴艺术手法,有比有兴,由兴见情。在创作中,前两句往往以隐喻或借喻来渲染形象或意境,至后两句听众才悟到它的真实含义与所指,使人产生恍然大悟的感觉,可谓民众智慧的充分体现。如下面的一首小歌:

飞下来呃美丽的巧乖,/跳下来呃会唱的画眉。/来造世创业,/来起屋同住。

歌谣的第一、二句，唱者希望生活中的吉祥物——画眉鸟飞进自己的家中，第三、四句，作者点明意图，希望姑娘与自己一起结成伴侣，共建家庭。歌词用隐喻修辞手法，把年轻姑娘比喻为画眉鸟，歌词言简意赅，用意巧妙委婉，让人们产生联想与猜测。

“分讲”虽属于一种比较新的歌体，但是，它继承了瑶族古歌一些传统的艺术形式，如重叠句式。“分讲”多押脚韵，二、四句押韵较多。节奏比较鲜明，除因为押韵产生的效果之外，还因为字数相当的重叠句式所产生的艺术效果。“分讲”的重叠方式有三种，一种是连句重叠，如上面的“飞下来呃美丽的巧乖，跳下来呃会唱的画眉”；一种是跳句重叠，也就是隔一句或数句后再重复，如“此地若是福地，鸡蛋摔下它会崩；此处若果是龙处，鸡蛋摔下它会烂”（《萨当琅》）；一种是段落重叠，如《孤儿歌》中的唱词。重叠句式，有时是为了强调意义或突出感情，有时是为了使意思对比更鲜明。“分讲”的叠迭结构是民间口头文学的一个主要表现手法，也是受布努瑶长篇创世古歌《密洛陀》的艺术手法影响的结果。《密洛陀》古歌在布努瑶人的节庆婚葬等日常生活中被经常习唱，以表示布努瑶人对祖先的怀念与感恩，对于新的瑶族民歌艺术形式产生了积极的影响。

内心情感的强烈抒发：七行歌体“呼咿”

在都安的雅龙、六也、百马，巴马县的羌圩，平果县的力明、榜圩、旧城，马山县的永州等布努瑶分布地区，流行着一种“呼咿”歌。“呼咿”歌是瑶族群众在过去劳动与反抗压迫的斗争中产生的。最早多唱的是苦歌。据瑶族群众相传，“呼咿”歌产生的年代久远，那时瑶族人民住在高山上，没田没地，过着游猎的生活，长年累月吃不饱穿不暖，过着牛马不如的生活。有一年，穷苦的瑶人想向山下的财主租种山地，便一起去财主家恳求。蛇蝎心肠的财主就是不给。瑶人在返回的路上，他们互相肩靠肩，手拉着手，唱出心中的苦歌。每段歌的末尾，男女同声悲怆地大声呼喊“呼——咿——”，因而得名为“呼咿”歌。

（一）“呼咿”歌的格式

“呼咿”歌一般为五言或七言一句，九言一句的较少。每段歌词有七行。“呼咿”歌的创作构思十分独特，前四句的意思多为比兴、描写或衬托；第五句多是独词句，重复第四句的最后三个字，以引起注意，加重意思，增强歌唱的气势；第六句则是点睛句；最后以象声词“呼咿”来结尾。“呼咿”歌结构简洁谨严，直抒胸臆。第四句与第六句是全诗感情最强烈的地方，常用设问句式、感叹句式、反问句式。尤其是第六句，把简短的前四句歌词的主旨揭示得十分准确，是一首歌的诗眼所在。“呼咿”歌的艺术创作形式类似于民间的歇后语，但比歇后语的形式更复杂，表现能力更丰富，是民间智慧的集中体现。在押韵方面，“呼咿”歌大都押脚韵，逐句末字押通韵,但往往不是十分严格。若一个主题的歌谣由数阙"呼伊"歌组成,则数阙"呼咿"歌仍押相同的韵脚。

(二)"呼咿"歌的应用

排解苦闷,发泄情绪。"呼咿"歌最初的创作源起于诉苦与排解心中苦闷,因此许多优秀的"呼咿"歌大都为苦歌类型。以下是一段苦歌:

过山瑶人岭过岭,/好像山鼠寻草根,/山鼠寻草有草啃,/瑶人没饭沾嘴唇!/沾嘴唇——/皮包骨来筋勒筋!/呼咿——

开山一春又一春,/没有一春能安宁,/开山开好一块地,/就被财主赶出岭!/赶出岭——/泪滴石板都穿心!呼咿——

单只斑鸠叫孤岭,/又是凄凉又冷冰,/家当背在背篓上,/你说伤心不伤心?/不伤心——/过岭黄猄都呆惊!/呼咿——

一个鼎锅盖坳顶,/寨族一片黑沉沉,/天宽没有一路走,/地遥没有草半根。/草半根——/苦过黄连泡卡京!/呼咿——[4]

"卡京"即瑶话称的"苦荬菜"。以上苦歌,写得情真意切,语言朴素,但意义十分深刻。歌中把瑶人所受的苦难写得入木三分,揭露了封建统治阶级压迫穷人的罪行。封建时代的瑶族群众,其生活连一只山鼠都不如:山鼠还能找到草根啃,过山瑶人连一粒米都找不到,连藏身之地也没有。生活之苦,就如"黄连泡卡京",苦上加苦,叫人听后心酸。

新中国成立后,在中国共产党的领导下,瑶族群众从黑暗中看到光明,他们欢天喜地,创作出新的"呼咿"歌来抒发长久压抑后的喜悦心情:

隔水金鱼游大江,/被困画眉得飞翔,/干枯榕树逢春水,/怎不说来怎不唱?/怎不唱——/开口先唱共产党!/呼咿——

"呼咿"歌比喻贴切,以其言简意赅的形式,抒发内心的强烈情绪,不仅能揭露旧社会的苦,也能用来歌颂新社会的甜。在感叹时政方面,是一种很有力的艺术形式。

谈情说爱,交友联谊。"呼咿"歌最初主要抒发对困苦生活的愤懑与不平,发泄心中的情绪。后来,男女在谈情说爱时,也运用这种民歌形式对歌来建立感情。每逢达努节或年节,瑶族人在家中摆起歌堂,双双坐下来面对面唱歌。一般以两两为一对歌小组,人多则到另外的地点开新歌堂。全寨老少围在歌堂边欣赏对歌。到了深夜,如果双方对歌对得情投意合,在相送途中,男女歌手仍旧一唱一答,引类譬喻,考验对方的智力与反应能力。一些布努瑶青年就通过对唱呼咿歌定下终身。

"呼咿"歌在表现男女情感方面,受歌谣形式的限制,有着直白坦率的特点。以下是几首由河池兰景峰于 1981 年收集翻译的珍贵的"呼咿"情歌:

我过九十九个岗,/没见桃花这么香,/蜜蜂如果飞错路,/错飞怎到枝头上!/枝头上——/不知今日为哪桩?/呼咿——

我过九十九条江,/没见金鱼跃上岸,/钓鱼的人拿错钩,/金鱼怎把钩来上?/钩来上——/不知今日又何妨?/呼咿——

我过九十九片林,/没有画眉这么唱,/拿鸟媒人没错路,/错拿媒鸟怎成双?/怎成双——/不知今日为哪样?/呼咿——

我走九十九条路,/没见马把四蹄扬,/持绳的人没看错,/马怎自会套绳缰?/套绳缰——/今日吉祥不吉祥?/呼咿——

我走九十九蝆场,/没有人像你漂亮,/引路的人没引错,/看你怎像花一样!/花一样,/不知今日何思量?/呼咿——

我交九十九个友,/没人像你好心肠,/如果我是没想错,/麒麟怎愿配凤凰?/配凤凰——/苦瓜过日也甜香!/呼咿——

这首歌谣由五阙"呼咿"歌谣组成,主题是赞美恋爱中的对象。歌中每阙中暗含着比兴,如第一阙,以桃花比姑娘,以小伙比蜜蜂,蜜蜂飞到花枝上来比小伙与姑娘的相遇;第二阙,以金鱼喻姑娘,钓鱼人喻小伙,拿钩者钓金鱼,喻小伙与姑娘的相遇;第三阙以媒鸟引画眉成双来喻小伙与姑娘的相遇;第四阙以马喻姑娘,以套马者喻小伙,套马者拿缰绳套马,喻小伙子相中了姑娘。整首歌谣中,又蕴含了一个整体的比兴手法,歌唱者用走过的"岗、林、江、路、蝆场"来做铺垫,最终目的是为了与"交友"相比,烘托姑娘是小伙人生中所见到的最理想的对象。这些的"比",比得自然,比得夸张,又透露出温柔的爱意,使对方沉醉,难以忘怀。小伙与姑娘分别后,他又依依不舍地唱道:

别妹像儿别爹妈,/哥的眼泪纷纷下,/儿别爹妈有日见,/别妹哪时才见花?/才见花——/我俩才能谈情话!/呼咿——

别妹就像鸭别母,/哥的眼泪流簌簌,/鸭仔别母会长大,/我别情妹谁抚育?/谁抚育——/树无春雨树会枯!/呼咿——

别妹像别亲兄弟,/哥的眼泪像细雨,/兄弟有时会见面,/别后几时才见你?/才见你——/我俩才能把情提!/呼咿——

这组歌谣,亦是采用了比兴的手法,以“儿别父母、鸭仔别母、离别亲兄弟”来比情人离别,描述了其难分难舍难以忘怀之情。

民歌的比喻有时是直白粗俗的:情感不像牛肠一样,宰牛后即可看到;情感是看不见摸不着的东西,只能深藏在心底却无法让对方知道。这种以“呼咿”歌来表达爱意的习俗,感情朴素,真挚自然,有着很强的艺术感染力。

这让我们想起《诗经》的第一篇《关雎》,《论语》“八佾篇第三”中孔子对《关雎》的评论为“乐而不淫,哀而不伤”,他在《礼记》“礼运篇第九”中也有“饮食男女,人之大欲存焉”之类的观点。饮食男女,是人后天的基本欲望,生物界中的动物都是如此,人类的文化从此出发。人生的伦理,是由男女相爱而成为夫妇开始的,所有社会一切的发展,都是由性的问题开始。“关关雎鸠”中男女之间的爱,与“呼咿”歌中表现的爱,都是自然、纯朴的人类情感的自然流露,性的本质不是罪恶,只要生命存在,就一定有这个大欲,但处理它的行为如果不对,就是罪恶,所以有“乐而不淫”的说法,淫是过度的意思。“哀而不伤”,在《关雎》中,“求之不得,辗转反侧”,是对主人公痛苦焦灼心情的描绘。尽管里面有哀怨,但并不到伤感、悲观的程度。反观“呼咿”情歌,与《关雎》篇何其相似!这种对人之大欲的坦诚追求,是真挚感人、毫无掩饰的,是人的情感的自然表白与流露。

布努瑶的“呼咿”歌,内容丰富,它是瑶族民歌百花丛中的一朵未被大众熟识的山茶花,现由地方的瑶族群众翻译整理的“呼咿”歌仅有二十多首,还有许多民间的“呼咿”歌有待收集整理。

气势雄壮的连珠格歌体:“离贯”

布努瑶之支系花蓝瑶中,还有一种独特的民歌艺术形式,名为“离贯”。“离贯”主要流行于金秀县六巷公社花蓝瑶群众当中。曲调优美,歌词别具一格。

“离贯”是花蓝瑶语,是离远的意思,又名“嘎纸”(隔山的意思)、“瓜架”(过路的意思),即相距很远的两村歌手在一起唱的歌,用“离贯”这个衬词作起头,然后对唱或共唱。这种民歌的内容,可以抒情,也可以叙事。它有着独特的艺术形式:“离贯”歌是长短句结合的自由体,首无定句,句无定字,像放连珠炮一样,一气呵成,意完歌止。它有一个严格的要求:单句首尾相连,双句首尾相扣。即第一句之尾是第三句之首,第三句之尾是第五句之首,依此类推;第二句之尾是第四句之首,第四句之尾是第六句之首,依此类推。如此连环相扣,贯穿于整首歌的始末。以《起石牌》为例:

乌云纷飞扰天乱,/强盗横行闹地翻,/扰天乱,瑶家住不安,/闹地翻,瑶家住不甜,/

住不安，急请兄弟我寄讯，/坐不甜，大起石牌我寄钱，/寄讯飞过瑶山顶，/寄钱绕过瑶山脚。/讯飞山顶，就邀兄弟来帮助，/钱绕山脚，就起石牌来支援，/来帮助，兄弟如风到我寨，/来支援，团丁如潮达我村，/到我寨，齐弯弓，/达我村，齐放箭，/齐齐弯弓守我寨，/齐齐放箭保我村，/守我寨，人多势众筑铜墙，/保我村，强盗蛮子不敢犯，/寨如铜墙瑶家住才安，/贼不敢犯瑶家坐才甜。[5]

旧时瑶族数村联合组成石牌团，如有战事，大家立刻集合，奔赴战场，称“起石牌”。这首“离贯”歌由于环环相扣，结构谨严，气势雄壮，就如战斗的号角。“离贯”歌无论是抒情还是叙事，能够紧紧抓住听众，因而能获得较好的效果，这种艺术修辞手法，又称为“连珠格”。

“离贯”歌特别讲究排比、对偶，对于押韵并不苛求，能适当押邻近的韵就可以，不能押也不勉强，不因辞害意。如上面句末的“乱、翻、安、甜、钱、援、箭、犯”等字押韵，但“讯、顶、脚、助、寨、村、弓、墙”并不押韵。

“离贯”歌节奏分明，主题紧凑，情节发展主线清晰，无论是抒情还是叙事，“离贯”歌的主题都十分集中，不能漫无边际、游离主题地东拉西扯，忌讳拖沓冗长，不能任意添枝加叶地增加内容。因此它的语言多是“铺陈其事”，直抒胸臆，唱起来有如行云流水，一气呵成。在比喻方面，该歌体往往有较高的艺术造诣，从生活日常事物中援譬设喻，明喻暗喻交替出现，含而不露，耐人寻味。瑶族人称唱民族史、家史为“唱根底”，合根底是把两家的家史合为一家史，比喻男女结合成家。“离贯”歌《合根底》唱道：

问情妹还记不记得往日的情意？/问娥卓还记不记得昔日的情恩？/记得往日的情意就饭共包，/记得昔日的情恩就油共缸，/饭共包，同吃格外甜，/油共缸，炒菜分外香，/格外甜来合根底，/分外香来合底根，/合根底，纱铺情路刀难断，/合底根，绒架情桥火难熔。

整首歌谣的感情渲染力很强，令听者感触万分，回味无穷。

当代民俗学家段宝林先生曾讲：与作家文学相比，民间文学具有实用价值、科学价值和艺术价值，“民间文学既然有着如此巨大的社会价值，我们不但要充分热爱它、重视它，还要动手去搜集它、研究它”[6]。布努瑶的“分讲”“呼咿”“离贯”等民歌体形式独特，表现力丰富，有些在瑶族民间流传甚广，有些则因各种原因行将消失。现翻译整理出来的瑶族各歌体的民歌作品数量不多，然其社会价值应受到各界有识之士应有的重视。

[注释]

[1] 王明生、王施力:《瑶族历史览要》,6页,民族出版社2005年版。

[2] 黄书光等:《瑶族文学史》,绪论,15页,广西人民出版社1988年版。

[3] 广西民间文学研究会编:《瑶族民间文学资料(一)》(内部参考资料),2—4页,1981年印刷。本文所引"分讲"歌均由兰书京收集翻译。

[4] 广西民间文学研究会编:《瑶族民间文学资料(一)》(内部参考资料),8—11页,1981年印刷。本文所引"呼咿"歌均由兰景峰收集翻译。

[5] 广西民间文学研究会编:《瑶族民间文学资料(一)》(内部参考资料),22—25页,1981年印刷。本文所引"离贯"歌均由王旷新收集翻译。

[6] 段宝林:《中国民间文学概要》,50页,北京大学出版社2002年版。

(原载《南方文坛》2014年第4期)

此山　此水　此人

山水实景演出的艺术法则与核心价值

□ 黄伟林

2003年8月16日，经过长达五年时间的磨炼，梅帅元制作的世界首台山水实景演出《印象·刘三姐》在桂林阳朔正式开排。2003年10月1日《印象·刘三姐》正式对外公开售票，迎来它面对市场后的第一批观众。2004年3月20日《印象·刘三姐》正式公演。此后，这台世界首创的山水实景演出大获成功，每年观众逾百万，十年不衰，成为人类演出史上的奇迹。

2004年，《印象·刘三姐》荣获国家首批文化产业示范基地称号，2005年荣获中国十大演出盛世奖、首届文化部创新奖。《印象·刘三姐》的成功，引发了全国性的实景演出热。

山水实景演出从策划开始至今已经十五年，正式演出至今已经十年。然而，山水实景演出究竟是什么？长期以来，研究者对山水实景演出有许多说法，但往往盲人摸象，无法说出山水实景演出的真谛。山水实景演出好像神龙见首不见尾，至今也没有对世人显示其真相。甚至，对山水实景演出这个概念的理解还存在诸多误区。理解的误区直接导致了对山水实景演出价值的认定。那么，山水实景演出究竟是什么？它的核心要素究竟是什么？它有什么样的艺术法则？山水实景演出与传统舞台演出的区别在哪里？山水实景演出具有什么样的价值？本文试图对这些问题做出回答。

当山水实景演出正式出现之后，一些研究者迅速将这种演出形态与西方的景观戏剧、环境戏剧进行比附，把《印象·刘三姐》看成在西方经典景观歌剧《图兰朵》《阿依达》《托斯卡》等作品的启发影响下创作的作品，甚至有论者直接把《印象·刘三姐》《印象·丽江》等山水实景演出命名为景观剧。显然，这是一个巨大的认识误区，它恰恰反映了中国学术界"失语症"的状态，似乎没有西方的概念就无法说出中国的话语。这种研究方式有时候会遮蔽极具创造力的中国现实，是典型的缺乏文化自觉的表现。别的不论，单就山水实景演出这种艺术形式而言，如果将其归为西方景观戏剧或环境戏剧的门类，不仅是研究思路上的南辕北辙，而且流失了中国艺术界巨大的原创品牌。无论如何，山水实景演出是中国艺术家的重大创举，它的价值和意义，将随着时间的推移和演出的品质，越来越大放光彩。

认真研究《图兰朵》《阿依达》《托斯卡》等景观歌剧，可以发现，景观戏剧仅仅是以人文景观为舞台背景，其演出理念是“让戏剧回故乡”。简单地说，景观戏剧是将排好的戏剧拿到戏剧故事发生地去演出。这些景观戏剧在创意和排练阶段与传统戏剧几无二致，只是在某些时候，将演出搬到与剧情相关的人文景观所在地进行。相比之下，如果我们了解山水实景演出诞生的全过程，就会明白山水实景演出与景观歌剧完全不是一个概念，其创意与景观戏剧完全无关，其效果也与景观戏剧完全不同。

《印象·刘三姐》总导演张艺谋曾对《印象·刘三姐》大加赞誉，称之为“一场完全打破传统的演出”，“是你在都市的剧院里无法感受到的诗情画意”，“是中国演出史上最大的视听奇观”。[1]

《印象·刘三姐》还在排练的时候，总导演之一的樊跃就从剧场演变史的角度高度评价了这个项目的革命意义。他说：“最初，原始人类是在露天状态下欣赏表演的，那时的表演可能是宗教仪式，之后人们在剧场里看戏，在电影院里看电影，因为有了电视，人们开始在家里看电视、看影碟，《印象·刘三姐》又一次把观众带回了自然。然而，这一次的自然与原始时代的露天当然不能同日而语。戏剧是在一个新的层面回归自然。”

樊跃认为：“山水实景演出这个概念实在太有价值了，它产生了一种全新的演出关系。我们导演过很多节目，但所有的经验都没有用了。但我们很高兴，因为，越没有用，越说明这是一个创造性的、新鲜的东西。它一举将戏剧、影视这种室内文化转变成为一种回归大自然的文化，并因此爆发出一次人与自然互相观赏、互相领悟的方式。”“这实在是一个创举，说伟大也不过分，想出这个主意的人称得上伟大，谁想出来，谁爆发出来，都会让千万人受到鼓舞。”[2]

想出这个主意的人正是后来被称为山水实景演出之父的梅帅元。

樊跃是对西方戏剧有深入研究的导演，他很清楚地知道从古至今的西方戏剧演变和当下多种多样的演出形态。即使是这样一位在当代戏剧前沿的作家，他仍然惊讶于山水实景演出这一概念的提出。由此可见，山水实景演出显然不是“西已有之”的景观戏剧或环境戏剧。

的确，在《印象·刘三姐》之前，山水实景演出是人类历史上尚未出现的演出形态，它无法归属于任何一种演出门类，因此，人们也无法用既定的艺术法则去衡量它。这是它难解的地方，也是它伟大所在。它的剧场、演员、艺术法则和观众全部发生了变化。如果说得通俗一些，可以这样认为，实景演出是一种以特定的自然地貌或人文景观为舞台，以当地文化为主要内容，以原住民为主要演员，以游客为主要观众的演出方式。

从剧场角度，山水实景演出彻底放弃了传统演出的“墙”的概念，将演出置放在山水实景之中，真实的山水自然成为舞台和观众席。具体到山水实景演出的开山之作《印象·刘三姐》，两公里的漓江水域为舞台，十二座阳朔山峰和广袤天穹为舞台布景，河湾小岛是天然的观众席，绿色植被和梯田造型完美结合成看台。山峰河谷与清风流水的复合构成音响空间和音响效果。纯自然的水光山色、明月星辉与现代化的灯光合作造就了与传统剧场完全不同的光影视觉效果。

从演员角度，原住民演员彻底取代了专业演员。甚至，山水自然在这个演出中不再是舞台和布景，而被赋予了生命和灵魂，山水自然同样成了演员的一部分。

从艺术角度，由于剧场的改变，在山水剧场这样恢宏的尺度里，人显得很小，所以，山水实景演出必须创造自身的艺术法则，传达传统舞台演出所不具备的内涵，获得传统舞台演出所不具备的艺术效果。

山水实景演出这个概念最初源于 1998 年梅帅元在漓江边的创意。

近年来，梅帅元及其团队成员基本上以“此山、此水、此人”来描述山水实景演出的特点。[3]“此山、此水、此人”成为山水实景演出约定俗成的艺术法则。

对“此山、此水、此人”这一表述的理解，关系着对山水实景演出的认识。在我看来，“此山、此水、此人”作为实景演出的核心要素，可以转换为“山水”“人”与“这一个”三个关键词。或许只有如此分拆和重组山水实景演出的要素，才能透视这种演出形态的全新价值。

本文试图对“山水”“人”与“这一个”这三个关键词进行解析，进而阐释山水实景演出的艺术法则和核心价值。

首先阐释山水实景演出的山水。

山水是山水实景演出的第一要素，是山水实景演出的实景所系，但又不止于实景，它同时还是情怀，还是艺术修辞。

这是山水实景演出与西方所有演出形态最根本的区别。

山水本身是中国文化的重要概念。山水文化，是中国文化有别于西方文化的重要文化形态。在中国，山水至少有三个层面的内涵。第一个层面，山水是中国最典型的自然形态。山中有水，水中有山，山水依依，山水在中国往往是一个不可分割的整体。第二个层面，山水是中国人最典型的生活形态。在山水田园中衣食住行、渔樵耕读，几乎可以看成是中国人的理想生活。第三个层面，山水是中国最典型的审美形态。世界上也许只有中国才有完整美学意义上的山水诗和山水画，在这个意义上，山水实景演出可以理解为是中国山水诗和山水画之后，山水艺术的又一个创造，它同样将形成其完整的美学思想和艺术法则。

山水自然形态、山水生活形态和山水审美形态，它们有一个共同的山水哲学思想贯穿其中。中国的哲学打下了深刻的山水烙印。无论是儒家的仁山智水，还是道家的道法自然，以及佛家的“天下名山僧占多”，山水始终是中国主流文化的精神寄托。甚至在中国民间也有系统化的山水理论，即风水理论。依山傍水是风水最基本的原则之一。中国民间文化认为，山是大地的骨架,水是万物生机之源泉,山、水与人的和谐,成为人幸福的源泉。

梅帅元出生并生活在广西。广西是典型的山水世界。还在青少年时代,梅帅元就因为职业原因走遍了广西的山山水水,尤其对甲天下的桂林山水情有独钟。在山水实景演出创意最初形成的策划书中,梅帅元如此表述山水实景演出的内涵:“把最好的演出放到最美的山水之间完成,使之形成交相辉映的境界。”[4]显而易见,山水,尤其是最美的山水,是梅帅元山水实景演出最核心的要素,是这样一种全新的艺术形态核心价值所在。

在山水实景演出体系中,山水成为实景,实景即山水。这个实景有两重含义:一重含义是实景剧场,山水本身成为剧场,包括了舞台、布景、观众席、声色环境;第二重含义是实景生活,在实景剧场上演的,是真实的生活。

同时,在山水实景演出体系中,山水不仅止于实景,不仅是实景所系,同时还是山水实景演出的情怀所系和修辞所系。

何谓情怀?一言以蔽之,人文情怀。山水寄托了人文情怀。

如上所述,在中国,山水已经不局限于自然形态,它同时是生活形态和审美形态,是有哲学思想支撑的文化形态,因此,在山水实景演出中,山水不仅是承载演出的实景,而且呈现了演出的人文情怀。山水实景演出是建立在中国深刻的人文理念基础上的艺术创新,用梅帅元的话说,这一深刻的人文理念“源于儒家的‘天人合一’,源于道家的‘道法自然’观及中国文人所说的‘寄情山水’”[5]。因此,山水实景演出的山水不再是纯粹自然的山水,而是打上了深刻的中国文化烙印的山水,是寄托了创作者情怀的山水。

于是,在山水实景演出中,山水不仅是自然的,是典型的中国山水自然;而且是文化的,是典型的中国山水文化;更是情感的,是典型的中国情感。

何谓修辞?

山水作为修辞,其含义为:在山水实景演出中,山水不仅是实景、是情怀,而且是艺术表现方法,是用来传达和表现演出内容的艺术形式,甚至,山水成为演出的主体——演员本身。

对此,山水实景演出的创始人梅帅元非常明白,他指出:“传统演出是在剧院有限的空间里进行,这场演出则以自然造化为实景舞台;传统的舞台演出是人的动作,而山水实景演出是人与上帝的合作。我们的演出,主创人员只做了一半,另外一半是上帝在做!”[6]

所谓上帝在做,可以理解为山水在做。上帝借山水之手,参与了山水实景演出。早在《印象·刘三姐》正式开排阶段,就有研究者发表了文章,称之为“上帝与人的杰作”[7],称演出剧场为“上帝预留的剧场”[8]。毫无疑问,上帝在这里化身为山水,它与人合作,完成了编剧、导演和演员无法完成的内容。

对此,谢国权说得颇为直观,他说:“实景演出的精髓在哪里,就是作为实景的山、水、树木、花草全部情感化,这是实景演艺的精髓所在。用它的情感,自然环境——水、石头、树木的情感化来辅助、来体现人的情感,而且这种体现人的情感的冲击力也不亚于在舞台上。”[9]

山水不仅具有情感,山水甚至成为演员本身。如梅帅元所说:《印象·刘三姐》“周围十二座山峰是演员,身边的漓江水是演员,眼前捕鱼的鸬鹚也是演员,参与其中的每一个元素都在‘表演’”[10]。

简言之,山水实景演出是一场“人和自然共同完成的演出”[11]。

其次,阐释山水实景演出中的人。

值得注意的是,当我们把山水理解成山水实景演出的第一要素的时候,并不是要贬低人在山水实景演出中的价值。事实上,从上面的论述可以看出,山水在山水实景演出中已经不是单纯的自然存在,而是集自然与人文、物理与情感于一身的存在,它打下了深刻的人的烙印。山水甚至成为人本身。正是在这种与传统截然不同的舞台上,出现了与传统舞台演出截然不同的人。

山水实景演出与传统舞台演出在演员上的一个最大的区别在于,传统舞台演出是专业演员,山水实景演出是原住民演员。

山水实景演出选择群众演员,固然有演出成本的原因,但更重要的,仍然是出于山水实景演出核心理念的需要。“此山、此水、此人”,在山水实景演出中,人是特定的“此人”。这个“此人”,即梅帅元反复强调的“原生态的人”。在梅帅元关于山水实景演出的表述中,有一个表述同样引人注意,即“山水实景”加“原生态人民生活”。[12] 显然,“原生态生活”正是“原生态的人”的生活。

“原生态人民生活”至少具有双重含义:第一重含义指的是山水实景演出的演员是山水实景所在地的原住民,第二重含义指的是山水实景演出演绎的是山水实景所在地原住民传统的生活。将这两重含义整合起来,可以发现,人在山水实景演出中扮演了传统舞台演出中不同的角色。在传统舞台演出中,人(演员)扮演的是他人;在山水实景演出中,人(演员)扮演的是他自己。

当初,在《印象·刘三姐》排练的时候,漓江江面上需要数百个渔民,究竟是请专业演员来演出,还是请当地渔民来演出?梅帅元决定让“渔民演渔民”。这个决定使山水实景演出在剧场革命之外,实现了演员的革命。

“渔民们用质朴的歌声和生活劳作场面,向远道而来的客人表达漓江儿女的美好祝福,并首次向世界展示山水实景演出的全新概念。”[13]

这是山水实景演出与传统舞台演出一个巨大的差异,也是山水实景演出对传统舞台演出的一个重大突破。

还在山水实景演出正式开排阶段,研究者已经发现了这种演出形态的革命性意义:“你观看的已经不是传统意义上的一台戏,而是生活。不是戏剧扣人心弦,而是生活使你流连忘返。”[14]

确实,山水实景演出呈现的是生活,是山水实景中原住民的生活,或者,说得确切一点,是山水实景中原住民的理想生活,生活理想。

再次,阐释山水实景演出中的“这一个”。

作为山水实景演出的核心要素,“此山、此水、此人”有一个共同的要素是“此”。“此山、此水、此人”也就是这里的山、这里的水、这里的人。在这里,我们借用黑格尔“这一个”的理论概念,来提升山水实景演出中“此”的内涵。

在黑格尔的理论体系中,“这一个”是个别和一般、特殊性和普遍性的辩证统一体,“这时”和“这里”是“这一个”的双重存在形式,“这一个”是特定的环境中的“这一个”。[15]

恩格斯正是创造性地运用黑格尔的“这一个”概念,提炼出“真实地再现典型环境中的典型人物”作为现实主义创作方法的基本原则。将黑格尔与恩格斯的“这一个”理论运用到山水实景演出,我们发现,山水实景演出的“此”(“这里”)恰恰与黑格尔、恩格斯所说的“这一个”异曲同工。它既能够体现普遍性,又能够体现特殊性,是真正共性与个性相结合的典型。

当年曾在小说界颇有影响的梅帅元深谙“这一个”的典型理论,在对山水实景演出内涵的最初设定中,他明确写明:“让更多的人能够感受到这片土地和这个民族的别样风情。”[16]这是梅帅元最初的灵感创意。有趣的是,迄今为止的山水实景演出形态,完全遵循了梅帅元最初的灵感创意。

在山水实景演出中,“这一个”具体表现为“这里的山水”和“这里的人”,更准确地说,是互相依存、不可分离的“这里的山水这里的人”,是“一方水土一方人”。

比如,是“漓江/刘三姐”、是“天门/狐仙”、是“少林/禅宗”、是“草原/成吉思汗”、是“承德/康熙”、是“都江堰/成都人”、是“开封/宋朝人”、是“井冈山/红军”、是“布达拉宫/文成公主”。注意,这里的山水与人是合而为一的。只有这样的山水才能养育这样的人,只有这样的人才能属于这样的山水。这就是所谓“天人合一”。山水实景演出的山水与人,天与人,是融为一体,互相以对方为条件的。天与人的须臾不可分离,造就了山水实景演出不可复制、不可迁移的“这一个”。“这一个”独属于这片山水,“这一个”独属于这群人。

不可复制、不可迁移,这是山水实景演出的重要特质之一。不可复制、不可迁移,构成了山水实景演出每一个项目的唯一性。换言之,山水实景演出的“这一个”,是不可复制、不可迁移的唯一的“这一个”。

最后谈谈山水实景演出的价值。

迄今为止,山水实景演出的价值或许尚未得到充分估价。它在“中国制造”遍及世界的时代,提供了一个“中国创造”的品牌;它又是文化产业时代一个创意型的文化产品,将中国多样性的地理景观与文化资源进行了有机的结合,寻找到一种丰富多彩和博大精深的中华文化的呈现方式;它还是旅游时代一个创新型的旅游项目,将文化与旅游进行了有机的结合,解决了中国旅游长期存在的一系列难题，增加了旅游的文化内涵，提升了旅游的文化品位，成为文化与旅游结合的典范。

山水实景演出建构了三种共生关系：舞台与山水自然的共生关系、剧情与当地文化的共生关系、演员与原住民的共生关系。这三种共生关系，使每一个山水实景演出成为不可复制、不可迁移的演出，造就了它在时空意义上的唯一性。

在艺术层面，山水实景演出是一种建立在全新舞台观念基础之上的创意文化演艺形式。作为一种与特定自然地貌和山水文化形成了有机联系的演艺形式，山水实景演出以自然和人文景观为舞台本身，秉持中国传统文化“天人合一”的艺术理念，彻底改变了传统演出的剧场模式，将剧场放进了大自然，将真山真水变成了演出的舞台，提供了人与自然互相观赏，互相领悟的方式，艺术的想象力与自然的想象力形成了合力。

在文化层面，山水实景演出是一种最大限度利用当地文化资源、基于文化创意的演艺产品。它通过对传统演艺的革命，建立了自然与人文的对话关系，地域文化经过他者文化的观照得以激活，物质文化遗产和非物质文化遗产经过现代观念的整合重新焕发活力，中国的地理多样性和文化多样性获得了一个富有创意的呈现方式，开辟了一个将文化资源优势转化为产业优势的途径。

美妙奇幻的自然景观、博大精深的文化内涵和匠心独具的艺术构思三者有机融合，增强了中华文化的感召力和影响力，不仅深层次地解读了中国大地上中国人的诗意生存方式，而且创新了中华传统文化传播的方式。真山真水的舞台使文化获得了土地的承载，原住民的演员使文化具备了原汁原味的原生态品质，山水实景演出所传达的文化内涵，因而更具魅力。

在旅游层面，山水实景演出突破了长期以来中国旅游演艺产品低品格、伪民俗、老套路的模式，在艺术创造、文化创意、资源整合、品牌利用、名人效应、市场运作等各方面深谋远虑，为旅游找到了文化灵魂，为文化找到了旅游载体，用文化提升了旅游的品格，解决了诸如旅游目的地缺乏夜间旅游项目、原住民难以分享旅游利益、文化旅游项目社会效益和经济效益脱节等一系列难题，实现了文化与旅游的深度结合。

如今，梅氏创意团队正在祖国大地以及世界各地创制一个又一个山水实景演出。山水实景演出，打破了生活与艺术、自然与舞台、演员和大众的界线，是人类艺术史上的一个重要突破，是广西向世界提供的现代艺术的“中国创造”。它将中国丰富多样、绚丽多姿的地形地貌和博大精深、多元共生的文化资源有机整合提炼成视听艺术，创造性地传播了优美的中国形象，含蓄地释放了中国文化的影响力。当然，山水实景演出是广西文化创新力的一个重要证明。它表明，一旦有了文化自觉，一切皆有可能。

[注释]

[1][2] 黄伟林:《梦工场·创举·情节·色彩·主题》,载《阳光之旅》2003 年第 6 期。

[3] 2011 年 1 月 21 日,黄伟林、李咏梅等在桂林对梅帅元作了访谈,在这次访谈中,梅帅元指出实景演出的核心要素是“此山、此水、此人”。这一说法也可见胡红一《中国式山水狂想》,153 页,广西师范大学出版社 2012 年版。2013 年 4 月 15 日黄伟林等在张家界对《天门狐仙·新刘海砍樵》执行制作人谢国权作了访谈,他也专门指出了山水实景演出的“此山、此水、此人”特质。

[4][5][6][10][11][12][13][16] 胡红一:《中国式山水狂想》,33、200、186、186、166、153、154、53 页,广西师范大学出版社 2012 年版。

[7][14] 黄伟林:《上帝与人的杰作》,载《阳光之旅》2003 年第 6 期。

[8] 李咏梅:《上帝预留的剧场》,载《阳光之旅》2003 年第 6 期。

[9] 2013 年 4 月 15 日黄伟林等在张家界对《天门狐仙·新刘海砍樵》执行制作人谢国权所作的访谈。

[15] 李衍柱:《论黑格尔所说的“这一个”——学习马克思恩格斯论文典型问题札记》,载《外国文学研究》1978 年第 1 期。

(原载《南方文坛》2014 年第 6 期)

2015年

行到水穷处？

眺望一个新历史主体

□冯　强

2014年11月，中国现代文学馆和《南方文坛》联合举办的第五届“今日批评家”论坛在南宁举行。中国现代文学馆的客座研究员们介绍了2014年中国文坛各文体的创作情况。谈到小说时，几位批评家或委婉或直白地批评今年除了少数几部作品，绝大多数都是在技巧上做做文章。点评时中国作协副主席李敬泽用“行到水穷处？”概括了诸位批评家的意见，指出小说的形式主义已经异常严重，很多小说家已经到了山穷水尽的境地。同时，社会对故事的需求越来越不依赖于小说，影视文化产业更能胜任讲故事的角色（2014年底上映，赵冬苓编剧、郑晓龙导演的六十集电视剧《红高粱》，把《甄嬛传》《傲骨贤妻》的因素添加进来，以及对罗汉和朱豪三的重塑，其可观性确实不亚于原著）。而批评家的责任，是要敏锐地关注天地之间一些非常微小的新的消息，发现那些有意思的、重要的、蕴含生长可能性的因素。

在1996年的一篇文章里，李敬泽认为，在小说的公共空间，“在商谈和对话中，社会的知觉被反复揭示、质疑，对‘空间’的再发现，对‘历史’的再发现，对‘时间’的再发现，等等，小说在发现和表达人的自我形象和生存情境时必然参与着在更广阔的范围内开展的商谈和对话”[1]。即小说在塑造一个历史主体的同时也在塑造着一个想象共同体，社会结构在文学作品中会有一个文本社会学的对应。

这里简单谈论一下论坛上受到好评的《老生》及批评家杨庆祥对贾平凹的批评，并希望在小说家和批评家之间的张力中眺望一个新的历史主体。从这个角度切入，一是因为形式的危机背后往往隐含着主体甚至共同体的危机（由于政治共识的匮乏），二是因为贾平凹和杨庆祥之间有一场关于历史问题的隐匿对话，作为方法，这种隐含的对话可以帮我们看清很多问题。

《老生》后记的结尾，贾平凹写道，“我的《老生》在烟雾里说着曾经的革命而从此告别革命。土地上泼上了粪，风一过粪的臭气就没了，粪却变成了营养，为庄稼提供了成长的功能。

世上的母亲没一个在咒骂生育的艰苦和疼痛,全都在为生育了孩子而幸福着。”葬礼上唱丧歌的“老生”是小说的灵魂人物,能通阴阳两界,成为历史和家国命运的见证人。“唱师唱师,我为亡人唱歌,可唱妖怪可唱神,可唱盘古和混沌,可唱生时和死地,可唱贫穷和富贵,可唱革命和改革,可唱人心和天意。”借助老生,贾平凹完成了不同于“官家”的“民间写史”。在我看来,《老生》是野史加文人。说野史,因为确实有不少官史中看不到的叙述,对一部革命史进行了解构和颠覆,比如摆摆歌中摆摆因为屁股翘,藏在草丛被保安发现而上了刺刀,“为了革命为了党,摆摆就光荣牺牲了”,诸如此类,不胜枚举。八九十年代所谓新历史主义小说中常见的这类叙述在新世纪以来的当代写作(莫言的《蛙》中也有这样的笔墨)中从未断绝,这也是一个值得关注的问题。说文人,因为《老生》中愈来愈强烈的历史宿命感和向着佛老意识的逃遁,贾平凹或许会将其称为“集体无意识”。现在还没有看到学者将其对土地的重视和对革命的告别与德国的“血与土”的国家社会主义文学做比较,如果联系莫言《红高粱》中主人公对“种的退化”的感慨,我们或许可以看到一种向着原初存在(土地)回归的、又因不强调血性而不同于纳粹文学的中国当代文学,这一文学很可能是国家社会主义的逆反景观。超出电视剧版《红高粱》对“血与土”强调的,正是莫言的文人意识。这一点,贾平凹和莫言相同。这一看似软弱的文人意识既是贾、莫等作家未能开出新的历史主体的一个原因,也是新的历史主体不能从影视剧代表的文化工业、却有可能从他们小说中开出的一个前提。

杨庆祥对贾平凹小说的一个主要诊断是“历史虚无主义”。在《〈古炉〉:“碎写”历史,观照虚无》[2]一文中,他认为贾平凹的小说不是直线的、目的论的现代“成长小说”或“类成长小说”,而是循环论的,“贾平凹试图从‘历史的深处’挖掘出历史的黑暗与残暴,不再寄希望于历史的进化和拯救”,杨庆祥将这种黑暗与残暴称为“幽暗的历史意识”。他进而比较了贾平凹和鲁迅笔下两种不同的虚无感,“绝望并反抗绝望,这是鲁迅留给现代文学史的传统。但是我们发现,鲁迅的那种反抗与救赎在贾平凹这里没有了。在贾平凹这里,除了绝望,还是绝望,这种绝望不仅是对中国历史的绝望,也是对自身能否把握这个历史的绝望”。恶战胜了善,中国人仍然没有脱离“人血馒头”的吃与被吃,“在这样的历史循环中,我们如何穿越绝望与虚无?”杨庆祥对《古炉》的这番诊断可以挪移至《老生》,历史主体的委顿和阙如,可以视为他对贾平凹小说的主要不满。他认为历史虚无主义是 20 世纪 80 年代以来大陆思想界的严重倾向,并将其称为“90 年代的意识形态”,这一意识形态在文学上的主要表现是“历史的景观化、去成人化和寓言化”[3]。相对于历史虚无主义,杨庆祥提出“强历史主义”和“大历史”观,前者“强调通过历史书写来反映社会的规律,寄托某种乌托邦的社会远景或者道德远景”,以区别于被建构为无意识的、偶然的、混乱的、没有任何未来远景的历史虚无主义[4];后者与前者一样,既是指一种宏观的历史研究方式,同时也蕴含了强烈的总体性意识形态,也就是将历时性“容纳、凝聚”到某个共时性“原点”的形而上学意识。[5]“意识形态”这样的字眼曾经在随各种后现代主义而来的“知识正确”中处境尴尬,但是有抱负的文学创作和学术研究确实不能没有自身的意识形态。

一定程度上,杨庆祥在以社会主义和小资产阶级为轴心重构其历史感。首先,他赓续了鲁迅、早期茅盾和胡风等人的文学批评传统,20 世纪 30 年代革命文学兴起之后,这些作家和批评家因为其小资产阶级立场被相继指责甚至批判,尤其是 40 年代毛泽东的《新民主主义》对中国革命步骤的划分(民主主义和社会主义,以及旧民主主义和新民主主义),小资产阶级从旧民主主义的领导者之一,变为游离于民族资产阶级和无产阶级之外的第三等级,继而从需要被争取被团结的对象沦为需要改造的对象,这一改造在“反右”和“文革”中达到顶峰。历史的吊诡是,经济领域和城市化的逐渐展开使工农无产阶级的后裔再次成为小资产阶级。在为格非《隐身衣》撰写的评论中,杨庆祥区分了“有历史”的小资产阶级和“脱历史”的小资产阶级,后者的意识形态正是历史虚无主义。在后者面前,前者失败了:“历史的记忆已经遭到篡改,父辈的旗帜已经被遗弃”,而要疗救心理层面的分裂和现实层面的被剥削状态,首先就要恢复自身的历史感,重新夺回“父辈们逐渐丧失的文化领导权和发言权”。[6]

同样是无产阶级的后裔,1952 年出生的贾平凹和 1980 年出生的杨庆祥作出了不同的历史选择。与告别革命的贾平凹相比,杨庆祥并不排斥革命——“革命永垂不朽:切·格瓦拉牺牲 40 周年祭——献给导师、战友、大哥和诗人切·格瓦拉(1928—1967)”[7]——从他读书期间一篇文章的题目就可以看出。几乎是针锋相对,贾平凹说“小说最高的境界就是与政治无关了,也和故事所说的事情无关,连时代都无关了,完全是人活在世上产生的命运。《红楼梦》最后说‘落了片白茫茫大地真干净’,给你感觉是人生原来是这样虚无的事情”[8]。我想这个巨大的差异跟两人经历的不同创伤记忆相关,贾平凹经历了“文革”等残酷现实,很自然地瓦解掉曾经的信仰;而杨庆祥作为“缺乏历史感和生活实感的一代人”,“把自我的经验和更广大的群体、社会、历史联系起来,写作才可能在突破自我的同时逼视他者的生活(生命)”[9],有了这样的自我期许,从现场回溯和建构历史就是非常自然的事情了。

李敬泽说中国小说的精髓在一个“荒”字[10],“心荒之荒是大荒”,“却向荒唐演大荒”,他就从这个“荒”的架构去“理解贾平凹对历史和记忆的看法”。[11]同时他也注意到《废都》“明确地模仿从《金瓶梅》到《红楼梦》的明清小说传统”,庄之蝶“或许竟是一个明清文人,但同时他也是一个被删节的、简体横排的明清文人”。[12]这从一个新的角度告诉我们,贾平凹的小说中仍旧缺乏可以与时代相称的历史主体。就像巴赫金说史诗时代已经过去,这一时代也不再需要披着各种新衣的皇帝,不需要一部哪怕是《红楼梦》般的赝品。杨庆祥认为“《废都》中的庄之蝶最后离家出走,想寻找新生却倒在了火车站,因中风而成了‘废人’”,而《废都》之后,贾平凹 80 年代的“进城”叙事基本终止,开始慢慢地开始固守在一个地方。[13]对于贾平凹来说,《废都》的确意味着一个转折。相比《老生》,我个人倒是更认同《废都》——同样是虚无主义,《废都》里的虚无感是伴随着历史痛感的,能传达出那个时代的实感,也就是说,《废都》里的虚无主义是建立在历史感的基础之上的。

到了《老生》,庄之蝶式的挣扎感不见了。以一个可穿行阴阳两界的唱师串联全书,为的是一个可以游离于任何角色之外的超越性立场。贾平凹非常欣赏荣格所说的"文学的根本目的是表现集体无意识",他的作品就是要抓住这个社会的集体无意识[14]。《老生》的集体无意识其实完全可以张灏一篇文章的标题来概括,即"超越意识与幽暗意识"[15],说"超越",自然是指老生,说"幽暗",则是指人性中的阴暗面,以及在缺乏制度制约之下此阴暗面在历史中制造的恶,对后者的诊疗,主要依赖佛老。当"超越"始终不能跃出"幽暗"的循环之时,"荒"往往就成为中国知识人的集体无意识。但问题是,"荒"作为集体无意识已经被我们客观化和对象化,成为我们的明确意识,如果它不能以某种个人修养——比如说澹定、疏朗的人格境界——气化到我们的身体当中,就很容易沦为某种可以观瞻的"本质",最终成为某一"东方主义"的学术话柄。从这个角度看,一个小说家不应该去强化某个"集体无意识",对一个经历了无数历史创伤的民族,恰恰应该将这些苦难转化为文字和集体记忆,用以反省、清算和消解而非静悄悄地遗忘和抹弃,否则,只能说明"这个人或这个民族已在历史的惰性中无力无能承担他自己的遭遇从而把无力无能追加在历史的惰性中作为欠负的遗产弃置给了下一代。于是,这个人或这个民族就这样自己注定了自己一再重复的命运"[16]。这方面,经历了纳粹之苦的欧洲和犹太民族显然比我们走得更远、更深刻。

贾平凹和杨庆祥都在强调一种总体性的意识形态,强调一种集体性,在前者,是种族,在后者,是阶级。种族共同体和阶级共同体之间的区别是后者需要为自己设定明确的敌人,一个种族可以生活在历史的循环中,并在这种循环中获得一种超越性,一个阶级却注定要具备批判性,并在斗争中争取线性的历史进步。所以,至少表面上看,贾平凹的小说不可能为我们提供新的历史主体;而在杨庆祥,我们前面已经指出,他所期冀的历史主体是无产阶级的后裔小资产阶级。我认为贾平凹小说中的"荒"或"历史虚无主义"仍然具有某种创造性转化的能力,借此,我们或许可以提供出一个兼具批判性与超越性、兼具非僭越品质和形而上渴望的新历史主体,这一历史主体不仅具备对权贵资本的明确批判,同时又能避免陷入敌我逻辑的悲剧结构当中,防止自身滑向威廉斯所谓"从一种盲目跳进另一种盲目"的"现代悲剧"[17]。归根到底,我对一种线性的宏大叙事仍然心存忌惮,它虽然不懈于批判和反抗以积累为最高价值的资本主义文明,但又面临着竹内好所说的"东洋越抵抗就越将欧洲化的宿命",我不知道杨庆祥如何处理这个悖论——因为如果缺少这样一个历史抵抗的主体,自我和历史就都面临着"失去"的危险[18]——但他显然已经意识到这个问题,因为在对抗式的写作中,以一种假想敌的方式"去定位自我和这个世界的关系,结果使大量'憎恨'文学的出现,相伴随的是极端美学风格的盛行"[19]。用伊格尔顿的话来说,"救赎的意象一定是一片空白,因为它必须为历史痛苦的消极性命名并赋予意义"[20]。

历史具有本体上的不可预见性,因为作为历史主体,人本身并非一成不变,所以杨庆祥会强调“历史化”归根到底是“自我的历史化”[21],他寄希望于文学与历史、主体三者之间的“互为生产性”,以持续不断的文学书写支离破碎的历史缝合为一个“想象的共同体”[22],并在成长的意义上扬弃历史虚无主义。他重视本雅明意义上的历史唯物主义,即“从当下出发,才可能回到历史,并呈现历史真正的肌理”[23],他对时代进行全景化历史书写的渴望仍然是一套整体性的形而上学,他对未来想象的重视会不会再一次成为一种无痛发展的目的论呢?杨庆祥在批判全球资本主义权力装置时无疑是睿智而明晰的,但替代性的革命计划是什么?它同资本主义内部的改良主义或者资本主义批判性的心理结构有什么本质区别?

和他一样,我寄希望于(虽然也稍有犹疑)文学对历史主体的养成,因为人不仅是历史中的人,他还是可以超出历史的人。就像穿行于阴阳两间的唱师,首先,它是一种停止的能力,“知止而后有定”,借助它,我们有可能走出霍克海默和阿多诺所说的启蒙辩证的残酷经验;其次,它是一种往后看的能力,就像本雅明笔下的历史天使,背向着未来,“天堂”吹来的飓风击打他的翅膀,他无法收拢,一方面他想唤醒死者,弥合破碎,另一方面他面前的层层废墟(文明与野蛮启蒙辩证的恶性循环)又直逼云天。如果我们撤走哪怕减缓这阵天堂吹来的飓风呢?背向未来的天使会不会最终避开从“天堂”刮来的同质而空洞的“历史连续体”,而将当下的每分每秒都变为弥赛亚可以侧身挤入的窄门呢?这一贫弱的窄门不是未来,而是过去的创痛,这是本雅明对“革命”的重新定义——革命乃是朝向过去的“虎跃”,以在救赎的意象闪烁熄灭之前捕捉到它[24]。说到底,“弥赛亚”是一个虚位,同贾平凹小说中经常出现的“诚”“良”和“善”没有本质的区别,但它扎根的集体记忆却不是“荒”或者“历史虚无主义”,而是复活的弥赛亚之缺席和空白这样一个事件,是事件和实有之后的虚无,其超越性是建立在批判性基础之上的。我自身的历史感,很大程度上来源于此,如果我仍然需要一种进化论的东西,这个东西就是此公共空间之建立。我所寄嘱的新历史主体,不能逃开这个落脚点。哈贝马斯曾经指责本雅明把“历史哲学也构想成一种经验理论”[25],对个人经验的看重,我认为这正是本雅明超出哈贝马斯的那一点点,它使我们可以超出历史、社会和政治中的权力—他律关系而能保持自律性,使我们的讨论不会仅仅停留在公共空间上,这样反而可以为某种政治激进主义提供真正的根基,使我们有可能在获得公共空间之后将目标转移至个人修养,那时已经不是一个制度问题,而贾平凹小说中流露出来的虚无主义可能就会派上大的用场。就是说,“外王”开出之后,必须要有可以与之相匹配的“内圣”来呼应,才能构成一次完整的呼吸。如果不是在公共空间的基础上谈论一种历史虚无主义,曾经的惨痛记忆就会被一种光辉而光滑的历史连续体所刻意掩盖,使我们这个民族和个体曾遭受的苦难付于虚无付与谈笑,就像黄子平所宣布的:“启蒙时代已然远去,欢迎来到‘蒙启时代’即‘再蒙昧时代’。”[26]

最后,我想借诗人萧开愚所说的“积极虚无主义”来调和贾平凹和杨庆祥之间的张力。“积极虚无主义”的说法最初来自尼采,但西方有“虚无主义”却无“历史虚无主义”的说法,后者出自我国,可能来源于中国人对历史的宗教、道德甚至是美学上的更多期待,当然也有可能是明确的意识形态目的。我把积极虚无主义视为比历史虚无主义更加理性和健康的历史主体可能：以“积极”替换“历史”，因为前者是批判性的，不放弃理想主义和乌托邦梦想，有所作为；“虚无主义”则对直线的共同体想象持质疑态度，保持苦难、死亡这些创伤记忆所能达成的超然态度。我们可以将其视为意识主体暂时的去主体化，一种自我消逝、自我坎陷的勇气，以赢取自我的再次复活。这就同一种对抗的、紧张的自我姿态区别开来，将一种批判的激情和一种反思的自我倾空连接到一起，将勇气和谦逊连接到一起，就像本雅明的历史天使，这一新的历史主体可以倒退着成长。

“我知道，一切意外都源于各就各位，/任何周密，任何疏漏，都是匠心越轨，/不过，操纵不如窥视，局部依靠阻止。”这是萧开愚 2005 年《一次抵制》的结尾，我认为它出色地传达了其“积极虚无主义”的主张。“积极虚无主义”可以被理解为一种局部形而上学——退入“局部”是为了避开“总体”可能带来的虚妄性——即当下的我们只能在自身的岗位上“各就各位”，在权利和责任不对等的条件下尽力守住自身的责任、争取自身的权利，在这个前提下，对“意外”的“窥视”反而有可能使意外发生。这一“意外”就是我们的形而上学希望，这个希望可以容纳我们的虚无感，容许我们退回虚无以再次出发。局部的抵抗和全局的无所作为是一个悖论，能够安置这个悖论的，我想仍然是语言和文学，这是历史和自我可以互证互生的场域，也是可供自我和历史休憩的避难所。

就我有限的阅读范围看，这一局部形而上学在孙文波《新山水诗》和《长途汽车上的笔记——感怀、咏物、山水诗之杂合体》、萧开愚的《破烂的田野》和《内地研究》、蒋浩的《喜剧》和《游仙诗》，高尔泰的散文以及耿占春的《沙上的卜辞》《退藏于密》等札记中早已得到比较充分的体现。在这些著作里，我感受到一个新历史主体，他介于贾平凹和杨庆祥对贾平凹的批评之间，在历史虚无主义和历史形而上学之间，根据自身的创伤记忆重新勾兑虚无和存有之间的比例，为着一个健康公共空间的形成准备自身的力量，同时也为超出这一空间准备着条件。

2014/12/7，农历大雪　桂林吊箩山

［注释］

［1］李敬泽：《公共空间》，见《纸现场》，154 页，人民文学出版社 2000 年版。

［2］［13］《〈古炉〉："碎写"历史，观照虚无》，载《北京日报》2011 年 3 月 17 日。

［3］［23］杨庆祥、袁园：《文学生态与"深圳书写"（下）》，载《晶报》2013 年 9 月 6 日。

［4］金理、杨庆祥、黄平：《新世纪以来的历史想象和书写——80 后学者三人谈（之二）》，载《南方文

坛》2012 年第 2 期。

[5][22] 杨庆祥:《分裂的想象》,代序,5、7 页,北京大学出版社 2013 年版。

[6] 杨庆祥:《无法命名的"个人"》,载《文学评论》2014 年第 2 期。

[7] http://blog.sina.com.cn/s/blog_49d2f6ef01009m03.html,浏览日期 2014/11/25。

[8][10]《贾平凹:原来如此等老生》,载《三联生活周刊》2014 年第 45 期。

[9] 吴诗娴、杨庆祥:《以出世之心,做入世之事》,载《东莞时报》2012 年 7 月 10 日。

[11]《贾平凹出版新长篇小说〈老生〉》,载《东方早报》2014 年 10 月 28 日。

[12] 李敬泽:《庄之蝶论》,载《当代作家评论》2009 年第 5 期。

[14]《贾平凹:"山海经"中话"老生"》,http://10sanwen.com/feed/12354600,浏览日期 2014/12/5。

[15] 张灏:《幽暗意识与民主传统》,44—72 页,新星出版社 2006 年版。

[16] 张志扬:《创伤记忆——中国现代哲学的门槛》,69—70 页,上海三联书店 1999 年版。

[17] 资本主义自由精神所引发的失序状态造成"个人冲动与绝对障碍之间的张力"(雷蒙·威廉斯:《现代悲剧》,丁尔苏译,79 页,译林出版社 2010 年版。此注所引均据此书),在全球资本主义时代即晚期资本主义时代,资本主义的欲望逻辑本身既是悲剧的对象,又是悲剧激情的终结者,历史已经终结,剩下的唯有无尽的忍受(99)。这一基本丧失生命活力的悲剧模式被威廉斯称为自由主义悲剧。以对这一自由主义悲剧体验的批判为基础,威廉斯提出了其革命悲剧的观念,即站在革命立场来终结这一无序状况,他在社会主义革命和悲剧之间建立起联系,"社会主义真实而积极地继承了形式各异的人的解放冲动"(66),但问题"革命在许多重要的悲剧里往往就是无序状况本身"(58),加之各种"革命的异化形式"(73),这些都对革命造成了威胁。在他那里,革命不能仅仅被看作是建构和解放,这些往往容易沦为抽象和虚设,革命更是身份的获得,对现实苦难和死亡的直视。革命不仅仅是物质生活条件的改善,更是社会活动模式及深层人际关系和情感结构的更新,它吸纳所有人平等参与到社会活动中来,只要存在着身份的不平等和歧视,就仍有革命的必要。我认为杨庆祥对文化领导权的看重同威廉斯之间有很多共鸣,但我怀疑"革命悲剧"中蕴含的永远革命论对于个体生命的实际效用。

[18][19][21] 杨庆祥:《分裂的想象》,255、195、157 页,北京大学出版社 2013 年版。

[20][25] 伊格尔顿:《沃尔特·本雅明:或走向革命批评》,郭国良、陆汉臻译,195、235 页,译林出版社 2005 年版。

[24] 本雅明:《写作与救赎——本雅明文选》,李茂增、苏仲乐译,43—50 页,东方出版中心 2009 年版;伊格尔顿:《沃尔特·本雅明:或走向革命批评》,郭国良、陆汉臻译,195、235 页,译林出版社 2005 年版。

[26] 黄子平:《远去的文学时代》,小序,复旦大学出版社 2012 年版。

(原载《南方文坛》2015 年第 2 期)

试论阳太阳在广西美术发展史上的历史意义

□ 简圣宇

判断一位艺术家在艺术史上的地位，不仅在于其本身的艺术造诣之深，而且在于其在推动和影响历史变化乃至推动历史进程方面起到何种作用。阳太阳在广西美术发展史上的历史意义和贡献，在于他在美术领域对推动广西本土文化自觉意识所做的不懈努力，在相当程度上改塑了现代广西美术发展史的格局。1943 年，他在田汉、欧阳予倩、熊佛西等同仁协助下，于抗战硝烟中创办"初阳美术学院"；20 世纪六七十年代，他倡导创立"桂林画派"，与黄独峰提出"岭南画派西移说"、涂克提出"亚热带画派"等共同标举广西地域艺术的自觉意识。作为拥有强烈的家国意识和乡土情怀的他，一路辛劳而热情不减，与同仁一道为日后"漓江画派"的创立，在思想和创作方面奠定了坚实的基础。他作为艺术活动贯穿整个 20 世纪的广西美术家，几乎就是广西美术探索和发展之路的一则缩影，梳理好了他这一生的筚路蓝缕，就能大致读懂那一代广西美术家的心路历程。

一 ‖ 欧风日雨下的探索和尝试

阳太阳是一位喜欢积极探索和尝试的画家。他早年参与庞薰琹、倪贻德、王济远等人组建的"决澜社"，学习借鉴野兽派、立体主义，力图打破中国绘画的陈俗旧规，创作出色彩强烈、对比鲜明的新时代的作品。决澜社在成立宣言中高呼："环绕我们的空气太沉寂了，平凡与庸俗包围了我们的四周……我们厌恶一切旧的形势、旧的色彩，厌恶一切平凡的低级的技巧，我们要用新的技法来表现新时代的精神。二十世纪以来，欧洲的艺坛实现新兴的气象：野兽群的叫喊，立体派的变形，Dadaism（达达主义）的猛烈，超现实主义的憧憬……二十世纪的中国艺坛，也应当现出一种新兴的气象了。让我们起来吧！用了狂飙一般的激情、铁一般的理智，来创造我们色、线、形交错的世界吧！"决澜社那一章石破天惊的宣言，虽然仍有点浅稚和偏激，但在当时确实给艺术界带来了一股新风，打破了沉闷的画坛旧局面。

学者刘新提出,决澜社时期是中国早期油画史上狂飙突进地探索现代绘画最集中的一个时段,而阳太阳从开始步入画坛,就紧紧地追随着西方现代主义的魂魄,《海边裸女》《宇宙的沉思》《烟囱与曼陀铃》至今仍是中国早期油画珍贵的史料和有相当水准的作品。[1]不过平心而论,这个时期的阳太阳作品尽管与同时代西方现代主义达到同步水准,但却缺少个人核心风格和民族文化底蕴。四幅油画中,《宇宙的沉思》(1931 年)是典型的超现实主义画作,《烟囱与曼陀铃》(1933 年)近似于立体主义,《海边裸女》(1935 年)则是典型的野兽派风格,而《林间》(1935 年)走的又是印象派的路数。画作虽好,却失之于高度的欧化样态。

在当时,就有对这种画风的批评。如魏猛克在《申报》上撰文批评说:“这么多的作品,我看得懂的真少——阳太阳君的《果物与烟突》,我就不懂苹果之类何以能摆在有烟突的屋顶上”,魏猛克盛赞刘狮君的《构图》,认为此画作“也许结构不见得怎样好,但贫民的饥寒的痛苦的神情,却完全被他描写了出来,不但是谁也一看就懂,并且给人以感动,共鸣的力量”[2]。

虽然魏猛克是以普罗派的观点来展开评论的,观点上不乏偏激之处,但确实也道出了决澜社倡导的这类“为艺术而艺术”概念的内在缺陷——激情有余,底蕴不足。

阳太阳当时应已开始体会到自己画作存在的状况,并且有所调整的,只是这种调整幅度尚不大,所以不是特别明显。实际上,日后漓江画派走向地域特色的建构之路,在阳太阳最初的画作里就能隐约见到细微端倪。后来阳太阳东渡日本求学时期,虽然仍延续早期风格,而且也不断因此获得很高的声誉。然而阳太阳到达日本本土之后,目睹日本文化艺术的崛起,身在其中,内心免不了要深受触动。

当时以阳太阳为代表的中国艺术家,面对的是前所未有的三重困境。一方面要面对中国明清以来传统绘画从技法、题材到内涵的故步自封和陈旧萧条;另一方面又要直面欧洲写实主义绘画从文艺复兴以来面临的衰落和局限;此外还得应对他那个时代欧洲现代主义对传统过度反叛而带来的价值迷茫。中国固有文化走入停滞的危局,而学习西方又逢西方遭遇自身多重危机,真是进退维谷。何去何从,是个难于回答却又必须回答的时代问题。

每个艺术家的风格流变史,实际上反映出的是其思想的演化史。这段短暂但内容丰富的留日经历,对阳太阳日后“本土意识”的觉醒有着直接而深远的影响,在他 1937 年绘画题材和风格的大变中可以寻觅出清晰的脉络。作为广西本土艺术的代表性人物之一,阳太阳的这种转变,既是中国美术也是广西美术发展史上重要的关节点——经过了激烈反对传统艺术和疯狂崇拜西方绘画的狂飙突进阶段,艺术家们开始尝试在现代意识下,立足于中国传统艺术的土壤,重返中国艺术发展的现场,追寻中国现代绘画之路。

二 ‖ 从狂飙突进到潜心于民族文化

阳太阳在广西美术发展史上产生影响,要从 1937 年返回桂林办学算起。在这段时期,他的"初阳美术学院"像暗夜中的一道闪电，虽然微弱，虽然尔后就被黑夜掩住，但已经在广西文化的土壤中播撒下一粒粒种子，为接下来的萌发孕育了新的力量。

1937 年，日本侵华战争的全面爆发，促使他放弃赴法深造，回到故乡桂林。在这段时间，他的绘画风格有着显著的变化，他 1937 年的国画《农舍》，以及 1938 年所做的《古树榕荫》《桂林文昌桥》《花桥》等作品虽然只与油画《烟囱与曼陀铃》《海边裸女》等相隔几年，却呈现出完全不同的人文取向。日后漓江画派中常用的一些元素，如洋溢着浓厚乡土气息的百姓家常诸如民居、舟船、青石板道路、石桥、香蕉树、牲畜等都已在画作以主体地位呈现出来。由于阳太阳是一位喜欢大胆尝试新鲜画风的画家，所以他接下来的绘画题材也不局限于广西山水。如代表作之一的油画《沙原上的船》(1939 年)就带着现代主义的余音。但就是这么一幅超现实主义色彩极为浓重的油画，其内涵却已经移向民族化的建构——不再为了创新而创新，而是开始了对民族苦难的沉思，因而也获得了超越早期欧化风格局限的人文底蕴。

抗战时期，阳太阳于桂林建干路一间二层小楼里创立私立学校"初阳美术学院"。过去学者对这段历史多是从教育史的角度来考虑，其实还可以从艺术思想史的角度来看待。如果深入其脉络来理解阳太阳艺术创作发展演化的思想历程，就能发现这段历史虽然属于漓江画派前史的范畴，实际上在广西本土美术的文化自觉意识发展史上却有着里程碑式的意义。

孟超曾总结出"初阳画风"的特征为"有生活""有时代激情""富有诗意""富有创造性"等。[3]这些与后来的漓江画派有浓郁的乡土味和时代朝气这些特征虽还有一些差别，但发展的脉络已经较为清晰。特别是身处那个国家危亡、仁人志士以身报国的大时代潮流之中，阳太阳的这种本土化主体意识顺应了新的时代趋势。此外，这个时期兴起的强调走近大众、走进生活、走入时代，对一直以来士大夫气息浓重的中国绘画传统也有着重要的矫正作用。据昔日学生林杨回忆，当时学院十分重视组织学生外出写生，规定每学期要外出远足写生一次，曾经组织学生去阳朔、兴安、苏桥等著名风景名胜写生作画。此外，也经常组织学生到附近农村、工厂去深入人民生活，体会我国人民勤劳俭朴的本色和收集民间丰富多彩的民族形式的艺术。[4]

后来桂林因日寇入侵而进行了大疏散，初阳美术学院也解散了。等到 1947 年，阳太阳在广州试图重整旗鼓，但终难实现桂林时期的辉煌。在这段艰难时期，阳太阳夫人开的桂林米粉店倒是给过着清贫生活的一家些许补贴和安慰。这种窘境除了缘于国民党在大陆统治末期的民生凋敝之外，其实也跟初阳美术学院与桂林文化环境的根基断离有着密切关系——广州是岭南画派的优势地盘，虽然高剑父极为欣赏阳太阳的才华而聘其为广州市立美专的教授，但绘画环境早已不是昔日的桂林胜景，奇山已难搜，如何打草稿？这也在某种程度上促使阳太阳思考自己绘画的地域化、风格化问题。任何革新，终究是要在依托传统的坚实基础上进行的。艺术传统之所以为"传统"，就在于其为数十年数百年乃至上千年的不断试错、对照、革新、积淀中最终得出的，所以革新不是与过去一刀两断，而是把握住时势流变的脉络，顺时而动,将时代精神与文化传统结合起来,这样的艺术才能在深厚底蕴的基础之上引领潮流。阳太阳在美术史上的建树,恰恰表现在这种对时代脉搏的把握上。

三 ‖ 在画卷中建构广西乡土意境

20 世纪 50—60 年代是阳太阳一段创作的高峰期,这段时期他的绘画开始呈现出鲜明的地域艺术特征,以桂林山水风貌为题材的作品相继涌现,这正式表明他历经探索,终于走上了以绘画形式来表述文化自觉意识的创作道路。

这个时期他最重要的代表作是水彩画《漓江木排》,该画 1955 年参加苏联国际青年艺术节并获得造型艺术奖,苏联的主要美术刊物《造型艺术》上专门加以刊载并配发评论。周楷教授认为:“《漓江木排》在阳太阳的美术创作中具有里程碑的意义。是他从抗日战争以来探索外来艺术形式民族化,形成自己鲜明的个人风格取得成功的显著标志。也是他在艺术上转向以风景画创作为主的开端。”[5]

不过我认为,水彩画《漓江木排》的确是阳太阳那个阶段最为突出的作品,但这幅画不是凭空出世的,除了初阳美术学院时期的积淀之外,《漓江木排》前他就画有不少桂林乡土题材的画作作为铺垫了。而这都是昔日他回应中国绘画面对的三重困境的历史性延续。水彩画《漓江木排》创作于 1954 年,同年他的《桂林象鼻山和解放桥》获选“全国水彩、速写画展”。1961 年阳太阳深入百色地区写生,《靖西之春》(油画)是这一时期的代表作。该画抓住靖西最为优美的石山,配以富有生活气息的竹木、梯田,描绘出一派祥和的山乡风光。有意思的是,他画的是靖西,但选的却是靖西山石中与桂林山石精神气质最为契合的平地起山的类型。1963 年他五十四岁,与同仁们一道沿着漓江写生作画,创作了系列水彩画《漓江》《塔山朝晖》《渔村》《漓江初霁》和国画《碧莲山道》等。只是突如其来的“文革”浩劫打断了他的创作进程,批斗的纷扰和抄家导致他的创作陷入停顿。在那个极左年代,阳太阳被作为“反动学术权威”遭受批斗,家中多年的书画、画稿也因此佚失。但这没有磨灭他的意志,反而为后来如朝日一般喷薄的新时期绘画做了铺垫。

通观阳太阳在新中国成立后的绘画,我注意到一个有意思的现象:同一类型的画面,他画了一次又一次。1954 年他创作了水彩画《漓江木排》,该画以大幅桂林奇峰占满画面左侧,右侧是顺流而下的漓江之水,水上有一弯木排随着水流向画面前方飘来。这幅水彩最重要的特点是开始在水彩绘画中渗透水墨画的笔法,在云绕群山的施墨上,具有强烈的中国气派。而 1956 年,他又推出了油画《漓江之晓》,该画与水彩画《漓江木排》在构图上非常相似,以至于让后来一些评论者在不经意间误认为是同一幅画。油画《漓江之晓》最大的改进之处,在于强化了对山石嶙峋的刻画,凸显了桂林山石的独特造型。而且他还把水面所占比例扩大,以便在水中画出山的倒影。1972 年他以中国画形式画出《烟雨漓江》,仍然是山石、竹排的构图,不过多了变电站和信号站等,该画画面感似乎不够强烈,缺少整体的力度感,倒是其中云雾的营造颇为成功。直到 1989 年,他还又以近似的构图再画了一幅油画《漓江之晨》,这次重视的是对云雾的渲染。如此对近似的画面落笔,必有其用意。

早在 20 世纪 40 年代日寇入侵的艰难岁月里,由于各种绘画原料的匮乏,阳太阳已经开始尝试"土法自造"颜料。如周梏教授就曾提到:"由于处在战争的环境中,油画工具材料的来源困难,也促使他更多地采用水彩画。……他作水彩画、重意境重气韵,力求情景并茂,水色交融,习惯使用毛笔,水彩画颜色与中国画颜料混用,并善于使用墨色,构成了一套独特的水彩画技巧。"[6]在最初,这是不得已为之的方法,但或许也是在这个过程中,他开始发现其中笔墨转换的独特趣味,于是有意识将中西绘画方法融合为一。结合他 1963 年所画的系列水彩画《漓江》《塔山朝晖》《渔村》《漓江初霁》,可以看出其中的脉络。在这些系列水彩画中,他尝试用笔墨晕染的方法画水彩,又尝试用水彩的丰富色调来探索国画用色的多样性。

其实我们可以把目光更多地聚焦在他对三重困境的探索上,他事实上一直在试图以西画的用色、构图纠正中国传统水墨画的陈旧萧条,又试图以中国水墨笔法突破西方写实主义绘画的局限,而且还要在过程中针对现代主义带来的民族虚无主义迷茫,强调绘画的民族风格,力图在丰厚的民族历史文化和风土人情中建构新形势下的民族艺术方面的精神面貌。他曾言:"用感情挥洒的画面,比现实更高更宽阔、更真实,就是意境。家乡的山水有无穷的意境,爱得越深,意境也就越深。"[7]

阳太阳少年时期师从桂林资深画家帅础坚,笔下桂林山水自是练笔的必备。待他日后学习西画成名,最终旅日归国重画桂林,是一种更高层次上的精神复归。从年轻到资深,阳太阳的题材和画风几经变化,但那颗不懈探索的心从未改变。他以厚重的创作,来具体回应前述的 20 世纪初期中国绘画面临的三重困境问题,力图在画作中对年轻时代就开始思考的问题进行解答。

新中国成立初期,阳太阳在水彩画方面取得了举世瞩目的成就,但他并不停留于此,而是开始把主要的战场转向国画。在 20 世纪 50 年代到 60 年代这段时期,从他的国画作品中可以明显看出他的良苦用心,因为从具体用笔到施墨,他在不断地从各个角度进行民族化、地域化的深入探索。

在 1951 年,他画的《桂林花桥》似用的是逆锋枯笔配以中锋重墨来画山石、树木,画作墨色凝重如钢筋铁骨,讲求的是构图的力度。而《南溪桥畔》落笔相对传统持稳,左山折带皴,右山斧劈皴,而且偏重以写实手法勾勒树木、石桥、山貌,在中国水墨构图中融入了西画焦点透视。而《桂林山水》则画风转为偏向写意,山顶以积墨渲染,再用带牛毛皴味道的斧劈皴来画山石,这使得他所描出的山形,自由酣畅,远看颇似整座大山都振翼起舞,隐约中似乎有西方未来主义的韵味。桂林是喀斯特地貌,以奇峰突起的石山居多。阳太阳在这些山水画中都用了表现石山的斧劈皴,似乎并非偶然。或许他试图将传统技法糅以现代气质,探究以新的精神气质表现桂林山水的独特韵味。

而且1951年的这批画作还有一个共同的特点,那就是在用色上颇费了一番心思,土黄色的石山正是广西喀斯特石山的典型色征,他又以蓝色点染树林,这是桂北习见的晨雾色调。1962年的《碧莲峰下》《碧莲山道》《清江诗意图》等走的都是这一路数。经过"文革"的中断,他探索的劲头却更足了。1979年的《桂林山水最宜人》《阳朔白沙即景》试用青绿山水来铺陈桂林胜景,这是在用色方面的复归,又有所创新。作为对比,传统青绿山水往往失之于浮华乃至匠气,而阳太阳尝试援以水彩的湛蓝入中国画,用绿颜渲染树木的苍翠,于是创造性地画出了乡土气息浓郁的"青绿山水"。把世家气派的青绿山水画得乡土味十足,这也可谓当代创举。乡土味入画的风格,在后来漓江画派的画作中也得到了继承和发展,如黄格胜的画作,就具有相当深厚的民本风范,以八桂大地的人文底蕴深深打动观者。

四 ‖ 从"被表述"到"自觉表述"

学者黄伟林在研究"漓江画派前史"时,考据出其实历史上有不少艺术家和历史文化名人曾以桂林山水为题材进行过绘画创作,从米芾到齐白石、徐悲鸿,再到关山月等,在不同时期画出了各具特色的画作。[8]他还提出:"抗日战争期间,桂林成为举世瞩目的抗战文化城,除了徐悲鸿、关山月,中国一批杰出的绘画大师如黄宾虹、傅抱石、李可染、张大千云集桂林。人们发现,此时中国山水画的题材重心,逐渐从江南转移到了岭南。"[9]

不过我想补充一点,那就是抗战时中国山水画关注的重心确实移到了岭南,尤其是桂林,但之后实际上却逐渐退潮。以桂林山水为题材的画家不少,但他们画桂林山水的作品如齐白石的《独秀峰》《漓江泛舟》,徐悲鸿的《漓江春雨》《青厄渡》《漓江两岸》等却都并非他们的代表作,在绘画史上的历史地位也不是特别高。而且画家们关注的也仅仅是桂林山水,对广西的其他秀美风光和人文风情则大多忽视,偶有,也只是浮光掠影。说得不恭敬的话,抗战之前,历代文人关于八桂大地的奇山秀水,与其说是欣赏,还不如说往往是持猎奇的态度。

可见,在没有广西地域文化的自觉意识的情况下,桂林题材、广西题材至多也只是国内外艺术家作品中的陪衬,属于游记性质的边缘作品。若想摆脱这种窘境,广西艺术家就必须以文化自觉意识,将这种"被表述"的被动处境一变为"自觉表述"的主动状态。

手指只有捏成拳头才有力量,艺术家需要有明确的流派艺术的意识去凝聚力量。阳太阳早在20世纪60年代就开始有意识地号召创建具有广西本土地域特色的画派,群策群力,而非单打独斗。据学生蒋振立回忆,当时在开学典礼上,阳太阳先生就在做报告时以激昂高亢的声音说:"我们身在天下第一山水的桂林,生活在天然画廊的漓江畔,漓江两岸聚居的十多个少数民族所创造的丰富悠久的民族民间文化是我们的乳汁。我们比之外地画家有得天独厚的条件，应该创造出独特的艺术。我们要创造‘桂林画派’。”[10]

阳太阳在作品上的探索，与以文化自觉的高度号召成立本土画派是同步进行的，有绘画实践，有开展的理念，还有具体的实施工作。他的不断呼吁，为后来以黄格胜为代表的新生力量创立漓江画派打下了坚实的基础。

小　结

以阳太阳为代表的老一辈画家，经过了20世纪初的反叛中国传统的狂飙突进思潮，抗日战争的国家危亡时刻，新中国成立初期的现代民族文化复兴，“文革”极左浩劫的洗礼，新时期的探索之途等一系列的历史性时段，千锤百炼，在广西绘画的文化自觉上做出了自己的贡献。在最初时，他只是在艺术社团中做辅助性支撑工作，但随着岁月的历练，他逐渐走向历史前台。从被动走向主动，从跟随走向自觉，从浅稚走向成熟，最后成为新的青年一代的引路人。他从最初的纯粹西式油画见长，到钟情于满含水墨雅韵的水彩，再到融水彩色调入画的水墨，以及晚年带有抽象极简意味的水墨，摆脱了中西隔阂的藩篱。真力弥满，万象在旁，他的绘画到了晚年，已经达到了万物皆备于我的状态，再不追求什么刻意的画和模式的门户之别、写实写意的人为区隔，而是信手拈来，画风多元。这，即是所谓历经沧桑之后的大自在。

[注释]

[1] 刘新:《文事心影》，333页，广西师范大学出版社2014年版。

[2] 魏猛克:《读“决澜”画展》，载《申报》1933年10月18日。

[3] 孟超:《从太阳画作谈到初阳画风》，见《阳太阳艺术文集》，28页，广西美术出版社1992年版。

[4] 林杨:《回忆桂林初阳美术学院》，见《阳太阳艺术文集》，35—36页，广西美术出版社1992年版。

[5][6] 周楷:《风雨漓江八十载》，见《阳太阳艺术文集》，101页，广西美术出版社1992年版。

[7] 刘绍荟:《读画、学艺、随想》，见《阳太阳艺术文集》，186页，广西美术出版社1992年版。

[8] 张景鸿、李洁民:《桂林山水题材山水画画家和作品综述》，载《艺术探索》2012年第4期。

[9] 黄伟林:《漓江画派前史》，载《广西日报》2011年9月9日。

[10] 蒋振立:《阳太阳与“桂林画派”》，见《阳太阳艺术文集》，199页，广西美术出版社1992年版。

（原载《南方文坛》2015年第3期）

桂林抗战艺术研究的一部力作

评李建平等《桂林抗战艺术史》

□ 张利群

桂林不仅是一个山水甲天下的国际旅游名城，而且也是一个国家历史文化名城。抗战期间，桂林抗战文化城蜚声海内外，成为当时全国抗战文化重镇，在抗战史上留下浓墨重彩的一笔，桂林抗战文化研究也成为学界一个重要的领域。多年来，一批学者在这一领域中辛勤耕耘，收获累累硕果，近期出版的李建平等著《桂林抗战艺术史》就是其中一项重要成果。

"桂林抗战文化"作为一个特定的历史概念，指从 1937 年到 1944 年抗战期间先后在桂林进行抗战文化活动的重大历史事件及其文化名人聚集现象。据称当时聚集桂林的文化人达万人，著名文学家、艺术家、学者、文化名人二百多人，他们不仅为抗战文化运动做出了重要贡献，而且影响了全国抗战及其抗战文化发展进程，留下不少载入史册的鸿篇巨制，成为中国现代文化史、文学史、艺术史彪炳千秋的一个重大而又独特的文化现象。该书以桂林抗战艺术作为研究对象，从艺术史研究视角反映桂林抗战文化城历史风貌，具有重要的学术价值与理论意义。

就其选题而论，桂林抗战艺术史研究意义归而有六：一是重大历史事件及历史文化现象；二是重要艺术现象及其抗战艺术运动；三是重要艺术家及其艺术成果；四是具有重要历史文化价值及其艺术史研究价值；五是恰逢重要的历史机遇，今年是世界反法西斯战争及中国抗战胜利 70 周年，刚好为其纪念献上一份厚礼；六是保存、保护和传承这笔弥足珍贵的桂林抗战艺术史料。

就其研究者而论，无疑具备雄厚基础与良好条件。首先，作者均为长期从事这一领域研究的专家学者，具有扎实的专业知识背景及较高的学术素质与研究能力；其次，作者曾参编《桂林抗战文学史》、主编《抗战文化研究》年刊、主编《桂林文化城戏剧研究》等，积累了丰富的材料、经验与成果；再次，其研究依托 2009 年度国家社科基金艺术学项目"桂林抗战艺术史”,并获得广西2014年度文化精品项目,具备高层次项目支撑和支持条件;最后,作者大都为桂林人,长期生活工作在当地,具有地利之便,由此形成天时地利人和的研究优势。

基于这些研究优势,纵观全书,从整体上表现出史论体系的架构完整、视野宏大、史脉清晰、史料丰富、结构严谨、逻辑严密的优点与特色。从艺术史角度而论,既体现出艺术史的历史普遍性与艺术特殊性的有机结合,又呈现出抗战艺术及其艺术史规律特点。更为重要的是,基于其研究优势则更好地凸显该书在桂林抗战艺术史研究上的五个重要特点。

其一,时空交织的艺术史研究特点。历史研究及专门史研究,一般都遵循历时性发展线索与时序原则,构成顺时性排列结构。但由于作为研究对象的桂林抗战文化城及抗战艺术现象在特定历史时段时间跨度不长,以及艺术发展有其自身规律特点等缘故,因此该书在遵循历史研究规律与原则基础上,还充分考虑了艺术类型空间分布与构成特点,在艺术史框架设置上有所突破。该书在总体框架安排上,一方面着眼于将桂林抗战艺术历时性发展时段与运动时间作整体把握;另一方面着手于从抗战戏剧、美术、音乐、舞蹈这四种主要艺术形式进行分门别类研究,构成共时性空间构成框架下的各艺术门类的分类史研究方式,形成桂林抗战艺术史研究的时空交织特点。这种艺术史研究方式打破按时序排列的常规结构,也尽量避免材料罗列堆砌的毛病,不仅尊重艺术发展规律与特点,而且在历时性研究基础上拓展了共时性研究空间,形成颇具特点且颇为创新的艺术史叙述方式与研究方式。

其二,历史与逻辑统一的史论结合特点。中国史志传统一贯都强调客观公正,但史书不同于志书之处在于,在客观记载历史基础上还必须对其历史价值进行科学公正的历史评价。因此,历史研究需要遵循历史与逻辑统一的原则和方法,必须具有正确、先进、科学的历史观、研究方法、评价取向。该书“导论”明确指出研究宗旨:“《桂林抗战艺术史》基于前期研究的丰硕成果,积累的大量资料和长期的学术思考展开,旨在总结桂林抗战艺术运动的成果、成就,研究其发展过程,评价其在战时的作用和对当下文艺发展的启迪意义,评价其蕴含的‘先进文化’内涵,达到弘扬优秀民族文化和文艺的爱国主义传统,深化抗战文艺理论和学术研究的先进性及当代性的目的,以期将抗战文化研究推向深入,造就新境。”[1]基于此,该书以历史唯物主义与辩证唯物主义的世界观方法论为指导,对桂林抗战艺术运动这一特定历史阶段发生的特定历史文化现象进行客观公正的研究。所谓客观,即依据历史事实及史料,尽可能实事求是地反映历史事件真相、历史风貌、历史轨迹,达到尊重历史、还原历史、保存历史的目的;所谓公正,即对其历史价值做出科学客观、公平公正的评价,确立其历史地位和现实意义,亦即必须遵循历史逻辑与内在构成逻辑,使其研究达到合规律性与合目的性统一的要求。因此,该书在框架结构上精心设置“导论”以阐发研究背景和基础、研究对象和重点、主要内容和重要观点、研究目的与价值等思想内容。第一章“背景与概况”与末章“价值与启迪”首尾照应,以作宏观整体研究的背景、原因、状况、性质、特点、功能、作用、价值、意义的总结性概括与理论阐发的探讨,带有鲜明的史论结合研究特点。其论不仅在篇章结构上力求前呼后应与浑然一体,而且注重史论结合与纵横交错,既深化了史证研究,又在史证研究基础上展开史论研究,达到历史梳理、经验总结与理论升华有机结合的高起点、深层次、宽视野、实证性研究目的。同时,历史与逻辑结合原则也贯穿于各艺术分类史研究中,多采取夹叙夹议的方式,以体现史论结合特点。此外,基于研究对象“抗战艺术”性质特征及其价值取向定位,这一中心与线索必然贯穿其艺术史及其研究始终。因此,在该书“导论”中作者旗帜鲜明地宣示观点:“第一,桂林抗战文艺是中国抗战文艺运动的重要组成部分,筑成大后方‘文化抗战’的重要阵地,推动了全面抗战与持久抗战”;“第二,桂林抗战艺术是抗日战争时期由中国共产党人领导、团结爱国进步文化人共同开展并创立的先进文化的重要组成部分,是爱国主义和民族优先文化的结晶”;“第三,抗战艺术是构成民族精神的重要成分”;“第四,抗战艺术是重要的文化遗产”。[2]这些基本观点不仅高屋建瓴,而且也是其史论的立足点与落脚点,这既是从历史经验中总结出来的理论升华结果,也是贯穿全书的中心及其核心价值取向,由此强化史论结合特点。

其三,文献与实物相互印证的史料实证性特点。历史研究的基础是史料,可以说史料是历史研究的生命线。该书一个最为重要的特点就是史料极其丰富完整、翔实可靠,不仅为该书奠定了扎实的研究基础和条件,而且也为桂林抗战文化城及桂林抗战文艺研究提供了弥足珍贵的史料。更为重要的是,这些史料不仅是对当时历史的反映和记载,而且本身就是历史不可分割的组成部分,其实也就是历史研究的对象及其基本内容。该书运用史料的一个重要特点就是立足于实证性研究,既在于摆事实、讲道理,又在于以事实说话、以材料说话,亦即“事实胜于雄辩”之义。基于史料运用必须达到实证性目的的要求,该书一方面采集尽可能丰富和完整的史料,对史料进行史识、史辨、史证的考证与辨析;另一方面采取史料相互印证与佐证的论证方式以更好地达到实证性效果。这些史料类型包括文献书籍资料、文件档案资料、报刊资料、碑刻资料、访谈资料、回忆录资料、摄影资料、音像资料以及实物资料,等等。不仅使该书史料丰富多彩,而且起到文献史料与其他史料相互印证与佐证的作用,从而强化史料的实证性、系统性和综合性论证效果。从接受角度而论,该书插入上百幅史料照片,以图文并茂的形式不仅能够获得更为直观可感的接受效果,而且强化了史料的实证性与内容的丰富性,更能够深化和扩展接受效果。

其四,文艺运动与作家作品的点面结合的叙述特点。桂林抗战文化城及其抗战文艺现象作为历史事件,主要是以抗战文艺运动及其活动的形式和方式呈现出来的,成为历史上的一种独特文化现象。作为文艺运动不仅具有一定的时空性、时代性与历史性特征,而且具有组织性、聚合性、策划性特征,更具有影响性、衍生性、辐射性特征。桂林抗战文艺运动虽然发生于西南一隅的桂林小城,时间不过几年,但成果斐然、名扬中外、影响深远。因此,对于其艺术史叙述,必须紧紧抓住抗战文艺运动这个纲,纲举目张,一以贯之,才能头绪分明,纲目彰显。基于此,该书采用运动、活动与艺术家、艺术作品点面结合的叙述方式,既着眼于立体全景式描述运动、活动概况及其进程,以展现这一文艺运动及其现象的整体风貌,又立足于艺术家活动描述及其作品分析,以凸显艺术家在运动、活动中的主体地位及其重要成果,由此达到点面结合的叙述效果。因此,在其戏剧、美术、音乐、舞蹈的艺术史叙述中,大致划分抗战艺术运动与艺术家活动及其作品成果两大部分,当然其中也不乏点面结合的叙述特点。如在“声势浩大的戏剧运动”一章中,作者首先采取概述方式进行整体把握,其次分述戏剧运动的主要内容及其所开展的各项活动,再次抓住“西南剧展”活动作重点深入研究,点面结合恰到好处。继而在“戏剧家的活动及其剧作”一章中,作者分别介绍田汉、欧阳予倩、夏衍、熊佛西、焦菊影、洪深、于伶、杜宣等重要戏剧家,在对其活动概述的基础上抓住一些重要作品进行重点分析,以达到详略得当、主次分明、层次清晰、重点突出的叙述效果。其他门类艺术史叙述亦如此,充分体现点面结合的叙述特点。

其五,思想性与艺术性统一的艺术评价特点。将桂林抗战艺术史作为研究对象,除考虑其特定时空关系中的桂林地域与抗战时期两层因素外,还必须重点考虑抗战艺术的思想性与艺术性构成问题。艺术史不仅仅是描述历史以探索历史规律,而且是描述艺术史以探索艺术规律,故而艺术及其艺术史的特殊性必须得到重视,作为专门史或专题史的桂林抗战艺术史研究就必须做到思想性与艺术性统一。从抗战艺术的思想性而言,其思想性显而易见集中表现在抗战爱国思想上,不仅通过艺术家思想及其创作对象、题材、主体、内容来体现,而且也表现在抗战爱国思想潮流推动艺术家走出书斋、殿堂、象牙塔,走向社会现实生活,走向抗战前线,由此形成抗战艺术运动;从抗战艺术的艺术性而言,显然口号式、标语式、传声筒式的创作方式不能有效实现感动人心、感染民众的效果,需要通过直观、生动、形象的艺术形式与审美方式将抗战爱国思想艺术化表现出来,才能达到以情动人、寓教于乐的效果。因此,抗战艺术及其艺术史研究也就必须采取思想性与艺术性统一的评价方式,必须充分考虑艺术特点及其艺术史规律的特殊性。这在该书中得到充分体现,如遵循艺术特点及其艺术史规律特殊性,在艺术史评价上必然设置艺术性评价视角;在艺术家研究上充分考虑其主体构成中的艺术才华、个性、风格、品质等艺术性要素,将艺术家的抗战爱国思想与其艺术思想统一为整体;在艺术作品分析中充分考虑其艺术审美功能、价值、作用,给予其思想性与艺术性统一的综合整体评价。同时,因其抗战艺术史研究又不同于一般艺术史研究而具特殊性缘故,抗战爱国思想不仅使其思想深度得到深化,而且也使其艺术作用价值得到扩展,抗战艺术意义得以更好升华。正如作者在该书中阐发研究宗旨时指出:“因为我们确定的是‘抗战’艺术史课题,不是纯粹的艺术史研究。我们的研究宗旨,一方面是总结那一特殊时段里的艺术成就和规律,另一方面是提炼那一时代蕴藏在艺术领域里的民族文化精神,而只有抗战文化,才能代表那一时代的民族文化精神。”[3]桂林抗战艺术既是抗战精神的昭示,也是艺术精神的表征,更是民族文化精神的体现。

综上所述,该书不仅从艺术史研究角度对桂林抗战文化城期间的抗战艺术现象进行历时性与共时性研究,而且与之前的成果《桂林抗战文学史》《桂林抗战文化史》构成相互印证、三位一体的桂林抗战文化城史论研究系列,带有拓荒或填补空白的重要意义。这意味着他们辛勤耕耘、默默奉献的这片桂林抗战文化城研究领域已经开满鲜花,结满硕果,更展示了他们的学术研究从最初的桂林抗战文艺资料发掘整理,到作家作品评论,再到文艺运动研究与文艺史研究的理论与学术研究的发展历程。我们真诚祝贺这一丰硕成果的问世,更殷切期待在这片沃土上能够产出更好更多的新成果。

[注释]

[1][2][3] 李建平、李江、覃国康、陆璎:《桂林抗战艺术史》,10、8—10、7 页,广西人民出版社 2014 年版。

(原载《南方文坛》2015 年第 6 期)

跨界诗歌:新世纪诗歌的新范式

□ 罗小凤

自20世纪90年代以来,中国诗歌的边缘化窘境早已为人所周知,其前景令人担忧。然而,穷则思变,新世纪以来,不少诗人都在寻找新的诗歌书写方式与形式。而新世纪正处于多元化、去分化的文化氛围之下,跨文化、跨领域、跨界限、跨学科、跨艺术的交流与合作日趋盛行。在此语境下,一种拥有"诗歌与戏剧的跨界结合,朗诵与表演的形式互动,抒情与叙事的自由切换"[1]等特点的诗歌范式即跨界诗歌浮出历史地表,这种诗歌实验或将诗歌与音乐相结合,或将诗歌与戏剧相交融,或将诗歌、戏剧以及各种艺术形式打通,在新世纪的中国诗歌界产生了重要影响。这些诗歌跨界实验使跨界诗歌成为新世纪诗歌版图上出现的一种诗歌新范式,为诗歌史抹上了颇具亮色的新的一笔,贡献了丰富、重要的精神盛宴,具有重要的诗学与史学意义。

一 ‖ "新诗戏剧化"传统的传承

"跨界诗歌"这一概念是诗人、戏剧家从容所提出并实践的,但其实,这种诗歌跨界的实验并非始自从容。在当代诗歌场域中,享有"中国最后的抒情诗人"之誉的黑大春,曾在1988年就提出"把诗歌带回声音里去",并一直都在不断探索与尝试"诗乐合成"。在2011年举行的"零点星诗歌节"中,周云蓬以吉他演绎其诗歌《不会说话的爱情》,在黑大春极富节奏韵律的说唱、秦水源与关伟的吉他演奏、刘地的鼓声和小节节玛的小提琴声等多种艺术的"混搭"表演中实现了诗歌与民谣、摇滚交融糅合的高妙境界。与他们进行相仿探索的还有春树、非亚等诗人所进行的将诗与摇滚乐相嫁接的诗歌实验。既酷爱摇滚又身为诗人的春树在中国第一支女子朋克乐队"挂在盒子上"的复出专场"朋克女孩的光辉岁月"上现场朗诵自己的诗作,而"挂在盒子上"乐队则为其诗歌配乐,并合作演唱歌曲,进行了诗歌与摇滚音乐的结合实验。此外,李轻松、周瓒等诗人近年来也一直在做将诗歌与戏剧进行联姻的诗剧实验,如李轻松的实验诗剧《向日葵》,由北京舞蹈学院音乐剧系演出,通过肢体语言、歌舞、多媒体等元素的展现,将诗歌、音乐、歌吟、形体、时空等多重艺术集于一体,使诗歌"活起来、舞起来、唱起来或者静起来"(李轻松语),获得了非常好的效果与评价,在诗歌史上既具有实践意义,又具有理论意义(吴思敬语)。[2]诗歌批评家、诗人周瓒近年亦将注意力大量投入诗剧的探索,如她和曹克非合组的瓢虫剧社演出的诗剧《乘坐过山车飞向未来》,便是她将诗歌与戏剧联姻的实验收获。时至 2012 年,从容明确地提出了"跨界诗歌"的概念。此前,她也早已进行过诗歌跨界的尝试与实验,身兼诗人和深圳戏剧家协会主席多重角色的她一直试图将诗歌与艺术结合起来。因此自 1999 年纪念深圳特区成立二十周年的诗歌晚会开始,她便已尝试将诗歌与戏剧结合的实验,迄今已有十五年历史,她一直怀抱着将诗歌与各种艺术打通的梦想在摸索、尝试着,"中国诗剧场"和"第一朗读者"便是她多年来筚路蓝缕、披荆斩棘进行艰辛探索的重要收获。

事实上,新世纪以来的这些诗歌跨界实验与探索都是中国新诗史上"新诗戏剧化"理念在新世纪的传承。在新诗史上,朱自清、徐志摩、闻一多、叶公超、卞之琳、袁可嘉等诗人都曾主张在诗歌中设置与安排戏剧性情节、场景和对白。叶公超说:"惟有在诗剧里我们才可以探索活人说话的节奏,也惟有在诗剧里语言意态的转变最显明,最复杂。"[3]他充分地意识到诗剧中的戏剧性能使诗歌变得曲折复杂而更有可读性。闻一多则主张要把诗做得不那么"像诗"而应多像点小说戏剧:"在一个小说戏剧的时代,诗得尽量采取小说戏剧的态度,和用小说戏剧的技巧,才能获得广大的读众。"[4]他意识到小说戏剧的态度和技巧能让诗更贴近读众。卞之琳写诗时"常常通过西方的'戏剧性处境'而作'戏剧性台词'"[5]。这些诗人有关"戏剧性""戏剧化"的主张除了他们自己在创作中引入戏剧性因素外,在同时代其他人的诗歌创作实践中其实并未得到广泛的推广与实践。直到袁可嘉,这种注重戏剧性戏剧化的诗歌主张才得以系统化、理论化,袁可嘉认为戏剧化可以规避当时新诗面临的两大问题即意志的说教与情感的感伤:"得着戏剧的表现,而闪避说教或感伤的恶劣倾向"[6],因而他在《新诗现代化》《新诗现代化的再分析》《新诗戏剧化》《谈戏剧主义》《对于诗的迷信》等系列文章中从学理上具体阐释了新诗戏剧化的主张,得到了"九叶"诗人群的积极回应,他们进行了大量的写作实践,在自己的诗歌创作中纷纷纳入戏剧性结构、戏剧性情境、戏剧性对白等戏剧化手段。然而,这种诗学努力在此后很长时期里便一直遭到悬置、冷落甚至否定,直至 20 世纪 90 年代才在袁可嘉的重新倡导下重返诗歌场域,导引当时的一些诗人进行了诗歌戏剧化的一些努力与尝试。可见,中国现当代诗歌史上一直或断或续、或隐或显地潜流着戏剧化的传统,跨界诗歌的实验与探索实际上是对"新诗戏剧化"传统的传承。当然,尽管中国新诗史上一直不乏诗人在理论上提倡"新诗戏剧化",在创作中引入"戏剧性因子",但其实,他们并未真正在舞台上将诗歌与戏剧进行很好的结合与展现,而直到新世纪的诗人们,才真正在舞台上让诗歌与戏剧联姻,完美地展现诗歌戏剧化的可能性。因此,跨界诗歌一方面传承了"新诗戏剧化"的诗歌传统，另一方面又为中国新诗创作拓辟了一种诗歌新范式。

二 ‖ 诗与艺术的联姻

在跨界诗歌的实验中，无论是诗与剧的结合，还是诗歌与摇滚等音乐形式的混搭，或是诗、音乐、表演、朗诵等各种艺术的杂糅，都是诗与艺术联姻的探索，而"中国诗剧场"与"第一朗读者"无疑是最典型、影响最大的跨界尝试。

一直以来，中国诗歌晚会、诗歌节、朗诵会都是以诗歌朗诵配音乐为主要内容，以插科打诨、嬉闹或行为艺术为辅，以喝酒聊天收场。从容一反过去传统诗歌朗诵会的单调模式和传统主题晚会的老套路，而将诗歌与戏剧及当代各种艺术相结合，开创了一种将诗歌与戏剧进行跨界结合、朗诵与表演进行形式互动、抒情与叙事进行自由切换的诗歌展现新范式。

从容所实验的诗歌新范式首先是"中国诗剧场"。其先声是1999年为庆祝深圳经济特区成立二十周年的诗剧场诗歌晚会，即《在共和国的窗口》。该剧运用舞台的综合表现手段，赋予诗歌以场景、人物、戏剧化，光辉地再现了深圳经济特区成立二十年来历经的风雨历程，为诗歌提供了一个戏剧化的表达平台，是将诗歌和戏剧进行嫁接的全新尝试，是一次跨界的新突破与创新实验。该诗歌晚会后来被中央电视台录制成电视诗歌片《深圳人》上下集，并在当年的"两会"期间由中央电视台的文艺频道多次播出，影响深远，遍及全国。在此次成功经验的基础上，"中国诗剧场"华丽出场。第一届"中国诗剧场"是为纪念深圳经济特区三十周年而做，诗剧以"我听见深圳在歌唱"为主题，以三十年里三十位诗人的三十首诗为戏剧的"主心骨"，分《太阳升起》《寻梦》《思念》《移民》《将来》五场，对深圳在三十年历史中的变迁进行演绎。三十首诗仿佛三十个拼图，每一首诗后面都会延伸出一些触动受众的故事、片段式的戏剧情节，还设置了戏剧对白、独白等台词和戏剧场景，运动了多媒体以及各种艺术手段，这些诗借助舞台艺术呈现了"寻梦者""打工者""新移民"的生活图景，呈现了"一个轮廓清晰的深圳"。第二届"中国诗剧场"是纪念辛亥革命一百周年时从容与其同行打造的，诗剧主题为"穿越百年"，邀请了国内最著名的近四十位诗人以辛亥革命为主题，就戏剧结构和故事进行诗歌原创写作，然后通过剧场的方式进行演绎。《穿越百年》分为《生命之光》《共和之路》《复兴之路》三个乐章，吸收了穿越剧的形式，将辛亥革命以来的百年中国历史以及百年历史中涌现的一些风云人物、重要事件"穿越"于诗歌与戏剧的结合场域中，尤其是剧中将当今"快男快女"们对爱情的理解这一线索与辛亥革命那个时代的知识分子和革命者如何看待爱情、看待生活的线索进行时空交错与穿越，让人不断在审美震撼中深思、反观现实。该剧影响颇大，后来获得了首届广东省戏剧优秀剧目奖。著名诗歌理论家吴思敬在观剧后给予了高度评骘："无论是从'诗剧场'这样一个概念的提出，还是对辛亥百年这样一个重大历史题材的处理，《穿》剧都具有突破性的意义"，"诗剧场这种形式确实为我们探讨诗与戏剧如何结合起来开辟了一个很好的途径”。[7]此后,从容还导演、策划了一系列“诗剧场”作品,如《诗与歌的怀念》《百年中国》《永远的小平》等,都产生了不小影响,都是跨界诗歌的成功实验。

“第一朗读者”是从容于 2012 年开始实验诗歌新范式的另一新品种。在艺术形式上,“第一朗读者”吸纳了“中国诗剧场”的各种成功经验,但走出了《穿越百年》那类恢宏大戏的风格,离开了炫丽耀目的大舞台,而将朗诵、戏剧表演、音乐、演唱等多种艺术形式糅合起来对新诗文本进行综合性阐发,通过表演者唱诗、演诗、评诗、朗读诗等环节,“拓展了当代诗歌的先锋化、开放型的立体呈现方式,强化了诗歌视听的艺术性、实验性”[8]。如在演绎《小狗的痛流进高速公路》这首诗时,先是一只女演员扮演的狗娃娃走上舞台,旁边的众人则上前与其合影拍照,掀起一片喧闹与暂时的混乱之声;而与此同时,LCD 上显示出诗歌《小狗的痛流进高速公路》:“我宁愿相信/这只小狗在梅观高速公路上睡着了/它抱着脑袋/温顺地睡了/谁也不知道是真正的痛/让它睡去的……”随后,待喧闹声渐渐平息,拍照的众人离场,只剩下那只“狗娃娃”,场上出现暂时的空静。这时,“狗娃娃”摘去面具,换上蓝色连衣裙,以戏剧中的独白形式传达出自己对这座城市的看法。然后,一群衣着时尚的女生拎着高跟鞋走上舞台并对着观众涂抹口红。继而,王菲的《执迷不悔》的音乐响起,女生们开始轮流诵读《一切都来得及》:“一切都来得及/来得及让我穿上蓝色的连衣裙/抹一点口红……”这一幕显然将诗歌朗诵、戏剧表演、音乐、舞美、多媒体等各种元素都杂糅一体,“第一朗读者”便是通过这种多维方式重组各种艺术与表现手段,对诗歌进行的再创造和跨界演绎。著名诗人西川充分肯定了这种打通各种艺术的跨界演绎:“我在国内外参加过很多诗歌活动,像这样具有先锋精神的综合性艺术表达现场只有深圳能做到,只有具有戏剧经验的团体能做到。”[9]诚哉斯言!“第一朗读者”对诗歌的跨界演绎和跨界诗歌实验风生水起,将在中国诗歌史上产生重要影响。

可见,“中国诗剧场”和“第一朗读者”所打造的诗剧都汇集了吟诵、对话、戏剧、歌唱、仪式、行为艺术、乐器演奏等各种表现形式,是一种打通各种艺术的、创意独特的诗歌实验。

三 ‖ 新世纪诗歌传播的新路径

20 世纪 90 年代伊始,诗歌便脱却 80 年代的炫目辉煌,在市场化的浪潮冲击下退居边缘的边缘,沦为自言自语、自娱自乐、自我抚摸的“自恋游戏”“小圈子活动”,甚至遭到“诗歌已死”的质疑。事实上,诗歌本身并未“死”,好诗亦非稀少,而是诗歌的传播出现了障碍,诗与公众的距离拉远了。那么,如何打破诗歌传播的障碍与囹圄,深入公众,成为诗歌创作亟待解决的燃眉之急。对此,从容进行了敏锐而深入的思考:“为什么近 20 年来能够被我们记住的诗歌作品越来越少呢?这就是相应的传播方式出现了问题。越来越多的诗歌丧失了音乐性和耳感,丧失了诗歌精神以及传播的广阔空间。”[10]因而,她一直希望寻找到一种合适的方式让诗歌进入一个更广阔的空间,更便捷更深入地传播给观众及更多的诗歌爱好者,她所找到的方式便是将诗歌与戏剧及其他各种艺术进行嫁接、联姻，即她所倡导的“跨界诗歌”。

“跨界诗歌”以“中国诗剧场”和“第一朗读者”的形式拓宽了诗歌传播的空间，为新世纪诗歌的传播提供了新路径。传统的诗歌朗诵会一般为十几或几十人，而从容导演与策划的“中国诗剧场”和“第一朗读者”都把诗歌带到现场，带到舞台，带给大剧院里的观众，让诗与广大公众深度交流。对于“中国诗剧场”在加强诗歌与公众世界的交流方面所做的贡献，吴思敬曾肯定道：“诗剧场这种形式为我们探讨如何结合诗与戏剧开辟了一个很好的途径，诗歌面临着如何走向公众，而一些诗人进行私人化写作，把自己放到一个边缘状态。诗剧场则借助剧场，借助重大题材，让诗面向社会公众，从形式上来说非常有意义。”[11]霍俊明也肯定道：“现在很多的朗诵会都体现了一种自言自语性，诗剧场重新体现了诗歌与受众的一种非常亲密的关系，诗剧场拓宽了诗歌传播的空间，回到了诗歌传播和创作的起源，来自社会，来自大众……”[12]而“第一朗读者”则对新世纪诗歌的传播发挥了更大作用，为了加强诗歌与公众世界的深度沟通，“第一朗读者”做了各种努力，调动了各种有利因素。

首先是选取最具感染力、震撼力的诗歌作品和表现形式。“第一朗读者”所选取的诗歌都是全国知名诗人的知名作品，是承载着人的情感、精神与灵魂的作品，都是能打动人、震撼人的作品。如“第一朗读者”2013 年第 9 期选取了徐敬亚的名诗《青海，高原狮吼》，这期“诗剧”的开场便是这首诗的朗诵：“一声比一声更猛的/是我的喘息/高原啊/你正沿着血管/从内部攻打我/每一枪都击中太阳穴/天空蹦跳/擂鼓者用肋骨敲击我的心脏……”一开场就深深地攫住了观众的心。这首诗朗诵后，众演员开始轮诵诗歌《深圳，你是冒险家的乐园吗?》。其间，女演员们缓缓退场，男演员们慢慢转化成狮子，而独诵男演员在驯服狮子的同时开始朗诵另一首诗《生命的冲动》，在朗诵者撼人心魄的声音中伴随着表演者挣扎和扭动的身形。无论是朗诵的诗歌内容还是表演行为，都极具感染力和震撼力。在 2013 年第二季“第一朗读者”的第四场活动中，诗人王顺健听到朗诵者朗读他纪念父亲的诗歌《完美的病人》时情不自禁，热泪盈眶，只能悄悄走离现场以平息内心的激动，这正是“第一朗读者”所选诗歌的感染力所在，在场的许多诗人如王明韵、潘洗尘、从容等都见证了这种感染力。

其次是诗歌走向公众的场所更丰富，平台更广阔。正如从容所说的：“我们尽可能走进咖啡馆、中心书城、广场，力图在这样一种开放式的场所让公众因朗读而听见诗歌，因戏剧而看见诗歌，因音乐而热爱诗歌，因点评而领悟诗歌。通过表演者唱诗、演诗、评诗、朗读诗等环节，拓展了当代诗歌的先锋化、开放型的立体呈现方式，强化了诗歌视听的艺术性、实验性，以诗现场的行为艺术等跨界的方式延伸了当代诗歌的传播空间，让公众在场体验、在场感受、在场参与，全方位领略当代诗歌的审美妙义。”[13]“第一朗读者”的场所一直在变换，这便是从容试图让诗歌更近更深入地走进公众世界的努力。2012 年“第一朗读者”的系列活动主办的场所主要集中于深圳大学的西北谷咖啡馆和华·艺术沙龙两个相对狭小的空间，2013 年便不再局限于此，而是将活动空间扩大，在中心书城举办了八场，在福田区音乐主题馆举办了两场，这意味着"'第一朗读者'在更为开阔的意义上将诗歌推向各个阶层和群体,真正在公共文化空间和社会空间有效传播诗歌并使受众真正最大可能地接触诗人和视听诗歌"[14]。

另外,"第一朗读者"的活动还在于参与诗剧演出的演员、诗人、朗诵者和观众方面扩大阵容。如 2013 年第二季投入"第一朗读者"的演职人员相比于往届明显扩容,每场参与的导演、演员、诗人、朗诵者等人员与每次幕前幕后服务的市剧协会会员及参与活动的各类艺术家达到上百人,观众每场逾千人,全年总计上万人次观看表演与朗诵,还可通过电台、电视、网络等传播渠道,近百万人次收听、收看。受众面的大幅度增加意味着诗歌传播范围的扩大和公众影响力的提升,意味着诗歌深入公众世界的强度与力度的提高。而且,"第一朗读者"所面向的并非局限于诗人,而是作为一种开放性的艺术沙龙形式面向公众,只要是诗歌爱好者均可参与,显然无形中扩大了观众的阵容。

除此,"第一朗读者"还在诗剧活动的环节上做出努力,以加强诗歌与公众世界的沟通。如 2013 年"第一朗读者"的系列活动中增设了"诗现场""诗对焦"等环节,这是其主要和重要亮点。据介绍,"'诗现场'侧重的是让市民第一时间走进当下中国鲜活的诗歌现场,以'诗现场'在场体验、在场感受和在场参与的方式,用各种艺术手段全方位地打开诗歌幅面;面向公众和社会,立体性地呈现诗歌现场氛围,让广大市民和各阶层人士都能感同身受、身临其境。'诗对焦'则突出市民的现场参与性,让到场市民与诗人在现场进行直接对话,就诗歌的热点、焦点、难点问题展开问答和论辩,热点交锋既起到了活跃现场气氛的作用,也促进了观众对当代诗歌更准确和深入的理解与把握"[15]。这些增设的活动环节的主旨显然在于更全面、深入地面向公众,加强与公众世界的深度沟通。

由此可见"第一朗读者"在更贴近公众、走向更广阔的公共空间、拓宽诗歌传播空间方面所做的努力与贡献,实现了诗与公众世界的深度交融。难怪文学评论家何向阳对此给予高度肯定:"'第一朗读者'真正实现了诗歌与大众的深度交流,这是新文化背景下的诗教传统的创造性接续。"著名诗人叶延滨也高度评价"第一朗读者"的历史价值:"这一活动对于诗歌的经典化和大众化的传播所起到的作用是长久的,经验值得推广和总结,具有历史价值。它是 21 世纪最重大的诗歌事件之一,它必将载入中国诗歌史。"[16]

迄今为止,跨界诗歌的实验已引起国内外广大诗人、批评家、学者以及各类艺术家的侧目,获得了高度评鹭与赞誉,产生了深远而重要的影响,形成了新世纪诗歌的新范式,在中国诗歌史上必将是灿烂绚丽的一笔。

[注释]

[1] 郭佳:《中国诗剧场:给诗歌一个舞台,给诗歌一个空间》,载《北京青年报》2010 年 10 月 9 日。

[2] 龙扬志:《诗歌与戏剧联姻的可能性——李轻松诗剧〈向日葵〉研讨会》,载《中国诗歌研究动态》2008 年 10 月 15 日。

[3] 叶公超:《论新诗》,《叶公超批评文集》,64 页,珠海出版社 1998 年版。

[4] 闻一多:《新诗的前途》,《闻一多论新诗》,武汉大学闻一多研究编 116 页,武汉大学出版社 1985 年版。

[5] 卞之琳:《雕虫纪历・自序》,15 页,人民文学出版社 1984 年版。

[6] 袁可嘉:《论新诗现代化》,25 页,三联书店 1988 年版。

[7][11] 吴思敬语,转引自《中国诗剧场〈穿越百年〉国内评审专家、诗人座谈会发言纪要》,http://www.wbst.com/viewAction.do? lunwenid=595037。

[8][10][13] 从容:《我与诗歌的跨界传播与实验》,载《诗歌月刊》2014 年 3 月。

[9] 西川语,转引自霍俊明《2013 年诗歌:"让诗歌,记得住乡愁"》,http://www.chinawriter.com.cn/bk/2014—01—27/74347.html。

[12] 霍俊明语,转引自《中国诗剧场〈穿越百年〉国内评审专家、诗人座谈会发言纪要》,http://www.wbst.com/viewAction.do? lunwenid=595037。

[14] 霍俊明:《2013 年诗歌:"让诗歌,记得住乡愁"》,http://www.chinawriter.com.cn/bk/2014-01-27/74347.html。

[15][16]《2013 年"第一朗读者"诗歌活动综述》,http://www.shigezhongguo.com/_d276480117.htm。

(原载《南方文坛》2015 年第 6 期)

2016 年

民国至新中国成立初期的邕剧形态流变考

□ 简圣宇

与经过文人阶层雅化加工过的精致艺术不同，民间艺术的存在形态往往具有强烈的非规范性。而当代学科明晰化之后，则强调要以规范化的学术语言对对象加以归纳和界定，故而我们的学界常常犯这样一种错误，就是拿今日的规范化概念去硬套过去的民间艺术种类，总结、整理出各种地方艺术，给后人造成一种错觉：那些被规整的地方艺术，仿佛一直都以清晰、有序的形态在时间的维度上成长和发展一样。其实那只是一段被建构出来的“前史”而已。关于这段时期的日后追认式的叙事，其架构看起来越是有条有理，其可靠性就越是可疑。[1]

邕剧是一种特别的地方戏剧，之所以称其为特别，乃是因为它的民间草根的性质和被命名的历史。新中国成立后，它名列广西四大地方剧种之一，在 1950 年广西调查恢复地方剧种时，获得抢救性挖掘和保护，成为广西的非物质文化遗产。其特征在学界还获得了规范性的归纳：“保留了古朴、粗犷、雄壮的表演风格；舞台表演用语采用以邕州官话为基础的戏棚官话；唱腔以西皮、二黄为主，辅以杂腔和民间小调，高亢粗犷；剧目题材丰富，以历史剧为主；表演讲究排场艺术的运用；擅长武戏，表演中安排大量南派武功和程式特技，极具地方特色。”[2]

对于邕剧，初识者多认为它与桂剧、粤剧一样，是有着稳定形态和悠久历史的地方剧种。殊不知，如果追根溯源，邕剧的诞生和演变有着极其复杂的历史背景。比如，前述对邕剧特征的学术化归纳，基本同样可以用来描述广西粤剧。欲理解这种吊诡的情形，就需要对邕剧的来龙去脉进行细致追踪。

笔者认为，所谓邕剧，乃是 20 世纪下半叶才逐步成形的一种地方戏剧，它是多源汇集的产物，由于戏班分散而来源庞杂。它具有百余年的悠久的发展前史，最终在新中国成立后获得稳定的名称，真正出现所谓邕剧。一直以来，它由于弱势地位而往往被其他占优势地位的剧种所同化，同时也在跟其他地方戏剧的交流中，相互影响，彼此渗透，最终逐步以邕州粤剧为表现形式，一方面最大限度地保留了广府戏最初的风貌，另一方面又具有邕州地区特别是民间社会的地方特色，在语言风格和思想特征上更接近乡土社会的审美追求。

今天许多学者探讨邕剧、粤剧时,都是以"剧"的范畴来讨论的,这其实已经预设了一个可疑的前提:这些剧种已经是成型的剧种。而实际上我们必须意识到,这些"剧种"在其形成的漫长历程中是以具体的戏班来承载的,而戏班的演出状态并不具备后来成熟期的稳定性。谈论这些戏剧的早中期形态,必须立足于"戏班"而非"剧"的范畴,即立足于彼此联系的"单称范畴",而非容易陷入概念大而不当的"复数范畴"。如果坚持以"剧"的范畴来研究那些只有在戏班的范畴只能才能理解的内容,那么这种研究必然出错,其所依据的材料再丰富,得出的结论也都是有问题的。

一 ‖ 新中国成立之前:是邕剧史还是邕剧前史

目前在"中国知网"数据库里,关于邕剧的文章有近二十篇,其中黄伟晶的《邕剧的传承保护与发展研究》为广西师范学院的硕士论文,而《邕剧戏棚官话语音系统》《邕剧"提纲戏"初探》《浅析邕剧排场戏》《邕剧里的壮族历史文化元素》四篇为洪琪、洪珏的系列论文,其余为单篇论文。其中主要观点常引自 1984 年的《南宁戏曲志》。该书由南宁市戏曲志编辑委员会编纂,编纂人员为李玉昆、黄鹤鸣、王兆椿、崔志光、唐济湘。

其实关于邕剧的记载还有一些重要的历史记录,散见于 20 世纪 60 年代和 80 年代的各种地方史料内刊中。相关文章见南宁市文物管理委员会在 20 世纪 80 年代初期编印的《南宁史料》。此外还有《中国戏曲志·广西卷》编辑部整理的《广西地方戏曲史料汇编》,广西壮族自治区戏剧研究室 20 世纪 60 年代编印的《广西戏剧通讯》,广西艺术研究所编印的小册子《两广粤剧邕剧历史讨论会论文集》等。由于这些内部刊物少人问津,故而几乎被淹没在当下的邕剧研究者的视野里,使得现在的研究者更热衷于把邕剧的前史视为邕剧史本身。

实际上,邕剧的起源颇有争议,各种说法皆有。主要说法是邕剧来自湖南祁剧,后受影响于广东粤剧。如学者黄静芳认为,邕剧是在湖南祁剧和广西桂剧的影响下,融合本地土戏、民间说唱与外来多种戏曲声腔而成。她还将邕剧的发展演变过程分为两个阶段。第一个阶段是在清道光、咸丰年间,受祁剧和桂剧影响。湖南祁剧艺人玉洪官到南宁一带授艺并成立戏班。到同治至光绪年间,祁、桂部分艺人纷纷南下桂中南部。于是此时的邕剧在表演上注重唱念做打,行当与祁剧相似,唱腔以南路(二黄)、北路(西皮)为主,剧目以历史题材为主,与桂剧基本相同。第二个阶段受粤剧影响。鸦片战争之后,广东商旅沿西江进入广西,于是广东的广府戏班来邕唱戏。本地艺人便纷纷模仿组建本地班,采用与广府戏一样的戏棚官话为舞台语言,以南北路为主要唱腔进行演出。她的文章中还提到:"同治年间,南宁成立了全新凤班,之后陆续成立合新凤、寿新凤和乐尧天,时称邕剧'四大名班'。"[3]

但这些所谓邕剧的历史沿革,从学术严谨性上看,只能算是邕剧的前史,而非严格意义上的邕剧史。因为任何一种戏剧种类,之所以获得诸如邕剧、粤剧、京剧的称谓,前提条件是已形成自己的核心特征，只有具备了能够与他者相区别开来的核心特征，才能算作是成型了，从而可以获得属于自己专有的称谓了。

如京剧只有具备了其核心特征，才能称其为“京剧”，至于之前，只能是所谓到了京城的某种戏剧，如徽、秦、汉等。在时间上，京剧的这些前身诸如昆曲、秦腔、徽戏等，早在清初至乾隆这段漫长的时间里就已陆陆续续进入北京城，然而真正的京剧要迟至大约道光二十年至咸丰十年间才算形成。因为此时的京剧才真正具备了自己的核心特征：其一，曲调板式完备丰富，超越了其源始的徽、秦、汉等剧种的窠臼；其二，行当大体完备；其三，真正形成了一批独属于京剧的剧目；其四，拥有了诸如程长庚、余三胜、张二奎这样的代表性演员。如果把京剧的前史都纳入京剧史来计算的话，那京剧岂不是可以跟着昆剧追溯到元末明初？

现在邕剧史上的所谓“邕剧‘四大名班’”，究竟演的是邕剧，还是广府戏？如果演的是广府戏，那么这“四大名班”应该算是邕剧的名班，还是粤剧名班？而且即便是名班，在演出上尚且相对粗糙，那么其他的戏班的实际表演状况可想而知。

《南宁戏曲志》中列出邕剧专业剧团有：坛洛甘圩天彩班（建于咸丰七至十年，即1860年前后，主要活动年代为咸丰至同治年间）、南宁市“四大戏班”（创建及主要活动年代为咸丰至同治年间）、南宁富贵华班（创建年代不详，主要活动年代为光绪年间）、武鸣同乐志班（创建于光绪年间，主要活动年代为光绪年间）、金田乐班（创建于民国二年，主要活动年代为民国初的前十年）、军民乐班（创建于1915年，早年与陆荣廷关系密切，1931年后逐渐消亡）、南宁大文明班（创建于1918年，开始有女旦表演，1921年解散）、传古今班和新从军乐班（1925年南宁被滇军包围，艺人凑伙迁往郊区演出，四处流落到1927年解散，原名“传古今班”，后改名“新从军乐班”）、南宁英庆乐班（创建于1933年左右，活动到1937年）、粤西丁财贵班（创建以及主要活动年代为光绪到1930年前）、黄三顺班（创建于1932年，活动到新中国成立前）、邕宁那陈班（创建年代不详，活动年代零散，光绪年间、1940年前后都活跃过一段时间）、邕宁双定班（创建年代不详，活动年代零散，从1932年到1983年都有零星活动）、南宁市人民邕剧团（1950年在政府关怀下建立，邀请各路流散艺人，于1951年1月正式建团）。

除了南宁市人民邕剧团之外，这些被罗列出的剧团，其所演的剧目非常庞杂，从粤剧到壮剧再到丝弦戏（宾州戏）都有，现有资料不能证明他们是具有较为统一的艺术特征的邕剧剧团。如武鸣同乐志班是几种戏（邕剧、粤剧、丝弦戏、师公戏等）全年都能演，邕宁那陈班、邕宁双定班等是季节班，于年节和农闲时才演出，其余时间归家干农活。这些特征，足见这些戏班的非正式、非规范的民间草根性质。

老艺人蒋细增在《邕剧是南宁戏》一文（收在内部刊物《广西地方戏曲史料汇编》第二辑，1985年出版）中，力图通过介绍邕剧的渊源，来向读者说明邕剧在新中国成立前就已存在，但他的论证反而更加证明新中国成立前只是邕剧的前史阶段：“左江的龙州班、右江的百色班、武鸣班、隆安班、驮芦班、扶南班、良庆班、扬美班，都同属于邕剧的戏曲形式，他们可以自由搭班,同台演出。宾州班则另为一格,它的剧目和表演很丰富,表现出宾州班的特点和风格,有‘小桂林班’之称,深受群众欢迎。”从蒋细增的叙述中可知,当时的邕剧更像是非专指称谓,实质是指“到邕州演出,或者从邕州到各地谋生的戏班所演出的戏剧”。这与今天邕剧作为一种特定地方戏剧的专指称谓具有质的差异性。

作为参照,在学者冯厚1958年于广西所做的壮剧调查中,即有涉及壮剧与邕剧、粤剧的渊源。德保土戏产生于德保县的汉隆、马隘,根据石龙县老艺人的说法,他们所吸收的是广府班的表演方法,本地师公戏最初的演出服装只有长袍、红衣,后来才有了龙袍、官衣、盔甲、裙子、坎肩、乌纱、加木底的厚底鞋。壮剧的基底是师公戏,由于源自傩戏,故而最初表演者佩戴木脸,后来改用纸面脸谱,到了民国初年则代之以化妆[4]。壮剧的变化,在一定程度上也可反观邕剧这一草根戏剧的不规范性和不稳定性。

《邕剧是南宁戏》一文附表《邕剧已故的艺人》有新中国成立前的邕剧艺人名单,如果从艺术思想史的维度分析,可清晰看出其中一个非常明显的特征:民间草根性。除了蒋鹤、蒋祖友等名字之外,其余邕剧艺人大半只留下绰号:豉油王、牛骨弟、公仔头、红屁股、马骝精、痴五、孖指六、偷狗刘、烟屎五、矮仔王、偷鸡忠、芝兰女、芥蓝菜、盲鬼德、打鼓南……这些戏班究竟是系统的邕剧戏班,还是零散的戏班被“追认”为邕剧,不言而喻。

岭南文化包含广府文化、潮汕文化和客家文化。今天广东特别是广州地区处于文化优势地位,故而广府文化往往被归于广东文化乃至主要为广州文化,这是有问题的误解。其实粤语方言地区都属于广府文化的范畴,而粤剧就是广府文化的重要组成部分。而邕剧即为广府文化范畴所囊括,而且它由于与壮族文化结合,还超越了一般意义上的广府文化。

在此我们必须理清广府戏这一概念。广府戏作为大概念,是涵盖了今天的粤剧、邕剧这些子概念的。只不过由于20世纪中后期开始,广东(特别是广州)因其在经济文化上的强势地位而获得强势的话语权,他们称“广府戏就是粤剧”,外省也无太多异议,于是实力决定话语权,广府戏的概念就逐渐被缩减为粤剧的概念。

邕剧的问题是,从其逐步搬演广府戏开始,就一直被广府戏同化,于今更是没法将自己从核心特征上真正与广府戏区别开来。粤剧与邕剧的些许区别,只是两者雅化程度的不同,相当于省港班跟过山班的区别。较当代粤剧而言,邕剧在较大程度上保留了原初的乡土风貌,其中最重要的是武戏部分。当然,还有学者认为,粤剧仅仅在程式化的表演语言中保留“戏棚官话”,而邕剧则在主要行当的韵白及唱腔部分完整地保留“戏棚官话”,同时由其他行当灵活地使用“邕州官话”。[5]但实际上,今日的邕剧的实际话语特征已经与此论述有出入了。

现在认为邕剧在新中国成立前就出现的研究者,无法直接回答的一个问题是,为什么邕剧据称存在了两百多年,但在新中国成立后正式对其予以命名前,不论是清代还是民国的杂志报纸,都找不到它作为邕剧(而非广府戏、丝弦戏)的名字痕迹。不但公开的媒体找不到,就连直接证明其存在的民间只言片语都难觅,现存的邕剧本子基本都是粤剧曲目、剧本。作为参照，桂剧、广府戏等却留下了相当多的历史文献，无论是报纸杂志，还是具体的剧本，都有实物资料。一个独一无二的地方戏剧，却一直搬演着其他戏剧的剧目，难道不让人生疑吗？

如果有某位科学家声称发现了一个独一无二的新物种，但这种新的物种跟其他原有物种从外貌到基因都基本没有关键差别。唯一的差异，仅仅是这个新物种发现的地点，在地域上跟其他的有所区别。难道该科学家就可以心安理得地以该地域命名这一种所谓“新物种”吗？

现在《南宁戏曲志》和曾宁在关于邕剧在新中国成立前的叙述方面是有冲突的。在曾宁口述、王兆椿记录的《邕剧名称由来》一文里（收在内部刊物《南宁史料》第二辑，1983 年出版），曾宁认为“邕剧”一名，是 1933 年首次被命名，后在 1950 年被确定的：

> 邕剧的名称……始称于 1933 年冬。当时，南宁商界人士为红十字会筹款，曾于商会后的广场上搭了数间临时戏棚，举办了“南宁红十字会筹款游艺大会”。游艺项目有：戏曲、大马戏（朱少武杂技团）、默片电影（无声）、放烟花、抽彩、山标摊、沙包标摊、博彩等。当时在该处演出的有“广东班”“桂林班”“本地班”和郊区“师公班”等。粤剧和桂剧均有剧种名称；师公（或叫尸公）戏虽有名而欠雅，“本地班”一则无剧种称谓，再则因与改白话前的粤剧笼统称为广府戏，恐泾渭难分，故绘制广告时（主办者不知何人，绘制广告者是文伟标，现在百色）分别给“师公”与“本地班”以“古剧”和“邕剧”之雅称。由此，“广西本地班”才破天荒有了剧种的称号。由于邕剧之名给人印象淡薄，只是昙花一现便不再为人提及，艺人依旧自称“本地班”或“广府戏本地班”。故 1933 年后学邕剧的艺人均不知此事。
>
> 新中国成立前夕，邕剧在反动统治的摧残下，已濒临泯灭之境，艺人大都流散改业，生活无着。新中国成立后，在党的挽救下庆获重生。1950 年广西调查，恢复地方剧种时，省戏改会主任秦似通知率领社会人士赴东北参观前，嘱我协助组织“本地班”艺人，他返邕后，在“新世界”（即以前的南宁人民剧院）同有关领导×××、王宇红等同志观看他们演出的《马芳困城》等剧目后，确认它是地方剧种之一。定名时，根据上述情况，便沿用了邕剧的名称。并于 1951 年元月 22 日正式组成“南宁人民邕剧团”。从此，邕剧平位于全国戏曲之林，各榜各艺术辞书。

曾宁说得很明白，1933 年邕剧首次被命名时，其戏班实际上是广府戏班（“广西本地班”），1950—1951 年获得“重生”的，也是广府戏的南宁“本地班”。1961 年 7 月出版的内部刊物《广西戏曲传统剧目汇编 · 邕剧卷》，在卷首语中关于邕剧的说法，其实从另一个侧面也印证了曾宁的说法。上面明确提到，邕剧是“抢救培养”出来的，“由过去的奄奄待毙，一变而为现在的欣欣向荣”。这意味着即便曾经存在过邕剧这样的剧种，实际上发生了二次断代，一次是祁剧和桂剧派系的断代，改为广府戏的派别；另一次是改广府戏后被省港粤剧冲击，在 20

世纪30年代末逐步溶解、湮灭。到了50年代,被复活的乃是粤剧班,螟蛉继子而已。而且邕剧的命名,更多的也是在当时领导关怀下发生的,而非依据邕剧核心特征严谨认定的。[6]邕剧的前史部分与获得命名之后的历史之间缺少必然联系。即便有联系,也是断代的联系,就像东汉和西汉之间的联系一样,表面上说起来都是汉之朝代,其实其中的血脉已经变更了。

我们甚至还可以通过另一种方法来考量。如学者陈志勇提出,由于戏神信仰具有稳固性,故而路作为判断地方剧种演变的依据,"戏曲艺人对本剧种戏神的信仰和坚守是很顽固的,不管舞台表演艺术怎样随戏班流动,但戏神信仰不会变","在地方剧种研究史上,程砚秋、欧阳予倩都曾利用戏神信仰的遗迹和记载来裁断秦腔、粤剧历史变迁的轨迹"。[7]

如果他提到的这一方法是可靠的话,那邕剧的流变史就非常清晰了。祁剧奉祀的戏祖、戏神、祖师有三位,一是老郎神唐明皇,二是唐明皇时的著名宫廷乐师雷海清,三是北宋宣和年间供职于皇家教坊的焦德侯爷。[8]

而清末至民国时期邕剧、粤剧和壮剧的供奉的戏神是火神爷"华光大帝"。这就意味着,即使邕剧与祁剧有过渊源关系,那么也早已断代。清末至民国之后的邕剧在演出形式上,实际上已经与粤系广府戏合流,成为广府戏的一种地方分支:邕州广府戏,而从未有过独立成型的邕剧。当然,在剧目、唱腔方面仍然保留着其与祁剧、桂剧以及壮乡文化的联系,比如《侬智高》等剧目是粤系广府戏所没有的,独属于广西。但作为因素存在的特点,不能说明邕剧在新中国成立前存在,只能作为描绘其前史的证据。正如儿子有父亲的基因,不能说儿子在出生前就在父亲体内存在。儿子只有在形成独属于他自己的受精卵之后,才算存在,否则按这种追溯法,这儿子在几百万年前就存在了。

因此邕剧艺人蒋细增,学者王兆椿等人那些看起来似乎彼此矛盾的说法就毫不奇怪了,矛盾只是枝节差异,而本质上都证明邕剧是邕州广府戏。蒋细增在《邕剧是南宁戏》一文中说:"过去(指新中国成立前,笔者注),邕剧艺人从来没有叫'邕剧'为'本地班',而称为'南宁班''南宁戏'……1934年,出现过广东'省港班'和'南宁班'在艺术上的交流。"而学者王兆椿、崔志光在《邕剧在滇东南的流布与活动》一文(收在内部刊物《广西地方戏曲史料汇编》第4辑,1985年出版)里提到:"邕剧在云南,除了部份戏曲工作者、老人称呼它现在的剧种名称外,大多数人叫它是广戏,或把它与粤剧并称为广戏;称它的班社为广班子。"就连南宁邕剧团邕剧第三代传人冯杏元老先生,也在访谈文中说:"粤剧和邕剧其实就是同祖而生的两兄弟。它们是互通的,很多戏的排场基本上都是一样的,所以新中国成立前,两广的演员都不用排戏,只要大家在一起讲戏就可以直接可以上台同唱了。"[9]

这就是目前学界对新中国成立前是否存在邕剧这一问题的尴尬状况:既有认为其"古已有之"的,也有对此持谨慎的保留态度,在非公开场合更常常持否定态度的。此外,在广府戏的主要流传地区广东,不太愿意主动承认邕剧与粤剧的同源共生关系,对广西这个"穷亲戚"

兴趣不大。[10]而在希望突出地域特色的广西，由于更希望邕剧被认为是本土独一无二的戏剧种类，也不太愿意主动提及邕剧与粤剧的同源共生关系。于是邕剧在新中国成立前的“前史”部分就愈发面目模糊，成为一种“独特”的戏剧了。

二 ‖ 体制化之前的草根戏班

王兆椿在《邕剧面谱的岭南特色》中提到，“据传，邕剧的脸谱原有一百多个，多为专角专谱。由于种种主客观原因，(20 世纪)五十年代末仅发掘出九十多个，且不幸在‘文革’中全部毁佚。最近再度挖掘绘制，实存七十二个。数量虽不多，却是别于任何剧种，极具特色。”[11]

这里让人疑惑，广府戏使用脸谱并不多，而传统祁剧(“楚南戏”)倒是多用脸谱。但邕剧早在清晚期就已经广府戏化了，为何还有如此之多的脸谱。据笔者研判，这些脸谱所绘图案，带有浓烈的师公戏色彩，都是天辰、阴阳图、日月、鲤鱼、雷公、龙凤、牛魔王、绿叶、戕、花草、甲虫之类。与后来的京剧、粤剧脸谱有着本质性的差异。王兆椿所依据的图谱，为邕剧老艺人杜松龄在去世前所提供，王兆椿未介绍这些脸谱是邕剧的哪个流派传下来的，这一派别是否跟某一壮族地区的师公戏有过密切的融合过程。但从图像考古学的维度可判断，这些邕剧脸谱，跟师公戏或其他民间巫术原始戏剧有血缘关系。在前述的冯杏元访谈文稿附录中，还有手绘邕剧脸谱图，这份图里所收录的脸谱更清晰地显现出邕剧脸谱跟傩戏的关系，它们几乎就是傩戏面具按照现代脸谱模式绘出的样子(据《中国戏曲志广西卷》记载)。

为何会出现这样吊诡的状况呢？其实原因很简单，邕剧在 1950 年获得命名前，事实上一直是作为一种民间艺术形态而存在，本身并没有严格的体系性和规范性，实际是由一个个分散的、互相缺乏联系的戏班构成。由于本身缺少核心特征，演员又是草根出身，属于散兵游勇，天然具有一种弱势心态，所以身边出现什么更为精致、系统的戏剧形态，他们就模仿什么类型。而到了壮族乡民众多的地区，所演出的戏班就呈现出本地化的壮乡特色。在邀请演酬神戏的乡村，就演《跳加官》《八仙贺寿》等讨彩性质浓厚的例戏。最关键的是，这些戏班本身并不认为自己是邕剧，他们只是草根戏班而已，观众要看什么、爱看什么，他们就改演什么。戏班必须要有观众才能有收入，从而维持生计。故而必然在一次次变化的现实处境当中不断调整自己，以回应自己遇到的挑战。

在广西艺术研究所 1994 年编撰的内部刊物《桂海艺丛》第七辑里，有一篇文章《广西地方主要剧种简介》，提到关于邕剧在清末的演出记录：“光绪年间，本地班已有了更大的声势。据黄海安撰《刘永福历史草》载，光绪七年(1881)刘永福奉旨扫墓，‘演戏两昼夜’。光绪二十四年(1898)中法战争后，驻守边境的广西提督苏元春在龙州主办祭祀亡灵的大醮，邀南宁富贵华班连演四十九天。可见本地班之盛、光绪末年，本地班艺人也有至广东上六府、下四府班甚至广州搭班演出。如宣化籍艺人‘宣化发’在广州搭班演出，红极一时，遂易名为‘鲜花发’。”

那么这里实际上暗示我们，此时邕剧职能主要是作为酬神戏为雇主服务，而且既然能够深入粤剧的腹地展开演出，在一定程度上说明，这些戏班的表演，从语言到形式上与粤剧并无太大差异。

此外，何国佳在《崇左县的四个粤剧科班》一文(收在内部刊物《广西地方戏曲史料汇编》第二辑，1985年出版)的结尾处，特别标明了一句："最后说明一点，本文不提'邕剧'两字，是按照历史实际说话的，因为过去的确没有'邕剧'这个名称，只有老戏、新戏之分。笔者不敢贸然给历史上的事物改名换姓。"

可见，新中国成立前的邕剧，并没有如同后来那些经过严格学科训练的研究者所认为的那样，具有明晰的发展线索。明明只有互相没有直接联系的诸多戏班，但在研究者笔下，诸戏班却被从话语上建构为一支彼此呼应的地方戏剧组织。于是邕剧就被如此"追认"整理出来了。

在抗战到新中国成立前这段时间，南宁市内原本属于邕州广府戏的演出市场逐渐被广东、香港涌来的省港戏班所占领。至于20世纪30—40年代这段时间里，原本的邕州广府戏在转移到乡下后的表演究竟具体是怎样的，由于戏班本身不会对此加以记录，而观看演出的乡民更不会记，当时也不懂得针对艺人做口述史追踪，结果这一段时期的相关记载基本缺失。目前关于这段时期"邕剧史"的唯一描述，来自时隔半个世纪之后编写的《南宁戏曲志》，随着该书编者的陆续离世，其中涉及的相关内容与实际之间可能出现的偏差有多大，目前已经难以确认。

1983年邕剧团副团长蒋细增就在其文《邕剧简顾》(收在内部刊物《南宁史料》第二辑，1981年出版)中对邕剧给予过概述："它的风格雄浑、遒劲、粗犷、豪迈，表演程式有大排场、南派武打等特色；它的传统剧目，经挖掘出来的大、中、小就有四百多个，本地路的老戏有十大古本，小型的有一文二武三笑谈的戏，基本唱腔是南路和北路，除皮黄系统外，还有安庆调、七句半和补缸调等过百的民间小调，语言全用邕州官话、桂西南官话或土官话；它的古老牌子叫本牌，新牌叫厂牌，是常用的曲牌，各种行当俱全。据说，邕剧是清朝道光、咸丰年间，由湖南艺人玉洪官和文福采先后来邕、桂、柳各地传授的。早在1828年，广西就有唱邕剧的粤西乐尧天、合新凤、全新凤、寿新凤等四大名班，老百姓称为一天盖三凤。1931年又发展了月花园、雌雄赛影、丁财贵等三个班。但由于此时广东粤剧逐渐来邕演出，因其行头多、场面雄厚，邕剧的观众逐为所引，因而邕剧艺人只好到各乡村由区圩镇演出，被人称为过山班。"

但曾宁则批评说，该文把"四大名班"活动时间描述为1828年是不正确的，因为就他所知，"乐尧天"是蒋明甫的班子，与"军民乐"同期组成，而这都是1915年以后的事了，两者之间整整差了八十七年。

倒是邕剧的"过山班"性质是曾宁、蒋细增等人的共识。所谓"过山班"，是一个与"省港班"相对的贬低性称谓，如果说"省港班"是正规军的话，"过山班"更类似于杂牌军，乃是不专业的代名词。

如果戏班财力充裕，人员充足，就能组织起配备完整、人员齐备的上百人的大班去进行演出，是为“省港班”。而如果条件很差，人员不过十来人，只能临时拼凑去演出，即为“落乡班”。“省港班”能在楼堂馆所演出，外演也能以较高的地位进行大型演出。而“落乡班”顾名思义，就是在城市没办法跟正规的“省港班”竞争，只能流落辗转到乡下给村民演出的不入流戏班，跋山涉水，故又名“过山班”。其中还有些戏班连十几人都凑不足，至多七八个人，故再被戏谑称为“八仙班”，是寓意其戏班人员的分配已经捉襟见肘，故而只能八仙过海，各显神通了。这种戏班往往一人饰演多个角色，从戏服到唱腔念白都粗糙不堪。

据传当时的“过山班”以东江和阳江为两大据点，故而被称为“东江班”“阳江班”。其中“阳江班”专门前往粤西下四府演，因而又得名“下四府班”。今“下四府”多指高州、廉州、雷州、琼州，这四府，与粤西到广西、越南一带的区域（桂州、容州、邕州、交州）有着密切联系。[12]

在清末到民初这段所谓“邕剧前史”的历史时期，邕剧始为广府戏所深刻影响，“一天盖三凤”唱的是广府戏，故而所谓邕剧“四大名班”之说法，恐难以成立。多为后人为了强调自身合法性的附会。就像有些宗族修家谱时，把古代同一姓氏的历史名人追认为祖先一样。虽然听起来似乎是那么回事，但仔细考究起来，却完全不搭界。清末民初时的粤剧本来就以官话为唱腔，故而当时的邕剧使用官话唱念，并不能说明它是与粤剧不同的另一种戏剧种类，至多只能称为邕州广府戏。

如今邕剧团和粤剧团，实为同一个单位挂两块牌子。这其实很能说明问题。试问，如果邕剧不是跟粤剧本来就同属广府戏一派，邕剧后来又被粤剧同化，岂能如此一体二牌？试想，彩调剧或者桂剧能跟粤剧一体二牌？

曾宁曾记述过邕剧艺人雷喜彩的生平，文章刊于内部刊物《南宁史料》。这篇专访记录到：“雷喜彩为南宁津头村人，生于清道光二十六年（1846）丙午。同治年间，他日间在屠场务杂，晚间闲暇常至本街‘丹桂香八音馆’习锣鼓音乐，兼学广府戏，曾在水月庵前酬神公演。当时演出，纯属业余玩耍性质，既无经费，亦无正式行头。化妆用品乃是以庵堂的红纸浸汁涂面，圈扎头辫，身穿长衫。腰系围巾，服饰极其简陋，只紧扎裤腿，脚著扣扭鞋便可出台演出。”后来这批人正式组成“全新凤班”，成员二十余人。当时该班的戏服，铜锣乐器均租赁于仓西门大街周时丰处。演出剧目，据各地戏台砖墙所记，除了晚打《贺寿》、跳《加官》外，多演《李逵闹江》《举狮观图》《打洞结拜》等单出折子戏。与各地主会订立之合约，皆书“京戏”，不写广府戏。广西本地班向无科班，全靠私人于农闲时开盘授徒，戏班皆半工（农）半艺性质。唱完一处倘无下台可续，便归还行头，各自回家做工。曾宁引用一句老话“揾餐食餐，食完散班”（找得一顿饭算一顿，吃完就各自回家），形象生动描述了该戏班的生存状况。

根据这段描述，“全新凤班”其实并没有那么风光，甚至长期处在困苦不堪的状态中。至于其他“名班”的状况，也是可想而知。“四大名班”的真实状况是，有戏就演，数米而炊，主要演广府戏,同时为了迎合观众口味而灵活调整。不但没有演出所谓邕剧,就连虽实际演的是广府戏,却在合约里写“京剧”。该戏班的草根性可见一斑。如今一些学者笔下声称的所谓演出正规、影响巨大的邕剧“四大名班”形象,实为“被建构”出的罢了。

在 1992 年 11 月由广西艺术研究所印发的小册子《〈广西百科全书〉文化分编艺术部分条目试写稿(征求意见稿)》里,对邕剧的这种草根性、被建构性有一段非常形象而又讨巧的描述:

> 它起于清嘉庆、道光年间,声腔源于湖南,属皮黄系统。与祁、桂剧、丝弦戏和粤剧有着十分亲密的关系。光绪年后常与丝弦班和广东班互相串搭演出,师承和流布地域逐日交错,在表演、唱腔、音乐等方面近同较多。邕剧的传统剧目,大小共七百多个。同治后演出以武戏为主,多慷慨激昂。它分本(老)路和广路两大类。本路剧目多来自祁、桂剧和艺人自编的“桥水”戏;广路剧目是与粤剧共有的老传统剧目,其中有不少整本“排场戏”。这两路剧目都有自己的特点。语言用桂西南官话,道白中杂有一些客家话、平话、壮话和许多白话的俚词俗语。一些自编的剧目,地方色彩、生活气息甚为浓郁。
>
> 邕剧的武戏重做工和说白,演出重日场。文戏的做工颇注重内心的表现,而且往往以粗放的大动作加以表达。如:水波浪(另场大走动做哑动作)。武戏更为夸张,常以翻、腾、跳、蹿、铲、滚、挂、绞、甩等武技来显示人物的激情并渲染气氛。

作为一个地方性剧种,却还能分湘系桂林系“老路”和粤系“广路”两大类,且夹杂客家话、平话、壮话、白话(其实据曾宁的口述记录,还有云南话),如果不从它被建构的性质来看待,估计是难以想象的。由于全部由草根戏班演出,所以也的确“生活气息甚为浓郁”。

据王兆椿所言,邕剧代表剧目《拦马过关》在过去演出时,带有浓烈的杂技色彩。主会在点此剧时,必封彩银并鸣放爆竹。彩银不直接交付演员,而是将封包高悬于台口,由演员在表演空翻时自取。为了取得彩银,所有武丑行的演员无不擅长此剧。(时至今日,两广地区舞狮子的“讨彩”的表演,也是延续如此程序)

剧场演出侧重声腔,而乡村演出则注重动作奇技。作为广府戏的“过山班”,邕剧在城市多以地摊杂耍形式演出,且深入乡村加入酬神戏演出队伍。其演出场地没有同时代“省港班”的精良舞台,缺少正规扩音设备,故而表演时为了尽可能多地吸引观众,只能努力让自己的动作幅度大些。翻、腾、跳、蹿等武技,即为昔日老艺人夹缝求生的街头卖艺经历遗存下来的表演方式。由于观众文化水平普遍不高,故而艺人的表演只能俯就,于是当广州粤剧在不断城市化的同时代,邕剧则在不断乡土化。而正是这样的乡土化,造就了邕剧的独特地位:作为广府戏的一支,尽可能地保留了乡土广府戏的风格。[13]

从文化地理学的维度上看,广府戏作为一个大戏剧种类,各地的具体形态都有所不同。

同是在 20 世纪 30 年代末前后，报纸对粤剧的评价都有天壤之别。

刊于 1929 年第 8 卷《北洋画报》的一篇名为《粤剧漫谈》的评论提到："粤剧势力，早已远被重洋，勿论近者如平津，均有粤剧团体之组织，即（便是）北美南洋，亦早有粤剧场，长期奏演，所以昔西人之研究中国乐剧者，胥引粤剧为标准；而安南暹罗缅甸诸国之戏剧，更莫不受戏剧之感化，而取法焉。于以见粤剧在国剧中地位之重要，及其势力之广且远矣。"[14] 这里对粤剧虽然有溢美之嫌疑，但大抵道出粤剧在当时的影响力。

一方面，城市粤剧过度洋化，逐渐陷入背离中国戏剧传统优势，走向单纯仰赖西洋现代化的花俏布景的误区，在舞台上用华艳的五色灯，在装扮和对白上刻意摩登化，于是引来严厉批评。

冰如批评说："有时演唐朝的故事，演员竟会说出'我叫红头阿三嚟拉你个嚿'（我叫印度差役来拉走你），或'你要坐汽车唔要呀？'（你要不要乘坐汽车呀）诸如此类，笔不胜书。粤伶的服饰呢，同时在一个戏里面表演，女子的头上一个喜欢扮作满头珠翠的古装，一个却喜欢作现在最新式的烫发的时装。"[15]

乐天则支持洋化的粤剧改革："粤剧自为粤剧，不能强与京剧同趋。至于场中灭灯，用五色灯光映射台上一层，则一因所表演为夜间事，用之无妨。"[16]

另一方面，戏剧评论者却又在严厉批评广州粤剧带着太多土俗气息，还不够城市化，诸如简秀琼批评粤剧"唱词太粗俗，兼带着很多土语。且有时连不堪入耳的粗俗字句，也会在他们的口里说出，所以知识阶级的人们，不大愿意去光顾"[17]。拜偶生亦批评说："近年丑行则不复严格区分，男女丑故胡乱扮演，甚有高挂丑生名衔，而文武丑净生旦末脚，无所不演。粤剧自有丑生作俑，角色从此混合不清，一人之学力，毕竟有限，顾此失彼，在所难免，艺术之所以日渐退化，皆滥而不专之弊也。"[18]

同是粤剧，为何会出现如此之大的差异？只因为这里的"粤剧"（广府戏），其实已涉及土、洋两种演绎风格了。简秀琼、拜偶生这些戏剧评论者所不知道的是，其实他们所观察到的所谓"粤剧"问题，只是某些具体戏班的问题。实际上当时省港粤剧哪里是土俗气过于浓重，其问题是太"洋"了，洋气得失去了中华戏曲的精髓。

因此，当时评论者无论是批评粤剧摩登，还是批评粤剧土俗，都没错，因为当时粤剧正在城市和乡村两极分化的历史时期。只不过土俗化的酬神戏式样的粤剧在广州、香港已经逐渐没了市场，竞争不过开始有由知识分子参与剧本编写的城市粤剧。而在这些批评者所忽视的粤剧的另一处发展区域"邕州"（南宁地区），由于特殊的历史和地理因素，当地的邕州广府戏正在往与广州广府戏城市化完全相反的方向——乡土化——自觉与不自觉地大步迈进。

小　结

邕剧并非严格意义上的一个独立戏剧种类，而是以地域命名的一种表演范畴。其表演戏班长期零散分散,在其发展的前史时期,前半段为湖南祁剧的衍生品,后半段主要为广府戏的邕州分支。新中国成立后才真正以邕剧之名正式诞生。在其出现和演化的过程中,由于它的表演者民间气息极为浓重,故而具有浓烈的非规范性,缺少独属于自身的核心特征。其形态在其演化过程中,不断被身边更为成熟,或者更有市场,又或曰更有社会影响力的其他戏剧种类影响和改写。鉴于其从萌发到流变,再到当下的式微,从未具有真正历史和艺术影响力的核心特征,故而它更应当被视为一种地域性的草根民间艺术。这种草根民间艺术由于偶然的时代因缘而被命名为邕剧。

剧种的产生和发展,有自律性亦有他律性,作为一名严谨的研究者必须对研究对象有客观的态度。本文如此表述邕剧,并非要贬低和抹杀邕剧作为一种地方戏剧存在的合理性和价值意义,而是希望以更为客观的态度还原广西本土戏剧史。只有在理解历史事实的基础上,摸对了其发展演化的脉络,对邕剧的保护才更有针对性和实效性。与其将之自我封闭地划界起来加以保护,不如以邕州广府戏的范畴将之与广府戏的大概念结合并加以保护、研究,并继承和发展。一方面,我们毋庸讳言邕剧与粤剧之间的同构关系,另一方面也需要强调邕剧作为特殊的地方广府戏,与在城市化进程中变异了的省港粤剧相比,由于尽可能保留了原初状态的粤剧特征,故而更具有非物质文化遗产的保护价值。

附表: **邕剧发展演变时期表**

聚集时期	逐步形成时期	初步定型时期	挫折时期	盘整时期
清代至民国初年	民国中后期	新中国成立初期	1963 年至 1978 年	新时期至今
早期与祁剧有渊源关系,戏班以分散状态存在,未形成统一体系。今日各种被命名的戏剧当时还处于雏形状态。此时的邕剧与广西本地各种戏剧雏形联系密切,共同生长,如桂剧、宾阳戏等,还影响了壮剧的形成,且反过来受到师公戏、傩戏等演出因素的影响,具有壮乡韵味	主要受到广东粤剧影响,形态开始向广东粤剧转向。主要以广府戏的形态存在,一方面继续吸收广西本地民间民俗文化的因素,另一方面为了迎合观众欣赏习惯而在各地呈现出差异性。在城市地区一方面被粤化,另一方面受到粤剧省港班排挤,由于难以学习省港班的现代表演形态而流转各地,主要在乡镇演出	在政府支持下获得邕剧的正式命名,努力成为相对独立的戏种,在本地域内形成自己的演出体系。过去分散的戏班获得整合,零散的剧目得以汇编成册,进入邕剧发展的黄金时期	1963 年开始遇到政治空气骤紧影响而出现挫折。"文革"时与其他戏剧一样,受到严重打击。刚刚成型的统一演出体系解体,重新回到原本的零散状态。由于其既不够"土"(师公戏、傩戏),又不够"现代"(现代京剧、现代粤剧),故而在影响力上地位愈加尴尬	新时期后,因观众娱乐选择多元化加深而式微,成为需要被保护的非物质文化遗产项目。回归广府戏怀抱,形态上保留广府戏早期特征,但较大程度上已经与粤剧城市表演形态(发展中的省港班)近似,与师公戏、傩戏的直接兄弟关系已基本淡化乃至消失,仅在某些因素中还有保留

[注释]

[1] 做田野调查越久就越发现，其实被叙述的事物，与其真实的原本状态之间有着较大的差别。比如壮族曲艺当中涉及的八音，规范化的叙述称之为"武场"和"文场"两种，然后又细分各路。而我们在做实际的田野调查时，发现其实并没有那么严格，往往只要有基本的锣、鼓、胡琴、月琴等乐器即可，其余的只管合适上手的就都可以参与其中。比如笔者在广西百色隆林县 2015 年"三月三"采风期间，甚至发现当地人没用响板，也没用木鱼或"竹鱼"，而是拿塑料婴儿摇铃玩具嵌入纺织梭里，充当响器。这些经历让我不禁生疑：现在我们手头的词典上描述的内容，究竟有多少是本来就如此的，又有多少是后人整理后附加上去呢？

[2] 黄伟晶：《邕剧的传承保护与发展研究》，广西师范学院 2012 年硕士论文。

[3] 黄静芳：《邕剧调查》，载《中国戏剧》2014 年第 1 期。

[4] 中国戏剧出版社编辑部编：《少数民族戏剧研究》，225 页，中国戏剧出版社 1963 年版。

[5] 洪珏：《"戏棚官话"的语言分析和文化解读》，载《南宁职业技术学院学报》2009 年第 3 期。

[6] 作为参照，还可以举出少数民族戏剧的案例。在 20 世纪 50—60 年代，在民族团结、共同繁荣的旗帜下，中央和省区地方的工作组以各个民族最好都有自己的民族戏剧为思想指导，整合（零散分散的诸多戏剧被整合为一个戏剧，如壮剧、侗剧）、促生（如在"大跃进"前后被"关心培养"出来的彝剧、苗剧、白族大本曲剧等）了相当一部分戏剧。这些整合、促生出来的戏剧后来境况都不太好，在失去"大力支持"之后，那些被整合的剧种，重新分化；而被促生的，则逐渐式微，有的已经名存实亡。"邕剧"并非一种戏剧种类，而是新中国成立后一个被聚集在一起的大概念，包含着诸多性质迥异的民间戏。如果非要理解为新中国成立前就存在作为大概念的"邕剧"的话，也只能说这一民间戏从其诞生到式微，都命运多舛，由于过于弱势，以至于总是还没来得及形成独属于自己的表演体系，就被外力中断、改造，结果面目全非。

[7] 廖明君、陈志勇：《禁忌、信仰与伶人精神生活史——陈志勇博士访谈录》，载《民族艺术》2013 年第 4 期。

[8] 李京玉：《祁剧起源考说》，载《湖南科技学院学报》2010 年第 11 期。

[9] 赵如锋主编：《亮点：2012 广西文艺年度叙事》，305 页，广西民族出版社 2013 年版。

[10] 目前关于广府戏班的论著，最翔实的是黄伟的《广府戏班史》（中国社会科学出版社 2012 年出版），但在此书中，广西粤剧并不在论述之列，仿佛粤剧是广东的专利。

[11] 王兆椿：《邕剧面谱的岭南特色》，载《南国红豆》1994 年第 6 期。

[12] 罗香林：《广府释名》，载《南风》1945 年第 2 期。

[13] 邕剧的这种特点已多为戏剧界承认。已故粤剧老艺人陈非侬在其著《粤剧六十年》中提到过邕剧，他认为："邕剧中的广戏，无论剧目、唱做的表演艺术及音乐等各方面都和粤剧相同。邕剧中的广

戏,最能保存粤剧的优秀传统艺术,最能保存粤剧当时的面目,不像民国以后的粤剧那样,愈来愈变得商业化,愈来愈保存不了粤剧的优秀传统艺术。”见“香港中文大学音乐系粤剧研究计划”出版的《粤剧六十年》,145 页。

[14] 佚名:《粤剧漫谈》,载《北洋画报》1929 年 10 月 12 日。

[15] 冰如:《谈粤剧》,载《南风》1935 年第 4 期。

[16] 乐天:《粤剧余话》,载《北洋画报》1929 年 10 月 29 日。

[17] 简秀琼:《粤剧的缺点与改良》,载《十日戏剧》1937 年第 5 期。

[18] 拜偶生:《拱望斋今昔粤剧谈(一)》,载《永安月刊》1939 年第 1 期。

(原载《南方文坛》2016 年第 1 期)

植根乡土与求新求变

从桂西北作家群近期长篇小说创作说开去

□ 黎学锐

探讨桂西北作家群的创作前路，这应该是吃力不讨好的事情，毕竟作家群中每个作家的创作角度、创作尺度都各有所取、各有所长，要想在这各种不同的创作风格中探索出一条出路来，谈何容易。不过，这并不意味着对一个作家群体的创作前景进行分析就是盲人摸象，让人一头雾水找不着北，透过桂西北作家群近期的长篇小说创作，我们可以对其创作前路进行一个整体上的把握。毕竟长篇小说是最能体现一个作家的创作思想及艺术风格的文体，而长篇小说创作也是桂西北作家群文学创作中最强有力的一脉，标志着桂西北作家群创作的最高水平。

目光拉回到十来年前，随着东西的中篇小说《没有语言的生活》、鬼子的中篇小说《被雨淋湿的河》接连获得第一届、第二届鲁迅文学奖，当时的广西文坛开始将关注的目光从中短篇小说创作转向长篇小说创作。2004 年年初，黄祖松以“竹松”为笔名在《广西日报》上刊发了《决战“长篇”》一文，指出“令文学桂军心中隐隐作痛的是，至今为止，在长篇小说创作方面没有重大的突破，不仅数量少，获奖份量也不足”，并提出了“决战‘长篇’”的口号，因为“‘长篇’更能衡量一个作家的全面素质和水平，更能衡量一个创作队伍的整体实力！在这个意义上说，文学的最高战略目标在‘长篇’，文学的决战在‘长篇’”[1]。这是广西文坛发出的向长篇小说进军的号角，人们希望文学桂军除了在中短篇小说创作领域做出成绩外，更应该在长篇小说创作领域有所作为，只有沉实厚重的长篇小说才是一个创作群体坚挺的脊梁骨，才能支撑起其庞大的躯干。黄祖松“决战‘长篇’”口号提出不久，2004 年 5 月，在广西文艺界纪念毛泽东《在延安文艺座谈会上的讲话》座谈会上，时任中共广西壮族自治区委员会副书记潘琦提出，广西文学创作，要实现四个转移：中短篇小说向长篇小说转移，长篇小说向影视剧转移，城市题材向农村题材转移，一般题材向重大题材转移。以此次会议为标志，文学桂军拉开了决战长篇的序幕。[2]此外，黄伟林在《南方文坛》2004 年第 2 期上发表了《艰难的突围——论广西长篇小说的现状、存在的问题和发展途径》一文，对当时广西长篇小说创作的现状、问题进行了分析，并提出了应对策略。一直到 2007 年，李建平等人的《文学桂军论》一书“结语”部分还是以《决战“长篇”及其他》为题，再次对文学桂军的长篇小说创作展开论述，期待文学桂军能拿出史诗性的长篇小说。那么，十年过去了，文学桂军特别是桂西北作家群的长篇小说创作实绩如何呢？

在“决战‘长篇’”口号提出后的两年时间里，东西、鬼子、凡一平等桂西北作家群代表性作家纷纷推出了自己的长篇小说。此前，他们已经有过多年的小说创作锻炼，并且拥有了丰富的生活经验及知识积累，因此，在内力和外力的共同作用下，在那个时间段里，他们纷纷拿出了进入 21 世纪之后的首部长篇小说新作。2005 年，东西出版了自己的第二部长篇小说《后悔录》，该书曾获《新京报》“2005 年文学类好书奖”，东西也因该小说获第四届“华语文学传媒盛典・2005 年度小说家”称号。2007 年，鬼子出版了自己的第一部长篇小说《一根水做的绳子》，这部小说曾被《中国图书商报》评为“2007 十大好书”，并获得“《小说月报》2007—2008 优秀长篇小说奖”。凡一平也在 2005 年推出了长篇小说《顺口溜》。2005 年至 2007 年这个时间段，可以说是 21 世纪桂西北作家群长篇小说创作的第一个高潮。

东西、鬼子、凡一平的这几部长篇小说在创作题材和创作风格上都呈现出了多元化的趋势，桂西北作家们已经不再过度依赖于自身的成长经验，为了突显自己的创作与“现代”接轨，他们试图隐蔽桂西北地域身份，试图跳出桂西北地域界限，努力站上更高平台以更广阔的视野去对整个世界和整个人类命运进行关怀。东西的《后悔录》属于城市题材，而凡一平的《顺口溜》则是官场题材，鬼子的《一根水做的绳子》虽然是农村爱情题材，但是故事的发生背景并未带有明显的桂西北地域特色。可见，桂西北乡土文化底色在这一时期桂西北作家群的长篇小说创作中已经开始淡化隐失，“去地域性”成为这一时间段他们长篇小说创作的趋势。用东西自己的话来说就是“有的写作是挣脱‘地方性’的，是在寻找人类的共性”，他自己也认为《后悔录》是一部挣脱了“地方性”的作品[3]。桂西北作家们为了获得主流文学的认同，在长篇小说创作中努力挣脱“地域性”而去追求“现代性”及“人类的共性”的做法是很正常的，毕竟没有哪一位现代作家愿意圈定自己的身份，只局限于写某个地域或某个民族，每个人都希望自己是为全世界全人类写作的。更何况这一时期汹涌而来的全球化、城市化、网络化浪潮在很大程度上也打破了地域、民族的壁垒，这些外部冲击也让“地域性”写作似乎难以为继，因此桂西北作家群长篇小说创作的“去地域性”也就理所当然。

当我们都以为桂西北作家群的长篇小说创作将完全突破桂西北地域限制，继续呈现更为多元化的发展态势的时候，却在十年之后惊奇地发现，在新一轮的长篇小说创作高潮中，桂西北作家们并没有在“去地域性”的创作道路上越走越远，他们在当初有意地“疏离桂西北”之后，这一次又悄悄地“回归桂西北”。2013 年至 2015 年可以算是 21 世纪桂西北作家群的第二个长篇小说创作高潮，在短短的两三年时间里，涌现出了东西的《篡改的命》（上海文艺出版社2015年出版）、凡一平的《上岭村的谋杀》（中国青年出版社2013年出版）、李约热的《我是恶人》（上海文艺出版社2014年出版）、红日的《述职报告》（百花文艺出版社2015年出版）等长篇小说。这几部长篇小说无一例外都是从桂西北丰厚的文化积淀中汲取养料创作而成，在这些小说中可以很容易地发现或隐或显的桂西北文化因子，这样的集体式"回归桂西北"让我们能够清晰地看出这一阶段桂西北作家群的长篇小说创作动向及趋势。

"回归桂西北"并不是说东西、凡一平等桂西北作家回到乡土文学创作的路子上来，这几部长篇小说并不是传统意义上的纯粹乡土文学，作家们只是借用了桂西北乡土文化底色来书写一种本土情感、生命体验和时代精神。从内容上看，《篡改的命》《上岭村的谋杀》是乡土题材与城市生活同时呈现，它们是东西、凡一平们进城之后对桂西北故土回头凝望的结果。这一个回头的姿势正如黄伟林在《艰难的突围——论广西长篇小说的现状、存在的问题和发展途径》一文中所说的那样："在一定程度上，我意识到广西小说家的作品丰富的是知识经验，少的是心灵对知识经验的咀嚼、反思，换言之，少了哲学。如果这些作者只是一个生活的享乐者，我会觉得他一往无前无可厚非，因为他有太多的快乐需要享受，有太多的经验需要传达，有太多的风景需要走马观花，甚至不妨像方方写的'奔跑的火光'。然而，如果他想做一个小说家，特别是想做一个优秀的小说家，我想提醒他，他应该时时回回头。回头，一个回头的姿势会给予他的作品更开阔的心灵的空间。"[4]

也许十年前作家们并没意识到回头凝望的重要性，那时的他们埋着头勇往直前，恨不得以百米冲刺的速度去抢占文坛的前沿阵地，甚至引领当代文学创作的潮流。但是，十年之后，在城市中生活的东西、凡一平们日复一日年复一年地体验着现代社会的剧烈变化以及随之而来的人心浮躁，更加深刻地感受到乡村伦理与城市经验之间不可调和的矛盾与冲突，因此，在这个时间点上，他们不约而同地回头凝望"桂西北"，去写这个急剧变化的时代里桂西北农民在返乡与进城之间的酸甜苦辣、艰难险阻也就不足为奇了。东西的《篡改的命》中，主人公汪槐、汪长尺父子一辈子的念想就是希望能洗掉脚上的黄泥巴，走出乡村去到城市做一个城里人。但是在急速前进的时代面前，他们永远跟不上趟，只能做城市的匆匆过客，最终被城市所践踏、抛弃、牺牲，汪长尺最后只能通过投胎成为仇人的儿子来实现成为城里人的愿念。凡一平的《上岭村的谋杀》中，已经在城市立稳脚跟的韦波、韦涛兄弟其实并未能安心，乡村的伦理纲常仍不时纠缠他们，导致他们和男女主人公黄康贤、唐艳等共同谋杀了村里的大恶人韦三得，最后结局是韦波入狱、黄康贤自戕。这两部小说的女主人公贺小文、唐艳尽管最后都圆了进城梦，但是曾经为了能在城市中生存下来而不得不出卖身体的屈辱经历，肯定也会让她们常常不堪回首、难以释怀，她们尽管人在城里，心却永远在城外。

李约热的《我是恶人》和红日的《述职报告》都是将故事发生的时空置于桂西北小城镇中。《我是恶人》看似混乱繁杂的故事背后揭露的是因"文革"所造成的乡村社会的无序及乡村伦理的扭曲。“文革”中的野马镇“每个圩日,都要斗人”,“过节的时候,都要公审几个坏人来庆祝”,而且某年打死人之后还发生了“吃人肝”的事情。笔者和李约热是同县临镇人,这部小说中的某些场景某些故事早就听老辈人说过,可是在小说中读到时还是感到心头一紧,许多为当地人所讳言的事情居然都被作者写到小说中去了,看来作者连野马镇的遮羞布都扯掉了。正是“文革”所造成的混乱扭曲,使得即使已进入1982年的野马镇仍处于社会伦理秩序的失控状态之中,一些在正常理性的社会伦理秩序中原本可以控制的恶,因而不断滋长。小说中主人公马万良是自己要变成恶人的,他仇恨野马镇上那些虚伪的人们,尤其是那个在“文革”中打了他父亲后来又用枪柄砸他脑袋的公安黄少烈。当整个野马镇几乎每一户人家都为马万良天天在家磨刀而惊恐万分的时候,马万良其实疯了,并且因疯跳进白露岩死了。死后的马万良一直没有离开,他在野马镇的高处看着镇上的芸芸众生,直到两年之后看到“文革”中建的语录塔垮了,他才终于发现野马镇上老婆孩子包括仇人黄少烈“都很好”。那垮掉的语录塔何尝不是那扭曲的社会伦理秩序的坍塌,何尝不意味着新的社会伦理秩序的重建。《述职报告》从内容上看属于官场小说,主人公玖和平是一个正直善良敢担当的基层公务人员,他身上体现出了桂西北乡土社会中传统的伦理道德和是非标准。在充满漩涡的官场中,他不计名利不计得失,一切凭良心办事,但却一次次与升迁失之交臂,最终还因为擅自用毒品帮助身患重病的母亲解脱病痛而遭受牢狱之灾。如果说《我是恶人》刻画的是社会伦理之恶,那么《述职报告》则体现出了乡土伦理之善,都是桂西北乡土社会最真实最质朴的塑造。

从创作手法上看,这几位作家都追求现代叙事,都讲究语言实验,从东西、凡一平等的小说屡屡被改编成影视剧本就可以知道他们是结构故事的高手。东西的《篡改的命》和李约热的《我是恶人》都是把故事的结局提到开头,以倒叙的方式展开叙事,两部小说在写实的基础上又都带有一定的荒诞叙事色彩。《篡改的命》开头部分是汪长尺站在西江大桥上准备往下跳,他这一跳犹如当年他父亲在县教育局三楼往下跳一样,都是为了儿子。当年他高考超录取线二十分却没有被录取,父亲为了讨公道纵身一跃,结果是白白摔断腿却什么也改变不了;而这一次他从西江大桥上往下跳,却是为了保住儿子大志在养父母家里已有的一切荣华富贵;父亲和他都没办法实现进城梦,靠他自己的本事也没办法让儿子大志实现进城梦,汪长尺最后想到的办法是把大志送到富豪人家去做养子,而这一决定也导致了他最终的家破人亡、妻离子散。跳江死后的汪长尺,在已经成为麽公的汪槐的法术指引下,终于投胎到了城里,就这样,他成了自己的仇人、大志的养父林家柏与第二任老婆吴欣的孩子,实现了进城梦和富贵梦。这么看来,当年那个顶替汪长尺去上大学的牙大山这么多年来以汪长尺的名义读书、毕业、工作并当上了某单位副局长其实算不上什么荒诞,真正让人感到惊奇的是汪槐和汪长尺,他们最终居然都尽了自己作为父亲的责任,都让自己的儿子实现了进城梦。尽管进城之路艰辛,但是不管这一路来汪家人的命运如何被他人篡改抑或自我篡改,他们还是达到了最终目的,这一略带反讽荒诞的黑色幽默结果让读者悲中带愤、怒中含泪之余,在最终掩卷的时候似乎心里又有了丝丝暖意。《我是恶人》的开头部分是死去的马万良在野马镇高处，默默地看着野马镇芸芸众生疯狂盗抢倒掉的语录塔塔砖的场景，而小说的最后部分也同样是这一场景，这样的首尾呼应，为小说营造出了荒诞的意境与奇幻的氛围。小说中 20 世纪 80 年代初的野马镇一切都乱糟糟，马万良誓为恶人，要与全野马镇的人为敌；黄少烈因为穿着公安制服也有意保持威严神秘，与邻里不相往来；而黄少烈的儿子黄显达则更是让人捉摸不透，宁可跑去父亲的仇人马万良家住也不愿与父亲同住一屋檐下，到连马万良家都没办法住下去的时候，他宁可跑到山上的防空洞住也不愿回家；更令人叫绝的是小学校长韦尚义，他为了消除黄少烈、黄显达父子之间的隔阂，居然将黄少烈包装成英雄，让全校的小学生来学习他崇拜他，可惜黄显达却并不领情。扭曲的社会伦理秩序是导致野马镇这些光怪陆离的反常事情产生的根本原因，它同时也对野马镇上不管是“恶人”还是“善人”的身心与灵魂造成了严重的影响与戕害，由此，开头和结尾部分马万良在高处看着“文革”语录塔的倒掉就更加显得意味深长了。

凡一平的《上岭村的谋杀》则是以悬疑的方式展开叙事，小说开头就是韦三得吊死在村口的榕树上。当全村人都为这一村中恶霸“自绝于人民”感到松了一口气的时候，却有人报案说韦三得是被谋杀而死。为了侦破这一案件，警察像剥竹笋一样一层一层揭开谜底，没想到却引发了上岭村的连环式谋杀案。黄康贤、唐艳、韦波、韦涛等人为了除掉上岭村的恶霸韦三得而共同设计谋杀了他，并且伪造成他上吊自杀身亡的假象，被公安机关追查后韦波一个人站出来揽下所有罪状，最终被判了无期徒刑。黄康贤参与谋杀韦三得的把柄却被农妇苏春葵所掌握，并以此要挟黄宝央、黄康贤父子，黄宝央为了保护刚刚毕业回乡当警察的儿子不受牵连，又设计将苏春葵谋杀。当最后怀疑的焦点转移到黄宝央、黄康贤父子俩的身上时，为了不连累父亲，黄康贤在派出所宿舍里饮弹身亡。至此，整部小说完成了对三个谋杀事件的构建，只是不知道最后黄康贤的死，是该归咎于自己对自己的谋杀呢，还是该归咎于现实社会对他的谋杀？凡一平在小说中采用了“中国盒子式”的框架结构，一层套着一层，最终构成了一个完整封闭的叙事圈套。红日的《述职报告》则直接以第一人称叙事来切入，开篇就是主人公玖和平的自我述职。整部小说的叙事还是一如既往地带有红日式的幽默风格与调侃味道，在看似平静的娓娓道来中却展现出十足的张力与层次感，将人性的善良与阴暗一层层地显现出来，这也使得这部官场题材小说与那些模式化的官场小说有了不一样的特质与意蕴。

从小说文本的语言运用来看，《篡改的命》的语言用余华的话来说就是“生机勃勃的语言”[5]，东西自己也说在写作的时候“每当两行的标点符号一对上，我就得调整句子的长短，这种调整往往能让我找到更恰当的字词”[6]。就是这种对语言的“神经过敏”，让《篡改的命》的语言干净洗练，机智风趣，从头到尾几乎都是短句子，这样的句子相对于那些冗长烦琐的句子，读来自然是“一派生机勃勃”的了。凡一平的《上岭村的谋杀》、红日的《述职报告》的语言都带有一种诙谐、调侃的韵味，并且小说中常常会融入一些风趣辛辣的小段子，读来让人忍俊不禁。李约热的《我是恶人》则是带有一种自然野性的韵味，他只追求语言的自由随意奔放，不追求故事情节的连贯,所以整部小说初读会让人感到困惑,弄不清楚头尾,而这种混乱扭曲也恰好是作者所要追求的效果。这四部小说最重要的共同性是对桂西北民间语言的运用,小说中许多风味独特而又恰到好处的方言俚语让人读来妙趣横生,比如《篡改的命》中汪长尺说的“拉不出屎别怪地硬”,《我是恶人》中的“喝昂酒”(空腹喝酒),《述职报告》中的“尖柳”(小偷)等,尽管这些民间话语常常略显粗鄙,甚至是带臭气、带黄色的,但是其与生俱来的民间性却常常能够给小说带来意想不到的叙事效果。比如《上岭村的谋杀》中写田野上公牛母牛之间激情四射的交配,引发村里留守妇女的羡慕嫉妒,她们想活生生拆散畜生们,但是彼此却因对方多砸了自家牛几下而互相争吵扭打起来。正是这一扭打导致路过劝架的新警察黄康贤被苏春葵说成是拉偏架,并且威胁要把他告发,从而引发了上岭村第二起谋杀案,并最终导致黄康贤自杀。这一部分是整部小说向更深层次推进的过渡部分,这是精英化叙事很难合理有效推进的情节,但是通过粗鄙的民间化叙事处理,很快就顺理成章地引出后面的谋杀案,最后苏春葵的被谋杀及黄康贤的自杀都可以认为是由于几头牛的交配而引发的蝴蝶效应。由此可见,小说中民间话语除了有娱乐价值外,还有着无与伦比的实用价值,这些民间话语叙事资源在小说中的运用,“程度不同地起到了开拓空间的作用,并在文化肌理的交融中展示了叙事的审美效果”。[7]

之所以说这几部小说是桂西北作家们集体式“回归桂西北”之作,不仅仅是因为桂西北方言俚语在小说中的运用,桂西北文化场中更多的文化因子,比如歌谣文化、稻作文化、铜鼓文化、红水河文化、民间宗教信仰文化等,都在小说中得以呈现出来。只要是涉及桂西北乡土文化的小说,基本上都绕不开红水河,红水河作为桂西北大地的母亲河,它是桂西北作家们的现实家园所在及精神家园所系。《篡改的命》里汪槐、汪长尺的家乡谷里村,《上岭村的谋杀》中的上岭村,《我是恶人》中的野马镇加广岭,《述职报告》中的河边县,小说中这几个地方都是在红水河边上。“谷里”“上岭”“加广”这些地名更是曾反反复复在东西、凡一平、李约热的小说中出现过,而这几个地名在现实中确确实实也是他们家乡的名字,作家们不断地把自己的家乡嵌入到小说之中,那种赤子之心、感恩之情、挚爱之意可想而知。

桂西北民间宗教道公教在桂西北大地上广为流传,乡民家中但凡有些什么重大的解决不了的事情,首先想到的就是求助于道公,让道公施法禳灾除祸,以求平安。这几部小说都写了桂西北这一本土民间宗教信仰文化。《篡改的命》中汪槐跳楼身残回家没办法干农活,唯一的活路就是“拜光胜为师,正式成为麽公”。小说中他总共为儿子汪长尺作了两次“法”,第一次“作法”看到儿子汪长尺最后一次离家去城里将会面临血光之灾,他想化解却毫无办法;第二次“作法”是儿子汪长尺跳江死之后,他终于助儿子成功投胎到城里富贵人家。《上岭村的谋杀》中写了一场由道公们主持的安坟仪式。《我是恶人》中的青果和父亲茂林都是道公,擅长“问魂”和“开道场”,父亲茂林“文革”中被当过自己几天徒弟的白松打,气不过跳野马河,连尸首都找不到。“文革”后马万良再找青果“问魂”时,青果的“法力”已经废了,从此只能改行做阉鸡佬。有意思的是，在小说中李约热还大段大段采用了道公们的经书，而红日的《述职报告》也一样引用了大段的经书。《述职报告》中玖和平为了让母亲的病情有所好转，特意请了道公刘叔来为母亲做"补粮"仪式，"补粮"就是补充粮食，按桂西北民间说法，生病的老人靠"补粮"可以补到八九十岁。这些民间宗教信仰文化因子在小说中的化用，既突出了小说的民族特色与地域色彩，又增添了一层诡谲的神秘主义韵味，使小说呈现出感性、奇谲的审美风格。

由此可见，桂西北文化场对桂西北作家们的行为习惯、语言表达、思维模式、人格心理乃至宗教信仰等的形成起支配性作用，在作家们的身上深深地烙上了"桂西北"的印记，不管他们愿不愿意，"桂西北"这三个字永远都是他们生命中最为深厚的文化背景、最为清晰的文化身份，将会持久地渗入到他们的创作之中。不过，"回归桂西北"面临着一个大问题，那就是作家们都从桂西北乡土汲取写作养料，会否造成长篇小说叙事资源的单调雷同呢？这就需要作家们根据自身认识和内在体验，再通过创新手法与现代叙事，在创作过程中把共性的资源内化为个性的经验，来完成既独具匠心又充满情怀的呈现出鲜明个人化面貌的创作。好在，我们从桂西北作家群近期长篇小说创作中看到了这种植根乡土与求新求变的融合共存。桂西北作家们似乎也发现，追求文学的"世界性"与坚持文学的"地域性"并不矛盾，相反，两者在一定程度上可以说是相互统一的，因为只有坚持文学的"地域性"，致力于本土经验的深刻表达，才能更好地体现出世界文学的多元性和丰富性。对桂西北作家们来说，写地域写民族并不妨碍他们对当下时代的关注、对广阔世界的凝视、对复杂人性的刻画以及对人类命运的关怀。

文学创作没有现成的、固定的、一成不变的模式可以套用，它并不是一潭死水，而是在不断地变化之中——时代背景在变化，读者口味在变化，文学创作技巧也在不断变化，作家们的创作也自然得求新求变。我们深知当下的桂西北作家们面临着文化书写上的两难：是"回头望"选择深厚丰富的乡土题材，还是"向前看"选择日新月异的现代主题？在这个问题上，每个作家都有自己的选择，我们不能一概而论，也许这个时间段偏向于"回头望"，下一个时间段就倾向于"向前看"了。但是有一点是可以肯定的，小说创作不仅讲究"历久"，而且追求"弥新"，"历久"就要有传统、有根基，需要从深厚的文化传统中去汲取养料；"弥新"就要求新求变，要讲究创作观念、创作技巧的创新与变化；至于如何才能做到两者互相平衡协调，从而将"地域性"与"时代性"完美地融合在一起，则是需要每一位作家沉下心来不断思考、不断实践的，毕竟一部具有深刻内涵的作品，是需要作家们长时间的酝酿和打磨的。我们相信，在红土地的哺育下，在红水河的滋养下，在不断地求新求变中，桂西北作家们未来的长篇小说创作肯定能在叙事力度、精神高度、思想深度、文化厚度、内容广度达到更高的层次，从而为文坛奉献出更厚重更优秀的长篇小说精品。

[注释]

[1] 竹松:《决战"长篇"》,载《广西日报》2004 年 1 月 6 日。

[2] 李建平、黄伟林等:《文学桂军论》,316—317 页,中国社会科学出版社 2007 年版。

[3] 秦红增、东西:《文学地理与文化深描》,载《广西民族大学学报(哲学社会科学版)》2014 年第 2 期。

[4] 黄伟林:《艰难的突围——论广西长篇小说的现状、存在的问题和发展途径》,载《南方文坛》2004 年第 2 期。

[5] 余华:《生机勃勃的语言》,载《中国出版传媒商报》2015 年 9 月 15 日。

[6] 东西:《〈篡改的命〉后记》,见东西著《篡改的命》,310 页,上海文艺出版社 2015 年版。

[7] 张燕玲:《山里山外——〈都安作家群作品选〉杂感》,载《广西日报》2005 年 12 月 19 日。

(原载《南方文坛》2016 年第 2 期)

作为文学翻译家的王力

□ 陈　颖　彭林祥

语言学家的王力可谓众人皆知，而作为文学翻译家的王了一（王力从事文学活动时署名王了一）则鲜为人知。实际上，王力在成为语言学家之前，完全可以算是一位法国文学翻译家。从 1929 年开始，留学法国的王力一边攻读博士学位，他的译本也源源不断地问世。其翻译涉足戏剧、小说、传记、诗歌等领域。在短短三四年时间里，翻译作品就高达 200 多万字。如以翻译数量计，在 20 世纪二三十年代的中国翻译文学领域，几乎无人能出其右者。但迄今为止，对王力文学翻译的系统整理还未实现，对其研究的成果凤毛麟角[1]。笔者不揣浅陋，在全面考察王力翻译活动的基础上，勾勒其译作引起的批评和论争，然后从总体上分析其文学翻译的质量。

一 ‖ 王力的文学翻译活动历程

1927 年夏，王力从清华国学院研究生毕业。在导师赵元任的建议和推荐下，二十七岁的王力踏上了开往法国的轮船，开始在巴黎大学学习实验语音学。在老师李石岑的建议下[2]，他开始利用业余时间进行文学翻译，赚取稿费。最先问世的作品是当年刚获诺贝尔文学奖的挪威作家安达西夫人（又译温玳瑟夫人）的小说《贫之初遇》，后经李石岑推荐给时任《小说月报》编辑的叶圣陶。两个多月后，译文刊于《小说月报》第 20 卷第 2 期，稿费也很快寄到王力手中。受此鼓励，王力的翻译热情大增，他的译作源源不断地在期刊上刊出，许多出版社也连续不断地推出他的译作。见下表（以问世时间为序）。

1.发表在期刊上的文学译文

题名	体裁	著者、国别	发表刊物及时间
贫之初遇	小说	安达西夫人　挪威	《小说月报》第 20 卷第 2 期,1929 年 2 月 10 日
无可奈何的医生	剧本	莫利耶　法国	《东方杂志》第 27 卷第 15 期(1930 年 8 月 10 日)、16 期(1930 年 8 月 25 日)
人类的呼声	剧本	哥多克　法国	《东方杂志》第 27 卷第 20 期,1930 年 10 月 25 日
绝交的乐趣	剧本	勒纳尔　法国	《东方杂志》第 27 卷第 23 期,1930 年 12 月 10 日
牺牲	小说	Rene Lehmunn 法国	《女子月刊》第 1 卷第 2 期,1933 年 4 月 15 日
待嫁的少女	小说	卢梭　法国	《女子月刊》第 1 卷第 2 期,1933 年 4 月 15 日
父与女	小说	Fredrsic Boutet 法国	《女子月刊》第 1 卷第 2 期,1933 年 4 月 15 日
电话号码	小说	Heuri Falk　法国	《女子月刊》第 1 卷第 3 期,1933 年 5 月 15 日
罪过	小说	Frederic Boutet 法国	《女子月刊》第 1 卷第 3 期,1933 年 5 月 15 日
干面包与清水	小说	波多吴士　法国	《国民文学》第 1 卷第 4 期,1935 年 1 月 15 日
猎狗	小说	维尔特拉克　法国	《新文学》第 1 卷第 2 期,1935 年 5 月 10 日
所谓英语	剧本	贝尔纳　法国	《南风月刊》第 1 期,1948 年 10 月
所谓英语(续)	剧本	贝尔纳　法国	《南风月刊》第 2 期,1948 年 11 月
恶之花	诗歌	波德莱尔　法国	《中法文化》第 4 期(1945 年 11 月 30 日),第 5 期(12 月 31 日),第 6 期(1946 年 1 月 31 日),第 7 期(1946 年 2 月 28 日),第 10 期(1946 年 5 月 31 日),第 11、12 期合刊(1946 年 7 月 31 日)

2.出版的文学译作

题名	体裁	著者　国别	译毕时间	页码	译作初版书局、时间及再版时间
女王的水土	小说	莫鲁华　法国	1929.4.18	392	上海启智书局 1929 年 10 月初版
少女的梦	小说	畸德　法国	1929.6.23	112	上海开明书店 1931 年 2 月初版
沙弗	小说	都德　法国	1929.10.12	300	上海开明书店 1931 年 4 月初版,1947 年 4 月再版

续表

题名	体裁	著者　国别	译毕时间	页码	译作初版书局、时间及再版时间
半上流社会	剧本	小仲马　法国	1929.5.3	230	上海商务印书馆 1931 年 6 月初版
幸福之年	小说	温玳瑟夫人　挪威	1929.1.5	126	上海启智书局 1933 年 4 月二版(初版不详),1934 年 4 月四版
小芳黛	小说	乔治桑　法国	1931.4.7	217	上海商务印书馆 1933 年 12 初版,1935 年 6 月再版
娜娜(上下册)	小说	左拉　法国	1931.3.7	670	上海商务印书馆 1934 年 1 月初版,8 月再版,1947 年 4 月四版;另有万有文库版(1935 年 3 月)、三通文库一版
屠槌(上下册)	小说	左拉　法国	1931.8.29	666	上海商务印书馆 1934 年 3 月初版,1937 年 5 月再版;1958 年、1959 年、1982 年、1990 年多次再版
讨厌的社会	剧本	巴越浪　法国	1930.3.9	202	上海商务印书馆 1934 年 3 月初版
我的妻	剧本	嘉禾　法国	1930.9.18	219	上海商务印书馆 1934 年 4 月初版、8 月再版
恋爱的妇人	剧本	博多里煦　法国	1930.9.18	170	上海商务印书馆 1934 年 4 初版、7 月再版
佃户的女儿	剧本	埃尔克曼、夏特里安　法国	1930.10.17	132	上海商务印书馆 1934 年 4 月初版
沙弗	剧本	杜德、贝洛　法国	1930.10.10	165	上海商务印书馆 1934 年 4 月初版
婚礼进行曲	剧本	巴达一　法国	1930.7.9	222	上海商务印书馆 1934 年 4 月初版
伯辽赉侯爵	剧本	赉复旦　法国	1930.7.30	157	上海商务印书馆 1934 年 5 月初版、7 月再版
买糖小女	剧本	嘉禾　法国	1930.7.31	227	上海商务印书馆 1934 年 5 月初版
爱	剧本	奢辣尔第　法国	1930.8.17	111	上海商务印书馆 1934 年 5 月初版,6 月再版,1935 年 3 月又纳入《万有文库》出版
生意经	剧本	米尔波　法国	1929.11.16	240	上海商务印书馆 1934 年 9 月初版,后又出版了万有文库版(1935 年 3 月)、新中学文库版
莫里哀全集(一)	剧本	莫里哀　法国	1932 年译	561	南京国立编译馆 1935 年 8 月初版、11 月再版
恶之花	诗集	波德莱尔　法国	1946 年已译出 58 首,1980 年又补译了 43 首	367	外国文学出版社 1981 年版

此外,他还“有几部稿子在日本侵略军放火烧商务印书馆编译所的时候被烧毁了,记得其中有傅马舍的《塞维尔的理发师》和《费加罗的结婚》”[3]。还有一部《法国小说集》计划在女子书店出版(实际上未出版)[4]。据笔者大略统计,王力毕生问世的文学译作约300万字,完全称得上20世纪30年代最重要的法国文学翻译者之一。

从上两表列举的作品看,王力的文学翻译具有以下几个方面的特色:一是从事文学翻译的时间比较短暂。王力从事文学翻译的时间主要在留学期间和回国任教初期。1928年下半年起,王力开始从事文学翻译工作,1929年至1931年,这三年时间翻译的作品最多。清华任教初期,他仅接受了译《莫里哀全集》的邀请,但只译到一册半。随后的四十余年时间里鲜有新的译本问世(1981年外国文学出版社出版的译本《恶之花》可算是他最后的译作,但其大部分在40年代已经译出)。在短短五六年时间里,利用业余时间翻译并问世的译作数量确实颇为惊人[5]。二是在翻译作品的体裁选择上,主要以戏剧和小说为主。王力选择这两类题材,应该与获取经济利益密切相关。相对于诗歌、散文而言,小说、戏剧故事性较强,在翻译上较易,出版后的市场前景可能更好。三是以法国作家为主要翻译对象。由于王力在法国留学,他的第一外语是法语,最方便的选择自然是法国文学作品,这样既可以很方便地得到法国文学作品,还可以在翻译实践中学习法语。尽管也译介过挪威安达西夫人以及德国叔本华的作品,但王力都是经过法译本或英译本转译过来的。四是王力的文学翻译没有经过精心挑选。王力从事文学翻译的初衷不同于傅雷、巴金、李健吾等翻译家,以谋生为目的的翻译自然不可能做到对作家和译本的精挑细选。在王力翻译的二十余种作品中,既有法国文学中的经典,如《娜娜》《屠槌》《莫里哀全集》,也有大量的名不见经传的作家作品,如博多里煦的《恋爱的妇人》、巴达一的《婚礼进行曲》等。

由于有李石岑、叶圣陶的大力推荐,他的译作一经脱手,很快就被启智书局、商务印书馆、开明书店等出版机构接受,译作不愁“婆家”,王力的文学翻译道路可谓一帆风顺。特别是商务印书馆这样的大出版社,在1931年至1934年短短四年时间里为一名不见经传的译者出版了14部的译作,仅1934年就出版了12部,在商务印书馆的历史上,享这种待遇的译者除了翻译大家林纾之外,恐怕就只有王力一人了。经过1934年的译作出版高峰后,王力的文学翻译活动急剧刹车,而原因与王力升任教授受挫密切相关[6],他转而发愤研究汉语语法,写出了《中国文法学初探》等论文,并于1935年顺利地由专任讲师升任教授。据《国立清华大学教师服务及待遇规程》(1932年制)规定,清华大学教授月薪一般为300—400元,最高可达500元;专任讲师为160—280元;教员为120—200元;助教为80—140元[7]。王力由专任讲师升任教授,每月的薪水增加了100余元,“生活问题解决了,就专心搞我的语言学了”。[8]就这样,王力的文学翻译活动基本停止了。[9]

二 ‖ 王力译文引发的批评和论争

随着译作的不断问世，王力译作在文坛很快产生了反响，对于其译作的评论也屡见报端。在这些评论文章中，严厉的批评不但多而且异常猛烈。

率先对王力译文进行批评的是山东大学外文系在校学生宋默庵，他发表了《王了一译都德的沙弗》。文章开始就对译文表达了不满："知道译者是巴黎大学的留学生，以为译文必定很好，虽不能'信达雅'都占，至少也得忠实——'信'。不料拿来一读，竟大失所望！急忙找出巴黎 Bibliothe' que Charpentier 出版的原文来对照，竟发现了很多可笑的错误。"[10] 接着，他列举了文中十处比较重要而显著的错误，包括曲译、与原意不符、没有看懂而胡乱曲译、错译、漏译、译文不简洁以及凭空增加语句等。在他看来，这样的译文居然刊行于世，真是国内文坛的耻辱！

如果说宋默庵的批评充满了大学生的偏激，那么翻译家马宗融对王力的译文发难则更多出于对同行的提醒和告诫。在批评文章《〈娜娜〉》一文中，马宗融集中讨论本书"译得如何"。他从两方面具体展开：一是从翻译方法上看，他列举了实例来证明译文存在语序不当、在扯直或理顺中又弄出不妥、对原文及上下文所传达的作者思想未能完全体会等问题。此外，还有形容词的任意增减以及个别字的错译等。二是从翻译态度上看，他认为译者翻译速度过快，大大影响了译文的质量。"据他在本书页末所记'十九年十二月十三日起译，二十年三月四日译完'一行文字看来，六七〇面的文字相当不大好译的巨著，他仅用了六十三天的短时间就译完了，真是可惊！……在这一点上，我对于译者的态度实在不敢表示同情。"[11]

紧接着，马宗融又对王力的另一译本《屠槌》进行了批评。文章开篇便从题目入手，指出王力翻译的错误，"这本译名叫《屠槌》的 L' assommoir，似乎比《娜娜》还译得进步点，只可惜从书名就已错起走了！"文中摘录了译作中的多处文字作为纠错的例证，认为译者"简直不了解假借字；太为字典的注解所拘；不大能想象他所译的话句所表现的情景；不注意辨别句中的成语；……有些地方在直译意译硬译歪译之外，添了一个'猜译'"，指责王力进行文学翻译的动机不纯，一味地追求名利，"一个人译文学书的目的：就主观说若是为'名'或是为'利'都不妨，但就客观说也得于社会有益，于本国文学进步有些帮助；若卖了假药只顾得自己的名成利就，对社会，对本国文学进步却是'un coup d'assommoir'了！"[12]

面对马宗融连续的指责，王力写了《关于〈屠槌〉与〈娜娜〉的译文》给予回应。在文中，他首先就《屠槌》这一书名的翻译进行了申辩，"我所以不把 Assommoir 译为'酒店'者，因为皇后酒店也是酒店，南唐酒家也是酒店，卖香槟酒的 Taverne 也是酒店，仍不能表示是下流人喝烧酒的地方，倒不如干脆就译那字的本意，中国既没有相当的双关意义的字，这就算是没办法中的办法”[13],此外,他还引用了商务印书馆出版的唐敬杲所编的《新文化辞书》中已经用了屠槌的译名的事实来为自己辩护。对于马宗融对自己译书的速度和翻译态度的批评,王力认为这是由个人习惯决定,翻译的态度是否诚恳,这个还得读者说了算。但是,对于王力的申辩,马宗融再次发文进行驳斥。他举出了大量的例子和各种字典中“Assommoir”的解释,坚定地认为“Assommoir”应译作“酒店”或“下等酒店”,决不能译为“屠槌”。对于王力在回信中所引用的论据,他认为辞书编者因为没有看过原著不懂得书名才会用“屠槌”,而王先生看过原作,还要犯这样的错误,实在殊不可谅。[14]

巴金(署名余一)也加入了对王力译作质量的批评,与马宗融形成呼应。在《关于翻译》中他也对王力翻译的《娜娜》和《屠槌》两部译作发表了看法。总体上,他认为王力的译作完全不能体现原文的思想艺术水准,从王力的译文中根本看不出这两部作品曾是轰动世界的名著,“我读了……那两部书,曾惊讶地疑惑过:左拉怎么会写出这样的作品?像王君翻译的东西能够是轰动过世界的名作么?”[15]此外,巴金也对将“下等酒店”译作“屠槌”、“萌芽”译作“共和历第七月”的错误进行了批评,认为王力不具备翻译这样巨作的能力。对于巴金的批评,王力在写给《文学季刊》编辑的信中也予以了回复。他自认翻译技巧不够,愿虚心接受巴金就事论事的批评。但是,对于把“下等酒店”译为“屠槌”是武断生出的错误的指责,他又进行了辩解,“我始终认为 L' Assommoir 一字有双关意。‘屠槌’固然不能表达‘酒店’的意思,而‘酒店’或‘下等酒店’也把原名的精彩丧失了”[16]。而对于“萌芽”不该译为“共和历第七月”这样明显错误的非难,王力也极力辩解,他摘抄了一大段英译本译者序言,试图证明“共和历第七月”与这书的内容有很大的关系,而书名就是“从共和历第七月”中来的。

对于王力既接受批评又极力辩解的态度,巴金颇为恼怒,又连续两次发文给予“穷追猛打”。他指出:“关于《屠槌》的译名,无论如何,先生是犯了绝大的错误。我想巴黎大学教授也决不会承认先生的‘屠槌’为正确的译名,而且如果根据先生自己的解释,R—M 丛书中《屠槌》以后各篇都可以用‘屠槌’来翻译,不但这样,外国有许多小说也可以用‘屠槌’来译了。”[17]在巴金看来,即使法文“屠槌”有双关意,但中文“屠槌”没有双关意,“屠槌”这个名词,中国人实在看不懂。对王力在信中为证明自己翻译“共和历第七月”的正确所引用的英译本序言的材料,巴金认为这是译者为自己的错误找护身符。回击王力的辩解后,巴金似乎意犹未尽,又写了《再答王了一先生》再次对王力的辩护进行了颇为严厉的批评:“我以为译书要不错并不是容易的事,但错误不该多,而且错就是错,不错就是不错。倘使错了不认错,反而请几个外国人来替自己辩护,这种态度就是坏的。”[18]显然,巴金对王力知错不改反而百般辩解的态度颇为不满。

除了以上诸家对王力译文的严厉批评和盛气指责外,梁宗岱对王力译文则持理解宽容的态度。他在《关于〈可笑的上流女人〉及其它》中对王力的译文质量及译名发表了自己的看法。在他看来,文学翻译一向不容易,书名的翻译更难做到准确无误,不读原文凭字面意思胡乱猜测容易错,读懂了原文也不免会错,就像司汤达的《红与黑》出版了一个世纪后我们才能准确翻译它的书名。而对于批评者的批评态度,他也给予了劝诫:“我们就要觉得一切的错都是可以原谅的了,只要当局者不太骄矜,太自是或存心拆烂污——我底意思是说,我们应该尽量批评一切译品底谬误,盛气指责却可以不必。”[19]

三 ‖ 王力译文质量的总体评价

王力从事文学翻译,李石岑、叶圣陶可算是幕后推手,更重要的还在于时常处于经济困窘的他找到了一条生财之道。既然译作可以换钱,那他只有拼命翻译,翻译的速度自然不同于一般的译者。在这个过程中,经济因素显然起到至关重要的作用。正如有论者在考察现代文学经济生态时所说:“‘经济基础’对文学的质量虽然不具有看得见摸得着的直接作用,但对数量却有一目了然的极大推动。”[20]如以 1930 年为例,王力这一年所翻译的作品:《讨厌的社会》(3 月 9 日译毕)、《伯辽赉侯爵》(3 月 30 日译毕)、《婚礼进行曲》(7 月 7 日译毕)、《买糖小女》(7 月 30 日译毕)、《爱》(8 月 17 日译毕)、《我的妻》(9 月 18 日译毕)、《恋爱的妇人》(9 月 18 日译毕)、《沙弗》(剧本,10 月 10 日译毕)、《佃户的女儿》(10 月 17 日译毕)。仅仅一年的时间里,完成了近 100 万字的译作。而这都是利用业余时间完成的,不得不承认王力翻译的速度确实太快,而在这样快的速度下,翻译的质量自然要大打折扣。

除了王力翻译速度快之外,王力的法文水平也是制约其翻译质量的又一因素。在国内读书期间,王力学的是英语,法国留学前才临时学习了法语的发音。1927 年秋到巴黎后,先去上法语补习学校,直到 1928 年才上巴黎大学。尽管他颇有语言天赋,再加上刻苦用功,不到半年时间,他的法语不仅能听、能讲、能写,还能阅读法文报刊和法国的文艺作品。[21]但是要从事法国文学的翻译还远远不够。戈宝权就曾说:“假如我们把翻译当作一件严谨的工作的话,那么它并不像有些人所想象的那么容易,以为你只要懂得一种外国语言,再依靠一部好的字典,就能把任何东西翻译出来,可是事实上并不是这样。”[22]把法国文学作品译成汉语,这本来就是两种不同文化的对接,不但必须具备法语、汉语语法结构的知识、良好的修辞基础以及广博的学识见闻,而且要对法国文学作品有相当的认识和理解,对具体作家的生活、思想直到他的文体都要有相当的研究。而在具体的翻译过程中,翻译的经验、翻译技巧需要长期的积累。此外,对于作品中的书名、人名、典故、事物名称等要找到汉语中的对应词也非易事。王力从事文学翻译,显然是还没有足够的知识储备条件下的仓促上阵。

在翻译方法上,王力开始多采用直译,“虽则我始终不曾逐字译过,但是我永远守着一个规律,就是:‘苟非万不得已,还是直译的好’”[23]。同时他也反对欧化的译法,“在现代的中国语言文字欧化成分很少很少的时候,我们先在翻译界提倡欧化,倒反无益而有害。……我所译的剧本努力避免欧化,有时候不得已而参用一两句欧化的话,也已经是中国用惯的了”。或许是从事语言研究的关系,王力早期的译文在直译和非欧化之间未能很好地融合起来,更加注重的是紧扣字词句,努力做到一一对应,近于直译,甚至可以说是"死译"。如在《无可奈何的医生》中玛尔登口中的怪脾气医生:

这个伟人的神经病比之旁的伟人还来得大些。他往往等到被人家打了,才肯承认他的本领。我预先告诉你们,除非你们每人拿一根棍子给他一顿好打,才得他供出他的真相。否则,他的怪脾气发作的时候,他永远不会承认他是医生,你们绝不会达到目的的。——我们从前用着他的时候,也是这样降服他的。(《东方杂志》第 27 卷第 15 期)

又如《沙弗》开篇这样一段,译文如下:

六月的一夜,在一个化妆跳舞会,狂呼,大笑,舞曲喧闹的当中,透出这么几句不易了解的谈话。谈话的乃是意大利的吹笛乐师的装束的男子,与一个埃及农妇装束的女人,正坐在戴士赉先生的作业室的尽头处,一间棕榈树的花厅里。(第 2 页,上海开明书店 1931 年 4 月初版)

显然,这些译文译得颇为生硬和晦涩,读来难免有些拗口,个别句子令人费解。但到翻译《半上流社会》时,他的翻译方法有所改变,主张如果不失真相,字句可稍异同。这样以意译和直译兼顾的翻译方法,使他的译文与上下文有了贯通,句子变得流畅通顺。如在《半上流社会》中子爵夫人与奥里维叶的对话[24]:

子爵夫人:Alors, vous me permettez que l' affaire n' aura pas de suite? ……
奥里维叶:Elle ne peut pas eu avoir
直译为:那么您允许这件事将没有下文么?……
她不能有这个的。
王译为:那么您答应我了?事情不会闹起来了?……
事情要闹起来是不可能的。

即使遭受猛烈批评的《娜娜》和《屠槌》,这两部小说译文总体上还是颇为忠实流畅的。如《娜娜》中,关于娜娜最后死时,尸体被放置在烛光中,带着病理学描述的这段文字,译本比较忠实地传达了出来:

……娜娜独自停留在卧房里,仰着面对着烛光。这好像一个咸肉场,一堆血液与一块腐败的肉丢在一个绵垫子上。许多疙瘩布满了脸孔，一个个互相接连。她的身体变了深灰的土色，肌肤变了形状，找不出生时的轮廓了。（第 669 页，《娜娜》，商务印书馆 1934 年 1 月初版）

《屠槌》中关于典型场景的描写，能感知到译者在对法国人生活场景颇为熟悉，读起来语言流畅，生动活泼，极具画面感：

这时天气很热，烟斗的烟升上了煤气灯的光辉里，成为一阵轻尘，把这白气浴着喝酒的人们，而且这气渐积渐厚了。从这轻云里发出了一阵喧嚣，声音混杂震耳，夹着破碎的人声，碰撞的杯声，咒骂声，打拳声，闹得天翻地覆。（第 518 页，《屠槌》，商务印书馆 1934 年 3 月初版）

钱台生在《读了〈娜娜〉以后》中说："本书译者王了一先生的译笔，是非常忠实流利的。我敢把这部世界文学的巨作，推荐给爱好文学的读者。"[25] 也有论者对《屠槌》的译文做出了这样的评价："我不曾拿原文与译文对照，但仅将这两册王译《屠槌》一气读完之后，味尝到一种文字上的轻松流畅是普通一本译文里所难得遇到的。"[26]

在接受邀请翻译莫里哀戏剧时，王力任教于清华大学，有稳定的薪水，经济上已大大改善。此时他的文学翻译速度已大大降低，而所译出的《莫里哀戏剧全集》（一）"不以能达原作者的文句意向为满足，更进而顾虑到排演上的口头语，和观众所了解的言语为主"[27]，全书收录六个戏剧可谓篇篇精品。如《斯加拿尔》中高奇伯逼迫女儿西丽抛弃爱人李礼而嫁给一个更有钱的人的对话，其译文就颇具神韵，使人物形象栩栩如生：

西丽：怎么！我是应该永远爱李礼的。难道你竟要我变心吗？假使当初是我独自选中了他，不曾取得你的同意，还可以说是我错了；然而你自己在从前也曾劝我爱他啊！

高奇伯：纵使从前你什么都答应了他，现在既然又有一个比他更有钱的人，你就可以不必遵守以前的诺言了。李礼固然长得很不错，但是，你要知道，世界上一切的好处都比不上有钱更好。哪怕是最丑的人，有了钱，我们也觉得他美了几分；如果没有钱，其余一切都是可悲哀的。（第 376 页，《莫里哀全集》（一），南京国立编译馆 1935 年 8 月初版）

正因为王译莫里哀的译本忠实、流畅和传神，《莫里哀戏剧全集》（一）中的《糊涂人》《丈夫学堂》在新中国成立后得到了出单行本的机会。1959 年，人民文学出版社在出版《莫里哀喜剧选》（上册，人民文学出版社 1959 年初版，1981 年再版）又选入了《冒失鬼》（原译名《糊涂的人》）、《情仇》、《斯卡纳赖尔》（原译名《斯加拿尔》）、《丈夫学堂》（原译名《丈夫学校》）四篇(占全书一半),足见对其译文颇为肯定。

总之,对王力的文学译作要具体分析。其早期的部分译作确实存在如宋默庵、马宗融、巴金等批评文章中所言的诸多问题,这是不容否认的事实。后来王力自己也承认其译文存在不足:“第一是不能避免文言,第二是不合北方口语,把古语方言成分杂糅在一起,简直不能上口。此外,甚至有语法上的错误。”[28]但后期的译文,特别是到了翻译《莫里哀全集》时,其翻译质量已大大提升。纵观王力的文学翻译活动历程,他的翻译速度经历了由快到慢的变化,翻译方法也经历了以直译为主到以意译为主的转变,随着翻译经验技巧的丰富,其译文质量总体上呈上升的趋势。钱锺书曾谈及翻译中的“讹”:“一国文字和另一国文字之间必然有距离,译者的理解和文风跟原作品的内容和形式之间也不会没有距离,而且译者的体会和他自己的表达能力之间还时常有距离。从一种文字出发,积寸累尺地度越那许多距离,安稳到达另一种文字里,这是很艰辛的历程。一路上颠顿风尘,遭遇风险,不免有所遗失或受些损伤。[29]对王力的译作应作如是观。

结　语

学者吴宏聪就曾回忆自己认识王力的过程:“王力先生是我的业师。我在中学念书的时候曾读过几本他翻译的法国小说和戏剧,以为他是一位文学家。直到1938年我考入西南联合大学中文系时,才知道他是著名的语言学教授。”[30]尽管作为翻译家的王力曾颇有闻名,但是他从事文学翻译的时间短暂,再加之后来他在语言学领域的贡献太过突出,他早期的文学翻译家的身份无形中被遮蔽了,现今许多读者只认识语言学的王力,而不认识翻译家的王了一,更谈不上对其翻译的研究。笔者认为,在中法文化交流上,他的译作也应该得到应有的关注,其文学翻译与语言学研究的关系也值得深入地探讨。随着《王力全集》[31]的陆续问世,王力先生毕生完成近300万言的文学译作将会得到系统地收集整理。我们不必对王力年轻时的译作吹毛求疵,他不辞辛劳地从事翻译工作,在短短十余年时间里将大量法国文艺作品输入中国,开启民智,直接或间接影响了20世纪的中国文学、语言学等领域的发展,他的贡献值得后人铭记。

[注释]

[1] 目前笔者查阅到的只有袁良骏的《王力先生的文学贡献》(一、二、三),文中王力的文学翻译只作了总体上的介绍。

［2］王力在上海南方大学读书期间，参加了驱校长江亢虎运动，其间，与本校教师李石岑很熟。1928 年，李石岑又来到法国。“他是自费出国的，专靠写稿子为活。起初三个月，他还跟我学发法文，进步之速，实在可惊。”（王了一：《我所知道的李石岑先生》，载《民鸣周刊》第 1 卷第 29 期，1934 年 11 月）笔者推测，李石岑应该是在这个时候，建议王力业余时间从事文学翻译以换取生活费。

［3］王力：《〈糊涂人〉后记》，见莫里哀《糊涂人》，作家出版社 1957 年版。另据译者自己介绍，他还翻译过《大地主》，但未见出版，估计也毁于商务印书馆的大火中。

［4］黄心勉：《女子书店的第一年》，载《女子月刊》第 1 卷第 3 期，1933 年 5 月 8 日。

［5］其间，他还翻译了法国社会学家涂尔干的《社会分工论》，达 30 万字。还为商务印书馆出版的《万有文库》撰写了《希腊文学》《罗马文学》《伦理学》等小册子。

［6］王力：《怀念朱自清先生》，见郭良夫编《完美的人格——朱自清的治学和为人》，清华大学出版社 2003 年版。

［7］陈于红：《战前中国大学教师薪俸制度及其实际状况的考察》，载《民国档案》2009 年第 1 期。

［8］王力：《〈糊涂人〉后记》，见莫里哀《糊涂人》，作家出版社 1957 年版。

［9］有意思的是，20 世纪 40 年代中期，王力重操旧业翻译波德莱尔的《恶之花》，主要原因是联大教授工资不足以养家糊口，只好“雕虫”补贴家用。

［10］宋默庵：《王了一译都德的沙弗》，载《刁斗》第 1 卷 2 期，1934 年 5 月。

［11］马宗融：《〈娜娜〉》，载《文学》第 3 卷 2 号，1934 年 8 月 1 日。

［12］马宗融：《屠槌》，载《文学》第 3 卷 3 号，1934 年 9 月 1 日。

［13］［14］王了一、马宗融：《关于〈屠槌〉与〈娜娜〉的译文》，载《文学》第 3 卷 5 号，1934 年 11 月 1 日。

［15］余一：《关于翻译》，载《文学季刊》第 1 卷第 4 期，1934 年 12 月 16 日。

［16］［17］王了一、余一：《关于翻译》，载《文学季刊》第 2 卷第 2 期，1935 年 6 月 16 日。

［18］余一：《再答王了一先生》，载《文学季刊》第 2 卷 2 期，1935 年 6 月 16 日。

［19］梁宗岱：《关于〈可笑的上流女人〉及其它》，载《文学》第 4 卷 1 号，1935 年 1 月 1 日。

［20］裴毅然：《中国现代文学经济生态》，120 页，河南人民出版社 2012 年版。

［21］张谷、王辑国：《王力传》，39 页，广西教育出版社 1992 年版。

［22］巴金等：《当代文学翻译百家谈》，45 页，北京大学出版社 1989 年版。

［23］王力：《译者自白》，见小仲马《半上流社会》，上海商务印书馆 1931 年初版。

［24］小仲马：《半上流社会》，3 页，上海商务印书馆 1931 年初版。

［25］钱台生：《读了〈娜娜〉之后》，载《出版周刊》第 84 期，1934 年 7 月 7 日。

［26］大灾：《〈屠槌〉》，载《出版周刊》第 162 期，1936 年 1 月 4 日。

［27］《〈莫里哀全集〉》，载《同行月刊》第 3 卷第 11 期，1935 年 11 月。

［28］王力：《糊涂人·后记》，作家出版社 1957 年版。

［29］钱钟书：《林纾的翻译》，见《林纾的翻译》，19 页，商务印书馆 1981 年版。

[30] 吴宏聪:《怀念王力先生》,载《中国教育报》2000 年 8 月 8 日。

[31] 2010 年 5 月,王力先生的亲属、学生和中华书局开始共同组织编纂《王力全集》。2013 年 8 月,《王力全集》开始陆续出版。

(原载《南方文坛》2016 年第 3 期)

历史潮流，笔底波澜

《桂系演义》作者黄继树访谈录

□ 黄伟林　黄继树

时间：2016年4月24、25、26日，5月9日

地点：广西桂林王城（民国时期广西省政府）

人物：黄伟林（广西师范大学文学院教授）

黄继树（《桂系演义》作者、广西作家协会原副主席）

黄伟林：能够在民国时期的广西省政府做这样一个关于历史文学的谈话真是很有意思，这里也可以算是当年桂系的大本营，《桂系演义》中许多人物包括孙中山都曾经在这里生活和工作，李宗仁、黄绍竑、白崇禧和黄旭初就更不用说了。物是人非，确有一种特别的历史感。而这里的山水草木，又有一种特殊的文学意味。

《桂系演义》这个名字很容易让人产生误解：看到"桂系"两个字，以为它讲述的只是广西故事，其实，读罢全书，我们就会明白，它其实是中国故事，它不是地方史，而是中国史，它不是小历史，而是大历史；而看到"演义"两个字，又会以为它是野史，是戏说，然而，如果了解中国现代史，会发现，小说虽然以演义命名，但非野史文学，而是正史文学，作者写作的态度，绝非戏说，而是正说，是对中国现代历史既高屋建瓴又洞幽烛微的正说。

黄继树：是的。小说的卷首语是孙中山的题词："世界潮流，浩浩荡荡，顺之则昌，逆之则亡。"这是《桂系演义》所要表达的历史观：顺兴逆亡。从这个立意上来说，《桂系演义》具有大历史的叙事格局。它的叙事视野，就不仅是广西的历史，广西的人和事，而是一部视角独特的民国历史小说，它的主要人物李宗仁、黄绍竑、白崇禧，也不仅仅是几个广西人，而是一批在辛

亥革命之后脱颖而出,具有国家情怀、民族大义,追求民主共和的民国人。正是因为我要在《桂系演义》中,表达一种大历史的叙事格局,因此,我曾经与责任编辑经过反复磋商,才把当初约稿合同上定名的《桂系军阀演义》书名中的“军阀”两个字去掉了,成为《桂系演义》。

黄伟林:黄老师,我想请你谈谈,《桂系演义》的大历史叙事格局,关键是什么?

黄继树:大历史的叙事格局,首先要求他的核心人物,必须具有大历史的背景和视野,与大历史事件息息相关,他的所作所为在一定程度上影响着历史的进程和所代表的势力的兴衰。李宗仁和白崇禧这两位出自广西的民国要人,他们就有着重大历史背景和视野的特质。著名历史学家唐德刚说:“李宗仁是中国近代史上一位屈指可数的政治领袖和英雄人物……论战功,论政略,他都是国民党旗帜下一位佼佼不群的领袖。在国民党执政时期,诸多决定性的大事件之中——如‘统一两广’、‘北伐’、‘清党’、‘宁汉分裂’、‘武汉事变’、‘中原大战’、‘国共第一次内战’、‘闽变’、‘六一事变’、‘抗战’、‘国共二次内战’,‘行宪’、‘蒋氏二次下野’、‘国民党退败台湾’等——李宗仁都是关键性人物之一,少了他,历史可能就不一样了。”

1937 年七七事变,抗战军兴,蒋介石号令全国抗日。白崇禧在桂林首先响应,即飞南京,共撑大局。程思远在其所著《白崇禧传》说:“白崇禧此次入京,促成大团结的形势,冯玉祥、阎锡山、刘湘、龙云以及中共领导人周恩来、朱德、叶剑英都先后到达南京,显示出精诚团结,一致御侮。”为此,艺术大师徐悲鸿特书一联向白崇禧致敬:“雷霆走精锐;行止关兴衰。”并题词:“健生上将于廿六年八月飞宁,遂定攻倭之局,举国振奋,争先效死,国之懦夫,倭之顽夫,突然失色,国魂阮张,复兴有望,喜悦忭舞,聊抒豪情,抑天下之公言也。”

“少了他,历史可能就不一样了。”“行止关兴衰”,抗战中,李、白的“行止”关乎国家和民族的兴衰,他们不愧大历史叙事格局中的关键性人物,“少了他”,那就不成其为大历史的叙事格局了。

黄伟林:我的理解是,大历史的叙事格局,使作家所反映的历史,一种堪称大历史的历史,在他的作品中能继续延伸,它将显示出这种大历史文学作品具有顽强的生命力。

黄继树:伟林,你曾经给我的另一部长篇《北伐往事》写过一篇评论,题目是《历史未曾终结》。我认为,其实把这个题目用在对《桂系演义》的评论上,也是很精准的。

黄伟林:你的《北伐往事》讲述的是,一道为中国的民主共和做出了伟大贡献的孙中山和陈炯明,在帝制被推翻十几年之后,他们之间的既合作又斗争,直至彻底破裂的相互关系,仍是专制独裁与民主共和之间的生死斗争的故事。历史未曾终结,但历史又是发展的,当历史发展到某一个节点上时,又会以某种独特的形式,形成一个重大的拐点,演绎出令人眼花缭乱似曾相识的故事来,使人扼腕叹息,感悟至深。

黄继树:在孙中山、陈炯明之后,蒋介石登上了中国历史舞台。蒋、桂之间,蒋介石与李宗仁、白崇禧之间,北伐、内战、抗日,直至三年内战,国民党政权在大陆崩溃。历史风烟滚滚,波诡云谲,纵横捭阖,战场金戈铁马,胜败沉浮。蒋、桂之间,蒋与李、白之间,时而为友,时而为敌,时而同志加兄弟,时而暗箭明枪你死我活。我们总会窥见到某种似曾相识的东西,专制独裁与民主共和的生死较量以及人性的善与恶、美与丑的来回颠覆。这就是未曾终结的历史。我在《桂系演义》全书的末尾写了一句话:“随着蒋、李、白、黄的逝去,一个时代结束了。”虽然一个时代可以结束,天下也没有不散的筵席;一部书不论多长,最终总要画上一个句号;但是,历史却不会终结。

黄伟林:《桂系演义》曾于 20 世纪 90 年代初,被移植到台湾,出版商将书名改为《大对抗》,分上、下两部出版。出版商是这样撰写该书的“内容提要”的:“或许是由于某种宿命的巧合,又或许是出于某种历史的反讽,当年的蒋、李恩怨,以蒋介石在台湾复起掌权,收拾残局而告终;如今继承蒋经国‘总统’之职,主导台湾政局的李登辉也姓李。令人慨叹的是:李氏当权未几,经过所谓的‘主流派’、‘非主流派’的倾轧与争攘之后,台湾政局眼看正在重演四十年前的政局抗争。为了掌握我们自己的命运,为了看清我们自己的处境,也为了揭破那个决定了海峡分裂现况的历史哑谜,人人都要细读这一部深入到政治人物的内心,刻画出万里江山兴亡的《大对抗》!”黄老师,你对这一段话有什么看法?

黄继树:历史未曾终结!今日台湾与大陆之间,国民党与共产党之间,甚至国民党人与国民党人之间,共产党人与共产党人之间,还会沿着这一既定的大历史格局,发出令人既熟悉又陌生的历史情节和出乎意料的充满戏剧性的故事来。连精明的特别讲究实际的台湾同胞,也知道历史未曾终结。

黄伟林:黄老师,你对你的大历史文学创作有什么样的思考和追求?

黄继树:我想,作为历史文学的责任,应该是寻找人类与生俱来的共性,求同存异。因为,历史未曾终结,而历史也不可能永远被遮蔽。《桂系演义》创作的一个宗旨就是要创造一个个鲜活的符合历史真实的“民国故事”,就是希望将那些被遮蔽的人和事回归本真,讲述一个与先前普遍认知不太一样的民国故事,以期达到重建一个合乎历史真实的中华民国的叙事文本。只有这样,作品才具有大历史叙事格局的厚重与恢宏,使其生命力得以绵延不息。

黄伟林:《桂系演义》虽然有真实的历史背景,真实的历史人物,但它终究是历史文学,而非历史本身。文学需要想象,历史需要真实,桂系的历史现在还不远,它能给作家提供想象的文学空间可能不是很大,比如说文学创作需要而且允许虚构,而历史则不能。黄老师,你在从《桂系演义》的创作中,是如何把握文学虚构与历史真实这两者的关系的?

黄继树:历史文学的创作,有三个层次,第一个层次是严格按照历史资料进行写作;第二个层次是作家在研读大量史料后,发挥想象力和创造力,凭着文学的感觉走,文学先于历史,创作结束后,再去寻找历史佐证;第三个层次是,作家阅读研究大量的历史资料后,经过吸收消化,通过真实的虚构,虚构的真实,从而突破历史对文学的束缚,使历史人物充满鲜活的生命力,使历史在作家的笔下变得灵动起来,像巴尔扎克说的那样:“根据一大批书的零星材料,创造出一个已经不存在了的时代的风貌。”(《巴尔扎克论文选》新文艺出版社 1958 年版

第100页)

黄伟林:真实的虚构,虚构的真实。这使我想起前几年在共识网上读到过一篇点击量很高的文章,文章的题目是《排斥白崇禧是蒋介石丢失大陆的人事原因》。文章一开头就说:“《桂系演义》临近收尾,于中共解放战争中倍受蒋介石排斥的白崇禧愤懑地怒吼:‘没有我白崇禧,哪有他蒋中正!’此句独白虽然可能是虚构,但他所表述的意思却是千真万确的史实。”黄老师,你是如何做到从“虚构”中表述出“千真万确的史实”的?

黄继树:这篇文章我也读过,虽然我并不认识作者本人,但我认为他肯定是位高人,他真正读懂了《桂系演义》。

上述白崇禧的那句话,的确是我“虚构”的。其背景是,为获得已下野退居溪口老家但又抓着党、政、军、财大权死死不放的蒋介石的支持,白崇禧先后派他的华中政务主任袁守谦和桂系高参刘斐到溪口去向蒋介石示好,欲亲自到溪口去见蒋介石,修复因逼蒋下野后恶化了的蒋、白关系。不料,老蒋不但不买白的账,还狠狠地训斥了白的亲信刘斐一番:“转告白崇禧,现在是李德邻当政,他是李的左右亲信,更应拥护中央,遵守法令,作为倡导,以巩固中央组织,建立总统威信为要。否则,上行下效,何以为人长上?”白崇禧碰了蒋介石的硬钉子,吃了一顿闭门羹,老蒋拒绝见他。白怨忿怒恨一齐俱来,大骂蒋介石:“你不让我去见你,等着瞧吧,到时候你用十二块金牌都休想请动我。北伐,是你请我去的;抗日,也是你请我去的。没有我白崇禧能有你蒋中正?”

这一段话虽然是我“虚构”的,但白崇禧先后派袁守谦和刘斐去向蒋示好,蒋训斥刘斐的那段话有历史根据,“虚构”的白这一段话中所涉及的蒋、白关系也是历史事实,而且也非常符合白的个性:恃才傲物。在国民党诸多要人中,也唯有白才敢这么说。这又非常符合白崇禧当时的实力地位:经过辽沈、平津、淮海三大战役后,蒋介石的嫡系、精锐部队已全军覆没,而白崇禧的桂系部队则完整无损。白此时坐镇武汉,雄视华中。俨然已成华中、西南半壁江山的擎天柱,他凭实力是可以傲视已退居溪口幕后的蒋介石的。果然,蒋介石为了拉拢白崇禧,不久便命上海市市长陈良给白送来黄金三百两,作为白的华中部队的军饷……

为了“虚构”白崇禧的一段话,必须调动大量的历史根据作为“补虚”,这叫以实补虚,才站得住脚,使读者明知此段独白可能为作者虚构,但它表述的是千真万确的史实。

黄伟林:这样的虚构成分,在《桂系演义》中使用得多吗?

黄继树:不是很多。这就像中医治病一样,太虚了是经不起大补的。特别是对一些重大的历史事件和历史人物,是绝对不能虚构的。但是,有时候,作家的自我感觉失控,他是先有某种创作上的冲动,这一章非这样写不可,不管历史有无记载,或怎么记载,我先写了再说,因为文学的感觉太好了!

黄伟林:对于历史文学,特别是你《桂系演义》这样严谨的作品,是会冒很大风险的。

黄继树：对。比如说《桂系演义》第四十六回“白崇禧挂帅征滦东”这一章吧，就碰上了文学先于历史的问题。“滦东之战”是标志北伐功成的最后一战，必须在滦河之东彻底消灭北洋军阀最后一支劲旅张宗昌部，使其不得窜入关外，增加解决东北问题的复杂程度。此次战役意义重大，它在政治上的影响要远远大于军事上的影响。北伐军攻占平津之后，把持北洋政府的奉系张作霖退入关外，旋即被日本人炸死于皇姑屯，少帅张学良继其父执掌东北军政大权。少帅初立，根基不稳，东北军中有“土派”与“洋派”、“新派”与“老派”之争。对东北，不仅张宗昌有觊觎之心，便是蒋介石、白崇禧也各有打算，而背后还有一个“亡我之心不死”的日本军阀侵略者。如何解决东北问题，实现国家的统一和领土完整，是个颇为棘手的问题。因此，解决张宗昌部就不仅仅是一个单纯的军事问题了。仗当然要打，北伐战争中我已“打”过许多重大的战役了，我不想再重复昨天的故事。

在这里，解决张宗昌部的问题，必须让位于解决东北全局的问题，那么，紧迫的问题就要安排北伐军最高指挥官与东北军最高指挥官的一场具有历史意义又有文学色彩的会面，以期达到武戏文唱的最佳效果。通过双方高层的斗智角逐，最后以和平的方式解决东北问题，从而实现国家的真正统一。

当时，作为北伐军总司令的蒋介石，在北平主持召开各方“善后”会议后，已返回南京去了，临行前他已授权白崇禧代行北伐军总司令之职权，表面上把处理东北的棘手问题扔给了白崇禧。蒋介石已没有必要直接出面去与张学良会谈解决东北问题了。那么，北伐军出面的人物，就非白崇禧莫属了。东北军方面呢？张学良的身份十分敏感，他是不会直接出面与白崇禧打交道的，他除了时刻提防虎视眈眈的日本人之外，暗地里恐怕还得与蒋介石的代表沟通，讨价还价，因为许多问题和条件，最终还得由蒋介石来权衡定夺。

那么，东北军方面由谁来充当白崇禧的对手演这一场精彩的大戏呢？杨宇霆！我想非得有他出面不可。杨宇霆是张学良东北军的总参谋长，在名义上和事实上都完全有资格充当张学良的代表，而且杨宇霆足智多谋，也有“小诸葛”之称，如果让这两位南、北“小诸葛”当面斗智较量一番，岂不精彩夺目？但是我又有些犹豫不决，因为在我所掌握的诸多史料之中，还没有任何一处提供这两位南、北“小诸葛”曾经见过面的历史证据，更不用说他们当面斗智较量了。

黄伟林：是呀，白崇禧与杨宇霆都是重要的历史人物，他们的会面也算一种重要的历史事件，如果虚构，可能文学精彩，但历史失实，很可能变成“张飞战秦琼”的笑话，授人以柄。但如果放弃这样精彩的故事不写，连我都觉得十分可惜。怎么办，是写还是不写？

黄继树：当时我脑海里已充满了南、北“小诸葛”斗智的精彩场面，两位“小诸葛”的生动形象已经呼之欲出，我已欲罢不能，再也管不着什么历史真实了。于是不顾一切地埋头一口气把这一章写完，而且感到写得十分过瘾。特别是最后白崇禧与杨宇霆密谋消灭张宗昌部后,攫取解决东北军问题的成果,两位“小诸葛”言犹在耳,杨宇霆突然被张学良所杀,而蒋介石又驱使唐生智到平、津暗中夺了白崇禧的军权,白崇禧差点死于非命,最后变成光杆司令,狼狈地逃回广西,张学良则宣布“东北易帜”归顺南京国民政府。白崇禧、杨宇霆这两位智谋超群的南、北“小诸葛”,他们自信却不自知,最后演出了一场“螳螂捕蝉黄雀在后”的历史悲剧,令人扼腕叹息,这更为下一章的蒋、桂冲突揭开了引人入胜的序幕。

黄伟林:黄老师,还是让我们从精彩的历史纷争回到现实中来吧,我所担心的“张飞战秦琼”的问题后来是怎么解决的?

黄继树:当高涨的不可扼制的文学激情散去之后,冷峻无情的历史法官随即降临,我必须为我自我感觉十分精彩的文学虚构去寻找可靠的历史根据,否则,对这一场非常吸引眼球的南北“小诸葛”斗智较量的戏剧宁可弃之不用,因为这涉及重要的历史人物和重要的历史事件,绝不允许“张飞战秦琼”。冥冥之中,似有神助一般,最后竟然给我寻找到了白崇禧、杨宇霆两位南、北“小诸葛”于1928年9月27日,在滦州火车站会面,商谈消灭张宗昌部的军事部署及东北问题的史料,而且我还找到了一幅白、杨两人在滦州火车站会面的历史老照片。这幅历史老照片,后来被我收入《桂系演义》的图文版中。

黄伟林:看来,文学与历史的关系就是这么奇妙,在充满激情的历史氛围中,作家执着地凭着文学的感觉走,会有意想不到的收获。

黄继树:但是不要忘了风险,这就像买股票一样:股市有风险,投资要谨慎。

黄伟林:《桂系演义》自1988年出版以来,一直长销不衰,多次名列畅销书的榜首,至今已出版了6个不同的版本,同时被改编为电台连播节目和电视连续剧。我想请黄老师给我们谈谈,《桂系演义》长销不衰的秘密是什么?

黄继树:其实也没有什么秘密可言。我认为《桂系演义》之所以长销不衰的原因,是本书具有两大功能:即认知功能和娱乐功能。特别是在电子网络技术出现之后,极大地改变了人们阅读方式和阅读兴趣的今天,无论是一部文字作品还是历史著作,要想获得读者的认可,做到长销不衰,就非要具备这两大功能不可。

黄伟林:对,据我的理解,《桂系演义》的认知功能,体现在它所叙述的历史真实的程度上。在一定程度上,读者可以把《桂系演义》当作历史书来读,通过它了解民国历史、广西历史、桂系历史。它所反映的历史事件和历史人物,完全是真实的,具体到许多细节,也是真实的。桂系历史离现在还很近,成书时许多当事人还健在,他们作为历史的见证人,绝不允许作者胡编乱造,戏说历史。

黄继树:是这样。因此中共中央统战部在审读《桂系演义》全书之后,在审读意见中认为:“作者对桂系军队的发展历史十分熟悉。”

黄伟林:“作者对桂系军队的发展历史十分熟悉”这句话,也是对作者秉持严谨说史原则的权威肯定。《桂系演义》出版已近 30 年，多次再版重印，通过广大读者，包括亲历这段历史的桂系成员及其众多桂系后人的严格检验，对书中所叙述的历史事件和历史人物，没有提出任何质疑和反对意见。这就充分说明《桂系演义》这部书是一部没有胡编乱造、假冒伪劣、戏说历史的书，是一部真实性程度极高的历史小说。

黄继树：我相信读者的判断，也希望《桂系演义》能够有机会接受读者 100 年，甚至更长时间的检验。

黄伟林：《桂系演义》长销不衰的第二个功能是它所具有的"娱乐功能"。这一点，正如中央统战部在审读意见中所指出的：《桂系演义》"有极强的可读性"。这里使用的是"极强"两个字，对《桂系演义》的可读性给了非常高的评价。可读性是什么？就是故事性。故事性就是一种"娱乐功能"，它能给读者带来阅读的愉快。

黄继树：著名文学评论家曾镇南先生曾当面对我说过：我由于工作关系经常读那些所谓"探索小说"，现在读到你这部《桂系演义》，感到一种阅读的愉快。我很感激你，这是一个读者的感激。

黄伟林：我们中国人喜欢听故事，《三国演义》《水浒传》《西游记》的故事，许多人耳熟能详。《桂系演义》继承了中国传统小说讲故事的特点，书中一个又一个生动的故事，一读就忍不住要继续读下去，甚至读一遍还不过瘾，有的读了两遍、三遍不止。

黄继树：记得 20 世纪 90 年代初，广西广播电台曾请著名播音员李西林先生播讲过《桂系演义》全书，电台播了 10 年之久，仍有大量的听众。

黄伟林：据改编《桂系演义》全书播讲的责任编辑吕洁贞女士在《轰动效应从何而来——播出长篇小说〈桂系演义〉的探索体会》一文中记："我们广西人民广播电台以'小说连播'的方式，播出了这部长篇小说，取得了出人意料的轰动效应。播出之际，真可谓万人空巷，播中和播后，收到数以千计的海内外听众的来信来电，给予这个节目高度的评价。在我们广西电台录制、播出的长书中，像《桂系演义》这样引起轰动，得到好评是前所未有的。"（《南方文坛》1993 年第 4 期）

黄继树：我想，广西人民广播电台录制的《桂系演义》能引起如此的轰动效应，除了李西林先生的播讲艺术魅力、电台精心的录制技术外，《桂系演义》的故事性也是起了吸引兴趣的一个作用吧！

黄伟林：从《桂系演义》出版近 30 年来长销不衰的原因，我们可以得出一个结论，那就是一部长销不衰的历史文学作品，必须具有认知功能和娱乐功能。认知功能和娱乐功能是一种相辅相成、相得益彰的关系；一种历史文学作品，光有认知功能，是一种枯燥乏味的说教；光有娱乐功能，则很可能是一堆文化垃圾。

黄继树：对，没有文学的历史，是枯燥乏味的历史；没有历史的文学，是苍白无根的文学。

司马迁用文学之笔,把历史写活了,他的《史记》,文采斐然,历史鲜活,历千百年而不朽,成为中国史传文学的巅峰之作,也许就是这个道理。

录音整理:徐小珍、黄莹。

(原载《南方文坛》2016 年第 5 期)

壮族身份认同中的民族寻根与文化守护

韦其麟诗歌研究之一

□ 钟世华

韦其麟是当代著名的壮族诗人，其文学创作实绩颇高。从《玫瑰花的故事》的发表（1953年）开始，韦其麟的文学创作已走过了六十余载的艰苦历程，他“60 年来一直以其高洁的为人和烂漫的诗意成为广西文学的一个精神高度”[1]，并且这种由精神砥砺所产生的影响还将不断持续。可以说，韦其麟已成为广西现当代文学中最具代表性的文学符号之一。

韦其麟在十八岁时便发表了叙事诗《玫瑰花的故事》（《新观察》1953 年第 15 期），而后长篇叙事诗《百鸟衣》（1955 年）的发表更提升了诗坛对他的关注度。《百鸟衣》根据壮族民间故事写成，故事本身带有鲜明的民族特质与地域特色，该诗内容优美动人，语言质朴灵动，贯穿其中的是诗人对主人公古卡和依娌之间爱情的浪漫主义书写。《百鸟衣》曾被翻译成为日文等多国文字，成为和撒尼人的长诗《阿诗玛》一样享誉国内外的少数民族优秀作品，韦其麟因此被称为“居住中国境内的少数民族中天才的代表人物”[2]。在此之后，韦其麟陆续出版了《凤凰歌》《寻找太阳的母亲》《含羞草》《童心集》《梦的森林》《苦果》等诗集，成为当代著名的少数民族诗人之一。他的诗歌在内容上真诚地歌唱勤劳勇敢的壮乡人民，真切描画风光旖旎的壮乡生活，在表达独特鲜活的壮乡民俗传统过程中体现出了诗人明确的民族文化身份。就艺术层面来看，韦其麟通过壮族文化元素的再现以及鲜明的民歌艺术手法的运用，不断进行着诗歌创作的民族化探索，由此取得了丰硕的成果，他也因之被誉为“壮乡天籁之音的歌者”[3]。

一 ‖ 身份认同：民族气质的寻根者

韦其麟出生于广西南宁市横县一个壮族家庭，浩浩荡荡的郁江河与雄伟壮丽的宝华山共同造就了热爱歌唱的壮乡人民,壮族居住的地域素有“歌海”之称,曾经诞生过传说中的“歌仙”刘三姐。韦其麟的童年时代就在家乡度过,他和小伙伴们捉迷藏、追逐萤火虫、听大人们讲那些美丽动人的故事。正是这些有趣的童年生活为韦其麟的诗歌创作奠定了基础,他在之后的诗歌创作中也多次表达了自身对于童年和家乡的怀念之情。韦其麟曾说过:“假如没有童年的生活,那些山村劳动生活气息和风土人情,我是写不出来的。”[4]他从小生活在壮族地区,得到了壮族文化的深厚滋养。韦其麟曾回忆道:“无论春夏秋冬,人们单独在山野劳作或走路,大概是为了驱赶寂寞,也往往唱山歌。小时跟祖母或伯母到深山里去,总时不时听到不知从哪片山林里飘来几句山歌,悠然而深情……这种情景,至今仍是我最美好的记忆之一。”[5]由此来看,唱山歌已经成为壮族人民日常生活的一部分,并逐步凝筑成为壮族民族文化传统的主要特征。韦其麟将自身对“唱山歌”的记忆深深地埋藏心底,同时构筑了自我的民族身份认同的根基。

韦其麟的民族身份认同主要体现在其对壮族文化特征的把握、民族身份的定位以及民族情感的归依上。首先,韦其麟以其深刻的民族身份认同准确地把捉了壮族文化的特质。一方面,他自小深受壮族民间文学的熏陶,不仅喜爱自己民族的民间文学和传统文化,而且对壮族民间文学(文化)有着较为深切的理解和认识,这种理解和认识又充满着强烈的民族自尊与自豪感,这较集中地体现在他的专著《壮族民间文学概观》中:“壮族神话的神,大多数占主导地位的是创世立业、征服自然的勇士,这些劳动的战斗的神都是堂堂正正的具有神力的巨人。万物之母的姆洛甲,顶天固地的布洛陀,弯弓射日侯野、特康、郎正,与雷王作殊死斗争的布伯,既是劳动能手,又是战斗英雄。他们是壮族古代人民集体智慧和力量的化身,在他们身上,体现了壮族古代人民的民族性格和精神风貌。”另一方面,韦其麟深爱着这片生养自己的土地,时刻关注着本民族的命运,他的诗歌创作也有意识地继承本民族深厚的文化传统。韦其麟不断强调着他对壮族文化的认同:“作为一个壮族人,又生活在广西这块壮族世代借以生存的土地上,在创作中我总希望——也许是奢望,但恐怕亦是应该的理所当然的——多多少少能够表现我们民族的生活,反映我们民族的悲哀和欢乐,爱憎和向往,精神和命运,现实和追求。”[6]正是凭借着深刻的民族文化自觉,韦其麟将其诗歌创作的目光一开始便投射到壮族人民的情感和生活中去。他的处女作《玫瑰花的故事》于 1953 年发表,该诗取材于壮族民间故事,主要歌颂的是壮族少年尼拉和少女夷娜之间“比玉还洁,比钢还坚”的爱情。尽管诗人在主观上有着将壮族古老的故事赋予新的时代精神的诉求,致力于表现自身对新社会的热爱,但韦其麟将个体情感与民族传统精神紧密融合起来,极大地增强了诗歌本有的精神力量。可以说,韦其麟在成为新社会的歌唱者的同时也歌唱了壮族的民族精神。

其次,韦其麟有着明确的民族身份定位。新中国成立后,少数民族的地位较之以往有了很大的提高,这与政府实施的少数民族自治及其他一些特殊的少数民族政策密不可分。通常来说,“中华民族”的概念在现代民族国家的体系中被逐步强化,各少数民族的“族群”概念则在不断的民族、国家认同中渐趋弱化。“族群”概念的弱化直接引发的是少数民族作家在民族身份的定位层面的集体迷失，有些作家甚至将少数民族本有的原始野性等同于原始、愚昧和落后，而部分少数民族作者则不自觉地弱化了自己民族的审美和特色，甚至在写作中完全背离了自我的民族文化身份。韦其麟对此表现出坚决的反对态度，他在《我的几点感想》一文中指出：“我们绝不是狭隘的民族主义者，但我们应该尊重自己的民族。民族性、民族特点，是客观存在的，不是讲究不讲究，追求不追求才有的。一个民族的特点是一个民族的历史和现实本身具备的，壮族人写壮族人民的生活，就必然具有壮族的特点。”当然，少数民族作家对自我民族身份的确认绝非是对被遗忘的传统习俗与文化的简单重述，而更多的是要追问本民族的文化特性，探究民族意识的本源。少数民族作家在文学创作的过程中不仅要保持自我独有的民族个性，而且要拥有海纳百川的开放心态，积极吸收先进文化。韦其麟对此有着清醒的认知：“我们少数民族作家，应该而且必须向先进的民族学习，充分吸收其他民族的或外国的文化优秀成果；也应该继承发扬自己民族的优秀传统文化，不必‘疏远自己的民族’，采取民族虚无主义的态度是不可取的。”[7]

最后，韦其麟的诗歌创作凝聚着他对本民族深刻的情感归依。在《火焰般的木棉花》一诗中，诗人歌赞“死去的英雄手中仍擎着不灭的火把，他仍站在普洛陀当年带领人们开垦出来的土地上，变成了棵棵挺拔的木棉，枝头缀满了火红的花朵”，“火焰般的木棉花/炽烈地燃烧/那是普洛陀的后裔/高擎的火把在燃烧。”他借用“木棉花”来隐喻壮族人民生生不息的民族性格、民族灵魂，热忱地赞美了壮族人民坚强的民族意志与不屈的民族性格。在《寻找太阳的母亲》里，诗人以诗句“母亲的道路/像一条长长的不灭的闪电”，“母亲的道路/充满了风尘与泥泞/却比大理石铺砌的还要光洁/比花岗岩铺成的还要坚实/这是一条曲折而崎岖的道路/但又是一条何其坦荡的道路啊/这是一条简朴而粗陋的道路/但又是一条何其壮丽的道路啊/这是每一个后来人都为之感激的道路/这是每一个后人都为之景仰的道路”来歌颂母亲，同时用“母亲”来象征伟大的壮族人民的祖先。诗人借助母亲的形象传达出他对母亲的挚爱和对民族的至爱。

二 ‖ 原生情怀：地域文化的守护者

壮族的文化特性很大程度上影响了韦其麟的诗歌创作，他的诗中充满了对壮族人民生活景观的描绘与情感世界的描摹。在日益喧嚣的时代里，韦其麟借此来守护渐行渐远的壮族文化传统。

韦其麟对壮族文化的歌唱首先表现在他所描绘的家乡风土人情中。从小在壮乡长大的韦其麟对家乡的一切都充满了热爱。有论者指出：“我们还可以发现，他（韦其麟）对于故乡大自然的秀美景色有着敏锐的感受和近于痴情的爱恋，这是构成他全部诗作中一个十分重要的因素。他的所有作品,都不乏这种对于乡土景色的反复描绘和咏唱。"[8]比如《柚子树》中,诗句"夏夜的田野一片蛙鸣,/亮着无数捉蛙的火把;/其中曾有一盏火篮,/常照着我俩的身影。//我摇着明亮的火篮,/你拿着长长的鱼钳,/夜游的黄鳝多么狡猾,/也逃不脱你灵快的双手"。通过"蛙鸣""火把""火篮""鱼钳"等意象为我们描绘出了一幅美妙的夏夜壮乡图。壮族人民能歌善舞,韦其麟对此有着强烈的价值体认:"春到鲜花满山开,处处歌圩摆歌台,歌场一声山歌起,男男女女四方来","棵棵树下有人影,张张木叶都含情,鸟也唱来虫也唱,四处山头飘歌声"。韦其麟在对壮族人民歌唱的风俗特征的描写中,不仅再现了壮族浓郁的生活气息,而且还体现出本民族的风俗习性和心理特征。此外,韦其麟对壮族先民也充满了敬意。在叙事诗《莫弋之死》中,他塑造了"莫弋"这一手挥长戟而驱赶群山下海的英雄形象。当酷旱威胁着大地之时,莫弋"一脚踏向河边的一座大山,/大山倒落河中,一片浪花飞溅;/回头用双手又拔起大山一座,/扔进河里,涌起更高的狂澜;/当他再走到第三座大山之旁,/大山挪动了,自动挪到波涛中间。/于是,深山里第一座水坝出现了,/河水开始流进了久旱的田园"。从诗句的字里行间中,我们可以感受到其中蕴含着先民征服自然的伟大决心和创造幸福生活的美好夙愿。韦其麟在对故乡风土人情的反复吟唱中,既反映出他自身的乡土情结和民族情怀,又回应了其所拥有的民族地域文化的心理积淀。

其次,韦其麟的叙事诗大多取材于壮族民间传说、神话。他将壮族先祖遗留下来的宝贵精神财富发扬光大,并以深刻的民族文化自觉为其注入了新鲜的血液。韦其麟的处女作《玫瑰花的故事》就取材于壮族民间传说,诗中写到真情相爱的壮族少年尼拉和夷娜被国王所破坏,他强迫夷娜和王子结婚。为断绝夷娜对尼拉的思念,国王把尼拉装进木箱投入河里。随水漂流的尼拉被另一个王国的公主救起,公主对尼拉表达出爱慕之情,却被思念夷娜的尼拉所拒绝。历经千辛万苦的尼拉最终回到了夷娜身边,但面对王子兵马的重重包围,两人在经历了艰苦的抵抗后英勇献身。诗人最后以他们牺牲的地方长出了玫瑰花为故事结局,"从那时候起哟,世界上才有了玫瑰花"。韦其麟的成名作《百鸟衣》更是取材于流传广泛的壮族传说。出身孤苦的壮族小伙古卡善良勤劳,本是大公鸡所变的依娌姑娘,因为爱慕古卡而与之结为夫妻。后来土司老爷因垂涎于依娌的美貌而将之抢走,古卡则在仙人的指点下,经历了艰苦的跋涉,最终穿着一件用一百只鸟的羽毛做成的"百鸟衣"将依娌救出,两人从此过上幸福的生活。新时期以来,韦其麟所创作的《莫弋之死》《岑逊的悲歌》《寻找太阳的母亲》《普洛陀,昂起你的头》等叙事诗仍旧从壮族民间神话、传说资源中不断挖掘写作元素。可以说,韦其麟在叙事诗的创作中,也有涉及对现实生活题材的书写,但始终保持着从本民族民间文学取材的习惯和热心执着,这与他的壮族身份以及滋养他成长的壮乡文化密不可分。韦其麟曾在回忆自己童年生活时指出,小时候的夜晚他经常坐在大榕树下,"听着老人讲着那古远的、永远也讲不完的故事。这些故事,吸引着我童年时代整个心灵"[9]。不过,韦其麟的写作并非是对壮族民间传说、神话的单线整理或简单重述,而是将其对现实人生的体验与思索融入壮族原有的神话传说中去。有论者指出,“它(《百鸟衣》)的成功,首先不是以诗的形式原原本本地复述了这个传说故事,而是以思想家的敏锐和艺术家的精炼远远地超越了传说故事的艺术原型,以现代诗歌的艺术方法,再造了民族的和艺术的神话”[10]。韦其麟将现实的体验和奇异的想象有机结合,在书写古老的民间传说的同时也使其获得了新的生命。

最后,韦其麟真诚地歌颂壮族人民的民族精神。他的诗歌充斥着对壮族人民勤劳朴实和聪明智慧的赞叹,如《百鸟衣》中,他赞美了壮族少年古卡:“长大了的古卡呵,/善良的古卡呵!/像门前的大榕树——/那样雄伟,那样繁茂。/像天空迎风的鹰——/那样沉着,那样英勇。/像壮黑的水牛——/那么勤劳,那么能干。”又如《老牛》中所写:“已经有那么多的诗篇歌唱你,/已经有那么多的诗篇颂扬你,/歌颂你的刻苦,你的耐劳,/我真不知道怎样再赞美你。/红水河边和岩石一样坚瘦的老牛哟,/肩头已经被牛轭磨成皮革的老牛,/我也该写一首赞你刻苦耐劳的诗,/当然绝非绝唱,却愿是最后一首。”这首诗写于“文革”后期(1979 年),既有对老牛刻苦耐劳的赞美之情,同时诗中也流露出“文革”后到革命老区见到孱弱的老年人艰难地耕田的情景,深感我们的生产方式、生产力和生活水平还很落后的痛心。在诗中诗人不断地进行自我拷问:“‘刻苦耐劳’自是传统美的德和行,但我们永远需要这种‘刻苦耐劳’吗?永远这么赞美吗?”在这里,诗人的心情是复杂的,既有对传统美德的认可,也有对传统文化的审视,所以才有“却愿是最后一首”的心愿。也许这是诗人对先进文明和美好生活的希求期盼吧。因此,诗人对老牛“刻苦耐劳”的赞美并非出自内心的快乐,而是带有着某种悲郁之情,希望这种民族精神能够走出悲壮。

另外,韦其麟还高声赞美了壮族先民的英雄气概。比如《岑逊的悲歌》中的壮族英雄岑逊,他秉持着为民造福、为民除害的自我意识,“去造访每一处峒场,/教导人们制作弓箭,/射猎那满山的虎狼;/教导人们造犁造耙,/教导人们栽种五谷。”然而岑逊却因铲除危害人类的毒蛇和野兽而触怒了天帝,被天帝用利剑将其从背后刺穿。“他的双眼轻轻合上了,/血,仍从胸膛涌出,流淌。/……/光荣与耻辱,欢乐与哀伤,/甜酸苦辣,自己,以及太阳,/都在无穷无垠的黑暗之中,/隐去,消失,一片虚无空茫。/而他的心愿、理想、追求和希望,/他的意志,他的英勇,他的刚强,/他的爱、他的恨,并没有消亡。”诗人用深沉悲怆的笔调与扼腕哀叹的情感,为我们展现出了为民牺牲的英雄悲剧形象。

三 ‖ 艺术元素:民族形式的创新者

韦其麟诗歌民族化的探索还体现在他对民族形式的创新上面。无论是在意象的选择,还是民歌体式的运用上,韦其麟都体现出鲜明的民族性。值得肯定的是,他并没有单纯地局限于从民间元素中汲取营养,而是有意用自身对主流意识形态的现代性思考来改造与补充民间文化,由此实现了民族性和现代性的完美融合。

诗歌艺术风格的体现和意象的选择有着密切联系。通常情况下,优秀的诗人都有自己独特的意象群,如“美人”“香草”之于屈原,“酒”“剑”“月”之于李白等。韦其麟诗歌中意象的选择带有鲜明的民族特色和地域特色。例如《百鸟衣》中的第一章,诗人在诗句“绿绿山坡下,/清清溪水旁,/长棵大榕树,/像把大罗伞。//山坡好地方,/树林密麻麻,/鹧鸪在这儿住下,/斑鸠在这儿安家。//溪水清莹莹,/饮着甜又香,/鹧鸪在这儿饮水,/斑鸠在这儿喝茶”中,通过“绿绿山坡”“清清溪水”“大榕树”“鹧鸪”“斑鸠”等意象构筑了一幅清丽秀美的壮乡风情图。同时,诗人从不隐晦自己选择南方意象的刻意性:“为了加深地方色彩和民族特色,当然是以本地区本民族的风俗习惯和自然环境去比、去夸张。在写《百鸟衣》时我用了八角、菠萝、木棉花……那是桂西南的本地风光;假如用北方的积雪、风沙或其他北方的事物去比、去夸张,那就牛头不对马嘴了。”[11]韦其麟尤其喜爱八桂大地上所具有的代表性地理空间和文化意象,在《红水河——永不苍老的河》一诗中,韦其麟反复吟唱着孕育了八桂大地的母亲河:“红水河/涌流在祖国南方群山的河,/奔腾在我们民族生生不息的土地上的河。/……你是我们民族胸膛上/一支粗壮的血脉,/奔突着火焰般的波浪。/你像岁月一样,/古老而不会苍老;/如同时间一样,/无穷无尽而永不干涸。/你坦荡,尽管没有/长江一泻千里的磅礴,/你深沉,尽管没有/黄河浩浩荡荡的壮阔。/红水河,就是红水河,/自有自己的风采,/自有自己的性格。”除此之外,韦其麟还通过《红水河从烈士碑前流过》《红水河,我又前来》等诗歌,展现了广西红水河文化的厚重历史图景。这些具有典型的广西地域和民族文化的意象,正如一颗颗灿烂晶莹的珍珠,为韦其麟的诗歌创作增添了别样的光芒。

比兴等艺术形式是壮族民歌重要的表现手法,韦其麟广泛吸取壮族民歌中这种艺术营养来表现壮族人民的生活和情感世界,这也使得他的诗歌世界瑰丽多彩,其民族文化身份特征更为鲜明。如长篇叙事诗《凤凰歌》中“日头照着猫头鹰,叫你有眼看不清”“一心想捉潭中月,戽干潭水月在天”等诗句均立足于诗人自身的生活经验,他在此基础上通过运用形象生动的比喻,营构了良好的艺术效果。诗句“大江虽有回弯水,利箭哪会转头飞?达凤昂头扬眉笑,迎霜挺立一枝梅”正表现出了达凤坚贞不屈的民族品质。又如《莫弋之死》中,他通过诗句“三百斤的弯弓,他能轻轻举起,飞出的箭,至少穿过三座大山,当他挥舞长戟,青山座座也跟着他手中的长戟飞转”使得“莫弋”的英武神勇形象跃然纸上。《凤凰歌》的第四章写到了“(游击)队长出山去,去探敌情今未还”的场景,达凤则在“为探风声下山去”的途中与被追捕的游击队长相遇,她在“眼看队长难脱身”的危机情形下“一个主意定在心”,打开阳伞和队长并排坐在路旁的山坡唱起情歌,二者以假扮恋人的方式逃过了敌兵的追捕。唱山歌是壮族风习,并已融入了壮族人民的生活中,所以达凤和队长路旁唱情歌就显得非常自然和合情理了。壮族山歌的一大特色就是善用比兴等艺术手法,通过比喻、起兴、象征等手法来表现生活、抒发情感、歌颂社会。正如韦其麟所说:“家乡的山歌我会唱,以前也曾背过很多。这给我极大的方便。在民歌里,那大胆的带有浪漫色彩的夸张,和那丰富的比喻、起兴、重复,是那样形象、准确、生动和恰到好处。给人的印象是那样强烈、新鲜、明朗。”[12]总之，通过汲取壮族民歌的艺术养分和壮族民歌中比兴的表现手法，韦其麟描绘出了神奇瑰丽而又充满浪漫主义的壮乡世界。

韦其麟诗歌中的民族化探索并非一成不变。就“民族化”的问题来看，从 1938 年延安兴起的“民族形式”问题的论争开始，主流意识形态就一直将其作为辅佐新文艺的一翼，并试图纳入到建设现代民族国家的体系中去。韦其麟于 1953 年考进武汉大学中文系，得因于 1950 年代的政治环境和他所受到的学院派教育，他将自身的诗歌创作自觉加入到民族国家话语体系的构建中去，其成名作《百鸟衣》中的两个主要人物形象——古卡和依娌——的形变就清楚地表明了这一点。在原有的民间传说中，古卡的成长经历比较繁杂，其性格也有诸多软弱和单薄的地方，尽管这在事实上符合了真实的壮族少年形象，但作为一个英雄人物，古卡的软弱与单薄无疑是不合格的。而关于女主人公依娌，民间传说中的她是一位由公鸡所变的仙女，有着点石成金的神奇法术。尽管这些情节能够使得传说带有鲜明的浪漫主义色彩，但却并不符合劳动女性的纯朴形象。因此，韦其麟在实际的创作中对这两个人物形象都做了适当的删改和补充。在主流意识形态的影响下，古卡转变成为比原故事更为理想的似乎“高大全”的英雄形象，依娌也成为美丽纯洁、聪明善良又吃苦耐劳的劳动女性。“文革”之后，尤其在新时期以来的写作语境中，韦其麟重新拿起笔来，逐渐开始回到他熟悉的壮乡世界中去。他在此时期所创作的叙事诗尽管在取材于民间故事传说层面与过去的写作相似，但其诗作所蕴含的、所传达的精神境界和以往的作品是有很大不同的，如《莫弋之死》《岑逊的悲歌》与《寻找太阳的母亲》等，这些诗作都体现出一种对人类生存本质的探寻。此阶段的韦其麟超越了阶级斗争意识形态的束缚，将创作的目光投向了人类的灵魂深处。

综上所述，韦其麟以其丰沛的诗歌创作实绩，强烈的民族气质和鲜明的地域风采，在对独具壮族文化特色的“美丽南方”的呈现中成为广西文学的主要开拓者。这种“美丽南方”的书写自陆地、韦其麟发端，对今天的广西文学亦有着不可或缺的影响，正如学者张燕玲看到的：“而今天，关于美丽南方的文学表达已经更为丰沛奇崛，也更有其自身的艺术影响力与生命力，尤其新一代广西作家，勇于直面时代的生存困境与精神困境，作品有更强烈的社会批判性，颇具时代担当和人文担当。他们以不俗的创作实绩，成长为以陆地、韦其麟等开创的广西现代文脉的传承者与创新者……”[13]值得肯定的是，韦其麟在汉族文化和主流意识形态的双重影响下，始终坚持自我的民族文化身份，在对壮族的文化传统与民族特色的挖掘中逐步探索着壮族文学的内容新变。韦其麟的执着探索正提供了民族文学的发展路径，即在民间通俗文化与民族国家话语体系的对位关系中探求自我的解放，以民族文化身份的自持抵达独立的审美现代性。韦其麟诗歌的民族化探索不仅可以作为考察少数民族诗歌在当代中国发展的文本，同时也从独特的角度反映出了少数民族文学在新中国成立后不断发展与壮阔的文学事实。

[注释]

[1] 张燕玲:《值得期待的广西少数民族青年作家》,载《文艺报》2013 年 7 月 5 日。

[2] [苏联]奇施柯夫:《李准和韦其麟》,杨华译,载《长江文艺》1956 年 5 月号。

[3] 雷锐:《壮族文学现代化的历程》,246 页,民族出版社 2008 年版。

[4][9][11][12] 韦其麟:《写〈百鸟衣〉的一些感受和体会》,载《长江文艺》1955 年 12 月号。

[5][6] 韦其麟:《〈壮族歌圩研究〉序》,见潘其旭《壮族歌圩研究》,2、3 页,广西人民出版社 1991 年版。

[7] 韦其麟:《我的几点感想》,载《南方文坛》1991 年第 3 期。

[8] 叶橹:《韦其麟的叙事诗创作》,载《广西文学论丛》1982 年第 2 期。

[10] 杨长勋:《神话与再造神话——韦其麟〈百鸟衣〉新评》,载《广西师院学报》1991 年第 4 期。

[13] 张燕玲:《近期广西长篇小说:野气横生的南方写作》,载《文艺报》2016 年 3 月 18 日。

(原载《南方文坛》2016 年第 6 期)

2017年

《南方文坛》改版 20 周年座谈会暨 2016 年度优秀论文颁奖会纪要

□ 本刊编辑部

时间:2016 年 11 月 12 日上午

地点:南宁桂景大酒店·五楼多功能厅

人员:年度奖评委与获奖者、中国现代文学馆部分客座研究员、有关领导以及广西民大研究生等

主办:广西文联、中国作协理论批评委员会、中国现代文学馆

承办:南方文坛杂志社

主持人:石才夫、张燕玲

石才夫(广西文联党组成员、副主席):欢迎大家前来参加《南方文坛》改版 20 周年座谈会以及《南方文坛》年度优秀论文颁奖。现在请允许我介绍出席会议的领导和嘉宾(略)。

首先请《南方文坛》主编、著名评论家张燕玲主持颁奖仪式。

张燕玲(《南方文坛》主编):各位领导,各位师友,感谢各位前来参加我们的盛会。《南方文坛》年度奖缘起于 2000 年 10 月南京书市上,当时《南方文坛》与广西师范大学出版社签约合作办刊。签约时,包括在座的南帆兄,以及钱中文、陈晓明、王彬彬、苏童、毕飞宇等二十多位专家见证了签约仪式和评年度优秀论文奖的倡议。2001 年度首届优秀论文奖颁奖仪式,首届评委谢冕、陈思和、白烨三位先生,以及国内近五十位著名评论家出席,一时堪称批评界的盛事。从此,我们一直坚持这样的评选程序:首先由编辑部初选若干篇目,提交评委独立审读终评,以邮寄投票方式评出六篇获奖论文,并以得票多少排序。同票,取年轻作者。年轻者同票,取女作者。此评奖方式持续了十六年,先后有十余位国内名家以独立和认真的评委工作,支持了这个评奖;先后有九十六篇优秀论文支撑了这个奖项,多是些被转载的有影响的文章,

其中2011年度张新颖的获奖论文,荣获第六届鲁迅文学奖。因为评委们的公正公开,尤其扶掖青年新锐,被业内誉为“中国文学批评的一个重要奖项”。2010年结集出版《能不忆南方——〈南方文坛〉年度优秀论文奖文集(2001—2009)》之后,昨天才赶出这本《依然忆南方》把2010—2016年,包括刚刚评选出来的,以最快的速度印出来的。两书完整收录了本刊从2001年开启的年度优秀论文奖的获奖论文、评语和每年的评委名单;也完整记录了这个奖项的成长过程。

文集的出版要感谢广西文化发展专项资金、广西文联,更感谢广西师范大学出版社的坚实支持。

请广西师范大学出版社副总编汤文辉介绍该书的出版情况。

汤文辉(广西师范大学出版社副总编):各位领导,各位专家学者,首先我代表广西师范大学出版社感谢在座的各位参加今天的新书首发以及优秀论文的颁奖。今年正好也是广西师范大学出版社成立30周年,我认为在过去的几十年里,在南方有两家单位一路走来相互扶持,这就是《南方文坛》和广西师范大学出版社。我们虽然分工有所不同,但是气质相近,理念接近,所以一路走来的确是相互扶持。

刚才张主编也介绍了年度优秀论文的评奖,从2000年开始,实际上《南方文坛》对广西师大出版社的支持还不只是从2000年优秀论文的评奖,既包括专著的出版,也包括图书的策划出版、作者共享,南宁分公司的建立,也包括今天摆在中间桌上的优秀年度论文的结集的出版。《南方文坛》几十年来,特别是改版二十年来,在编辑部的努力之下,成为中国文学批评的重镇,聚集也培育了一大批优秀的文艺批评家,这一批批评家既是广西师范大学出版社的支持者和关注者,而且很多直接是广西师范大学出版社的作者。

今年优秀论文《依然忆南方》的确是刚从印刷厂,还带着印刷的墨香,前天夜里从桂林赶到南宁,赶到我们的会场,某种意义上也是广西师范大学出版社这三十年来踏实工作的一种体现。我刚才看到我们天花板上的投影,我想在南方的碧天白云下,至少有两家单位在踏实又高远地做着我们喜欢的事情,记录历史,同时也在书写历史。上一次的书名是《能不忆南方》,这次的书名叫《依然忆南方》,我觉得这可以作为我简短的结语,如此,我们能不忆南方?我们依然忆南方。

张燕玲:谢谢广西师大出版社,感谢他们在《南方文坛》最困难之时支持了我们七年之久。与广西师大出版社同道十六年,那真是我的一笔精神财富,包括他们的敬业精神。10月中旬(第六期拿校样评选)评出2016年度优秀论文,二十天五十多万字便成书了。刚才几位获奖者都很感慨,这么快就把2016年的收进去了。谢谢文辉!谢谢责编伍丽云!

白烨老师作为《南方文坛》奖项的见证人,是他与谢冕、陈思和两位先生为南方文坛评出首届年度奖,十六年后的今天,请他为我们开奖。

颁奖仪式,赠书仪式。

张燕玲:祝贺他们,也谢谢大家对《南方文坛》的支持,今天是《南方文坛》的时间节点,既充满仪式感,又意味二十年的回望,也意味重新出发,更意味着光荣与梦想、感恩与致远。谢谢大家!谢谢远道而来的各位朋友!

石才夫:祝贺他们!现在我们进入第二节,请广西文联党组书记洪波主席致辞,大家欢迎!

洪波(广西文联党组书记、主席):各位专家,各位同仁,大家早上好!北国已飘雪,南方未接冬。今天我们在美丽的绿城南宁迎来了《南方文坛》改版20周年的座谈会,可以说群贤毕至,高朋满座。我们召开这个座谈会既是总结经验,分享成长与坚守的体会,同时也是汇集大家的建议与意见,为了谋划文艺理论与批评的阵地建设,这确实是一件大事,也是一件盛事。借此机会,我谨代表自治区文联向莅临座谈会指导工作的中国文联领导、中国作协领导和各位专家朋友表示热烈的欢迎和诚挚的感谢!

长期以来,在中国文联、中国作协的大力支持和关心下,在自治区党委和党委宣传部的高度重视和支持下,《南方文坛》走过了二十年不平凡的历程,可以说杂志得到了在座各位和中国文艺界许多朋友和领导的大力支持和帮助。办刊人怀抱理想与坚守,克服了许多困难,在地处边远的地方,逐步把《南方文坛》发展为当下中国文艺批评和理论以及阵地建设颇有影响力的一本刊物,对广西来说是实在不容易的一件事情,这其中既包括了大家的支持和鼓励,也包含着办刊人的许多心血和不懈的追求。

自治区党委和广西文联一直以来都十分重视文艺理论与批评及队伍的建设。三十年前,指导和帮助开办了这样一本文艺理论与批评的期刊。二十年前,这本刊物又进行了重大的改版,成为国内文论期刊中率先改版的一本刊物,并在90年代中期迅速崛起,成为较有影响力的一本品牌杂志,受到了许多读者和作者的欢迎。今天我们举办这个座谈会,正是因为希望借助《南方文坛》改版20周年之际,广泛听取大家的意见和建议,广集众人之策,博采大家之长,搭建一个学习交流提升的平台,希望各位领导,各位专家不吝赐教,多提意见和建议,也为刊物下一个二十年出谋划策,贡献智慧和力量。

郭运德(中国文联副主席、党组成员、书记处书记):首先要真诚的祝贺《南方文坛》成功改版20周年。二十年说起来长,但是也是一个瞬间。我做过很多年的文艺编辑,我知道二十年的心血和汗水是所有局外人所不能体会的。二十年,把一个远在边疆默默无闻的刊物办成一个全国有影响力的、名牌的文艺期刊,这是自治区党委政府支持,是宣传部鼎力指导,文艺界同仁辛苦努力的结果,特别值得我们为之敬佩,也特别值得我们为之祝贺。

借这样一个机会,我就用三个词来谈谈《南方文坛》改版二十年来的特点:

第一,眼界。《南方文坛》之所以改版二十年走向了全国,成为品牌刊物,与办刊人的思想和视野胸怀直接分不开,因为在创刊思想上立足边疆,立足八桂大地,同时编辑部把目光面向全国,所以从这一点来说它是走向广西,走向全国一个很重要的尺度。刊物虽然是文联开办,但是更多的立足于文学创作的现实,又将视野扩展到文艺的各个领域,既关注创作的现象,关注文艺新人,也关注文艺思潮的发展。坚持二十年之久,办刊人不懈的倾注,使《南方文坛》成为当下文艺现象的一个聚焦地,也成为我们文艺热点论争的平台。同时,《南方文坛》用了很大心血,把全国知名的评论家慢慢地都成为自己铁杆作者,还把视角面向青年,特别是面向一线创作的高校学生这样的文艺青年队伍,不遗余力地奖励扶持青年,使得《南方文坛》真正成为一个团结各方面评论的力量,成为让青年茁壮成长的舞台。从这个意义来说,《南方文坛》有胸怀,有眼光,能走到今天与他们这样高远的视角与眼界分不开。

第二,格调。文艺现象十分复杂,在一个变革时期,文艺丰富多彩,但是丰富多彩的时候也容易找不到根基。《南方文坛》这么多年来坚守着评委的舆论阵地,我们在坚守着正确的创作导向,也坚定不移地贯彻了党的文艺方针政策,特别是自治区党委对文艺指导性的思想,关注着我们文艺发展的现实,传递了社会的正能量,这一点是特别值得肯定的。在变革时期,社会文化现象繁复,能够坚定不移地二十年走下来,非常平稳地走下来,这不是一个简单的事情,应该说付出了巨大的心血和汗水,付出了艰苦的努力。同时,我觉得这本刊物坚守了传统,但是不保守,它们立足前沿,关注创新,刊物确实不是死板的,坚持了我们的现实主义的传统,但是它们对很多新的现象、新的思潮、新的作品给予了全程的关注,这种关注又不哗众取宠,而是立足于客观的、公允地去评论各种创作思潮和各种现象,它们关注和坚守着原则,同时也关注着当前文化整体发展的热点和流向,整体的格调把握中客观、公正、公允,同时又不失灵活,文风鲜活、生动,充满着生机和活力,我觉得这对一个刊物来说是非常高难度的动作。刊物办出来不难,但是往往会远离读者,但是《南方文坛》在坚持传统的同时,确实是文风清晰,耐读,难能可贵。这种格调是既脚踏大地,又仰望星空,这使得《南方文坛》在众多的刊物中脱颖而出,别具一格。

第三,情怀。在今天,能够二十年坚守一块阵地,能够乐意地、心甘情愿地坐批评的冷板凳,二十年的坚持,其中的艰辛是别人难以体会的,我觉得这不仅需要一种敬业精神,需要一种理论信念,更多的是一种情怀。我当年是在《人民日报》做了十年的编辑,像在座的南帆、白烨、程光炜们这些著名的评论家,都是各报纸的热门人物,但是《南方文坛》就把这些人拉成自己铁杆的作者,不付出努力,不投注感情不可能达到;没有满腔的热情,没有强烈的事业心和责任感也是不可能达到的。过去老人家说一个人做一件好事并不难,难的是一辈子做好事,二十年的坚持,我们能体会到主编内心的甘苦。

同时,这二十年确实是编辑部的同仁用心、用力、尽心尽责,兢兢业业,把一个非常寂寞的事业做得这样风生水起,把一个边远的、小众读者的刊物办成了一个全国知名的重点的文艺期刊,成为一个重要的了解文艺的窗口,成为一个重要的阵地,这真是一种奇迹,二十年的坚守在八桂大地上出现的中国的一个文化现象,一个文化奇迹。当年的一株弱弱的幼苗,已经成为一个充满活力的理论与评论的重要阵地和平台,已然成为一棵大树,值得我们为之敬佩。

最后,希望《南方文坛》能够咬牙坚持,能够百尺竿头更进一步,能够真正地成为我们文艺理论战线一棵常青树。谢谢大家!

黄云龙(自治区党委宣传部副巡视员、文艺处处长):借此良机,我代表自治区党委宣传部,向与会的中国文联、中国作协领导、各位专家和朋友,表示热烈的欢迎和诚挚的感谢!

2015 年 10 月 15 日,习近平总书记在文艺工作座谈会上发表了重要讲话,为文艺工作指明了方向,极大地激发了文艺家们创作的动力和活力。去年中央政治局又审议通过了《关于繁荣发展社会主义文艺的意见》,再次体现了党中央对文艺工作的高度重视和殷切期待。为贯彻落实中央精神,打造"美丽南方·广西故事"文化品牌,需要充分挖掘利用广西深厚的历史和民族文化资源,更需要文艺家们的共同努力。《南方文坛》便是"美丽南方·广西故事"旗下的一个文化品牌。

自治区党委宣传部一直以来都重视文艺评论及其队伍的建设,三十年前,直接指导创办文艺理论与评论期刊《南方文坛》;二十年前,又支持《南方文坛》在国内文论期刊较早改版,使它在 1990 年代中期迅速在全国文坛崛起,并在大家的帮助下成长为"中国文坛的批评重镇",为把广西文艺创作和批评推向全国做出突出的贡献,也为中国文艺理论和批评建设做出积极贡献。

今天的座谈会,正是专门为《南方文坛》搭建的学习与提升的良好平台,希望他们珍惜良机,虚心向专家请教。也期待与会的广西文艺家能在此学术活动中,得到锻炼和学习,增强责任感与使命感,以自己的文艺批评对这个时代对广西的文艺事业有所创造、有所担当。

南帆(中国作协理论批评委员会主任、福建省文联主席、社科院院长):很荣幸我能够获得《南方文坛》的论文奖,感谢各位评委,同时我也很荣幸能够来参加座谈会并有机会在这里发言。

首先我要代表中国作协理论委员会表示祝贺,因为中国作协副主席李敬泽书记有公务不能过来,让我代表中国作协理论委员会表示祝贺。接下来我要代表我个人表示祝贺,我个人的身份既是作者,又是读者,听说燕玲已经当了二十年《南方文坛》的主编,我非常吃惊,这个事实证明我认识燕玲已经超过二十年,我认识燕玲的时候她还不是主编,但是二十年一转眼就过去了,真的是令人感叹。我曾经对一个女同志当主编打问号,我个人觉得理论上还是男同志担任比较好一点,但我没想到《南方文坛》办得有声有色,迅速地成为一个全国性的刊物。省级的刊物真正出色的没有几家,《南方文坛》成为中国南方一个理论重镇,我觉得这是非常有意义,也非常值得重视的一个事实。

刚才运德兄已经对《南方文坛》的很多理论的特色进行了总结,我非常有同感,也非常赞同,我在这里只想提到一点我自己感受比较深的,《南方文坛》在办刊上有一个很重要的特点,就是学术性与理论丰满的结合。近二十年来,众多评论家都相当完善,大家都是博士,都是教授，写出来的论文后面都有很强的注释，学问都非常深和精，但是我们必须承认，总体而言，我们的评论中间有锐气的论文相对少一点，有趣的论文也相对少一点，犀利的论文也相对少一点，敢于石破天惊的甚至引起大吵的论文就更少一点。但是《南方文坛》上的许多论文都是两方面结合得比较好的，这当然得益于在座许多的作者，这些作者有良好的学术训练，很多人都是智勇双全的人物，但是更重要的是得益于刊物主编的风格，我觉得《南方文坛》始终不懈地坚持这一点，我觉得很好。

另一个特点是二十年来，刊物培养了很多的理论人才。当年开办的“今日批评家”，燕玲说当年第一个是我，我倒没想起，燕玲当年应该跟我说过，但是我觉得开个三五期就消失了，但是我没想到这个栏目能够坚持这么久，居然有一百〇二位批评家。《南方文坛》对年轻作者的培养真的令人感动，我在现代文学馆开会，开完座谈会我就发现燕玲作为刊物的主编在招呼那些年轻人，她不仅在学术上关照他们，在生活上还给他们吃饭留座，给文坛大佬介绍这些年轻人。今天能够来这么多年轻的批评家，能够有这么多年轻批评家围绕在《南方文坛》周围，我觉得这并不是偶然的，有时候我们老是觉得如果我能够更年轻一点，是不是也能够受到燕玲同志更热情的招待。

潘琦（广西桂学研究会会长、自治区党委原副书记）：作为《南方文坛》的忠实读者、热心作者和整个发展的见证者，应该说比较熟悉情况的。今天我们讲的话题是为什么在广西这样边远地方，一个小小的刊物，一个地方性的刊物能够在二十年内崛起，挤进了全国同类期刊性的先进行列，被中国新闻出版总署评为“中国期刊方阵双效期刊”“全国中文核心刊物”“中国文坛最有影响力的文论园地”“中国文坛的批评重镇”，这四个称号不是一般人说的，而是官方评论。刚才运德主席说了，为什么在广西这个地方小苗能成长为参天的大树？这值得我们中国文坛在座的专家学者思考、总结和推敲。我总结了几个方面：

第一，首先是得益于改革开放之后党的正确的文艺路线的方针政策的指引，这不是一个套话，这是非常实在的话。广西这个地方从新中国成立以后，不管是文学创作还是文艺评论，在全国都没有一个打得响的、有影响力的作品。改革开放之后，广西迅速崛起，不管是作家队伍，还是文艺作品，以及评论，都上来了。广西是比较早的成立文艺理论家协会的省份。这个时候我们得到了中宣部、中国文联、中国作家协会的大力支持，不管是在理论上、资金上，还是在人才上，都给予支持。再一个是我们自治区党委，也对广西文艺发展，对作家以及评论家的发展大力支持。我们搞了作家的签约制，所以这个时候就崛起了一批作家和评论家。同时，改革开放的时候广西给予了宽松和谐，政通人和的创作和批评的环境，利用这个阵地开展一切活动，这是非常重要的，没有党的正确的文艺路线方针政策，没有广西的文艺形势，就没有《南方文坛》后来的地位。

第二，《南方文坛》的崛起和在全国的影响反映了广西文艺界同仁们坚强的文艺自信和文化担当。我们的发展是比较滞后的，但是在落后的情况下，我们广西敢于提出要在文艺创作、作家、艺术家和评论家挤上全国的第一方阵,我们有这个胆量。特别是《南方文坛》当时改版后的主编张燕玲,改版之后给了人们一个耳目一新的感觉,它们在坚守文学和坚守期刊的环境中克服了人手少、资金缺、压力大、困难多,就两条枪,没有钱,当时宣传部也给他们一些资金支持。尽管这样,它们坚守着这个正统的健康的文艺批评,向读者展示了自身扎实的信念、智慧、品质和活力。改版以后,我们发现文章的转载率和印刷量在同类刊物中都是名列前茅的,只要我们有信心去办是能得到公认的,我说这叫小马拉大车的精神,广西人的精神就是短短腿走长长的路。

第三,《南方文坛》在办刊方针上,有世界眼光,前沿意识,创新精神。它站在世界的角度,在方式风格上与国际接轨,在内容上与当代文坛最先进的理念接轨,与文坛的正能量接轨。在编辑方针上,他们敢于向中国文坛前沿推进,站在一个制高点上去看问题,这是非常难得的,一个小小的刊物就敢于这样做。我觉得它有五个方面是值得肯定的:一是它集结了一支有生气的批评力量,这需要个人魅力、刊物魅力和社会影响力。而且刚才很多同志讲,催生了中国新生代的批评家,一批年轻的作家、批评家成长成熟了,《南方文坛》功不可没。二是《南方文坛》架起了一座批评与创作相互沟通的桥梁,《南方文坛》将学术性和当代性非常协调地统一在一起,并找到了最佳的切入点、结合点,它融合学术的独立品格与当代文学现场敏感。这是不简单的,特别在广西这个边远的地方能够有那么高的眼光,这是值得肯定的。三是开辟了一个个具有独创性、前瞻性、开放性,批评家关心,作者关心,读者同样关心的专栏,而且几十年都坚持了下来。四是发表了有分量、有内涵、有水平、有力量的批评文章。它不是一般的抓痒,很有力量,切中要害。而且这些文章文风清晰,文字犀利,语言真实。它的文字不含糊,一语道破。五是利用各种渠道、各种方式、各种场合,为广西推出一批中青年的作家艺术家,扩大了广西文学在全国文坛的影响,助推了文学新桂军的茁壮成长和不断壮大,这也是值得肯定的。我记得是他们首先为"三剑客"开的研讨会。

第四,二十年来坚持办刊宗旨,强化精品意识,保持优良品质。一个人的品质是一个人生命的活力,一个刊物的品质也是它的生命力和活力,没有品质是不行的。品牌就在于品质,品质养成品牌。这二十年来,《南方文坛》不忘办刊的初衷,它们办刊之初就坚守中国文坛批评的正能量,从以下几个方面,实现了中国文坛批评的品牌的造就。一是依靠大家,依靠名人,依靠专家,大家、名人品牌的支持扶持,名人效应。二是靠杂志本身的品质质量和水平支撑。三是靠自己的影响力在全国性的文学活动中展示自己,不断扩大自己的影响力。四是严防浮躁之风,力戒文化与商业的功利性,恪守着文学的正道,不搞歪门邪道。这也是它的品牌效应。五是以讨论、批评的深度和广度来体现杂志的前沿理念。它的批评不是庸俗的吹捧,不是阿谀奉承,不是假情假义,提倡讲真话,通过这些保证了品质,才能够走到今天。六是依靠编辑部,特别是主要领导的满腔热血和高度的敬业精神,他们把办好《南方文坛》看作是一种生活态度,是一种工作责任,是一种精神追求。这本杂志,我们难以想象是在两间办公室中,两三支枪的环境下搞出来的。如果没有敬业精神,没有牺牲精神,这是干不出来的。人家说八年媳妇熬成婆,张燕玲是二十年的媳妇熬成今天,我们应该靠什么?我经常讲外国的杂志编辑靠四条:法律、制度、主编职务、金钱,但是这些在中国不行,中国还要靠在党的路线方针政策下我们的灵活性、感情性,还要靠人情味。没有编辑部的努力,这是办不到的。

习总书记讲文艺批评是文艺创作的一面镜子,一剂良药,是引导创作多出精品,提高审美,引领风尚的重要力量。所以,我在这里希望《南方文坛》要继续发扬优良传统,坚守重镇,磨好批评这把利剑,把好文艺批评的方向,对各种不良的文艺作品、现象、思潮敢于表明态度,在大是大非问题上敢于表明立场,坚定不移地贯彻北京文艺座谈会的精神。在批评中要讲真话,讲道理,讲真情,继续发挥文艺批评的力量,为繁荣社会主义文艺,为实现中华民族文化的伟大复兴,为实现中国梦,为实现广西建设文化强区做出应有的贡献。

祝《南方文坛》二十岁生日快乐,谢谢!

白烨(中国当代文学研究会会长、中国社科院文学所研究员):刚才听了潘书记的一席话,确实很有感慨,因为我们谈到这个刊物它的历史,它的成长,它的成就的时候,我们没想到它们居然干了这么多的事情,我想是特别值得敬佩的。10 月份在西安开了中国当代文学会,常务理事会上提到刊物时,大家一致认为中国当代理论批评的四个刊物应该是当代的名刊:《当代作家评论》《南方文坛》《小说评论》《文艺争鸣》。我们知道刊物是很多的,为什么大家只提这四个呢?因为它们几十年来连续对整个当下的介入,对当代文学的发展发挥着重要的作用。

前不久,我在《人民日报》《文艺报》对近年文学批评的描述长文,两次提到了《南方文坛》。《南方文坛》首先给我印象很深的是它的包容性。具有包容性的刊物是少见的,因为由于刊物的学术方向或者是作家队伍、主编风格及各种原因,它都会有这样那样的问题,但是《南方文坛》没有,《南方文坛》无论是理论的、批评的、艺术的、资讯的,什么文章它都发,没有圈子化,难能可贵。其次是它的前沿性。总是介入当代文学中最新的问题,最新的现象,就前沿问题来进行个人回答,当然,它包括理论的、学术的,包括文学中出现的新的文学类型,包括各种各样的挑战,在这上面你都能看到,它的前沿性非常强。我们有的刊物办得很好,有厚重,但是它是以厚重见长,它不是以前沿见长。最后是新锐性。我说的新锐性主要是想说它的作家队伍的构成,要做新锐性很不容易,张燕玲对年轻批评家的发现、关心、扶持可以说是不遗余力的,这一点其实需要冒很大风险的或者说要顶很大压力的,因为很多人不理解,说你干吗呢?这有什么意义呢?她也面临着同样的问题,但是她一直不为所动,她一直坚持这样的做法,不断地去发掘发现,并且努力去推,我觉得这非常了不起。

我觉得“今日批评家”已构成《南方文坛》非常重要的成果,这个成果对我们文学批评和文学研究会产生非常深远的影响。就这么三两个人,做这么多事,推出这么多的东西,这不是简单的事情,这包含了非常努力和非常艰辛的工作,甚至包括其他的压力,有时候想起,我觉得这么一个刊物能做出这么多事儿实在是太不容易的,我们应该对他们表达最真诚的敬意。

程光炜(中国人民大学教授):首先表示祝贺,再就是表示感谢。前面的各位都说了很多表扬的话,我就不说了。这几十年各省市办的文论杂志有好几十家,剩下的只有三十家左右。就《南方文坛》来说,这个刊物在90年代的时候具有时代性、前沿性、青年性,青年评论跟时代有关系,它肯定是前沿的,把它聚焦一下其实就是一个竞争。改革开放以后将近四十年中国的社会,这一巨大的进步我觉得就是竞争,对于办杂志也是如此。竞争肯定是人才的竞争,话题的竞争,包括很多资源的竞争,它都非常麻烦。

《南方文坛》为有进取心,学习又比较自觉的青年人提供了一个平台。我知道一些学生,包括我的学生,有的在博一博二的时候获得了年度优秀论文奖,我们都非常钦佩。

张清华(北京师范大学文学院副院长、教授):非常荣幸,我是第二次获得年度优秀论文奖,非常感慨,见证了《南方文坛》这样一个刊物二十年的道路。作为一个读者,作为一个作者,我首先要对这个刊物表示我个人的敬意和感谢。在座的这么多的青年批评家,大家肯定都有共同的感受,每一个个人的成长,和刊物之间是有非常重要的关系。我们60后的这批人,从一个对文学批评有热情,有热爱的作者成长为批评家,很重要的一站就是《南方文坛》,《南方文坛》为他们个人的成长确实提供了一个非常重要的支撑,提供了非常重要的舞台,也是他们非常荣耀的一站。在座的就更年轻了,70后的现在还可以叫青年才俊,80后的现在也成长起来了,这说明《南方文坛》非常重要的学术定位,我觉得是很有智慧的,很有前瞻性的。

每一个刊物都有自己的个性和定位,我觉得《南方文坛》的定位除了批评的前沿、思想性和锋芒这样特色之外,很重要的一点,它是以批评家个体为本位的一个批评刊物,这很重要,它之所以成为今天批评方阵或者批评界一个特别有影响力的刊物,很重要的一个栏目就是"今日批评家","今日批评家"到今天已经是一百〇二个,其实就囊括了从50后、60后、70后到今天的80后,四个代际的批评家基本上"一网打尽"。当然,对于50后的这些批评家来说,他们在这个栏目当中出现的时候已经成名成家了,他们是对这个刊物支持,到60后这批人,他们确立自己的学术位置的时候,刚好非常需要《南方文坛》这样刊物的推动,对70后、80后就是一个拔苗。这么多年下来,几代批评家都在刊物上亮相,把自己的批评观,代表性的批评文章和同行对于他的批评风格、批评特点的描述和概括同时呈现出来,我觉得就是一个立体的、全方位的对于一个批评家的个人批评观念、批评风格、学术特色都有一个非常全面的介绍,一旦在《南方文坛》亮相以后就意味着获取了进入当代文学批评界、学术界的一个通行证,一个身份证,所以我觉得这个栏目对于整个《南方文坛》来说具有至关重要的地位,团结了一大批的批评家。

再一个,我觉得个人的工作精神也是很重要的,刚才几位前辈、师长都提到了《南方文坛》的几位同仁,燕玲和副主编张萍付出了非常艰辛的劳动,我觉得这非常值得我们这些吃批评饭,拿批评奖,在批评界工作的这些人的一份敬意,一份感谢。我觉得一个事业很不容易做,任何一个事业都是人的心血、智慧和汗水凝结成的，以前我只写文章，我对这点没有体会，这几年我做写作中心就有体会了，我知道做事情非常不容易的，非常难，要跟各方面的人打交道，一个活动背后不知道要付出多少时间，多少心血和汗水，不做这个事情，非经历人不知其难，我觉得一个刊物能够成长发展到今天成为中国当代文学批评界标志性的名刊，一定是他们的心血、智慧和汗水的凝结。我们作为读者、作者，都应该表示我们的深深的一份感谢和敬意。

我觉得《南方文坛》的转型适逢中国当代文学敏感的一个转型时期，也适逢文学批评的一个转型时期，因为1996年实际上就是先锋文学运动趋于沉落，带有写实倾向和更加综合，更加复杂，在暗流涌动之上，是一个多元格局的这么一个文学时代开始，文学变革更没有主流，更没有主导，变得更为暧昧，更为含混，更为难以预测和把握，这样的一个时代开始。从批评的角度来说，原来核心的批评地位逐渐地消失，而且批评本身由当下性的批评格局向学院批评转化，批评的言论性、观点性变得暧昧，它的学术性、学理性、学院性正在增强，60后的这帮批评家的成长其实是伴随着这么一个过程，这个过程当然有喜有忧，有收获也有失落，这是没有办法的事情，但是我觉得《南方文坛》非常有前瞻性地适应了这样一个转型，通过培养一大批学院式的批评家，当然，学院批评家我也不认为就是呆头呆脑的这么一个标签，学院批评我觉得在今天是中国当代文学批评最核心的动力，它是一个建设性的，同时和学术场域建立牢固联系的这么一个基础工作。

《南方文坛》二十年的成长道路和中国当代文学，和中国当代文学批评走过的道路我认为是吻合的，同时也构成了一个很强的支持关系，互相支持的一个关系，互动的关系。正因为这样一个内在原因，我觉得《南方文坛》的生命力一直延续到现在，而且还会一直延续下去，希望在座的这些喝过《南方文坛》的奶，吃过《南方文坛》的饭，在《南方文坛》发表文章，在这儿成长的几代青年才俊，我和你们能够在这点上有一个内在深切的共鸣。谢谢大家！祝贺《南方文坛》！

计文君（中国现代文学馆研究部副研究员）：我其实一直自我定位是一个写小说的，我的自我判断和诸位人的认识确实一样。我在这个场域中真的是后辈，是学生，刚才那么多的老师们都说了祝贺和表达了敬意，其实我也想表达的是祝贺和敬意，大家看到敬泽主席给《南方文坛》写的贺词"嘉木领新风"，南方有嘉木，我觉得它不仅是二十年的时间，使独处的一棵几乎可能连自己、周围人对它都没太大信心的刊物长成了在中国南方有卓越风姿，在中国文坛有重要影响的文学评论杂志，一棵嘉木；不仅是这样，它还先锋在领新风。我们不断在创新，但是创新是一件或者说始终在一个较长的时间段内，去保持一个始终有一种新锐的姿态是件非常艰难的事情，我觉得变和不变之间的时间给予它，使它在某种意义上有坚持，有连续性，之所以能做到这一点是因为它始终都在变，既在坚守的同时又在调整着步伐。刚才有几位老师说当年风光一线的杂志今天看不到了，那是因为中国有一个成语叫刻舟求剑，我们在船上，但是我们更在河上,我觉得燕玲主编不仅知道自己是在《南方文坛》这条船上驾驶着这条船,同时她也知道自己处在这样一个时代的河流之上。我在表达敬意和祝贺之后我也表个态,因为我看了第 6 期的一些文章后,我觉得《南方文坛》非常的包容,我决定给燕玲姐好好的写写文章。

刘琼(《人民日报》文艺理论评论室主任):大家都知道办刊物不易,特别是办文学理论刊物不易,这里面不仅要有自己的宗旨、态度和主张,还必须有很强的执行力,这个执行力确实是一个太有说法的东西了。我刚才突然想到一个很好的课题,其实在当代文坛上,我们办杂志特别是办理论杂志的文艺理论杂志的主编,女性的还真不少,从燕玲,包括《当代作家评论》,包括《天涯》《当代》等,这其实也是一个课题,最近我们在武汉开期刊会议的时候举目看去女性占了三分之二的数,为什么女性办杂志能成为一个潮流。女性有一个最大的特点,热情,比较有坚持力的,对办好一份杂志,做好一件事有很大的有利的条件。

东西(广西作家协会主席、广西文联副主席):这两天在我的生活中发生了两件大事情,一件是川普当选美国总统,一个是《南方文坛》改版 20 周年。川普与我无关,《南方文坛》改版 20 周年和我的创作有关。首先我代表广西的作家欢迎各位评论家到广西来。

《南方文坛》我可以说是见证它改版与成长。我非常荣幸生活在《南方文坛》杂志的身边,而且受到了它很多的关照。《南方文坛》它也非常慷慨,我们还没有著名的时候它已经冠上了"著名作家"这几个字,很多评论家还没著名的时候它已经给予了"著名"的称号,我觉得赏识教育非常重要。

《南方文坛》一是年轻,二是很生动。我觉得它有开成百年老店的趋势,很多杂志的栏目在不停地换,《南方文坛》没换,它换的是血液,就是年轻的评论家不断地补充进去,所以它这个换法是永葆青春的。我们经常讲两年不参加燕玲的活动,我们都不认识自己是中国文学家了。我们写作者一直把评论家当老师,80 年代我们看了很多先锋小说,批评家指导我们怎么读先锋小说。所以,我觉得一个作品的完成不是作家自己一个人完成的,它是跟读者一起完成的,评论家是最好的读者,是共同完成的作品。加西亚·马尔克斯说,他写作是希望在世界上找到五十个知音,如果我有二十个知音的话,今天起码到了十个。谢谢大家!

周立民(巴金纪念馆常务副馆长):谢谢。昨天我发了一条微博,因为看到《南方文坛》这期的发刊词,挺有感想的,我说哪怕陪着我们走过二十年的一草一木,我们也应该感谢感恩,祝福她。我虽然搬了很多次家,但是我应该有二十年来全套的刊物的,而且记得改刊的时候正好是我对当代文学最有兴趣的阶段,等于二十年来有一份刊物跟你一起在成长,我觉得这也是我们记忆里头的一件大事情。

现在是一个过早地衰老或者是过分的自我经典化的时代,在这个时代像我们这样的老人来回忆事情真的有很多感慨。我突然想到第一次给《南方文坛》写稿子是一个非常奇怪的经历,二十年前真的很多气氛跟现在都是不一样的,不是我来投稿的,是后来我的导师陈思和先生打电话让我写的。现在是学生要去求老师帮我发文章，当年我还不是陈思和老师学生的时候，陈思和老师让我写很多文章，这真的是对我很重要的一个指导和扶持，我也根本不认得张燕玲老师，发了稿子许多年后才见到张老师。所以，现在一切通行的规则也好，潜规则也好，对我们那个时代来讲全都是无效的，我们真的就是用稿子，用文字来交往的，我相信这本刊物也是因为它的稿子，它的文字才走到了二十年，才让大家走到这里头或者愿意走到这里来为它过这样一个二十年的生日，这真的是我一个很大的感慨。

《南方文坛》没有给过我某某框框或者让我感觉到有什么限制，似乎可以按照我的性子随便来写，甚至像论文的，不像论文的，像评论的不像评论的，写一个可以按照你自己的性子，按照你自己的想法来写，但是也不是说这个刊物没有它的标准，因为它的标准也是倒过来，它发出的那些文字，它历年来秉承的风格，这对每个写作者来讲也是一个要求和暗示，这个要求和暗示可能不需要编者自己出来声明。它把最大的页面留给了"今日批评家"栏目，不是主编的话，这可能也代表了这样一种暗示和标准。我觉得这是一个刊物，你说开放性、兼容性也好，多元性也好，总而言之，我觉得它能让每个作者愿意在这里面跳舞也好，游泳也好，唱歌也好，我觉得这是一个刊物极大的成功，而且这样一个成功它基于一种氛围，而不是基于一种外在的要求或者某种律令，这样它才可能有一种百花争艳，南方佳木葱茏的感觉，我觉得这是很值得珍惜的。

大家都讲到"今日批评家"栏目，我觉得真的是非常感谢燕玲老师，她到今年还能拿到我们几十年前的照片，让我们自己都觉得有点不好意思。我觉得这份刊物在推出青年批评家或者为中国批评力量的积蓄上，我想肯定会在文学史上留下很浓重的一笔。

这个刊物所作出的付出既让我们敬佩，同时它又有了实际的成果，《南方文坛》的批评家们是以他们的文字走到了前沿里面，而且我感慨《依然忆南方・跋》"情怀依旧"，没有情怀做不成这些，它是一个系统的工程，它给你编书，它开论坛，它设批评奖。燕玲老师的无微不至，她的春风化雨般的，她不光是关心你写文章，她可能是几句话，也不一定很多，她对你的关心，我们在座的朋友们都会有这样的感慨，我说为什么像个婆婆？甚至我曾经跟她合办过活动，在这个过程里面她真的是每个细节都想得很好，真的像一个老婆婆一样的千叮咛万嘱咐，生怕哪一个细节她想不到，但是她的服务对象都是比她小很多岁的晚辈和后辈。

我觉得一个主编形成的凝聚力，她的心血，她的气度，甚至她的坚持，她说情怀依旧，依旧是很难的，这个社会变得太快了。在这样的情况下才可能会形成一个局面，也可能将来在我们的文学史留下很多记忆。我觉得对于我一个个人来讲，功名对你是没有用的，因为你的功名相对于一个宇宙，相对于一个历史，尘土都算不上，但是对于我们个人来讲最重要的是记忆，我相信老年痴呆症都是有记忆的，当这个世界对你是无效的时候，记忆对我们是有效的。我们带着这样一个记忆，我相信以后我们还会创造很多美好的记忆，这样的话我觉得我应该站起来表示感谢，谢谢！

容本镇(广西文艺理论家协会主席、广西教育学院党委书记):今天听了很多对《南方文坛》的评价,特别是张燕玲对青年批评家的扶持和支持,我们也很感慨。我感觉到广西的批评家和作家特别地幸运,之所以幸运就是因为我们有《南方文坛》,我们比很多外省的作家更幸运,我们近水楼台,《南方文坛》推出了很多的作家。当然,《南方文坛》不仅仅是广西的,它是全国的,从它一批一批的批评家推出来,但是大家看它的稿子,大部分都是外省的,都是广西以外批评家的文章,这个刊物不仅站在广西这个区域来办,它还面向全国,它很开放,很包容。当然,对广西也是非常大的支持。

我们和《南方文坛》一起走过来,所以我们广西的作家和评论家也非常幸运,我们也为广西,为我们岭南地区有这么一个刊物感到骄傲。广西的文化界、文学界也算得上是一个传奇,广西有一个广西师范大学出版社,另一个奇迹就是《南方文坛》,这是广西非常有影响力的两个文化单位。

黄平(华东师范大学副教授):今天是 20 周年的座谈会,我回忆一下自己阅读《南方文坛》,作为一个读者的经历,我是 1999 年高考考入大学,2007 年的时候第一次在《南方文坛》上发表文章,一眨眼,作为读者接近二十年了,作为作者也差不多十年了,首先对张老师表示感谢之情。从我这个年龄段来讲,我是 80 后的读者,今天我们回顾《南方文坛》20 周年,从 1996 年那一刻时间开始不断地变化,我有另外一种感觉,我感觉《南方文坛》非常的恒定,我都没有想到一下子就二十年过去了。国内这么多文艺期刊,《南方文坛》更为鲜明地体现出主编的立场和趣味。我这个年龄段也不能说是很年轻,很快也接近中年了,回头看《南方文坛》的核心关键词:青年的、前沿的、时代的,坦率来讲,我们这个年龄段的作家也有很大的压力,就是今天的青年一代,尽管年龄不是那么大,跟我们老师辈相比不是那么大,我们可能还是学生辈的年龄,但是未必青年作者写的东西就前沿,就一定跟时代接近,我只代表我个人,这是我个人的自我警醒或者是自我的一个鞭策,我觉得青年一代的作者有可能在今天这样一个体制之中,有可能他容易变得更为体制化,容易更为传统的一些东西,包括他的思想主题,表达的美学立场,是否有可能是在我们这代人表示出相匹配的先锋性和尖锐性,我个人感觉是有一定压力的。先锋尖锐的不能是无源之水,它必然是在学术传统中展开。《南方文坛》改版 20 周年,我这个年龄段的读者也读了二十年,也写了差不多有十年,我希望不忘初心,从我们出发的地点再次出发。

李兆忠(中国社科院文学研究所研究员):我就只讲一件事情,关于《南方文坛》这个刊物已经大家做了很精彩的发言,我就不重复了。首先我要感谢《南方文坛》,感谢 2016 年度优秀论文的评委们,对我的肯定和鼓励表示感谢!

我 1992 年从日本回来之后,我的整个人生方向就发生了转向,先研究了一阵文化,又出了一个课题,就是中国现代留学生写作,后来又转移到对中国现代美术方面的研究。我这次获奖的文章其实真正是这几年发生的转折,因为十年前我在研究的过程中发现刘海粟,大名鼎鼎的艺术大师,傅雷对他前后的评价差异如此之大,我就产生了兴趣,这篇文章十年前我就想要写,但是当时的功力不行,一直在思考,一直在不断地挖掘资料,到今年正好是傅雷先生逝世 50 周年,我就用了三个月的时间把它写出来。我花了十年的心血写出来的文章,而且我是很认真的,因为还有对傅雷先生的敬仰。我就希望自己以后还能写出更好的文章,回报《南方文坛》的厚爱,谢谢。

李德南(广州文学艺术创作研究院):此时此刻,在这个场合面对《南方文坛》,我首先想到的是如下的词语:专业、公正、情怀、先锋和包容。

这么多年来,《南方文坛》一直坚持在南宁办有中国视野和世界视野的刊物,事实上它不只是属于南方,也不只是关注南方,而是荟萃了全国各地不同的文学批评的力量,尤其是先锋的文学批评的力量。对于学术体制和出版环境中的很多弊端,很多刊物里面相继都会有很多批评性的意见,我们可以注意到一点,可能有很多人在实际操作的时候往往会认同那些不是太好的规则,但我觉得《南方文坛》它不是这样的,它会坚持自己的价值标准,或者是态度鲜明的,或者是默默地通过自己的实践试图让整个文学的、文化的、批评的环境往一个好的方面去发展。比如说这几年,很多同类的刊物私下里都会坚持不成文的规则,就是说尽量多发名家的或者是名教授的稿子,少发在读博士的或者还没有副高以上职称的,对一些压根就没有接受过很完整的学术教育的批评家的文章,要想发表的话是非常困难的。但是,《南方文坛》它不会看中批评家的出身,不管批评家是来自学院,还是来自作协,或者他就是草根的出身,不管他有什么样的学历或者资力,他所重视的就是文章本身,就像他所发的很多文章当中我们都可以看出文章的风格是非常多样的,作者的来源也是多元的,他真正做到了有容乃大。

《南方文坛》还特别重视奖励后进,多年来把杂志最重要的篇幅用于推批评家。我注意到很多批评界的老师和前辈,在入选这个栏目的时候都是非常年轻的,虽然现在很年轻,但是在那个时候真的可以用得上青涩来形容,刚才看"今日批评家"的照片我都觉得非常感慨。另外,《南方文坛》的年度优秀论文奖的评选规则有一点,就是由专家独立评审,邮寄投票,当入选者同票时取年轻作者,我觉得这体现了对后辈的扶持和帮助。对于刚刚进入批评领域的人来讲,这种理念是非常重要的,它能够鼓舞批评者的激情,也能坚定批评者的信心,让人能够一直走正道,就是对批评始终怀有一种郑重之心,在这里我希望用很有限的时间和有限的言词来表达我对这份杂志无限的谢意和无限的祝福,谢谢!

董迎春(广西民族大学教授):谢谢主持人,谢谢各位前辈学者和这么多的年轻学者,首先祝贺《南方文坛》二十岁生日。我是 2001 年来广西读研究生,到今天一共十五年了,在这十五年当中是《南方文坛》推动了我的个人成长,不仅仅是学术上的,还包括各个方面的,我觉得在与《南方文坛》这么多年的交织当中,我深刻感受到一个学者和一个有着理想和情怀的这么一个专家带给我们年轻人的影响,感受到她的爱心、格局和情怀,这十多年我和《南方文坛》之间的交织,它让我成长起来,也不仅仅是让我,张老师的情怀和格局和爱心也让我们广西这么多的青年批评家成长起来,包括罗小凤老师,都是得益于《南方文坛》的关心和成长起来的。我个人在《南方文坛》上发的文章大概有十篇,如果没有《南方文坛》这样一个在全国有影响力的刊物,可能我今天还没有机会坐在这样一个场合。所以,我个人生活上的经历和学术上的成长,我觉得《南方文坛》推动了广西青年批评家成长,广西每年都有一个广西青年批评家高级研修班,这也是《南方文坛》和广西理协一起推动的。

《南方文坛》作为当代文学的批评重镇不仅仅推动了广西青年批评家的成长,实际上也为我们和国内的学术前沿搭建了一个很重要的平台,我觉得张老师身上的情怀和格局让《南方文坛》的办刊和学术推进的方向是世界性的眼光,这种眼光慢慢地影响了我们年轻人的成长,影响了广西高校的学术生态或者是文学这个领域,也影响了我们广西的建设,刚才容本镇书记和我们的主席也讲到了,我作为广西的青年学者,我们广西有广西师大出版社,有《南方文坛》,这是我作为一个学者的骄傲。

石才夫:《南方文坛》改版 20 周年得到了大家的热情支持帮助和关心才走到今天,大家给予了充分的肯定,但是我们的刊物肯定还有种种不足,还需要进一步的提高质量,提高影响力,用习总书记的话说,叫不忘初心,继续前进,我们一定会牢记各位的期望,回去好好总结,以改版 20 周年为一个阶段性的总结契机,重新出发,继续出发,希望继续得到各位领导、各位专家以及新闻界的大力支持。非常感谢大家,上午的座谈会到此结束!

黄文凯根据速记整理,未经本人审阅。

(原载《南方文坛》2017 年第 1 期)

独特的乡土童年

青年作家王勇英作品研讨会纪要

□ 本刊编辑部

时间:2017 年 01 月 13 日下午

地点:北京・国际展览中心办公楼 204

主办:广西作家协会、《南方文坛》杂志、新蕾出版社

焦娅楠(新蕾出版社原创文学中心主任):尊敬的各位领导、各位专家、各位作家、各位媒体朋友们,大家下午好!在这辞旧迎新之际,我们相聚在美丽的首都。今天,由广西作家协会、《南方文坛》杂志、新蕾出版社主办的《独特的乡土童年——青年作家王勇英作品研讨会》在各位师长的关怀下召开。请允许我先介绍各位与会嘉宾(略),非常感谢各位拨冗莅临本次会议,特别是对于专程远道而来的老师们,在此深表感谢。首先邀请广西文联党组成员、副主席石才夫代表主办方致欢迎辞。

石才夫(广西文联党组成员、副主席,诗人):各位专家、新闻界的朋友,下午好!

承蒙各位的大力支持,今天我们在这里举行广西青年作家王勇英作品研讨会。请允许我代表广西主办方简单讲几句:首先,对各位嘉宾、专家和新闻界的朋友应邀出席这次研讨会表示热烈的欢迎和由衷的感谢。一直以来,大家对广西文学创作、对广西作家给予了很大的关心、支持和帮助,尤其是对青年作家的成长更是关爱、呵护有加。在座的有些专家朋友已经不止一次应邀出席广西作家的作品研讨会,多次应邀到广西给文学爱好者讲课,广西作家的成长得益于你们的帮助。这份感情,广西作家是铭记于心的。今天,各位老师、专家、朋友在百忙之中,抽空参加王勇英作品研讨会,倾注了对广西作家、对王英勇的关爱之情,对此我要表

达由衷的感谢和敬意。

第二,恳请各位专家对王勇英的创作给予力所能及的指导和帮助。广西十分注重儿童文学的发展繁荣,每次签约、重点作品扶持等都要单设儿童文学项目。王勇英是我们广西创作成绩突出的青年儿童文学作家,她在文学创作上的成长不仅得到了广西的扶持,还得到了包括在座各位以及出版社的栽培。她有才华,勤奋,虚心,进取心强,这些年在儿童文学领域专注创作,佳作频出。我们十分希望她能有更大的作为,创作出更多更好的作品。今天举办她的研讨会,目的就是听取大家的批评、指导,帮助她更好更快成长。各位专家发言中对她的中肯评价和指导,有助于她总结经验,解决问题,不断进步。这次研讨会的举办,对王勇英本人也是巨大的鼓励和鞭策,希望她能虚心听取意见,树立信心,发现不足,在今后的创作中取得更大成绩。

再次,请大家对广西的儿童文学发展提出宝贵意见。广西虽然有王勇英这样优秀的儿童文学作家,这些年也推出了不少优秀儿童文学作品,但与全国先进省区相比,我们的儿童文学创作还存在一定差距。主要表现在优秀儿童文学作家比较少,后继乏人。一枝独秀不是春。我们希望能从王勇英的成长中总结一些经验,培养更多的优秀儿童文学作家,促进广西儿童文学的繁荣发展。

最后,借此机会,我代表广西文联、广西作协、《南方文坛》,真诚邀请在座的各位嘉宾、专家多到广西走走。相对而言,广西虽地处边疆,但山清水秀,空气清新,四季如春,宜居宜游宜创作,欢迎大家多来。再次感谢!

束沛德(儿童文学评论家):勇英的《乌衣》这本书是富有民族特色的儿童小说。从当前儿童文学创作里面来说还是新的收获。这本小说的取材很独特,也很巧妙。把现实生活感受和永恒童年记忆交融在一起,把读者引领到一个熟悉又陌生的境地,记录一个孩子在城市化进程当中成长的过程。在绿树成荫的田野上,画院别墅近在眼前。

这部作品刻画的主人公叫乌衣,这个形象也相当生动和丰满。生长在一个热爱土地的农民家里,从小爱听奶奶教给她的民族歌谣,喜欢乡味。跟前面男生不一样,不怕外来嘲笑和调侃,她就坚持穿麻布衣服。作者描写了她和两个同学之间的误会和理解。

这个作品真实生动符合艺术,让我们感受到坚定的民族文化自信。富有南国地域风情,也有壮族民族鲜明的特色。特色小吃、民谣童谣等描写,多姿多彩,让人深深体验到壮家风情。

王勇英年富力强,正处在创作活跃的旺盛期,还有发展势头正看好。我真正的祝愿她在创作上有新的开拓,更上一层楼。

金波(儿童文学作家):我觉得王勇英转身以后的作品,有这么两个特点。

一个是她作品里的民俗元素更加突出,显示出传统的文化基因,这在中国儿童文学作家里面是难能可贵的。民俗的东西当然也有,比如说过去民间传统童谣、传统神话传说。真正吸收到儿童文学当中，这个民俗元素我觉得王勇英把握得非常好，因为我们知道民俗元素实际上是我们国家的文化基因，这个文化基因如果我们不传承下去，会影响我们儿童的成长。比如说文化自信，其实文化自信体现在传统文化当中，民俗元素就是传统文化的重要组成部分。

其次，像族人巫师写得很熟练，民族民间文化跟现实魔幻主义的这种结合，以至于像《青碟》这样的地方特色跟世俗气息，都有浓郁客家风情。我觉得每本书非常有意识地把这些民俗元素和文化写进来，对于中国儿童文学有很大启示作用。

另外一点就是乡土童年，我们提出中国儿童文学要写好中国式的童年，中国式的童年我想不仅是我们现在的童年，它的生活现状，它的经济情况，不仅是这些。因为不同的乡土，不同的地域有不同文化。成人文学里面有一种乡土文学，在儿童文学里面我们也要提倡这个。所以王勇英写的很多东西是把童年写得很充分，更多特色是把乡土童年写得很充分。

从王勇英创作得到这样一个启示，一个青年作家在进入儿童文学创作的时候，要不断地思考，非常重要的就是思考自己，思考生活，思考外界，而思考自己非常重要。

比如王勇英这几年华丽转身，我觉得成功在哪？她的成功就是，她不是盲目创作，她是自觉创作，所以这个可贵经验对于这代青年儿童作家很有意义，希望她能够沿着自己找到切入点，找到自己的长处，找到自己能游刃有余发挥自己才华的道路，勇往直前，踏踏实实往前走。

樊发稼（儿童文学评论家）：王勇英是我好朋友，忘年之交。2011 年去南宁参加她的研讨会，新书我仔细看了，我的评价很高。勇英原来写过很多系列小说，我觉得在我看到的儿童作家中，能够把地域特色、民俗、文化写到这样一种程度，非常罕见。尤其详细看到《巴澎的城》，写人物、狗、小动物、家乡、民间小吃。特别是她写到那个叫落水拐的小吃，我有一种强烈的想尝尝那个味道的欲望，这个很了不起。

此前的广西儿童文学，我们都找不到有谁能够代表广西的，最后王勇英冒出来了，成为广西儿童文学的杰出代表，并且在这么短时间内写了这么多的作品贡献给大家，很难得。说明王勇英非常勤奋，一个作家没有勤奋是不行的。而且她的作品里面，我一直强调小说要有活生生的细节，而人物必须突出体现在这些细节上，不熟悉生活的人绝对写不出来。

我们文坛的希望就寄托在年轻人身上，我是特别注重年轻人的成长，他们是创作的新生力量，我祝愿王勇英继续努力。

张之路（中国作协儿童文学委员会副主任、儿童文学作家）：我想对《雾里青花泥》说几点感想。第一，读完这本书令人感动，《雾里青花泥》就是一幅温馨而有几分凄美的民族风景画。奶奶的善良勤劳，青麦子的身世、感恩，都为小说增加了丰富性、情感和正能量。小说叙说细致，从青花泥的独特视角看这个世界，很有特点，语言平实传神，有表现力。这是王勇英对当地民族文化营养的吸取与丰富。

第二，我们平常谈人性、动物性时，突然看到王勇英的这个作品，感到有一种神性在里面，这是少数民族非常独有的文化因素。用狗的视角表达,非常独特,写得也恰当。

第三,就是语言和故事,看着不由自主就被带入了。我们就能够在里面感觉到大自然,感受内在的人性力量,而少数民族文化元素的突显和描述也非常突出。

我跟王勇英有书信接触,平常也聊天,我觉得她非常朴实可爱,又谦虚。再聊得深度一点,就觉得她是非常有个性的作家,尤其谈到家庭,爷爷奶奶、爸爸妈妈的故事时,突然有种她是当地一个望族出身的感觉。所以,我说王勇英本人很有魅力,广西大自然的灵风秀气,滋养了王勇英,要不然她不会这么出众。

王泉根(中国作协儿童文学委员会副主任、北京师范大学教授、儿童文学评论家):阅读与研讨王勇英作品及其文学创作道路,可以看到我们年轻一代作家如何不断探索自己写作之路,不断探索自己的美学表达、叙事技巧,并努力形成自己的风格。

王勇英我们都知道,她很长时间都在写类型化小说,不是通俗小说,通俗不恰当。从类型化创作到典型化创作转型,无论类型化,无论典型化,从文学价值目标来说,都是有价值、有意义的。我一直反对打压类型化,其实我们文学创作是多元的,类型化也有它的意义,只不过表达方式不一样。王勇英创作的两种作品都有价值和意义。

此前王勇英写一个叫作弄泥的孩子,跨越的纬度非常大。如果从王勇英作品找一个关键词,就是丰富的想象力,这个想象力哪里来?从我们的民族土壤,民间尤其少数民族多重元素当中寻找,这是我们民族的记忆,从悠长的民族记忆当中寻找。

王勇英现在的作品注重民族文化元素,非常有特色,非常民族化,她是到民间去寻找创作灵感。正因为她对民族、土地、传统有一个比较自觉的认识,认同这么一个背景线,她的作品会出现现代文明与传统之间的冲突。所谓城市化浪潮当中,出现了大量淹没我们农村、我们乡土的东西,下一代的成长,他们的记忆,他们的今日家园在哪里?王勇英在这个作品中非常深刻地体现了,他没有写留守儿童苦难现实,恐怕它比留守儿童作品更加深刻。

在这种大变局当中,我们民族的根将来如何?这恐怕要探讨。所以我非常真诚地祝贺广西作家王勇英。从她自己来说,广西文化背景、广西民族土壤为她提供了很多的营养。

李东华(中国作协儿童文学委员会委员、《人民文学》副主编、儿童文学作家、评论家):2012 年应《南方文坛》张燕玲主编之约,我为王勇英的童年风景系列写过评论,2015 年中国少年儿童出版社为她出《巫师的传人》,她说你能不能写一个序,这是我写序的处女秀,请允许我以序的一段作为今天的发言:

> 我认识王勇英是在 2007 年鲁迅文学院举办的儿童文学作家高级研讨班上。她在班里是属于年龄比较小的,又是来自广西,那里之前几乎就没出过儿童文学作家,她就免不了给人横空出世、一枝独秀之感。勇英人很娇小,喜欢笑,朗朗的笑声有着金属的质地,让人觉得笑也是一种抵抗命运中一切不如意的武器。

王勇英有着跟她身材不完全相对的勇气。她擅长编织校园故事,写过魔法小子等等,搞笑好玩,读者爱看,书很畅销,自然版税丰厚,养活自己不成问题。然而这个小女子却就此来了一个让人惊讶的转身,写起了儿童乡土小说"弄泥的童年风景系列"。

我说王勇英是一位很年轻的儿童文学作家,从追求畅销到追求经典,从追求轻松的无难度写作到追求有难度的写作,来了一次彻底的转身。在浅阅读依旧流行的当下,这是一次冒险行为,意味着可能会流失一部分读者。然而王勇英也以她果敢的行为证明了,文学作品不单单被读者所选择,文学作品也要有勇气选择读者。一位作家尤其是儿童文学作家,不能单单为了讨好孩子,怕自己的创作超出了他们的理解能力,而把自己的思想和艺术上的探索局限在一个浅显的单薄的层次上。

今天,当我再次面对自己的文字,我为我那种旁观者常常会有的站着说话不腰疼的态度而感到脸红。要知道勇英来自一个小山村,举目无亲地在南宁这样的大都市里打拼,写作不仅仅是她的爱好,也是她用以谋生的唯一手段。现在,她宁愿冒着饿肚子的危险,也要听从内心的声音,写她想写的文学,让我觉得这位娇弱的,任何时候都像一朵还没有完全绽放开的蓓蕾的女作家,真的很像她的名字,是个很英勇的"女汉子"哩——要知道大家都嘴上说着不要被市场绑架自己的写作,然而面对名利双收的诱惑,又有几人能够像勇英这样说放下就放下了呢？当我看了勇英的新作之后,我感到很开心。因为,如果说"弄泥的童年风景系列"在方言、客家文化、自我童年记忆和当下孩子的阅读接受之间,还存在着叫人担心的能否产生共鸣的问题,那么在《鸟麻之城1:巫师的传人》这些都已经得到了很好的解决。虽然这部小说在时间的隧道里比前者走得更远更深,直接就回到了文化的源头,回到了人类的远古时期,但丝毫没有一种陈旧之感。那个叫鸟麻的男孩自由地穿行于喧嚣的都市和偏远的少数民族部落,穿行于当下的流行文化和遥远的神话传说之中,一点也不让人觉得生硬和造作。勇英一直在为畅销和经典之间打开一条通路而努力,面对这部小说,不由得让人生发"苍天不负有心人"的感慨。

王勇英早期的个人经历不是很顺利,但这个世界给了她多少烦恼,她总是用笑声和爱回报,她是总有着爱的王勇英。

李朝全(中国作协创研部副主任、文学评论家):王勇英作品鲜明的特点是雅正的品质。"雅"就是大雅、优雅,这指的是文学作品的审美性,"正"是指传递正向、正面的价值理念。雅正是一切优秀儿童文学应该具备的一种基本品质。王勇英的儿童小说《雾里青花泥》讲述了一个少女的成长历程。青麦子是一个盲童,被人偷走拐卖,拐卖者发现是个盲童后又将其遗弃,而后她被青巾老妈收养。多年后,青麦子的亲生父母找到了她,帮助治好了她的眼睛,青花泥却执意要回到生养她的雾里村。尽管抚育她长大的老奶奶青巾老妈已经故去,雪山下的生活很艰难,但她却一定要留在村子里。在这个少女成长的过程中,她慢慢地懂得了眷恋,懂得了爱和感恩。就像青麦子自己说的那样,她完全认同奶奶的话,自己就是一棵青青的麦子,离不开生养她的这块泥土,和养育她的嘎娃嘎普雪山上的雪水。小说通过叙写一个少女离去又回归的感人故事,传达了感恩、反哺的价值理念和深厚的家园意识。

青巾老妈是人间大爱、大美和大善的化身。她的存在,是以呵护与养育盲孩子青麦子健康成长为最高追求的。即便到了生命的最后阶段,她仍旧希望家里的狗青花泥能够代替她继续呵护关照青麦子。在她身上,我们看到的是一种人性与神性的完美结合。青花泥是小说的重要角色,按照人类寿命算已达到八十多岁的这条狗,它的梦想是成为一匹雪狼,回到它的原始祖先那里,——这是作者采用了浪漫主义的手法。青花泥坚贞不渝地守望着青巾老妈的家,守护着这个家园,即便在青巾老妈去世之后,它仍旧守望着家,期待着那个小女孩的归来。最终,那个女孩确实回来了,而且永远不再离去。这条狗守望的意义于是得到了升华。在青花泥身上,体现了狗所有的优良品质:忠诚、执着、信守诺言。这又何尝不是一个人所应具备的优秀品质?

《雾里青花泥》是一个优美雅致的故事。作者对故事空间的选择也很讲究。作品开篇写道:青花泥在早晨的阳光中,伸直腰身,站了起来,望着远处的嘎娃嘎普雪山,这是丙中洛雾里村。——作者的叙述是节制的、不动声色的,却又不乏内在的节奏感。同时全书又是富于诗意的,让我们能够闻到泥土的清香和野草里所带有的太阳的香气。

王勇英的新作《乌衣》很独特,涉及了一个尖锐的时代命题,看得出作家深沉的忧患意识:在城市化进程中,民族文化的传承保护问题十分严峻。乌衣不仅是一名壮族女孩,她也是穿黑色麻布衣(乌衣)壮族的代表、壮族文化的代表。在社会大转型和城市化进程中,民族文化的传承出现了新矛盾新问题,壮族村落布村、以独特服饰等为载体的壮族文化越来越成为孤岛一样的存在。文化是一个民族的血脉、根系和灵魂,如何传承弘扬民族文化,是十分迫切的时代课题。作者借助乌衣这个人物的故事,揭示出确立民族文化自信,自觉继承光大包括耕作、习俗等少数民族独特的生产生活方式,是在社会转型过程中传承弘扬民族文化一种可行的做法。作品设置的人物火麻爷、布婆、乌衣等都颇富寓意,包括村落——布村的名字,都在指向特定的民族文化元素。这部作品体现了作者在创作题材上的新开拓。

吴然(儿童文学作家):我在这里粗浅地谈一谈王勇英乡土儿童文学,以及乡土童年的书写。

我的阅读赶不上她写作的速度,我读得不是很全。在2012年,我们云南开过一个儿童文学青年作家培训会,我在会上介绍了王勇英,她谈到是“鲁院”改变了她,谈到她从写作“弄泥童年风景系列”完成了自己创作上的转身。也谈到评论界对她创作中融合民族、地域、民俗多种文化给予的赞扬和指出某些不足。我说,我们云南儿童作家,和云南出版界一定要关注王勇英现象。因为我觉得以王勇英的儿童文学素质,她的儿童文学天赋和才华,她会以独具特色的创作给读者和整个儿童文学带来光荣和惊喜。她将是儿童文学的一个奇迹。当时我说我们等待着。过了几年我们在这里研讨她的时候,她向我们奉献了大量精彩的作品,让我们感动,为她感到骄傲。

在新蕾出版社出版的《乌衣》里,王勇英一如既往地从乡土获得灵感,淋漓尽致地描山绘水,并回响着闪耀着民族民间传统文化的歌唱与舞影。但是城市化进程的推进,“山村被挖土机吃掉了”,农民快速成了市民,农田变成了“别墅庄园”……口袋里有了钱的农家子弟陷入成长的迷茫,包括农耕、节庆等传统文化的丢失,让老人们安静地坐着,在沉默中回忆此前“家园”的种种细节,但难以化解“乡愁”。王勇英以一种文化自信,在现代多媒体中融入多彩的民族民间文化,满足了人们的文化生活和精神需求。深度的开掘,精彩的描写,使这部作品成为接地气的现实版的“中国故事”。在这里,王勇英激发了她创作儿童文学的天性和乡土文化的想象力。对如何把民族民间文化、乡土文化“鲜活化”,使之成为乡土童年书写弥足珍贵的资源,她做出了非常有益的探索性的贡献。《乌衣》故事的丰满,以及所展示的美妙山水风光、民族民间歌舞、美食、节庆和服饰等等,为影视制作提供了许多元素,是改编影视的极好脚本。如果在某些章节的叙写中,减少或弃绝新闻笔调,把握住文学的表达,那就更好了。

《雾里青花泥》这部小说描写发生在“人神共居”的怒江大峡谷丙中洛雾里村的故事,很童话,也很现实。人、动物和神灵,都在点亮一个失明女孩心灵上的明灯。这是一种大爱,弥漫着人间的温情与温暖。2011 年,评论家张燕玲到昆明参加“文学影响力论坛”时,提到一个问题,她说文学需要与人心对接的书写,这句话我一直记着。我觉得王勇英的乡土童年的书写,就是对张燕玲这句话最好的形象的表现。儿童文学该做的,就是要用与人心对接的书写,以一种悲悯情怀,关注孩子们的生存状况,以及他们的精神需要,引导他们向上向美向善。在这方面我觉得王勇英为我们做出了很多探索性的贡献,而且富有创造力正在努力着。这种书写灌注在她整个乡土童年的书写中。而她努力建造的乡土童年文学家园,将依次带给我们大地的美和温暖。让我们感谢她,同时祝福她取得更大的成绩。

张燕玲(《南方文坛》主编、文学评论家):我真为王勇英感到幸福和高兴,这么多儿童文学大家坐下来静心讨论自己的创作,这真是她的福气!同时也是《南方文坛》的福气,不仅王勇英给我们提供了一个文本评论的机会,继 2011 年广西作协联合《南方文坛》,还有福建少年儿童出版社一起举办过王勇英创作研讨会,今天两家继续联合研讨;这也缘于《南方文坛》是国内少有几家有意识编发国内外儿童文学文论的杂志,当然也与我本人对儿童文学的关注和喜爱有关系,更重要的是这么多儿童文学大家一直支持我们。所以,我以为今天的研讨不仅有益于王勇英未来的创作之路,也希望有益于当下中国儿童文学创作。

王勇英近十年的创作之路,本身就是中国儿童文学创作的一个典型个案。这位广西唯一可以依靠稿费生存的体制外作家,经历从跟风市场、彼此模仿到重新自我认识,重新寻找到自己的、南方的、民族的、文学根脉、将家乡民间神话传说和童年魔力重新注入自己的创作,回归儿童文学本质来审视自己的创作。李东华在《巫师的传人·序》对王勇英有一个准确判断,即

“从追求畅销到追求经典”;诚如刚才金波老师说她“华丽转身”,张之路老师也肯定了王勇英的自我认识;终于,这朵南国之花开出别人难以模仿的形状与美丽了,也体现了她的文学自觉与艺术追求。

都说英雄的“复归”现在是一个世界性的现象。《巫师的传人》塑造了一位成长中的少年英雄:巫师的传人,因家庭变故,返回故乡并选为巫师传人,从无忧无虑的城市孩子到面对自我的软弱,并在众人的帮助下,择善而生,成长中为仁为情为义。他的身上既有传统英雄的影子,也有仗义豪侠、侠肝义胆的传统,更有单枪匹马、拯救自己山寨的能力,包括对抗幽暗的、狂野的力量,当然,更有童真与童心。尤其这位巫术世界沟通人神的少年英雄,他择善而生,他在现代社会的礼与仁及其慧根,使他善于发现一切被视为恶妖的万物灵长身上的善,或者化之为善灵。作品显示了作者不凡的艺术想象和虚构的能力,这样的文化想象虽是虚构的,艺术内核却是真实的,更是时代也是现实的。因此,从艺术层面上看,王勇英的写作跟世界儿童文学潮流是相对接的。

地处山地的广西少数民族地区山林迷莽,野气横生,奇崛苍劲;民风淳朴,巫术通行,人神互为。广西处于南国山岭边地,偏安一隅,勇英以广西多民族文化绚烂的眼光和巫气灵动,尤其颇具分寸感的表达,当然会收获文学个性。因为一种个性眼光和表达就是一种孤绝和个性,而孤绝和个性离文学最近。巫气横生在现代社会也许是偏颇的表达,因地处相对封闭的少数民族山地,现代文明开化程度不高,因而人类意识起源“由巫入礼归仁”的演变在偏僻之处相对缓慢,因此,山地的巫师在民众心目中依然是沟通神界与人世的尊贵地位。而王勇英笔下的少年巫师鸟麻从被动到主动,他是由礼与仁再感知巫性,由于其慧根纯净良善仁义,逐渐进入神意与灵境的历史事实与经验,在一个人与万物生灵你中有我、互存互为的世界里,族人利己避害,鸟麻逐渐进入了一个独特山寨——以巫师精神为民间统领的山地伦理的山寨。学习着为大家解忧祈福,逐渐获得山寨尊重。鸟麻也逐渐成长为巫师的传人。

我非常喜欢第一部,写得非常棒,行云流水般一气呵成,连个疙瘩都少有,语言清新灵动给文本带来了新鲜的灵感和创意,全书灵动明净,充满奇思与温情,向孩子传递自我认识与成长,叙述灵光闪烁的天马行空与悠游无拘,既是对传统童话叙事的突破性探索,也契合了童话的艺术本质,那种神秘烂漫而纯净明亮的童心、唯美的画面与巫气横生的文字构成了质朴而鬼魅、精灵而温暖的幻境风格,真的喜欢,这是我读到的作者最好的作品,可惜第二部以幻境为结,我也与鸟麻一起跌落,当然我的审美期待也遭遇到从仙境跌落凡间的失落,其实文学的想象真的可以天马行空,尤其儿童文学更可以不拘一格,更应该成为我们平凡生活的梦想与传奇,一如另一星球的《小王子》,当然也是人类世间的小王子。

汤素兰(中国作协儿童文学委员会委员、湖南师范大学教授、儿童文学作家):我也非常喜欢《巫师的传人》,也很同意吴然老师的观点,王勇英是非常值得未来期待的儿童作家。我觉得王勇英写作经过一个阶段,这种写作对她来说是非常宝贵的经验,比我们所有人做了更多探索。从魔幻写作、市场写作等等，最终回归到自己的这些作品。如果没有市场化写作，《巫师的传人》不会这么好读，这些东西没有浪费。《巫师的传人》这本书出来以后我也是一口气读完，我还写了六千多字的文章，发表在《南方文坛》。

我认为从这本书来看，王勇英是非常有文学野心的一个作家，在她外表下我能看见她在建构自己的文学城池。她找到自己文学的根脉，就是她生活的南方。她在这个作品里面呈现很多特点，这部作品可能和经典作品相比，还有一些差距，但是算得上是王勇英自己创作当中一个丰硕成果，可以称得上是好看的作品。

鲜明的地域特征和民俗风情，具有独特性和独创性。自己的童年资源是推动儿童文学的第一动力，文化自觉之后，作家更愿意从文化、人文印迹当中挖掘写作的素材，建构自己的文学世界。我觉得王勇英就是一直在这样做，我认为她“弄泥的童年风景”拘于写实，包括语言和方言，在广泛接受方面还有一些问题，但是她的《巫师的传人》已经克服了这一点。

她的想象瑰丽，巫师传人是一部幻想小说，王勇英带着巫气文字，构造奇幻的巫妖世界。她表达了独特的生命体验和成长的故事。

王勇英的很多作品当中，都写了成长，少年成长，她的少年成长有特色，一直置身于美丽的自然环境当中，纯朴的乡村民俗之中，优美的自然环境和美好善良的人民，对少年成长起到净化心灵和灵魂的作用，这也是独特的文学资源。

作品当中体现了她自己对于成长的书写与思考，体现了一个儿童文学作家对于童年生命的尊重和信任，体现王勇英对于自然童年成长表达非常独特的观点。最后对于人和自然生命的思考，我觉得体现到了文化的层面上，其实她这个《巫师的传人》里面的巫师原来生活在大都市，他有个名字叫舞风，后来他回到他的故乡，一个叫鸟麻的山中小城，之后他就叫鸟麻。这其实是由一个人分裂成两个角色，是传统与现代、独特性与统一化的撞击和较量。鸟麻最后接受民间文化，成为出色的巫师传人，这显然是作者的理想，也是作者的希望。

我在对《巫师的传人》进行思想性和艺术性、独特性进行评说时，其实一直没有忘记这部作品的其他优点，就是故事的巧妙安排，人物关系的精心设置，文笔的流畅优美，这是王勇英非常成熟的写作。正是这些因素，保证了这部作品的可读性，使它变得好看，正是作品思想和艺术的独特性，让这部作品好读同时耐读，这是我对《巫师的传人》的阅读体会。

安武林（儿童文学作家）：我今天基于亲友团身份说一下，我很早就给广西南宁的《儿童创造》投稿，后来王勇英到了《儿童创造》杂志那边当编辑。她当编辑的时候，我又到了出版界，我主编一些儿童文学汇编的书。王勇英的短篇小说、散文、童话都选过，有不少短篇佳作可圈可点。我觉得王勇英创作路子很宽，她也很勤奋。我们这批人就写短篇，进行过文学创作实践和积累，写了大量的短篇，被出版社重视才有出书的机会。

王勇英短篇一篇一篇发表，后来进入了长篇。她的长篇我看得不多。我觉得我们虽然已经到了 21 世纪，但其实还没有 18 世纪的人厉害，18 世纪文艺复兴最大的贡献就是发现人的伟大,但我们现在谈作品依然不愿意谈人。没有人哪来的作品呢?我觉得王勇英就是一个很纯粹的儿童文学作家,那一年,她在鲁迅文学院学习,我去看望她,结果发现她屋子里全是水果,我还误以为进了水果店。她这个人活得很纯粹,一个儿童文学作家没有一颗纯粹的心,要像商人一样,政治家一样,投机分子一样搞儿童文学就很不好。作品再好,那也是一种欺骗和谎言。在这一点上,王勇英让我很敬佩,她是一个纯粹的儿童文学作家。

王勇英的作品突然让我充满了深深的理解。其实我们很多评论家或者研究学者,不了解她的生存环境和她那片热土,所以评价都是从写作技巧、文学经验这个角度谈,完全脱离她本人。我发现她写的是壮族儿童的生活故事。而从少数民族这个角度去关照儿童文学的作家还不多,尤其写壮族。我觉得儿童文学写长篇,反映壮族儿童生活,反映壮族改革开放,反映城乡差别中的冲突,这种东西我觉得几乎没有人写过。从题材这个角度审视,《乌衣》非常震撼。

王勇英是一个内心善良,充满慈悲情怀的儿童文学作家,她一直对贫困儿童赞助,自己花钱买书捐赠给他们。我觉得作家不仅作品要写得好,还应有一颗善良的心,我们不要一直关注作家的文字,我们要更多关注他们的生活。在我看来,这就叫人文一致,言行一致。我看到《乌衣》以后有点意见,觉得新蕾出版社怎么做这样的书,结果一看是假书,不好意思批评了。我从出版专业的角度,善意地提一点建议。

第一点我建议这个封面,最好选一个摄影作品,找一个壮族小姑娘实地摄影的作品,因为你这个封面显得是一个幻想小说封面。第二个插图精美一点。第三个希望这个书比现在做厚一倍。

梅子涵(中国作协儿童文学委员会委员、上海师范大学教授、儿童文学作家):王勇英是一个有特点的作家,对作家而言,特点要排第一位。王勇英的小说是写脚下的那块地,脚下的故事变成文字,气息真切又细致。不少写作儿童文学的人,似乎有儿童也有故事,但是没有脚下,气息是编撰的。

一个好的作家,要找到自己写作的那个"邮票"大的地方,要有"邮票"概念。在你写的故事中呼出你的味道,甚至看得见你的户籍,贴上邮票,你的故事可以寄到你的家门口。好作家有邮票感、家园感。王勇英的小说里有这些,她作品里的人物名字也特别,是从她的小邮票里出来的,从她家门口的路上走来的。

优秀的儿童文学作品,最后还是要追求一个准确的叙事感,不但讲一个故事,还必须是准确讲给儿童听的。我一直觉得中国儿童文学作家,都需要在不断地为儿童的写作中,学习和修塑自己的叙事感,这也是王勇英未来的写作要面对的,我们都要面对。我们都要追求一个更标准、经典的儿童文学叙事方式、文字、语气、趣味和符合的精神气象。

建议王勇英不要追求一百七十部或者二百七十部,快速地达到那个数字其实很吓人,慢一些写是珍惜自己。我们都不是天才!而真正的天才恰好懂得珍惜自己,结果也珍惜了文学。

徐鲁(儿童文学作家):王勇英是年轻一代儿童文学作家中的实力派人物。她有自己坚实的生活根基和志存高远的创作追求。这些年来她潜心于西南边陲芒花飞舞、稻花飘香的乡土上,从容地书写着自己的乡土童年,书写着具有浓郁的客家地域文化气息和民间神话风味的儿童小说、童话和散文,不仅写得多,更重要的是写得美、写得好。

我非常喜欢她的作品,前些年我为她的“弄泥”系列写过评论,并发在《南方文坛》上。

只有在乡村中才能写得好,这句话对王勇英也是对的,她只有在乡村中才能写得好。有的时候我喜欢对比,乔治·桑写的乡土故事、乡土童话和王勇英追求的东西有一致的地方。乔治·桑回到巴黎之后,她说身为乡下人适应不了城市繁华,还是喜欢家乡的胡桃树。不知道王勇英有没有这种感叹,因为她的作品我没有全读,我觉得她的乡土小说里的乡土童年故事是她真正的非常好的作品。

刘颋(《文艺报》评论部主任、文学评论家):先表示祝贺,这些书我还没来得及阅读,但王勇英给我带来不小的震撼,比如得了“陈伯吹国际儿童文学奖”的《青碟》。咱们当代文学里面有很多传统文化,王勇英很多作品都关涉传统,难能可贵的是,王勇英对民族文化的表达,是发展性的。她在《青碟》里,她的眼睛是向前看的,所以她的文化与生活是共存相依,相互滋养。她拒绝挽歌式的书写,而且在现代生活中,尤其在现代少年生活中对传统文化,或者对传统文化存有一份感情,并找到自己的一个位置。我觉得这是非常可贵的探索。

还有,当代儿童文学中关于都市少年儿童书写很多,而乡土文学的儿童文学写作,大多是回忆性的,但是王勇英的少年乡土写作却是关于当下的乡土,尤其土地上生长中的少年。比如《木鼓花谣》《小城》,都是生长在这个土地上的正在成长的少年形象。我认为,王勇英自己是有自觉意识的,即她对土地怀有感情,她要在泥土中寄予她的情怀。

翌平(儿童文学作家):我读的是王勇英《青碟》短篇小说集。她的短篇小说有一种纯朴和实在的气质,现在写短篇小说很多时候作者需要借力,而不是凭借小说的文学性和叙事触动人。王勇英她的小说不一样,写水边远山,村中厚重、淳朴的民风,很舒缓地讲述一种脉脉含情,那些日常、琐碎却凝结着人性之善的故事让人怦然心动。在氤氲的文字里感受人生滋味。

王勇英是一种慢写作,是脉搏慢跳时写出的文字。她写出客家的风土人情,特定客家环境中人与人的关系,流传下来的人文传统,这些都很难能可贵。

她的小说结构非常简约、自然。短篇小说在很有限的篇幅里,形成一种能激荡人心的势能是很难的。所以有的作者喜欢制作高潮和编写离奇的情节取胜。还有很多作品喜欢预设主题,按主题去写,王勇英作品不是这样,她写生活本来的样子,同样可以让读者感到别有一番情趣,这种追求特别好。

另外我觉得她的语言非常具有地域特色。它是一把双刃剑,一方面呈现文学的地域特色,另一方面给孩子阅读带来障碍,王勇英应在语言上下更大的功夫。保留客家的文字气韵,又能用标准的普通话表达。

李利芳(兰州大学文学院院长、儿童文学评论家):我这次特意从西北过来学习,当你在认真阅读一个作家作品,形成一个你自己的评论文字时,这个过程中有很多想法,尽量和大家一起来说。对她的创作现象不是简单评价与评论方面的问题,我觉得它可以构成一个理论问题。

王勇英在艺术创造上具有非常强烈的探索意识,近十年来,她的创作面貌变化很大,一直在进行自我更新,这一点是最可贵的。最主要的是,她的创作属于"有根写作",而且她把这一根系扎得很深,很牢,且已经寻觅到了可靠的路径与方法,有的放矢逐步推进,所以成绩很显著。她是一位能够自觉思考儿童文学的价值功能,并身体力行地去进行建设,对其做出丰富与发展的优秀青年作家,她的"原创性"无可复制,主要导源于其创作思想的深刻性。

汪玥含(中国少年儿童出版社儿童文学中心副主任):王勇英在中国少年儿童出版社出版了好几部作品。《青碟》是我们第二届《儿童文学》十大青年作家系列中的一本,是短篇集,集中了她很多优秀的短篇作品。《巫师的传人》和《花语风声》是 2015—2016 年推出的幻想类长篇小说。我们在 2017 年 1 月刚刚推出王勇英的三本现实主义题材的书《水边的孩子》《小城》和《木鼓花瑶》,这三部是《儿童文学》典藏书库升级版系列里面的,是我们今年的重点书。

王勇英也是我们《儿童文学》典藏书库升级版系列里的一位重要作家。我用三句话介绍一下典藏书库里的这三本书的特色。

《水边的孩子》赞美机智、坚韧的乡土少年性格,体现纯澈、清新的人间温情;展示苦难、刚强的生活;是一部有着水一样质地的儿童小说,情节浓淡相宜,眼前能出现青山绿水、明丽清幽,是一枚难得的坚硬果实,安静而精致。

《小城》讲述服刑人员的孩子小城,被寄放在一个残障儿童聚集的地方。本书最大的特点是用完全艺术化的方式来处理残障儿童形象,使这群奇怪的孩子组成了一个魔法学校一样的地方,这样的儿童视角和文学化处理是非常独特的。

《木鼓花瑶》是典型的儿童成长小说,现实性和自然性结合得非常好。一个城市单亲家庭的少年男孩木鼓,遇到山野中的留守儿童女孩花瑶,和花瑶的爷爷狼爷在花苗村生活的故事。而他们玩耍和成长的过程就是一幅民俗风情图,在这个风情图中,两个孩子的精神世界也在成长。我想这就是王勇英现实主义题材作品最大的特点。

杨蔚婷(晨光出版社第一编辑室主任):非常荣幸今天能代表晨光出版社参加王勇英作品研讨会,同时代表晨光出版社出席的还有程舟行老师,他是《雾里青花泥》的策划和组稿编辑。

就《雾里青花泥》,我简单谈一下我的感受。首先这本书的书名给读者带来一种非常美的意向,"雾里"是云南怒江大峡谷中一个宁静美丽的村庄,四周雪山环绕,江边满眼绿田。三月桃花盛开,红花绿树,非常美,就像人间仙境一样。青花泥是一只狗的名字,这个名字也非常美,蕴含着中国古风的元素。

我们在制作这本书的时候,邀请到了一位非常优秀的插画师来呈现这个美丽的画面,就是各位现在看到的这本书的封面:细腻、唯美。图与文相得益彰,美丽的山水中,人与狗在一起,演绎出一个诗意的传奇故事:在遥远的滇西,有一个神秘、美丽的怒族村庄——雾里村。

这部作品创作视角多变,非常独特。作品现实与传说相结合,构思巧妙,感人至深。

这部作品情感细腻,字里行间散发出一种浓浓的乡愁。习近平总书记考察云南时说,乡愁就是“你离开这个地方就会想念这个地方”。青麦子虽然找到了亲生父母,在上海治好了眼睛后,却无比思念美丽的家乡,因而毅然回到故乡。这个结尾蕴含着人们对生态和谐家园的美好向往和对“我的美丽乡愁”的追寻。

一部好的作品往往思想内涵深广丰富,文化底蕴深厚,教人积极向上。《雾里青花泥》就是这样一部优秀的作品。

马玉秀(新蕾出版社总编辑):本来在这个北京订货会比较匆忙,大家能够出席,非常高兴,非常感谢。大家在这么长时间里面,能够凝神静气听完这个会,这点值得我好好学习。

我简单说一下跟王勇英老师合作的经历,当时王勇英从校园文学走到乡土文学创作,“弄泥”系列中《巴澎的城》等是我非常喜爱的作品。最明显的就是乡土题材吸引了我,独特自然环境和生活方式及文化背景带给她素材,她的这一系列乡土童年作品成为中国儿童文学标志。她的作品不仅写到了成长,而且体现出儿童成长的智慧。作品角度多元,每一部作品都是在重塑自我。基于这三点,我想跟她有合作,所以邀请王勇英老师加入新蕾作家创作阵营。

让中国原创文学相传,同时展现勃勃生机。刚才李利芳老师提到王勇英老师很擅长写女性题材作品,我们确实有这个感觉,所以想要找王勇英老师来写,写 21 世纪。21 世纪中国是迅速发展的,这里面我个人感觉最突出的社会特点,是城乡文化融合,以及其中的文化冲突。因此,让王勇英老师担当主笔,主题创作非常有难度,有挑战性,王勇英老师没有让我们失望。《乌衣》这部作品里的故事发生在广西壮族地区,村庄远离城市喧嚣,保持民族特色。很多孩子因为物质突然富足而陷入成长迷茫,乌衣坚守自己的文化,坚守自己的信念。作品还写到民族与民族间的文化碰撞,传统与现代的纠葛等等,作者明智地抓住坚守纯净土地的壮族女孩的视角,探索他们的成长历程,探索新时代中国的嬗变。乌衣为我们中国女孩系列画上圆满句号。

在设计各方面应该做好我们的工作,最应该保护好我们每一位作者,以最好的面貌,最好的作品呈现给所有孩子,在未来我希望我们能够一直努力,希望大家能够监督我们,新蕾能够越走越好,谢谢大家!

王勇英(中国作协全委会委员、广西自由撰稿人、儿童文学作家):感谢广西作协,《南方文坛》,新蕾出版社,中国少年儿童出版社和晨光出版社。感谢在座每一位老师。

我着迷于书写家乡,灵感就像山花野草般疯狂地生长,那些各不相同,各有魅力的灵感变成文字,成为我的作品,这是很幸福的事。

这些年来,写出一些作品,能得到老师们的关注和喜欢,我很感激。我在文学上的成长离不开老师们的关心和鼓励,支持与帮助。我的作品还有很多不足,以后,我会继续努力。再次感谢!

焦娅楠:难忘的时光总是非常短暂,各位领导、专家对王勇英创作给予了充分的肯定、殷切的希望和热情的鼓励,这对于青年作家来说是一种幸运,这里再次向各位表示诚恳的感谢。对于新蕾的年轻团队来说,这次研讨会也是一次历练,不周之处请各位谅解,今天会议到此结束,谢谢大家!

南方,根据会议速记整理。

(原载《南方文坛》2017 年第 3 期)

女娲有体，孰制匠之？

彩调剧《刘三姐》第一方案音乐一度创作情况考察

□ 李林　莫亚

2016 年 3 月 24 日，"《刘三姐》维权小组"成员宋德祥、包玉堂、何振强等在南宁召开新闻发布会，向媒体和公众广而告之了法院对"乔羽侵权案"的判决结果[1]，同时公布了《山歌好比春江水》一曲的规范署名（作词、编曲：柳州《刘三姐》创编组；改编：广西《刘三姐》会演大会）。自此，从 2005 年宋德祥给《人民音乐》杂志社写信一事[2]算起，广西人在匡正一个事实清晰、证据确凿的歌曲署名问题上已经走过了十个年头。

"乔羽侵权案"在解决《山歌好比春江水》归属问题的同时，也唤起了社会对《刘三姐》音乐原创问题的关注。如今网络平台上，既充斥着针对"乔老爷"的各种"吐槽"，也不乏就《刘三姐》音乐问题而展开的深度讨论。好奇者不禁要问：经"规范"后的《山歌好比春江水》署名，为何回到了 1960 年歌舞剧《刘三姐》的提法之中？该署名是否适用于其他《刘三姐》音乐作品？《著作权法》颁布以来，从未休停的《刘三姐》侵权诉讼背后有着怎样的人事迷踪？为回答好上述问题，我们有必要先对各版《刘三姐》舞台、影视作品之母体——彩调剧《刘三姐》第一方案音乐的第一度创作情况做一番考察。

一 ‖ 演出概况及其音乐假说

按照彩调剧《刘三姐》各个版本生成的先后次序，我们习惯于将 20 世纪 50 年代末由柳州曾昭文编写的《刘三姐》剧本初稿称为"第一方案"。第一方案虽是针对剧本而提出，但是它同时也指代一个经音乐一度创作并上演的"剧目"。据 1959 年《柳州日报》记载，该剧原是柳州市为国庆十周年"献礼"而准备的新编剧目之一，另有粤剧《李文茂威震柳州》、桂剧《蓝山翠》、彩调剧《山区巨变》和桂剧《农家儿女》等。在 1959 年 3 月 28 日"自治区会演剧目第一

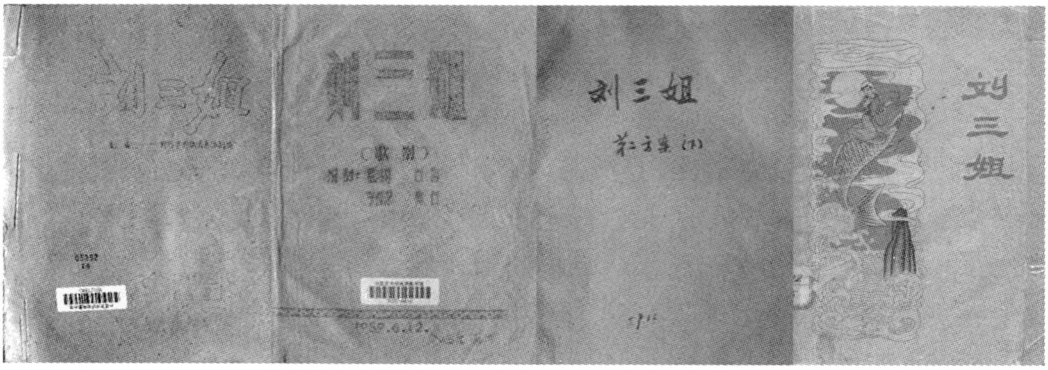

图 1　1959 年《刘三姐剧本》[3]

次公演”中,第一方案以“刘三姐(彩调,民间故事)”为名在柳州市河南剧场完成首演,并于 4 月 14 日发行油印剧本。为广泛征求意见,同年 4 月至 5 月间,该剧被选为参加广西壮族自治区会演的重点剧目,陆续在“全区戏曲观摩会演”“国庆献礼汇报”和“劳动节公演”中与南宁市民见面;至 7 月时,有记载的公演已达十余场。同年 8 月,第三方案登台,该剧随之退出人们的视野。

现存的彩调剧《刘三姐》第一方案剧本(图 1 左 1)仅有文字并未收入乐谱。受此制约,长期以来人们对该剧音乐情况知之甚少。2010—2014 年间,笔者在梳理《刘三姐》音乐文献、剧本和知情者言论的过程中,发现了《刘三姐》经典音乐原型与创作理念存在于第一方案中的证据,并由此推导出以下“五点假说”[4]:

(一)在第一方案剧本中,《山歌好比春江水》《世上哪见藤缠树》和《盘歌》三曲的音乐原型(或作“音乐素材”)既已出现;

(二)“彩调与山歌相结合”与“人物立场与特定唱腔组合”两个核心创编理念首创于第一方案,并为其后各版《刘三姐》舞台作品所采用;

(三)《山歌好比春江水》是柳州山歌《石榴青》《柳州有个鲤鱼岩》演变过程中的新变体。柳州宣传部干事黄友琴(1922—1982)在原民歌基础上,首创以|26 76|5- |为结束音调的“《刘三姐》主题音乐”,该曲是《山歌好比春江水》的早期版本;

(四)柳州师范专科学校音乐教师郭冠芳(1922—1959)创作了《盘歌》音乐;

(五)《年年三月是歌节》是电影《刘三姐》中《世上哪见藤缠树》的前身,郭冠芳或为最早成就该曲雏形者。

上述音乐假说出现于彩调剧《刘三姐》第一方案公演前的一度创作阶段。因乐谱失存,最初的音乐细节如今已难觅踪迹。可以确定的是,这一开始便已确立的《刘三姐》音乐原型与创作理念,最终成为后来第三方案、歌舞剧和电影创编时的重要启发与借鉴。因此,我们考察与之相关的原创时间、参与者和创作过程等要素,对推进《刘三姐》历史遗留问题的解决将是大有裨益的。

二 | 音乐一度创作的"时间"问题

"时间"作为记录事件的第一要素,对甄别和界定事件参与者具有决定性作用。但迄今为止,人们在阐述《刘三姐》第一方案音乐一度创作的启动时间上,提法并不统一。下面,我们对三份涉及该剧音乐创作时间的文献进行综合解析,并从中整合出本文观点。

在 2015 年一篇回忆彩调剧《刘三姐》编曲者黄友琴的文章中,作者写道:"黄友琴与《刘三姐》结缘是在 1959 年 1 月。"[5] 然而,此说与黄友琴 1977 年信件中的相关表述并不一致。在这封为说明彩调剧《刘三姐》创编情况而写的信中,黄友琴提到了两个启动《刘三姐》创编的时间(见着重号),一个出自该信第二页:"十九年前,彩调剧《刘三姐》是柳州市向国庆十周年献礼的重点剧目……音乐方面则由我负责全面考虑设计,音乐组叶春旺等也参加了音乐设计的创编。1958 年冬创作,1959 年初 3 月演出";另一个出自该信第十页:"第一方案音乐设计黄友琴负全责,有彩调团艺人叶春旺等参加。时间是 1959 年元月开始的。"[6]

"(十九年前)1958 年冬"和"1959 年元月"两个时间虽相距不远,但当二者作为音乐创始的起点被同一人提及时,误读的风险便增大了。实际上,若对两个"时间"各自所指事件稍加辨别,便知二者之间并无矛盾。在黄友琴回忆中,1959 年元月是他开始负责该剧"音乐设计"的时间;而十九年前的 1958 年冬则是其参与《刘三姐》"创作"的时间。"设计"与"创作"意思大有不同,可见两件事情对于黄友琴来说分量也不尽相同。无论如何,我们现在知道,黄友琴至少在 1958 年冬便与《刘三姐》"结缘"了。

距事件发生年代较近的记录,其内容通常更为真实可靠。为此,我们在 1959 年柳州文联对"两年来文艺创作工作"进行的总结中,找到了有关《刘三姐》初稿形成时间的描述:"在去

图 2 黄友琴于 1959 年[7]

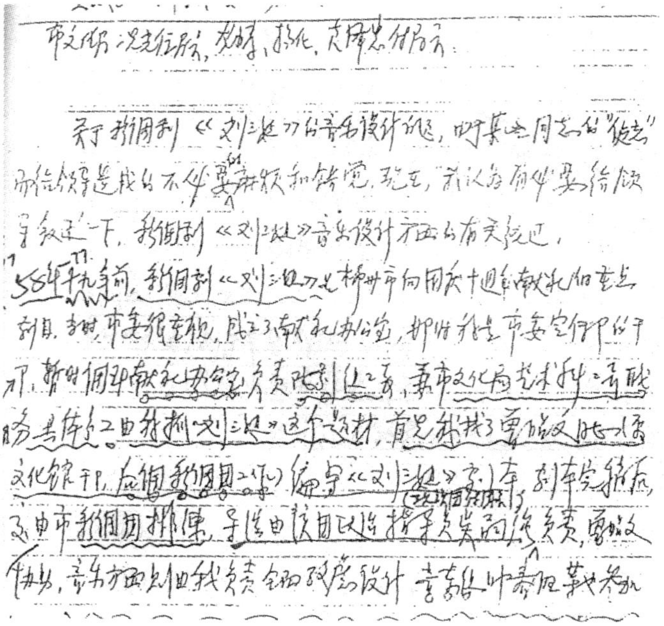

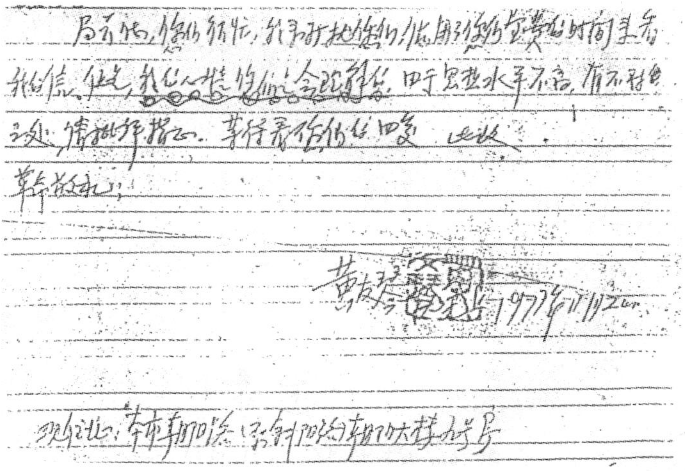

图 3　黄友琴 1977 年信件(复印件)开头与落款

年大办钢铁运动中,开展了大编大写大演大唱的群众运动,文艺作品达一百万件以上……文艺工作者与艺人合作,1958 年就创编了各种剧目 2558 个,特别是‘刘三姐’放出了异彩。”[8]文中“1958 年就创编了”这一“完成时态”叙述方式,清晰地指出了《刘三姐》初稿形成于 1958 年这一事实。换言之,在 1959 年柳州文联人士的记忆里,第一方案剧本与音乐文案在一年之前即已完成;到 1959 年 12 月文联大会召开时,1958 年的初稿已经修订、完善和升级,在新的创作班子及其成果(第三方案)中“放出了异彩”。

按常理推断，为新中国成立十周年“献礼”而准备一个全新剧目，提前一年甚至更早开始策划、组织并形成初稿都是合理的。综上所述，本文认为彩调剧《刘三姐》第一方案的音乐一度创作始于1958年冬，止于1959年7月；其间，按工作进度和内容可分为“1958年冬音乐初稿形成”和“1959年上半年音乐设计与修改”两个阶段。因第一阶段在原创性上较后者有着更为深远的意义，当将其作为解决问题的关键时间，加以重点关注。

三 ‖ 1958年冬的音乐始创人员

新中国成立以前，中国舞台上曾出现过数个以“刘三姐”为主要人物的戏剧作品。然而，无论是20世纪初海陆丰(今汕尾市)上演的正字戏《刘三妹割草》；还是1957年宜山编演的桂剧《刘三姐》，其音乐均依戏曲规律而创，与主打“山歌”音乐的《刘三姐》实无关联。直到1958年曾昭文第一方案剧本形成，大量山歌歌词加入之后，吸收民歌进行《刘三姐》剧音乐创编才得以成立。显然，曾昭文正是第一方案剧本唱词的收集、整理和编写者。而相对于歌词而言，该剧一度创作中音乐参与者的情况则要复杂许多。

1977年，黄友琴认为自己在《刘三姐》音乐署名上受到不公正待遇，为更正柳州市彩调团“某些同志的‘健忘’”而写下了上述信件(图3)。信中，作者回顾了自己在和平彩调团[9]任《刘三姐》音乐负责人期间的工作情况，详述了其创编“《刘三姐》主题音乐”的全部过程，但未对“1958年冬”的创作细节进行介绍。为了解这个冬天所发生的故事，笔者于2009至2013年间对柳州李家辉(1924—2013)进行了多次访谈。自此，一个始建于1958年下半年的《刘三姐》“三人音乐小组”逐渐进入我们的视野。根据李家辉的自述及由他提供的数份第三方证明材料，该组成员除黄友琴之外，另有利用业余时间参与《刘三姐》谱由的郭冠芳和李家辉。

郭冠芳和李家辉是南宁地区人。1944年，二人考入广西省会国民基础学校艺术师资训练班(广西艺术学院前身)高级音乐班，四年后以广西省立艺术专科学校(1946年成立)第二届毕业生身份毕业。新中国成立后，郭冠芳先后在柳州高中、柳州师范专科学校担任音乐老师；李家辉在柳州市委宣传部教育科主管教育工作。据李家辉回忆，“1958年下半年，我从宣传部调至柳州第二高中任校长不久，我之前的同事，宣传部负责抽调《刘三姐》音乐工作者的组织干部科科长张惠文便找到了我。她让我与时任柳州师范专科学校音乐老师的郭冠芳，市委宣传部黄友琴三人组成《刘三姐》音乐设计创编组。因我与郭冠芳均有要务在身，经组织协商，同意我二人不脱产，利用业余时间参与该剧音乐创编”[10]。

图 4-1　民国三十七年(1948 年)七月十二日广西省立艺术专科学校第二届毕业纪念摄影(郭冠芳,后排左三;李家辉,后排右一)[11]

图 4-2　1948 年的郭冠芳
(从图 4-1 截出)

图 4-3　1948 年的李家辉
(从图 4-1 截出)

谈到黄、郭、李三人的工作情况,张惠文在其证明材料中写道:音乐组的工作地点,在柳州师范专科学校礼堂旁边的一间小房屋里,音乐组不与剧本创作组及剧团发生直接联系。剧本写好一幕,就交到宣传部,再由黄友琴同志拿到音乐组去谱曲。谱好后交回宣传部,再交剧本创作组和剧团排练。全剧写好后,再从头到尾校对修改,有时经过多次反复修改才定稿。我记得他们三人经常工作到深夜。[12]

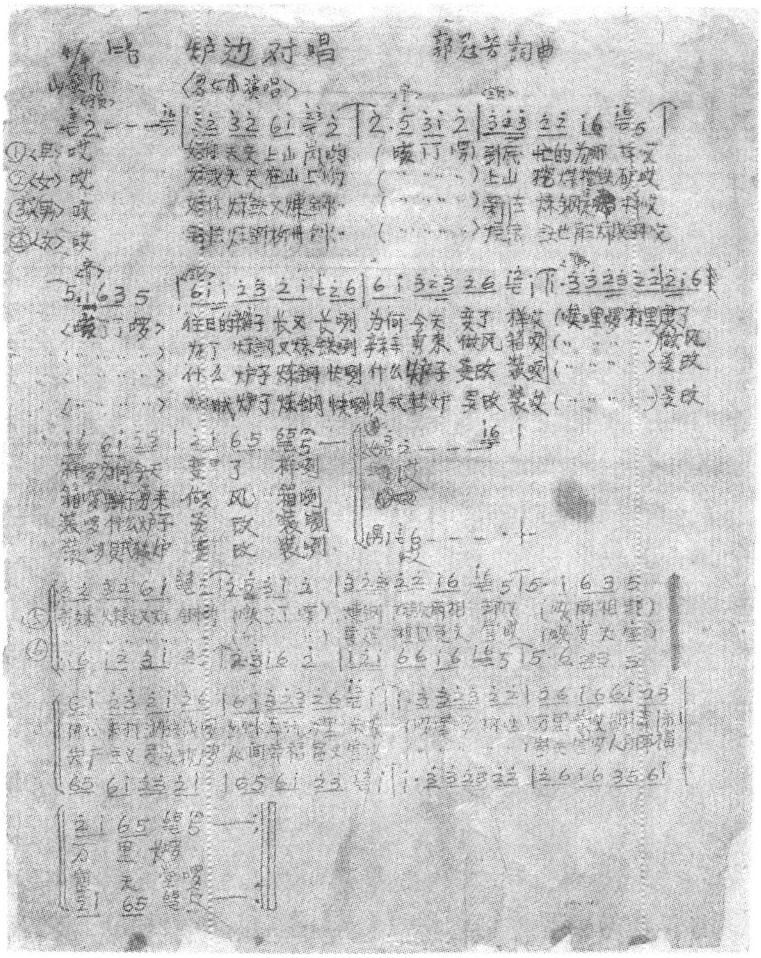

图 5　1958 年“大炼钢铁”期间，由郭冠芳创作的《炉边对唱》[13]

因特殊的人事安排与工作流程（上文着重号），当时知晓郭、李二人参与《刘三姐》音乐创编的人并不多，如今健在的知情者恐已所剩无几。造成二人不为人知的原因有很多，第一方案音乐初稿失存一事应是重要因素；而公演前一个月（1959 年 2 月 19 日）年仅三十七岁的郭冠芳因病辞世一事，也是众多因素中最为关键的一个。1959 年 12 月，《刘三姐》第三方案剧本由广西壮族自治区人民出版社出版发行。该剧本将第一方案音乐成果收入其中，却在有意无意中忽略了黄、郭、李三人的音乐贡献。今天，当人们在该剧本“曲三”（见图 6）处看到由郭冠芳编曲的《盘歌》乐谱时，能说清楚“郭冠芳是谁”的人已经不多了。

小　结

彩调剧《刘三姐》第一方案是首块倒下的“多米诺骨牌”，由其引发的“蝴蝶效应”如“大跃

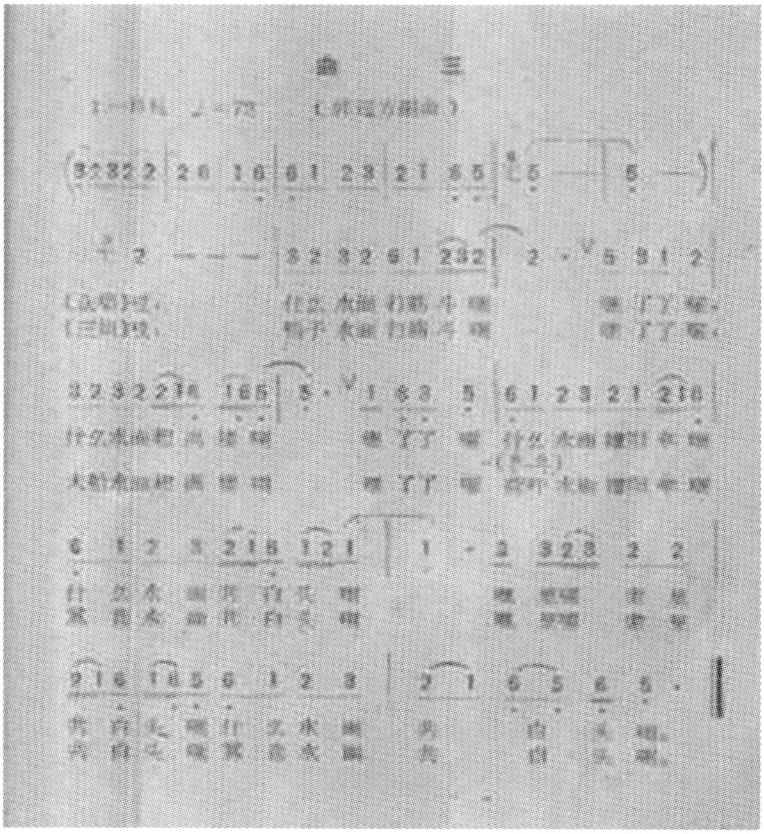

图 6　1959 年 12 月版《刘三姐》第三方案剧本 77 页,由郭冠芳编曲的"曲三"(《了了罗》)

进"时代的热情一般,远远超出了初创者们的心理预期。可惜的是,作为涉及《刘三姐》"原创"问题的关键剧目,第一方案音乐的一度创作情况多年来未能引起足够的社会关注。论其缘由,除上述客观原因外,与特殊时代中错综复杂的人事纠葛亦不无关系。本文从第一方案演出概况与音乐假说入手,在所涉报纸、信件、采访录音及证明材料等基础上,对与音乐"原创"相关的时间、人员进行了解析与推理。现在,我们按事件记录五要素(5W)原则作如下梳理:

为突出第一方案音乐素材和创编思路的智力劳动者,下表 1 创编者一栏仅列出了曾昭文、黄友琴、郭冠芳、李家辉、叶春旺五位音乐原创人。

第一方案初稿完成后,愈来愈多的创编工作者陆续增援到该剧创编工作中。他(她)们的名字多与升级后的彩调剧《刘三姐》版本(第三、第五方案等)相关联,其劳动应得到尊重与认可。碍于篇幅和影响力,本文对此不作赘述。在黄友琴辞世三十周年(2012 年)之际,1960 年版歌舞剧《刘三姐》创编者宋德祥、江波(二人并未参与彩调剧《刘三姐》创编)合理使用其法律资本，诉乔羽、雷振邦之女雷蕾（后经协商撤销对雷蕾的起诉）侵权《山歌好比春江水》，并最终促成该曲署名权回归“集体”之中。这一举措，应视为对曾昭文、黄友琴两位原创者最好的告慰。

表1　1958年冬彩调剧《刘三姐》第一方案音乐一度创作情况考察结论一览

序号	5W	关键词	考察结论
1	When	阶段与时间	音乐初稿形成：1958年冬
			音乐设计与修改：1959年上半年
2	Who	创编者	剧本唱词：曾昭文
			音乐初稿：黄友琴、郭冠芳、李家辉
			音乐设计与修订：黄友琴、叶春旺
3	Where	“音乐设计创编组”工作地点	柳州师范专科学校礼堂旁小屋二楼
		彩调团“音乐组”工作地点	广西军区招待所
4	What	创编理念	彩调与山歌相结合、人物立场与特定唱腔组合
		创编代表成果	刘三姐《主题歌》《年年三月是歌节》《盘歌》三曲之音乐雏形
5	Why	创作原因	柳州市为国庆十周年“献礼”准备节目

后　话

2013年10月22日，李家辉先生在柳州因车祸辞世，时年八十九岁。

1946年，魏清励先生就于读广西艺术专科学校，成为郭冠芳、李家辉二人的同学。20世纪50年代末，魏清励曾任广西《刘三姐》会演大会秘书处秘书长，负责《刘三姐》音乐稿件的收集和整理工作。他是众亲历者中最早向笔者讲述郭冠芳参与《刘三姐》音乐创作的人，其口述材料为本文提供了重要线索。2017年1月6日，魏清励在桂林因病辞世，时年九十一岁。

李家辉遗孀陈小美女士现已八十八岁高龄，家住柳州市跃进路。1958年《刘三姐》音乐设计创编组工作期间，她与郭冠芳爱人肖钟莲（2011年病故）负责三人小组的后勤工作，有关李家辉参与《刘三姐》音乐的情况可以向她求证。

[注释]

[1] 2015年8月3日,南宁市中级人民法院一审判定乔羽侵犯《山歌好比春江水》作者署名权,判令乔羽立即停止在《山歌好比春江水》作品上署名,赔偿作者有关损失,并将乔羽的声明视为赔礼道歉,消除影响。见谢洋、陈卓琼:《〈山歌好比春江水〉署名权之争》,载《中国青年报》2016年3月30日。

[2] 2005年10月,1960版歌舞剧《刘三姐》创编者宋德祥(时年81岁)给人民音乐杂志社写信,指出《山歌好比春江水》不是乔羽、雷振邦的作品,希望《人民音乐》告知读者,匡正错误。

[3] 由左到右依次为:1.彩调剧《刘三姐》第一方案油印剧本(柳州专区代表团,1959年4月14日,现藏于中国艺术研究院图书馆);2.歌剧《刘三姐》油印剧本(编剧:蓝鸿恩、古笛、李叔源、莫右,1959年5月12日,现藏于中国艺术研究院图书馆);3.彩调剧《刘三姐》第二方案手抄剧本(1959年7月,未出版,现藏于广西壮族自治区图书馆);4.彩调剧《刘三姐》第三方案(执笔:邓凡平、牛秀、黄勇刹、曾昭文、龚邦榕,广西人民出版社1959年12月出版)。

[4] 详见拙著《三首〈刘三姐〉歌曲的历史原貌》(载《中国音乐学》2011年第3期)、《〈山歌好比春江水〉早期音乐版本研究》(载《人民音乐》2014年5月号)和《好人唱山歌,坏人唱彩调》(载《中国文化报》2010年5月13日)。

[5] 罗劲松、何振强:《熟悉的旋律陌生的名字——〈山歌好比春江水〉编曲人黄友琴的创作故事》,载《广西日报》2015年8月21日。

[6] 出自黄友琴1977年11月20日写给"市文化局况光位局长,龙小寿、杨化、赵择忠副局长"的一封信,2009年1月18日,笔者从柳州李家辉处获得该信复印件。

[7] 图片来源:http://gx.people.com.cn/BIG5/n/2015/0821/c179477-26072788.html。

[8]《本市召开文艺先进工作者文联会员大会》,载《柳州日报》1959年12月14日。

[9] 柳州民营彩调团,1959年5月15日时转为国营,更名为"柳州彩调团"。

[10] 根据李家辉录音整理。

[11] 由郭冠芳长子郭悦提供。

[12] 节选自张惠文:《关于抽调人员组建柳州市彩调剧〈刘三姐〉音乐设计创编组的情况简介》,原文收于《李家辉全宗(一)》,4页,现藏于柳州市图书馆。

[13] 由郭冠芳长子郭悦提供。

(原载《南方文坛》2017年第3期)

深流藏于静水　生机蕴于寂寞

简论近二十年的广西散文创作

□ 刘铁群

20 世纪 90 年代以来，文学桂军的崛起在文坛和学术界引起了广泛的关注，而关注的焦点主要集中在小说创作。与小说界所呈现的呼啸澎湃之势相比，广西散文界似乎显得平静而寂寞，但这并不能说明广西散文没有作为。梳理二十年以来广西的散文创作，我们会发现广西的作家一直在散文创作上执着探索、默默前行，而且取得了不俗的成绩。表面波澜不惊的广西散文界可以说是深流藏于静水，生机蕴于寂寞。

一 ‖ 在理性反思中默默前行

二十年以来，广西散文创作所取得的成绩与散文创作团队的自觉密切相关。可以说在这二十年间，广西的散文创作团队一直在理性反思中默默前行，广西散文家比以往更自觉、更理性地总结自身创作中存在的问题，并努力探寻促进、提高广西散文的途径与方法。在这个过程中，广西散文学会起到了关键的作用。广西散文学会的前身是 1989 年成立于防城港的广西散文家创作联络会，之后更名为广西散文家协会，1996 年再次更名为广西散文创作与研究会，2016 年更名为广西散文学会。广西散文学会在凝聚创作力量、总结创作经验、推动广西散文发展方面有突出的贡献。

1996 年 12 月 4 日至 6 日，“广西散文战略研讨会”在防城港召开。凌渡做了题为《广西散文回顾与展望》的发言，他在回顾新时期以来广西散文创作的成绩和不足的基础上提出，散文家要“加强散文艺术创造和艺术创新意识”，“要有坚韧不拔的执着的精神”，要让散文“关注社会，贴近生活，切入人生”。同时指出促进、提高广西的散文需要对散文宽容，也需要评论家讲真话。徐治平做了题为《新时期广西散文创作的得失与前景展望》的发言，总结了新时期以来广西散文创作所取得的成绩和存在的问题,并且展望了广西散文发展的前景。他呼吁"各界重视散文创作",呼吁散文家"既要发挥广西的题材优势,又要开拓新的题材领域"。"既不作茧自缚,排斥'大散文',又要精益求精,让自己的创作进入'艺术散文'的极致。"此次会议决定将"广西散文家协会"更名为"广西散文创作与研究会"。选出新一届会长凌渡,副会长徐治平、彭匈、冯志奇、彭洋。

2000 年 11 月 10 日至 12 日,广西散文界在大新县德天瀑布风景区举行笔会,会议总结四年来广西散文创作的成就与不足,研究了当前散文创作的各种现象与理论问题,选出第三届广西散文创作与研究会的领导成员,会长徐治平,副会长彭匈、蓝阳春、张燕玲、林宝。凌渡为名誉会长。会上决定组织人力编写一部《广西散文百年》。

2008 年 7 月 12 日,广西散文创作与研究会年会在柳州市举行。此次年会的主要内容是进行第四届广西散文创作与研究会的换届选举和探讨今后广西散文创作与研究的发展方向。会上,徐治平做了工作报告,总结了八年以来的工作情况。他在报告中指出,近八年来,广西散文创作与研究会在发现和培养散文作者、开展采风和创作活动、研究广西散文创作动态等方面做了大量工作。其中,四十多位散文作家出版了四十多部散文、随笔专著,成绩显著。徐治平主编的《广西散文百年》,全面介绍了近百年来广西散文作家的创作成果,意义十分重大。大会选举产生了第四届广西散文创作与研究会的新一届领导机构。严风华当选为会长,陈中林、蒙飞、林宝、刘澍萌、黄晓娟、阮直为副会长。同时还推选了凌渡、徐治平为名誉会长。

2016 年 12 月 28 日,广西散文创作与研究会年会在南宁亿仓花海召开。此次会议决定将广西散文创作与研究会更名为广西散文学会,并增补黄鹏为常务副会长。会长严风华做了《广西散文创作与研究会总结》,他指出,"广西散文家经过几十年的发展,形成了老中青三个阶梯的创作队伍。现在,新一代散文家,承传散文传统,坚守散文园地;注重生活实践,勇于探索创新,用扎实的作品为自己确定了在散文界的地位。这几年,不断涌现了一些散文新人。他们是黄少崇、黄鹏、罗南、林虹、黄庆谋、孟爱堂、透透、侯珏、陈洪健、卢悦宁等。他们的笔端,不再满足于模山范水,而是把注意力关注到本土的民俗与文化,从生活的细节中寻找民族的记忆。"在认可散文创作队伍壮大,创作实力提升的前提下,严风华也指出广西散文创作还存在"队伍结构松散""缺乏一个富有号召力的活动品牌""缺乏有全国影响力的作家、作品"等问题,并针对存在问题与缺陷提出了今后工作的方向。

除了广西散文学会在广西散文创作团队中充分发挥凝聚力量,广西文艺界也在政策方面给散文创作提供扶持。2013 年,广西作协推出了以培养青年作家为目的"1+2"人才培养工程。由十位著名作家担任导师,每位导师以结对子的方式指导两位青年作家,辅导他们完成一定数量的高质量文学作品。在散文创作中已经取得一定成绩的林虹、罗南、黄庆某、孟爱堂等作为学员参加了这个工程。2015 年,广西作协开始实施"美丽南方·广西"文学系列创作招标项目,面向全国公开招标。这个书写美丽南方的项目非常适合散文创作,有六位广西作家的散文创作选题与写作计划通过评选并签订了项目创作协议，它们是朱千华的《稻作原乡》、梁晓阳的《天堂故乡》、严风华的《八桂江河水上人家》、谭延桐的《亲爱的壮乡》、张迪的《兰井巷7号》、庞华坚的《飞扬的红土地》。这些文艺政策的扶持为广西散文创作的发展提供了推动力。

二 ‖ 团队的壮大与创作的推进

近二十年来，伴随着创作者的理性反思和文艺界的政策扶持，广西散文创作队伍不断壮大，创作持续推进，形成了不同年龄阶段的作家携手共进的局面。以凌度为代表的20世纪30年代出生的作家依然坚守散文园地，坚持笔耕。以徐治平、彭匈、潘琦、蓝阳春为代表的40年代出生的作家还保持着旺盛的创作力，不断推出散文集。徐治平习惯以脚步接近大自然，以心灵体验大自然。90年代之后，徐治平更是以生态的眼光看待自然，在描写自然景观的散文中思考生态问题和人类的未来.他近年来先后推出的生态散文集《面朝大海——北部湾生态笔记》和《守望森林——广西森林生态考察》延续了这种思考。彭匈连续出版了散文集《云卷云舒》《会心一笑》《极品男人》《一事能狂》《我的另类先人》《丛林栖居》等。潘琦连续出版了散文集《绿叶集》《五彩八桂》《这里散发着醇香》《绿色颂歌》《瑶山春色》《春天的呼唤》等。

以冯艺、顾文、庞俭克、李甜芬、黄夏斯榕、阮直为代表的50年代出生的作家在广西散文创作中是承前启后的中坚力量，他们以开阔的视野、独特的人生阅历和丰富的创作经验将自己的散文创作推向了新的高峰。2000年以来，冯艺接连出版了《逝水留痕》《桂海苍茫》《红土黑衣》《沿着河走》等散文集，其中《桂海苍茫》于2005年获第八届全国少数民族文学“骏马奖”奖。另外，冯艺的散文《一个人的国际共运史》（原载《美文》2015年第8期）发表后引起关注，入选“2015年中国当代文学最新散文作品排行榜”，并被选入《2015年中国散文精选》（中国作家协会创研部选编，长江文艺出版社）。顾文出版了散文集《之乎者也》，李甜芬出版了散文集《走进京岛》《本色毛南》，黄夏斯榕出版了散文集《朗读高原》。阮直的杂文也是广西散文界不可忽视的收获，他先后出版了杂文集《美的突破》《思想胚胎》《阮直集》《美丽的麦芒》等。阮直2000年入选《杂文选刊》“中国当代杂文三十家”，2006年两次获得《人民日报》“大地”文艺副刊征文二等奖。阮直的杂文《谁说我们不爱鸟》2009年入选《中国新文学大系》（杂文卷），杂文《可杀10头牛办婚事的“细则”》《行军蚁“死亡漩涡”的启示》同时入选《2016中国杂文年选》（花城出版社）。

以严风华、张燕玲、包晓泉、林宝为代表的60年代出生的作家进入散文创作的成熟期，佳作不断。严风华出版了长篇散文《一座山，两个人》和散文集《四季飘香》《民间记忆》《总角流年》。张燕玲出版了散文集《静默世界》《此岸，彼岸》《广西当代作家丛书·张燕玲卷》。她的散文《此岸，彼岸》（原载《人民文学》2003年第11期）发表后，获得了广泛的好评，入选“2003

年中国文学最新散文作品排行榜”,并先后被《散文》(海外版)、《散文选刊》《中华文学选刊》《2003 年中国随笔选》(花城出版社)、《2003 散文》(人民文学出版社)、《创世纪编年文选》(山东画报出版社)、《2003 年最具阅读价值散文随笔》(上海社科出版社)等转载或收入。她的散文集《静默世界》《此岸,彼岸》分别获得了第二、第三届中国女性文学奖,后者还获第四届全国优秀妇女读物;她的散文《西津渡锅盖面》是 2016 年春节《文汇报》给读者拜年之作,被《散文选刊》(2016 年第 5 期)转载,并入选《2016 年中国散文精选》(中国作家协会创研部选编,长江文艺出版社)。包晓泉出版了散文集《山水沉香》,林宝出版散文集《永远的蔚蓝》。

新生力量的迅速成长是广西散文创作团队壮大的重要表现。近二十年来,一批年轻而富有朝气的作家加入散文创作队伍,给广西散文界带来新的生机与活力。《广西文学》对这些新锐力量给予了特别的关注与支持。2007 年,《广西文学》第 9 期策划了“广西散文新势力 16 人作品展”,以散文专号的形式整体推出梁志玲、蓝薇薇、何述强、沈东子、董迎春、刘美凤、莫雅平、王梆、沙地黑米、李金兰、王冰、叶华、石丽芳、苏会玲、透透、欧泽璋等十六位作家的二十七篇散文。2015 年,《广西文学》第 9 期又策划了“广西散文新锐专号”,整体推出了唐女、林虹、陶丽群、罗南、黄庆谋、梁晓阳、孟爱堂、廖莲婷、颜晓丹、寒云、杨仕芳、刘景倩、宋先周、李海凤、羊狼、陈洪健等十六位作家的二十一篇散文。这些广西散文界的新生力量显示出良好的创作势头,他们在各级刊物发表散文,有的已经出版了数量可观的散文集,而且在文坛产生影响。林虹的散文《江山交付的下午》(原载《作家》2014 年第 11 期)发表后得到好评,2015 年入选《散文选刊》《2015 年中国最美散文》《艰难世界——年度最佳散文集》,该文获得“2014 年度华文最佳散文奖”,2017 年再次获中国少数民族作家学会首届“多民族陵水杯”优秀作品奖。林虹的另一篇散文《从零度空间落下》(原载《散文选刊》2014 年第 10 期)获得 2014 年度中国散文年会二等奖。梁晓阳近年的创作也颇受关注,他的散文《清凉的台地》2009 年获得首届中国西部散文奖新锐奖,先后被收入《首届中国西部散文奖获奖作品集》《大美中华》《苍狼大地》《延安文学 200 期作品精选》和《中国西部散文精华》等选集。2010 年,《中学生阅读》(高中版)第 12 期品牌栏目“岁月珍藏”专门向中学生介绍了梁晓阳的散文。2017 年梁晓阳的长篇散文《吉尔尕朗河两岸》获得首届“三毛散文奖”。从诗歌创作转向散文写作的黄鹏也有不错的成绩,他的散文《壮家白斩鸡》2015 年获得第二届中外诗歌散文邀请赛一等奖。

三 ‖ 在多元与纵深中寻求突破

在“文革”结束后的十余年间,广西散文曾取得了前所未有的丰收,广西的散文家已经引起国内文坛的关注,一些作品还入选了权威的散文选本。但这一时期广西的散文创作也存在明显的局限。首先是题材还不够开阔,从 20 世纪 70 年代末到 80 年代初,广西的散文以描写、反思“文化大革命”给人民留下的伤痕,回忆故人,歌颂国家的巨变和时代新气象为主要内容。从 80 年代中期到 90 年代初,广西散文最重要的内容是描写自然风光和民族风情,反映少数民族地区人民为改变落后面貌而辛勤劳动以及少数民族地区的巨大变化。其次是思想深度不够,多数作品停留在描写先进人物、时代新风和国家的变化等,没有深入表现人的复杂的内心世界的和民族的精神与性格。最后是在艺术表现上还不够丰富多样,很多作品都是由写景抒情上升到对祖国、民族、人民的歌颂。这些局限在某种程度使一些散文在思想、模式上趋于僵化。

与“文革”后的十余年相比较,近二十年来广西的散文创作题材更开阔、风格更多样,无论是对自然、历史、生命的关照与感悟,还是对日常和现实的体察与剖析,都展示出了思想内涵与艺术功力向多元、纵深发展而开拓出的更丰润的散文天地。

1.对自然的关照与思考

对自然景观和风俗人情的关注一直贯穿在当代广西散文的创作中。在 80 年代,广西散文热衷于书写自然之美、风俗之美,并从中挖掘人情之美,由此歌颂新时代新风尚。近二十年来,广西散文在对自然的关照中多了一份沉静与思考。徐治平的转变非常具有代表性。徐治平的很多散文都是对自己旅途中的足迹和思绪的记录,如果说 80 年代的徐治平是一个欣赏自然风物的旅者,那么 90 年代的徐治平就是一个凝望、思考的旅者,而他的凝望与思考逐渐集中到生态问题。他近年来的作品《面朝大海——北部湾生态笔记》和《守望森林——广西森林生态考察》都是在对八桂热土的深情书写中蕴含了对生态问题的思考和对生态文明的呼唤。

严风华的长篇散文《一座山,两个人》描写了作者投入山野,享受山野以及对人与自然关系的思考。在作者笔下,山野是宁静美好的,也是寂寞清苦的。但不管是宁静美好还是寂寞清苦,他都愿意坦然接受,并乐在其中。因为他迷恋人与自然和谐相处的氛围,迷恋在山林中安放心灵的归属感:“这个地方,无意中说来就来了,无意中就属于我了。整个山林是我的,整个黑夜是我的。萤火虫的光亮,夜鸟的啼叫,草虫的吟唱,树叶的摩挲,山风的吹拂,都是我的。我从来没有如此富有,富有得如此舒坦,舒坦得如此轻盈。”在人与自然和谐相处的过程中,自然界一切都是平等的,动物、植物和人都成了朋友。作者对朴素的山野生活的回归与都市人的文化困境相关。人类在享受都市文明的同时也被都市文明伤害,失去了精神的家园和心灵的归宿,作者认为“城市其实就是一方看不见的沼泽地,时时让你陷入其中,时时让你挣扎,不得安生”。因此他要在山野“为自己开辟一片属于自己的心灵世界,避开烦劳,避开嘈杂,让心清一清,静一静”。显然,严风华是希望借助山野生活对抗都市文明对人的异化,建构属于自己的“心灵世界”。

梁晓阳的长篇散文《吉尔尕朗河两岸》把目光投向神奇的新疆,书写天山脚下吉尔尕朗河两岸的自然风光和人文风情。作者在行文中有欣喜,有发现,有陶醉,有景仰。飘逸的羊群,纯洁的雪山,美得脱俗的草原,质朴的哈萨克牧民让作者发现了一种纯粹的带有力量的美,一种能让内心纯净丰盈的美。作者认为能与这样的美相遇是幸运的:"一个因为庸碌的南方生活而显得六神无主到处寻求寄托的文弱书生,能够与这些强悍而丰富的民族魂魄相遇并且心有相通,这实在是上天赐予我的一份机缘和福气。""从内心深处来说,我一直把草原生活看作是一种与鲜花亲近、与生命沟通的最原初方式。马蹄走过的地方,是意志飞扬的地方;毡房盖起的地方,是祥和笼罩的地方;畜群吃草的地方,是歌声唱起的地方。"作者走向草原不是简单意义上的旅游和观赏,而是与自然亲近,是与生命沟通。如果说严风华是通过山野生活建构"心灵世界",那么梁晓阳是通过融入草原寻找诗意栖居。他们都是在沉静和思考中把对自然的书写引向纵深。

2.对历史的感悟与反思

历史文化题材一直是当代散文创作的热点。近二十年来,冯艺、张燕玲、廖德全、潘大林、童健飞等一批广西作家都在对历史文化的书写中显示出智慧与艺术的深度。

冯艺写了不少历史文化题材散文,主要收在《桂海苍茫》《红土黑衣》中。冯艺善于在历史的尘埃中拾捡被遗忘的文明碎片,书写历史文化被漠视和遗忘的悲哀。在《受难的桂林,抗战文化的堡垒》中,作者指出桂林不仅有美丽的山水,还有耀目的历史文化,但这一切似乎被人们淡忘了。因此他感叹:"今天到过桂林旅游的人,又有多少人有文化情怀去追寻过去的桂林。人们都说看桂林的山水,却又鲜于涉及桂林的文化。我多么想从人文的角度对桂林做一次饱蘸情感的全景扫描,撩拨我们埋藏心底的那份集体记忆,挽留住对抗战文化的一份怀恋。"在《潇贺古道,捡拾桂东文明的碎片》中,作者指出广西贺州也曾是一个有着浓厚文化氛围的城市,但今天已很少有人提及。"我们为什么没有感觉到古镇在消逝,为什么没有想到过早点到正在消逝的古镇去看看,为什么没有意识到古镇的消逝正在使我们丧失有关先人的记忆。"冯艺还善于以知识分子的人文情怀寻找历史中的人性精神,对历史做出新的思考和解读。在《远逝的威严,走进打开的衙门》中,作者努力地寻觅,渴望通过自己的思考拂去历史的烟雾和尘埃,还原历史的真相。面对莫氏土司衙门,他做出了尽量客观的评价:"莫氏土司世袭了二十三代,其中有庸官,有贪官,也有一些好官,决不能用今天的眼光去看他们。"《西林教案,西方传教士的悲剧》是对一百年前的"西林教案"这一历史事件进行新的解读。冯艺突破了侵略与被侵略这一框架的限制和束缚,把叙述的关注点放在传教士马赖身上,客观地描述了这个西方传教士献身于宗教事业,为了自己的信仰不惧艰辛、执着前行、永不言弃的精神。

女作家张燕玲对历史的书写更多了一份敏锐与灵性,她的目光和思绪能瞬间照亮历史,同时又接通现实,她在历史与现实之间游走自如、奇思频现。《耶鲁独秀》《西津渡锅盖面》《础石》等一批散文都是既具艺术功力又见思想深度的作品。《础石》写漫步未央宫遗址看到的柱础石,它们浑圆、饱满、简朴、实在,虽然立于废墟之中,却没有现代工地中水泥桩的冷漠,"础石们静静地矗在那里,雄浑厚重,充满生命感和力量"。作者被这种最质朴的美震撼,被这种质朴的美所蕴含的文化精神打动,这种文化精神的核心是"够用"——"在汉代,一切遵循'够用'就好了。所谓天地为心,简朴为用。"她感叹:"够用,真是今人所缺失的精神。""够用,在我心中没有任何语言会比够用的础石古拙与强大了,两千多年前的稚拙与简朴,令当下无度的奢华暗淡无光。"作者的目光照亮了废墟中的础石,而础石的文化精神也映照出了我们当下的虚华与尴尬。

3.对生命的思索与追问

生命是文学的核心问题,离开了对生命的关怀,文学会失去血肉和光彩。近二十年来,徐治平、张燕玲、冯艺、严风华、顾文、包晓泉、何述强等一批作家都在散文中以带着思想深度和人文情怀的文字执着地书写着对生命的思索与追问。

张燕玲善于以女性的敏锐、善感的心去探寻生命的奥秘,去追问生命的价值,存在的意义。《叩问自己》是作者在《简媜散文》的指引下对自己内心的叩问:"在这个世界里,我是谁?我在哪里?为什么我在一路兼程?我真的可以自由支配自己的这副躯体吗?"作者想到了子君和娜拉,她们都无法挣脱生活的束缚、世俗的吞噬而走向悲剧。作者渴望摆脱尴尬,把握自己,渴望获得心灵与灵魂的自由。《此岸彼岸》以新颖的立意和饱满的情思表达了对生命的敬畏与疼痛。在"一段心灵疼痛的旅程"中,作者生发出了对此生来世的追问:"来自另外一个世界的意义对此世之人的作用更加严酷。我想,我们过去的世界实在缺失对此世来世的描述和追问,此岸彼岸我们知道得太少,这才会导致我们此行产生的一再恐惧。"在满怀疼痛的追问中,作者感到基隆人的可爱和可敬,因此她感叹:"如此尊崇彼岸各方冥灵、慎终追远,如此祭祀祖先、推己及人,如此充满敬天法人的情怀,其意义似乎早已超越了宗教。"

何述强的散文世界由一个散发着古旧气息的意象群构成,因此他的散文常常带着荒寒的冷色调,但他的散文并没有把读者带入荒寒的绝望,而是让读者感受到一种荒寒中升腾起的力量,这种力量在很大程度上来源于对生命的思考与追问。在《石龟行走在记忆的洪荒旷野中》中,他面对家族记忆中的石蛙和每日与自己无言相对的石龟,思考、追问着时光的流转和生命的规律:"生命的符号在我们的旷野里生生不息。我们不断地繁荣,又不断地荒凉。不断地热闹,又不断地冷寂。不断地失去,又不断地找回。不断地流泪,又不断地欢笑。而旷野的月光一如既往地清朗。心中有了无限的旷野,我们才想到要去建构精神的大厦,去倾泻动情的言语。"在《死亡故乡》中,他面对亲人的死亡思考、追问人生的归途:"故乡,是一个人庞大而幽微的系统,它记录有你生命的密码,你得受它萦绊,同时又获得它的滋润”。“归途是人生无法逃离的影子。萦系着我们所能承受的幸福和痛苦。”何述强的散文不是浅吟低唱,也不是慷慨高歌,而是孤独、寂寞中低沉的诉说,既带着古旧的荒寒和冷意,也带着生命的温情和热度。

4.对日常的体察与书写

对日常生活的深度体察和书写是近年来广西散文创作的突出成绩之一。严风华、林虹、李金兰、透透、韦晓明、瑶鹰、张冰辉等在这方面都有佳作推出,而广西散文界的新生力量在对这一题材的把握中更见优势。

林虹《江山交付的下午》写琐碎细微的日常生活。老屋是父母一点一点打下的“江山”,如今年近八十的父母要卖掉老屋。作者没有从勤劳的父母身上升华出普通劳动者的优秀品质,也没有从凡俗日常中探讨生活的意义。而是以平实的笔墨书写带着质感的毛茸茸的鲜活的生活场景。父母已经聊到谁先去的事,他们坦然面对生死,不避讳。而“我”感到害怕,“我想努力地忽视它们,淡化它们,想和它们对抗。”但在江山交付的这个下午,“我”并没有被害怕与对抗的情绪淹没,老屋中度过的幸福时光,兄弟姐妹曾经历的快乐与忧伤,家人几十年积攒的浓烈的亲情,都足以让“我”坦然地循着生活的轨迹向前走。作者娓娓道来的文字中透出动人的温暖,这种温暖就像散文中“我”剪苦丁茶时的心情:“我剪那么多,给谁呢?一些给予我温暖的人啊,这些从我手中一片一片剪落的茶,我要从树上摘下,洗净,晾干,剪片,再炒,然后晒干,我在做这些的时候,心存愉悦和想念,等对方用一杯热水泡茶时,那些温度就一点点散发出来了,我想做个温暖的人。可是,喝的人能体恤出来吗?可是,不一定要知道的。很多时候,就是这样,默默的,就好。”

李金兰也经常把笔墨伸向日常生活。她善于把用心触摸过的生活炼化成有生命的文字,并且用笔下的文字去拾捡遗落在生活中的温暖。在《口盅与骏马》《寻寻觅觅》《何事相悦》等一批散文中,她以平淡却不乏诗意的文字述说日常生活中的温暖。她在《何事相悦》中写道:“感谢那一茬又一茬经过并且融入我们生活的事与物。或许,所有绵延不断的温情,都蕴藏在貌似平淡的细节中。一生之中,一定有一条共同穿越的暗道,成为有情人相守相悦的秘密,而回味,就是顺着生命的常青藤去抚摸记忆的花瓣与瓜果。”这里的“有情人”并非仅仅指相爱的男女,而是指可以共同分享生命体验和温暖记忆的人。他们是擅长捕鱼的“我”爷爷,是生育了七个儿女的“我”奶奶,是做木匠师傅的外公,是在寒冬帮“我”烘烤鞋袜的外婆,是“直接种谷,间接种墨”的父亲,是提着柚子灯为“我”引路的母亲,是曾和“我”一起追逐玩耍交流成长秘密的女伴……不管是否有血缘关系,他们都是“我”在故乡那片土地上的亲人。他们和“我”有“共同穿越的暗道”,有“相守相悦的秘密”,他们就是“我”顺着生命的常青藤可以抚摸到的"花瓣与瓜果"。

5.对现实的批判与剖析

杂文是最适合批判现实、剖析社会的文体。在广西散文创作领域,杂文作者数量很少,杂文也往往被忽视。生于内蒙古,1993 年调入北海的阮直长期从事杂文创作,他在广西文坛很少被提起,但在国内杂文界颇有知名度。阮直的杂文在幽默与反讽中蕴含着悲悯之心,在调侃与讽刺中流淌着灵魂的热度,既有直面现实的勇气,也有剖析现实的智慧。

阮直的杂文《"市长批示"了又如何?》和《奈何天网疏密皆漏》都是对官场问题的剖析与批判。《"市长批示"了又如何?》从一则市长批示没有得到有关部门执行的新闻谈起,引申出对官场规则的分析:"市长'批示'是工作,该批示的没批示是行政不作为,市长批示了,下边没落实,那就各有各的原因了。"阮直犀利的目光洞穿了事件的表象,市长的批示与对批示的执行是两码事,批示是工作程序,批示不等于问题的解决。批示是否能落实还要看市长以及有关职能部门的态度,否则批示会成为被无限搁置的废纸。《奈何天网疏密皆漏》从老子的名言"天网恢恢,疏而不漏"引出当今中国官场"疏密皆漏"的怪现象。作者尖锐地指出,"天网"只能在事后打捞落网者,却不能预防官员的滥用权力:"只要有权的官员一不自律,他就能把权力转换成金钱。一个城市的副市长,就能几千万地捞钱,这不能说是中国的钱太多了吧?只能说是咱们这市长的权力太滥了。"为了进一步剖析这个怪现象,作者将家庭中的经济管理与官场的制度监控相比较:"我多少次想利用我户主的权力弄出家里'巨额'存款的一点点均未遂,如今这贪官贪钱,动辄数百万、数千万,比印冥间票子都来得快,为什么对这样的职务行为就不给他们设置出一道道'恢恢天网',让它们在疏时、密时都不漏呢?"这个轻松幽默的对比把现实中复杂的官场腐败的原因分析得明了、透彻,让读者在会心一笑中看透事件的本质,了悟制度监控在防止官场腐败中的重要性。阮直的杂文在嬉笑怒骂、侃侃而谈中带着对现实的关注与批判,深刻而不艰涩,尖锐而不刻薄,体现出杂文作者的胆识、智慧与深度。

近二十年来,广西的散文创作一直在理性反思中默默前行,并在多元与纵深中寻求自我突破,实现了团队的壮大和创作的推进。虽然在创作中还存在不足和缺陷,但只要坚守反思的立场和开拓进取的精神,广西散文家一定能在不断的自我超越中继续前行,取得更好的成绩。

(原载《南方文坛》2017 年第 4 期)

博采众长　独成一峰

黄独峰的艺术经历对其花鸟画艺术的影响

□王　锐

黄独峰的花鸟画在20世纪的中国花鸟画坛上是独树一帜的，他是那个世纪中国花鸟画家中的佼佼者之一，更是20世纪广西花鸟画坛的代表人物[1]（图1），培养了大批优秀的学生，漓江画派的主要画家很多是他的学生，可谓影响深远。

现有对黄独峰的怀念文章和记述文章较多，而研究与评论的文章较少，基本上都收录在广西民族出版社出版的《黄独峰艺术生涯》[2]和广西美术出版社出版的《怀念与研究——黄独峰百年诞辰纪念文集》[3]两本书中。对黄独峰这样一位已故著名花鸟画家的专题的与系统的研究，总体来看还是很缺乏。对其特殊的艺术经历与其绘画风格形成之间影响关系的专题研究尚未见到。

图1　黄独峰

黄独峰的艺术经历对他的艺术创作有着重要而深刻的影响，以下是笔者对其艺术经历进行梳理、研究得出的一些认识，不足之处还请专家予以批评指正。

通过对黄独峰现有的作品进行分析研究不难发现，他的绘画风格其实在很长时期里是比较多变的，各家各派风格的东西在他的作品中时有所见，不论海派、岭南画派抑或同时代名家的东西在他的不少作品中时有流露，这类风格的作品，毫无疑问是他学习和探索时期的作品。透过这些可以看出黄独峰特立独行的一种性格，就是他不囿于门户，敢于突破门派的藩篱，博采众家之长，这在他当时的年代是需要很大勇气的行为。

综学各家，再师造化，通过"师造化"阶段对生活的深厚功底积累，晚年的黄独峰突显出明确的个人艺术追求，画面风格独具特征，成为一位有个人成熟面貌的中国花鸟画家。

不过总体来说，黄独峰的艺术生活经历主要还是以岭南以及印尼为主，这也决定了他对自己内心喜爱的绘画题材的选择偏向。他的花鸟画从题材来讲，更多的是岭南风物，风格也更加倾向于岭南画派。

黄独峰的花鸟画艺术经历有以下七个主要的历史时期。

一 ‖ 对海派、岭南画派的师承时期

黄独峰出生于 1913 年的广东揭阳县榕城镇，终老于有三棵大榕树的广西艺术学院，所以他自号"榕园"。可见他对自己长期工作、生活的南国具有深厚感情。

黄独峰出生的时候正值民国初期，中国结束了清朝的帝制，但社会仍处于动荡不安的变革时代。由于清末历次对外战争的失败，中国人开始相信西方先进的科技所具有的巨大威力，中国将目光投向了西方，从科技到文化都开始接受并引入外来因素以对中国社会进行改良。而黄独峰在他学习绘画的初期就和中国近现代最著名的两大新兴画派"海上画派"和"岭南画派"有了交集。这两个画派都是在传统基础上具有很强的变革与维新意识的流派，兼容并蓄、创新与变革是这两个流派的核心思想价值之所在。

从现有可知的材料得知，黄独峰最初学习中国画是 1929 年在家乡揭阳，时年十六岁，先是从"海派"入手的，学习的是任伯年的花鸟画法[4]。学习海派画法约两年之后他到了广州，拜在了岭南画派高剑父先生门下，入春睡画院学画，时年不过十八岁。

这两大画派一个发源于上海，一个发源于广州，是中国当时最早，也是最深刻、最充分地接受外来文化的两大对外开放城市，也是中外不同思想和文化冲突与融合最激烈的地区。所以这两大画派的产生和发展是有着特殊的时代背景与客观条件的。由于二者都具有开放与包容的特征，因此和中国古代延续的相对保守的传统画派有了很大区别。

而清末力主改良与维新的两大政治人物康有为和梁启超，都是广东人，他们的改良主义思想在广东乃至全国有着广泛的政治影响。在文化领域，康梁二人也有着巨大的影响力，倡

导“尊碑”之说的康有为还著有从理论上系统总结碑学的著作《广艺舟双楫》。并且康有为指责传统中国画不如西方绘画写实,应当改良。这种观点直接影响了人们对传统绘画审美的改变,它不仅必然影响到位于广东的岭南画派,也必然影响到作为广东同乡的黄独峰对于国画审美的思考。

黄独峰曾写过谈岭南画派的文章。文中可以看出,他对自己的老师高剑父以及岭南画派非常敬重,他认为岭南画派是富于革新精神的画派,是顺应时代潮流而产生的。[5]

在论及岭南画派的创始人“二高一陈”的国画艺术时,他认为:“剑父先生用笔泼辣而古拙,有金石味,色彩丰富而沉着,常以单纯的笔墨描绘复杂的对象;奇峰笔墨浑厚,善于渲染,使色彩富于变化,而显出特殊效果;树人笔法秀健,境界清新,用色富丽而脱俗。”[6]这是黄独峰对老师辈仅见的文字评论。尽管他此后也曾拜师在张大千门下,但并没有见到他对当时名声显赫的老师张大千的评论。他也曾拜访过名冠天下的齐白石,并且齐白石也曾给他题过字,但他对此也未提及。他还曾去拜访过他仰慕的徐悲鸿,并接受徐悲鸿的建议而日后去了南洋,但他也没有像评论岭南画派三家那样评论过徐悲鸿。可见,黄独峰对岭南画派的创始人始终保持着内心的敬意,尽管他被称为岭南画派的失踪者,但他认为自己应该还是属于岭南画派的。

他在与朋友谢海燕谈论自己的花鸟画艺术方向时说过,“写实要做到像高剑父那样自如;用笔要如吴昌硕那样之古拙;用色应当如齐白石那样对比强烈;气魄方面应具徐悲鸿之雄浑”[7]。他把他那个时代的几位标杆式的国画大师作为自己的奋斗目标,并且立志取各家之长以成就自我。从他的这个排序看,乃师高剑父先生在他心目中还是排第一位的。岭南画派那种重写实的画风是他的基础,而且他希望自己要追求到更加自如的境地。其他各派之长要在这个基础上广采博收,比如再增加笔墨与气魄来提高艺术表现力。以他现存的花鸟画作品风格来看,他正是这样身体力行的。

二 ‖ 拜师“大风堂”时期

然而,值得注意的是,在当时颇重门户之见的时代,黄独峰作为岭南画派中重要的一员,竟然在1950年其三十七岁之际又改换门庭,正式拜在了“大风堂”张大千的门下。所以他很快被岭南画派的一些人清理门户,成了岭南画派中的失踪者。在张大千的大风堂中比较正式地学习了一年左右的时间,并且日后长期和大风堂传统功力最好的同门师兄何海霞保持着交往,继续切磋技艺。

黄独峰改换门庭拜在张大千门下,对于当时的岭南画派来说是一个重大事件,毕竟那是一个看重门派、重门户之礼的时代。黄独峰冒着“背叛”的风险,这其中奥秘很值得研究者注意。

很显然，张大千和岭南画派走的是截然不同的艺术道路，张大千注重传统的继承，他是不提倡用西方写实来改变中国既有的传统绘画的。

从大的艺术主张来看，恰好岭南画派力主创新，将外来的写实和色彩观念融进国画创作，受改良中国画的思潮影响很大；而张大千的大风堂则更注重对传统的研究和继承，张大千不仅大量地临摹和收藏古代名家作品，而且远赴敦煌研究、临摹更为古老的壁画艺术。相对来讲，张大千对于传统国画的研究与实践更为系统和全面。两者一个主张创新和改良，一个主张继承和发扬，共同点则都是为了发展中国画艺术。但不同的主张和因之存在的分歧还是很大的。

黄独峰拜张大千为师之所以在岭南画派中造成巨大的影响，还有一方面原因是他在拜师张大千以前已经成为岭南画派中的重要成员，已经有了不小的名气和影响。当然，他为此事承担了“背叛师门”的巨大精神压力。

不过这件事日后并没有成为他的污点，而我认为这恰恰是他的可贵之处。这至少表现出黄独峰对于艺术的真诚，他爱老师但更爱真理，正如古人所说，道之所存乃师之所存也。转益多师，广采博取，厚积薄发才是追求艺术的正常道路。

当然，这从另外一个方面透露出一个信息，那就是当时的岭南画派力主创新之外存在着对传统艺术认识的不足，或者是带有某种偏见。黄独峰有自己清醒的思考，他肯定是认识到了这种门派之见所带来的局限。他在深刻理解岭南画派创新精神的重要意义的同时，也认识到了对优秀传统艺术继承的重要性与必要性。这些对他个人今后的艺术发展来说，都是不可或缺的重要因素。

在大风堂的这一段经历，黄独峰对传统绘画有了比较系统的认识，开阔了眼界。张大千的大风堂富有古画的收藏，藏有不少历代名画。张大千本人不仅是画宋元绘画的高手，也是画石涛画的高手，对石涛的研究造诣很深。石涛的绘画思想是清代以后，对中国画发展影响最大的。黄独峰对于后来自己经常提起的“笔墨应随时代”“搜尽奇峰打草稿”等石涛画论的认识，至少应该受到张大千比较深刻的影响。加之张大千游历天下名山胜迹，广交朋友的“行万里路”的艺术人生，应该也对黄独峰产生了深刻影响。黄独峰后来也是这样，游历天下画写生，广交画友。

但正如上文所述，张大千作为黄独峰正式拜过的老师并没有出现在黄独峰作为标杆的大师名单里，并且鲜有提及。显然这不是因为张大千的艺术成就不高，不然作为岭南画派的一位已经享有相当名气的成功画家，黄独峰不会贸然拜他为师。最主要的原因或者说深层次的原因，应该是对于中国画创作的思想观念的认识差异产生的。黄独峰深受岭南画派力主创新的创作观念影响，即使他投师大风堂学习也没有根本改变。他固然知道继承传统的重要，但那不是他的强项更不是他的目的，对他来讲那是艺术人生不可或缺的过程和内容，他内心一定认为创新和师造化更重要，也更能够成就自己，故而他是不能也不会恪守于传统而不变的。

总体来讲,岭南画派的艺术主张在黄独峰所处的时代那是主流的,也是对他影响更为深刻的。

三 ‖ 日本求学时期

和其他同时代的画家不一样,黄独峰还有着东渡日本和南渡东南亚艺术生活的特殊经历。

岭南画派本身就和日本绘画有着千丝万缕的联系,高剑父、高奇峰和陈树人三位代表人物都接受过日本艺术的营养,尤其是日本绘画在明治维新以后,在其固有的绘画传统基础上吸收了西洋绘画的观念和方法,重视写生和色彩的运用,产生了新的艺术面貌。“二高一陈”受此影响很大,或者说是受了这方面的巨大影响而创出了岭南画派。甚至曾有人说岭南画派就是日本画[8]。黄独峰的老师正是以国画为基础,吸收外来艺术之所长,闯出一条新路。

黄独峰曾到日本游学一年左右,由于抗日战争爆发,不得已回到了国内。但这段游学经历对他也是非常重要的,他因此更清楚了岭南画派的渊源和价值。

四 ‖ 印尼的南洋生活时期

黄独峰还在印尼生活了近十年的时间,亚热带的风光给他留下了深刻的印象,他在那里画了大量的写生作品。应该说黄独峰花鸟画中最具个性特征和代表性是的热带鱼题材,尽管他说自 1930 年起就开始对这个题材产生了兴趣[9],但应该说跟他这一时期在印尼生活并写生有着更为直接和深刻的关系。这种精灵色彩靓丽,身上的光泽变换充满神秘的色彩,一定给黄独峰留下了挥之不去的印象,以至于日后这种题材的创作成为他花鸟画的得意之作。

五 ‖ 广泛的同道交流时期

黄独峰还和同时代的许多花鸟画大家,如李苦禅、王雪涛、关山月等人有着比较好的同道之谊。李苦禅还曾给他写过序,并对他的国画艺术给予了高度的评价[10]。黄独峰在与这些名重一时的花鸟画大家的艺术切磋中,互相借鉴,吸取了不少他们的艺术经验和表现手法。在他的诸多花鸟画作品中时而流露出这些信息[11](图 2)。当然,黄独峰主要还是拿来主义,丰富自己的艺术面貌。

六 ‖ 师造化时期

除了向老师和同道的艺术学习,黄独峰更倾心于写生创作,这是他“师造化”的重要形式

图 2 《姹紫嫣红》

与内容。通过对生活写生，他不断尝试和拓展新的表现题材和表现方法；不断深入体验生活中的艺术感受；也不断在这种艺术实践中求证自己的艺术追求。

在写生中黄独峰几乎见啥画啥，无所不画，其题材内容的广泛简直到了包罗万象的程度。这反映出了他勤于探索的创作态度和进取精神。[12] 在黄独峰的大多数作品中都可以看到写生的痕迹，很多形象甚至是基本不变的写实。他拜见画坛巨擘齐白石，齐白石给他题字，誉他为“写生妙手”。

查阅现有的黄独峰艺术年表可以看到一个很特殊的情况，1966 年以后到 1972 年之前这段时间是空白的。不言而喻，那是个特殊的年代。由于他个人的复杂经历，一定也不可避免地遭遇了和其他同时代画家一样的政治问题，也许这段时间他同样失去了创作的权利，所以在这么长的时间里他的艺术活动出现了空白。这对于一个像黄独峰这样痴迷于艺术的画家来讲必定是难以忍受的，他那些年经历的痛苦和压抑是可以想象的。

七 ‖ 创作黄金期

1978 年以后这种情况得到了巨大的转变，他被选为第二届全国侨联委员、广西第四届政协委员，并晋升为广西艺术学院教授。第二年，他成为广西侨联主席、致公党中央委员、广西政协副主席。再一年，又当选为广西美协副主席和广西致公党的主任委员。黄独峰在政治上获得了完全的解放，因而也让他的艺术创作获得了解放，他此时也达到了个人事业的巅峰。[13]

人逢喜事精神爽,这时期以后的黄独峰花鸟画转换了面貌,笔墨更加泼辣、自信,更具大师气象。尤其是神仙鱼题材从过去拘于写实形象的写生向简约概括的写意转换,神仙鱼的艺术形象更加具有一种神气,从笔法到用色都有了自己鲜明独特的风格手法和艺术特点(图3)[14]。20 世纪 80 年代以后,黄独峰的花鸟画艺术进入了他的创作黄金期,也是他的创作高峰期,达到了人画俱老。

综上所述,黄独峰个人独特的艺术经历造就了他独特的艺术风格和作品样式。概括来说有以下几个原因:

一是他具有良好的造型能力,基础扎实,并且转益多师。同时他能不立门户之见,广泛吸收南北东西、各门各派的艺术营养。

二是他长期坚持写生,深入生活,师法造化,故艺术表现题材非常广泛,富有生活气息,几乎包罗万象。尤其是因为生活环境的影响,他对南方动植物题材,如神仙鱼等水族类更加倾注心力。

三是他善于创造,具有独特的艺术个性,这和他受时代影响,尤其是岭南画派艺术精神影响,且长期秉持的创新意识是密不可分的。

因为这些综合因素的叠加,他创造出了如热带鱼题材等一系列优秀国画作品,在当时的画坛上独树一帜,不仅题材新颖,而且表现手法独特,可以代表他的花鸟画艺术水平。

图 3 《鱼乐图》

[注释]

[1] 图片采自广西壮族自治区文学艺术界联合会等编:《黄独峰作品集》,广西美术出版社 2013 年版。

[2] 吴学斌等主编:《黄独峰艺术生涯》,广西民族出版社 1992 年版。

[3] 黄格胜等主编:《怀念与研究——黄独峰百年诞辰纪念文集》,广西美术出版社 2014 年版。

[4] 沙里洪:《画风独创一格的黄独峰》,见《黄独峰艺术生涯》,38 页,广西民族出版社 1992 年版。

[5][6][8] 黄独峰:《谈"岭南画派"》,见《黄独峰艺术生涯》,307、309、310—311 页,广西民族出版社 1992 年版。

[7][9] 沙里洪:《画风独创一格的黄独峰》,见广西艺术学院美术系编《黄独峰画集》,16 页,香港颂风画苑 1989 年版。

[10] 吴学斌等主编:《黄独峰艺术生涯》,序言,广西民族出版社 1992 年版。

[11]《姹紫嫣红》,广西壮族自治区文学艺术界联合会等编《黄独峰作品集》,161 页,广西美术出版社 2013 年版。

[12] 黄格胜:《神州艺坛一独峰》,见黄格胜等主编《怀念与研究——黄独峰百年诞辰纪念文集》,97—98 页,广西美术出版社 2014 年版。

[13]《黄独峰年谱》,见吴学斌等主编《黄独峰艺术生涯》,326—327 页,广西民族出版社 1992 年版。

[14]《鱼乐图》,见广西艺术学院美术系编《黄独峰画集》,274 页,香港颂风画苑 1981 年版。

(原载《南方文坛》2017 年第 4 期)